ハンス・ファラダ

ベルリンに一人死す

赤根洋子訳

みすず書房

JEDER STIRBT FÜR SICH ALLEIN

by

Hans Fallada

First published by Aufbau-Verlag, Berlin, 1947

目次

登場人物

オットー・クヴァンゲル　家具工場の職工長。アパート三階の住人
アンナ・クヴァンゲル　オットーの妻
オットーヒェン・クヴァンゲル　クヴァンゲル夫妻の一人息子
フロム元判事　アパート中二階の住人。退職後、昼夜逆転した謎の生活を送っている
ローレ・ローゼンタール　アパート四階に住むユダヤ人女性
老ペルジッケ　アパート二階の住人。古参のナチ党員
バルドゥル・ペルジッケ　ペルジッケ家の末息子。ヒトラーユーゲント指導者
エミール・バルクハウゼン　アパート別棟半地下の住人。ゲシュタポの密偵
ウルリヒ・ヘフケ　アンナ・クヴァンゲルの弟
トルーデル（ゲルトルート）・バウマン　オットーヒェンの婚約者
カール・ヘアゲゼル　トルーデルの同僚
グリゴライト　反ナチス地下組織のメンバー。共産主義者
ベビー（イェンシュ）　反ナチス地下組織のメンバー。共産主義者
エンノ・クルーゲ　女好きで競馬狂いの精密機械工
エヴァ・クルーゲ　エンノの別居中の妻。郵便配達人
ヘーテ・ヘーベルレ　ペットショップの女主人。夫を強制収容所で亡くしている
エッシェリヒ警部　ゲシュタポの捜査官。「葉書事件」の担当者
シュレーダー警部補　エッシェリヒの部下
プラル親衛隊大将　エッシェリヒの上官
ツォット警視　エッシェリヒの同僚。ゲシュタポ一の切れ者
ルッシュ警部　ゲシュタポの捜査官
ラウプ警部　ゲシュタポの捜査官

この物語は、一九四〇年から一九四二年まで非合法活動をおこなったベルリン在住の労働者夫妻に関するゲシュタポの文書に、大まかに従って描かれています。厳密に、ではなく大まかに、です。物語にはそれ自身の法則があり、すべて現実に従うわけにはいかないからです。そのようなわけで、筆者は、現実の夫妻の私生活について取材することも避けました。つまり、筆者は、自らの眼前に浮かぶがままに彼らの姿を描くしかありませんでした。ですから、この物語の他の登場人物全員が架空の人物であるのと同じように、主人公二人の姿も筆者の想像力が作り出したものです。このように、細部が実際の状況と必ずしも一致していないとしても、筆者は、この物語には「内なる真実」があると信じています。

多くの読者が、「この本には拷問と死の描写が多すぎる」と思われることでしょう。この物語に描かれているのはほとんどもっぱら、ヒトラー政権と闘った人たちとその迫害者だということを指摘させていただきたいと思います。一九四〇年から一九四二年のあいだにも、それ以前にもそれ以後も、そうした人々から大勢の犠牲者が出ました。この本の三分の一ほどは、監獄と精神病院が舞台になっています。そこでも、死は日常茶飯事でした。筆者としても、これほど暗い絵を描くのは気が重いと感じることが何度もありました。が、嘘にならないようにするためには、これ以上明るく描くわけにはいかなかったのです。

ベルリン、一九四六年十月二十六日

H. F.

第一部　クヴァンゲル夫妻

1　悪い知らせ

郵便配達人エヴァ・クルーゲは、ヤブロンスキ通り五十五番地のアパートの階段をゆっくりと上っていた。足取りが重いのは配達で疲れているからではなく、配達したくない手紙が郵便袋の中に入っているからだ。それをこれから、三階のクヴァンゲルに届けに行かなければならない。きっとあの女《ひと》はもう待ちかまえているに違いない。二週間も前から、戦地からの手紙が来てはいまいかと郵便配達を待ちかまえているんだから。

タイプ打ちされた軍事郵便をクヴァンゲルに届ける前に、彼女は二階のペルジッケにナチ党機関紙「フェルキッシャー・ベオバハター」を届けなければならなかった。ペルジッケは地区長だか政治指導者だか、とにかく何か党の役職に就いている男だ。郵便局で働き始めて以来クルーゲもナチ党員なのだが、いまだに党の役職はすべて何が何だか彼女には区別がつかなかった。それはとにかく、ペルジッケ家の人間に対しては「ハイル・ヒトラー」と挨拶しなければならないし、言葉に気を付けなければならなかった。もっとも、それはどこにいても同じことだった。エヴァ・クルーゲにとって、本音を言える人間などほとんどいなかった。彼女は政治にはまったく興味がなかった。彼女はただの平凡な女だった。そして一人の女として、「女は、子どもを撃ち殺されるために産んだわけじゃない」と思っていた。夫のいない家庭も、何の価値もないものだった。今の彼女には、二人の息子も夫もいなかったし、家庭もなかった。その上、口をつぐんで用心しながら、忌まわしい軍事郵便を配達しなければならないのだ。手書きでなくタイプ打ちされ、差出人の欄に「連隊副隊長誰それ」と書いてある軍事郵便を。

彼女はペルジッケ宅の呼び鈴を鳴らし、「ハイル・ヒトラー！」と挨拶すると、酔っ払いの老人に「フェルキッシャー・ベオバハター」を手渡した。老人の襟の折返しには、党員章がついている。彼女はといえば、党員章をつけたことがない。老人が、「何かニュースはあるかね？」と尋ねた。

彼女は慎重に答えた。「よく知らないけど。フランスが降伏したみたい」。それから、素早く質問を付け加えた。「クヴァンゲルさんちはお留守じゃないですよね？」

ペルジッケは彼女の問いかけを無視して「フェルキッシャー・ベオバハター」を開いた。「ほら、ここに書いてある。フランス、降伏。あんたときたら、こんな大事なことをコッペパンでも売るみたいな調子で言うんだからな。こういうことは、気をつけの姿勢で言ってもらわないと。郵便を配る先々で、みんなに言ってくれ。これで、まだ文句を言ってた奴らもみんな分かっただろう。第二の電撃戦も大勝利だ！　次はイギリスだ！　三ヶ月でイギリスは降伏する。そうなりゃ、総統のおかげでドイツがどれだけ栄えるか分かるだろう。外国が血を流せば、ドイツが世界の支配者だ！　中に入ってくれ、一緒に一杯やってくれ！　アマーリエ、エルナ、アウグスト、アドルフ、バルドゥル、みんな来い！　今日は休みだ、今日は仕事はやめだ！　祝い酒だ！　フランスが降伏した。今日の午後、四階のユダヤ人の婆さんちにでも、コーヒーとケーキをご馳走になりに行くか。あの婆さんはおとなしく言うことを聞くしかない。フランスが降伏した今となっては、もういっさい情けは無用だ。ドイツは世界の支配者になった。みんな、ドイツの言うことを黙って聞くしかないんだ！」

家族に囲まれたペルジッケがシュナップス（ドイツの蒸留酒の総称）を引っかけながらどんどん興奮し、長広舌を揮っているあいだに、郵便配達人クルーゲはさっさと階段を上がってクヴァンゲル家の呼び鈴を鳴らした。彼女はすでに手紙を手に持ち、渡したらすぐに立ち去れるように身構えていた。だが、彼女はついていた。そのときドアを開けて顔を出したのは、ふだん愛想のいい言葉を掛けてくるクヴァンゲル夫人ではなく、薄い唇と冷たい目が鳥を思わせる、鋭い顔つきの夫のほうだった。無言で手紙を受け取ると、彼は、まるで泥棒でも締め出すようにクルーゲの鼻先でドアを閉めた。

だが、エヴァ・クルーゲはそんなことは気にせず、肩をすくめただけでまた階段を下りていった。あの人はいつもああなんだから。ヤブロンスキ通りに郵便を届けるようになってこのかた、あの人が一言でものを言うのを聞いたことがない。「こんにちは」も言わないし、「ハイル・ヒトラー」とすら言わない。あの人だってドイツ労働戦線（ナチスの組織した労働団体）で何か役職に就いているはずなんだけど。まあいいわ、放っておこう、彼を変えられるわけじゃないんだし。自分の亭主だって変えられはしなかったのに。亭主ときたら、飲み屋通いと競馬で無駄遣いして、家に顔を見せるのは無一文になったときだけ。

ペルジッケ家の人々は、ドアを開けっ放したまま大騒ぎしていた。家の中から、グラスを合わせる音や戦勝祝いのどんちゃん騒ぎが聞こえてきた。郵便配達人エヴァ・クルーゲは、ドアをそっと閉めると階段を下りていった。これは本来ならいいニュースなんだけれど、と彼女は思った。こんなに早くフランスに勝てたことで、それだけ平和が近づいたんだから。そしたら二人の息子も帰ってくる。あの子たちと一緒に、また家庭を作ることができる。

この希望に水を差すのは、そうなったらペルジッケのような人間が俄然調子づくだろうという不愉快な思いだった。ああいう連中にのさばられて、言いたいことも自由に言えないのはやっぱり間違ってる、と彼女は思うのだった。

ついさっき軍事郵便を手渡してきた、あのハゲタカのような顔をした男のことも、彼女はちょっと思い出した。これであの人も、党の役職が上がるかもしれない。それから、四階のユダヤ人の老婆ローゼンタールのことも思い出した。二週間前、旦那さんがゲシュタポに引っ張られていったっけ。気の毒に。ローゼンタール夫妻は以前、プレンツラウアー通りで下着専門店を営んでいた。その店はアーリア化され（没収されたということ）、どう見ても七十歳近いと思われる高齢の夫はゲシュタポに引っ張られてしまった。老夫婦は誰にも悪いことは絶対にしていないし、いつでも掛け売りに応じていた。エヴァ・クルーゲも、子どもの肌着を買うお金がないときにはそうしてもらっていた。それに、ローゼンタールの店の商品が他の店に比べて品質が悪いとか値段が高いとかいうこともなかった。単にユダヤ人だからという理由だけで、ローゼンタールのような人がペルジッケ家の人間よりも下等だとは、エヴァ・クルーゲにはどうしても思えなかった。あのお婆さんは四階の家で独りぼっちになってしまった。人目が怖くて外に出ることもできない。暗くなってからようやく、ダビデの星をつけて買い物に出かけてる。たぶん、ひもじい思いをしているんだわ。そうよ、たとえ十回フランスに勝ったとしてもこの国は間違ってる、とエヴァ・クルーゲは思った。

そんなことを考えながら彼女は次の建物に入り、配達を続けた。

同じ頃、職工長オットー・クヴァンゲルは軍事郵便を手にして部屋に入り、それをミシンの上に置いた。彼は「ほら」と言っただけだった。彼は、戦地からの手紙を開封する権利は妻のものと決めていた。妻が一人息子のオットーをどれほど愛しているか、分かっていたからだ。彼は妻の前に立っていた。薄い下唇を嚙んで、妻の顔がほころぶのを待っていた。彼なりの、無口で控えめで無骨なやり方で、彼は妻を愛していた。

手紙の封を切ると、一瞬、妻の顔は本当にぱっと明るくなった。だが、タイプ打ちされた文字を見た途端、その光は消えた。表情は不安そうになり、まるで先へと読み進めるのを恐れているかのように、読む速度はどんどん遅くなった。夫は体を前に乗り出し、両手をポケットから出した。恐ろしい予感に、彼は下唇を嚙みしめた。部屋の中は静まりかえっていた。妻の息づかいが荒くなった。

突然、妻は低い叫び声を上げた。夫が一度も聞いたことのないような声を上げ、妻はがっくりとうなだれた。彼女の顔はミシンの糸巻きにぶつかってから縫い物の襞に埋もれ、不吉な手紙の上に覆い被さった。

クヴァンゲルは二歩で妻の後ろに回り込んだ。いつもの彼にはまったく似つかわしくない素早さで、彼はその大きな、節くれ立った手を妻の背中に置いた。その手に、妻の全身が震えているのが伝わってきた。「アンナ!」と彼は言った。「アンナ、お願いだ」。一瞬待ってから、彼は思いきって尋ねた。「オットーに何かあったのか。怪我をしたのか? 重傷なのか?」

妻は全身を震わせ続けていたが、何も言わなかった。顔を上げて夫を見ようともしなかった。

彼は、長い結婚生活のあいだに薄くなった妻のつむじを見下ろした。彼らはもう老夫婦だった。もしも本当に息子のオットーに何かあったのなら、妻には愛せる人間がいなくなってしまう。夫しかいなくなってしまう。そして彼はいつも、自分は愛の対象には向いていない、と感じていた。自分が彼女をどんなに愛しているか、それを言葉にすることが彼にはできなかった。今でさえ、彼女の背中を撫でてほんの少し優しく接し、慰めることができないでいた。彼にできたのは、その大きなごつい手を彼女の薄くなったつむじに置き、妻の頭をそっと起こして自分の顔と向き合わせ、小声でたずねることだけだった。「何て書いてあるんだ。言ってくれ、アンナ」

だが、目の前で夫が見つめているのに、彼女は夫を見ようとせず、目を固く閉じていた。血の気の失せた顔は黄色みを帯び、いつもの健康的な頬の色は消え失せていた。頬の肉までもがげっそりと削げ落ちてしまったように見えた。まるで骸骨のようだった。彼女はただ、頬と唇を震わせるばかりだった。まるで内側から揺さぶられるように、全身が震えていた。

慣れ親しんだ妻の顔が別人のように変わってしまったのを見、自分の心臓の鼓動がどんどん激しくなっていくのを感じ、妻にわずかな慰めを与えることもできない自分の無力さを思っているうちに、彼は激しい不安に襲われた。妻の深い苦悩に比べれば、そんなものは取るに足らない不安だったのだが。つまり彼は、妻がさっきよりもずっと大きな声で激しく叫び出したらどうしようと不安になったのだ。今までずっと、彼は静かな暮らしを愛してきた。家の中の様子を誰にも知られたくなかったし、ましてて、感情のままに叫ぶことなど論外だった。だが、こうした不安に駆られながらも、さっきと同じ言葉を繰り返すことしか彼にはできなかった。「一体なんて書いてあるんだ。言ってくれ、アンナ!」

手紙は開いたままそこに置いてあったのだが、彼はそれに手を伸ばすことができなかった。手紙を手に取るためには妻の頭から手を放さざるを得ず、そうすれば、すでに二つ青あざができている妻の額はまたミシンに打ちつけられてしまうだろう。彼は思いきってもう一度尋ねた。「オットーヒェンに何があったんだ」

オットーヒェンという、夫がほとんど一度も使ったことのないこの愛称が、自分だけの苦しみの世界から現実の世界へと妻を呼び戻したかのようだった。彼女は二〜三度唾を飲み込むと、目を開けた。いつもは真っ青なその目は、色をなくしてしまったように見えた。「オットーヒェンに?」と彼女はほとんど囁くような声で言った。「あの子に何があったかって言うの? あの子には何もありはしない。オットーヒェンはもういない、それだけのことよ!」

夫は「ああ!」と言っただけだった。心の底から一声、低く「ああ!」と言っただけだった。自分でも気づかないうちに彼は妻の頭を放し、手紙を手に取っていた。彼の目は手紙の文字を見つめてはいたが、彼はまだそれを読めずにいた。

するとと妻は夫の手から手紙を引ったくった。彼女の顔つきは一変していた。怒りを込めて、彼女は手紙をこれでもかというほどびりびりに引き裂き、夫に向かってまくし立てた。「こんなもの、読む必要なんかない。こんな嘘っぱちなんか。全員に同じことを書いて送ってるんだから。総統と祖国のために、名誉の戦死を遂げた？兵士と戦友の模範であった？あんた、そんな嘘っぱちを言ってもらいたかったの？オットーヒェンはラジオいじりをしてるのが一番好きだったって知ってるくせに。兵隊に行かなきゃならなくなったとき、あの子が泣いてたのを知ってるくせに。訓練中、あの子は何度も言ってた。軍隊は本当に嫌なところだって。ここから逃げ出せるなら、右手をなくしてもいいって。そんな子が今じゃ、兵士の鑑だの名誉の戦死だのって。嘘っぱち、全部嘘！あんたたちのせいよ。あんたたちがろくでもない戦争を始めたせいよ。あんたとあんたの総統のせいよ！」

彼女は夫の目の前に立っていた。彼女は夫より小柄だったが、その目からは怒りの炎がほとばしっていた。

「俺と俺の総統だって？」妻の攻撃にすっかり圧倒されて彼は口ごもった。「何だって突然俺の総統になっちまったんだ？俺は党員じゃない。ドイツ労働戦線に入ってるだけだ。全員が入る決まりだからだ。選挙ではお前だってずっと彼に入れてたじゃないか。お前だって、国家社会主義婦人団の役員になってるじゃないか」

彼はいつもの、回りくどい調子でゆっくりと話した。こんなことを言ったのも自己弁護のためというよりは、事実をはっきりさせるためだった。妻の攻撃がどうして突然自分に向けられたのか、彼にはまだ分からなかった。いつだって、俺たち二人は同意見だったのに……。

だが、妻は激昂して言った。「あんたは世帯主で、何でも決めてきた。何でも思うとおりにしてきた。地下室にジャガイモ置き場を作ろうと思ったときだって、私の思い通りにはいかなくて、あんたの言うとおりにしなきゃならなかった。そのあげくがこれよ。こんな大事なことで間違った決断を下すくらいなら、何のために世帯主をやってきたのよ。小心者のあんたは、自分さえ静かに暮らせればいいと思ってる。とにかく目立ちたくないと思ってる。みんなと同じことをして、みんなが『総統よ命令を、我らは従う！』と言えば、あんたも馬鹿みたいにみんなのあとについていくのよ。だから、私たち家族もあんたのあとについていくしかなかった。でも、私のオットーヒェンは死んでしまった。総統もあんたも、あの子を返してはくれないのよ！」

彼は一言も反論しないで聞いていた。彼は言い争いをするような男ではなかったし、彼には、妻は苦しさのあまりそんなことを言っているのだと分かっていた。自分に腹を立ててくれてよかった、と思ったくらいだった。悲しみに打ちひしがれるよりはこのほうがよかった、と。妻の非難に対して、彼はこう答えただけだった。「俺かお前か、どちらかがトルーデルに話をしないとな」

トルーデルはオットーヒェンの恋人だった。もうほとんど婚約者といってもいいくらいだった。クヴァンゲル夫妻のことを、トルーデルはお父さんお母さんと呼んでいた。オットーヒェンが出征してからも、彼女は仕事帰りによくクヴァンゲル宅に遊びに来ていた。昼間は彼女は制服工場で働いていた。

トルーデルの名を聞いた途端、アンナの態度が変わった。壁で光っている振り子時計に目をやると、彼女は尋ねた。「仕事に出かける前にあの娘《こ》に会いに行ける？」

「今日の勤務は、一時から十一時までだ」と彼は答えた。「時間はある」

「そう」と彼女は言った。「じゃあ、行ってきて。でも、あの娘には、ここに来て、とだけ伝えて。オットーヒェンのことはまだ何も言わないで。あの娘には私から直接話したいの。お昼ご飯は十二時に食べられるように用意しておくわ」

「じゃあ、これから、今晩うちに寄ってくれとあの娘に言いに行ってくる」と彼は言ったが、まだ出て行こうとはせず、妻の血色の悪いやつれた顔を覗き込んだ。妻も彼を見つめ返し、しばらくのあいだ、夫婦は無言のまま見つめ合った。夫は口数少なく物静かに、妻はほんの少し家を賑やかにしながら、ほぼ三十年間仲むつまじく連れ添ってきた二人は、無言のまま見つめ合った。

だが、どんなに見つめ合っても、彼らには、相手にかける言葉が見つからなかった。彼は結局うなずくと、出て行った。

妻は、玄関のドアが閉まる音を聞いた。本当に夫が出て行ったことが分かると、彼女はすぐにミシンのほうに向き直り、不吉な手紙の切れ端を掻き集めた。彼女は切れ端をつなぎ合わせようとしたが、すぐに、時間がかかりすぎることに気づいた。まずは、夫の昼食の用意をしなければならなかった。彼女は切れ端を注意深く封筒に入れ、賛美歌集に挟んだ。午後、夫が仕事に出かけたら、時間ができる。そうしたら、紙切れをつなぎ合わせて台紙に貼り付けよう。何もかも馬鹿馬鹿しい嘘だとしても、真っ赤な嘘だとしても、これがオットーヒェンからの最後の知らせなのだもの。この手紙を取っておいて、トルーデルに見せよう。そうしたら、もしかしたら泣けるかもしれない。今はまだ、心の中は燃えるように熱い。泣くことができたらいいのだけれど！

彼女は怒りを込めて首を振ると、コンロのほうへ歩いていった。

2　バルドゥル・ペルジッケが言いたかったこと

オットー・クヴァンゲルがペルジッケ宅の前を通りかかったとき、ちょうど家の中から、拍手喝采と喚き声に混じって「ジークハイル！」と叫ぶ声が聞こえてきた。クヴァンゲルは早足になった。とにかく彼らと出くわしたくなかったのだ。ペルジッケ一家とはもう十年も同じアパート内に住んでいるのだが、クヴァンゲルは以前から彼らと顔を合わせるのを極力避けてきた。それはまだ、ペルジッケがうらぶれたケチな飲み屋の親父だった時分以来の習慣だった。今では、ペルジッケ一家はお偉方だった。父親は党のありとあらゆる役職に就いていた。年かさの息子二人は親衛隊員だった。彼らはカネには執着していないようだった。

それだけに、余計に用心する必要があった。彼らのような連中は党に気に入られようとするが、そのためには、党のために何かをしなければならないからだ。この何かをする、というのは、つまりは他人を告発することだった。たとえば、誰それが外国の放送をこっそり聞いています、とか何とか通報することだった。だから、クヴァンゲルはもうずっと前に、息子の部屋からラジオを運び出して地下室にしまい込んでしまおうと考えたのだった。誰もがお互いにスパイし合い、ゲシュタポがあらゆる人間を監視し、ザクセンハウゼンの強制収容所がますます大きくなり、プレッツェンゼー（ベルリンの刑務所。処刑場があった）で毎日ギロチンが稼働しているこの時代、どんなに注意しても充分ではなかった。クヴァンゲルにはラジオは必要なかったが、アンナは片づけることに反対した。彼女は、『やましいところがなければ枕を高くして眠れる』って言うじゃない。このことわざは今だって通用するわ」と言った。かつてはそのとおりだったとしても、そんなことは今ではもうとっくに通用しなくなっているのに。

　そんなことを考えながら、クヴァンゲルは早足で階段を下り、中庭から通りへ出た。

　さて、ペルジッケ宅で歓声が上がったのはこんな理由からだった。一家の希望の星バルドゥル――目下ギムナジウムに通っているが、父親がコネにものを言わせることができれば、将来はナポーラ（ナチス時代のエリート養成学校。国家政治教育機関〈ナチオナールポリーティッシェ・エアツィーウングスアンシュタルト〉という正式名称を略してナポーラと呼ばれた）にだって入れるはずだった――が、「フェルキッシャー・ベオバハター」紙上である写真を見つけた。総統と帝国元帥ゲーリングが写ったその写真の下には、「フランス降伏の報告を受ける総統と帝国元帥」という説明文がついていた。写真の二人は確かにそんな様子に見えた。ゲーリングはその肉付きのいい顔いっぱいに笑みを浮かべているし、総統のほうは喜びのあまり自分の太股をぴしゃりと叩いている。

　ペルジッケ家の人々は写真の二人と同じように喜び、笑っていたのだが、そのとき利口なバルドゥルが言った。

「ねえみんな、写真を見て何か気づいたことはないかい？」

　みんな、黙ってじっとバルドゥルを見守っていた。誰もがこの十六歳の少年の賢さを信じ切っていたので、誰も当て推量さえ口にしようとしなかった。

「ねえ」とバルドゥルは言った。「ちょっと考えてみてよ。この写真は新聞社のカメラマンが撮ったものさ。降伏の知らせが届いたとき、カメラマンはたまたまそこにいたんだろうか。降伏の知らせは電話か使者によって伝えられたはずだ。ひょっとしたら、フランスの将軍が直々に伝えにきたのかもしれない。でも、この写真にはそんなものは全然写ってない。二人だけが庭で喜んでる……」

　バルドゥルの両親ときょうだいは、依然として無言のまま彼を見つめていた。一生懸命話を聞くあまり、彼らの顔はほとんど間抜け面になっていた。父親としてはもう一杯飲みたいところだったが、バルドゥルが話しているあいだはそれもできなかった。政治に関する蘊蓄を傾け始めたらちゃんと拝聴してやらないとバルドゥルがひどく不機嫌になることを、今までの経験から知っていたからだ。

息子は説明を続けた。「いいかい、この写真はやらせなんだ。降伏の報告があったときに撮影されたわけじゃなくて、何時間かあとか、ひょっとしたら次の日になってから撮った写真なんだ。さてと、今度は総統の喜び方を見てごらん。喜びのあまり自分の太股を叩いてる！総統のような偉大な人物が、そんな知らせを次の日になってもまだここまで喜んでいると思うかい？総統はもうとっくにイギリスのことを考えてるはずだ。どうやって奴らを騙してやろうかってね。そうさ、この写真は、撮影日からポーズまですべてやらせなんだ。つまり、馬鹿な奴らに目隠しをするためなのさ」

自分がその「目隠しをされた馬鹿」になったかのように、全員がバルドゥルを見つめていた。こんなことを言ったのがバルドゥルでなくて他人だったら、彼らは即刻ゲシュタポに通報していただろう。

バルドゥルは話し続けた。「いいかい、これが総統の偉大なところなんだ。総統は自分の計画を誰にも悟らせない。総統はフランスでの勝利を喜んでいる、と誰もが思っているときに、実は総統はもうイギリス侵攻のために艦隊を集結させているかもしれない。いいかい、僕らはこれを総統から学ばなきゃいけない。自分の正体や計画を、誰彼構わずべらべらしゃべっちゃいけないんだ」。みんなは一斉にうなずいた。バルドゥルが何を言おうとしているのか、やっと分かってきた気がしたのだ。「みんな、うなずいてるけど」とバルドゥルは腹立たしそうに言った。「やってることは正反対だ。ついさっき、父さんは郵便配達の女に言ったよね。ローゼンタールの婆さんにコーヒーとケーキを奢らせてやるんだ、って」

「ユダヤ人の婆あめ！」と父親は言ったが、その声には弁解するような響きがあった。

「そりゃまあ」と息子は口調を和らげて言った。「あの婆さんに何かあったって、それで大騒ぎになるってことはないよ。だけど、だからって前もってしゃべる必要はないだろ？用心に越したことはない。三階に住んでるクヴァンゲルみたいな奴を見てごらんよ。あいつからは一言も聞き出せないけど、あいつのほうは絶対に何もかも見ているし、何もかも聞いている。報告先もちゃんと確保しているんじゃないかな。ペルジッケ家の人間は口が軽いから信頼できない、彼らには何も任せられない、とあいつに通報されたらもうおしまいだ。少なくとも、父さんは確実にね。そうなっても、僕は父さんを助け出すために指一本動かす気はない。強制収容所に入れられようと、モアビート刑務所かそれともプレッツェンゼー刑務所か、その他どこに入れられることになっても」

誰も一言も発しなかった。いくらうぬぼれの強いバルドゥルでも、この沈黙が同意の印でないことは分かった。そこで、きょうだいだけでも味方に付けようとして、彼は慌てて付け加えた。「僕らはみんな、父さんよりは少し出世したいと思ってる。出世するために頼りにできるのは党しかないじゃないか。だから、僕らは総統を見習わなきゃならない。他人に本心を見せちゃいけないんだ。味方だと思わせておいて、相手が油断したときにこっそり始末する。『ペルジッケ家の人間には何でも任せられる。どんなことでも』と党に評価される必要があるんだ」

バルドゥルは、笑顔のヒトラーとゲーリングの写真に改めて目をやると軽くうなずき、政治についての講義はこれで終わったという印にシュナップスを一杯注いだ。

彼は笑いながら、「父さん、ちょっとずけずけ言われたからって、そんな顔するなよ」と言った。

「お前はまだ十六歳のガキだし、俺はお前の父親なんだぞ」とまだ機嫌の直らない父親は言い始めた。

「親として尊敬されるには、父さんはちょっと飲み過ぎなんだよ」とバルドゥルは素早く言い返し、みんなを笑わせて自分の味方に付けてしまった。いつもびくびくしている母親までもが笑った。「任せてよ父さん、うちはそのうち自家用車で出かけられるようになる。それに、父さんには毎日好きなだけシャンパンを飲ませてやるよ」

父親が再び何か言いかけた。今回は、シャンパンなんかいらん、シャンパンなんかよりいつものシュナップスのほうがいい、と言おうとしただけのことだったのだが。だが、バルドゥルはそれを素早く遮ると、声を低めて話を続けた。「父さん、思いつきは悪くないよ。ただ、家族以外の人間にそれをしゃべっちゃだめだってことだ。ローゼンタールの婆さんは本当に何かに使えるかもしれない。コーヒーとケーキだなんて、冗談みたいなことじゃなくてさ。ちょっと考えさせてよ。用心して取りかからないと。他にも嗅ぎつけてる人間がいるかもしれないし、そいつらのほうが僕らより党の受けがいいってこともあり得るからな」

彼の声は段々低くなり、最後のほうはほとんど聞き取れなかった。バルドゥル・ペルジッケは再びやってのけた。家族全員を自分の味方に付けたのだ。さっきまでむくれていた父親までも。父親は、「フランスの降伏に乾杯！」と言った。そして笑いながら太股を叩いてみせたので、家族は、父親がまったく別のことを言っているのだと気づいた。ローゼンタールの婆さんのことを言っているのだ、と。

彼らは騒々しく笑いながら何度も乾杯し、次々と何杯もシュナップスを飲み干した。だが、さすがは元飲み屋の親父とその子どもたち、彼らは酒に強かった。

3　バルクハウゼンという男

職工長クヴァンゲルは、ヤブロンスキ通りに出たところで、アパートの玄関の前に突っ立っているエミール・バルクハウゼンに出くわした。何かを見たり聞いたりできそうな場所に必ず突っ立っている、というのがエミール・バルクハウゼンの唯一の仕事のようだった。戦争が始まってからも、彼の暮らしはまったく変わらなかった。みんなが軍隊や労働奉仕に駆り出されるようになっても、エミール・バルクハウゼンは相変わらず突っ立っていた。

ひょろっと背の高いバルクハウゼンは、よれよれの背広姿でそこに突っ立って、その時間には人影もまばらなヤブロンスキ通りを血色の悪い不機嫌な顔で眺めていた。クヴァンゲルを見つけると、彼は動き始めた。クヴァンゲルに歩み寄って手を差し出すと、彼は言った。「こんな時間にどこへ？　まだ工場に出かける時間じゃないでしょう、クヴァンゲルさん」

クヴァンゲルは相手の手を無視し、ほとんど聞き取れないような声で言った。「急いでるんで」

そう言うと、彼はすでにプレンツラウアー通りへと歩き出していた。何てことだ、この鬱陶しいおしゃべり男にまで出くわすなんて！

だが、バルクハウゼンはそう簡単には引き下がらなかった。彼は甲高い笑い声を上げると、大声で言った。「クヴァンゲルさん、私も同じ道なんで」。そして、クヴァンゲルがまっすぐ前を見据えたまま早足で歩き続けていると、彼はこう言い足した。「便秘には運動がいいって医者に言われたんですがね、一人で歩き回るってのは退屈でね！」

便秘を治すために今まで何をしてきたか、彼は、微に入り細をうがって説明し始めた。クヴァンゲルはまったく聞いていなかった。彼の頭の中では、「息子が死んでしまった」と「アンナが『あんたとあんたの総統のせい』と言った」という、二つの考えがぐるぐるとめまぐるしく入れ替わり続けていた。心の中でクヴァンゲルは、世間の父親が息子に抱くとされているような愛情を自分は息子に注いだことがない、と認めた。生まれたときから、彼にとって子どもは、静かな生活やアンナとの関係をかき乱す存在でしかなかった。彼が今になって苦痛を感じているとすれば、それは、アンナのことを思うと不安になるせいだった。アンナは息子の死をどう受け止めるのだろう、これで俺たちの生活はすっかり変わってしまうのだろうか。さっきだって、アンナは言ったじゃないか。「あんたとあんたの総統のせい」と。

アンナの言葉は真実ではなかった。ヒトラーは彼の総統ではなかった。少なくとも、アンナに比べて彼のほうがヒトラーを支持していたというわけではなかった。彼が営んでいた小さな家具工場が一九三〇年に潰れてしまったとき、そこから立ち直れたのは総統のおかげだ、という点で二人の意見はいつも一致していた。四年間の失業期間を経て、彼は大きな家具工場の職工長になり、週に四十マルクの給料を家に持って帰れるようになった。これだけあれば充分に暮らしていける。それは、総統が経済を立て直したおかげだった。それについては、彼らは二人とも同意見だった。

だが、だからといって彼らは入党はしなかった。一つには、党費を払うのが惜しかったのだ。ただでさえ、冬期貧民救済募金だの何かの大会のためだの労働戦線のためだのと、何かにつけてカネを出さなくてはならなかったのだから。その労働戦線で、彼は工場の小さな役職を押しつけられた。そして、これが、彼らが入党しない二つ目の理由となった。彼はことあるごとに、党が常に一般国民と党員とのあいだに格差をつけるのを目の当たりにした。最悪の党員でも、最良の一般国民より党にとっては価値があるのだった。入党すれば、やりたい放題だった。滅多なことでもない限り、お咎めはなかった。それが党の言う、「忠義には忠義を」というものだった。

だが、職工長オットー・クヴァンゲルにとっては公平が大事だった。どんな人間も、党員であるか否かにかかわらず、彼にとっては一人の人間だった。作ったものに小さな欠陥があった場合、ある人はひどく咎められるのに、別の人間は何度手抜きをしても許されるのを工場でしょっちゅう見るにつけ、彼は激しい怒りを覚えた。彼は、怒りを込めて下唇を噛みしめた。それができれば、労働戦線のケチな役職など、とっくに放り出しているんだが！

アンナはそれをよく知っていた。その彼女が、あんなことを言っていいはずはなかったのだ。あんたとあんたの総統のせい、などとは。アンナの場合は、彼とはまったく事情が違っていた。彼女は完全に自由意思で婦人団の役員を引き受けたのだ。彼とは違い、強制されたわけではなかった。彼女がどうしてそれを引き受けたのか、彼にはよく分かっていた。若い頃、彼女はずっと女中働きをしていた。最初は田舎で、その後ベルリンに出てきてからも。彼女はずっと走り回らされ、他人から命令されてきた。結婚生活でも、彼女に発言権はなかった。それは何も、彼が命令ばかりする横暴な夫だったからというわけではなく、単に、家庭はどうしても稼ぎ手を中心に回っていくべきものだったからだ。

だが、今では彼女は婦人団の役職に就いている。上から命令されることに変わりはないが、彼女は今では自分の下に大勢の少女や大人の女性を従え、彼女ら（中には、上流階級の女性までいる）に命令できるのだ。赤いマニキュアを塗った有閑マダムを見つけ出して工場送りにするのを、彼女は楽しんでいた。「あんたとあんたの総統のせい」と言われなければならないのは、むしろアンナのほうだった。

確かに、彼女ももうとっくに失望していた。たとえば、こうした有閑マダムの多くは工場送りを免れた。彼女らにはお偉方のコネがあったからだ。あるいは、暖かい下着の配給がいつも同じ連中に回されることに彼女は憤慨していた。それは決まって、党員手帳を持っている連中だった。アンナも、「ローゼンタール夫妻はちゃんとした人たちだ。あんな目に遭わされるのはおかしい」と思っていた。だが、だからといって、アンナは婦人団の役職を降りようとは思わなかった。彼女が「自分の部下がどんなに汚いことをやってるか、総統は全然知らないのよ。総統だって何でも知ってるわけじゃないし、部下は嘘ばかり吐いているんだから」と言ったのは、つい最近のことだった。

だが、オットーヒェンが死んでしまったことで、これからは何もかも変わってしまうだろう、とオットー・クヴァンゲルは感じ、不安になった。彼は、血の気が引いて黄色っぽくなった、アンナのやつれた顔を思い出した。彼の耳に、自分を非難する彼女の声が再び聞こえてきた。今日、彼はいつもとまったく違う時間に家を出た。おしゃべりのバルクハウゼンが一緒に歩いている。今晩、トルーデルがやってくる。彼女は泣いたり、とめどなくしゃべったりすることだろう。彼、オットー・クヴァンゲルはいつも通りの生活を何より愛しているというのに。できるだけ特別なことが起きない、単調な平日を何より愛しているというのに。日曜日さえもが、彼にはほとんど煩わしかった。しばらくは何もかもが混乱するだろう。おそらく、アンナはもう二度と元のアンナに戻らないだろう。あの言葉は、彼女の心の奥の奥から出たものだった。「あんたとあんたの総統のせい」というあの言葉は。あの言葉は、まるで憎しみの言葉のようだった。

こうしたことを彼はもう一度しっかり考えたかったのだが、それにはバルクハウゼンが邪魔だった。バルクハウゼンは出し抜けに言った。「軍事郵便が届いたそうですね。息子さんからの手紙じゃなかったそうですが？」

クヴァンゲルはその鋭い黒い目をバルクハウゼンに向け、「おしゃべりめ！」とつぶやいた。だが、誰とも言い争いたくはなかった（たとえその相手が、バルクハウゼンのような下らない奴でも）ので、嫌々ながら言い添えた。「おしゃべりな人間が多くて嫌になる」

これくらいのことで引き下がるエミール・バルクハウゼンではなかった。我が意を得たりとばかりに彼は食いついてきた。「そのとおりですよ、クヴァンゲルさん。郵便配達のクルーゲはどうして黙っていられないんでしょうねえ。あの女はみんなに触れて回らなきゃ気が済まないんですよ。クヴァンゲルさんちにタイプ打ちの手紙が戦地から届いたのよってね。フランスが降伏したっていうニュースがあるんだから、それだけで充分でしょうに！」彼はここで一呼吸置いてから、いつもとまったく違う小さな声で心配そうに尋ねた。「怪我をしたとか行方不明だとか、それとも……？」

バルクハウゼンはそこで言葉を切った。クヴァンゲルは長い間沈黙していたが、やがて間接的に質問に答えた。「それじゃ、フランスは降伏したのか。一日早くそうしてくれればよかったんだが。そしたら息子のオットーもまだ生きていたんだが……」

バルクハウゼンはいつになく元気よく答えた。「何千何万という名誉の戦死者のおかげでフランスはこんなに早く降伏したんです。そのおかげで、何百万人もが生き残ったんです。こういう犠牲は父親として誇りに思わなきゃ！」

クヴァンゲルは尋ねた。「あんたの子どもはまだみんな小さくて、戦争に行くような年じゃなかろう？」

むっとしてバルクハウゼンは言った。「おっしゃるとおりですよ、クヴァンゲルさん。でも、空襲か何かでもしも子どもたちが一度に全員死んでしまったとしても、私はそれを誇りに思いますね。信じてもらえませんか、クヴァンゲルさん？」

職工長クヴァンゲルはそれには答えず、心の中でこう思った。「確かに、俺はあるべき父親じゃなかったし、父親として注ぐべき愛情をオットーに注いだことがなかったかもしれない。だが、お前にとってガキどもはお荷物でしかないんだろうが。空襲で一度にガキどもを厄介払いできたらそりゃ大喜びだろう。お前の言うとおりだ。お前の言葉を信じるとも」

しかし、彼はそんなことは口に出して言わなかったし、バルクハウゼンのほうは返事を待ちきれず、もうしゃべり始めていた。「考えてみてごらんなさい、クヴァンゲルさん、まずズデーテンラントとチェコスロヴァキアとオーストリア、それに今度はポーランドとフランスにバルカン半島の半分だ。ドイツは世界で一番豊かな国になります。そのためなら二十万、三十万の犠牲者くらい安いもんです。みんな、金持ちになるんですからね！」

クヴァンゲルはいつになく素早く言い返した。「それでそのカネで何をするんだ。カネを食うのか？　金持ちになったら、よく眠れるようになるのか？　金持ちになったからって工場に行かなくなったら、一日中何をしたらいいんだ。バルクハウゼン、俺は金持ちになんかなりたくない。そんなやり方で金持ちになるのなら、なおさらごめんだ。そんなもの、一人の犠牲者を出すだけの値打ちもない」

突然、クヴァンゲルの腕をバルクハウゼンが摑んだ。落ち着きのない目で辺りを見回し、クヴァンゲルの体を揺さぶりながら彼は早口で囁いた。「クヴァンゲル、そんなことがよく言えるな。そんなことを言って密告されたら収容所送りになることくらい、分かってるだろう。あんたは今、総統をもろに批判したんだぞ。もし俺がそういう奴で、これを密告したら……」

クヴァンゲル自身も自分の言葉にぎょっとしていた。オットーヒェンとアンナのことで、思っていた以上に平静を失っていたに違いない。そうでなければ、生まれつきいつも用心深い彼がそんな不用意なことを言うはずがなかった。しかし、その動揺を、彼は顔には一切出さなかった。バルクハウゼンのひ弱な手につかまれていた腕をそのごつい手で振りほどくと、クヴァンゲルはゆっくりとした無関心な口調で言った。「バルクハウゼン、何をそんなに興奮しているんだ。密告されるようなことを俺が何か言ったか？　俺は何も言っちゃいない。息子のオットーが戦死した。女房は嘆き悲しんでいる。俺はそれが悲しい。そうしたけりゃ、そう言ったと密告したらいい。そうしたけりゃ、すればいい。何なら一緒に行って、確かにそう言いました、と書いて署名してやる！」

しかし、そうやっていつになく饒舌にしゃべりながら、彼は心の中で考えていた。こいつは間違いなく密偵だ。このバルクハウゼンって奴が密偵でなかったら、逆立ちして町内を一周してもいい。気をつけなきゃならない奴がまた増えた。大体、気をつけなくてもいい奴なんているのか？　アンナが何か言ってしまうかもしれないし……

そうこうするうち、二人は工場の門の前まで来ていた。クヴァンゲルは、このときもやはり握手の手は差し出さなかった。彼は「それじゃ」と言っただけで中に入ろうとした。

だが、バルクハウゼンはクヴァンゲルの上着を摑むと囁きかけた。「お隣さんよ、さっきのことはなかったことにしよう。もう言いっこなしだ。俺は密偵じゃないし、誰も不幸にする気はない。だが、一つ頼みがある。食い物を買うカネを女房に渡さなきゃならないんだが、一銭も持ってないんだ。子どもたちは朝から何も食べてない。十マルク貸してくれ。次の金曜日に必ず返すから。誓うよ！」

クヴァンゲルは、さっきと同じようにバルクハウゼンの手を振りほどいた。彼は思った。そうか、そういう奴だったのか。こうやってカネを稼いでるんだな！ それなら、こいつには一マルクだって渡さない。渡したら最後、俺が怖がってると思って、こいつは二度と俺から離れないだろう。彼は言った。「俺の週給はたったの三十マルクだ。余分なカネは一マルクだってない。貸してやれるカネはない」

そう言うと、それ以上何も言わず、一瞥もくれないで彼は工場の門をくぐった。守衛は彼の顔を知っていたから、黙って彼を通した。

通りに取り残されたバルクハウゼンは、クヴァンゲルを見送りながら、これからどうしようかと考えた。ゲシュタポに行って、クヴァンゲルを密告してやろうか。そうすれば、タバコ二～三本にはなる。だが、やめておこう。今朝は早まったことをしてしまった。クヴァンゲルに好きなようにしゃべらせておくべきだった。息子の戦死の知らせにショックを受けて、せっかく奴はその気になっていたのに。

だが、クヴァンゲルの反応は予想外だった。奴ははったりに動じなかった。今ではたいていの人間が、いや全員がびくびくしている。誰もがどこかで何かの規則に違反していて、それを誰かに知られたのではといつも心配している。ちょうどいいタイミングを狙って不意打ちを食らわせるだけでいい。そうすればこっちのものだ。誰もがカネを払う。だが、クヴァンゲルは違った。猛禽類のように鋭い顔つきのあの男は。多分、あいつには怖いものがないんだろう。だから、不意打ちを食らって慌てることもないんだ。だめだ、あいつは諦めよう。何日かしてから、女房のほうを試してみよう。母親は一人息子の死にもっと取り乱していることだろう。取り乱すと、女は何でもしゃべってしまう。

だが、それはまた何日かあとのことにして、今は何をしたらいい？

女房のオッティにカネを渡さなければならないという話は本当だった。今朝、台所の戸棚にあった最後のパンをこっそり食べてしまったのだ。だが、カネはない。どこから手っ取り早くカネを手に入れたらいい？　彼の妻はとんでもない悪妻で、彼の生活を地獄に変える能力の持ち主だった。以前、シェーンハウザー通りの街娼だった頃の彼女は、ときにはとても優しく可愛らしく振る舞うこともあった。今では、彼には彼女の産んだ五人の子どもがいる。つまり、そのほとんどが彼の子どもではないかもしれないということだ。気に入らないことがあると、彼女は市場の魚売り女のように口汚く罵った。子どもたちや夫に暴力を振るうことさえあった。殴られれば彼も殴り返し、殴り合いの喧嘩になった。殴り合いになれば殴られるのはおもに彼女のほうだったが、それでも彼女は暴力をやめなかった。

だめだ、手ぶらでオッティのところに帰るわけにはいかない。突然、彼は、ヤブロンスキ通り五十五番地の四階で一人暮らしをしている年老いたローゼンタール夫人のことを思い出した。あのユダヤ人の婆さんに、今まで気づかなかったとは。コンドルみたいなクヴァンゲルなんかより、ずっと儲かる仕事じゃないか！　あれは親切な女だ。あの女がまだ下着屋をやっていた頃から、それは分かってる。まずは穏便なやり方でやってみよう。だが、それで言うことを聞かなければ、一発お見舞いしてやる。何かは見つかるだろう。装身具とか現金とか、食べるものとか。オッティをなだめられそうなものが。

こんなことを考えつつ、何が見つかるかな――何たって、ユダヤ人はいまだに何でも持っていやがるんだからな。ドイツ人から盗んだものを、奴らは隠していやがるんだからな――と繰り返し心に思い描きながら、バルクハウゼンはヤブロンスキ通りに戻る足を次第に速めた。階段の下までたどり着くと、彼は長い間、耳をそばだてて上の様子を窺った。街路に面したこの表の棟にいるところを人に見られてはまずいと思ったのだ。彼自身は、裏の棟（「ガーデンハウス」という結構な名称がついてはいたが）のベースメント（有り体に言えば、地下室）に住んでいた。彼自身は地下室でも一向にかまわなかった。ただときどき、世間体が気になるだけだった。

階段室には誰もいなかった。そこで、バルクハウゼンは階段を早足で、しかし物音を立てないように上っていった。ペルジッケの家から、騒々しい物音や喚き声、馬鹿笑いが聞こえてきた。まだ戦勝祝いをしているに違いなかった。ペルジッケのような連中とは付き合っておかないとな、とバルクハウゼンは思った。ああいう連中は役に立つコネを持ってるから。そしたら、俺にもいいことが回ってくるだろう。だが、彼らのほうは、彼のような非正規の密偵を当然のことながらまったく評価していなかった。特に親衛隊員の息子たちやバルドゥルは信じられないくらい傲慢だった。親父のほうはいくらかましで、酔っぱらっているときなど、彼にときどき五マルクくれた。

クヴァンゲルの家は静まりかえっていた。一階上のローゼンタールの家からも、ドアに耳を長い間押し当てていても何の物音も聞こえなかった。彼は呼び鈴を短く、事務的な感じに鳴らした。たとえば、早く次の家に行こうと急いでいる郵便配達人のように。

だが、何の気配もしなかった。一～二分待ってから、バルクハウゼンは再び呼び鈴を鳴らし、それからさらにもう一度鳴らし、その都度耳を澄ました。何も聞こえなかったが、彼は鍵穴から囁きかけた。「ローゼンタールさん、開けてください。ご主人からの知らせを持ってきましたよ。誰かに見られないうちに、早く開けてください。ローゼンタールさん、いるのは分かってるんです。開けてくださいってば！」

その間にも呼び鈴を何度も鳴らしてみたが、無駄だった。しまいに、彼は癇癪を起こした。ここからも手ぶらで帰るというわけにはいかない。オッティと大喧嘩になる。ユダヤ人の婆さんには、俺から盗んだものを吐き出してもらわないと！　彼は激しく呼び鈴を鳴らし、鍵穴に口を寄せて喚いた。「開けろ、ユダヤ人の婆あめ。さもないと、目が開かなくなるくらい殴り倒してやるぞ。開けないと、今日にでも強制収容所に送ってやるぞ、ユダヤ人のくそ婆あめ！」

ここにガソリンがあったら、今すぐこのドアに火をつけてやるんだが！

だが、バルクハウゼンは突然押し黙った。下の階でドアが開く音が聞こえたのだ。彼は壁にぴったり張り付いた。ここにいるのを見られちゃまずい。当然、奴らは外に出かけようとしているんだから、ここで静かにしていれば大丈夫。

ところが、足音は階段を上ってきた。のろのろと、よろめきながらも、止まることなく近づいてきた。それはもちろん、ペルジッケ一家の誰かだった。しかも、バルクハウゼンにとってまさに最悪なことに、その誰かは酔っ払っていた。彼はもちろん屋根裏へ上がろうとしたが、そこに通じる鉄のドアには鍵がかかっていた。隠れ場所はどこにもない。残された希望は、酔っぱらいが彼に気づかず通り過ぎてくれることだけだった。ペルジッケの親父なら、そんなこともあるかもしれない。

だが、それはペルジッケの親父ではなかった。それはペルジッケ一家でも最悪の、あのむかつく小僧のバルドゥルだった。あの小僧、いつでもヒトラーユーゲント指導者の制服姿でそこらをうろつき、真っ先に挨拶されて当然と思っていやがる。何の値打ちもない奴のくせに。千鳥足で、手すりに摑まりながら、バルドゥルはゆっくりと最後の数段を上ってきた。

その目はどんよりしてはいたが、壁に張り付いているバルクハウゼンの姿をもちろんとっくの昔に捉えていた。だが、バルクハウゼンの目の前に来たとき初めて、バルドゥルは彼に話しかけた。「表の棟で何を嗅ぎ回ってるんだ。気にいらん。売女の女房と一緒に穴蔵にすっこんでろ。失せろ！」

そう言うと、スパイク靴を履いた足を上げたが、すぐにまた下ろした。蹴りを入れるにはあまりにも足元がふらついていたのだ。

こういう口調に、バルクハウゼンはとにかく弱かった。こんな風に怒鳴りつけられると、彼は恐ろしさにただもう縮み上がってしまうのだった。彼は平身低頭して小声で言った。「どうかご勘弁を、ペルジッケさん。ユダヤ人の婆さん相手にちょっと気晴らしをしようと思っただけなんで」

バルドゥルは額にしわを寄せてしばらく考えてから、言った。「貴様、盗みを働くつもりだったんだな。ユダヤ人の婆さん相手の気晴らしというのはそれだろう。さあ、先に立って階段を下りるんだ」

言葉は乱暴そのものだったが、口調は明らかにさっきよりも好意的になっていた。そういうことにかけては、バルクハウゼンの耳は敏感に聞き分ける能力を持っていた。冗談に免じて許してほしいと言いたげな愛想笑いを浮かべて、彼は言った。「盗みだなんてとんでもない、ペルジッケさん。ときどきちょっとよそから調達するだけですよ」

バルドゥル・ペルジッケは笑い返さなかった。こういう連中が役に立つこともときにはあるとしても、彼らと関わりを持つつもりはなかったのだ。彼は、バルクハウゼンのあとについて用心深く階段を下りていった。

二人ともそれぞれ考え事に耽っていたので、彼らはクヴァンゲルの家のドアがわずかに半開きになっていることに気づかなかった。二人が通り過ぎるとすぐ、ドアは開いた。アンナ・クヴァンゲルが階段の手すりに走り寄り、下の様子を窺った。

ペルジッケの家の前まで来ると、バルクハウゼンはさっと手を挙げてドイツ式敬礼をした。「ハイル・ヒトラー、ペルジッケさん。どうもありがとうございました」

自分が何に感謝しているのか、彼自身、よく分からなかった。尻を蹴り飛ばされて階段から突き落とされなかったことに対して、だったかもしれない。彼のような小者は、黙ってそうされるしかなかったのだから。

バルドゥル・ペルジッケは挨拶を返さなかった。彼はどんよりした目でバルクハウゼンをじっと見た。バルクハウゼンはすぐに目をパチパチさせ始め、目を伏せた。

バルドゥルは尋ねた。「だから、貴様はローゼンタールの婆さん相手に気晴らしをしようとしたと言うんだな？」

「そうです」バルクハウゼンは目を伏せて小声で答えた。

「一体どんな気晴らしなんだ？」とバルドゥルはさらに尋ねた。「盗みだけか？」

バルクハウゼンは思い切って相手の顔をちらっと盗み見た。「ああ！」と彼は言った。「ぶん殴ってやろうとも思ってました」

「そうか」とバルドゥルは言っただけだった。「そうか」

二人ともしばらく黙って立っていた。バルクハウゼンは、もう立ち去ってもいいものだろうかと考えたが、「立ち去れ」という命令を受けたわけではなかった。そこで、彼はまた視線を落とし、黙ったまま待ち続けた。

「入れ！」と突然バルドゥルが酔ってよく回らない舌で言った。彼はペルジッケ宅の開け放したドアを指さした。

「まだ貴様に言うことがあるかもしれん。待ってろ」

バルドゥルのピンと伸ばした人差し指に命令されたように、バルクハウゼンは黙って家の中に入った。少しふらつきながらも軍人らしい姿勢でバルドゥルがあとに続いた。二人の後ろで、ドアがバタンと音を立てて閉まった。

三階では、アンナ・クヴァンゲルが階段の手すりから離れて家に戻り、静かにドアに鍵をかけた。あの二人が──最初は上のローゼンタールの家の前で、それから下のペルジッケの家の前で──しゃべっているのを、彼女は立ち聞きしていたのだ。どうしてそんなことをしたのか、彼女は自分でも分からなかった。いつもなら夫の習慣に従って、隣近所が何をしようと放っておくのに。アンナの顔色はまだ病的に白く、まぶたはピクピクと痙攣していた。何度か、座り込んで泣きたくなったが、泣けなかった。「心臓が潰れる思い」とか「頭を殴られたような衝撃」とか「耐えがたい苦しみ」とかいった言葉が、彼女の頭の中で渦巻いていた。どれも彼女の感情を言い当てていたが、彼女の頭の中にはこんな言葉もあった。「息子を殺した奴ら、ただじゃおかない。こっちにも考えがある……」

「こっちにも考えがある」とはどうすることなのか、これも彼女には分からなかった。だが、もしかしたらこの立ち聞きがすでにその始まりなのかもしれなかった。これからは、オットーが一人で何もかも決めていいというわけにはいかない、とも彼女は思った。私もときには自分の思い通りにしてみたい。たとえ、それが夫の意に染まぬことであっても。

彼女は急いで夫の食事の準備に取りかかった。二人分の配給切符で手に入れた食料の大部分は夫の口に入っていた。彼はもう若くないし、いつも体力以上の労働をしなければならない。彼女は座って針仕事をしていればいい。だから、自ずとそういう分け方になるのだった。

彼女がまだ煮炊きをしている間に、バルクハウゼンはペルジッケ宅を出て行った。階段を下りるや否や、ペルジッケ家の人々の前で見せていた卑屈な態度は雲散霧消した。背筋をしゃんと伸ばして、バルクハウゼンは中庭を横切った。二杯のシュナップスで、腹の中は心地よく温まっていた。懐には十マルク紙幣が二枚。そのうちの一枚で、オッティの機嫌を直させることができるだろう。

ところが、地下室の家に帰ってみると、オッティは上機嫌だった。テーブルには白いテーブルクロスが敷かれ、オッティはバルクハウゼンの知らない男とソファーに座っていた。悪くない身なりの、その見知らぬ男は、オッティの肩に回していた腕を慌てて引っ込めた。だが、そんなことをする必要はまったくなかった。バルクハウゼンはそんなことで目くじら立てる男ではなかった。

バルクハウゼンは思った。おいおい、お前、まだこんな獲物を捕まえられるのか。この男は少なくとも銀行員か教師だぜ……

台所で子どもたちが泣き喚いている。バルクハウゼンは、テーブルに載っているパンを分厚く切り、一枚ずつ子どもたちにやった。それから、自分も朝飯を食べ始めた。パンもソーセージもシュナップスもある。こりゃ上客だ。バルクハウゼンはソファーの男を満足げに眺めた。男のほうは、バルクハウゼンほど居心地よく感じていないようだった。

そこで、バルクハウゼンは少し食べるとすぐにまた出かけることにした。上客が気分を害して帰ってしまったらどうする！　二十マルクを全部自分のために取っておけるのは何よりだった。バルクハウゼンはロラー通りに足を向けた。そこの飲み屋で客があけすけな話をしているという噂を聞いていたからだ。そこでなら何か小耳に挟めるかもしれない。今じゃベルリン中のどこでも魚が捕まえられる。それで、昼間捕まえられなかったときには、夜捕まえればいい。

夜のことを考える度に、まばらに垂れ下がった口髭の奥で、バルクハウゼンの口元にピクピクと引きつるような笑みが浮かんだ。あのバルドゥルの野郎め、ペルジッケの奴らめ、まったくとんでもない連中だ！　俺を馬鹿にしてもらっては困る。この俺を！　二十マルクとシュナップス二杯で俺を片づけられると思ったら大間違いだ。いつか、ペルジッケの連中を見下せる日も来るかもしれない。今は下手に出て、要領よく立ち回っていればいいのだ。

そのとき、バルクハウゼンは思いついた。エンノとかいう男を夜までに探し出そう。こういうことにはエンノがぴったりかもしれない。大丈夫、エンノならきっと見つかる。奴は、ケチな競馬好きが集まる飲み屋に毎日入り浸ってる。奴の行きつけの店は三〜四軒しかない。エンノという男の本名を、バルクハウゼンは知らなかった。彼とは、何軒かの飲み屋で一緒になっただけの仲だった。そこでみんなが彼のことをエンノと呼んでいたのだ。奴はきっと見つかる。ひょっとしたら、奴こそぴったりの男かもしれない。

4 トルーデル・バウマン、秘密を漏らす

オットー・クヴァンゲルにとって、工場に入ることは簡単だったが、それから、トルーデル・バウマンを呼び出してもらうまでが大変だった。彼らは出来高払いで働いているだけでなく、シフトごとに一定のノルマもこなさなければならないので（ちなみに、それはクヴァンゲルの工場でもまったく同じだった）、一分の無駄も許されないのだ。

だが、とうとうクヴァンゲルの頼みは聞き届けられた。何と言っても、相手も彼と同じ職工長だった。同僚の頼みをむげに断ることはできなかった。特に、息子が戦死したと聞かされてはなおさらだった。つまり、トルーデルを呼び出してもらうために、クヴァンゲルは息子が戦死した話までしなければならなかったのだ。だから、アンナの意思に反して、クヴァンゲルは自分でトルーデルにその話をしなければならなくなった。話さなければ、職工長が彼女にしゃべってしまうだろう。トルーデルが泣き喚いたり、ぶっ倒れたりしなければいいのだが。実際のところ、アンナがしっかりしていたのは奇跡だった。トルーデルも気丈に振る舞ってくれるだろう。

ついに彼女がやってきた。妻以外の女と関係を持ったことのないクヴァンゲルだったが、トルーデルのことは魅力的だと認めざるを得なかった。細かいカールがかかった豊かな黒髪、工場労働の疲れなどみじんも感じさせない色つやのいい丸顔、明るい笑みを浮かべた目元、はち切れそうな胸。青い長ズボンと、糸くずがくっついたつぎあてだらけの古ぼけたジャンパーという作業着姿の今でさえ、彼女は魅力的だった。だが、彼女の一番の魅力はその動き方かもしれない。仕草の一つ一つが生き生きしている。足を一歩踏み出すのさえ、楽しそうだ。生きる喜びに溢れている。

実際のところ奇跡だな、と一瞬オットー・クヴァンゲ

ルは思った。息子のオットーみたいな、甘ったれののろまがこんないい女をものにできたなんて。だが、とクヴァンゲルはすぐに自分で自分の意見を訂正した。俺は一体オットーの何を知っているというんだ。実際のところ、俺は息子をまともに見たこともなかった。息子は俺が思っていたのとは全然違う奴だったんだろう。それに、あいつはラジオにかけてはひとかどのものだった。あいつはいろんな工場から引っ張りだこだった。

「よう、トルーデル」彼が差し出した手に、彼女のぽっちゃりした温かい手が元気よく滑り込んできた。

「こんちは、お父さん」と彼女は答えた。「ねえ、おうちで何かあったの? お母さんが私に会いたがってるの? それとも、オットーから手紙が届いたの? なるべく早くそっちに行くようにするわ」

「今晩でなきゃだめなんだ」とオットー・クヴァンゲルは言った。「用事というのはつまり……」

彼は言葉を飲み込んだ。いかにも彼女らしい活発さで、トルーデルが青いズボンのポケットにさっと手を突っ込み、ポケットカレンダーを取り出してページをめくり始めたからだ。彼女は彼の話を片耳でしか聞いていなかった。そんな話をするタイミングではなかった。そこで、彼女の探しているものが見つかるまで、クヴァンゲルは辛抱強く待った。

二人が立っていたのは、風の吹き抜ける長い廊下だった。漆喰を塗った壁には、所狭しとポスターが貼られている。トルーデルの後ろの壁に斜めに貼られたポスターに、クヴァンゲルはふと目を留めた。「ドイツ国民の名において」という太字の見出しの下に、三名の名前と、「以上三名は、国家反逆罪により絞首刑を宣告された。今朝、プレッツェンゼー刑務所にて、刑は執行された」という文句が書いてある。

彼は思わず両手でトルーデルを摑むと脇に引っ張り、彼女をポスターから離した。彼女は最初「どうしたの?」と驚いたが、彼の視線を目で追ってポスターに気づき、自分もポスターを読んだ。彼女の口から声が漏れた。それは、取りようによっては、ポスターの内容に対する抗議とも、クヴァンゲルの行為に対する拒絶とも、無関心とも受け取れた。しかし、いずれにせよ、彼女は元の場所には戻らなかった。彼女はカレンダーをポケットにしまうと言った。「今晩は無理だわ、お父さん。でも、明日の八時頃にそっちに行くわね」

「今晩でなきゃだめなんだよ、トルーデル」とオットー・クヴァンゲルは言った。「つまり、オットーのことで知らせが届いたんだ」彼の目はさらに鋭くなった。トルーデルの目から笑いが消えた。「オットーが戦死したんだ、トルーデル」

奇妙だった。この知らせを聞いたときにオットー・クヴァンゲルが発したのと同じ、深い「ああ」という音が、今度はトルーデルの胸から漏れたのだ。涙の溢れる目で、彼女は一瞬クヴァンゲルを見つめた。唇が震えている。彼女は後ろを向くと、額を壁にもたせかけた。彼女は泣いていた。だが、声を立てずに泣いていた。クヴァンゲルには、彼女の肩が震えているのが見えたが、泣いている声は聞こえなかった。

健気な娘だ、と彼は思った。この娘はオットーのことを愛していた。息子も息子なりに健気な奴だった。あのクソ野郎どもの仲間にならなかったし、ヒトラーユーゲントにそそのかされて親に反抗したりもしなかった。いつも、兵隊ごっこや戦争を嫌っていた。戦争なんかくそくらえだ！

彼ははっとした。自分が今考えたことにぎょっとしたのだ。自分ももう変わってしまったんだろうか。今のは、アンナの「あんたとあんたの総統！」にそっくりじゃないか。

そのとき彼は、トルーデルが、ついさっきその下から彼女を引き離したポスターに額をもたせかけていることに気づいた。彼女の頭の上に、「ドイツ国民の名において」という太字が見えた。処刑された三人の名前は、彼女の額で隠れていた。

そのとき、「いつかこんなポスターに、俺とアンナとトルーデルの名前が書かれて壁に貼り出されるかもしれない」という考えが幻のように彼の頭に浮かんだ。彼は不満げに首を振った。俺は静かな生活を望んでいるだけの単純な工員で、政治にはまったく無関係だ。アンナは平凡な主婦だ。それにトルーデルのような可愛い娘には、すぐに新しい彼氏が見つかるだろう。

だが、幻はなかなか消えなかった。俺たちの名前が壁のポスターに……と彼はすっかり混乱した頭で考えた。別にいいじゃないか。絞首台に吊されるのも、手榴弾で粉々にされたり腹に弾が当たってくたばるのと大差はない。そんなことは重要じゃない。たった一つ重要なのは、ヒトラーとは何者なのかを見極めなきゃならないってことだ。最初はすべていいことのように見えた。それが突然、何もかも悪くなった。突然、弾圧と憎しみと強制と苦しみばかりになった。大勢が苦しんでいる。あの卑怯な密告屋のバルクハウゼンは、「何千何万という名誉の戦死者」と言った。まるで、その数が大事だと言わんばかりに！　不当に苦しめられている人間がたった一人だとしても、自分がその事態を変えられるにも関わらず行動を起こさないとしたら、自分の静かな暮らしが大事なばかりに卑怯にも行動を起こさないとしたら、それは……

彼はその先を考えられなくなった。最後まで考えたら自分がどうなるか、心底怖くなったのだ。自分の生活をそっくり変えなければならなくなるかもしれない！

彼はトルーデルを再び見つめ、その頭上の、「ドイツ国民の名において」という文字を再び読んだ。トルーデル、泣いてもいいが、そのポスターには寄りかからないでくれ。衝動に抗しきれず、彼は彼女の肩を掴んで壁から離し、彼女を自分のほうへ向けるとできるだけ優しい声で言った。「トルーデル、そのポスターに寄りかかっちゃだめだ……」

一瞬、彼女は怪訝な顔でポスターの文字を見つめた。彼女の涙はもう乾いていた。肩はもう震えていなかった。目には生気が戻ってきた。それは元の、廊下に入ってきたときに見せたあの明るい輝きではなく、熾火のような暗い光だった。彼女はその手を、「絞首刑」と書いてある部分にしっかりと、しかし優しく置いた。「お父さん、私、絶対に忘れないわ」と彼女は言った。「自分がこういうポスターの前でオットーのために泣いたんだってことを。もしかしたら、いつか、そんなの嫌だけどいつか、私の名前もこんな紙に載るかもしれない」

彼女は彼をまっすぐ見つめていた。彼には、この娘は自分が何を言っているのか分かってないんだという気がした。「トルーデル！」彼はぎょっとして声を上げた。「落ち着くんだ。何だってあんたの名前がこんなポスターに……あんたは若い。人生これからだ。また笑える日が来る。子どもを産んで……」

彼女は聞く耳を持たずに首を振った。「子どもたちが撃ち殺されることはないと確信できるようになるまでは、私、子どもは産まない。どこかの将軍が、『進め！ 死に行け！』と命令している間は、子どもは要らない。ねえ、お父さん」と彼女は彼の手を握りしめて言った。「お父さんはこれから本当に今までどおりに生きていける？ オットーは彼らに殺されたのよ？」

彼女は彼を食い入るように見つめていた。彼は再び、自分の中に侵入しようとしている未知の感情に抵抗していた。「フランス人に殺されたんだ」と彼はつぶやいた。「フランス人に？」彼女は興奮して叫んだ。「お父さんはそんなことを言ってごまかすの？ 誰がフランスに攻め込んだの？ ねえ、誰が？ お父さん、答えてよ！」「だが、俺たちに何ができるんだ」トルーデルに詰め寄られて、オットー・クヴァンゲルは必死に言い返した。「俺たちはほんの数人だ。残りの大多数は彼に賛成だ。フランスに勝った今ではなおさらそうだ。俺たちには何もできないよ」

「できることはいくらでもあるわ」彼女は熱っぽく囁いた。「機械を故障させることもできるし、わざと製品の質を落としたり、ゆっくり作業することもできる。彼らのポスターをはがして別のポスターに貼り替え、国民に政府の嘘と裏切りを訴えることもできる」彼女はさらに声を落として囁いた。「でも、一番大事なのは、彼らとは違う人間であり続けること。絶対に彼らのような人間にならないこと、彼らと同じように考える人間にならないこと。私たちはナチスにはならない。彼らが全世界を征服したとしても」

「それで、それで何ができるんだ、トルーデル」オットー・クヴァンゲルは低い声で尋ねた。「それで何ができるのか、俺には分からない」

「お父さん」と彼女は答えた。「最初は私も分からなかった。今でも完璧に分かったわけじゃない。でもね、私たち、工場内に共産党の秘密支部を立ち上げたの。今のところは本当に小さな組織よ。男性が三人と、あとは私だけ。その中の一人が私に説明してくれたの。我々は雑草だらけの畑に落ちたよき種だ、と彼は言ったわ。よい種がなければ、畑は雑草に覆い尽くされてしまうだろう。だが、よい種は実を結んで増えていく……」

何かにおびえたように、突然彼女は口をつぐんだ。

「どうしたんだ、トルーデル」と彼は尋ねた。「よき種云々は、悪くない考えだ。よく考えてみるよ。これから考えなきゃならないことが山積みだ」

だが、彼女は恥ずかしさと後悔に消え入りそうな声で言った。「私、組織のことをうっかりしゃべってしまった。誰にも秘密を漏らさないって誓ったのに！」

「そんなことは心配しなくていい、トルーデル」とオットー・クヴァンゲルは言った。彼の冷静さにトルーデルも落ち着きを取り戻した。「オットー・クヴァンゲルは、右の耳から入ったことが左の耳から抜けてしまう男だ。俺はもう何にも覚えていないよ」彼はポスターを睨みつけた。「ゲシュタポがこぞってやってきたって平気だ。俺は何にも知らない。それから」と彼は言葉を継いだ。「あんたがそうしたければ、そのほうが安心だと言うなら、今からもう俺たちはお互いに知らないことにしよう。今夜ももうアンナに会いに来なくていい。アンナには何か適当に言っておく。もちろん、アンナには何も言わない」「だめよ」と彼女は答えた。彼女は自信を取り戻していた。「今晩お母さんに会いに行くわ。でも、私、口を滑らせてしまったことを同志に言わなきゃならない。そしたら、お父さんが信頼できる人かどうか、誰かが確かめに行くかもしれない」

「来るなら来い」とオットー・クヴァンゲルはすごんでみせた。「俺は何も知らない。俺は生まれてこの方、政治と関わったことは一度もない。さよなら、トルーデル。今晩うちに来てくれても、俺は多分会えないな。十二時前に仕事から帰れることはほとんどないから」

彼女は彼に握手の手を差し出すと、廊下を戻って工場の中へと消えていった。ほとばしるような生命力はもう感じられなかったが、それでも彼女はやはり力強さに溢れていた。いい娘だ、とクヴァンゲルは思った。健気な娘だ！

クヴァンゲルは一人で廊下に立っていた。すきま風を受けて、ポスターがかさかさと小さな音を立てていた。立ち去り際に自分が取った行動に、彼は自分でも驚いた。トルーデルが寄りかかって泣いていた、あのポスターに会釈したのだ。怒りを込めて決然と。

次の瞬間、彼は自分の行動を恥じていた。芝居じみた真似をしてしまった！　彼は家に帰ることにした。もうぎりぎりの時間だったので、市電に乗らざるを得なかった。ほとんどケチといってもいいほど倹約家の彼にとって、これは痛恨事だった。

5　エンノ・クルーゲ、帰宅する

郵便配達人エヴァ・クルーゲは、午後二時に配達を済ませ、それから四時頃まで郵便為替や小切手の計算に追われた。疲れ切っていたので、頭が混乱してしまい、何度も計算間違いをした。ガンガンする頭を抱え、痛む足を引きずって彼女は家路についた。考えるだけでも嫌になったが、家に帰ってからも片づけなければならないことは山ほどあった。帰り道、配給切符を使って買い物を済ませた。肉屋では、かなり長時間行列に並ばされた。そんなこんなで、フリードリヒスハインの自宅に帰り着いたときにはほとんど六時になっていた。彼女はゆっくりと階段を上っていった。

家の前の階段に、薄い色のコートを着て鳥打ち帽をかぶった小男が座っていた。血色の悪い、無表情な顔。少し炎症を起こしたまぶた。薄い色の目。つまり、まったく印象に残らないたぐいの顔だ。

「あんた？　エンノなの？」彼女はぎょっとして声を上げ、無意識に家の鍵を握りしめた。「うちに何の用があるの？　うちにはお金も食べるものもないわ。それに私、あんたを家の中に入れるつもりはないわよ！」

小男はまあまあというような仕草をした。

「そうカッカするなよ、エヴァ。何だってそうすぐにつんけんするんだ。お前にこんちはって言いたかっただけさ、エヴァ。こんちは、エヴァ」

「こんにちは、エンノ」彼女は嫌々挨拶を返した。長年の付き合いで、夫のことはよく分かっていたからだ。彼女はしばらく待ってから、ふんと鼻で笑った。「さあ、お望みどおり、こんにちはと言ったわ。もう帰っていいわよ。だのに、まだそこにいるのね。つまり、本当は何が目当てなの？」

「分かるだろ、エーフヒェン」と彼は言った。「お前は物わかりのいい女だ。ちゃんと話し合いのできる女だ……」彼は、くどくどと説明し始めた。二十六週間の疾病休暇期間が終わってしまったので、健康保険からもうカネが下りなくなったこと。また働きに出なければならないこと。でないと、軍隊に送り返されてしまうこと。彼のような精密機械工は人材が不足していたので、工場に残ることを軍隊が許可したのだ。「そんなわけで」と彼は説明を締めくくった。「今後しばらく、決まった住所が必要になった。そこで俺は考えた……」

彼女は首を激しく横に振った。彼女は倒れそうになるほど疲れていた。早く家の中に入りたかった。やらなければならないこともまだ山ほどあった。だが、彼を家の中に入れるわけにはいかなかった。たとえ、真夜中までここに立ちつくすことになっても。

彼は慌てて言い足したが、その言葉は白々しいばかりだった。「聞きもしないでだめって言うのはやめてくれよ、エーフヒェン。まだ最後まで話してないじゃないか。誓うよ。お前から何も貰うつもりはない。カネも、食べるものもだ。ソファーで寝かせてくれるだけでいいんだ。シーツも要らない。面倒はかけないよ」

再び彼女は首を振った。ああもううんざり。私が一言だって信じてないことくらい分かってるだろうに。この男は今まで一度だって約束を守ったためしがないんだから。

彼女は言った。「彼女の一人にでも頼んでみたらいいじゃないの。いつでも、みんなそれくらいのことはしてくれてるでしょうよ」

彼は首を振った。「女とは別れたよ、エーフヒェン。もう誰とも付き合っちゃいない。もううんざりだ。考えてみると、エーフヒェン、いつだってお前が一番だった。子どもたちがまだ小さかった頃は楽しかったよなあ」

新婚時代を思い出し、彼女の顔は思わずほころんだ。あの頃は本当によかった。夫がまだまじめに精密機械工として働き、毎週欠かさず六十マルクの賃金を家に入れてくれていたあの頃は。

エンノ・クルーゲは瞬時に状況の好転を見て取った。「そうだろ、な、エーフヒェン。お前はまだ少しは俺のことが好きなんだ。だから、ソファーの上で寝かせてくれるよな？　約束する。すぐに働くよ。賃金のことなんかどうでもいい。また疾病給付金が下りて、戦争に行かなくても済むようになるまでの辛抱だ。十日もすれば、病気の診断書を書いてもらえるさ！」

彼はそこで言葉を切り、期待を込めて彼女を見た。今回は彼女は首を振りはしなかったが、その顔からは本心は分からなかった。そこで、彼は言葉を継いだ。「今度は胃潰瘍はやめておくよ。病院で何も食わせてもらえないからな。今度は胆嚢炎になることにする。これなら検査でばれる心配はない。レントゲンを撮られて胆石がなくたって、胆嚢炎でない証明にはならないんだからな。胆石のできない胆嚢炎だってあるんだ。胆嚢炎については詳しいんだ。きっとうまくいく。まず十日間働きさえすればいいんだ」

彼女が今度も何も答えなかったので、彼は話し続けた。しゃべり続ければ道は開ける、と彼は信じていた。諦めずに話し続けさえすれば、相手は根負けする。「フランクフルト通りに、面倒なことに巻き込まれさえしなければ誰にでも診断書を書いてくれるユダヤ人の医者がいるんだ。そいつに頼めば何とかなる。十日もすれば俺はまた入院だ。そしたら、お前は厄介払いができるってもんだ、エーフヒェン」

彼のおしゃべりにうんざりして、彼女は言った。「夜中までそこでしゃべってたって、エンノ、二度とあんたをうちに入れる気はないから。絶対にね。あんたが何をしゃべろうと、何をしようと、私には関係ない。どうぞご勝手に。あんたに私の生活をめちゃくちゃにされるのはもうごめんだわ。あんたの怠け癖と競馬狂いと女癖には愛想が尽きたの。こんな事がもう何度あったかしら。三回、四回、五回、六回。もう我慢の限界よ。もうおしまい。さあ、この階段に座ることにするわ。六時から働きづめで疲れてるの。何ならあんたも座ればいいわ。しゃべりたければしゃべればいいし、しゃべりたくなければ黙ってることね。どうぞ御勝手に。だけど、うちには入《い》れないわよ！」

そう言うと、彼女は本当に、さっき彼が彼女を待って座っていた階段に腰を下ろした。あまりにも断固とした彼女の言葉を聞いて、彼は、今度ばかりは何を言っても無駄だと感じた。彼は鳥打ち帽を少し斜めにかぶり直すと言った。「分かったよ、エーフヒェン。亭主が困ってるのを知っていながら、それっぱかしの情けをかけるつもりもないってのか。その男の子どもを五人も産んだっていうのに。そのうちの三人は墓の中だし、残った二人の男の子は総統と祖国のために戦ってるというのに……」彼は言葉を切った。何を言っても無駄だと知りつつ、彼はただ機械的に一人でしゃべっていたのだった。いつも飲み屋でべらべらしゃべり続けているので、それが習慣になってしまったのだ。「それじゃ、もう行くよ、エーフヒェン。お前のことを悪く思ってないことは分かってくれよな。自業自得だ。何も恨んじゃいない」

「それは、競馬以外はどうでもいいからでしょ」と彼女は言い返した。「それ以外のことには興味がないからよ。それ以外のことは愛せないからよ。自分自身でさえもね、エンノ」だが、彼女はすぐにまた黙った。こんな男と話をしても仕方がない。しばらく待ってから、彼女は言った。「それで、エンノ、もう行くんじゃなかったの？」

「もう行くよ、エーフヒェン」と彼は意外にも言った。「じゃあ元気でな。お前のことは恨んじゃいない。ハイル・ヒトラー、エーフヒェン！」

「ハイル・ヒトラー！」と彼女は機械的に答えた。この別れの挨拶はただのはったりに違いない、と彼女はまだ確信していた。これをきっかけに、また果てしなくしゃべり始めるに違いない、と。だが、意外や意外、彼は本当にそれ以上何も言わずに階段を下り始めた。

一～二分間、彼女はぼうっとして階段に座り尽くしていた。勝利がまだ信じられなかった。それから、彼女ははじかれたように立ち上がると、階段に向かって耳を澄ました。彼の足音が、一階の階段からはっきりと聞こえてきた。あの男は隠れてはいなかった。本当に出て行ったんだわ！　アパートの玄関ドアがバタンと閉まる音が聞こえた。震える手で、彼女はドアの鍵を開けた。緊張のあまり、最初、鍵がうまく鍵穴に入らなかった。中に入ると、彼女はドアにチェーンをかけ、台所の椅子にぐったりと倒れ込んだ。さっきの戦いで、彼女は最後の力を使い果たしていた。彼女にはもう何の力も残っていなかった。指一本で押しただけでも、椅子から滑り落ちただろう。

だが、椅子の上にうずくまっているうち、彼女は次第に元気を取り戻した。ついにやったのだ。意志の力で、あの男のしつこさに打ち勝ったのだ。家を守り通したのだ。自分の家を。もう二度と、あの男にここで大きな顔をされることはない。競馬の話を延々と聞かされることもないし、あの男が手当たり次第にうちのお金やパンを盗んでいくのを我慢することもないのだ。

彼女はすっかり気力を取り戻し、勢いよく立ち上がった。このささやかな生活が、彼女にはまだ残されていた。郵便局での果てしない仕事を終えたあとは、一人きりの数時間が必要だった。郵便配達の仕事は彼女にはきつかった。とてもきつかった。年を追うごとに、どんどんきつくなった。彼女は以前、婦人病を患ったことがあった。下の三人の子どもを亡くしたのも、それが原因だった。三人とも早産だったのだ。彼女の足も、もう言うことを聞かなくなっていた。彼女は職業婦人向きの女ではなかった。元々、専業主婦だったのだ。だが、夫が突然働かなくなってしまい、稼がざるを得なくなったのだ。当時、息子たちはまだ幼かった。彼女が子どもたちを養い、この家を守ってきたのだ。居間兼台所と寝室の二間から成るこの家を。しかも、その上に亭主の面倒まで見てやったのだ。亭主がよその女の家に転がり込んでいるとき以外は。

もちろん、とっくの昔に離婚することもできた。亭主は浮気を隠そうともしなかったから。だが、離婚したところで何の変わりもなかっただろう。離婚しようがすまいが、エンノは彼女につきまとっただろうから。そんなことは、プライドのかけらも持ち合わせていない彼にはどうでもいいことだった。

彼女が夫を完全に家から追い出したのは、息子が二人とも戦争に行ってからのことだった。それまでは、彼女はまだ、少なくとも見せかけの家庭生活だけでも維持しなければならないと信じていた（大きくなった子どもたちは、とっくに事情を知っていたのに）。そもそも、彼女は家庭の不和を他人に気づかれまいとしていた。夫のことを聞かれると、いつも、仕事で家を空けてるのよと答えていた。さらに、エンノの両親に、食べ物や多少のカネを時々届けに行ったりもしていた。それはいわば、エンノが折に触れて両親の乏しい年金からせびり取るカネの埋め合わせだった。

だが、心の中では彼女はとっくに夫を見放していた。彼が心を入れ替えてまた働き始め、新婚の頃の夫に戻ったとしても、彼女は彼を二度と家に入れなかっただろう。彼女は夫を憎んではいなかった。彼は憎む価値さえない男だった。彼には嫌悪感を覚えるのみだった。蜘蛛や蛇に嫌悪感を覚えるのと同じように。そばに来ないで。姿を見せないで。放っておいてくれればそれでいいの！

そんなことをぼんやり考えながら、彼女は鍋をガスコンロにかけ、居間兼台所を片づけていた。寝室のほうは、いつも出勤前に掃除し終えていた。スープの鍋がコトコトと音を立て、台所にいい匂いが広がり始めた頃、彼女は繕い物に取りかかった。繕っても繕っても靴下には穴があいた。繕うのが追いつかないくらいだった。だが、繕い物は嫌いではなかった。柔らかいフェルトのスリッパを履いて籐椅子に座り、痛む足を少し内股ぎみに投げ出して――それが一番楽な姿勢だった――くつろげる、食事前のこの静かな三十分間が彼女は好きだった。

食事を済ませたら、お気に入りの長男に手紙を書くつもりだった。ポーランドにいるカルレマンに。最近、カルレマンとはまるで意見が合わなくなっていた。特に、彼が親衛隊に入ってからというものは。最近、親衛隊についていろいろと悪い噂が聞こえてきていた。特にユダヤ人に対して、彼らはひどいことをしているという話だった。だが、自分の産んだ息子がそんなことをするとはとても思えなかった。ユダヤ人の少女を陵辱してから撃ち殺すなんて。そんなことをカルレマンがするはずがないわ！　大体、誰に似たらそんなことができるというの？　私は乱暴なことや残酷なことなんかとてもできないし、父親はただの弱虫だし。でも、手紙にそれとなく、人の道に外れるようなことをしてはいけませんと書いてみよう。もちろん、文面には気をつけて、カルレマンだけにしか分からないようにそれとなく書かなくては。でないと、手紙が検閲に引っかかったらカルレマンに迷惑がかかってしまう。そうね、何を書いたらいいかしら。子どもの頃、私の財布から二マルク盗んでお菓子を買ったときの話を書こうかしら、それとも、まだ十三歳の時、商売女も同然のヴァリーに手を出した話のほうがいいかしら。あの女からあの子を引き離すのは一苦労だった。カルレマンは時々カッとなる質だから。

だが、昔の苦労話を思い出しながら彼女は微笑んでいた。息子たちが小さかった頃のことは、今ではすべて彼女には楽しい思い出だったのだ。あの頃は、まだ体力があった。子どもたちを世間から守るために、昼も夜も働いたものだった。子どもたちに、まともな父親がいる家庭に引けを取らない暮らしをさせてやるために。でも最近は、どんどん体力がなくなってきた。特に、息子たちを軍隊に取られてからというものは。そうよ、こんな戦争はやってはならなかったのよ。総統が本当にそんなに偉大な男なら、こんな戦争はしなかったはずよ。ちっぽけなダンツィヒや貧弱なポーランド回廊のために、何百万人もの命を日々危険にさらすなんて。本当に偉大な男はそんなことはしない！
でも、彼は私生児同然の生まれだという話だわ。ちゃんと面倒を見てくれる母親が彼にはいなかったのね。だから、果てしない不安の中で母親たちがどういう気持ちでいるかも分からないんだわ。戦地から手紙が届くと、一日か二日はましな気持ちになる。でもそれから、その手紙が投函されてからのことを考えるとまた不安が襲ってくる。

彼女はとっくに繕い物の手を止め、そんなことをぼんやりと考えていた。彼女は機械的に立ち上がると、スープの鍋を火力の強いコンロから弱いほうへ移し替え、ジャガイモの鍋を火力の強いコンロにかけようとした。そのとき、呼び鈴が鳴った。彼女は立ちすくんだ。エンノだわ！と彼女は思った。エンノがまたやってきたのね！

彼女は静かに鍋をコンロに置き、フェルトのスリッパを履いた足で音を立てないように戸口まで歩いていった。彼女はほっとした。ドアの前に（中から姿がよく見えるように、ドアから少し離れて）立っていたのは、隣のゲッシュ夫人だった。きっとまた何かを借りに来たのね。小麦粉とかラードを少しとか。いつも返すのを忘れるんだけど。だが、エヴァ・クルーゲはそれでも警戒を解かなかった。彼女は、ドアの覗き穴から見える範囲でドアの向こうの様子を窺い、どんな音も聞き逃すまいとして耳を澄ました。だが、怪しいところはまったくなかった。ゲッシュ夫人がじりじりしてときどき足踏みをしたり、覗き穴のほうを見たりしているだけだった。

エヴァ・クルーゲは心を決めた。チェーンをしたまま彼女はドアを開け、尋ねた。「何のご用かしら、ゲッシュさん」

とたんに、ゲッシュ夫人は堰を切ったように愚痴をぶちまけ始めた。自分は働きづめで死ぬほど疲れているのに、二人の娘は母親に働かせてのうのうと暮らしている。毎日毎日延々と他人の汚れ物を洗っているのに、満足に食べることもできない。それなのに、エミーもリリーも何もしない。夕飯を食べると娘たちは家を出て行ってしまい、皿洗いは母親に任せっきり。「そうなのよ、それでね、クルーゲさん。お願いというのは、私、背中に何かできてるみたいなの。ねぶとか何かおできみたいなものだと思うんだけど。うちには一つしか鏡がないし、私、目が悪いでしょ。ちょっと見てもらえたらと思って。こんなことのためにお医者には行けないわ。大体医者に行く暇なんてないもの。で、もしよかったら潰してもらえないかしら。気持ち悪くなかったらね。だって、そんなこと気持ち悪くてできないって言う人は多いでしょ……」

ゲッシュ夫人が次から次へと愚痴を並べている間にエヴァ・クルーゲは機械的にチェーンを外し、ゲッシュ夫人は居間兼台所に入った。エヴァ・クルーゲがドアを閉めようとしたそのとき、誰かが片足をぐいっと押し込んできた。と思うまもなく、エンノ・クルーゲがもう家の中に入っていた。彼の顔はいつものように無表情だった。それでも、彼がいくらか興奮していることは、ほとんどまつげの生えていないそのまぶたが激しく震えていることで辛うじて分かった。

エヴァ・クルーゲは両腕をだらんと下げて立っていた。膝が震えて、床に倒れてしまいそうだった。洪水のようだったゲッシュ夫人のおしゃべりはぴたりと止み、彼女は無言で二人の顔を見比べていた。台所の中は静まりかえっていた。スープの鍋だけがコトコトと静かな音を立てていた。

とうとうゲッシュ夫人が口を開いた。「さあ、これで頼まれたことはやりましたよ、クルーゲさん。でも、言っときますけど、これっきりですからね。あなたが約束を破ってまた仕事をさぼったり、飲み屋通いや競馬狂いを始めたら……」彼女はそこで言葉を切り、エヴァ・クルーゲの顔を見てから言った。「もし私が馬鹿なことをしたって言うなら、旦那をここから叩き出すのを手伝うわよ、クルーゲの奥さん。二人でやれば、何てことないわ！」

エヴァ・クルーゲは「やめてよ」と言うように手を振った。「ほっといて、ゲッシュさん。どうだっていいわ」彼女はゆっくりと注意深い足取りで籐の椅子に戻り、深々と腰掛けた。繕い物も再び手に取ったものの、ただじっとそれを見つめていた。まるで、それが何なのか分からないかのように。

ゲッシュ夫人は少し気を悪くして言った。「そう、それじゃお休みなさい。それともハイル・ヒトラー！のほうがいい？どっちでもお好きなほうを言うわよ」

「ハイル・ヒトラー！」エンノ・クルーゲがせかせかと

言った。

　エヴァ・クルーゲは、眠りから覚めたかのようにゆっくりと答えた。「おやすみなさい、ゲッシュさん」そして、ちょっと考えてから、「それで、本当に背中に何かできてるのなら」と言い足した。

「いいえ」とすでにドアの前まで来ていたゲッシュ夫人は慌てて答えた。「背中は何ともないわ。ただそう言っただけ。でも私、もう二度と他人のことには干渉しないわ。そんなことしても誰にも感謝されないことが分かったから」

　そう言うと、彼女は外へ出た。良心がちょっと痛んでいたので、この無言の二人から離れられて彼女はほっとしていた。

　ドアが閉まるや否や、小男は動き出した。彼は当然のようにタンスを開け、妻の服を二着、一つのハンガーに重ねて掛けてハンガーを一つ空けると、そこに自分のコートを掛けた。鳥打ち帽はタンスの上に置いた。彼はいつも、自分の衣類をとても丁寧に扱っていた。みすぼらしい身なりは嫌だったし、新しい服を買えないことは分かっていたからだ。

　彼は、「ほう、ほう」と言いながらくつろいだ様子で両手をこすりあわせ、ガスコンロに近づくと鍋の蓋を取って匂いを嗅いだ。「こりゃいい」と彼は言った「ゆでたジャガイモと牛肉のスープか。こりゃいいや」

　彼はちょっと間を置いた。妻は彼に背中を向け、身動きもせずに座っていた。彼はそっと鍋の蓋を戻し、妻の隣に立つと話しかけた。「大理石の彫刻になったみたいに黙りこくるのはやめてくれよ。一体どうしたっていうんだ。何日かまた亭主が家にいるだけの話じゃないか。面倒はかけない。それに、約束は守る。ジャガイモだっていらない。せいぜい、少し残ったら、でいい。それも、お前からくれると言うなら、だ。俺のほうから、くれなんて言わないよ」

　妻は一言も答えなかった。彼女は繕い物のかごをタンスに戻し、テーブルにボウルを置いて二つの鍋からよそい、おもむろに食べ始めた。夫は妻の向かい側に腰掛け、ポケットからスポーツ新聞を何紙か引っ張り出して、垢じみた分厚いノートにメモし始めた。彼は時々、食事をしている妻をチラチラと盗み見た。彼女はゆっくりゆっくり食べていたが、すでに二杯目に取りかかっていた。

彼の分は、きっとたくさんは残らないに違いなかった。彼は狼のように腹ぺこだった。丸一日、いや夕べから、何も食べていなかった。ロッテの夫が休暇で前線から帰ってきて、朝飯を食べる暇さえ与えず彼をベッドから叩き出したのだ。

だが彼は、腹が減っているとエヴァに言えなかった。妻の沈黙が怖かったのだ。ここでくつろげるようになるまでには、まだいろんなことがあるだろう。そんな日がいつか来ることについては、彼はいささかも疑念を抱いていなかった。どんな女でも口説き落とせる。決して諦めず、我慢さえしていれば。そのうち、たいていは突然、女は根負けして折れてくる。

エヴァ・クルーゲは鍋を二つともきれいに空にしてしまった。二日分の量を、一晩で食べてしまったのだ。これで、残り物をねだられずに済むわ！ 彼女は少しばかりの洗い物をさっさと済ませると、部屋の模様替えを始めた。夫の目の前で、彼女は少しでも大事なものはすべて、寝室へ運んだ。寝室のドアには頑丈な鍵が付いていて、彼が入れないようになっていた。ストックしてある食料、よそ行きのドレスとコート、靴、ソファーのクッション、さらには子どもたちの写真まで、彼女は寝室へ運び込んだ。夫の目の前で。彼がどう思おうと何と言おうと、彼女にはどうでもよかった。この男は悪知恵を働かせて家に入り込んできた。でも、そんなことをしたって無駄よ。

彼女は寝室のドアに鍵をかけると、台所のテーブルの上に筆記用具を取り出した。死ぬほど疲れていたし、横になりたいのは山々だったが、今夜はカルレマンに手紙を書こうと決めていたのでその計画を実行したのだ。夫に対してだけでなく、自分自身にも彼女は厳しかった。

最初の二〜三行を書いたところで、夫がテーブルの上から覗き込んで言った。「誰に書いてるんだい、エーフヒェン？」

夫とはもう口をきくまいと決意していたのに、彼女は思わず答えてしまった。「カルレマンよ」

「そうか」と言うと、彼は手に持っていた新聞をテーブルに置いた。「そうか、それじゃあお前はあいつには手紙を書き、ひょっとしてその上小包まで送ろうってのか。その父親がどんなに腹を空かせていようと、ジャガイモ一個、肉ひとかけらさえ分けようとしないくせに」

彼の声は若干いつもの無関心な調子を失っていた。まるで、深刻な侮辱を受けたかのような、権利を侵害されたかのような口ぶりだった。父親には拒んでおいて、息子には与えるんだな、と。

「やめてよ、エンノ」と彼女は静かに言った。「あんたには関係ないわ。カルレマンは本当にいい子よ……」

「そうか!」と彼は言った。「そうか! それじゃきっと、分隊長になったときにあいつが親にどんな態度を取ったか、お前は忘れちまったんだな。あいつはお前のやることなすことすべてにケチをつけ、親を馬鹿にしたんだぞ。時代遅れの馬鹿な小市民だと言ってな! 全部忘れちまったのか、どうなんだ、エーフヒェン? まったくいい子だよ、カルレマンはな!」

「あの子は私を馬鹿にしたことなんかないわ」彼女は力無く言い返した。

「そうだろうよ。もちろん、そうだろうともさ!」と彼は嘲笑った。「重たい郵便配達の袋を持ってプレンツラウアー通りをやってくる母親を、あいつは無視した。お前はもちろん、それも忘れてるんだろうな。彼女と一緒だったあいつは、母親を見て見ぬふりをしたんだ。まったくいい子だよ、あいつは」

「そんなことは若い子にはよくあることよ」と彼女は言った。「女の子の前では見栄を張りたがるものよ。誰だってそう。大人になれば変わるわ。育ててくれた母親のところに戻ってくるものよ」

彼は彼女をちらりと見た。もう一言言うべきかどうか迷ったのだ。いつもなら、彼は根に持つタイプではなかった。だが今回は、彼女は彼をあまりにもひどく傷つけていた。まず、食べ物をくれなかった。さらに、彼の目の前でこれ見よがしに貴重品を寝室に運び込んだ。そこで、彼は言った。「俺が母親なら、あんなゲス野郎になっちまった息子を二度とこの腕に抱こうとは思わないだろうけどな」。彼は、不安そうに見開かれた彼女の目を見据え、血の気の引いた顔に向かって言い放った。「最近、休暇で帰省したとき、あいつは戦友に撮ってもらった写真を俺に見せた。見せびらかしたんだ。その写真には、お前のカルレマンが三つくらいのユダヤ人の子どもの足を掴んで、頭を自動車のバンパーに叩きつけるところが写ってたぞ……」

「嘘よ、嘘ばっかり!」彼女は叫んだ。「嘘つき! 食べ物を貰えなかったもんだから、仕返ししようとしてそんな作り話をして！ そんなことをカルレマンがするはずがないわ！」

「俺にそんな話がでっち上げられると思うか？」彼女に一撃を食らわせたことで、落ち着きを取り戻して彼は尋ねた。「俺の頭でそんなことを思いつけると？ それに、俺の言うことが信用できないなら、ゼンフテンベルクの飲み屋に行って聞いてみるといい。あいつはそこでみんなに写真を見せてたんだからな。デブのゼンフテンベルクと奴の女房も写真を見てる」

彼はしゃべるのをやめた。テーブルに突っ伏して泣き喚いているこの女を相手に、これ以上しゃべっても意味がない。それみたことか。それに、お前だって党員じゃないか。総統と総統がやることにいつだって忠誠を誓ってきたんだろ。カルレマンがそんなふうになったからって、驚くことはない。

エンノ・クルーゲは、ソファーを見ながら一瞬迷った。毛布もクッションもない！ こいつはすてきな夜になりそうだぜ！ だが、もしかして、今ならやれるんじゃないか？ 彼は一瞬迷ったが、鍵のかかった寝室のほうをちらっと見て、決心した。泣き崩れる妻のエプロンのポケットに手を突っ込み、彼は鍵を取り出した。そして鍵を開け、寝室を漁り始めた。堂々と、大きな音を立てて。

疲れ切った郵便配達人エヴァ・クルーゲの耳にも、その音はすっかり聞こえていた。自分の持ち物を彼が盗んでいることは分かっていたが、そんなことはもうどうでもよかった。世界は壊れてしまった。もう二度と元に戻ることはない。何のために生きてきたのだろう。何のために子どもたちを産み、子どもたちの微笑む顔や遊ぶ姿を生きがいにしてきたのだろう。子どもたちが獣《けだもの》のような人間になってしまうのなら！ ああ、カルレマン！ あんなに可愛い、ブロンドの男の子だったのに！ 小さい頃、ブッシュ・サーカスに連れて行ったとき、馬が砂の上に寝そべる芸をさせられるのを見てあの子は、「お馬さんたちは病気なの？」と言って可哀想がった。「お馬さんたちは眠ってるだけなのよ」と言って、あの子を安心させなければならなかった。

それが今では、よその母親の子どもたちにあんなことをしているなんて！ 写真の話が本当であることを、エヴァ・クルーゲは一瞬も疑わなかった。エンノは確かに、そんな話を思いつけるような男ではなかった。彼女は息子まで失ってしまったのだ。それぐらいならいっそ、息子が死んでしまったほうがましだった。死んでしまったのなら、少なくともその死を悲しむことができる。もう二度と、息子を抱きしめることはできないだろう。夫ばかりか息子まで、家から閉め出さなければならなくなってしまったのだ。

寝室の中を探し回っていた夫は、随分以前からその存在を疑ってきたものを見つけた。郵便貯金の通帳だ。六百三十二マルク入ってるぞ。しっかりした女だ。だが、何のためにこんなにしっかり貯め込んでるんだ? どうせそのうち年金が貰えるじゃないか。それに、他にも貯め込んだものがあるはずだ……。明日は、とりあえずアデバールに二十マルク賭けよう。ハミルカルにも十マルク賭けようか……。彼は通帳をパラパラとめくった。この女、しっかりしてるだけじゃなくて、まったく几帳面だな。みんなきちんとまとめてある。通帳の後ろのほうに配給切符が挿んである。支払伝票も取ってある。

通帳をポケットに突っ込もうとしたそのとき、彼は妻が隣にいることに気づいた。彼女は彼から通帳をあっさり取り上げると、ベッドの上に置いた。「出てって」と彼女は一言だけ言った。「出てって」

勝利を手にしたと思ったのもつかの間、彼は彼女の憤怒のまなざしに恐れをなして寝室から退散した。一言言い返すことさえできず、彼は震える手でタンスからコートと鳥打ち帽を取り出し、ドアを開けて待っている彼女の脇を無言で通り抜けて暗い階段へ出た。ドアが閉まり、鍵がかかる音がした。彼は階段の灯りを点け、階段を下りていった。ありがたいことに、アパートの玄関に鍵はかかっていなかった。行きつけの飲み屋に行ってみよう。あそこなら、いざとなれば飲み屋の親父がソファーの上で寝かせてくれる。彼は運命に身をゆだねて歩き出した。ひどい目に遭うことには慣れていた。自分を叩き出した妻のことを、彼はもうほとんど忘れていた。

だが、妻のほうは窓辺に立ったまま夕闇を見つめていた。ああよかった。ああ辛い。カルレマンまで失ってしまった。あとは次男のマックスに賭けてみよう。できのいい長男とは違って、マックスはいつも父親似のぱっとしない子どもだった。マックスは大丈夫かもしれない。マックスもだめだったら、もういいわ、そのときは一人で生きていく。一人で、まっとうな人間として生きていく。そうすれば、一生まっとうな人間として生きたことになる。明日にでも、強制収容所送りにならずに党から抜けるにはどうしたらいいか、探ってみよう。難しいだろうけど、できるかもしれない。もし他にどうしようもなければ、収容所に行く。そうすれば、カルレマンがしたことへのせめてもの償いになるわ。

彼女は、涙で汚れた、長男への書きかけの手紙をくしゃくしゃに丸めた。新しい便せんに向かい、彼女は書き始めた。

「マックスへ。またあなたに短い手紙を書くことにしました。元気ですか。母さんは元気です。ついさっき父さんが家に来ましたが、追い返しました。ものをせびりに来るだけだからです。兄さんのカールとも縁を切りました。人として許されないことをしたからです。今では母さんの息子はあなただけです。いつもまっとうな人間でいてください。母さんも、あなたのためにできることは何でもするつもりです。お返事を待っています。母より」

6 オットー・クヴァンゲル、役職を降りる

オットー・クヴァンゲルが職工長を務めている家具工場の作業場では、八十人の工員が働いていた。工場内の他の作業場がもっぱら大量生産の家具を製造していたのに対して、クヴァンゲルの作業場では、開戦前は一点ものの注文家具だけを製作していた。開戦と同時に工場全体が軍需品の生産工場に変更され、クヴァンゲルの作業場は、重い爆弾の輸送に使われる箱だという、非常に重くて大きな箱の製造を割り当てられた。

オットー・クヴァンゲルとしては、木箱が何に使われようがそんなことはまったくどうでもよかった。彼はこの新しい退屈な仕事を、こんな仕事は自分には相応しくないと感じ、軽蔑していた。彼は、板に木目模様をつけたり、見事な彫刻を施されたタンスに仕上げを施したりすることに深い満足を覚える職人気質の男だった。こうした仕事に彼は、彼のような冷たい気質の人間が感じることのできる最大限の喜びを感じていた。それが今では、

彼はただの急き立て役の監督者に成り下がっていた。彼の仕事は、自分の作業場の生産量がノルマどおりに、できればノルマ以上になるように工員たちを急き立て、監督することだけだった。だが、彼は無口な質だったから、そんな感情を口に出したことは一度もなかったし、その鋭い、猛禽類のような顔からは、彼がこの情けない木工仕事に対して感じている軽蔑はみじんも感じられなかった。彼を注意深く観察する人がいたとしたら、ほとんどしゃべらなかった彼がまったくしゃべらなくなったこと、ノルマ達成が至上命令になって以来仕事の質にあまりこだわらなくなったことに気づいただろう。

だが、オットー・クヴァンゲルのような無味乾燥な男を注意深く観察する人などいなかった。これまでもずっと、彼は、こなさなければならない仕事以外のことには興味を持たない仕事人間だと思われてきた。職場に友人は一人もいなかったし、誰かと親しく言葉を交わすこともなかった。仕事、仕事、仕事だけだった。やるべき仕事さえしていれば、それが人間だろうと機械だろうと、彼にはどうでもいいことだった。

にもかかわらず、彼は嫌われてはいなかった。監督者として工員を急き立てる役目の人間ではあったが、彼は工員を罵ったり、上の人間に告げ口したりすることは決してなかった。作業が滞っている場所があると、彼はそこへ行き、作業の障害になっているものを無言のままその器用な手で取り除いた。おしゃべりをしている工員たちを見かけたときには、彼らの横に立ってその黒い目でじっと見据え、彼らがしゃべり続ける気をなくすまでそこに居座った。彼の周りには常に、ひんやりした感じが漂っていた。休憩時間には、工員たちはできるだけ彼から離れて座ろうとした。このようにして彼は、他の人間がどんなに言葉を尽くして叱咤激励しても得られないような敬意を、当然のことのように払われていた。

工場の経営陣も、オットー・クヴァンゲルの価値を十分理解していた。彼の作業場は常にトップの成績を上げていたし、工員が問題を起こすこともなかったし、クヴァンゲルは仕事熱心だった。入党さえしていれば、彼はとっくに昇進していただろう。だが、彼はいつも入党を断ってきた。「そういうことに割けるカネはありません」と彼は言った。「一マルクも無駄にはできません。家族を養わなければなりませんから」

彼は、「あのケチ」と陰口を叩かれていた。募金で寄付しなければならないカネの一銭一銭を、クヴァンゲルの奴は死ぬほど惜しがっているみたいだ。入党することで増える給料の額のほうが党費として出て行く金額よりずっと多いことを、まるで考えに入れてない。あの有能な職工長は度しがたいほどの政治音痴だ。だからこそ、党員でなくても、職工長というささやかな地位を任せておけるんだが。

だが実は、彼が入党しなかったのは党費が惜しかったからではなかった。確かに彼はカネについては厳密だったし、無駄遣いをしてしまったときにはそれがほんのわずかな額であっても何週間も悔やむほどだった。だが、彼は自分のことに関して厳密だっただけに、他人のことに関しても厳密だった。そして、自らの原則の実行という点でこの党はまるで厳密とは言えない、と彼は思った。息子が学校に通っていた頃に学校やヒトラーユーゲントを通じて知ったこと、アンナから聞いた話、工場で給料の高いポストに就いているのは党員ばかりで、党員でない者はどんなに有能でも昇進できないという、彼自身が体験した事実——こうしたことすべてが、党は厳密ではない(つまり、正しくない)という彼の思いを確固たるものにした。そんなものとは関わりたくない、と彼は思った。

だからこそ、今朝アンナから投げつけられた「あんたとあんたの総統のせい」という非難にひどく傷つけられたのだ。確かに、彼はこれまで、総統は心から国民のためを思っている偉大な人物だと信じていた。自分の金儲けや立身出世のことしか考えていない取り巻きやお先棒担ぎさえ排除すればすべてうまくいく、と信じていた。だが、これまで荷担したことはなかった。それは、彼が本当の意味で言葉を交わしていた唯一の人間であるアンナも知っているはずだった。まあいい、アンナはショックのあまりあんなことを言ったんだ。時が経てばそんなことは忘れられる。根に持ったりはしない。

総統とこの戦争については、もっとしっかり考えてみる必要があった。こういうことは、彼にはゆっくりとしかできないのだった。ショックな体験をすると、他人はすぐにそれに反応してしゃべり出したり叫んだり何か行動に移したりするが、彼の場合は時間がかかるのだった。長い、長い時間が。

作業場の喧噪のただ中に立ち、頭を少し上げ、視線をゆっくりと平削り盤から帯鋸、釘打ち機、ドリル、コンベヤベルトへと移して工員の作業を監督しながら、彼は、今朝の出来事——オットーヒェン戦死の知らせと、特に、それに対するアンナとトルーデルの反応——がいまだに自分の中で尾を引いていることに気づいた。元々はそのことを考えてたわけじゃなかった。あの怠け者の工員ドルフースが作業場を抜け出してから七分経っていることが気になっていたんだ。ドルフースのラインの作業が滞っている。また便所でタバコを吸っているか、演説を一席打っているんだろう。もう三分待ってやる。それでも帰ってこなかったら、連れ戻しに行くからな！

そして、壁掛け時計の針に視線を移し、本当にあと三分で、ドルフースが作業場を抜け出してから十分になることを確かめながら彼が思い出していたのは、トルーデルがもたれかかっていたあの嫌らしいポスターのことだけではなかった。そこに書かれていた、「国家反逆罪云々……」という文句のことだけではなかった。それと同時に、彼は、守衛から手渡された手紙が上着のポケットに入っていることを思い出していた。その手紙には、五時かっきりに職員食堂に来ること、と書かれていた。

別に、その手紙が特に気になるというわけではなかった。工場がまだ家具を製造していた頃から、彼はよく役員室に呼び出され、家具製造について相談を受けていた。職員食堂というのがちょっと目新しかったが、そんなことは彼にはどうでもよかった。ただ、五時まであと六分しかなかった。それまでにドルフースを作業場に連れ戻したかったので、彼は予定よりも一分早く作業場を出てドルフースを探しに行った。

ところが、ドルフースは便所にも廊下にも、よその作業場にもいなかった。クヴァンゲルが自分の作業場に戻ってみると、時計の針は五時一分前を指していた。遅刻したくなければ、もうぎりぎりの時間だった。上着に付いた鋸屑をざっと払うと、彼は急いで管理棟に向かった。職員食堂はその一階にあった。

職員食堂の中は、明らかに講演会用に配置換えされていた。演壇が設けられ、司会者用の長いテーブルが置かれ、椅子が何列も整然と並べられている。こうした光景は、よく出席させられていたドイツ労働戦線の集会で彼にはおなじみだった。ただ、労働戦線の集会は必ず工員用食堂で開かれていた。労働戦線の集会場と異なる唯一の点は、そこに並んでいるのが無骨な木製ベンチではなく籐椅子だということだった。また、労働戦線の集会では出席者の大半が彼と同じような作業着姿だったが、ここでは褐色や灰色の制服姿が目立ち、私服姿の人間は影が薄かった。

講演が終わったらできるだけ早く作業場に戻れるよう、クヴァンゲルはドアのすぐ近くの椅子に腰を下ろした。彼が着いたときには、会場にはもうすでにかなりの人数が集まっていた。すでに着席している人たちもいたが、廊下や壁際に数人ずつ固まって話をしている人たちもいた。

だが、そこに集まった人間は全員、ハーケンクロイツを着けていた。党員章を着けていないのはクヴァンゲルだけのようだった（もちろん、国防軍の制服組は別だった）。ただ、彼らは党員章の代わりに階級章を着けていたから、クヴァンゲルがここに呼ばれたのは、何かの間違いかもしれなかった。クヴァンゲルは注意深く辺りを見回した。何人か、知った顔がいた。すでに司会者用の席に着いている、青白い顔をしたあの太った男はシュレーダー社長だ（クヴァンゲルは、社長の顔は見たことがあった）。それから、尖った鼻に鼻眼鏡のあの小男は出納係だ（毎週土曜日、クヴァンゲルは彼から給料袋を受け取っていた。また、彼とは二〜三度、控除額が多すぎるという理由で激しい口論になったことがあった）。おかしいな、とクヴァンゲルはちらっと思った。あの男、帳場にいるときには一度も党員章を着けてたことなんかないのに。

だが、そこにいるほとんどは、クヴァンゲルが見たことのない顔ばかりだった。ここに座っているのは、ほとんどがホワイトカラーの人間なのだろう。突然、クヴァンゲルのまなざしが刺すように鋭くなった。ある一団の中に、さっき便所や廊下で探し回ったのに見つからなかった男を見つけたのだ。ドルフースだ。だが、工員ドルフースは作業着姿ではなかった。上等の背広を着て、党の制服姿の男二人と仲間同士のように話をしていた。そして、工員ドルフースの襟にもハーケンクロイツがついていた。あの男、作業場で軽率なことを言うので何度か気になったことがあったんだが。そうか、そういうことか！　とクヴァンゲルは思った。奴は正真正銘のスパイなんだ。あいつは本当は家具職人じゃないかもしれないし、ドルフースというのも本名じゃないのかもしれない。ドルフースってのは確か、ナチスに殺されたオーストリア首相の名前じゃないか？　すべてまやかしだったんだ。だのに俺は何も気づかなかった。何て間抜けなんだ！

クヴァンゲルは考え始めた。ラーデンドルフとトリッチュがクビになったとき、ドルフースはすでに俺の作業場で働いてただろうか。二人は強制収容所送りになったというもっぱらの噂だが。

クヴァンゲルは身を固くした。心の中で、注意しろ！という声が聞こえた。今、俺は殺人鬼の群れの中に座っているんだ。それから彼は考えた。俺はこいつらの仲間にはならないぞ。俺はただの、間抜けな年寄りの職工長だ。何も分かっちゃいない。だが、こいつらに手を貸すのはごめんだ。今朝、俺はアンナとトルーデルが怒りに駆られるのを見た。そんなことに手を貸すのはごめんだ。俺のせいで、母親や許嫁が処刑されるなんてごめんだ。こいつらの仲間になるのはごめんだ……

彼がこんなことを考えている間に、食堂の椅子はすべて埋まっていた。前の役員席には褐色や黒の制服がびっしりと並び、演壇で、少佐か大佐（クヴァンゲルは、どうしても制服や階級章の違いを見分けられるようにならなかった）が戦況について語っていた。

もちろん、戦況はすばらしかった。少佐（あるいは大佐か大尉）は、フランスに対する勝利を賞賛し、あと数週間でイギリスも屈服すると語ってから、おもむろに本題へと移った。つまり、前線がこのように赫々たる戦果を上げている以上、銃後もその義務を果たすよう求められている、という話だった。少佐（あるいは大佐か大尉）は、まるで、「何が何でも生産性を上げよ」との総統の言葉をクラウゼ家具製造工場の従業員に伝えるために総統大本営から直接やってきたかのような口ぶりで語った。生産性を三ヶ月で五十パーセント向上させ、半年で倍増させることを総統は期待しておられる。この目標を達成するための案を積極的に出してもらいたい。だが、協力しない者は怠業者と見なされ、相応の処分を受けるだろう。

締めくくりの「ジーク・ハイル！」を演説者が唱え終わるより前に、オットー・クヴァンゲルは思った。こいつら馬鹿だ。大馬鹿だ。数週間でイギリスが降伏し、戦争が終わり、工場の生産性が半年で百パーセント向上するだと? 誰がそんな馬鹿話を信じるんだ?

だが、彼もみんなと一緒に起立しておとなしく「ジーク・ハイル!」を唱和し、再び着席すると、次の演説者に目を向けた。新しい演説者は、褐色の制服の胸を、メダルや勲章や階級章でびっしりと飾っていた。こちらは党幹部で、さっき演説した軍人とはまったく違う種類の人間だった。彼はのっけから、「総統と国防軍がめざましい勝利を収めているにもかかわらず、いまだに工場内に蔓延している反動的イデオロギー」を軍隊式の鋭い口調で非難した。口調があまりにも軍隊式で鋭いので、怒鳴っているようにしか聞こえなかった。彼は悲観論者や不平分子を口を極めて攻撃した。かかる輩は一人残らず撲滅してやる、容赦はしない、完膚なきまでにぶちのめし、一本残らず歯をへし折ってやる! 先の大戦時には、兵士のベルトの留め金にSuum cuique（ラテン語。「各人に各人のものを」の意。働きに応じてその人に相応しい賞罰を与えるべき、との意味）と書かれていたが、今では、その文句は強制収容所の門の上に掲げられている! 彼らには強制収容所で思い知らせてやらねばならぬ。また、かかる輩を強制収容所に送り込むことはドイツ国家への貢献であり、総統の心にかなうことである。

「各作業場の責任者諸君、各部門の責任者諸君、工場全体の責任者諸君」と演説者は演説の最後にがなり立てた。「ここに集まった諸君全員に言っておく。諸君には、職場を清潔にしておく責任がある。清潔とは、国家社会主義思想以外の何物も混じっていないということだ。意志薄弱な者、手心を加える者、すべてを告発せず小さな違反を見逃す者は、自分自身が強制収容所行きとなる。はっきり言っておく。無気力と見なされた場合には、役員だろうと職工長だろうと容赦はしない。その無気力を私が軍靴で体から蹴り出してやる!」

演説が終わっても、演説者は顔を紫色にして、怒りに痙攣する両手を突き上げたまま、しばらく立ち尽くしていた。会場は水を打ったように静まりかえっていた。「同僚を密告しろ」と突然あからさまに命令され、誰もが困惑の態《てい》だった。演説者は足を踏み鳴らして演壇を降りた。胸の勲章や階級章が小さな音を立てた。青白い顔のシュレーダー社長が立ち上がり、「誰か発言したい人は」と低い穏やかな声で言った。

まるで朝が来て悪夢から覚めたように会場中が息を吐《つ》

き、椅子の上で体を伸ばした。ここで発言しようとする者は一人もいないようだった。誰もが、できるだけ速やかにこの部屋を出たいと思っているようだった。そこで社長が「ハイル・ヒトラー」と挨拶してお開きにしようとしたそのとき、青い作業服姿の男が突然立ち上がり、自分の作業場の生産効率は簡単に上げられる、と言った。これこれの機械を設置するだけでいい、と彼は機械の名前を列挙し、それをどのように設置するかを説明した。それから、怠け者と役立たずの工員六人ないし八人を作業場から立ち退かせる必要がある。そうしたら、百パーセントの生産性向上を三ヶ月で達成してみせる。

クヴァンゲルは、冷静に落ち着いて立っていた。彼は戦い始めたのだ。全員の目が自分に注がれているのを、彼は感じていた。ここのお偉方にとっては虫けら同然の、一介の労働者である自分に。だが、彼は彼らを気にしたことがなかったから、彼らから注視されても何とも思わなかった。彼の話が終わると、役員らは頭を寄せ合って相談した。演説者らは、あの青い作業服の男は誰なんだと尋ねた。それから、最初に演説した少佐（あるいは大佐）がクヴァンゲルに、機械については技術管理部から相談があるだろうと言った。だが、きみの作業所から立ち退かせなければならない人間が六人だか八人だかいるというのは、一体どういう意味なんだね？

ゆっくりとした頑固そうな口調で、クヴァンゲルは答えた。「そうですね、効率よく働けない人間もいますし、効率よく働く気のない人間もいます。その中の一人が、そこに座っています！」そう言うと、彼は太い人差し指をぴんと伸ばし、何列か前に座っている工員ドルフースをはっきりと指さした。

何人かがぷっと吹き出した。工員ドルフース本人もその一人だった。彼はクヴァンゲルのほうに振り返って笑いかけた。

だが、クヴァンゲルは表情一つ変えずに冷ややかに言った。「そうとも。無駄話はする、便所でタバコは吸う、仕事はさぼる。違うか、ドルフース」

役員席では、この変わり者をめぐってまたひそひそ話が始まった。だが、褐色の制服を着た演説者は我慢できずに立ち上がり、大声を出した。「お前は党員じゃないな。どうして入党しないんだ」

クヴァンゲルは、その手の質問に対していつも答えているとおりに答えた。「家族を養うために、わずかなカネでも惜しいからです。経済的に余裕がないので、入党できないんです」

　褐色の制服の男は怒鳴った。「守銭奴め。総統と祖国のために使えるカネはないと言うのか。一体、家族は何人いるんだ」

　クヴァンゲルは彼の顔を見据えて冷ややかに答えた。

「そこのあなた、今日は私の家族について聞くのはやめてください。息子の戦死の知らせが今日届いたんです」

　一瞬、会場は静まり返った。褐色の制服姿の党幹部と老職工長は、何列かの椅子を挟んで見つめ合った。それから突然、オットー・クヴァンゲルは着席した。これですべて片が付いたとでもいうように。少し遅れて、褐色の制服の男も着席した。シュレーダー社長が再び立ち上がり、「ジーク・ハイル！」と閉会を宣言した。その声はややか細く響いた。これで会合はお開きになった。

　五分後、クヴァンゲルは再び作業場に立って、頭を少し上げ、視線をゆっくりと平削り盤から帯鋸へと、それからさらに釘打ち機、ドリル、コンベヤベルトへと移していた。だが、そこに立っているのは元のままのクヴァンゲルではなかった。彼はそれを感じていた。それを知っていた。彼は彼ら全員を出し抜いたのだ。汚い手を使って出し抜いたと言えるかもしれない。息子の死を利用するというのは、汚いやり方だったかもしれない。だが、あんな奴ら相手にまともな手を使う必要があるだろうか。いいや、と彼はほとんど声に出して言いそうになった。いいや、クヴァンゲルよ、お前はもう二度と元のクヴァンゲルには戻らないだろう。今日俺がやってのけたことを聞いてアンナが何て言うか、楽しみだ。ドルフースは作業場に戻ってこないんだろうか。だったら、今日にでも一人補充しないと。作業が遅れてるな……

　だが、心配するまでもなく、ドルフースは戻ってきた。しかも、部長が一緒だった。職工長オットー・クヴァンゲルは、次のような指示を受けた。この作業場の技術的な監督は今までどおりクヴァンゲルに任されるが、労働戦線の役職はドルフースが引き継ぎ、クヴァンゲルは今後政治には関わらなくていい。「分かったか？」

「分かったか、だって？　ドルフース、お前が役職を引き受けてくれて嬉しいよ。俺はこのごろ段々耳が遠くなってきて、さっき言われたみたいに他人の話に聞き耳を立てるなんてことは、この騒音の中ではできそうもない」

ドルフースは短くうなずくと、素早く言った。「さっき見聞きしたことは、誰にも言わないことだ。さもないと……」

ほとんど気を悪くしたようにクヴァンゲルは答えた。

「一体誰に話すというんだ、ドルフース？　俺が誰かと話をしているのを見たことがあるか？　俺はそんなことに興味はない。自分の仕事のことしか興味がないんだ。いいか、今日はずいぶん仕事が遅れてる。お前ももういい加減に自分の持ち場に戻るんだな！」そして、時計をちらっと見ると言った。「これで一時間三十七分、お前は仕事をさぼってるんだぞ！」

一瞬後には、工員ドルフースは本当に持ち場に戻っていた。そして、誰が言い始めたものか、「タバコやおしゃべりで仕事をしょっちゅうさぼっていたドルフースが大目玉を食らったそうだ」という噂が瞬く間に工場内に広まった。

職工長オットー・クヴァンゲルは、機械から機械へと注意深く歩き回り、手助けをしたり、おしゃべりをしている工員を睨んだりしながら考えていた。これで奴らから解放された。永久にだ！　しかも、奴らは何の疑いも持っちゃいない。あいつらにとっちゃ、俺はただの間抜けな年寄りだからな！　あの褐色の制服の男に、俺は「そこのあなた」と呼びかけてやった。あれが最後のとどめになった！　さあ、これから何をしようか。楽しみだ。俺は何かする。それは分かってる。何をしたらいいのかがまだ分からないだけだ……

7　空き巣

その日の夕方遅く——というよりすでに夜だった。取り決めた計画を実行するにはもう遅すぎる時間だった——、エミール・バルクハウゼンは、探していたエンノを「負け馬亭」という店で見つけた。エンノがともかくも見つかったのは、郵便配達人エヴァ・クルーゲが彼を追い出してくれたおかげだった。二人はビール一杯で隅の席に陣取り、ひそひそ話をしていた。ビール一杯であまりにも長話をしていたので、とうとう亭主が、「閉店だよってもう三回も言ったよ。もういい加減に母ちゃんのところへ帰ってくれ」と言いにきた。

通りを歩きながら、二人は話を続けた。最初、彼らはプレンツラウアー通りに向かって歩き始めたが、すぐにエンノが「帰る」と言い始めた。トゥッティという、以前付き合っていた女の家に泊めてもらえるかどうか試してみたほうがいいんじゃないかと思いついたのだ。マントヒヒのトゥッティなんて呼ばれてる女だが、こんなやばい話に乗るよりはましなんじゃないか、と。

この物わかりの悪さに、エミール・バルクハウゼンはカッとなった。これはやばい話なんかじゃないと十回も百回も請け合っただろうが。これは、親衛隊の保護の下におこなわれる、ほとんど合法的な差し押さえなんだ。しかも、相手はただのユダヤ人の婆さんだ。あんな婆さんのことなんか誰も気にかけちゃいない。俺たちは二人ともしばらく潤うし、警察も裁判所も何も言いやしない。

エンノは言い返した。だめだだめだ、そんなこと、俺はやったことがない。そんなことは俺にはできない。女はお手の物だし、賭け事ならいつでもどんと来いだが、そんな危なっかしいことはやったことがない。マントヒヒだなんて呼ばれちゃいるが、トゥッティはいつでも気のいい女だった。あのとき俺はあいつからちょっとばかりカネと配給切符をこっそり拝借したが、そんなことはあいつはもう覚えちゃいないに違いない。

そのとき、彼らはすでにプレンツラウアー通りに着いていた。

追従《ついしょう》と脅迫という二つの顔をいつでも風見鶏のようにくるくると使い分けている男バルクハウゼンは、まばらな口髭を引っ張りながらイライラして言った。「お前に何かやってほしいなんて誰も言っちゃいねえ。俺一人で十分だ。お前はそこにいるだけでいいんだ。そうしてほしけりゃ、お前の荷物も作ってやるぞ。エンノ、いい加減に飲み込んでくれよ。お前についてきてほしいのは、親衛隊の裏切りに逢わないようにしたいからだけなんだ。獲物の分配がちゃんと公平におこなわれるように、言ってみりゃ証人になってほしいということだ。考えてもみろ、この前、亭主を引っ張っていったときにゲシュタポがいくらかパクってたとしてもだ、あんな金持ちのユダヤ婆あの家にはお宝がうなっているはずだ」

それ以上言い返すこともなく、考え込むことも迷うこともなく、突然、エンノ・クルーゲは「分かった」と言った。突然彼は、一秒でも早くヤブロンスキ通りに行きたい気持ちになった。彼に不安を振り払わせ、決然と「分かった」と言わせたものは、バルクハウゼンの饒舌でもなければお宝への期待でもなかった。それはひとえに空腹のせいだった。突然、彼はローゼンタール家の食料貯蔵庫を思い浮かべたのだ。ユダヤ人はみんな美食家だということ、そして、今まで食べたものの中で、婦人服店を経営している金持ちのユダヤ人の家に招待されたときに一度だけ食べた、ガチョウの首に詰め物をした料理ほど美味いものはなかったことを思い出したのだ。

空腹が生み出した妄想の中で、彼は突然、ローゼンタール家の食料貯蔵庫に行けばそんなガチョウの首が見つかると思い込んだ。彼は、詰め物をしたガチョウの首が陶器の鉢に納まっているさまを心に思い描いた。脂が固まったソースに浸かったガチョウの首にはたっぷりと詰め物がされ、両端が糸でくくってある。鉢ごとガスコンロで温めよう。他のことはどうでもいい。バルクハウゼンは好きなようにしたらいい。そんなことに興味はない。スパイスの効いた、温かい脂っこいソースにパンを浸し、ガチョウの首に手づかみでかぶりつくんだ。そこら中にソースを滴らせながら。

「急ごう、エミール。時間がない」

「突然、どうしたんだ?」とバルクハウゼンは尋ねたが、そのほうが自分にとって好都合だったので、喜んで足を速めた。まずは仕事が片付いてくれれば、俺も嬉しい。これは、俺にとっても専門外の仕事だからな。俺が心配しているのは、警察やユダヤ人の婆さんじゃない。ユダヤ人の婆さんの財産を没収したところで騒ぎになるはずがない。俺が心配しているのはペルジッケの奴らだ。あいつら、本当にクソ忌々しい裏切り者ぞろいだ。仲間を裏切ることさえやりかねない連中だ。アホのエンノを連れてきたのは、ペルジッケの奴らを牽制するためだ。こいつに証人になってもらう。知らない人間がいるのを見れば、あいつらの行動にも歯止めがかかるだろう。

ヤブロンスキ通りに着くと、事はすべてすらすらと運んだ。十時半頃、二人はバルクハウゼンの鍵を使って合法的にアパートの玄関ドアを開けた。階段室の様子を窺って誰もいないのを確かめてから階段の灯りを点け、その灯りの下で靴を脱いだ。「他の店子の安眠を妨害しないように配慮しないとな」とバルクハウゼンはニヤリとして言った。

灯りが自動的に消えると、彼らは足音を忍ばせて素早く階段を上っていった。事はすべて静かにすらすらと運んだ。何かにぶつかって物音を立てたり、靴を落としたりといった初歩的なミスを犯すことなく、彼らは物音一つ立てずに四階まで忍び足で上がっていった。二人ともプロの泥棒ではなかったし、二人ともかなり興奮していたのだが（一人は詰め物をしたガチョウのせいで、もう一人はお宝とペルジッケ家の人間のせいで）、彼らは階段を見事に上りきった。

ローゼンタール家のドアについて、バルクハウゼンは実際よりも百倍も難しく考えていた。ドアは閉まってはいたが、簡単に開いた。鍵さえかかっていなかったのだ。何て軽率な女だ。ユダヤ人なんだから特に用心しなきゃならないのに。こうして、二人は家の中に入った。拍子抜けするほど簡単だった。

バルクハウゼンは大胆にも玄関の灯りを点けた。彼はすっかり大胆になっていた。その日の朝バルドゥル・ペルジッケに予告していたとおり、彼は、「ユダヤ婆あがぎゃあぎゃあ言ったら、がつんと一発お見舞いしてやる」と宣言した。だが、彼女は騒ぎ立てたりはしなかった。そこで彼らはまずは落ち着いて、家具やらトランクやら木箱やらが所狭しと置いてある小さな玄関を見回した。なるほど、ローゼンタール夫婦は店の近くに大きな家を構えていたっけ。突然そこを明け渡すことになって、たった二部屋と物置と台所だけのアパートに引っ越さなきゃならなくなったら、モノが納まり切らなくなるのも無理はない。

すぐにでも部屋を物色して荷造りに取りかかりたいところだったが、あとあと面倒なことにならないためには、まずはローゼンタールの婆さんを探し出して猿ぐつわを噛ませておいたほうが安心だ、とバルクハウゼンは考えた。居間は、身動きもできないほどモノで溢れかえっていた。ここにあるモノを全部運び出すなんて十晩かかってもできっこない、こりゃ一番いいものを選び出すしかないな、と彼らはすぐに思った。もう一つの部屋と物置も同じ状態だった。ただ、ローゼンタール夫人だけは見つからなかった。ベッドは使った形跡がなかった。念のため、バルクハウゼンは台所と便所も見回ってみたが、ローゼンタール夫人の姿はなかった。だが、それこそもっけの幸いというものだった。面倒は省けるし、仕事はうんとはかどるのだから。

バルクハウゼンは居間に戻ると、物色に取りかかった。相棒のエンノがいなくなっていることに、彼はまったく気づいていなかった。エンノは食料貯蔵室で、詰め物をしたガチョウの首がないことを知っていたく落胆していた。そこには、タマネギが二～三個と半分食べ残したパンがあるだけだった。それでも彼は食事に取りかかった。タマネギを薄く切り、それをパンに載せた。死ぬほど腹が減っていたので、そんなものでも十分美味かった。

タマネギパンを齧りながら、エンノ・クルーゲは棚の下の段にふと目を留めた。すると突然、ローゼンタール家には食べるものは残っていないかもしれないが飲むものはまだふんだんにあることが分かった。棚の下の段に、ワインやシュナップスの瓶がずらりと並んでいたのだ。競馬以外のことでは何事においても節度を知る男エンノは、甘口ワインの瓶を手に取り、タマネギパンを齧る合間にまずはちびちびと口を湿し始めた。だが、いつもならビール一杯で三時間粘るエンノとしたことが、どうしたわけか、水っぽい酒に突然嫌気がさした。彼はコニャックの瓶を開け、一口また一口と立て続けにあおった。たった五分で、瓶の半分が空になった。彼を豹変させたものは空腹だったのか、それとも興奮だったのだろうか。食事のほうは、彼は完全にやめてしまっていた。

それからコニャックも飲み飽きてしまうと、彼はバルクハウゼンを探しに行った。バルクハウゼンはまだ居間で物色を続けていた。タンスやトランクを開けては中身を床にぶちまけ、もっといいものはないかと探し続けていたのだ。

「たまげたな。奴ら、店ごと引っ越してきたのかな」とエンノは驚きあきれて言った。

「おしゃべりはいいから、手伝え」とバルクハウゼンが言い返した。「きっとまだ宝石や現金が隠してあるはずだ。ローゼンタールは大金持ちだったんだからな。お前、やばい仕事は嫌だとか何とか言ってたな。まったく間抜けな野郎だぜ」

二人はしばらくの間黙って仕事をした。つまり、床の上にさらにモノをぶちまけ続けたのだ。床には服や下着や道具類が足の踏み場もないほど散乱し、彼らは土足でそれを踏み荒らした。それから、コニャックでもうろうとしていたエンノが言った。「もう何も見えないや。飲んで頭をすっきりさせないと。エミール、食料置き場からコニャックをちょっと持ってきてくれよ」

　バルクハウゼンは言われたとおりに食料貯蔵室へ行き、コニャックを二瓶持って戻ってきた。仲良く並んで下着の山の上に腰を下ろし、景気よくコニャックを飲みながら、彼らは仕事について真剣かつ徹底的に論じ合った。

「バルクハウゼン、分かってると思うが、これを全部一度に運び出すのは無理だ。それに、ここにあまり長居するわけにもいかない。一人で二つずつトランクを持って、とりあえずいったんずらかろう。なに、明日があるさ」

「エンノ、お前の言うとおりだ。ここに長居するつもりはない。ペルジッケの奴らのこともあるしな」

「ペルジッケ？　誰のことだ」

「だからその、ペルジッケってのは……だがな、現金と宝石の詰まったトランクをここに残し、下着を詰め込んだトランク二つだけを持って行くのかと思うと、死にたくなるぜ。もうちょっと探させてくれ。乾杯、エンノ！」

「乾杯、エミール！　もうちょっと探したらいいじゃないか。夜は長い。それに、電気料金を払うのは俺たちじゃない。だがな、俺が聞いておきたいのは、お前がトランクをどこへ持っていくつもりかってことだ」

「どこへって。どういう意味だ、エンノ？」

「だからさ、これをどこへ持っていくつもりなんだ？　自分ちに持っていくのか？」

「あのな、俺が遺失物管理事務所に届けるとでも思ってるのか？　もちろん、うちへ持っていくさ。かかあのオッティのところへな。でもって、明日の朝、ミュンツ通りへ持っていって売っ払う。そうすりゃ、小鳥もまた囀り出すってもんだ」

　エンノはコルク栓を瓶の口にねじ込んで、キュッキュッという音を出した。「ほら、小鳥が鳴いてるぜ！　乾杯、エミール！　俺なら、そんなことはしない。家に持って帰って女房に見せるなんてことはさ。どうして女房に臨時収入の報告をしなきゃならないんだ。俺なら、トランクをシュテッティン駅の手荷物預かり所に預けて、預かり証を自分宛に郵便で送る。ただし、局留めで。そうすれば、家で現物を押さえられる心配はないし、証拠も残らない」

「冴えてるじゃないか、エンノ」とバルクハウゼンは感心して言った。「それで、トランクをいつ受け取るんだ?」

「そりゃやっぱり、ほとぼりが冷めたら、だろう」

「それで、それまでの間、どうやって食いつなぐんだ」

「だから前に言ったろ、トゥッティの家に行くって。俺がどんな仕事をしたか話してやれば、両手《もろて》を挙げて歓迎してくれるさ」

「そりゃいいや」とバルクハウゼンは同意した。「それじゃあ、お前がシュテッティン駅に行くなら、俺はアンハルト駅にする。そのほうが目立たなくていいだろう」

「悪くない。エミール、お前も冴えてるじゃないか」

「いろんな奴と付き合ってるからな」とバルクハウゼンは謙遜して言った。「いろんな話が聞こえてくるんだ。人間は雌牛と同じで、いくつになってもまだ賢くなれる」

「そのとおり。さあ乾杯、エミール!」

「乾杯! エンノ!」

ときどき酒瓶を口に持っていきながら、二人はしばらく無言で満足げに見つめ合っていた。やがてバルクハウゼンが言った。「ちょっと後ろを見てみろ。いや、別に今すぐ見なくてもいいんだが、お前の後ろにラジオがある。こいつは少なくとも十球真空管ラジオだ。こいつも貰っていきたいもんだな」

「そうしろよ、そうしたらいい、エミール! 何にしてもラジオはいい。持ってよし、売ってよしだ。何にしてもラジオはいい」

「じゃあ、こいつがトランクに入るかどうかやってみよう。入ったら、回りに下着を詰めよう」

「すぐにやるか? それともまず、もう少し飲むか?」

「まずはもう一口飲もうや、エンノ。ただし、一口だけな」

彼らは一口飲み、二口目、三口目を飲んでからおもむろに立ち上がり、ポータブルラジオくらいしか入りそうにない小型トランクに大型十球ラジオを必死に詰め込み始めた。しばらく格闘してから、エンノが言った。「無理だ、無理だよ。こんなおんぼろラジオなんかほっとけよ、エミール。背広が入ったトランクを持ってったらい い」

「だけど、女房のオッティがラジオが好きなんだ」

「この一件をかみさんにしゃべるつもりはないんだろ？飲み過ぎだ、エミール！」

「それじゃお前とトゥッティはどうなんだ。二人とも酔っぱらいのくせに。大体お前のトゥッティはどこにいるんだ」

「トゥッティなら小鳥みたいにぺちゃくちゃしゃべってるぜ。どんなふうにって、こんなふうにさ」そう言うと、彼はもう一度、瓶の口にはまったコルク栓を回してキュッキュッという音を立てた。「もう一口！」

「乾杯、エンノ！」

一口飲むと、バルクハウゼンが言葉を継いだ。「だがラジオは持っていきたいんだ。どうしてもトランクに入らないっていうなら、こいつをロープでくくって首に下げて持っていく。そうすれば、手が自由に使えるだろ」

「それがいい。よし、じゃあまた荷造りにかかるとするか」

「そうだ、そうしよう。時間がない」

だが彼らは二人とも、突っ立ったまま、にやにやと見つめ合っていた。

「考えてみると」とバルクハウゼンがまたしゃべり始めた。「人生ってのはいいもんだぜ。ここのお宝全部を（と彼は顎で指し示した）、俺たちは好きなように持ち出せる。しかも、ユダヤ人から取り上げれば俺たちはいいことをしたことになる。ユダヤ人の持ち物はみんな、俺たちから盗んだものなんだからな」

「お前の言うとおりだ、エミール。俺たちは、ドイツ国民と我らが総統のためになることをしているんだ。総統が約束した、すばらしい時代が来たんだ」

「我らが総統は約束を守る。彼は約束を守る男だ、エンノ！」

二人は、感極まって目に涙をため、見つめ合った。

「二人とも、ここで一体何をしているんだ」ドアのほうから鋭い声がした。

二人は縮み上がり、褐色の制服を来た小男のほうを見た。

それからバルクハウゼンはエンノに向かってゆっくりとうなずくと、悲しげに言った。

「エンノ、これがさっき話したバルドゥル・ペルジッケさんだ。こりゃ面倒なことになったぞ」

8　予期せぬ出来事

二人の酔っぱらいがこんなことを話しているあいだに、ペルジッケ家の男たち全員が居間に集まってきた。エンノとエミールのすぐ隣には、引き締まった小柄な体格のバルドゥル（磨き上げた眼鏡の奥で目が光っていた）が、そのすぐ後ろには彼の二人の兄（親衛隊の黒い制服姿だったが、帽子はかぶっていなかった）が立ち、ドアの近くには、それだけではまだ安心できないとばかりに元居酒屋亭主の老ペルジッケが控えていた。ペルジッケ家の連中も酔っぱらっていたが、エンノやエミールとは違い、彼らは涙もろくなったり忘れっぽくなったり、馬鹿なことを言ったりはしなかった。アルコールが入ると、彼らはふだんよりもさらに攻撃的に、さらにどん欲に、そしてさらに残酷になるのだった。

バルドゥル・ペルジッケが鋭く尋ねた。「さっさと言え。お前ら、ここで何をしているんだ。ここがお前らの家だとでも？」

「だけど、ペルジッケさん」バルクハウゼンが哀れっぽく言った。

バルドゥルは、今初めてバルクハウゼンだと気づいたように言った。「おや、裏の地下室に住んでるバルクハウゼンじゃないか」と彼は驚いた様子で兄たちに言った。「いやしかし、バルクハウゼンさん、ここで一体何をしてるんだい？」彼の驚きは嘲笑に変わった。「もう真夜中なんだから、嫁さんのオッティを構ってやったほうがいいんじゃないのか？　お宅じゃ、金持ちの男を呼んで飲み会をやってるって話を聞いたことがあるぞ。お宅の子どもたちは酔っぱらって夜遅くまで中庭をうろうろしてたそうだ。子どもたちを家に連れて帰って寝かせてやれよ、バルクハウゼンさん」

「面倒なことになった」とバルクハウゼンはつぶやいた。「この眼鏡野郎を見たとき、すぐに分かったんだ。面倒なことになっちまった」彼はもう一度エンノに向かって悲しげにうなずいた。

エンノ・クルーゲはただもう呆然と突っ立っていた。足はかすかにふらつき、コニャックの瓶を摑んだ手はだらんと下がっていた。何を言われているか、彼はまったく分かっていなかった。

バルクハウゼンは再びバルドゥルのほうに向き直った。さっきまでの哀れっぽい調子は、なじるような口調に変わった。彼は突然、ひどく気分を害していた。「女房が何かよくないことをしているなら、それは俺の責任だ、ペルジッケさん」と彼は言った。「俺は正式な夫でありらってるって言うなら、あんたも酔っぱらってる。それ父親なんだからね。それに、うちの子どもたちが酔っぱにあんたもまだ子どもだ。そうじゃないか」

彼がバルドゥルを睨みつけると、バルドゥルも睨み返した。バルドゥルは、兄たちに、準備しろとそっと合図した。

「それで、ローゼンタールの家で何をしているんだ？」とペルジッケ家の末っ子は鋭く尋ねた。

「だって約束どおりだろうよ！」とバルクハウゼンは今度は必死になって言った。「全部、約束したとおりにやったじゃないか。俺と連れはこれからすぐに出て行く。本当はもう出て行こうと思ってたんだ。こいつはシュテッティン通りへ。俺はアンハルト通りへ。取り分はトランク二つずつだ。あんたたちの分は充分残ってる」

最後のほうは、ほとんど聞き取れないつぶやき声になった。彼はもう眠り込みそうだった。

バルドゥルは彼を注意深く眺めた。ひょっとしたら、手荒なことをしなくても済むかもしれない。二人とも、へべれけだな。だが、彼は用心深い質だった。彼はバルクハウゼンの肩をつかむと鋭く尋ねた。「それで、こいつは誰なんだ。名前は？」

「エンノさ！」バルクハウゼンはうまく回らなくなった舌で答えた。「俺の友達の、エンノ」

「それで、お前の友達のエンノはどこに住んでるんだ」

「知らないよ、ペルジッケさん。飲み屋で知り合っただけなんで。飲み友達。飲み屋の名前は『負け馬亭』」

バルドゥルは心を決めた。彼は突然バルクハウゼンの胸を拳で突き上げた。バルクハウゼンは低い叫び声を上げて家具にぶつかり、下着の山の上に仰向けに倒れた。

「このブタ野郎が」とバルドゥルは怒鳴った。「何が眼鏡野郎だ。何が、あんたもまだ子どもだ、だ。思い知らせてやる！」

だが、悪態をついてももう甲斐がなかった。二人はもう、彼の言葉を聞いていなかったから。親衛隊員の兄二人が飛びかかって、一撃の下に二人とも片づけてしまっていたのだ。

「これでいい」とバルドゥルは満足げに言った。「小一時間したら、泥棒を捕まえたと言ってこいつらを警察に突き出そう。それまでに、使えるものを下へ運ぼう。だけど、階段で音を立てないように！ クヴァンゲルの親父は夜勤からまだ帰ってきてないみたいだ。耳を澄まして聞いていたけど、足音は聞こえなかった」

兄たちはうなずいた。バルドゥルはまず、血まみれで気絶している二人に目をやり、それからトランクと下着の山、ラジオを見た。突然、彼はニヤリとして父親を振り返った。「ねえ父さん、どうだい？ 父さんは何だかんだ心配してたけど。見てごらんよ……」

だが、彼の言葉はそこで途切れた。戸口には、そこにいるはずの父親の姿はなかった。父親は跡形もなく消え失せていた。その代わりにそこには、猛禽類のように鋭く冷たい顔をした職工長クヴァンゲルが立っていた。彼は何も言わず、その黒い目でバルドゥルをじっと見ていた。

オットー・クヴァンゲルは、夜勤から帰宅した際——作業の遅れを取り戻すために終業が遅れ、もう真夜中近くになっていたのだが、彼は電車賃を惜しんで徒歩で帰宅した——、アパートの前で、灯火管制が敷かれているにもかかわらずローゼンタール夫人の家に灯りが点いていることに気づいた。もう少しよく見てみると、ペルジッケの家とその下のフロムの家にも灯りが点いていることが分かった。ブラインドの端から光が漏れていた。フロム元判事（高齢のせいかナチスが原因かは分からないが、いずれにせよ、一九三三年に彼は高等裁判所判事を退職していた）の家にはいつも真夜中まで灯りがついているから、これは別段不思議ではなかった。ペルジッケ家の連中のほうは、フランス降伏を祝ってまだ飲んでいるのだろう。だが、ローゼンタールの家の窓という窓にすべて灯りが点いているというのはどうも腑に落ちなかった。いつもびくびくして暮らしているあの老婆が、あんなに明々と電気を点けるはずがない。

これはおかしい、と思いながらオットー・クヴァンゲルはアパートの玄関のドアを開け、ゆっくりと階段を上っていった。いつもどおり、彼は階段の灯りを点けなかった。彼は自分のためだけに倹約しているのではなかった。みんなのため、大家のためにも倹約していたのだ。何かおかしい！と彼は思った。だが、それが俺と何の関係があるんだ。他人のことは俺には関係ない。俺は自分だけで暮らしている。アンナと一緒に。俺たち二人だけで。それに、ゲシュタポがローゼンタールの家でちょうど家捜しをしているところなのかもしれない。そこへ飛び込んだりしたら、大変なことになる！放っておいて家に帰ろう……。

だが、「あんたとあんたの総統」というアンナの非難によって強められた、正しさというものに対する感覚——それは、ほとんど正義感と呼んでもいいものだった——が、彼の心の中で黙っていなかった。彼は自宅のドアの前で鍵を手にしたまま、上の様子を窺った。四階のドアは開いているに違いない。上から光が射してくるし、鋭い話し声も聞こえてくる。ひとりぼっちの老婆がそこにいる、という言葉が突然脳裏に浮かんで、彼は自分でも驚いた。何の保護も、何の思いやりも受けられない、ひとりぼっちの老婆がそこにいる。

そのときだった。小さいが力強い男の手が暗闇から彼の胸に伸びてきて、彼を階段のほうに向き直らせた。男は、丁寧で上品な口調で言った。「先に行ってください、クヴァンゲルさん。私はあなたのあとをついていって、しかるべきときが来たら顔を出すことにします」

クヴァンゲルは、躊躇うことなく階段を上っていった。その手とその声には、それほどの説得力があった。これはフロム元判事以外あり得ない、と彼は思った。何て秘密めいた人なんだ。ここで暮らし始めて以来、昼間彼に会ったことはほとんどない。多分、二十回より多くはないだろう。それが、こんな夜中にこっそり階段を歩き回っているとは！

そんなことを考えながら彼はずんずん階段を上っていき、ローゼンタールの家の前に着いた。その瞬間、太った人影——おそらくはペルジッケの親父——が彼に気づいて慌てて台所に引っ込むのが見え、バルドゥルの「どうだい？父さんは何だかんだ心配してたけど」という声が聞こえた。そして今、クヴァンゲルとバルドゥルの二人は、黙ったままじっと見つめ合っていた。

バルドゥル・ペルジッケでさえ、一瞬もうだめだと思った。だがすぐに、「世の中、図々しい奴の勝ち」という座右の銘を思い出し、彼は少々挑発的な調子で言った。

「やあ、驚いてますね。でも、来るのがちょっと遅すぎましたね、クヴァンゲルさん。泥棒なら、僕らが捕まえました。もう大丈夫」。彼はここで言葉を切ったが、クヴァンゲルは無言だった。いくらかトーンダウンしてバルドゥルはこう続けた。「ちなみに、泥棒の一人は、裏に住んでる売女のヒモのバルクハウゼンみたいですよ」

クヴァンゲルは、バルドゥルが指さす先を目で追った。

「そうだね」と彼はそっけなく言った。「泥棒の一人はバルクハウゼンだ」

「それで一体」と不意にバルドゥルの兄で親衛隊員のアドルフ・ペルジッケが口を挟んだ。「クヴァンゲルさん、何をぼんやり突っ立ってるんだ。この泥棒二人を連行するよう、警察に通報してきてくれ。その間、こいつらのことは我々で見張っているから」

「黙ってろ、アドルフ」とバルドゥルが噛みついた。

「クヴァンゲルさんに命令する必要なんかない。どうしたらいいかくらい、クヴァンゲルさんにはもう分かってる」

ところが、そのときクヴァンゲルにはまさにそれが分からなかったのだった。自分一人なら、すぐに決断を下していただろう。だが、胸をつかんだあの手が、あの丁寧な声が、彼には引っかかっていた。元判事がどうしようと思っているのか、自分に何を期待しているのか、彼には皆目分からなかった。彼は元判事の計画を台無しにしたくなかった。それが分かりさえすれば……

だが、まさにその瞬間、元判事が姿を現した。クヴァンゲルの予想に反して、元判事は彼の隣にではなく、ローゼンタールの家の中から現れた。まるで幽霊のように突然出現した元判事を見て、ペルジッケ家の連中は改めて、そしてさらに一層驚き慌てた。

ところで、この老紳士はひどく変わった格好をしていた。華奢でやや小柄な体は、赤いシルクの縁取りと大きな赤い木製ボタンがついた、濃紺のシルクのガウンに包まれていた。顎髭は銀色で、白い口髭は短く刈り込まれていた。わずかに残った、まだ茶色っぽい髪の毛は念入りに梳かしつけてあったが、禿げた部分を完全には隠せていなかった。細い金縁眼鏡の奥で、皺だらけの目蓋のあいだから、からかうような楽しげな表情を浮かべた目が輝いていた。

「いいえ、皆さん」と彼はくだけた口調で言った。まるで、打ち解けた会話の最中にふと言葉を継ぐときのような調子だった。「皆さん、ローゼンタールさんは家にはいません。でも、息子さんたちのどなたかお一人がお手洗いを見に行ったほうがいいかもしれません。お父さんは具合があまりよくないようだ。とにかく、お父さんはお手洗いでずっと、タオルで首を吊ろうとしていますよ。止めたのですが、言うことを聞いてくれなくて……」

そう言うと、元判事は微笑んだが、ペルジッケ家の年長の息子二人はほとんど滑稽なほど慌てて部屋を飛び出していった。末っ子のバルドゥルはすっかり青ざめていた。酔いはすっかり醒めていた。たった今この部屋に入ってきてこんな皮肉を言うこの老紳士には、さすがのバルドゥルも認めざるを得ない威厳が備わっていた。その威厳は見せかけではなく本物だった。バルドゥル・ペルジッケはほとんど懇願するような口調で言った。「判事さん、分かってやってください。はっきり言って父はすっかり酔っぱらっているんです。フランスが降伏したので……」

「分かります、よく分かります」と老判事は言い、なだめるように手を振った。「私たちはみんな人間ですから。ただ、みんながみんな、酔っぱらうと首を吊ろうとするわけじゃない」彼は一瞬沈黙し、微笑んでから言った。「それと、もちろん、お父さんはいろんなことを言っていましたよ。でも、酔っぱらいの言うことなんか誰も信じたりはしませんから」そう言うと、彼はまた微笑んだ。

「判事さん！」とバルドゥル・ペルジッケは泣きつかんばかりに言った。「この事件を引き受けてください。裁判官だったんだから、どうしたらいいかご存じでしょう」

「とんでもない」と判事は断固拒否した。「私は年寄りだし、病気なんです」だが、彼はまったくそうは見えなかった。病気どころか、ぴんぴんしているように見えた。「それに、私はすっかり引きこもっていて、世間とはほとんどつながりがない。それに引き替えペルジッケさん、あの二人の泥棒を捕まえたのはあなたとご家族だ。あなたがたで泥棒を警察に引き渡し、この家の家財を守ってください。さっきざっと見回ってみました。たとえばトランクが十七個、木箱が二十一個ありましたよ。まだまだ、いろんなものがありました。まだまだいろんなものが……」

彼の話し方は次第にゆっくりになった。それから、ふと思いついたように言った。「あの二人の泥棒を捕まえたことで、あなたやご家族の名誉と名声は一層高まるでしょうね」

判事は沈黙した。バルドゥルはむずかしい顔でそこに立っていた。そう来たか……フロム判事め、とんだ古ダヌキだ。こいつはきっと何もかも見抜いている。親父は何もかもしゃべっちまったに違いない。だが、こいつは静かに暮らしたがっている。この件に巻き込まれたくないと思っている。だから、判事は危険じゃない。それじゃあ、職工長のクヴァンゲルのほうはどうだ？ あいつはこのアパートの誰のことも気にかけたことがないし、誰にも挨拶もしないし、誰ともしゃべりもしない。クヴァンゲルは典型的な年寄りの労働者だ。疲れ切っていて、自分の考えなんてものは持っていない。よけいなもめ事は起こさないに違いない。あいつはまったく問題ない。

問題は、そこで眠りこけている二人だ。もちろん、こいつらを警察に突き出すことは可能だ。バルクハウゼンが「そそのかされた」だの何だのと言ったって、知らぬ存ぜぬを通せばいい。奴がこっちの不利になることをしゃべったところで、警察は奴の言うことなんか信じないだろう。こっちは党員なんだし、親衛隊員なんだし、ヒトラーユーゲントなんだからな。それで、この一件をゲシュタポに報告すれば、非合法的にしかも危険を冒して手に入れるしかなかったはずの、ここの家財の一部を合法的に手に入れられるかもしれない。しかもその上、表彰までされるという寸法だ。

そそられるな。だが、差し当たってはすべて棚上げにするほうが得策かもしれない。バルクハウゼンとこのエンノとかいう奴をぶちのめし、二〜三マルクやって放してやろう。二人とも、何もしゃべるまい。この家にはこのまま鍵をかけてしまおう。ローゼンタールの婆さんが帰ってきてもこなくても構わない。この先、どうにかできるかもしれない……きっと、ユダヤ人政策はきっとこの先ますます厳しくなるに違いない。ここは落ち着いてじっくり待つんだ。今日できないことも、半年先にはできるようになっているかもしれない。今日はちょっとばかり恥をさらしてしまった。罰を受けるようなことはないだろうが、党内で噂にはなるだろう。ちょっと信用を落としてしまうかもしれない。

バルドゥル・ペルジッケは言った。「この二人の悪党を逃がしてやりたいくらいの気持ちです。判事さん、こいつらのことが可哀想になりました。ただの小悪党じゃありませんか」

彼は辺りを見回した。そこには誰もいなかった。判事と職工長の姿は消えていた。思ったとおりだ。二人とも、この件に関わりたくないんだ。それが一番賢いやり方だ。俺も同じようにしよう。兄貴たちが何と言おうと。

置いていくしかないお宝に向かって深いため息を吐くと、バルドゥルは、父親を正気に戻らせ、兄たちにお宝を諦めさせるために台所に向かった。

階段を下りていく途中、判事は、黙ってついてくる職工長クヴァンゲルに言った。「クヴァンゲルさん、ローゼンタールさんのことで何か困ったことがあったら私に言ってください。お休みなさい」

「ローゼンタールが私にどんな関係があるんです？ 知り合いでもないのに」とクヴァンゲルは不服そうに言った。

「それじゃお休みなさい、クヴァンゲルさん」そう言うと、フロム判事は一階へと下りていってしまった。

オットー・クヴァンゲルは、ドアを開け、灯りの消えた我が家に入った。

9 クヴァンゲル夫妻の夜の会話

クヴァンゲルが寝室に通じるドアを開けると、妻のアンナがぎょっとして声を上げた。「灯りを点けないで、お父さん。トルーデルがあなたのベッドで寝てるの。あなたのベッドは居間のソファーに作っておいたから」

「分かったよ、アンナ」とクヴァンゲルは答えたが、どうして今日に限ってトルーデルが俺のベッドで寝る必要があるんだろうと不思議に思った。いつもはトルーデルのほうがソファーで寝ているのに。

だが、着替えを済ませてソファーに横になってから初めて、彼は再び口を開いた。「アンナ、もう寝たのか？ それとも、少し話でもするか？」

彼女は一瞬躊躇ったが、開いた寝室のドアの向こうからこう答えた。「すごく疲れてるし、参ってるのよ、オットー」

そうか、アンナはまだ怒っているんだな……だが、一体何に怒ってるんだ、とオットー・クヴァンゲルは考えたが、声の調子を変えずに言った。「そうか、それじゃお休み、アンナ」

するとと、彼女のベッドから、「お休み、オットー」と返事が返ってきた。そして、トルーデルも低い声で囁いた。「お休みなさい、お父さん」

「お休み、トルーデル」と彼は答え、寝返りを打った。できるだけ早く眠りにつきたかった。疲れ切っていたのだ。だが、疲労しすぎていたのだろう。腹が空きすぎると食欲がかえってなくなるように、眠りはやってきそうになかった。その日は、それまで経験したことがなかったほど、あまりにも色々な出来事が起きた長い一日だった。

それは、彼にとって望ましい一日ではなかった。その日の出来事すべてが（労働戦線の役職を解かれたこと以外は）不快なものだっただけでなく、その日の騒々しさが彼には耐えがたかった。がまんならないあらゆる種類の人間と話をしなければならなかったことが、彼には耐えがたかった。彼は、クルーゲから手渡された、オットーヒェン戦死の知らせが書かれた軍事郵便を思い返した。あんな下手くそなやり方で自分を引っかけようとした密偵バルクハウゼンのことを思い返した。制服工場の廊下で、すきま風にあおられるポスターにもたれ掛かっていたトルーデルのことを思い返した。タバコばかり吸っている、偽工員ドルフースのことを思い返した。褐色の制服を着た演説者の胸で、メダルや勲章が再びチャラチャラと音を立てた。すると今度は、フロム元判事の断固とした小さな手が暗闇から伸びてきて、階段へと連れて行かれた。ピカピカに磨き上げた長靴で下着の山を踏んづけて立っているペルジッケの末っ子が、次第に図々しい口調になってくる。二人の酔っぱらいが、血まみれになって隅で呻き声を上げている。

うとうとしかけていた彼は、ここで飛び上がった。まだ何かある。気に触ることがまだ他にある。今はっきりと聞いたのに、それが何だったかが思い出せない。彼はソファーに起き直り、長い間じっと耳を澄ました。確かにそうだ、聞き違いじゃない。命令口調で彼は妻を呼んだ。「アンナ！」

いつになく、不満げな口調で彼女は答えた。「今度はまた何なの、オットー？　どうして寝かせてくれないの？　もう話をする気になれないって、さっき言ったじゃないの」

彼は構わず言った。「トルーデルがお前のベッドで一緒に寝ると、どうして俺がソファーで寝なきゃならないんだ。それなら俺のベッドは空いてるはずじゃないか」

一瞬、寝室は深い沈黙に包まれた。やがて、アンナがほとんど懇願するような口調で言った。「お父さん、トルーデルは本当にあなたのベッドで眠っているのよ。私は一人で寝てる。私も関節痛がひどくて……」

彼は妻の言葉を遮った。「嘘を吐くんじゃない、アンナ。そっちの部屋で、三人の人間が息をしている。俺ははっきり聞いたんだ。俺のベッドに誰が寝てるんだ」

長い沈黙が流れた。それから、アンナはきっぱりと言った。「そんなに詮索しないで。知らぬが仏って言うでしょ。何も言わないほうがいいわ、オットー」

彼は頑なに言った。「この家の主人は俺だ。この家で俺に隠し事をするな。責任を取らなきゃならないのは俺なんだからな。俺のベッドで寝ているのは誰なんだ」

長い沈黙が流れた。それから、老婆の低い声が聞こえた。「私です、クヴァンゲルさん。ローゼンタールの家内です。あなたにも奥さんにもご迷惑はかけません。すぐに着替えて、うちに戻ります」

「今はお宅には帰れませんよ、ローゼンタールさん。ペルジッケの連中がいるし、その上、もう二～三人、男がいます。そのまま、俺のベッドで寝てください。明日の朝早く、六時か七時に中二階のフロム判事の家まで下りていって、玄関のベルを鳴らしてください。フロム判事があなたを助けてくれます。あの人が俺にそう約束したんです」

「ああ、ありがとうございます、クヴァンゲルさん」

「御礼なら判事さんに言ってください、俺じゃなく。俺はあなたを家から追い出すだけなんだから。それで、トルーデル、今度はあんたの番だが……」

「お父さんは私にも出て行けって言うの？」

「そうだ。もううちに来ちゃいけない。その理由も、あんたには分かってるだろう。ひょっとしたらアンナはときどきあんたに会いに行くかもしれないが、そうはならないと思う。アンナが落ち着いて、ちゃんと俺の話が聞けるようになったら……」

アンナがほとんど叫ぶように言った。「そんなのいやよ。そんなら、私も出て行く。あんたは家に一人でいるといい。あんたって人は、自分さえ静かに暮らせればいいと思っているんだから……」

「そうだとも！」と彼は彼女の言葉を鋭く遮った。「俺は物騒なことは嫌いだ。特に、他人の物騒な話に巻き込まれるのはごめんだ。首を差し出さなきゃならないとしても、自分が望んでやったことのせいだというならとにかく、他人のやらかしたことのせいでそんなことになるのは嫌だ。俺は、何かやるつもりがあるなんて言ってないぞ。だが、俺が何かするとしたら、一緒に行動するのはお前だけだ。他の誰とも組まない。まして、トルーデルみたいな可愛い女の子や、ローゼンタールさん、あんたみたいな弱い立場のお婆さんとは組まない。俺のやり方が正しいとは言わない。だが、俺には他のやり方はできない。俺はそういう男だし、変わろうとも思わない。そういうことだ。さあ、もう寝るぞ！」

こう言うと、オットー・クヴァンゲルは再び横になった。寝室では女たちがまだひそひそと話し合っていたが、彼は気にしなかった。自分の言ったとおりになると分かっていたからだ。朝になれば、家の中はまた静かになる。アンナも俺に従うだろう。秩序を乱す出来事はもう起こらない。そして、俺は一人になる。俺一人に。俺だけに！

彼は寝入った。彼の寝顔には微笑みが浮かんでいた。厳しく冷たい、猛禽類のようなその顔に浮かんでいたのは、刺々しい戦闘的な微笑みだった。だが、それは邪悪な微笑みではなかった。

10　水曜の朝に起きたこと

ここまでの話はすべて、とある火曜日の出来事だった。翌日の水曜日の早朝五時台に、ローゼンタール夫人はトルーデル・バウマンに付き添われてクヴァンゲルの家を出た。オットー・クヴァンゲルはまだ熟睡していた。怯えきっておどおどしているローゼンタール夫人を、トルーデルはフロム判事の家の前まで連れて行き、それから自分は二階の踊り場まで戻った。ペルジッケ家の誰かが階段を下りてきたら、自分の命と名誉を賭けてでも、黄色いダビデの星を胸に着けたこの女性を守ろうと彼女は固く心に決めていた。

トルーデルは、ローゼンタール夫人が呼び鈴を押すのを見守っていた。まるで向こう側で誰かが待ちかまえていたかのように、ドアは即座に開いた。低い声で二言三言、言葉が交わされ、ローゼンタール夫人は中に入り、ドアが閉まった。トルーデル・バウマンは、そのドアの前を通過して外に出た。アパートの玄関のドアはすでに開いていた。

トルーデルとローゼンタール夫人は運がよかった。早朝だったにもかかわらず、しかも、早起きはペルジッケ家の習慣でなかったにもかかわらず、ほんの五分足らず前に親衛隊員の二人の息子たちがこの階段を下りていたのだ。この五分の差で、鉢合わせは回避されたのだった。もし鉢合わせしていれば、この二人の若者の頑迷さと残忍さを考えれば、少なくともローゼンタール夫人にとっては必ずや致命的な結果となっただろう。

二人の親衛隊員のほうにも連れがあった。彼らは弟のバルドゥルに命令されて、バルクハウゼンとエンノ・クルーゲ（バルドゥルはあれから、身分証を調べてエンノの名字を知った）をアパートから連れ出し、それぞれの妻の元に送り返しに行くところだったのだ。アマチュア泥棒二人は、夕べの深酒と暴行のせいでまだ意識朦朧としていた。それでもバルドゥル・ペルジッケは、「お前らの行動はブタ並みだ。すぐさま警察に突き出されずに済んだのは、ひとえにペルジッケ家の人間の温情のおかげだ。だがちょっとでもしゃべったら最後、確実に警察送りになるぞ」と二人に言い聞かせ、理解させることに成功した。いいかお前ら、ペルジッケ家に二度と姿を見せるな。ペルジッケ家の人間と面識があるなんて言うんじゃないぞ。ローゼンタールの家にもう一度入り込んだりなんかしてみろ、絶対ゲシュタポに突き出してやるからな。

バルドゥルは、脅し文句や罵り言葉をふんだんに織り交ぜながら、二人のぼんやりした頭に内容がしっかり定着したと思えるまで、こうしたセリフを何度も何度も繰り返した。二人は、ペルジッケ宅の薄暗い居間に、テーブルを挟んで向かい合わせに座らされていた。彼らの隣ではバルドゥルがぎらぎらと目を光らせ続け、しゃべり続け、脅し続けていた。親衛隊員の二人の兄は、だらしない格好でソファーに座っていた。彼らはタバコを吸い続けているだけだったが、それでも威圧的で不気味な存在だった。バルクハウゼンとエンノは、法廷で判決を待っているかのような不安を覚えていた。死が間近に迫っているような気がした。彼らは椅子の上でぐらぐらしながら、理解しろと言われたことを必死に理解しようとしていた。ときどき眠り込みそうになると、その度にバルドゥルに拳骨で殴りつけられ、起こされた。彼らには、自分たちが計画し、実行し、被ったことすべてが夢だったような気がした。彼らはただひたすら、もう眠りたい、忘れてしまいたいと思った。

とうとう、バルドゥルは兄たちに二人を連れ出させた。バルクハウゼンとエンノのポケットには、本人たちの知らないうちに小銭で五十マルクほどが入れられていた。この新たな辛い犠牲を払うことを決めたのはバルドゥルだった。これによって、ローゼンタールの一件はペルジッケ家にとって差し当たり赤字となる。だが、とバルドゥルは考えた。もし、亭主が叩きのめされて働けない体になり、その上無一文で帰ってきたら、女房はなおさら騒ぎ立て、質問攻めにするだろう。酔っぱらいの亭主が多少のカネを持って帰ったほうが多少はましだろう。この二人はこの体たらくだから、女房たちはカネを見つけられるはずだ。

バルクハウゼンを家に送り届けることになったペルジッケの長男は、ものの十分で自分の役目を済ませた(その十分の間に、ローゼンタール夫人はフロム元判事の家に入り、トルーデル・バウマンは通りに出た)。長男は、ほとんど歩くこともできないバルクハウゼンの襟首を掴んで中庭を引きずっていき、バルクハウゼンの家の前で彼を地べたに置くと、拳でどんどんとドアを叩いて女房を起こした。ぬっと現れた黒い影に後ずさる彼女を見て、彼は怒鳴った。「おい、亭主を送ってきてやったぞ。ベッドの中の客を叩き出し、代わりに亭主を入れてやれ。うちの階段で酔いつぶれ、反吐を吐きまくっていやがったんだ」

そう言うと、彼はあとのことはオッティに任せて立ち去った。オッティは苦労してエミールの服を脱がせ、ベッドに寝かせた。彼女のもてなしを受けていた年輩の紳士も手伝わざるを得なかった。それが済むと、紳士は早朝にもかかわらず追い返された。しかも、もう二度とうちには来ないでと言い渡された。カフェでなら会ってもいいけど、うちには二度と来ないで、と。

親衛隊員ペルジッケが家にやってきたのを見た瞬間、オッティは激しい不安に駆られたのだ。親衛隊員の相手をしたばっかりに、料金を払ってもらえるどころか反社会的労働忌避者として強制収容所送りにされてしまった商売仲間を、彼女は何人も知っていた。彼女は今まで、暗い半地下の家の中で人目に触れずに生きていると思っていた。ところが今になって、自分が常に監視されている――この時代、誰でもそうだったが――ことが分かったのだ。それどころかペルジッケは、ベッドによその男が寝ていることまで知っていた。オッティは、当分よその男たちとはもう会うまいと思った。改心を誓ったのは、彼女の人生でこれが百度目だった。

エミールのポケットから四十八マルクを見つけたことが、その決意を後押しした。彼女はそのカネを靴下の中に隠し、エミールの説明を待つことにしようと思った。とにかく、カネのことは何も知らないことにしよう！

ペルジッケの次男は、長男よりもずっと苦労した。それはまず、道のりがずっと長かったからだった。クルーゲの家はフリードリヒスハインの向こう側だった。バルクハウゼン同様、エンノも自力で歩けなかったが、襟首や腕を摑んで通りを引きずっていくわけにはいかなかった。そもそも、彼はこのよれよれの酔っぱらいと一緒のところを人に見られたくなかった。自分自身や仲間の名誉に無関心になるにつれて、自分の制服に対するプライドだけはますます高くなっていたからだ。

自分のすぐ前か一歩後ろを歩け、とクルーゲに命令しても無駄だった。何度言っても、クルーゲは、地べたにへたり込んだり、つまずいたり、木や壁にもたれかかったり、通行人にぶつかったりした。殴っても怒鳴っても無駄だった。とにかく、体が言うことを聞かないのだ。痛めつければ素面に戻るかもしれなかったが、そんなことをするには街の人通りはすでに多すぎた。ペルジッケの額には汗が浮かんできた。怒りのあまり、顎の筋肉がピクピクと動いた。ペルジッケは心に誓った。こんな仕事を俺がどう思ったか、バルドゥルのクソガキにいつかきっちり言ってやる。

大通りを避け、回り道をして人通りの少ない裏通りを選ぶ必要があった。裏通りに入ると、ペルジッケはクルーゲを抱えて運んだが、二～三ブロック運んでは、耐えきれなくなって一息入れた。やがて警官までやってきて、しばらくのあいだ彼を大いに煩わせた。早朝の手荒な運搬を不審に思ったのだろう、警官は自分の管轄区ぎりぎりまで二人のあとをついてきた。その間は、ペルジッケはクルーゲを優しく取り扱うしかなかった。

だが、ついにフリードリヒスハインにたどり着くと、彼は思う存分復讐した。彼はクルーゲを茂みの奥のベンチに下ろすと激しく殴りつけた。クルーゲは気絶してしまい、十分間ベンチの上で伸びていた。競走馬以外、世の中のどんなことにも興味のない、ケチな競馬狂いのエンノ・クルーゲ（もっとも、彼は一生、新聞でしか競走馬の姿を目にすることはなかった）、愛情も憎悪も感じることのできない男エンノ・クルーゲ、その貧弱な脳みそが考えることといえば、どうやったら骨折りを避けられるかだけという怠け者エンノ・クルーゲ、青白く、地味で、生彩のないこのエンノ・クルーゲという男は、ペルジッケ家の連中とのこの出会いによって、ナチ党のあらゆる制服に激しい恐怖を覚えるようになった。彼はそれ以来、ナチ党員に出会うと（またのちほど語ることになるが）恐怖のあまり何も考えられないようになってしまった。

クルーゲは脇腹を二～三度蹴られて意識を取り戻し、背中を二～三度どやしつけられて歩き始めた。殴られた犬のようにびくびくしながら、彼はペルジッケの前に立って妻の家まで早足で歩いた。だが、ドアには鍵がかかっていた。息子と人生とに絶望して一晩過ごしたエヴァ・クルーゲだったが、今朝はまたいつもの郵便配達の仕事に出かけていたのだ。彼女のポケットには次男マックスへの手紙が入っていたが、その心には希望も信頼もほとんど残っていなかった。何年間もそうしてきたように、彼女は郵便を配達した。暗い考えに苛まれながら家でじっとしているより、そのほうがずっとましだった。

女房が本当に家にいないことに納得すると、ペルジッケは隣の家の呼び鈴を鳴らした。それはたまたま、夕べ嘘をついてエンノがエヴァの家に入り込むのを手助けしたゲッシュ夫人の家だった。ペルジッケは、ドアを開けたゲッシュ夫人に文字どおりエンノを押しつけ、「さあ、この男の面倒をみてやってくれ。この男はここの人間なんだから」と言うと立ち去った。

ゲッシュ夫人は、もう二度とクルーゲ夫妻のことには関わるまいと固く心に決めていた。だが、親衛隊員の命令は絶対だったし、一般人にとって親衛隊員はあまりにも恐ろしい存在だった。彼女はおとなしくクルーゲを家に入れ、台所のテーブルに着かせるとコーヒーとパンを出した（夫はすでに仕事に出かけていた）。小男クルーゲが疲れ切っていることは一目瞭然だったし、彼の顔や破れたシャツや汚れたコートを見れば、彼が長時間暴行を受けたことも明らかだった。だが、クルーゲを連れてきたのが親衛隊員だったので、彼女は用心して何も尋ねなかった。それどころか、いきさつを聞くより彼を家から放り出してしまいたいと思った。彼女は何も知りたくなかった。何も知らなければ、話すことも何もない。うっかり口を滑らせることもないし、噂話をしてしまうこともない。だから、危険な目にも遭わずに済む。

クルーゲはパンをゆっくりと嚙んで食べ、コーヒーを飲んだ。その間にも、痛みと疲労に耐えかねてぼろぼろと涙を流していた。ゲッシュ夫人は黙ったまま、横からときどきチラチラと視線を投げかけ、彼を観察していた。彼がやっと食べ終わると、彼女は尋ねた。「それで、これからどこへ？　奥さんはもう入れてくれないわよ。分かってると思うけど」

彼は、じっと前を見つめたまま答えなかった。

「それから、うちにいてもらうわけにもいかないわ。第一うちのグスタフが許さないし、私だって、うちのものに何でも鍵をかけなきゃならなくなるのも嫌だし。それで、どこへいくつもり？」

彼は今度も答えなかった。

ゲッシュ夫人はカッとして言った。「じゃあ、うちの前の階段に放り出すわよ。今すぐにね。いい？」

彼は絞り出すように言った。「トゥッティ……昔付き合ってた女……」そう言うと、また泣き出した。

「おやまあ、何て意気地のない」とゲッシュ夫人は馬鹿にしたように言った。「何かうまくいかなかったからって、すぐにへばっていたんじゃ。そう、トゥッティ、ね。その人、本名は何ていうの、どこに住んでるの」

しばらく問いただしたり脅かしたりして、彼女は、エンノ・クルーゲがトゥッティの本名を知らないこと、それでも彼女の家は探し当てられると思っていることを聞き出した。

「なるほどね」とゲッシュ夫人は言った。「だけど、一人では無理ね。その格好を警官に見られたら、即逮捕されるわよ。私が一緒に行ってあげる。だけど、その家が見つからなかったら、私、あんたをその辺に置いて帰るわよ。私には、長い間探し回ってる時間はないの。働かなきゃならないんだから」

「まず、ちょっと寝かせてもらえないかな」と彼は懇願した。

彼女はちょっと躊躇ってから言った。「分かったわ。だけど、一時間以上はだめよ。一時間したら、すぐに出かけるわよ。それじゃ、ソファーに横になって。毛布を持ってきてあげる」

彼女が毛布を持って戻ってくる間に、彼はすでにぐっすり眠っていた。

フロム元判事は、自らドアを開け、ローゼンタール夫人を家に招き入れた。彼は、壁全体が本で埋め尽くされた書斎に彼女を案内し、肘掛け椅子に座らせた。読書用ランプが点いていて、机の上には開いた本が載っていた。元判事は、ティーポットとティーカップ、砂糖と二枚の薄いパンの載ったお盆を自ら運んでくると、おどおどしているローゼンタール夫人に言った。「まず朝ご飯を食べてください、ローゼンタールさん。それからお話しすることにしましょう」彼女が、少なくともまず御礼を言わせてくださいと言うと、彼は優しく言った。「いいえ、本当にまず朝ご飯を食べてください。家にいるときのように楽にしてください。私もそうしますから」

そう言うと、彼は読書用ランプの下で本を取り上げ、読み始めた。空いている左手が、真っ白な顎髭を機械的に繰り返しなで下ろしている。そこに客がいることをまったく忘れてしまったような様子だった。

怯えきっていたユダヤ人の老婦人は、少しずつ自信を取り戻した。何ヶ月も前から、彼女は、荷物を詰め込んだトランクに囲まれて、今にも襲撃を受けるのではとびくびくしながら不安と無秩序の中で暮らしてきた。何ヶ月も前から、家庭も安らぎも平和もくつろぎもない生活が続いていた。それが今、彼女は、今まで階段で見かけたことすらほとんどなかったこの老紳士の家にいる。壁には、薄茶や濃茶の革装本がたくさん並んでいる。窓際には、マホガニー材の大きな机。彼女の家にも、新婚時代にはそんな家具があった。床には、少しすり切れたツヴィッカウの絨毯。そして、本を読んでいる老紳士。彼が絶えず撫でている山羊髭は、ユダヤ人にもよく見られる髭だった。その上、彼が着ている丈の長いガウンは、彼女の父親のカフタンに少し似たところがあった。

それはまるで、汚辱と流血と涙の世界が呪文によって消え失せ、ユダヤ人が絶滅させるべき害虫ではなく、まだ尊重され尊敬される人間だった時代が戻ってきたかのようだった。

思わず、彼女は自分の髪を撫でていた。彼女の表情は自ずと変わっていた。この世には、いや、このベルリンにさえ、まだ平和が存在していたのだ。

「本当にありがとうございます、判事さん」と彼女は言った。その声までもが、しっかりしたものに変わっていた。

彼はさっと本から視線を上げた。「冷めないうちにお茶を飲んで、パンを食べてください。時間はたっぷりあります。急ぐことはありません」

そう言うと、彼はすでに読書を再開していた。彼女はおとなしくお茶を飲み、パンも食べた。本当はこの老紳士と話をするほうがずっといいと思ったのだが、彼の言うことには何でも従いたかったのだ。彼の家の平和を乱したくないと思ったのだ。彼女は改めて辺りを見回した。ここにあるものはみんな、このままにしておかなければ。この家を危険にさらすわけにはいかない。(三年後、このアパートは空襲で粉々に破壊され、この上品な老紳士は地下室で苦悶の死を遂げることになる……)

空のティーカップをお盆に戻しながら、彼女は言った。「判事さん、あなたはとても親切な方です。それに、とても勇気のある方です。でも、あなたやあなたのご家庭を徒に危険にさらすわけには参りません。こんなことをしてくださっても無駄です。私、自宅に戻ります」

そう話す彼女を老紳士は注意深く見ていたが、すでに立ち上がっていた彼女を肘掛け椅子に連れ戻すと言った。「もうちょっと座っていてください、ローゼンタールさん」

彼女は渋々従った。「本当です、判事さん。私は本気で言ってるんです」

「まず、私の話を聞いてください。これから私が言うことも、本気の話です。まず、あなたが私にもたらすという危険についてですが、職に就いて以来、私はずっと危険と隣り合わせで生きてきました。私はずっと判事を務めてきました。ある種の連中からは、〈血に飢えたフロム〉とか〈首切り役人フロム〉とか呼ばれてきました」

彼女がぎょっとしたのを見て、彼は微笑んだ。「私は常に穏やかで柔和な人間でした。でも、運命によって私は、在任中に二十一回、死刑判決を下す――ないしは追認する――ことを余儀なくされました。私には、従うべき女主人がいます。彼女は支配しています。私を、あなたを、そして世界を。今の世界でさえ、彼女に支配されています。その女主人とは、正義です。彼女を私は常に信じてきたし、今でも信じています。この正義だけを、私は自分の行動の指針としてきました」

こう話しながら、彼は手を後ろで組み、ローゼンタール夫人の視野の範囲内で部屋の中を静かに行ったり来たりした。彼の口から出るその言葉は、穏やかで冷静だった。彼は自分について、過去の、すでにこの世にいない男の話をするような口調で語った。ローゼンタール夫人は、一言も聞き漏らすまいと聞いていた。

「しかし」と元判事は言葉を継いだ。「私はあなたのことを話さないで、自分のことばかり話していますね。孤独な人間の悪い癖だ。すみませんが、危険について、もう少し話をさせてください。私は脅迫状を送りつけられたり、襲撃されたり、銃撃を受けたりしながら、十年、二十年、三十年と生きてきました。さて、ローゼンタールさん、私は年を取り、ここに座ってプルタルコスを読んでいる。私にとって、危険など何の意味もありません。そんなものは怖くありませんし、気にもなりません。だから、危険がどうのなどという話はしないでください、ローゼンタールさん」

「でも、今では、他にも危険な人間がいます」とローゼンタール夫人は反論した。

「脅迫してきたのは犯罪者とその共犯者たちだ、とさっき言ったでしょう？　だから」と彼は軽く微笑んだ。「それは他の人間なんかじゃありません。犯罪者が少し増えただけのことです。そして、残りの人たちは少し臆病になってしまった。でも、正義は変わりません。私たち二人が正義の勝利を見られる日はきっとやってきます」一瞬、彼は立ち止まって背筋を伸ばした。それから、また行ったり来たりを始めた。低い声で彼は言った。「そして、正義の勝利は、ドイツ民族の勝利とはならないでしょう！」

彼は一瞬沈黙した。それから、もう少し軽い口調に戻って再び話し始めた。「お宅に戻ってはいけません。夕べ、ペルジッケの連中がお宅に上がり込んでいました。二階の党員の一家ですよ、ご存じでしょう。彼らはお宅の鍵を持っています。お宅を常時監視しているはずです。家に帰れば、それこそ徒に危険な目に遭うだけです」

「でも、夫が帰ってきたとき、私が家にいないと！」とローゼンタール夫人は懇願した。

「ご主人は」とフロム元判事は優しく彼女をなだめた。「ご主人は当分あなたの元へ帰ることはできません。ご主人は現在、複数の外国資産を隠し持っていた罪に問われてモアビート未決監獄にいます。だから、検察庁と税務当局の関心を引きつけておけるあいだはご主人は安全です」

老判事はかすかに微笑み、励ますようなまなざしでローゼンタール夫人を見た。そして、また部屋を行ったり来たりし始めた。

「でも、どこからそんなことをお聞きになったんですか」とローゼンタール夫人は叫んだ。彼は、まあまあと言うように手を振った。「引退していても、年寄りの判事にはいつでもあれやこれや聞こえてくるものなんです。ご主人には有能な弁護士が付いていることと、ご主人が比較的まともな扱いを受けていることもお知らせしておきましょう。弁護士の名前と住所は言えません。この件のことで人が訪ねてくることを彼は望んでいませんから」

「でも、夫に面会しにモアビートには行けるかもしれませんよね？」とローゼンタール夫人は興奮して叫んだ。

「そしたら、夫に洗い立ての肌着を持っていってやれます。だって、刑務所では洗濯なんてしてもらえませんもの。洗面用具とか、食べるものなんかの差し入れも……」

「ローゼンタールさん」と元判事は青筋の立ったシミだらけの手を彼女の肩にしっかりと置いて言った。「ご主人があなたの元に帰ってこられないのと同じように、あなたもご主人に会いには行かれません。面会に行くことは、ご主人のためになりません。ご主人には会えないし、あなたにとって危険なだけです」

彼は彼女をじっと見ていた。突然、彼の顔から微笑が消え、声も厳しくなった。彼女は、この柔和で親切な、小柄な男性がかつて、血に飢えたフロムとか首切り役人フロムと呼ばれていたことを理解した。この人は、自分の中にある非情な法に従っているのだ。それはおそらく、さっき話していたあの正義とかいうものなのだろう、と。「ローゼンタールさん」と血に飢えたフロムは低い声で言った。「私のもてなしの法に従ってくれる限り、あなたは私の客だ。この法について、これから簡単に説明します。もてなしの法の第一条はこうです。あなたが独断で行動し、一度、たった一度でもこの家から出てドアを閉めたら、この家のドアはもう二度と開きません。あなたとあなたのご主人の名前は、この額の奥から永久に消えてしまいます。分かりましたか？」

彼は自分の額に軽く触れ、射通すような目で彼女を見た。

「はい」と彼女は囁くような声で言った。

その時初めて、彼は彼女の肩から手を放した。真剣さのあまり暗くなっていた彼の目は再び明るくなり、彼はまた部屋の中を歩き回り始めた。「これからご案内する部屋から」と彼は口調を和らげて言った。「昼間は出ないようにしてください。窓辺に立ってもいけません。家政婦は信用できる女性ですが……」ここで彼は不満げに言葉を切り、読書用ランプの下の本を見やった。それから、こう言葉を継いだ。「私に倣って、昼夜逆転した生活を送ってみてください。あなたの部屋のテーブルに、軽い睡眠薬を置いておきました。食事は夜、出します。それでは、ついてきてくれますか？」

彼女は彼のあとについて廊下に出た。彼女は再び少し動揺し、不安になっていた。元判事の態度がすっかり変わってしまったからだ。だが、彼女は自分に言い聞かせた。この老紳士は静かな暮らしを何よりも愛している人で、人間との付き合いに慣れていないのだ。だから、他人の存在にうんざりしてしまい、彼のプルタルコスのところへ戻りたがっているのだ。そのプルタルコスが誰なのかは知らないけれど。

元判事はある部屋のドアを開け、灯りを点けた。「ブラインドは下ろしてあります」と彼は言った。「この部屋はふだん暗くしてあります。あなたも灯りは点けないでください。でないと、裏の棟からあなたの姿が見えてしまうかもしれない。必要なものはここに揃えておきました」

彼は、彼女にちょっとその部屋を見回す時間を与えた。淡い色調でまとめられた、明るい雰囲気の部屋だった。シラカバ材の家具、高い脚の付いた、細々したものがぎっしり並んだ鏡台、花模様のインド更紗の「天蓋」が付いたベッド。その部屋を、彼は、長い間見ていなかったものを再確認しているような目で見ていた。彼は厳粛な口調で言った。「これは私の娘の部屋です。娘は一九三三年に死にました。いや、この部屋で、というわけではありません よ。ここでじゃない。恐がらないでください」

彼は彼女にさっと手を差し出した。「ローゼンタールさん、外から部屋に鍵をかけることはしません」と彼は言った。「でも、中からすぐに鍵をかけてください。時計は持っていますか？ 結構。午後十時にドアをノックします。それじゃ、お休みなさい」

彼は部屋を出た。戸口で彼はもう一度振り返った。「ローゼンタールさん、これから数日間はとても寂しい思いをすることでしょう。孤独に慣れようとしてみてください。孤独とは、とてもいいものかもしれませんよ。忘れないでください。生存者の一人一人が重要なんです。あなたも重要なんです、あなたこそが重要なんです。忘れずに鍵をかけてください」

彼はそっと静かにドアを閉め、そっと静かに去っていった。お休みなさいもありがとうございますも言わなかったことに彼女が気づいたときにはもう遅かった。彼女はあわててドアのほうへ歩きかけたが、そこに行き着く前に考え直した。彼女はドアに鍵をかけ、手近な椅子に腰掛けた。足が震えていた。鏡台の鏡に、寝不足と涙でむくんだ青白い顔が映っていた。その顔に向かって、彼女はゆっくりと悲しげにうなずいた。

ザラ、これがあなたの顔よ、と彼女の心の声が言った。今ではザラと呼ばれているローレ、これがあなたの顔（ユダヤ人男性は「イスラエル」、ユダヤ人女性は「ザラ」など、「ユダヤ人らしい」名前を名乗るよう、法律で定められていた。「ローレ」はドイツ女性に一般的な名前）。あなたは、いつも働き者の立派な商売人だった。あなたは五人の子どもを産んだ。子どもの一人はデンマークに、一人はイギリスに、二人はアメリカにいる。そして、あと一人はシェーンハウザー通りのユダヤ人墓地で眠っている。彼らにザラと呼ばれても、腹立たしくはない。ローレはだんだんザラになった。彼らが（そのつもりもなく）私をユダヤ人らしくしたんだわ。彼は親切で立派な老紳士だけど、よそよそしい。他人行儀過ぎる。彼とは、ジークフリートと話していたみたいにちゃんと話すことはできそうにない。彼は冷たい人だ。親切だけど、冷たい。彼の親切までもが冷たい。それは、彼が従っているという、あの正義というもののせいね。私が今まで従ってきた法は一つだけ。それは、子どもたちと夫を愛し、彼らの人生の助けとなること。私は今、あの老紳士の家にいる。私のすべてが私からなくなってしまった。これが、彼が言った孤独というものなのね。まだ朝の六時半にもなっていない。夜の十時まで、彼はやってこない。十五時間半、独りぼっち。自分でもまだ知らなかった自分を知ることになるのかしら。恐い、恐くてたまらない。眠っていても、不安のあまり叫び出してしまいそう。十五時間半！　あと三十分、彼は私といてくれてもよかったのに。でも彼は、自分の古い本の続きがどうしても読みたかったんだわ。彼は親切だけれど、彼にとっては人間は無意味なのね。意味があるのは、自分の正義だけ。彼がこんなことをしてくれたのは、正義に「そうしなさい」と命令されたからであって、私のためじゃない。私のためにしてくれてこそ、それは私にとって価値のある行為になるのに。

彼女は、鏡に映った、悲しみにゆがんだザラの顔に向かってゆっくりとうなずいた。彼女はベッドを振り返った。「これは私の娘の部屋です。娘は一九三三年に死にました。いや、この部屋で、というわけではありませんよ。ここでじゃない」という元判事の言葉が彼女の頭をよぎった。彼女は身震いした。あの言い方は……。きっとその娘さんも……彼らに殺されたに違いない。でも、彼は絶対にそのことを話さないだろう。私からも絶対に聞けない。ああ、この部屋では眠れない。ここは恐ろしい。ここは生きている人間の部屋じゃない。女中部屋で寝かせてほしい。そこで眠っていた本物の人間のぬくもりが残るベッドで寝かせてほしい。ここでは眠れない。恐怖で叫び出してしまう……

彼女は鏡台の上の化粧品容器に手を触れてみた。ひからびたクリーム、固まったパウダー。口紅の容器には緑青が浮いている。娘さんが死んだのは一九三三年。それから七年も経ってるのだもの。何かしなくては。何かに追い立てられているみたい。これが不安というものなのね。この平和の島にたどり着いた今になって、不安が姿を現したんだわ。何かしなくては。自分自身とばかり向き合っていてはだめ。

ハンドバッグの中を探ると、紙と鉛筆が見つかった。子どもたちに手紙を書こう。コペンハーゲンのゲルダ、イルフォードのエヴァ、ブルックリンのベルンハルトとシュテファン。でも、そんなことをしても何の意味もない。もう外国に郵便は届かない。戦争だもの。ジークフリートに手紙を書こう。何とかして、手紙をモアビートにこっそり届けてもらおう。家政婦が本当に信用できる人だったら。判事さんに知らせる必要はないわ。家政婦にお金か宝石を渡せばいい。お金や宝石ならまだ充分ある……。

彼女はハンドバッグから札束と宝石類も取り出し、自分の前に並べた。彼女は腕輪を一つ手に取った。エヴァが生まれたとき、ジークフリートがプレゼントしてくれた腕輪。初めてのお産で、難産だった。赤ちゃんを初めて見たとき、彼ったら大笑いしたわね。お腹を抱えて大笑いしてた。ふさふさした黒い巻き毛と分厚い唇を見ると、みんな笑わずにはいられなかった。白い黒人の赤ちゃんだ、って。私は、エヴァは可愛い子だと思ったけど。あのとき、彼はこの腕輪をくれた。これは本当に高かった。復活祭から白い日曜日までの一週間の儲けを、彼はこの腕輪に全部つぎ込んだ。母親になったことが私は誇らしかった。腕輪なんてどうでもよかった。そのエヴァも、もう三人の娘の母親だわ。ハリエットは九つになった。イルフォードで、エヴァはどれくらい私のことを思い出しているかしら。でも、どんなに考えたとしても、母親がこの死人の部屋に座っているとは想像できないだろう。正義にしか従わない、血に飢えたフロムの家に、独りぼっちで座っているとは。

彼女は腕輪を置き、今度は指輪を手に取った。彼女は一日中、自分の持ち物を前にして、独り言をつぶやきながら過去にしがみついていた。今の自分が何者なのかを考えたくなかったのだ。

そのうち、激しい不安の爆発が起きた。一度、彼女はドアの前まで行き、こう思った。彼らが長く苦しませることはないと分かりさえすれば、彼らのところへ行くのだけれど。ひと思いに、苦しまずに死ねると分かりさえすれば。こんなふうに待つことにはもう耐えられない。

それにこんなこと、多分まるきり無意味なんだわ。どのみち、いつか彼らは私を捕まえる。どうして、生存者の一人一人が重要なの？　どうして、私こそが重要なの？　子どもたちはだんだん私のことを思い出さなくなる。孫は私のことなど考えもしない。モアビートにいるジークフリートももうじき死ぬ。判事さんがどんなつもりであんなことを言ったのか、私には分からない。今晩聞いてみなくては。でも多分、彼は微笑むだけね。答えてくれたとしても、彼の言うことは私にはさっぱり分からない。その訳は、私が今日のところはまだ本物の人間だから。お婆さんになったザラが、血と肉でできた本物の人間だから。

彼女は鏡台に頬杖をつき、網の目のように皺の寄った自分の顔を悲しげに眺めた。心労と不安と憎悪と愛情によって刻まれた皺。それから、彼女は宝石が置いてあるテーブルに戻った。時間を潰すためだけに、彼女は札を何度も何度も数えた。それから、札を記号や番号順に並べ替えようとした。ときどき、夫への手紙に少しずつ書き足したりもした。だが、それは手紙にはならなかった。それは、ただ質問を書き連ねたものでしかなかった。「どんなところで寝ていますか」とか、「食事はどんなものが出ますか」とか、「肌着を差し入れにいけるかしら」とか。ちょっとした、些細な質問ばかりだった。そして、「私は元気です。私は大丈夫です」

そう、それは手紙ではなかった。無意味で余計なおしゃべりだった。その上、嘘だった。彼女は大丈夫どころではなかった。これまで数ヶ月間、恐ろしい日々を送ってきた彼女だったが、それでもこの静かな部屋の中で感じたほどの恐怖を味わったことはなかった。彼女には分かっていた。ここにいれば自分は変わってしまうに違いない。ここにいれば自分から逃れることはできない。自分がどう変わってしまうのだろうと考えると、彼女は恐くなった。もしかしたら、もっと恐ろしい目に遭い、耐えなければならなくなるかもしれない。自分で望んだわけでもないのに、私はすでにローレからザラに変わってしまった。変わりたくない。怖い。

とうとう彼女はベッドに横になった。元判事が十時にドアをノックしたときには、彼女はぐっすり眠っていてその音に気づかなかった。彼は外からそっと鍵を開け、彼女が眠っているのを見るとうなずいて微笑んだ。彼は食事を載せたお盆を持ってきてテーブルの上に置いた。そのとき、宝石と札束を脇にどけながら、彼はもう一度うなずき、微笑んだ。彼はそっと部屋から出て再び鍵を掛け、彼女を眠らせておいた。

こうして、「保護拘置」の最初の三日間、ローゼンタール夫人は誰にも会わずに過ごすことになった。毎日、彼女は夜になると眠り込んでしまい、朝、目を覚まして、不安に苛まれながら恐ろしい一日を過ごした。四日目、半分正気を失った彼女はある行動に出た。

11　引き続き、水曜日の出来事

ゲッシュ夫人には、ソファーで眠っている小男を一時間後に起こすことはできなかった。疲れ切って眠っているその姿はあまりにも哀れだった。顔のあざは紫色になり始めていた。べそをかいた子どものように、彼は下唇を突き出して眠っていた。目蓋がときどきピクピクと震えた。深いため息を吐くたびに、まるで、夢の中で泣き出そうとしているかのように胸が大きく波打った。

昼食の準備ができてから彼女は彼を起こし、食事を出してやった。彼はもごもごと感謝の言葉のようなものをつぶやき、狼のようにがつがつと食べた。時々彼女のほうをチラチラと見るものの、どんな目に遭ったのかは一言も言わなかった。

とうとう彼女は言った。「さあ、もう出してあげられるものはないわ。グスタフの分が足りなくなってしまう。ソファーに横になってもう少し眠りなさいな。私が奥さんに……」

彼は再びもごもごと、承諾なのか拒否なのかもはっきりしない言葉を何かつぶやいた。ただ、彼は言われたとおりソファーに横になり、一分後には再びぐっすりと眠り込んだ。

その日の午後遅く、隣家のドアが開く音を聞いて、ゲッシュ夫人はそっと隣へ行き、ドアをノックした。エヴァ・クルーゲはすぐにドアを開けたが、侵入を阻止するようにドアの前に立ちはだかった。「何かしら?」と彼女は敵意もあらわに言った。

「申し訳ないわね、クルーゲさん」とゲッシュ夫人は言った。「またお邪魔して。でも、お宅の御主人がうちで寝ているんです。親衛隊員が今朝、ご主人を引きずってきたんですけど、あなたはもうお出かけになってて」

エヴァ・クルーゲが無言のまま敵対的な態度を崩さないので、ゲッシュ夫人はさらに言った。「ご主人はそりゃあもうひどい目に遭わされてるのよ。殴られていないところはないくらいに。自業自得かもしれない。でも、あんな状態で放り出すことはできないはずよ。まあちょっとご主人を見てご覧なさいよ、クルーゲさん」

彼女は聞く耳を持たなかった。「私にはもう夫はいないの、ゲッシュさん。言ったでしょ、もうその話は聞きたくないって」

そう言うと、彼女は家の中に引っ込もうとした。ゲッシュ夫人は慌てて言った。「ちょっと待ってよ、クルーゲさん。何と言ったって、ご主人じゃないの。ご主人とのあいだにはお子さんもいるんだし……」

「そのことは特に誇りに思ってるわよ、ゲッシュさん。本当にね！」

「よくそんな残酷なことができるわね、クルーゲさん。あんな状態じゃ、ご主人は外に出られないわ」

「じゃあ、あの男が私に長年してきたことは残酷じゃなかったわけ？　今まであの男にどれだけ苦しめられたか。私の人生を台無しにして、しまいには可愛い長男まで奪ったのよ。親衛隊員に殴られたからって、そんな男に優しくしてやらなきゃならないの？　冗談じゃない。どんなに殴られたって、あの男は変わりゃしないんだから！」

こうまくし立てると、エヴァ・クルーゲは有無を言わせずゲッシュ夫人の鼻先でドアを閉めた。これ以上無駄話に耐えられなかったのだ。無駄話から逃れるためなら、夫を再び家に入れ、永久に後悔することになってもいいと思ったくらいだった。

台所の椅子に腰掛け、青いガスの火を見つめながら、彼女はその日一日を思い返していた。無駄話、無駄話ばっかり。党を即刻脱退したいと郵便局長に申し出たあとは、無駄話の連続だった。郵便配達からは解放されたが、その代わりにひっきりなしに尋問された。どうして脱党したいのか、という点を彼らは特に聞き出したがった。どんな理由があるんだね、と。

彼女は同じ答えを頑なに繰り返した。「それは誰にも関係ないことです。脱党理由はお話ししません。今日にも脱党したいと思います」
だが、彼女が返答を拒否すればするほど、彼らは執拗になった。彼らはそれ以外のことには興味がないかのようだった。その「なぜ」という点だけを、彼らは聞き出そうとした。正午頃、書類鞄を持った私服の男が二人加わり、彼女に次々と質問を浴びせた。彼女は自分の人生についてすべて語らされた。両親や兄弟姉妹のこと、結婚のこと……

最初、彼女は喜んで質問に応じた。脱党理由についての執拗な質問から逃れられて嬉しかったのだ。だが、結婚について質問されると、彼女は再び頑なになった。結婚の次は子どもの話になるだろう。カルレマンの話をすれば、きっと、この抜け目のない狐たちに気づかれてしまう。何かおかしい、と。

これについてもお話ししません、と彼女は言った。これも個人的なことです。結婚と子どもたちのことは、誰にも関係のないことです。

だが、彼らは執拗だった。彼らはいろんな方法を知っていた。男の一人が鞄から書類を取り出し、読み始めた。何を読んでいるのかしら。警察の書類に私のことが載っているはずはないのに。私服姿の男たちは警察関係者に違いない、と彼女は気づいていた。

それから彼らは質問を再開した。すると、その書類はエンノに関するものらしいということが次第に分かってきた。質問の内容がエンノの病気や怠け癖、競馬狂いや愛人たちに関することだったからだ。その質問は最初はやはりまったく無害なものから始まったが、突然彼女は危険に気づくと、口を固く閉ざして何も言わなくなった。

これも個人的なことです。誰にも関係のないことです。夫とのあいだに何があったかは、私個人の問題です。ちなみに、夫とは別居しています。

ここで、彼女はまた彼らの術中にはまってしまった。別居したのはいつなんだね? ご主人と最後に会ったのはいつかな? 党を抜けたいと言ったことはご主人と何か関係があるのかな?

彼女は首を振るばかりだった。だが、彼らは今度はおそらくエンノから聞き出そうとするだろう、と考えて彼女は身震いした。ものの三十分で、彼らはあの意気地なしから何もかも聞き出してしまうだろう。そうなれば、これまで自分一人の秘密にしてきた恥が世間の目にさらされてしまう。彼らはこの恥のことを報告書に書き、そんな息子を産んだ母親について党員たちは際限なく噂話をすることだろう。

「個人的な問題です！　まったく個人的な問題です！」

物思いに耽りながら青いガスの炎が揺らめくのを見ていたエヴァ・クルーゲは、はっとして飛び上がった。さっきの態度は重大なミスだった。二〜三週間エンノを隠しておくチャンスだったのに。二〜三週間分のカネを渡して、「女の家にでも隠れていて」と言うだけで済む。

彼女はゲッシュ夫人の家の呼び鈴を鳴らした。「聞いてちょうだい、ゲッシュさん。もう一度考えてみたの。少なくともちょっと夫と話をしてみようって」

相手が自分の言うことを聞いた今になって、ゲッシュ夫人は怒り出した。「もう少し早く考えるべきだったわね。ご主人ならもう二十分も前に出ていったわよ。遅かったわね！」

「一体どこへ行ったのかしら、ゲッシュさん」

「そんなこと私が知るわけないでしょ。自分で放り出したくせに。どこか女の家にでも行ったんでしょうよ」

「どの女の家か知らない？　お願い、教えて、ゲッシュさん。とても大事なことなの……」

「何よ突然」と言うと、ゲッシュ夫人は渋々こう付け加えた。「トゥッティとかなんとか言ってたわよ……」

「トゥッティ？」と彼女は聞き返した。「じゃあ本名はトルーデとかゲルトルートっていうのね……ゲッシュさん、名字は分からないの？」

「ご主人本人も知らないんですって。どこに住んでるのかさえはっきりとは知らなかったわ。ただ、行けば見つかるだろうって。でも、ご主人のあの状態ではねえ……」

「あの人、また戻ってくるかもしれない」とエヴァ・クルーゲは考え込みながら言った。「そしたら、うちに来るように言ってください。とにかく、どうもありがとう、ゲッシュさん。さようなら」

しかし、ゲッシュ夫人は挨拶を返さず、ドアをバタンと乱暴に閉めた。相手にさっきドアを鼻先でぴしゃりと閉められたことをまだ忘れていなかったのだ。彼がまたやってきても、それをあの女に教えてやるかどうかはまだ全然分からないわ。あとから考え直したって遅いってことね。

エヴァ・クルーゲは台所に戻った。奇妙だった。ゲッシュ夫人と話しても何も解決しなかったのに、彼女はそれでほっとしていた。物事はなるようになるしかない。これで、まっとうな人間でいるために自分ができることはやり終えた。父親とも息子とも縁を切った。彼らのことは心の中から消してしまおう。脱党することも宣言した。起きなければならないことは起きる。それは変えられない。これだけの目に遭ったのだから、最悪の事態が起きてももう恐くはない。

私服の男二人がたわいのない質問から脅迫に転じたときも、彼女は怯まなかった。こんなふうに脱党したら、郵便局の仕事を失うことは分かっているだろうね？　さらに、こんな脅し文句もあった。脱党を希望し、かつ、その理由を述べることを拒否すれば、政治的に信頼できない人間と見なされる。強制収容所のようなところは、そういう人間のためにあるんだ。強制収容所のことは聞いたことがあるだろう？　政治的に信頼できない人間を、信頼できる人間に速やかに変えるところだ。そこに入った人間は一生、信頼できる人間になる。言っている意味は分かるね？

エヴァ・クルーゲは怖じ気づかなかった。彼女は、「個人的な問題です」で押し通し、個人的問題の詳細については話さなかった。とうとう彼女は解放された。脱党願いはとりあえずは受理されず、決定は追って下されることとなった。しかし、彼女は差し当たり停職処分となり、自宅待機を命じられた。

長い間忘れていたスープの鍋をやっとガスの火に掛けながら、突然彼女は決心した。その命令に従うのもやめよう、と。じっと自宅で待機し、痛めつけられるのを待つのはよそう。明日の朝、六時の列車でルッピン近郊の姉の家に行こう。二〜三週間なら、届けを出さなくても暮らせるだろうし、姉の家族が食べさせてくれるだろう。あそこには牛や豚がいるし、ジャガイモ畑もある。家畜の世話をしたり、畑仕事をしたりして働こう。毎日毎日てくてく郵便配達をやってるより、そのほうがずっといい！

田舎へ行くと決めてしまうと、彼女はきびきびと動き始めた。彼女は小型のトランクを取り出し、荷物をまとめ始めた。少なくとも留守にすることはゲッシュさんには言っておいたほうがいいかしら、と彼女は一瞬考えた。

どこへ行くかまでは言う必要はないけれど。だが、彼女は言わないことに決めた。何も言わないほうがいい。これから何をするにしても、一人きりでしよう。他人を巻き込みたくない。姉と義兄にも何も言うまい。これからは、一人きりで生きていこう。今まではいつも、面倒を見なければならない人間がいた。両親、夫、子どもたち。今は、一人きり。今は、この孤独を心地よく思えそうな気がする。一人きりになれば、もしかしたら自分はまだ何かになれるかもしれない。やっと自分の時間が持てるようになった今なら。他人のために自分を忘れる必要がなくなった今なら。

ローゼンタール夫人が孤独に戦いていたその同じ晩、郵便配達人クルーゲの寝顔は久しぶりに微笑んでいた。夢の中で彼女は、鍬を手にして広々したジャガイモ畑に立っていた。見渡す限り、ジャガイモ畑だった。彼女の他には誰もいなかった。ジャガイモ畑を耕さなきゃ。彼女は微笑み、鍬を振り下ろした。鍬が石に当たって澄んだ音を立て、雑草がなぎ倒された。彼女は黙々と耕し続けた。

12　事件翌日のエンノとエミール

小男エンノ・クルーゲは、「仕事仲間」のエミール・バルクハウゼンよりもずっとひどい目に遭った。エミールのほうは、（どんな女房にせよ）女房がベッドに寝かせてくれた（もっとも、その女房はそのあとすぐさま彼のポケットからカネを盗んだのだが）。殴られた回数も、ひょろ長い密告者より競馬狂いの小男のほうがずっと多かった。エンノは特別ひどく痛めつけられていた。

エンノが不安に駆られてトゥッティを探し回っているあいだに、バルクハウゼンはベッドから起き出して台所で食べ物を探し、陰気な顔で考え込みながら腹を満たした。それから、タンスにタバコが一箱あるのを見つけてその一本に火を点け、箱をポケットにねじ込むと再びテーブルに頬杖をついて座り、陰気な顔で考え込んだ。

そこへ、オッティが買い物から帰ってきた。当然、彼女は彼が勝手に食べ物を食べたことに気づいたし、自分が出かけたときには彼のポケットにタバコが入っていなかったことも知っていた。彼女はすぐに、タンスからタバコが盗まれていることに気づいた。内心戦々恐々としていたものの、彼女は即座にけんかを吹っかけた。「そうか、あたしの食べ物を食ってあたしのタバコを盗む男があたしの旦那ってわけか。返してよ、すぐに返してよ。それか、弁償して。エミール、お金をちょうだい」

彼が何と答えるか、彼女は緊張して待っていた。だが、彼女には自信があった。あの四十八マルクはもうほとんど全部使ってしまった。だから、彼にはもうどうしようもない。

彼のほうも激しく言い返したが、その受け答えから彼女は、この男はやっぱりあのカネのことは何も知らないんだと確信した。彼女は、自分はこの馬鹿な男よりずっと利口だと感じた。この馬鹿と来たら、カネを抜き取られたのに気づきもしないんだから！

「黙りやがれ」バルクハウゼンは顔も上げずに唸った。「この部屋から出て行け。でないと、体中の骨を叩き折ってやる」

捨て台詞を吐かずにはいられない性分だったし、そのときは優越感に浸ってもいたので（彼の剣幕に怖じ気づいてもいたのだが）、彼女は台所のドアから言い返した。「あんたこそ、親衛隊員に体中の骨をへし折られないように気を付けるんだね。そうなる日ももう遠くないね！」

そう言うと彼女は台所に引っ込み、居間から追い出された鬱憤を晴らそうと子どもたちに当たり散らした。

夫のほうは、じっと座ったまま考え込んでいた。昨晩の出来事はほとんど思い出せなかったが、覚えている数少ない事実だけで充分だった。今頃はもう、ローゼンタールの家はペルジッケの連中に根こそぎ荒らされているだろう、と彼は思った。これから少しずつ、持ち出そうと思っていたのに！ 自分が馬鹿なことをしたばっかりに、台無しになってしまった！

いや、あれはエンノのせいだ。エンノがコニャックを飲み始めたんだ。エンノは最初っから酔っぱらっていやがった。エンノがいなければ、今頃、下着やら背広やらの山を手に入れていたはずなんだ。バルクハウゼンは、ラジオのこともぼんやりと思い出した。ここにエンノがいたら、体中の骨をへし折ってやるんだが。あの弱虫のおかげで、何もかもが台無しだ！

だが、バルクハウゼンはすぐに肩をすくめた。エンノなんかどうでもいい。あんな、女どもから血を吸って生きている卑怯なダニなんか！　いや、本当に悪いのはバルドゥル・ペルジッケの野郎だ。ヒトラーユーゲント指導者のあのガキは、最初から騙すつもりだったんだ。全部、仕組まれていたんだ。犯人をでっちあげて、自分は捕まる心配もなく獲物を分捕る計画だったんだ。それがあの眼鏡野郎の計画だったんだ。あのクソガキ、よくも騙しやがったな！

だったら自分は今どうしてアレックスの留置場（アレックスはベルリンのアレクサンダー広場のこと。ここに警察本部があった）ではなく、自宅の居間に座っているんだろう、どうも腑に落ちない、とバルクハウゼンは思った。何か予期しないことが起きたに違いない。彼は、二つの人影をぼんやりと思い出した。だが、それが誰だったのか、どうしてそこに来たのか、昨晩はすでに意識朦朧としていたのでよく分からなかった。今となっては、なおさら分からなかった。

だが、一つ分かっていることがあった。それは、バルドゥル・ペルジッケを許さない、ということだった。あいつめ、党にへつらってどんどん出世していくがいい。今に見てろ。俺は急がない。俺は忘れない。あのガキ……いつかあいつをとっ捕まえ、ひどい目に遭わせてやる。俺よりひどい目に遭わせてやる。二度と立ち直れないようにしてやる。裏切りやがって。絶対に許さないし、忘れないぞ。ローゼンタールの家のお宝は、トランクも木箱もラジオも、みんな俺のものになるはずだったんだ！

バルクハウゼンは考え続けた。ずっと同じことを。そして、その合間に、オッティの銀の手鏡（街娼時代に彼女が気前のいい客から貰った、思い出の品）をそっと取り出し、顔の傷を確かめた。

同じ頃、小男エンノ・クルーゲも、婦人服店の鏡を見て、自分の顔がどんな状態になっているかを知った。その惨状を見て彼はなおさら恐ろしくなり、すっかりうろたえてしまった。彼は道行く人と目を合わせることもできなかったが、自分がみんなに見られているのを感じた。トゥッティを探して、彼は裏道をうろうろと当てもなく歩き回った。彼にはもう、トゥッティがどこに住んでいるのか分からなかった。自分が今どこにいるのかも、彼にはもう分からなかった。それでも、彼は門と見れば必ず中に入り込み、中庭から窓を見上げた。トゥッティ……トゥッティ……

辺りはどんどん暗くなってきた。夜になる前に早く宿を見つけないと。でないと、警察に捕まってしまう。この状態を見たら、全部しゃべるまで、警察は俺を攻め上げる。ペルジッケのことをしゃべったら（恐ろしさのあまり、いずれしゃべってしまうだろうが）、ペルジッケの連中に殴り殺される。

彼は当てもなくうろうろと歩き続けた。

とうとう、彼はもうそれ以上歩けなくなった。彼はベンチに腰を下ろし、背中を丸めた。もう歩けなかったし、何も思いつけなかった。タバコを求めて、彼はまったく機械的にポケットを探り始めた。一服すれば、またもう少し歩けるようになる。

タバコは見つからなかったが、まったく期待していなかったものが見つかった。カネだ。四十六マルクある。ポケットの中にカネが入っていることを、ゲッシュ夫人は数時間前に教えてやることもできた。そうすれば、一夜の宿を探しているこの怯えきった小男を少しは安心させてやることができただろう。だが、彼が寝ているあいだにポケットを探ったことを、当然のことながらゲッシュ夫人は言おうとはしなかった。彼女はまっとうな人間だったから、そのカネを——多少の葛藤はあったが——また元の場所に戻しておいた。夫グスタフのポケットから見つけたとしたら躊躇なくそのカネを自分のものにしただろうが、彼女は他人のポケットからカネを取るような人間ではなかった。もちろん、見つけた四十九マルクから三マルクは抜いておいた。だが、それは盗んだのではなく、彼女の当然の権利だった。それはエンノに出してやった食事の代金だった。ただでも食事は出してやっただろうが、カネを持っている他人にただで食事を出してやる気にはなれなかった。彼女は、他人にそこまでしてやる人間でもなかった。

いずれにせよ、この四十六マルクは、怯えきっていたエンノ・クルーゲを大いに元気づけた。これでいつでも一夜の宿を取れることが分かったのだ。記憶力も再び働き始めた。トゥッティの家はまだ思い出せなかったが、彼女と知り合ったのが彼女の行きつけのカフェだったことを突然思い出したのだ。店の誰かが彼女の住所を知っているかもしれない。

彼は立ち上がると、再び歩き始めた。彼は方向感覚を取り戻していた。目的地の近くまで行く市電を見つけると、彼は思い切って一両目の暗いデッキに乗った。そこは暗かったし満員だったので、彼の顔に注意を払う人はいなかった。市電を降りると、彼は目当てのカフェに入った。何も食べるつもりはなかった。彼はまっすぐカウンターに向かい、ウェートレスに、トゥッティがどこにいるか知らないかと尋ねた。トゥッティは今でもここによく来てるんだろ？

ウェートレスは、店中に響き渡る鋭い金切り声で、どのトゥッティの話なのさと尋ねた。トゥッティなんて、ベルリンにはごまんといるんだからね！

臆病な小男はまごまごしながら答えた。「どのって、ただのトゥッティだよ。ここにいつも来てた。髪は黒くて、ちょっと太ってて……」

ああ、そのトゥッティね！　そのトゥッティのことなら知りたくもないね。あの女はもうここに顔を出せやしないよ。あの女のことはもう聞きたくもないね。

そう言うと、ウェートレスは憤然とそっぽを向いた。エンノはもごもごと謝罪の言葉を口にすると、早々にカフェを出た。これからどうすべきか決めかねて暗い通りに立ち尽くしていると、年配の男が一人カフェから出てきた。随分とみすぼらしい男だ、とエンノは思った。男は躊躇いがちにエンノに近づいてきたが、やがて心を決めたように帽子を取り、「今し方、カフェでトゥッティとかいう女のことを聞いていた方ではありませんか」と尋ねてきた。

「そうだったかも」とエンノ・クルーゲは用心深く答えた。どうしてそんなことを？

「いえね、ちょっと聞いてみただけで。その女がどこに住んでいるか、教えてあげられるかもしれないと思ったんで。ちょっとしたお願いを聞いてもらえれば、その女の家まで連れて行ってあげることもできますよ」

「お願い？　一体どんな？」とエンノはなおさら用心深くなって尋ねた。「どんなことか分からないんじゃ何とも言えないよ。見ず知らずの人にそんなこと言われても」

「まあまあ、いいからちょっと歩きましょう」と年配の男は言った。「この道を行けば、回り道にはなりません。お願いというのはつまり、こういうことなんですよ。トゥッティは、私の持ち物が入ったトランクをまだ持っているんです。明日の朝、トゥッティが寝ているあいだか買い物に出かけたすきに、そのトランクを持ち出して私に返してくれませんか」(年配の男は、エンノがトゥッティの家に当然泊まるものと思っているようだった)

「だめだよ」とエンノは言った。「そんなことできない。そんなことに掛かり合いになるのはごめんだ。悪いね」

「そのトランクに何が入っているか、私は正確に言えます。それは本当に私のものなんです」

「じゃあ、自分でトゥッティにそう言えばいいじゃないか」

「そうか、そんなことを言うところをみると」と年配の男は気を悪くして言った。「トゥッティって女を知らないんだね。あれがどんな女か、知っておいたほうがいい。あんなに口の減らない女はそうそういるもんじゃない。あいつはマントヒヒみたいに噛みついたり唾を吐いたりする。だから、マントヒヒってあだ名がついたんだ」

年配の男がトゥッティのそんな愛すべき姿を描き出しているあいだに、エンノ・クルーゲは、「トゥッティは本当にそんな女だ。俺はこの間、あいつの家からあいつの財布と食糧配給切符を持ち出したんだ」と思い出し、ぞっとした。あいつは、怒ると本当にマントヒヒみたいに噛みついたり唾を吐いたりする。俺が今顔を出したら、あいつはそんなふうに怒りを俺にぶちまけるだろう。あいつの家に泊まろうと考えたなんて、妄想もいいところだった。

そして突然、まったく唐突に、「これからは生き方を変えよう」と彼は決心したのだった。女も持ち逃げも競馬ももうやめよう。ポケットには四十六マルク入ってる。これだけあれば、次の給料日まで生きていける。へとへとで体が持たないから、明日はもう一日仕事を休もう。明後日から、またちゃんと働こう。工場の人間だってきっと俺の価値を分かってくれて、前線に送ったりはしないだろう。夕べあんなひどい目に遭ったあとで、今度はマントヒヒのトゥッティに噛みつかれたり唾を吐かれたりするなんてまっぴらごめんだ。

「そうだね」エンノ・クルーゲは、よく考えてから年配の男に言った。「あんたの言うとおりだ。トゥッティはそういう女だ。そういう女だから、俺はたった今、トゥッティの家には行かないことに決めた。あそこの小さなホテルに泊まるよ。それじゃ、悪いけど」

そう言うと、彼は傷だらけの体を引きずって立ち去った。傷だらけで、その上荷物も持っていないという風体だったにもかかわらず、彼はホテルのみすぼらしい従業員を拝み倒し、三マルクで一夜の宿を手に入れた。嫌な臭いのする狭い穴蔵のような部屋に入ると、彼はベッドにもぐり込んだ。すでに大勢の人間が使ったシーツの上で伸びをしながら、彼は思った。これからはまったく違う生き方をしよう。俺は今まで最低の奴だった。特に、エヴァにとっては最低の奴だった。だが、これからは違う人間になる。今まで、俺は殴られて当然の奴だった。だけど、これからは違う人間になるんだ……

幅の狭いベッドに、彼は気を付けの姿勢でじっと横たわり、天井を見つめていた。寒さと疲労と痛みのあまり、彼は震えていた。だが、彼はそれをまったく感じていなかった。彼は、自分がかつて評判のいい、一目置かれる労働者だったことを思い出していた。それが今では、みんなに軽蔑されるみすぼらしい小男に成り下がってしまった。だが、殴られて目が覚めた。これで何もかも変わる。生まれ変わった人生を思い描きながら、彼は眠りに落ちた。

その時間、ペルジッケ家の人間も全員眠っていた。ゲッシュ夫人もエヴァ・クルーゲも眠っていた。バルクハウゼン夫妻も眠っていた。バルクハウゼンは、自分のベッドにオッティが潜り込んでくるのを無言で許したのだった。

不安に苛まれ、悪夢にうなされながらローゼンタール夫人も眠っていた。若いトルーデル・バウマンも眠っていた。その日の午後、彼女は機会を見て同志の一人に、「どうしても伝えたいことがあるから、明日の晩、なるべく目立たないようにエリジウムに集まってほしい」と囁きかけていた。自分が口を滑らせてしまったことを告白しなければならないと思うと少し不安だったが、それでも彼女は眠りに落ちたのだった。

アンナ・クヴァンゲルは、灯りを消してベッドに横になっていた。その時間、夫はいつものように作業場に立ち、工員の仕事ぶりを監督していた。技術管理部の連中が俺を呼びつけたのは、生産性の向上のためなんかじゃない。連中も俺を完璧な間抜けと見なしている。間抜けと思われるほど、なおさら好都合だ！

アンナ・クヴァンゲルはベッドに入ってはいたが、まだ眠ることができないでいた。彼女はまだ考えていた。あの人は本当に冷たくて思いやりがない。オットーヒェン戦死の知らせを受け取ったときの、あの態度。可哀想なトルーデルやローゼンタールさんを家から追い出したときの、あの態度。冷たくて、思いやりがなくて、いつも自分のことしか考えていない。もう二度と、これまでのようにあの人を愛することはできない。これまでは、あの人は少なくとも私のことは大事に思っていると思っていた。だけど、そうじゃなかった。「あんたとあんたの総統」という言葉が口を突いて出てしまったとき、あの人は侮辱されたと感じただけだった。気を悪くしただけだった。あの人を怒らせることはこれからはそうそうないだろう。そう簡単には、また口をきく気になれそうにないから。今日は私たち、一言も口を利かなかった。お互い、お早うさえ言わなかった。

フロム元判事はまだ起きていた。いつものように、彼は夜どおし起きていた。彼は細かい丁寧な字で、「拝啓ドイツ帝国最高裁検事殿」で始まる手紙を書いていた。読書用ランプの下で、開いたままのプルタルコスが彼を待っていた。

13　エリジウムの戦勝ダンスパーティー

その金曜日の晩、ベルリン北部にある大きなダンスホール「エリジウム」で、標準的ドイツ人の目を喜ばせずにはいられない光景が展開されていた。ダンスホール中が、制服で溢れかえっていたのだ。国防軍の灰色や緑色の制服がこの色彩豊かな絵画の力強い地色になってはいたが、それよりずっと目立っていたのは、党とその各組織の色とりどりの——褐色、淡褐色、金褐色、暗褐色、黒——制服だった。突撃隊の褐色のシャツの隣に、それよりずっと明るい褐色の、ヒトラーユーゲントのシャツが見えた。トート機関（軍部の建設・兵站を担当した組織。創立者フリッツ・トートに因んでこう呼ばれた）からも、国家勤労奉仕隊からも代表者が来ていた。（金鶏というあだ名で呼ばれていた）上級党員らの黄色の制服も見られた。党役員らの隣に、地区防空責任者らが並んでいた。こうした晴れがましい衣装を着ていたのは男たちだけではなかった。そこには、制服姿の若い女性たちも大勢いた。ドイツ少女団も勤労奉仕隊もトート機関も、女性指導者や女性副指導者や一般女性団員をここに送り込んできたようだった。

この雑踏に、数少ない民間人はすっかり埋没してしまっていた。この制服の大群の中では、彼らは無意味で退屈な存在だった。それは、街中《まちなか》でも工場でも民間人が党に対して何の意味も持たないのと同じだった。党がすべてで、国民は虫けら同然だった。

そんなわけで、若い女性一人と若い男性三人が座っている隅のテーブルに注意を払う人間はほとんどいなかった。四人とも、制服どころか党員章さえ身につけていなかった。

最初にそのテーブルにやってきて座ったのは、若い男女のカップルだった。その後、別の若い男性がやってきてここに座ってもいいですかと声をかけ、最後に四人目が同じように声をかけて座った。若いカップルは一度、雑踏の中に出てダンスをしようとした。その間に、残った二人の男性は話し合いを始め、人混みの中でもみくちゃにされて汗だくになって戻ってきたカップルもときどきそれに加わった。

男性の一人——三十代初めの、すでに額の生え際が後退しかけている男——は背もたれに寄りかかり、しばらく無言でダンスフロアと近くのテーブルを観察していた。同席者の顔をほとんど見ないで彼は言った。「ここは集会場所として不適切だ。このホールの中で、民間人しかいないテーブルはここだけだ。これでは目立つ」

若い女性のエスコート役の男が、彼女に微笑みかけながら口を開いた。だが、その言葉は、額の広い男に向けられていた。「逆だよ、グリゴライト。僕らはまるっきり無視され、極端に軽視されている。ここにいる紳士淑女たちの頭の中には、フランスに対するこのいわゆる勝利のおかげで二〜三週間のダンス休暇が貰えたということしかない」

「名前を呼ぶな！ 絶対に！」額の広い男が鋭い口調で言った。

一瞬、全員が黙った。若い女性は人差し指でテーブルに何かを書いていた。みんなが自分を見ていることを感じてはいたが、彼女は目を上げなかった。

「とにかくだ、トルーデル」と、赤ん坊がそのまま大きくなったような純真そうな顔をした第三の男が言った。

「報告することがあるなら今だ。何があった？　回りのテーブルにはほとんど人がいない。みんなダンスをしに行ってる。さあ、話せよ！」

他の二人の男が黙っているのは賛成している印だ、と受け取るしかなかった。トルーデル・バウマンは、目を伏せたまま、口ごもりながら言った。「私は間違いを犯してしまったんだと思う。とにかく、私は約束を守らなかった。私から見れば、それは間違いではないのだけれど……」

「ああ、やめてくれよ」と額の広い男が馬鹿にしたような口調で言った。「きみまで馬鹿女みたいなしゃべり方をするようになっちまったのか。ぺちゃくちゃしゃべるのはやめて、はっきり言えよ。何があったんだ」

トルーデルは顔を上げた。彼女は、無慈悲で冷酷な目で自分を見つめている（と、彼女には思えた）三人の男の顔を、ゆっくりと順繰りに見た。彼女の目には涙が浮かんでいた。話そうと思ったが、言葉が出てこなかった。彼女はハンカチを探した。

額の広い男は背もたれに寄りかかった。ヒューーッという微かな音が彼の口から漏れた。「しゃべっちゃいけないはずなんだが？　彼女はもうしゃべっちまったんだ。ほら、見てみろよ」

トルーデルの隣に座っているエスコート役の男が即座に反論した。「あり得ない！　トルーデルは本物の同志だ。トルーデル、しゃべったりなんかしていないと言ってやれよ！」彼は励ますように彼女の手を握った。

童顔《ベビー》の男はほとんど無表情に、その真っ青な丸い目をじっと彼女に向けていた。額の広い長身の男は、馬鹿にしたような薄笑いを浮かべていた。彼はタバコを灰皿でもみ消すと、嘲るような口調で言った。「さあどうなんだ、お嬢さん？」

トルーデルは心を落ち着かせ、勇気を奮って囁いた。「いいえ、この人の言うとおりよ。私はしゃべってしまった。婚約者のオットーのお父さんが、オットーが戦死したことを知らせに来たの。それを聞いて、気が動転してしまったのね。自分が共産党支部に参加していることを彼に話してしまったの」

「具体的な名前を挙げたのか？」純真そうなベビーからこんな鋭い質問が飛び出すとは、誰も予想していなかった。

「もちろん、そんなことしていないわ。それ以上のことは何も話してない。それに、婚約者のお父さんはベテランの労働者よ。彼は絶対に何も言わないわ」

「きみの舅は関係ない。問題はきみだ。具体的な名前を挙げていないのは確かなんだな？」

「グリゴライト、信じて。嘘は言わない。私は自分から告白しているのよ」

「そう言う傍《そば》からまた名前をしゃべってるぞ、バウマンのお嬢さん」

　ベビーが口を開いた。「分からないのか？　彼女が名前を挙げていようがいまいが、どのみち同じことだ。彼女は自分が支部に所属していると言った。彼女は一度しゃべってしまった。今後もまたしゃべるだろう。捕まってちょっと痛めつけられたら、全部しゃべってしまうだろう。それまでにどれだけのことをしゃべっていようがいまいが、同じことだ」

「奴らには絶対何も言わない、たとえそれで死ぬことになっても！」トルーデルは頬を紅潮させて叫んだ。

「ほう！」と額の広い男は言った。「バウマンのお嬢さん、死ぬのは簡単だ。だが、死ぬまでに色々とひどい目に遭わされることが多いんだ」

「残酷な人たちね」とトルーデルは言った。「私は一つ過ちを犯した。でも……」

「僕もそう思う」彼女の隣に座っていた男が発言した。「彼女の舅さんに会いに行こう。その人が信頼できる人物なら……」

「奴らの手にかかったら、どんな人間でもしゃべってしまうさ」

「トルーデル」ベビーが穏やかに微笑みながら言った。「トルーデル、まだ誰の名前もしゃべっていない、と今、言ったよね？」

「本当に誰の名前も言ってないわ！」

「それで、しゃべるくらいなら死んだほうがましだ、と言ったね？」

「ええ、そのとおりよ！」彼女は熱烈に叫んだ。

「それじゃあ」とベビーは感じのいい笑顔を見せて言った。「それじゃあトルーデル、これ以上しゃべってしまわないうちに今夜にでも死んでしまう、というのはどうだろう。そうしてくれれば我々は少しは安心できるし、手間もずっと省ける……」

死のような沈黙が四人を包んだ。トルーデルの顔は真っ青だった。エスコート役の男は一度、「そんなのだめだ」と言いながら彼女の手に自分の手をそっと重ねた。だが、彼はすぐにその手を引っ込めた。

そのとき、ダンスをしていた連中がテーブルに戻ってきたので、話し合いはしばらく中断を余儀なくされた。

額の広い男はまたタバコに火を点けた。その手が震えているのを見て、ベビーはかすかに微笑んだ。黙ったまま青ざめているトルーデルの隣に座っている黒髪の男に、彼は話しかけた。「きみは『だめだ』と言う。だが、どうしてだめなんだ？　採用するに足る解決法じゃないか。しかも、僕が理解した限りでは、きみの隣に座っている女性自身がその解決法を提案したんだ」

「その解決法は採用不可だ」と黒髪の男はゆっくりと言った。「すでにあまりにも大勢の人間が死んでいる。僕らがここへ来たのは、死者の数を増やすためじゃない」

額の広い男が言った。「いつかその言葉を思い出すときが来るぞ。人民裁判所（ナチス時代に政治犯を扱った裁判所）できみや僕やこの女が……」

「静かに！」とベビーが言った。「しばらくダンスをしてきてくれ。楽しそうなダンスナンバーじゃないか。ダンスをしながら話し合ってくれ。我々二人はここで相談するから……」

黒髪の若い男は渋々立ち上がり、トルーデルに軽く会釈した。彼女も渋々彼の腕を取り、蒼白な顔の二人はダンスフロアの雑踏の中に入っていった。彼らは黙ったまま、真剣な顔で踊った。死人と踊ってるみたいだ、と彼は思った。周囲の光景に、彼は身震いした。制服の群れ、ハーケンクロイツの腕章、壁に飾られた、嫌らしいシンボルが染め抜かれた血色の旗、緑の枝で飾られた総統の写真、リズミカルなスイングジャズの喧噪。「そんなことしちゃだめだ、トルーデル」と彼は言った。「あんなことを要求するなんて、あいつは狂ってる。約束してくれ……」

彼らが踊っている場所はますます混雑してきた。もしかしたら、しょっちゅうぶつかってしまうほど他のペアが近くにいるせいかもしれない。彼女が何も答えないのは、そのせいかもしれない。

「トルーデル！」彼はもう一度懇願した。「約束してくれ。きみは別の工場に行って働いたらいい。あいつらから離れるんだ。約束してくれ……」

彼は彼女の顔を自分に向けようとしたが、彼女の目は頑なに彼の肩の向こうを見つめたままだった。

「きみは仲間の中で最高の人間だ」と彼は唐突に言った。「きみはヒューマニズムそのものだ。あいつはドグマでしかない。生き続けるんだ。あいつの言いなりになっちゃだめだ！」

彼女は首を振った。それが肯定の印なのか否定の印なのかははっきりしなかった。「テーブルに戻りましょう」と彼女は言った。「私、もう踊りたくない」

「トルーデル」とカール・ヘアゲゼルは踊りの輪から離れながら急いで言った。「きみの婚約者のオットーが死んだのはつい昨日のことだ。きみが彼の戦死の知らせを受け取ったのはつい昨日のことだ。こんなことを言うのは早すぎる。だけど、きみも知っているだろう。ずっときみのことが好きだった。僕は今まできみから何かを期待したことは一度もなかった。だけど今は、少なくともきみが生きていてくれることを期待している。僕のためにじゃない。きみに生きていてほしいんだ！」

だが、彼女はこのときも首を振っただけだった。彼の愛情に対して、生きていてほしいという彼の願いに対して、彼女がどう思っているのかは、このときもやはりはっきりしないままだった。彼らは仲間のテーブルに戻った。「それで？」と額の広いグリゴライトが尋ねた。「ダンスフロアはどうだった？ 少し混んでた？ どうだ？」

トルーデルは立ったまま言った。「私、もう行くわ。ごきげんよう。あなた達と一緒に活動したかったけれど……」

彼女は立ち去ろうとした。

だが、純真そうな童顔の、太った男はさっと立ち上がると彼女のあとを追い、彼女の手首を摑んで言った。「ちょっと待ってくれるかな」彼の口調は丁寧だったが、その目つきが威嚇していた。

彼らはテーブルに戻り、再び腰掛けた。ベビーが尋ねた。「トルーデル、きみの別れの言葉を僕は正しく理解してるだろうか」

「完璧に正しく理解しているわ」とトルーデルは答え、硬い表情で彼を見た。

「それじゃあ、御免を蒙って今夜はずっときみのお供をさせてほしいんだが」

彼女はぎょっとして思わず身構えた。

彼は非常に丁寧な口調で言った。「無理強いするつもりはない。だが、そういう計画を実行する際にまた間違いが起きたらと思うと心配なんだ」彼は脅すように囁いた。「どこかの馬鹿がきみを水中から引き上げたり、服毒自殺が未遂に終わって病院に担ぎ込まれたりしたのでは何にもならない。だから、現場に立ち会いたいんだ」

「そのとおり！」と額の広い男が言った。「賛成だ。それが唯一確かな方法だ……」

「僕は」と黒髪の男が断固とした口調で言った。「今日も明日も、そのあともずっと毎日、彼女の傍にいることにする。そんな計画の実行を失敗させるためなら、僕は何でもやる。きみたちが僕に強要するなら、警察に助けを求めることだってやってやる」

額の広い男の口から再び、ヒューッという、長く引き延ばした悪意のこもった低い音が漏れた。

ベビーが言った。「なるほど、おしゃべり屋がもう一人現れたってわけか。惚れちまった、か？　こんなこともあろうかと、ずっと思っていたんだ。行こう、グリゴライト。支部は解散だ。もう支部は存在しない。きみたちのような軟弱な人間の言う規律とは、この程度のものだ」

「違う、違うわ！」とトルーデルは叫んだ。「彼の言ってることを信じないで！　彼が私を愛しているというのは本当よ。でも、私は彼を愛してはいない。私はあなたたちと一緒に行く」

「無駄だ！」ベビーは怒りも露わに言った。「もう何もできないことが分からないのか。この男が……」と彼は顎で黒髪の男を指し示したが、あとは「何てことだ！」と短く言っただけだった。「終わりだ！　行こう、グリゴライト！」

額の広い男はもう立ち上がっていた。二人は一緒に出口に向かった。だが、そのとき突然、誰かがベビーの腕を摑んだ。それは、褐色の制服を着た、髭のない少しむくんだ顔の男だった。

「ちょっと失礼！　支部の解散がどうしたとか、何の話です？　随分と興味をそそられる話のようだったので……」

ベビーは乱暴に腕を振りほどいた。「ほっといてくれ」と彼は大声で言った。「僕らが何を話していたか知りたければ、この若いご婦人に聞いてくれ。婚約者が昨日戦死したというのに、今日はもう別の男に色目を使っているんだ。まったく女っていう奴は！」

そう言いながら、彼はグリゴライトを追って出口へとどんどん突き進み、外へ出て行ってしまった。むくんだ顔の男は、一瞬彼を目で追ってからテーブルのほうへ振り向いた。トルーデルと黒髪の男は、蒼白な顔でまだそこに座っていた。それを見て、むくんだ顔の男は安心した。あの男は取り逃がしたが、これなら大丈夫だ。不意を突かれて、あの男は取り逃がした。だが……

彼は丁重に尋ねた。「ここにご一緒して、二〜三質問させていただいてもよろしいですか」

トルーデル・バウマンは答えた。「さっき出て行った人が言ったとおりです。昨日、私は婚約者の戦死の知らせを受け取りました。そして今日、この人が私に結婚してくれと言ったんです」

彼女の声はしっかりしていた。危険が身近に迫った今、不安も動揺も消え去っていた。

「戦死された婚約者のお名前を教えていただけますか。所属部隊は？」彼女は質問に答えた。「それで、あなたのお名前は？　ご住所は？　勤務先は？　お持ちでしたら身分証明書を見せていただけますか？　どうも。そちらのあなたにもお願いします」

「私も同じ工場で働いています。名前はカール・ヘアゲゼル。これが私の労働者手帳です」

「それで、さっきの二人は？」

「あの人たちは知り合いではありません。私たちと相席していて、私たちが口論していたら突然割り込んできたんです」

「それで、どうして口論していたんです？」

「この人に、あなたとは結婚したくないと言ったからです」

「あなたがこの人と結婚したくないと言ったからといって、どうしてあの人はあなたに対してあんなに腹を立てたんでしょうかね」

「そんなこと、私には分かりません。私の言葉を嘘だと思ったのかもしれません。私がこの人と踊ったことにも、彼は腹を立てていました」

「分かりました」とむくんだ顔の男は言い、手帳を閉じると二人を交互に眺めた。この二人は確かに、現場を取り押さえられた犯罪者というよりは、喧嘩した恋人同士のようだ。おずおずと、お互い目を合わせないようにしているところからして……。そのくせ、テーブルに置いた彼らの手はほとんど触れ合わんばかりだ。「分かりました。あなたがたの回答はもちろん確認させてもらいますが、まあ多分……とにかく、今夜は仲直りして……」

「無理です」とトルーデルは言った。「無理です」彼女は黒髪の男と同時に立ち上がった。「私、帰ります」

「送っていくよ」

「結構よ。一人で帰りたいの」

「トルーデル！」と彼は懇願した。「もう二言だけ、言わせてくれ」

制服の男は二人を交互に眺め、微笑んだ。この二人は本当に恋人同士だ。彼らの言ったことが事実かどうかざっと確認すれば、それで充分だろう。

突然、彼女は心を決めて言った。「いいわ、でも二分だけよ」

二人は立ち去った。彼らはようやく、敵意と憎悪が立ちこめるこの恐ろしいダンスホールから脱出できたのだった。彼らは辺りを見回した。

「彼らは行ってしまった」

「もう二度と会うこともないのね」

「だから、きみは生きられるんだ。いや違う、トルーデル、きみは生きなくちゃいけないんだ！　きみが軽率な行動を取れば、他の大勢が危険な目に遭う。トルーデル、それを絶対忘れないでくれ」

「分かったわ」と彼女は言った。「生きなければいけないのね」そして、とっさに意を決して言った。「さよなら、カール」

一瞬、彼女は彼の胸に寄りかかった。彼女の唇が彼の唇をかすめた。彼がそれに応えようとするより早く、彼女は車道を横切り、停車中の市電に飛び乗った。市電は彼女を乗せて動き出した。

彼は一瞬、彼女のあとを追いかけようとした。だが、すぐに考え直した。

彼女には工場でときどき会える、と彼は思った。人生はまだ長い。急ぐことはない。彼女が僕を愛していることが今、こうして分かったんだから。

14　土曜日──クヴァンゲル夫妻の葛藤

金曜日も、クヴァンゲル夫妻は一日中口をきかなかった。三日間、彼らは言葉を──お早うの言葉さえ──交わしていなかった。こんなことは、結婚して以来一度もなかった。クヴァンゲルがいくら無口だとはいっても、ときどきは、工場の誰それがとか、少なくとも天気の話とか、今日の食事は特においしかったとか、短い言葉を発していた。それが、いっさい何も話さなくなったのだ。

それが長引くにつれて、アンナ・クヴァンゲルは次第に不安になってきた。夫の激変ぶりに対する不安のあまり、息子を失った深い悲しみが紛れ始めたほどだった。彼女は息子のことだけを考えようとしたが、夫を見ているともうそれはできなかった。何と言っても、オットー・クヴァンゲルは長年連れ添った夫だったし、彼女が人生の大半を捧げてきた男だった。この人に何が起きたの？　この人はどうなってしまったの？　どうしてこの人はこんなに変わってしまったの？

金曜日の昼食時には、オットーに対する怒りも非難もアンナ・クヴァンゲルの心から消えていた。それでどうにかなる見込みがほんの少しでもあったら、「あんたとあんたの総統」と言ったことを謝っていただろう。だが、クヴァンゲルがもうその言葉を気にしていないことは明らかだった。それどころか、彼は彼女のことさえもう気にしていないようだった。彼の視線は、彼女を素通りしてどこか遠くに向けられていた。彼は、作業服のポケットに両手を突っ込んで窓辺に立ち、物思いに耽りながらゆっくりと、途切れ途切れに口笛を吹いていた。こんなことは、今まで一度もなかった。

この人は何を考えているの？　この人は何をそんなに怒っているの？　彼女がテーブルに食事を置くと、彼はスプーンですくって食べ始めた。その様子を、彼女は台所からしばらく観察していた。彼はその鋭い顔を皿の上へ傾けていたが、スプーンを口に運ぶその動きはまったく機械的だった。彼の黒い目は、そこにはない何かを見つめていた。

彼女は台所の奥に戻り、残っていたキャベツを温めた。温めたキャベツは彼の好物だった。キャベツを持っていったときに話しかけよう、と彼女は決心した。どんなにひどい返事が返ってくるとしても、この不吉な沈黙を破らなければ。

ところが、温めたキャベツを持って居間に戻ると、オットーはいなかった。食べかけの昼食がテーブルに残されていた。オットーは彼女の意図に気づいて、意地っ張りの子どものようにこっそり出て行ったのだろうか。それとも、何かで頭の中がいっぱいになっていて、食事中だということも忘れてしまったのだろうか。とにかく、彼はもうそこにはいなかったから、彼女は晩まで彼の帰りを待つしかなかった。

だが、その晩、オットーの帰宅があまりにも遅かったので、起きていようと思っていたにもかかわらず、彼がベッドに入ってきたときには彼女はすでに眠っていた。彼の咳の音で、彼女は初めて目覚めた。彼女は、「オットー、もう寝てる?」と慎重に声をかけた。

咳の音は止み、彼は物音一つ立てずに横たわっていた。もう一度、彼女は尋ねた。「オットー、もう寝てるの?」

やはり返事はなかった。二人とも、そのまま何も言わずに長い間じっと横になっていた。二人とも、相手が眠っていないことは分かっていた。二人とも、自分が起きていることを悟られたくないので寝返りを打つこともできなかった。そのうちとうとう、二人とも寝入った。

土曜日の朝の滑り出しはさらにひどかった。オットー・クヴァンゲルはいつになく早起きした。彼女が代用コーヒーを食卓に出す暇もなく、彼はまた、そそくさと行き先も告げずに外出してしまった。こんなことは、今まで一度もなかった。帰ってくると、彼は居間の中を歩き回った。その音を、彼女は台所から聞いていた。彼女がコーヒーを持って居間に入っていくと、彼は、窓際で読んでいた大きな白い紙を丁寧にたたみ、ポケットに突っ込んだ。

新聞じゃなかったわ、とアンナは思った。新聞にしては余白が多すぎるし、文字もずっと大きかった。一体、この人は何を読んでいたの?

彼女は再び腹が立ってきた。その秘密ありげな、人が変わってしまったような態度に腹が立ってきた。元々充分すぎるほど悩みを抱えているところへ、さらに不安と悩みを上乗せするなんて。それでも、彼女は「オットー、コーヒーよ」と声をかけた。

その声を聞いて、彼は振り返り、彼女の顔を見た。まるで、この家にいるのが自分だけでなかったことに驚いているような、誰が自分に話しかけてきたのだろうといぶかしがっているような顔だった。彼は彼女の顔を見ていたが、彼女だと分かってはいなかった。彼が見ているのは妻アンナ・クヴァンゲルの顔ではなく、かつては知っていたが今は苦労して思い出さなければならない誰かの顔なのだった。彼の顔には、彼の目には、微笑が湛えられていた。彼の顔いっぱいに、これまで彼女が見たこともなかったような微笑が広がっていた。彼女は叫び出しそうになった。オットー、オットーったら。あなたまで私を置いていかないでちょうだい！

だが、彼女が本当に叫び出す前に、彼は彼女の脇をすり抜けて家から出て行った。またしても、コーヒーも飲まずに。またしても、彼女はコーヒーを台所へ持ち帰らなければならなかった。彼女は声を殺して泣いた。何て人なの！　私には何も残らないの？　息子に続いて、その父親まで失わなければならないの？

その頃、クヴァンゲルは足早にプレンツラウアー通りへと向かっていた。その手の建物に対して自分が抱いているイメージが正しいかどうか、事前に一度見ておいたほうがいいと思いついたのだ。正しくないと分かれば、何か他の方法を考えなければ。

プレンツラウアー通りに着くと、彼は足取りを緩めた。何か特定のものを探しているように、彼は建物のドアに目を配っていた。角地の建物に、多くの事務所の表札に混じって、二軒の弁護士事務所と一軒の診療所の表札が掛かっているのが見えた。

彼はその建物のドアを押してみた。ドアはすぐに開いた。思った通りだ。こういった人の出入りの多い建物には、守衛はいない。彼は手すりに触れながら、階段をゆっくりと上っていった。オーク材の寄せ木張りの、かつては豪華だったその階段は、長年の酷使と戦争によってその豪華さをすっかり失い、今では汚れてすり減っていた。絨毯はとうの昔になくなっていた。多分、開戦時に徴発されたのだろう。

オットー・クヴァンゲルは中二階の弁護士事務所の表札を見てうなずき、ゆっくりとさらに上っていった。階段室にいるのは彼一人というわけではなかった。上からも下からも、ひっきりなしに人がやってきては彼とすれ違った。呼び鈴の音、ドアが閉まる音、電話が鳴る音、タイプライターを叩く音、人の話し声が常に聞こえていた。

だが、その合間に、まるで全員がオフィスの中へと引き払ったかのように、階段室（少なくとも、その階の階段室）でオットー・クヴァンゲルが一人きりになる瞬間も何度も訪れた。これこそ、あれを実行するのに最適の瞬間だった。すべて、彼が考えていたとおりだった。急ぎ足で階段を上り下りしている人たちは、お互いの顔をまともに見ていない。汚れた窓からは、灰色の日光がわずかに差し込んでくるだけだ。守衛はいない。そもそも、他人に関心を払う人間は一人もいない。

二階で、二軒目の弁護士事務所の表札を確認し、もう一階上に診療所があることを示す矢印を見ると、オットー・クヴァンゲルは満足げにうなずいた。彼は回れ右をした。たった今、弁護士事務所から出てきたところのように。これ以上の見回りは不要だった。彼が必要としているのは、まさにこういう建物だった。そして、こんな建物はベルリンにはいくらでもあった。

職工長オットー・クヴァンゲルは、再び路上に立っていた。蒼白な顔色の、黒髪の青年が彼に近寄ってきた。「クヴァンゲルさんですね？」と彼は尋ねた。「ヤブロンスキ通りにお住まいの、オットー・クヴァンゲルさんですよね？」

クヴァンゲルは、「ええ？」という肯定とも否定ともつかない曖昧な音を発した。

青年はそれを肯定と受け取った。「トルーデル・バウマンに代わってお願いに来ました」と彼は言った。「彼女を完全に忘れてください。奥さんにも、トルーデルに会いに行かないでとお伝えください。クヴァンゲルさん、ご面倒はおかけしませ……」

「伝えといてくれ」とオットー・クヴァンゲルは言った。「トルーデル・バウマンなんて知らないし、なれなれしく話しかけられるのは嫌いだとな」

彼の拳は青年の顎先を直撃し、青年は濡れ雑巾のようにくずおれた。クヴァンゲルは、集まり始めた野次馬を無造作にかき分け、警官のすぐ脇を通り抜けて市電の停留所へと歩いていった。彼は到着した市電に乗り込み、二駅先で降りた。それから、今度は客車の前に付いているデッキに乗って、来た道を引き返した。彼の思った通りだった。ほとんどの人間は、すでにもう立ち去ってい た。十人か十二人程度の野次馬がまだ、殴られた青年が 運び込まれたとおぼしきカフェの前に立っていた。

　青年はすでに意識を取り戻していた。わずか二時間の うちにまたしても、カール・ヘアゲゼルは警官に身分証 を見せる羽目になった。

「お巡りさん、本当に何でもありません」と彼は言った。 「多分、僕が不注意で彼の足を踏んだんです。そしたら、 殴りかかってきました。全然知らない男でした。こっち が謝る間もなく、殴りかかってきたんです」

　カール・ヘアゲゼルは再び、嫌疑なしとして無罪放免 になった。だが、自分の運をこれ以上試してはいけない、 と彼は思った。それに、トルーデルの元舅オットー・ク ヴァンゲルに会いに行ったのは、単に彼女の身の安全を 確かめるためだった。オットー・クヴァンゲルについて は、もうこれで安心だ。情け容赦のない、しかも、荒っ ぽい男だ。だが、くちばしは大きいが、絶対におしゃべ りじゃない。彼のパンチの速さと激しさといったら！

　あんな無口な男に秘密をばらされるかもしれないとい う理由で、トルーデルがもう少しで自殺に追い込まれる ところだったなんて。あの男なら絶対にしゃべらない。 たとえ、奴らに尋問されても！　しかも、あの男ならト ルーデルのことを詮索することもないだろう。トルーデ ルのことにもう大して興味はないようだ。一発の素早い アッパーカットから、これだけのことが分かるとは！

　カール・ヘアゲゼルはすっかり安心して工場へ行き、 慎重に聞き回った結果、グリゴライトとベビーが工場を やめたことを知った。彼はほっと安堵の息を吐いた。こ れですべて安全になった。支部はもうない。だが、彼は それを残念だとも思わなかった。その代わりにトルーデ ルの命が助かったのだから。

　結局のところ、彼は政治活動にそこまで興味を持って いたわけではなかった。それだけに一層、トルーデルの ほうが大事だった。

　クヴァンゲルは市電で家の方角に向かったが、ヤブロ ンスキ通りで降りずにそのままやり過ごした。用心に越 したことはない。まだ誰かが跡をつけてきているとした ら、そいつとは一人で話をつけたい。そいつが家にまで ついてきては困る。アンナは今、不意打ちにうまく対応 できる状態じゃない。まず、アンナに話さなくては。もちろん、アンナにはちゃんと説明する。この計画に、アンナは大事な役割を果たすんだから。だが、まずは片づけなければならないことが他にある。

　クヴァンゲルは、このまま家に戻らずに直接仕事に出ようと決めた。コーヒーと昼飯は諦めよう。アンナは少し心配するだろうが帰りを待つだろうし、早まったことはすまい。今日中に片づけなければならないことがある。明日は日曜日だ。明日までに、準備をすべて整えておく必要がある。

　彼は再び市電を乗り換え、街中《まちなか》へ向かった。クヴァンゲルは、あの若い男をさっき殴りつけたことを心配しているわけではなかった。まだ誰かが跡をつけていると本気で信じているわけでもなかった。彼はむしろ、あの若い男は本当にトルーデルに頼まれてやってきたのだと思っていた。誓いを破ったことを告白しなきゃとかなんとか、あの娘は言っていた。告白を聞いた連中は当然、俺との付き合いをいっさい断てと言ったはずだ。だからあの娘はあの若造を寄越した。すべて、何ら危険のない、子どものいたずらだ。彼らは、理解できてもいないゲームに手を出した子どもだ。俺は彼らよりは少しよく理解している。自分が何に手を出そうとしているのかを理解している。だが、俺は子どものようなやり方はしない。一枚一枚よくよく考えてから、カードを出してやる。

　彼は再び、トルーデルがすきま風の吹く廊下で人民裁判所のポスターに寄りかかっていた光景をぼんやりと思い出していた。「ドイツ国民の名において」というポスターの見出しを彼女の頭上に見たときの、あの胸騒ぎを彼は再び感じていた。彼は再び、そこに他人の名前ではなく自分たちの名前が書かれている光景を想像していた。違う、違う、トルーデルは関係ない。これは俺一人の問題だ。そして、もちろんアンナの問題でもある。俺の指導者《フューラー》（「フューラー」はもともと「指導者」を意味する語だが、ナチス時代にはヒトラーの呼称となった。その場合は「総統」と訳される）が誰なのか、アンナに見せてやる。

　街中に着くと、クヴァンゲルはまず買い物をした。ほんの数プフェニヒの買い物だった。葉書数枚、ペン軸一本、ペン先数個、インク瓶一つ。たったこれだけのものを、彼はウールワース百貨店と文房具店の二カ所に分けて買った。長い間考えた末に、彼は、購入券なしで買えるごくシンプルな薄い布製手袋も買った。

　それから彼はアレクサンダー広場のビヤホールでビー

ルを一杯飲み、配給切符なしで食べられるものを注文した。当時（一九四〇年）は、侵略した国々での略奪が始まっていたから、ドイツ国民が物不足に悩まされることはなかった。ほとんどのものはまだあったし、値段も法外に高くはなかった。

また、戦争そのものに関して言えば、戦闘はベルリンから遙か彼方の外国でおこなわれていた。その頃すでに、イギリスの飛行機が時折ベルリン上空にやってきて数個の爆弾を落としていくことはあった。すると、その翌日、ベルリン市民は長い道のりを歩いて、爆弾が落ちた場所を見物しにいった。ほとんどの人がこう言って笑った。

「こんなふうでは、彼らが我々を片づけるには百年かかるだろう。百年経っても、大してはかどっていないだろう。その間に我々のほうがイギリスの街々を地球上から消し去っているだろう」

人々はそんなふうに言っていた。フランスが降伏してからは、そんなふうに言う人の数はさらにうんと増えた。大半の人間は勝利に追従していた。オットー・クヴァンゲルのように、勝利のさなかに隊列から離れる人間は例外的な存在だった。

彼はビヤホールに座っていた。まだ時間はあった。まだ工場に行く時間ではなかった。ここ数日間の不安な気持ちは消え去っていた。建物を下見し、小さな買い物を済ませた今、彼の心は決まっていた。これから何をすべきか、考える必要もないくらいだった。それはひとりでに進んでいくだろう。彼には、自分の進むべき道がはっきりと見えていた。あとは、その道を進んでいけばいいだけだった。決定的な最初の数歩は、すでに踏み出されていた。

時間が来たので、彼は勘定を済ませ、工場へ向かった。アレクサンダー広場から工場までは長い道のりだったが、歩くことにした。今日はもう、市電の運賃と買い物と外食で充分金を使っていた。充分どころか、あまりにも使いすぎていた！　これからはまったく別の人生を歩もうと決心したとはいえ、オットー・クヴァンゲルがそれまでの習慣を変えることはなかった。彼はこれからも倹約家であり続けるだろうし、他人と打ち解けることもないだろう。

彼は再び作業場に立っていた。いつものように注意深く目を光らせ、無言で、無愛想に。彼の心の中で起きていることは、外見からはまったく分からなかった。タバコばかり吸っている偽工員ドルフースも、何も気づかないことだろう。彼にとってクヴァンゲルとは、自分の仕事にしか興味のない、しみったれで間抜けな老いぼれだった。そして、この見方が変わることはこれからもないだろう。

15 エンノ・クルーゲ、再び働く

オットー・クヴァンゲルが作業場で仕事を始めたとき、エンノ・クルーゲが旋盤の前に立ち始めてすでに六時間が経過していた。そう、この小男はベッドでじっとしていることに耐えられなくなったのだ。疲れ切って痛む体を押して、彼は工場へ行った。工場側の反応はあまり好意的なものではなかったが、それは当然のことだった。

「ほうエンノ、お前がまたやってくるとはな」と職工長は言った。「それで、今度は一体どれくらい働くつもりなんだ？　一週間かい、それとも二週間かい？」

「職工長、体はすっかり元に戻りました」とエンノ・クルーゲは決然と言った。「また働けるようになりました。本当に働きます。見ていてください！」

「ほうほう」と職工長は疑わしそうに言い、立ち去ろうとした。だが、彼はもう一度立ち止まり、エンノの顔をまじまじと見て尋ねた。「エンノ、一体その顔はどうしたんだ。ローラーにでもかけられたみたいな顔じゃないか」

エンノは旋盤の上に顔を伏せた。彼は目を伏せたまま、やっとの思いで答えた。「そうなんです、職工長。ローラーにかけられたんで……」

職工長は彼をじろじろと観察し続けた。考えた末に、事情が飲み込めたと思った職工長は言った。「なるほど。それが効いたのかもな。おかげで、今度は本当に働く気になったのかもな、エンノ」

そう言うと、職工長は行ってしまった。殴られた痕をそんなふうに解釈されて、エンノ・クルーゲはほっとした。職工長にはそう思わせておけばいい。怠け癖のせいで殴られたのだと。そのほうがいい！　誰ともこの話はすまい。工場の人間がそう思っていてくれれば、彼らは何も聞いてこないだろう。せいぜい、陰口をきいて笑うくらいのことだろう。そうさせておけばいい。そんなことは気にならない。俺は働きたいんだ。みんなを驚かせてやる！

謙虚な微笑を浮かべつつ、しかし少しばかり誇らしげに、エンノ・クルーゲは日曜出勤を志願した。以前から彼を知っている数人の古参の工員たちが、それを見て彼をからかった。彼は一緒になって笑った。職工長もニヤリとしたのを見て、彼は嬉しくなった。

殴られたのは怠け癖のせいだと職工長が勘違いしてくれたことは、管理部に出頭した際にも確実に役に立った。昼休みの直後、彼は管理部に呼び出され、被告人のようにそこに立たされた。しかも、裁判官のうち一人は国防軍の、もう一人は突撃隊の制服姿で、私服姿（私服とはいっても、階級章を身につけていた）は一人だけだった。それが彼の不安をさらに煽った。

国防軍将校は書類の束をパラパラとめくり、どうでもいいような、うんざりしたような声で彼の罪状を読み上げた。某月某日、国防軍を除隊し、軍需工場へ配属される。その後の某月某日、指定された工場に登録、十一日間の出勤ののち胃出血の診断を受け、三人の医師により二カ所の病院で治療を受ける。その後、労働可能との診断を受け五日間出勤、三日間欠勤、一日出勤、その後再び胃出血、云々、云々。

国防軍将校は書類を脇に置き、うんざりしたような顔でエンノを見た。彼はエンノの上着の第一ボタン辺りに視線を向けながら、声を張り上げた。「一体、どういうつもりなんだ、おい」突然、彼は怒鳴り声になった。だが、彼が本当に興奮しているわけでないことは見れば分かった。怒鳴ることが習慣になっているだけなのだ。「貴様の愚にもつかない胃出血に騙される人間が一人でもいると思ってるのか？ 貴様を懲罰部隊送りにしてやる。そこで腐った内臓を引きずり出されるといい。胃出血がどんなものか分かるようになな」

この調子で、国防軍将校はしばらく怒鳴り続けた。エンノは、軍隊にいたときに怒鳴られることには慣れていたから、これは特に恐ろしいとは思わなかった。彼は、規則通りに両手をズボンの縫い目に当てて気を付けの姿勢を取り、きちんと叱責者のほうを見て説教を拝聴していた。将校が息継ぎをせざるを得なくなったとき、エンノは規則通りの調子——明瞭かつ明確な、卑屈でも無礼でもない、冷静な調子——で言った。「そのとおりです、中尉殿！　分かりました、中尉殿！」途中で一度、彼はこんな言葉を差し挟むことにまで成功した（目に見える効果はなかったが）。「働ける体になったことを謹んでご報告します、中尉殿！　これからはちゃんと働くことを、謹んでご報告します！」

怒鳴り始めたときと同じように唐突に、将校は怒鳴るのをやめた。彼は口を閉じると、視線をエンノの上着の第一ボタンから隣の、褐色の制服姿の男に向けた。「他に何か？」と彼はうんざりしたような調子で尋ねた。

いかにも、この男にもまだ言うべきことが——というより、むしろ怒鳴るべきことが——あった。管理者たちは全員、部下たちを怒鳴りつけることしかできないようだった。褐色の制服を着たこの男は、これは国民に対する裏切りだ、とか、これはサボタージュだ、とか、総統は第三帝国内に一人の裏切り者の存在も許さない、とか、貴様のような奴は強制収容所送りになって当然だ、とか怒鳴った。

「それに貴様、何てざまなんだ」と褐色の制服の男は突然怒鳴った。「どうしてそんなひどいざまになったんだ、おい。そんな面で工場にやってきていいと思ってるのか。女遊びが過ぎたんだろうが、この助平野郎！　貴様は女どもに精根を吸い取られ、我々は貴様に賃金を支払わせていただくというわけか。今までどこにいた。どこでそんなひどい目に遭ったんだ。このどうしようもないヒモ野郎が！」

「ひどい目に遭わされたんです」とエンノは相手に睨みつけられておどおどしながら言った。

「誰にそんなひどい目に遭わされたのかと聞いてるんだ」と褐色の制服の男は怒鳴った。彼はエンノの鼻先で拳骨を振り回し、足を踏み鳴らした。

あらゆる思考がエンノ・クルーゲの頭から消え去る瞬間がやってきた。また殴られるのかと思うと、恐ろしさのあまり、決意も用心も吹っ飛んでしまった。彼はおどおどしながら小声で言った。「ご報告します。親衛隊に痛めつけられました」

この男の度外れた怖がりようは説得力に溢れていたので、三人の裁判官はすぐに彼の言葉を信じた。得心の笑みが彼らの顔に浮かんだ。褐色の制服の男はなおも怒鳴った。「痛めつけられた、だと？　懲らしめられた、だろうが。当然の罰を受けました、だ。言い直せ」

「ご報告します。当然の罰を受けました」

「これを肝に銘じておくんだな。次はこんなことでは済まんぞ。行け！」

それから三十分経っても、エンノ・クルーゲは震えが止まらず、旋盤の作業に支障を来した。彼は便所でさぼっていたところを職工長に追い出され、作業場へと追い立てられた。職工長は彼の隣に立って作業を監視し、彼が次々と製品をだめにするのを見て悪態を吐いた。この小男の頭の中はまだ大混乱だった。職工長には怒鳴られ、同僚には嘲られ、強制収容所や懲罰部隊で脅かされ、彼はもう何が何だか分からなくなった。普段はあれほど器用な彼の手が、まったく言うことを聞かなかった。作業は不可能だったが、それでもやるしかなかった。さもなければ、おしまいだった。

とうとう職工長も、彼が悪意や怠け癖からそんなことをしているわけではないと気づいた。「お前が病欠から戻ってきたばかりじゃなかったら、俺だって、『二〜三日休んで体を治してこい』と言うところなんだがな」。そう言うと、職工長は立ち去ったが、最後にこう付け加えた。「だが、そんなことをしたら自分がどうなるか、分かってるよな！」

そう、彼には分かっていた。彼は作業を続け、体の痛みや耐えがたい恐怖のことを考えまいとした。光りながら回転している旋盤を、彼は魅入られたように見つめていた。指をそこに入れるだけでいいんだ、そうすれば休める。ベッドに横になって、休養して、眠って、忘れることができる！　だが、すぐに彼は手を引っ込めた。故意に自分の体を傷つけたことがばれれば死刑になることを思い出したのだ。

つまり、懲罰部隊で殺される危険と強制収容所で殺される危険だけでなく、刑務所の中庭で殺される危険にもさらされているということだ。この三つから、身を守らなければならないんだ。こんなに弱り切っているのに……

その日の午後はどうにか過ぎ去り、五時ちょっと過ぎには、彼も帰宅者の列に加わっていた。あれほど休みたい、眠りたいと望んでいたのに、いざホテルの狭い部屋に着いてみると、ベッドに入る気にはなれなかった。ちょっと食べるものを買いに、彼は再び外へ出た。

部屋に戻ると、彼はベッド脇のテーブルに食べ物を置き、その前に座った。だが、どうしても落ち着けなかった。何かに急き立てられるような感じがして、その部屋にじっとしていられなかった。洗面用具を買わなければならなかったし、古着屋で青い作業着が買えるかどうかも見てみなければならなかった。

再び部屋を飛び出した彼は、薬屋に立ち寄ったとき、全財産が詰まった重いトランクをロッテの家に置きっぱなしにしてきたことを思い出した。休暇で帰ってきた亭主にロッテの家から叩き出されたとき、慌てて置いてきてしまったのだ。薬屋から駆け出すと、彼は市電に乗った。一か八かやってみよう。ロッテのところへ行こう。全財産を放棄するわけにはいかない。殴られるのは恐ろしいが、やるしかない。ロッテの家に行かなくては。

彼はついていた。家にはロッテだけで、夫の姿はなかった。「エンノ、あんたの荷物なら」と彼女は言った。「亭主に見つからないように、あのときすぐに地下室に置いといたわよ。待ってて、鍵を取ってくるから」

だが彼は彼女にしがみつくと、彼女の大きな胸に顔を埋めた。ここ数週間の苦労があまりにもこたえていたのだ。彼は泣き出した。

「ああロッテ、ロッテ、お前がいないとやっていけない。会いたくてたまらなかった！」

彼は全身を震わせて泣いていた。彼女はすっかり面食らっていた。彼女は男たちとの付き合いには慣れていたし、泣き喚く男にも慣れていた。だが、そういう男たちはみんな酔っ払っていたが、この男は素面だった。それに、会いたくてたまらなかっただのお前がいないとやっていけないだの、彼女がそんな文句を聞いたのはどれくらい昔のことだっただろう。そもそも、そんなことを言った男がいたとしての話だが。

彼女は一生懸命彼をなだめた。「亭主が休暇で家にいるのは三週間だけだから。亭主が出て行ったら、またうちに来てちょうだい、エンノ。さあしっかりして。亭主が帰ってくる前にあんたの荷物を持ってって。分かるでしょ！」

ああ、彼には分かっていた。痛いほど分かっていた。亭主に見つかったらどんな目に遭わされるか。

彼女はトランクを運ぶのを手伝い、彼を市電の停留所まで連れて行った。

エンノ・クルーゲはホテルへ帰ったが、心は少し軽くなっていた。あとたった三週間か。そのうちの四日間はもう過ぎている。そしたら、亭主はまた前線に出て行き、自分は空いたベッドで眠れるようになる！　俺は、女なしでもやっていけると思っていた。だけど無理だ、俺にはそんなことはできない。ロッテの亭主が出て行くまでのあいだ、もう一度トゥッティを探してみよう。今度のことで分かった。泣いて頼めば、女はそう邪険にはしないもんだ。泣いて頼めば、女は助けてくれる。ロッテの亭主が出て行くまでの三週間、トゥッティが泊めてくれるかもしれない。一人ぼっちのホテルの部屋は居心地が悪すぎる！

だが、女の家に泊めてもらったとしても、俺は働くぞ。働くとも！　もう馬鹿な真似はしない。絶対にだ！　二度と失敗は繰り返さないぞ！

16　ローゼンタール夫人の最期

日曜の朝、ローゼンタール夫人は恐怖の叫びとともに深い眠りから覚めた。ほとんど毎晩見ていた悪夢に、またうなされていたのだ。ジークフリートと一緒に彼女は逃げていた。二人が隠れていると、追跡者たちはそこを通り過ぎていった。だが、彼女には、彼らが「そんなところに隠れても無駄だ」と言わんばかりに横目でちらりと見ていったように思えた。

突然、ジークフリートが走り出し、彼女は夫のあとを追った。彼女は夫のようには速く走れなかった。彼女は叫んだ。「そんなに速く走らないで、ジークフリート！　ついていけない！　私を置いていかないで！」

彼が地面から舞い上がった。彼は宙を飛んでいた。最初は舗道のすぐ上を飛んでいたが、次第に高く舞い上がり、やがて屋根の彼方に消えてしまった。彼女はグライフスヴァルト通りに一人取り残された。涙が彼女の顔を流れ落ちた。大きな臭い手が伸びてきて、彼女の顔を覆った。「とうとう捕まえたぞ、このユダヤ婆あめ！」と彼女に囁きかける声がした。

彼女は窓のブラインドを見つめた。隙間から、朝の光が漏れていた。悪夢の恐怖は、これから待っている昼間の恐怖の前に色あせた。また夜が明けてしまった！元判事が来る前に、言葉を交わせる唯一の人間がやって来る前に、またしても眠ってしまったのだ。今夜こそは起きていようと思っていたのに、またしても眠り込んでしまったのだ。また一日中、十二時間も十五時間も一人で過ごさなければならないのだ。ああもう耐えられない！壁がのしかかってくるように思えるこの部屋で、鏡に映った青白い同じ顔をずっと見ながら、同じ札束を何度も何度も数えるなんて、もう耐えられない！最悪の事態でも、これよりはまだましだ。こんなふうに一人きりで閉じ込められて、何もすることがないよりは。

ローゼンタール夫人は急いで服を着ると、ドアに近づいた。鍵を外してドアをそっと開け、廊下の様子を窺っていた。家の中はひっそりと静まり返っていた。アパート全体もまだ静かだった。通りで遊ぶ子どもたちの声も聞こえてこなかった。まだうんと早い時間に違いないわ。もしかしたら、判事さんはまだ書斎にいるかしら？もしかしたらまだ、「お早うございます」くらいは言えるかしら？二言三言、お話ができるかしら？そしたら、長い長い一日を耐え抜く勇気が湧くのだけれど。

彼女は思い切って部屋を出た。元判事の命令に逆らって、彼女は思い切って部屋を出た。彼女は素早く廊下を渡り、元判事の部屋に入った。開け放された窓から差し込んでくる日の光に、彼女はたじろいだ。窓から見える街路の光景に、彼女はたじろいだ。新鮮な空気と一緒にその部屋に入り込んできた外の世界に、彼女はたじろいだ。だが、彼女をさらに驚かせたのは、そこに、手動式絨毯掃除機でツヴィッカウ絨毯を掃除している女がいたことだった。痩せぎすの、年配の女だった。頭に布を巻き、絨毯掃除機を手にしているところを見ると、家政婦なのだろう。

ローゼンタール夫人が入ってきたのを見て、女は作業を中断した。女はまず一瞬、予期せぬ訪問者をまじまじと見つめ、自分の目が信じられないといったふうに何度か目をパチパチさせた。それから絨毯掃除機を机に立てかけると、鶏を追い立てるときのような「シッ！シッ！」という鋭い声を出しながら、両手両腕を振り回して、追い払うような仕草を始めた。

ローゼンタール夫人はすでに退却しようとしながらも、必死に懇願した。「判事さんはどこ？ 判事さんとどうしても少しお話ししたいんです！」

女は口を固く閉ざしたまま、激しく首を振った。それから、追い払う仕草と「シッ！ シッ！」を再開し、ローゼンタール夫人を部屋に追い返した。家政婦がそっとドアを閉めているあいだに、ローゼンタール夫人はテーブルの前の肘掛け椅子に倒れ込み、途方に暮れてわっと泣き出した。何の甲斐もなかった。独りぼっちで、無意味に待っているだけの一日がまた始まるのだ。外の世界ではいろんなことが起きている。今この瞬間にも、ジークフリートが殺されているかもしれない。ドイツ軍の空襲でエヴァが殺されているかもしれない。それなのに、自分はひたすら何もしないでこの暗がりに座り尽くしているしかないのだ。

彼女はいやいやをした。もうこんなことは嫌だ。もう嫌だ。不幸になると決まっているのなら、永久に迫害され、怯えながら生きることになると決まっているのなら、自分のやり方でそうしたい。このドアが二度と開かなくなっても構わない。判事さんの厚意はありがたいけれど、こんな暮らしにはもう耐えられない。

再びドアの前まで来てから、彼女はもう一度考えた。彼女はテーブルに戻り、サファイアのついた重い金の腕輪を手に取った。もしかしたらこれで……

だが、書斎にはもう家政婦の姿はなく、窓も再び閉まっていた。ローゼンタール夫人は玄関ドアの近くまで行って聞き耳を立てた。すると、食器が触れ合う音が聞こえたので、音がするほうへ歩いていった。台所で、家政婦が皿洗いをしていた。

彼女は家政婦に腕輪を差し出し、つっかえながら言った。「本当に、判事さんにお話ししなければならないことがあるの。お願い、お願いだから！」

またしても仕事を邪魔されて、家政婦は額に皺を寄せた。差し出された腕輪には、ほんの一瞬目をやっただけだった。それからまたしても、「シッ！ シッ！」と言いながら腕を振り回して追い立て始めた。その剣幕に恐れをなして、ローゼンタール夫人は部屋に逃げ帰った。彼女はナイトテーブルに飛びつき、元判事が置いていった睡眠薬を引き出しから取り出した。

彼女は、貰った十二錠だか十四錠だかの睡眠薬をすべて手のひらに受け、洗面台へ行くと、コップ一杯の水でそれを流し込んだ。今日は眠らなければ。今日こそは昼間、眠っておかなければ。夜になったら、判事さんと話をして、今後どうすべきかを聞こう。彼女は服を着たままベッドに横になり、毛布を少しだけ掛けた。静かに仰向けに横たわり、目を天井に向けて、彼女は眠気がやってくるのを待った。

すると、本当に眠くなってきたような気がした。不安によって頭の中に生み出された恐ろしい考えや光景が段々ぼんやりしてきた。彼女は目を閉じた。手足から力が抜け、だらんとしてきた。彼女は安らかな眠りに落ちていこうとしていた。

ところが、眠りに落ちようとしたまさにその瞬間、まるで何者かの手が彼女を突き飛ばして目を覚まさせたかのようだった。彼女は文字通り縮み上がった。それほどの衝撃を感じたのだ。突然の痙攣に襲われたように、彼女の体はビクッとした。

彼女は再び横になり、天井を見つめた。頭の中で、恐ろしい考えや光景がひき臼のようにぐるぐると回っていた。そのうち、段々とそれがぼんやりしてきた。目蓋が重くなり、眠りが近づいてきた。そして、眠りに落ちようとしたその瞬間、またしてもあの衝撃に襲われ、彼女は縮み上がって飛び起きた。またしても、安らぎと平和と忘却の国から引き戻されてしまったのだ。

これが三〜四回繰り返されたあと、彼女は眠りを待つのを諦めた。立ち上がると、彼女は少しよろめきながらとぼとぼとテーブルまで歩いて行き、肘掛け椅子に腰掛けた。彼女はぼんやりと前を見つめていた。テーブルの上に、白いものが載っているのが見えた。ジークフリート宛の手紙だわ。三日前に書き始めたけれど、最初の二〜三行しか書けなかったんだわ。その向こうにあるのは、お札と宝石。さらにその向こうに、食事のお盆が置いてあるのも見えた。これまでは、彼女は朝起きると激しい空腹を覚えて夢中で食べていたのだが、今は無関心な目で見つめるだけだった。食べたくない……。

そんなふうに座っているあいだに、睡眠薬が何らかの変化を自分に引き起こしたことがぼんやりと分かってきた。睡眠薬は眠りをもたらしてはくれなかったが、少なくとも、朝のいたたまれない不安は取り去ってくれた。彼女はそのままそこに座っていた。ときどき、肘掛け椅子の上でうとうとすることもあったが、すぐにまた飛び上がった。いくらかの時間が過ぎた。どれほどの時間かは分からなかったが、昼間の恐怖の時間がいくらか過ぎ去ったことは確かだった。

そのうち、階段で足音がするのが聞こえたので、彼女はビクッとした。一瞬、彼女は我に返り、誰かが階段を通る足音がそもそもこの部屋まで聞こえるものかどうか考えてみようとした。だが、それもつかの間、彼女は再び、階段から聞こえてくる足音に固唾を吞んで耳をそばだてた。それは、誰かが体を引きずるようにして階段を上っていく足音だった。足音の主は何度も立ち止まっては咳をし、手すりにつかまって階段を上っていく。

やがて彼女には、足音が聞こえるだけでなくその姿まで見えるようになった。まだ人気のない階段を、足音を忍ばせて自宅へと上っていくジークフリートの姿が、彼女にははっきりと見えた。もちろん、彼らはまたしても彼に暴行を加えていた。彼の頭には包帯が雑に巻かれ、その包帯にはもう血が滲んでいる。彼らの暴行によって彼の顔は傷つき、あざだらけになっていた。ジークフリートはやっとのことで足を引きずり、階段を上っていた。彼らに蹴られて怪我をしたその胸からは、ゼーゼーヒューヒューという音が漏れていた。踊り場の角を曲がったところで、ジークフリートの姿は見えなくなってしまった。

しばらく、彼女はそのまま座っていた。彼女は何も考えていなかった。元判事のことも、彼との約束のことも。彼女が考えていたのは、家に戻らなければということだけだった。家に誰もいなかったら、ジークフリートが何て思うかしら。でも、恐ろしくだるくて、椅子から立ち上がることもできないわ。

それでも彼女は立ち上がった。ハンドバッグから鍵の束を取り出し、サファイアの腕輪を摑んだ。まるで、それが自分を守ってくれる護符であるかのように。そして、ゆっくりとしたおぼつかない足取りで判事の家から出て行った。彼女の後ろで、ドアが閉まった。

長い間躊躇った末に家政婦が元判事を起こしたときには、危険すぎる世界へ出て行く客人を引き止めるにはもう遅すぎた。

元判事はそっとドアを開け、上と下の様子を窺った。何も聞こえなかった。だがそのとき、長靴を踏み鳴らして足早に近づいてくる音が聞こえたので、彼は家の中に引っ込んだ。だが、彼はドアの覗き穴から離れなかった。あの不幸な女性を救うチャンスがあれば、彼は危険を顧みず再びドアを彼女のために開くつもりだった。

ローゼンタール夫人は、階段で誰かとすれ違ったことにまったく気づかなかった。彼女の頭の中には、ジークフリートの待つ我が家に一秒でも早く帰りたいという考えしかなかった。だが、朝の点呼に出かけようとしていたヒトラーユーゲント指導者バルドゥル・ペルジッケのほうは、彼女が自分にぶつかりそうになりながら階段を上っていくのを見て、あっけにとられて口をぽかんと開けたまま階段に立ち止まった。ローゼンタールだ。何日も行方知れずだったあのローゼンタールが、この日曜日の朝に出歩いている。刺繡入りの黒っぽいブラウスを着て、ダビデの星もつけず、片手に鍵の束と腕輪を持って、もう片方の手で手すりに摑まって、ふらふらしながら階段を上っていく。あの女、酔っぱらってるぞ。日曜の早朝だというのに、もうあんなに酔っぱらってるとは！

すっかりあっけにとられ、バルドゥルは一瞬そこに立ち尽くしていた。だが、ローゼンタール夫人が踊り場の角を曲がって姿を消すと、彼の思考能力は回復し、ぽかんと開いていた口も再び閉じた。今こそチャンスだ、今度こそミスは許されない、と彼は思った。今度は自分一人でやろう。兄たちにも父親にもバルクハウゼンにも、台無しにされてたまるか。

バルドゥルは、ローゼンタール夫人が三階まで上がったのを確かめると、それからそっと自宅に戻った。家族はまだみんな寝ていた。彼は玄関に掛かっている電話機の受話器を取り、ある番号に電話をかけた。彼はついていた。日曜日にもかかわらず電話はつながり、しかも、目当ての男が出たのだ。彼は用件を手短に伝えた。それから、ドアの前に椅子を持ってくると、ドアをほんの少し開けた。三十分でも一時間でも、そこにじっと座って見張りをする覚悟だった。今度こそ獲物を逃がさないようにしなければ。

クヴァンゲル夫妻の家では、アンナだけが先に起きて、静かに家事をしていた。家事の合間に彼女は時々オットーを見に行ったが、ずっと彼はぐっすり眠っていた。眠っているときでさえ、彼は疲れた、苦しそうな顔をしていた。まるで、何かに思い悩んでいるような顔だった。彼女は、三十年近く毎日一緒に暮らしてきた男の顔を見ながら物思いに沈んでいた。もちろん、その顔はもうとっくに見慣れていた。猛禽類のように鋭い横顔。ほとんどいつも閉じている、薄い唇。そんなことには彼女はもう驚かなくなっていた。彼女が人生のすべてを捧げてきた男は、そういう顔なのだ。大事なのは見た目ではなかった。

　だがその朝、彼女の目には、彼の顔はさらに鋭く、唇はさらに薄く、鼻の脇の皺はさらに深くなったように見えた。この人は悩みを持っている。深い悩みを。それなのに、この人と話し合って重荷を分かち合う機会を私は逃してしまった。息子の戦死の知らせを受け取ってから四日経った、その日曜日の朝、アンナ・クヴァンゲルは改めて強く思った。夫とはこれまでどおりやっていかなければならないし、それだけでなく、そもそも口を利こうとしなかった自分も間違っていたのだ、と。夫のことは分かっていたはずなのに。この人はしゃべるよりも黙っているほうが好きなのだ。こっちから働きかけて、この人がしゃべる気になるように仕向けなければ。この人は自分からは絶対に話さないのだから。

　明日、話す。夕べ仕事から帰ってきたとき、彼は彼女にそう約束した。昨日はアンナにとって散々な一日だった。夫は朝食に手もつけないで家から出て行ったきり、何時間待っても帰ってこなかった。昼食時にも帰宅しなかった。もう夜勤が始まる時刻だ、今夜は仕事が終わるまで帰ってこないつもりなんだ、と分かったときには、彼女は絶望的な気持ちになった。

　あの軽率な一言が私の口を突いて出て以来、あの人はどうなってしまったの？　何があの人をあんなに駆り立てているの？　あの一言を言ってしまって以来、あの人は、あの男が自分の総統ではないことを私に一生懸命分からせようとしている。まるで、私が本気で「あんたの総統」と言ったみたいに！　あの言葉は悲しみと怒りのあまり咄嗟に出てしまっただけだ、とあの人に言えばよかった。息子を無駄死にさせたあの犯罪者たちに対してまったく違うことを言うこともできたのに、よりにもよってあんなことを口走ってしまったなんて！

　私があんなことを言ってしまったばっかりに、あの人は今、自分の言い分が正しいことを、そして私の言葉が間違っていたことをはっきりさせようとして、あちこち駆けずり回ってありとあらゆる危険を冒しているんだわ！　もしかしたら、もう二度と帰ってこないかもしれない。工場の管理部やゲシュタポに睨まれるようなことを、もう言ったりしたりしてしまったかもしれない。もしかしたら、もう刑務所に入れられているのかもしれない。何しろ、いつもは冷静なあの人が今朝はあんなに落ち着きがなかったんだから！

アンナ・クヴァンゲルは、何もしないで彼を待っていることに耐えられなくなった。簡単な弁当をこしらえると、彼女は夫の工場に出かけていった。一分でも早く安心したいと思っているこんな時でさえ、彼女は市電には乗らなかった。その点でも、彼女は彼の忠実な妻だった。彼女は歩いて工場に向かった。夫と同じく、彼女も倹約家だった。

工場の守衛から、彼女は、職工長クヴァンゲルがいつも通り定刻に作業場に着いたことを聞いた。彼女は、「夫が持っていくのを忘れた」弁当を人に頼んで夫に届けてもらい、その人が戻ってくるまでそこで待っていた。

「それで、主人は何て言いました？」

「そう言われても……。あの人はいつも何も言いませんから」

彼女は少し安心して家に戻った。今朝はあんなに落ち着きがなかったけれど、今はまだ何も起きていない。今夜、あの人が帰ってきたら話をしよう……

夜、彼は戻ってきた。顔色から、疲れ切っていることが分かった。

「オットー」と彼女は懇願するように言った。「私、本気で言ったんじゃないのよ。ショックで咄嗟についあんなことを言ってしまったの。もう怒らないで」

「俺が怒る？　お前に？　何で怒るんだ。まさか！」

「だけど、あなたは何かしようとしてる。私には分かるの。オットー、やめて。そんなことのために、不幸になるようなことはしないで。そんなことになったら、私、悔やんでも悔やみきれない」

彼は彼女を一瞬見つめると——その顔は、ほとんど微笑んでいるように見えた——、両手をさっと彼女の肩に置いた。だが、思わずしてしまった優しい仕草を恥じるように、彼はすぐにまた手を引っ込めた。

「俺が何をしようとしてるかって？ 寝ようとしてるに決まってるじゃないか。俺たち二人が何をするかは、明日、話す」

その明日になった今、クヴァンゲルはまだ眠っていた。だが今は、三十分早いか遅いかは問題ではなかった。この人は今、私の傍にいる。危険なことをするはずはない。よく眠ってる。

彼女は彼のベッドから離れ、再び細々とした家事に取りかかった。

その間に、ローゼンタール夫人は（その足取りがどんなにゆっくりしていたにせよ）とっくに自宅まで階段を上ってきていた。ドアに鍵が掛かっているのを見ても、彼女は驚かなかった。彼女は鍵を開けた。そして中に入ったが、ジークフリートを探すでもなく、彼の名を呼ぶでもなかった。家の中の惨状にも彼女は注意を払わなかった。元々夫の足音を追って家に帰ったことも、彼女はすでに忘れていた。

彼女の意識朦朧状態は、ゆっくりと着実に進行していた。彼女は眠っているわけではなかったが、起きているとも言えなかった。手足が麻痺して重くなり、彼女はほとんど動けなくなった。頭も、麻痺したようにぼんやりしてきた。さまざまな光景が彼女の眼前に現れては、はっきり見ることもできないうちに一片《ひとひら》の雪のように消えていった。彼女はソファーの隅に座っていた。足下には、踏み荒らされて汚された下着が散乱していた。彼女はぼんやりと辺りを見回した。その手には相変わらず鍵と、エヴァが生まれたときにジークフリートから贈られたサファイアの腕輪が握られていた。復活祭から白い日曜日までの一週間の儲けをすべてはたいて、ジークフリートが買ってくれた腕輪……。彼女はぼんやりと微笑んだ。

やがて、玄関のドアをそっと開ける音が聞こえてきた。そうだわ、と彼女は思った。あれはジークフリートね。帰ってきたんだわ。そのために私、ここまで上がってきたんじゃないの。さあ、彼を迎えに行きましょう。

だが、彼女は立ち上がらなかった。灰色の顔いっぱいに微笑みが広がった。ここに座ったまま出迎えることにしましょう。家を空けたことなんかないみたいに。彼を出迎えるために、ここにずっと座っていたみたいに。

とうとうドアが開いた。現れたのは、待ち望んでいたジークフリートではなく、三人の男たちだった。その三人の中に、嫌らしい褐色の制服を着た男を見つけたとき、彼女は思った。これはジークフリートじゃない。ジークフリートはここにはいない。かすかな不安が、本当にほんのかすかな不安が彼女の心をよぎった。とうとうそのときが来たのね！

ゆっくりと、彼女の顔から微笑みが消えていった。灰色だった顔色が、黄色味を帯びた緑色に変わった。

三人は彼女のすぐ前に立っていた。黒いコートを着た大男が言った。「これは酔っぱらっているんじゃないな。多分、睡眠薬を大量に飲んだんだ。何か聞き出せるかどうかやってみよう。おい、ローゼンタールだな？」

彼女はうなずいた。「そうです。ローレ……正しくはザラ・ローゼンタールです。夫はモアビートにいます。息子二人はアメリカに、娘の一人はデンマークに、もう一人は結婚してイギリスにいます……」

「それで、彼らにいくら送金したんだ」とルッシュ警部は素早く尋ねた。

「送金？　一体どうして送金なんか？　お金なら、子どもたちはみんな充分持っています。何のために私が彼らに送金しなきゃならないんです？」

彼女は真剣な顔でうなずいた。子どもたちはみんな裕福に暮らしているわ。親を養うことだって苦もなくできるはずよ。突然、彼女はどうしてもこの三人に言っておかなければならないことがあったのを思い出した。「私のせいです」と彼女はいよいよ回らなくなってきた舌で言った。「みんな私のせいです。ジークフリートはずっと前からドイツを出て行きたがっていました。だのに私は言ったんです。『どうしてこんなにすてきなものを捨てて行かなきゃいけないの？　うまくいってるこの店を二束三文で叩き売らなきゃいけないの？　私たちは誰にも悪いことはしていない、だから彼らも私たちには何もしないわよ』って。私が彼を説き伏せたんです。そうでなかったら、私たちはとっくに逃げていたのに！」

「それで、カネはどこへやったんだ」と少しじりじりしてきた警部は尋ねた。

「お金？」彼女は思い出そうとした。そうだ、まだ少しあったはずだ。どこに行ってしまったんだろう。だが、集中して考えることができなかったので、彼女は代わりのものを思いついた。彼女はサファイアの腕輪を警部に差し出した。「ほら」と彼女は言った。「ほら！」

ルッシュ警部は腕輪をちらっと見て、それから同行の二人――四角張ったヒトラーユーゲント指導者と子分のフリードリヒ（首切り役人の助手といった風貌の、太った無骨者）――を振り返った。二人とも、固唾を呑んでルッシュを見守っている。腕輪を差し出している手を突きのけると、ルッシュ警部はぐったりしたローゼンタール夫人の肩を摑んで激しく揺さぶった。「いい加減に起きろ、ローゼンタール！」と彼は怒鳴った。「命令だ。起きろ！」

彼が手を放すと、彼女は頭を背もたれに仰け反らせてソファーにぐったりと倒れ込んだ。回らぬ舌で何か言っていたが、彼らには聞き取れなかった。彼女を目覚めさせる方法としては、これはあまり適切ではなかったように思われた。三人は、ぐったりとソファーに沈み込んでいる老婦人をしばらく無言で眺めていた。彼女は意識を取り戻しそうになかった。

突然、警部が低い声で囁いた。「この女を奥の台所へ連れて行け。目を覚まさせるんだ」

子分のフリードリヒは無言でうなずいた。彼はぐったりしているローゼンタール夫人を軽々と片腕で抱きかかえ、床に散らかった障害物を注意深く踏み越えて台所へ向かった。

彼が部屋を出ようとしたとき、警部が声をかけた。「静かにやれ。日曜の朝にアパートで騒ぎを起こしたくない。婆さんが騒ぎ出すようだったら、プリンツ・アルブレヒト通り（ゲシュタポ本部がプリンツ・アルブレヒト通り八番地にあった）でやろう。どっちみち、そこに連行することになるんだからな」

ローゼンタール夫人を抱えたフリードリヒがドアを閉めて出て行くと、そこは、ルッシュ警部とヒトラーユーゲント指導者の二人きりになった。

ルッシュ警部は窓際に立って下の道路を見た。「静かな通りだ」と彼は言った。「子どもの遊び場にはもってこいだな」

バルドゥル・ペルジッケは、「そのとおりです。ヤブロンスキ通りは静かな通りです」と言った。

警部は少し神経質になっていた。それは、台所でフリードリヒがユダヤ人の老婆にしていることのせいではなかった。それどころか、こういうこと（もっとひどいことも）は彼の得意分野だった。ルッシュは、法律家になり損なって警察の道に進み、警察からゲシュタポに派遣されてきた男だった。彼は自分の仕事を喜々としてこなしていた。どんな政府のどんな仕事でも喜々としてこなしただろうが、この政府の軍隊式のやり方は特に気に入っていた。「感傷は捨てろ」と彼は常々新人に説いていた。「目的を達成したとき初めて、職務を遂行したと言えるのだ。目的に至るまでの道はどうでもいい」

ユダヤ人の老婆のことなど、警部は毛ほども気にしてはいなかった。彼は本当にどんな感傷とも無縁だった。

彼が気にしていたのは、このヒトラーユーゲント指導者の若者のほうだった。部外者がこういうことに立ち会っているのはどうも気に入らん。どう受け取られるか分かったもんじゃないからな。確かにこの若造は信用できるタイプのようだが、本当のところはあとになってみなければ分からないものだ。

「警部さん、ご覧になりましたか」とバルドゥル・ペルジッケは意気込んで――台所の物音を気にするのはもうやめよう、俺には関係ないことだ！――言った。「ご覧になりましたか。あの女はダビデの星をつけていません」

「もっといろんなことを見たぞ」と警部はむずかしい顔をして答えた。「たとえば、あの女の靴は綺麗だった。外はひどい天気だというのにな」

「そうですね」とバルドゥル・ペルジッケは何のことか分からないまま同意した。

「つまり、水曜日以来あの女を匿っていた人間がこのアパートの中にいるということだ。あの女は水曜日からずっと自宅に戻っていない、というきみの話が本当ならな」

「それは確かだと言ってもいいと思います」とバルドゥル・ペルジッケは言った。じっと自分に注がれている考え深げなまなざしに、彼は少し動揺していた。

「確かだと言ってもいい、では話にならんのだよ、きみ」と警部は馬鹿にしたように言った。「そんなものは確かでも何でもないんだ」

「絶対に確かです！」とバルドゥルは素早く言い直した。「いつでも誓えます。水曜日からずっと、ローゼンタールは自宅にいませんでした！」

「分かった分かった」と警部は軽く受け流した。「水曜日からずっと一人でこの家を監視していることなど不可能だということは、きみにももちろん分かるな。そんなことを言っても、裁判官は信用してくれないぞ」

「僕の二人の兄は親衛隊員です」とバルドゥル・ペルジッケは意気込んで言った。

「分かった」とルッシュ警部は満足げに言った。「きっとうまくいくさ。ところで、きみにもう一つ言っておきたかったのはだ、ここの家宅捜索は夜になってからにしようと思う、ということだ。それまでのあいだ、きみに引き続きこの家を見張っていてもらいたいんだが。鍵は持っているんだろう？」

喜んで、とバルドゥル・ペルジッケは請け合った。彼の目は喜びに輝いた。やっぱり思った通りだ、これでうまくいく、しかも合法的にだ！

「そこらに散らばっているものは」と警部は再び窓から外を見ながら退屈そうに言った。「みんなそのままにしておいてくれ。もちろん、タンスやトランクの中身はきみの責任ではないが、その他の……」

バルドゥルが返事をする前に、家の中からけたたましい悲鳴が聞こえてきた。

「クソ！」と警部は言ったが、一歩も動かなかった。

バルドゥルは青ざめて警部を見つめた。膝ががくがくと震えていた。

悲鳴はすぐに止み、フリードリヒの罵る声しか聞こえなくなった。

「私が言いたかったのは」と警部が再びゆっくりと話し始めた。

だが、台所の物音に気を取られ、彼はそこで言いよどんだ。突然、台所から怒鳴り声と足を踏み鳴らす音、どたばたと歩き回る音が聞こえてきた。フリードリヒが大声で喚いていた。「今すぐ吐くんだ！　さあ！」

それからけたたましい悲鳴が聞こえた。喚き声はさらに激しさを増した。ドアが勢いよく開く音がして、ドタバタと足音が聞こえたかと思うと、フリードリヒが居間に駆け込んできて喚いた。「どうしましょう、警部。やっとまともにしゃべれる状態にしてやったと思ったら、あの婆あ、窓から飛び降りちまいました！」

警部は怒り狂ってフリードリヒの顔を殴りつけた。

「この間抜け、はらわたを引きずり出すぞ！　さっさと行け！」

フリードリヒは部屋を飛び出し、階段を駆け下りていった。

「でも、落ちた先は中庭です！」と彼は駆け下りながら叫んだ。「道路じゃなくて、中庭に落ちただけです。騒ぎにはなりませんよ、警部殿！」

返事はなかった。三人は、日曜日の静かなアパート内でできるだけ物音を立てないように注意を払いながら階段を駆け下りた。半階分遅れて、バルドゥル・ペルジッケは最後尾を走っていた。彼は、ローゼンタールの家のドアをちゃんと閉めて出てきた。ショックでまだ震えてはいたが、彼には、あそこの贅沢品の責任者は自分だという自覚があった。紛失するものがあってはならなかった。

三人はクヴァンゲルの家がある三階を通り過ぎ、ペルジッケの家がある二階を通り過ぎ、フロム元判事の家がある中二階を通り過ぎた。あと半階分の階段を下りれば、そこは中庭だった。

その頃、オットー・クヴァンゲルは目を覚まして顔を洗い、台所で妻が朝食の準備をする様子を眺めながら、「朝食が済んだら、話をしよう」と思っていた。差し当たっては、彼らはまだ「お早う」の挨拶を交わしただけだった。だが、その「お早う」には心がこもっていた。

突然、二人はぎょっとした。上階の台所から悲鳴が聞こえたからだ。緊張した不安げなまなざしを交わしながら、二人は聞き耳を立てた。すると、一瞬、台所の窓が暗くなり、何か重い物体がそこを落ちていったように見えたかと思う間もなく、中庭でどさっという音がした。下で誰かが叫ぶ声がした。男の声だ。それから、物音一つしなくなった。

オットー・クヴァンゲルは台所の窓を慌てて開けたが、階段室の足音を聞いて跳びすさった。

「アンナ、ちょっと顔を外に出して見てみろ」と彼は言った。「何が見える。こんなときは女のほうが目立たなくていい」。彼は彼女の肩を摑んで強く押した。「声を出すな」と彼は命令した。「大声を出すな！　そうだ、よし、窓を閉めろ」

「ああオットー」アンナは真っ青な顔で夫を見つめ、あえぎながら言った。「ローゼンタールさんが窓から落ちた。中庭に落ちて、倒れてる。傍にバルクハウゼンが立ってて……」

「シーッ！」と彼は言った。「それ以上言うな。俺たちは何も知らない。俺たちは何も見なかったし、何も聞かなかった。コーヒーを居間に運んでくれ」

そして、居間に移ると、彼は改めて強い口調で言った。「アンナ、俺たちは何も知らない。ローゼンタールとはほとんど会ったこともない。さあ、食べろ。食べろと言ってるんだ。食べて、コーヒーを飲め。誰かがやってきても、勘づかれないようにするんだ！」

フロム元判事は、そのときまだ玄関で見張りを続けていた。彼は、二人の私服姿の男が階段を上っていくのを目撃していた。すると今度は、三人の男――その中の一人はペルジッケ家の息子だった――が階段を駆け下りてきた。これは何かあったなと思う間もなく、家政婦が台所からやってきて、ローゼンタールさんがたった今中庭に墜落しましたと報告した。彼はぎょっとして家政婦の顔を見た。

彼はしばらく無言で立ち尽くしていた。それから、二～三度ゆっくりとうなずいた。

「そうだ、リーゼ」と彼は言った。「こうなるしかなかった。こっちが助けたいと思っただけではだめなんだ。相手もそれを了承していないとな」。それから急に、「台所の窓はちゃんと閉めたか」と尋ねた。リーゼはうなずいた。「さあリーゼ、娘の部屋を急いで元通りに整えてくれ。あの部屋が使われたことを誰にも気づかれてはならない。食器を下げなさい。シーツも取り替えなさい」

リーゼは再びうなずいた。

それから彼女は尋ねた。「テーブルの上のお金と宝石はどういたしましょう、判事様」

一瞬、彼は困ったような微笑を浮かべたまま、ほとんど途方に暮れて悄然と立ち尽くした。「そうだな、リーゼ」と彼は言った。「それは難しいな。相続人が名乗り出ることはあるまい。私たちにとっては重荷でしかない……」

「ゴミに出しましょうか」とリーゼが提案した。

彼は首を振った。「ゴミに出すくらいでは彼らは騙せないよ、リーゼ」それから、彼はこう言った。「ゴミバケツを引っかき回すのはお手の物だからな。それをどうするかはまた考えよう。さあ、早く部屋を片づけなさい。彼らは今にもやってくるかもしれない」

「彼ら」は差し当たってまだ中庭に立っていた。バルクハウゼンが一緒だった。

この衝撃的な光景を最初に目撃し、最も激しくショックを受けたのはバルクハウゼンだった。ペルジッケ一家への憎悪と消えてしまったお宝への執着に苛まれながら、彼は早朝から中庭をうろついていたのだった。少なくとも、どうなっているのか知りたい。その思いを胸に、表の棟の階段と窓をずっと見張っていたのだ。

突然、上から何かが落ちてきた。ひどく高いところから、彼のすぐ近くに。彼を掠めるほど近くに。恐怖のあまり手足の力が抜けてしまい、彼は壁にもたれ掛かった。それからすぐに目の前が真っ暗になり、地べたにへたり込んだ。

だが、彼はまたすぐに飛び上がった。突然、自分のすぐ隣にローゼンタール夫人が倒れていることに気づいたからだ。何と、それじゃあこの婆さんは窓から飛び降りたんだな。誰のせいでこうなったかも、分かったぞ。

ローゼンタール夫人が死んでいることはすぐに分かった。口から少し血が流れていたが、それは彼女の死に顔をほとんど損なってはいなかった。その顔には、深い安らぎの表情が浮かんでいた。それを見て、浅ましい密偵も思わず目を背けずにはいられなかった。だが、目を背けた拍子に、彼は彼女の手に何かが握られているのを見つけた。それは、キラキラ輝く石が付いた宝飾品だった。

バルクハウゼンは、疑い深いまなざしを周囲に投げかけた。何かしようと思えば、素早くやらなければならなかった。彼はかがみ込んだ。彼女の顔を見なくて済むように顔を背けると、彼は彼女の手からサファイアの腕輪を引き抜き、ズボンのポケットに滑り込ませた。彼は再び周囲を疑い深い目で見回した。クヴァンゲルの家の台所の窓がそっと閉まったような気がした。

そして、次の瞬間にはもう三人の男が中庭に駆け込んできた。バルドゥル以外の二人が誰であるかも、彼にはすぐに分かった。さあ、最初から正しく行動することが肝心だ。

「警部さん、たった今ローゼンタールさんが窓から飛び降りました」と彼はまったく日常的な出来事を報告するような口調で言った。「もう少しで、頭を直撃されるところでした」

「どうして私を知っているんだ」フリードリヒと一緒に死体の上に屈み込みながら、警部はさりげなく尋ねた。

「警部さんのことを知っているわけではありません」とバルクハウゼンは言った。「ただ、警部さんかなと思っただけです。エッシェリヒ警部さんから時たま仕事をいただいているもんですから」

「なるほど」と警部は素っ気なく言った。「なるほど。それじゃ、もう少しここにいてもらおう。きみきみ」と彼は今度はペルジッケに向かって言った。「この男がいなくならないようにちょっと見張っててくれ。フリードリヒ、誰も中庭に入ってこないようにしろ。運転手に、正面玄関を見張れと伝えろ。ちょっと電話を借りに、きみの家に行ってくる」

ルッシュ警部が電話を終えて中庭に戻ってみると、状況が少し変化していた。裏の棟の窓には顔が鈴なりになっていた。遠巻きにしてではあったが、中庭に出ている者さえちらほらいた。死体はすでにバスタオルで覆われていたが、バスタオルが少し短すぎ、膝まで足が見えてしまっていた。

バルクハウゼンは、顔色が少し黄色っぽくなったように見えた。そして、その手首には手錠がかけられていた。彼の妻と五人の子どもたちが、窓から無言で彼を見ている。

「警部さん、抗議します!」バルクハウゼンは哀れっぽく叫んだ。「私は腕輪を地下室の天窓に投げ込んではおりません。このお若いペルジッケさんは私に敵意を持っていて……」

経緯はこうだった。フリードリヒは警部の言いつけを実行して中庭に戻ると、すぐに腕輪を探し始めた。台所にいたときには、ローゼンタールはまだ腕輪を手に持っていた。まさにあの腕輪のせいで――女がどうしてもそれを手放そうとしなかったがために――ちょっとしたごたごたが起きたのだ。そして、そのごたごたに気を取られていつもの用心をちょっと怠った隙に、女に窓から身を投げられてしまった。だから、腕輪はこの中庭のどこかに落ちているはずだ。

そんなことを言いながらフリードリヒが捜索を始めたとき、バルクハウゼンは壁際に立っていた。突然、何かが光ったのがバルドゥル・ペルジッケの目に留まった。それに続いて、地下室の天窓でチャリンという音が聞こえた。彼がすぐに確かめに行ってみると、果たして腕輪が天窓の上に落ちていた。

「警部さん、絶対に私がそれを投げ込んだのではありません」とバルクハウゼンはおどおどしながら誓った。

「きっと、ローゼンタールさんの手から落ちて地下室に入ったんです」

「ほう」ルッシュ警部は言った。「お前はそういう奴なのか。そんな奴がエッシェリヒ警部に使われているとはな。そんな話を聞いたら、エッシェリヒはさぞかし喜ぶことだろうよ」

そんなふうにごく穏やかに話しながら、警部の視線はバルクハウゼンとバルドゥル・ペルジッケのあいだを何度も往復していた。それから、ルッシュは言葉を続けた。「我々と一緒にちょっとそこまで散歩することに異存はないと思うが？　どうかな？」

「ありませんとも！」とバルクハウゼンはさらに青ざめ、震えながらも断言した。「喜んで参ります。警部さん、私にとって一番大事なのは、真実がすべて明らかになることですから」

「そうか、それなら結構」と警部は素っ気なく言った。そして、ペルジッケのほうをちらっと見て言った。「フリードリヒ、その男の手錠をはずしてやれ。手錠をかけなくても一緒に来るだろう。そうだな？」

「もちろん、参りますとも！　もちろん、喜んで！」息せき切ってバルクハウゼンは断言した。「逃げたりはしません。それに警部さん、逃げたって簡単に捕まってしまいますよね？」

「そういうことだ！」警部は再び素っ気なく言った。「お前のような奴を捕まえるのは簡単だ」彼はそこで言葉を切った。「さあ、もう救急車がやってきた。警察もだ。さあ、用事をさっさと片づけちまおうか。今朝はまだ他に仕事があるんでな」

その後、「用事をさっさと片づけ」ると、ルッシュ警部はバルドゥル・ペルジッケを連れて再びローゼンタールの家へと戻っていった。「台所の窓を閉めに行くだけだ」と警部は説明していた。

階段で、バルドゥル・ペルジッケは突然立ち止まった。「警部さん、何か気が付きませんでしたか？」と彼は囁いた。

「いろんなことに気が付いたが」とルッシュ警部は答えた。「きみはたとえば何に気が付いたのかね？」

「表の棟がやけに静かだとは思いませんか？　表の棟の人間は誰も窓から覗いていませんでした。気になりませんでしたか？　裏の棟ではみんなが窓から顔を出していたのに。怪しいじゃないですか。表の棟の連中は気づいていたはずです。気づかなかったふりをしているだけです。警部さん、すぐに表の棟の家宅捜索を始めるべきですよ！」

「それじゃ、ペルジッケ宅から始めることにしよう」と警部は答えると、そのまま悠々と階段を上り続けた。

「ペルジッケの人間も誰一人窓から顔を出していなかったからな」

バルドゥルは面食らって笑い声を上げた。「親衛隊員の兄二人は」と彼は説明を始めた。「昨晩、見事なほど酔いつぶれていましたから……」

「きみきみ」と警部はバルドゥルの言葉を無視して言った。「私の仕事は私の問題、きみの仕事はきみの問題だ。きみの助言など必要ない。私に助言するなど、百年早い」。バルドゥルの困惑顔を肩越しに見ながら、警部はほくそ笑んだ。「分かるかね」と彼は言った。「私が家宅捜索をしないのは、いまさらそんなことをしたところで、彼らはもうとっくに証拠隠滅をしているからだ。それだけのことだ。それに、死んだユダヤ女のためにどうしてそんなに大騒ぎする必要があるんだ。生きてる連中のことだけで充分忙しいというのに」

そんなことを言っているうちに、二人はローゼンタールの家の前に着いた。バルドゥルが鍵を開けた。彼らは台所の窓を閉め、ひっくり返っていた椅子を元の位置に戻した。

「さてと」とルッシュ警部は辺りを見回して言った。「これでよし」

彼は居間に移動し、ソファーに腰を下ろした。そこは一時間前に、彼が年老いたローゼンタール夫人を意識不明になるまで殴り倒した場所だった。彼は悠々と体を伸ばして言った。「さてと、コニャック一瓶とグラスを二つ頼む！」

バルドゥルは居間を出て、コニャックを持って帰ってくると、グラスに注いだ。二人は乾杯した。

「結構」警部はのんびりとそう言うと、タバコに火を付けた。「さあ、話してもらおうか。バルクハウゼンと一緒にきみがこの家で何をするつもりだったのかをな」

バルドゥル・ペルジッケが憤然と言い返そうとするのを見て、警部は早口になった。「よく考えたほうがいい。私に向かってしゃあしゃあと嘘を吐くと、ヒトラーユーゲント指導者といえどもプリンツ・アルブレヒト通りに連行されることになるぞ。本当のことを言ったほうが身のためだ。真相は二人だけの秘密ということになるかもしれない。まずはお前の話を聞こうじゃないか」。バルドゥルが動揺するのを見て、警部は言った。「つまりだ、こっちも二〜三、気づいたことがあったんだよ。たとえばだ、奥の寝室のシーツにお前の靴跡がついていた。今日お前は一度もそこに行っていないのに、だ。それに、どうしてお前はここにコニャックがあると、しかもその在処までそんなにすぐに分かったんだ？ それに、バルクハウゼンがびびって洗いざらいしゃべっちまうとは思わないか？ ここでお前の嘘に付き合ってる暇はない。私に嘘を吐こうだなんて、百年早いんだよ」

バルドゥルもそれを認め、素直に泥を吐いた。

「なるほどな」と聞き終わって警部は言った。「なるほどな。人間、誰しも自分に見合ったことをするもんだ。馬鹿な奴は馬鹿なことをやるし、もっと馬鹿なことを利口な奴がやることも多い。なあ坊主、お前は終いには利口になったし、この私にちゃんと本当のことを言った。こういうよい行いには何か褒美をやらないとな。一体、ここにある何がほしいんだ？」

バルドゥルの目が輝いた。今の今までがっくりきていたが、また希望の光が見えてきたのだ。

「レコードプレーヤー付きのラジオとレコード盤をください、警部さん」と彼は欲に目を輝かせて言った。

「まあいいだろう」と警部は鷹揚に言った。「さっきも言ったように、俺は六時までここには戻ってこない。ほかにほしいものは？」

「できたら、下着の入ったトランクを一つ二つください。母が、下着が足りないと言っていたので」

「そりゃ感心だ」と警部はからかった。「泣かせる息子だ。何て感心な母親思いの息子なんだ。好きにしろ。だがそれだけにしておけ。あとは、何かなくなったらお前の責任だぞ。どこに何があったか、私は一度見たら忘れないんだ。そう簡単には騙せんぞ。さっきも言ったが、何か疑わしいことがあればお前のうちを家捜しする。いずれにせよ、レコードプレーヤー付きのラジオと下着の詰まったトランクは見つかるんだからな。だが、心配するな。お前が約束を守れば、私も約束を守る」

玄関へ向かって歩きながら、彼は振り返って言った。

「それから、バルクハウゼンが帰ってきても、悶着を起こすんじゃないぞ。そういうのは嫌いなんだ。分かったな?」

「はい分かりました、警部さん」とバルドゥル・ペルジッケはおとなしく答えた。ともに実り多い朝のひとときを過ごした二人は、こうして別れた。

17 アンナ・クヴァンゲルも役職から解放される

クヴァンゲル夫妻にとっては、その日曜日はそれほど実り多いものではなかった。少なくとも、アンナが待ち望んでいた話し合いは実現しなかった。

アンナが水を向けると、クヴァンゲルは「やめとこう」と言った。「母さん、今日はやめとこう。今日は朝からひどいことが起きた。本当は今日から始めようと思っていたが、こんな日に始めるわけにはいかない。今日始めるわけにいかないことを、今から話す気にもなれない。またの日曜にしよう。お前にも聞こえるか? どうやら、またペルジッケの息子の一人が階段をこっそり上っていくようだ。放っておけ。俺たちに手出しさえしなければ」

だが、その日曜日、オットー・クヴァンゲルはいつになく優しかった。アンナは、戦死した息子の話をしたいだけすることができた。彼は、彼女を黙らせようとはしなかった。それどころか、彼女と一緒に、息子の数少ない写真を見返すことさえした。息子の写真を見ながら彼女がまた泣き出すと、彼は彼女の肩に手をかけて言った。「母さん、もう泣くな。息子はもう辛い目に遭わずに済むんだから」

つまり、話し合いは実現しなかったが、その日曜日はいい日だった。アンナ・クヴァンゲルは、こんなに優しい夫をもう長い間見たことがなかった。それはまるで、すべてを雪と氷の下に隠してしまう冬がやってくる前に、最後にもう一度太陽が姿を現したような感じだった。その後の数ヶ月間、夫がますます冷たく、ますます無口になっていくのを見て、彼女は何度もこの日曜日のことを思い返さずにはいられなかった。その思い出は、彼女にとって慰めであると同時に励みにもなった。

それから再び月曜日が来て、いつもの一週間が始まった。花が咲こうが雪が降ろうが、同じような日々が繰り返される一週間が。仕事はいつもどおりだったし、人間もそれまでどおりだった。

その週にオットー・クヴァンゲルが体験したのは、ある小さな（ほんの小さな）出来事だけだった。工場に向かう途中、ヤブロンスキ通りで彼はフロム元判事に出くわした。クヴァンゲルは挨拶しかけたが、ペルジッケ一家の目が気になってやめた。それに、そんなところをバルクハウゼンに見られたくもなかった。というのも、アンナの話によればゲシュタポに連行されたはずのバルクハウゼンがもう舞い戻って（そもそも本当に連行されたのであれば、だが）、アパートの前でぶらぶらしていたからだ。

そこで、クヴァンゲルはフロム元判事と目を合わせず、通り過ぎた。元判事のほうはそこまで用心していなかったのだろう、同じアパートの住人に気づくとちょっと帽子を持ち上げて目で微笑み、アパートの中に入っていった。

これでよし、とクヴァンゲルは思った。これを見た人間はこう考えるだろう。クヴァンゲルは相変わらず無愛想な奴だし、元判事は上品な紳士だ、と。だが、この二人のあいだに何か関係があるとは誰も思うまい。

一方、アンナ・クヴァンゲルは、その週のうちに難しい仕事を一つ片付けなければならなくなった。日曜日の晩、眠りにつく前に夫は彼女に言った。「婦人団から脱退するんだ。だが、目立たないようにな。俺も、ドイツ労働戦線の役職を降りた」

「まあ」と彼女は声を上げた。「オットー、一体どんなふうにして？　そんなこと、よく認めてもらえたわね」

「先天性身体的愚鈍につき免除、ってやつだ」とクヴァンゲルはいつになく上機嫌で答え、その話をそこで打ち切った。

そこで、彼女は自力で問題を解決しなければならないことになった。愚鈍につき、などという理由が通用するはずがない。そんなことで彼らが丸め込まれるはずがない。何かもっと別の理由を見つけなければ。月曜と火曜の二日間あれこれと考えた末に、アンナ・クヴァンゲルは水曜日にようやく名案を思いついた。「愚鈍につき」が通用しないなら、利口過ぎるのがいいかもしれない。利口過ぎる人間、あまりにも知り過ぎている人間、抜け目がなさ過ぎる人間は、彼らにとって、少し足りない人間よりも厄介なはずだ。利口過ぎ、その上、熱心過ぎる人間。これならうまくいくに違いない。

そう決心すると、アンナ・クヴァンゲルは早速出かけていった。この件をできるだけ早く片付けてしまいたかった。自分も首尾よく、つまり、党に睨まれずに婦人団を抜けられた、と今晩にも夫に報告したかった。そのためには、「あんな女に関わるのはもうごめんだ」と思わせなければならない。あの女は論外だ、あの女は使えない、あの女には何も任せられない、と思わせなければ。

当時はまだ、外国人労働者の強制連行は本格化していなかったし、この奴隷労働を管轄する特別全権委員も任命されていなかった。だから、婦人団におけるアンナ・クヴァンゲルの主な仕事は、軍需工場での労働を逃れようとしているドイツ人女性（つまり、党の用語を使えば、総統とドイツ民族に対する裏切り者）を見つけ出すことだった。つい最近、ゲッベルス大臣が化粧した女たちを揶揄する論説を発表し、「赤いマニキュアを塗った彼女らの指先を、ドイツ民族のための労働——事務の仕事だけではない！——に使わせてやらねばならぬ」と書いたばかりだった。

もっとも、周囲の女たちから圧力をかけられたのだろうが、ゲッベルスはすぐにまた論説を発表し、「赤いマニキュアや化粧が即、反社会的特徴や怠け癖を示すわけではない」と書き加えた。「それだけの理由による非難は厳に慎まねばならない！　党は、通報された事例の一つ一つを公正に検証する」。こうして、彼は密告の洪水に意図的に門戸を開いたのだった。

ゲッベルスの一つ目の論説は、例によって大衆の最も下衆な本能を呼び覚ました。アンナ・クヴァンゲルは、これを利用してみようと思ったのだった。彼女の近所にはおおむね庶民しか住んでいなかったが、彼女は、ゲッベルスの表現にぴったり当てはまる女性を一人知っていた。その女を訪ねていったらどうなるかしらと考えただけで、アンナ・クヴァンゲルの顔には微笑が浮かんできた。

彼女が訪ねたのは、フリードリヒスハインの大きな屋敷だった。突然襲ってきた不安を気取られまいとして、アンナ・クヴァンゲルは、ドアを開けたメイドにわざと荒っぽい口調で言った。「奥さまはいる？　婦人団の者です。奥さまに話があって来ました。上がらせてもらいますよ。ところでね、あなた」と彼女は突然声を低めて言った。「今、つい『奥さま』と言ってしまったけど、そんな人はもうこの第三帝国にはいないのよ。私たちはみんなそれぞれの持ち場で、敬愛する総統のために働いているんですからね。ゲーリヒさんに会わせてもらいますよ！」

ゲーリヒ夫人がナチス婦人団の使者をどうして家に上げたのか、その理由はよく分からない。メイドの報告を聞いて少し不安になったのか、あるいは単に、物憂い午後のひとときの退屈しのぎだったのか。いずれにせよ、彼女はアンナ・クヴァンゲルを家に迎え入れた。

ゲーリヒ夫人は、愛想よく微笑みながら、豪華な客間へとアンナ・クヴァンゲルを招き入れた。アンナには一目で、ゲーリヒ夫人こそまさに自分の目的にぴったりの人物だと分かった。着飾って香水をつけている、すらりとしたブロンドの女。額の上に高々と巻き毛を結い上げている。巻き毛の半分は付け毛だわね、とアンナ・クヴァンゲルは即座に判定を下した。そう思うと、この豪華な部屋を見てぐらつきかけていた自信が少し戻ってきた。実に豪華な部屋だった。シルクの絨毯、ソファー、大小の肘掛け椅子、大小のテーブル、タペストリー、光り輝く無数の照明器具。アンナ・クヴァンゲルは今までこんな素晴らしいものを見たことがなかった。二十年以上前に働いていたお屋敷でさえ、これほどではなかった。

夫人は、アンナ・クヴァンゲルに向かってドイツ国民に相応しく「ハイル・ヒトラー」と挨拶したが、挙手の仕方がいい加減だった。アンナ・クヴァンゲルは、軍隊式に四角張ったやり方で「ハイル・ヒトラー！」と挨拶を返し、相手のいい加減さを真剣かつ厳密に訂正して見せた。

「婦人団からいらっしゃったと伺いましたけれど、ええとお名前は……？」夫人はここで少し間を置いたが、アンナが名乗らなかったので、かすかに微笑むと言った。「どうぞ、お掛けになって。きっと寄付のお話ですわね。できる限りのことは喜んでいたしますわ」

「寄付の話なんかじゃありません」とアンナ・クヴァンゲルはほとんど怒ったように言った。絵のように美しいこの女に対して、突然彼女は深い反感を覚えた。自分とは違い、いつまでも女のままでいて、妻や母には決してならないだろうこの女に対して。アンナ・クヴァンゲルは、この女に憎しみと軽蔑を感じた。自分にとっていつも神聖でかけがえのないものだったこうした役割の価値を、この女が決して認めないだろうが故に。この女にとってはすべてが単なる遊びなのだ。本当に愛することなど、この女にできはしない。この女が大事にしているのは、私の結婚生活の中ではほんの取るに足りない部分でしかなかった、あの関係だけなのだ。「違います。寄付じゃありません」と彼女はもう一度性急に言った。「私がここへ来た理由は……」

彼女は再び話の腰を折られた。「あら、でも本当にお掛けになってくださいな。あなたがお掛けにならないと、私も座ってはいられませんわ。年長者としてあなたがまず……」

「私は忙しいんです」とアンナ・クヴァンゲルは言った。「そうしたければ、立ってください。立ちたくなければ、座ったままで結構です。どっちでも構いません！」

ゲーリヒ夫人は少し目を細め、自分に向かってこうも粗暴な態度を取る庶民の女を驚きの目で眺めた。彼女はちょっと肩をすくめると、相変わらず丁寧ではあるものの、さっきほど愛想がいいとは言えない口調で言った。「仰るとおりにいたしますわ。それでは、座ったままで失礼しますね。それで、ご用件は……」

「それでは聞きますが」とクヴァンゲルは決然と言った。「あなた、どうして働かないんですか。現在就業していない者は全員が軍需工場で働くこと、という通達はあなたも当然お読みになりましたよね？　どうして働かないんです？　どんな理由があるんです？」

「理由ならちゃんとありますよ」とゲーリヒ夫人は落ち着き払った晴れやかな声で答え、台所仕事で荒れたアンナの手を少し見下したように眺めた。「私、これまで肉体労働に従事したことはございません。肉体労働にはまったく向いておりませんので」

「やってみようとしたことはあるんですか」

「考えたこともありません。そんなことをしたら病気になってしまいます。お医者様の診断書ならいつでも提出できますよ」

「そりゃあそうでしょうとも！」アンナ・クヴァンゲルは彼女の言葉を遮って言った。「十マルクか二十マルク払えば診断書くらい書いてもらえますからね！　でも、今回のような場合には、何でも言うことを聞いてくれる開業医の診断書では無効です。あなたが労働に耐え得るかどうかは、配属先の工場の医師が判断することです」

ゲーリヒ夫人は、アンナの怒りに満ちた顔をちらりと見ると、肩をすくめて言った。「それなら結構ですわ。私をどこかの工場に配属してくださいな。でも、言っておきますけど、そんなことをしても何にもなりませんよ」

「それはどうでしょうね！」アンナ・クヴァンゲルは、小学生が使うような、防水布のカバー付きのノートを取り出した。彼女はサイドテーブルに歩み寄ると、花瓶を憤然と押しのけ、メモを始める前に鉛筆を舌先で湿した。すべて、意図的な行動だった。相手を怒らせようと思ったのだ。相手の慇懃無礼な落ち着きを打ち砕き、相手も怒らせてやらないことには、ここへ来た目的を果たせたとは思えなかったのだ。

お父さんの職業は？　家具製造職人の親方、と。その娘が、生まれてこの方肉体労働をしたことがないとはね！　まあ、やってみれば分かります。ここは何人家族？　三人？　使用人を入れて三人？　それじゃあ、本当は二人ってことね……

「あなた、本当に一人ではご主人の世話ができないの？　『軍需工場で働ける人間がこの家にはもう一名いる』と書いておくわ。子どもは当然いないのよね？」

そのとき、ゲーリヒ夫人の頬にもさっと血の色が差した。ただ、化粧が濃かったので、顔色の変化はこめかみにしか現れなかった。だが、額から鼻の付け根に走る血管が膨らみ、脈打ち始めた。

「もちろん、子どもはいません」ゲーリヒ夫人の声もとげとげしくなっていた。「でも、犬が二匹います。それもメモなさったらいかが？」

アンナ・クヴァンゲルは上体を起こすと、暗い輝きを帯びた目で相手を見た（自分がここに来た理由を、そのとき彼女は完全に忘れていた）。「答えなさい」と彼女はわざと冷静な口調で言った。「私と婦人団を馬鹿にするつもりですか。気をつけないと、ただでは済みませんよ！」

「気をつけないと、あんたこそただじゃ済まないわよ！」とゲーリヒ夫人は怒鳴り返した。「ここが誰の家か、知らないようね。主人は親衛隊中佐なのよ！」

「そうですか」とアンナ・クヴァンゲルは言った。「そうですか」彼女の声は突然穏やかになった。「これで、あなたの言い分はお聞きしました。後日また、ご連絡します。それとも、まだ何か言っておきたいことがありますか？　病気の母親の面倒を見ている、とか？」

ゲーリヒ夫人は、馬鹿にしたように肩をすくめただけだった。「お帰りになる前に」と彼女は言った。「身分証を見せていただきたいわ。お名前もメモしておきたいし」

「どうぞ」とアンナは身分証を差し出した。「ここに全部書いてあります。残念ながら、名刺は持っておりません」

二分後、アンナ・クヴァンゲルは出て行った。それから三分と経たないうちにゲーリヒ夫人はゲーリヒ中佐に電話をかけ、取り乱し、泣きじゃくり、涙で声を詰まらせ、怒りのあまり地団駄を踏みながら、婦人団の女から前代未聞の侮辱を受けた話を報告した。

「まあ、まあまあ」と中佐はやっとのことで言葉を挟むと妻をなだめた。「党が再調査をおこなうことになるから、もちろん大丈夫だよ。でも、再調査の必要があるということは考えに入れておいてくれ。もちろん、そんなことをきみに言いに来るなんて馬鹿げた話だ。こんなことは二度と起こらないようにするよ」

「違うわ、エルンスト」と受話器から喚き声が聞こえてきた。「そんなこと言ってるんじゃないの！　そんなことより、あの女を謝りに来させて！　あの女の物の言い方だけでも許せない。『子どもは当然いないのよね』って、あの女は言ったのよ。エルンスト、あの女はあなたのことも侮辱したのよ。そうは思わないの？」

親衛隊中佐は、「そう思う」と言うほかなかった。「僕の可愛いクレール」をなだめるため、彼はあらゆることを約束した。分かった、その女を謝りに行かせるよ。そうだね、今日にでもそうしよう。もちろん、国立オペラ劇場のチケットを取るよ。それからフェミナ（ベルリンの有名なキャバレー）にでも行こうか。少しは気晴らしになって気持ちが落ち着くんじゃないかい。すぐにテーブルを予約させよう。友達に電話して、何人か誘っておいてくれないか。

そう言って、妻の気を紛らわす用事を言いつけた上で電話を切ると、中佐は婦人団本部に電話をかけ、婦人団員に侮辱されたと言って激しく叱責した。あんな無礼な女にしか仕事を任せられないのか？　もう少しましな女はいないのか？　おそらく、厳正な再調査がおこなわれることになるだろうな！　いいか、そのクヴァンゲルだかクヴィンゲルだかクヴンゲルだかいう女に命令して、家内に謝りに行かせるんだ！　今夜中にだ、分かったか！　それから、この件についてすぐに報告書を提出するように！

やっと受話器を置いたときには、中佐は、顔が紫色になっていただけでなく、自分は許しがたい侮辱を受けたのだと本当に信じ込んでいた。彼はすぐに「可愛いクレール」に電話したが、つながるまでに少なくとも十回かけ直さなければならなかった。彼女が次々と女友達に電話をかけ、自分に加えられた侮辱を報告するのに躍起になっていたからだ。

中佐が婦人団本部に伝えた話はベルリンの電話網に染み込んで広がり、あちこちを駆け巡った。情報が収集され、問い合わせがおこなわれ、極秘扱いで囁かれた。中佐の話は、何度もその元々の目標から逸れてしまったかに見えながらも、優秀で確実な自動電話交換システムのおかげでその都度そこへ立ち帰り、やがて雪崩のように大きくなって、ついに、アンナ・クヴァンゲルが所属している小さな婦人団支部に襲いかかった。そのときの当番は、（無給の）女性二人だった。一人は白髪頭で痩せこけた、母親十字章をつけた女、もう一人はぽっちゃりしてまだ若かったが、髪を男のように刈り上げ、大きな胸に党員章をつけた女だった。

直撃を受けたのは白髪頭のほうだった。叱責の雪崩は、先に受話器を取った彼女にまず襲いかかった。雪崩にすっぽりと埋もれた彼女は、そこから這い出そうとしてもがきながら、助けを求める視線をぽっちゃりした女に投げかけた。「ですが、クヴァンゲルは……信頼できる女性です。何年も前から知っておりますが……」と彼女は何とか言葉を差し挟もうとした。

何を言っても無駄だった！　婦人団といえども、柔らかい表現は一切なかった。彼女ははっきりとこう言い渡された。あんたたちはどれだけいい加減な仕事をしているの。責任を取らないと、ただじゃ済まないよ！　そのクヴァンゲルという女については、もちろん即刻クビよ、永久に！　謝罪に行かせなさい！　今日中に！　承知いたしました、ハイル・ヒトラー！

白髪頭が受話器を置き、まだ全身をがたがた震わせながら、ぽっちゃりした女に説明を始めたそのとき、またしても電話がけたたましく鳴った。別の上級の役所が、自分も怒鳴ったり叱責したり脅したりする義務があると考えて電話してきたのだ。

今度は、ぽっちゃりした女のほうが直撃を食らった。その衝撃で彼女もよろめき、震えた。それというのも、彼女自身はすでに入党していたものの、弁護士をしている夫が（一九三三年以前に「アカ」の弁護を何度も引き受けたことがあったために）政治的に信頼できない人物と見なされていたからだった。これは命取りになりかねない事態だった。彼女は、恭順の意と、進んで協力しようという気持ちと、心からの服従を示して何とか切り抜けようとした。「おっしゃるとおり、とんでもないことです。あの人は頭がおかしくなってしまったに違いありません……。もちろん、ご命令のとおりにいたします。今夜にも、私自身が参りまして……」

何を言っても無駄だった！ 雪崩は彼女にも襲いかかり、全身の骨を打ち砕いた。彼女はぼろ雑巾のようになってしまった。

次々と電話が掛かってきた。まるで、地獄が口を開けたかのようだった。ひっきりなしの電話に、二人は息を吐く暇もなかった。とうとう二人は事務所から逃げ出した。延々と繰り返される罵倒の言葉をそれ以上聞いていることに耐えられなくなったのだ。ドアに鍵をかけているあいだにも、新たな獲物を求めて鳴り響くベルの音が聞こえてきた。だが、二人は事務所には戻らなかった。絶対に嫌！ 今日のところはもうたくさん。今日どころか、明日も、来年ももうたくさん！

目的地のクヴァンゲルの家に向かって、二人はしばらく無言で歩いた。それから、一人が言った。「私たちをこんな目に遭わせた張本人には、うんとお灸を据えてやらないと！」

党員章をつけたぽっちゃり女が答えた。「そうね。クヴァンゲルのことはどうでもいいんだけど。でも、これだけ厄介なことになってしまうと……」

「本当に！」と母親十字章をつけた白髪頭が言った。彼女は、スペインで間違った側――つまり、アカの側――に味方して戦った息子の一人のことを思い出していた。

だが、アンナ・クヴァンゲルとの話し合いは、彼女らが考えていたのとはまったく違う展開になった。クヴァンゲルは、脅しにもまったく怯まなかった。

「まず、私のしたことのどこが間違っていたのか説明してください。これが、私が書いたメモです。労働奉仕義務法に基づいて、ゲーリヒ夫人は……」

「でもね、あなた」とぽっちゃりした女が言った。「これはそういう問題じゃないのよ。あの方は親衛隊中佐の奥様なの。分かるわよね？」

「分かりません！　それとこれにどんな関係があるんです？　偉い指導者の妻には労働奉仕義務がないって、どこに書いてあるんです？　私には分かりません！」

「そんな馬鹿なこと言わないの！」と白髪頭がぴしゃりと言った。「偉い指導者の奥様として、ゲーリヒ夫人にはもっと高尚な義務がおありなんです。激務のご主人のお世話をなさらなきゃならない」

「私だってそうです」

「あの方には体面を保つ義務がおありなんです」

「体面を保つ義務って一体何です？」

何を言っても無駄だった。クヴァンゲルは自分の非を認めなかった。偉い指導者やその家族は国家や共同体に対する義務を免除されているのだということを、彼女はどうしても理解しようとしなかった。

ハーケンクロイツをつけたぽっちゃりした女は、アンナ・クヴァンゲルが頑なな態度を取る本当の理由を突き止めたと思った。壁の、栄養状態の悪そうな青白い顔をした若者の写真に気づいたのだ。写真は花輪と黒いリボンで飾られている。「息子さん？」と彼女は尋ねた。

「ええ」アンナ・クヴァンゲルはそっけなく不機嫌に答えた。

「一人息子さんが……戦死したのね？」

「ええ」

母親十字章をつけた白髪頭の女が穏やかな口調で言った。「息子が一人だけというのはよくないわ」

アンナ・クヴァンゲルは咄嗟に言い返しそうになるのをこらえた。ここで計画を台無しにしたくはなかった。

二人の女は目配せし合った。これですっかり分かったわね。一人息子を亡くしたこの人は、ああいう奥様を見て、「ほんの少しの犠牲も払おうとせず、小さな義務も免れようとしている」と思ったのね。そんなことしたって、うまくいくはずがないのに。

ぽっちゃりした女が言った。「お詫びに行ってくれますね?」

「私が間違っていることを証明してもらえれば、すぐにでも」

白髪頭の女が言った。「だから、証明したじゃないの!」

「私には分かりませんでした。きっと頭が悪いからでしょう」

「分かったわ。それじゃあ、とりあえず私たちだけでやってみるしかないわね。気が重いけれど」

「そんなこと、私は頼んじゃいませんよ」

「それからね、クヴァンゲルさん、とりあえずゆっくり休んでくださいな。ずっと働きづめで、それに今度はこんな心労が重なって。あなたは誰よりも熱心に働いてくれたわ」

「私を追い出そうというのね!」とアンナ・クヴァンゲルは言った。「私がああいう奥様に本当のことを言ったから、というだけの理由で!」

「とんでもない。そんなふうに取らないで。とにかくまず、保養のために一時解雇とします。いずれまた働いてもらいますから……」

フリードリヒスハインまでの道のりを、二人の女は黙って歩いて行った。二人とも、物思いに耽っていた。多分、もっと厳しい態度でクヴァンゲルに臨むべきだったんだわ。怒鳴りつけたり脅しつけたりすべきだったんだわ。でも、残念ながら、私はそういうことができる人間じゃない。いつでもおとなしく人の言うことを聞いてしまう、無力な人間なんだわ。そしてそれが分かっているから、怒鳴ることのできる人間にいつも踏みつけにされてしまう。今はもう、奥様へのお詫びがうまくいきさえすれば、(張本人を連れて行かなくても)ある程度いい結果を持ち帰れさえすればそれでいい。

だが、二人は運がよかった。彼女らが電話の対応に追われ、怒鳴られ、クヴァンゲルの家に行っていたあいだに、すっかり日が暮れていた。奥様は、国立オペラ劇場においでになるためにお着替え中だった。だが、彼女らは玄関のスツールに腰掛けて待つことを許された。

十五分待たされてから、彼女らはメイドに、どんなご用件ですかと聞かれた。二人が遺憾の意を込めた囁き声でメイドに説明すると、「そのままお待ちください」との返事が返ってきた。

だが、実は、ゲーリヒ親衛隊中佐夫人にとって、そんなことはもうどうでもよくなっていた。女友達と電話で三時間おしゃべりしてから入浴し、これから国立オペラ劇場に行こうとしているところだった。オペラを観たあとは、フェミナでの楽しい夜が待っている。社交界の貴婦人には、そんな下々の女のことなどもうどうでもよかった。そこで、もう十五分待たせてから、クレールはエルンストに言った。「ねえ、あなたが出て行って、その女たちを叱りつけて追い返してちょうだい。こんなことで今夜の気分を台無しにしたくないの」

そこで親衛隊中佐は玄関にちょっと顔を出し、婦人団の女たちを怒鳴りつけた。彼女らが本来謝罪に来るべき女の代理で来ていることも知らないまま、彼は怒鳴っていた。そんなことは彼にとってどうでもよかった。彼は二人を怒鳴りつけ、外に叩き出した。これでこの件はすっかり片が付いた！

二人は家路についた。ぽっちゃりした女が言った。

「本当は、クヴァンゲルみたいな女の気持ちも分かる気がすることがあるわ」

白髪頭の女は息子のことを思い出し、唇を真一文字に結んだ。

ぽっちゃりした女は話し続けた。「ときどき、ただのつましい労働者になって大衆の中に紛れてしまいたいと思うことがあるわ。こんなふうにいつも用心ばかりして、ビクビクして何も言えないと参ってしまう……」

母親十字章をつけた女は首を振った。「そんなことは言わないほうがいいわ」。相手が気を悪くして黙ったのを見て、彼女はこう付け加えた。「とにかく、私たちはクヴァンゲルなしでもこの件をどうにかうまく片付けたのよ。あの方は、『これでこの件はすっかり片が付いた』とはっきり言ったわ。上司にそう報告しましょう」

「それと、クヴァンゲルがクビになったことも！」

「もちろん、それもね！　あの女にはもう二度と私たちの事務所に顔を出してもらいたくないわ！」

そして実際、クヴァンゲルがそこに顔を出すことは二度となかった。アンナ・クヴァンゲルは夫に成功を報告した。オットーがどんなに注意深く根掘り葉掘り聞いてみても、それはどうやら本物の成功と見て差し支えなさそうだった。こうして、クヴァンゲル夫妻は二人とも、危険を冒すことなく役職から解放されたのだった。

18　最初の葉書を書く

その週の残りは特に事件もなく過ぎ去り、また日曜日がやってきた。その日曜日を、アンナ・クヴァンゲルは首を長くして待っていた。今まで延び延びになってきたが、やっと、オットーの計画について話を聞くことができるのだ。彼は、起きてきたのは遅かったが機嫌もよく、落ち着いていた。コーヒーを飲む彼の顔に、彼女は促すような視線を横からときどきちらっと投げかけたが、彼はそれに気づいていないようだった。コーヒーをかき回しながら、彼はゆっくりとパンを食べていた。

アンナは、なかなか食器を片付ける気になれなかった。だが今回は、彼女が最初に声をかける番ではなかった。日曜日に説明する、と彼は約束したのだ。だから、彼は約束を守るだろう。ちょっとでも促すようなことを言ったら、急き立てているように思われてしまう。

そこで、彼女は小さなため息を吐いて立ち上がり、コーヒーカップと皿を台所へ運んだ。パンかごとコーヒーポットを取りに彼女が戻ってみると、彼は整理ダンスの前で膝をついて、引き出しの中を引っかき回していた。その引き出しに一体何が入っているのか、アンナには思い出せなかった。とっくに忘れ去られた、古いがらくたしか入っていないはずだった。「オットー、何か探しているの？」と彼女は尋ねた。

だが、彼が唸るような声しか出さなかったので、彼女は台所に引っ込んで洗い物を済ませ、食事の準備をした。あの人はしゃべろうとしない。今日もやっぱりしゃべろうとしない！　だが、彼女は今までにもまして、彼の中で何かが起きていることを確信していた。自分はまだ何も知らされていないが、いずれ知らなければならない何かが起きていることを。

その後、彼女が椅子に座ってジャガイモの皮を剝こうとして、再び居間に戻ってみると、彼はクロスを取りのけたテーブルに向かって座っていた。テーブルには彫刻刀がずらりと並んでいた。そして、彼の回りの床には、すでに細かい削りかすが散らばっていた。「オットー、一体何をしているの」と彼女はあっけにとられて言った。

「今でも木彫りができるかどうかやってみようと思って……」と彼は答えた。

彼女はひどくがっかりした。少し苛立ちもした。人の心にいくら疎いからといっても、それでも少しは察してくれてもよさそうなものだ。私がどんな気持ちでいるか、どれほどじりじりして説明を待っているかを。それなのにこの人ときたら、新婚時代に使っていた彫刻刀を探し出してきて木を切り刻んだりして。その黙《だんま》りに絶望させられた、あの頃のように。あの頃は、今ほどこの人の無口さに慣れていなかった。今はそれには慣れたけれど、今日という今日は、我慢できない。これだけ待たせておいて、この人が思いつくことと言えば木を削ることだけなの？　このまま何時間でも黙ったまま木を彫って、これまで後生大事に守ってきただんまりをまだ続けるつもりなら、もういや、がっかりよ。これまでも何度もひどくがっかりさせられてきたけれど、今度はもう黙って見ていることはできないわ。

こんなことを絶望的な気分でイライラと考えながらも、彼女は、彼の大きな手の中にある縦長の分厚い木ぎれに半ば好奇心をそそられていた。彼は、注意深く木ぎれを回転させながら、ところどころ大きく削り取っていた。今回はスツールじゃないわね、それは確かだわ。

「オットー、一体何を作っているの？」と彼女は半ば不本意ながら尋ねた。実は、彼が彫っているのは何かの部品なのだ、という奇妙な考えが浮かんだのだった。ひょっとしたら爆弾の起爆装置の部品かもしれない。でも、そんなこと、考えるだけでもナンセンスね。爆弾なんてオットーには関係ないわ。それに多分、爆弾に木なんて使えないわね。そう思ったので、半ば不本意ながら、「オットー、一体何を作っているの？」と尋ねたのだった。

最初、彼は今度も唸り声だけで返事を済まそうとしたようだったが、その朝すでにアンナを焦らしすぎていることに気づいたのか、それとも単に返事をする気になったのか、「首」と答えた。「今でも首が彫れるかどうかやってみようと思ったんだ。昔はたくさんパイプのがん首を彫ったもんだ」

そう言うと、彼は木を回しながら削り続けた。

パイプのがん首ですって！　アンナの口から怒りの声が漏れた。激しい怒りを込めて彼女は言った。「パイプのがん首ですって！　ちょっと待ってよオットー。世界が崩壊しかけているときに、あんたはパイプのことを考えてたのね。そんなこと考えてたなんて！」

彼女の怒りも彼女の言葉も、彼は大して気にしていないようだった。彼は言った。「もちろん、パイプのがん首じゃないさ。オットーヒェンの似顔が彫れるかどうか、やってみようと思ったんだ」

たちまち、彼女の気分は一変した。それじゃあ、オットーヒェンのことを考えていたのね。オットーヒェンのことを思い出してあの子の似顔を彫ろうとしていたのね。つまり、私のことを考えて、私を喜ばそうとしていたのね。彼女は椅子から立ち上がり、ジャガイモの鉢を急いで下に置くと言った。「待って、オットー。あの子の写真を持ってくるから。オットーヒェンがどんな顔をしていたか、そのほうがよく思い出せるでしょ」

彼は首を横に振った。「写真はいらない。俺のここにいるオットーヒェンを彫りたいんだ」。そう言うと、彼は額を指先でとんとんと叩いた。それから少し間を置いて、こう付け加えた。「それができればな」

彼女は再び心を動かされた。この人の心の中にもオットーヒェンはやっぱりいたのね。あの子の面影はこの人の心の中にもしっかり残っていたんだわ。これが完成したら、どんな顔になるのかしら、早く見たいわ。「絶対に完成させてね、オットー」と彼女は言った。

彼は「さあな」と言っただけだったが、それは疑念よりも同意を表しているように聞こえた。

二人の会話はこれでひとまず終わった。アンナは昼食の準備をしなければならなかった。手の中で菩提樹の丸太を回しながら、それを静かに慎重に根気よく、少しずつ削っていく夫をテーブルに残し、アンナは台所に戻った。

昼食の少し前に、食器を並べようとして居間に戻ってきたアンナは、テーブルにもうクロスが掛かっているのを見てひどく驚いた。テーブルの上はすっかり片付いていた。クヴァンゲルは窓際に立ち、子どもたちが歓声を上げて遊んでいるヤブロンスキ通りを見下ろしていた。「ねえ、オットー？」と彼女は尋ねた。「彫刻はもうできあがったの？」

「今日はここまででやめておこう」と彼は答えた。その瞬間、彼女には分かった。話し合いの時間が近づいたことが。オットーに何か計画があるということが。この信じられないほど頑固な、誰が何と言っても急がせることのできない男、その時が来るまでずっと悠々としていられる男オットーに、何か計画があるということが。

二人は黙々と昼食を食べた。食べ終えると、ソファーの隅で膝を抱えてじっと前を見据えている彼を残して、彼女は片付けものをしに台所に戻った。

三十分後に彼女が戻ってみると、彼はまだ同じ姿勢でそこに座っていた。だが、彼女はもう、彼が意を決するまで待とうとは思わなかった。彼の辛抱強さと自分の待ちきれない思いとがぶつかって、いても立ってもいられなくなったのだ。もしかしたら、この人は四時になってもまだここに座っているかもしれない。夕飯が済んだあとだって動かないかもしれない。もうこれ以上待てないわ！

「ねえ、オットー？」と彼女は尋ねた。「どうしたの？いつもの日曜みたいに昼寝をしないの？」

「今日はいつもの日曜じゃない。今日からはもう、『いつもの日曜』なんてないんだ」彼は突然立ち上がり、居間から出て行った。

だが、今日の彼女には、彼を黙って送り出すつもりはなかった。どこへ何をしに行ったのか、また聞けずじまいになるのはごめんだった。彼女はあとを追った。「やめてよ、オットー」と彼女は言いかけた。

彼は玄関ドアのすぐ前に立っていた。彼はドアチェーンをかけると、片手を挙げてアンナに「静かにしろ」という合図を送り、共用廊下の物音に聞き耳を立てた。それから「よし」とうなずくと、彼女の脇を通り抜けて居間に戻った。彼に続いて彼女が居間に戻ると、彼はソファーのいつもの場所に座っていた。彼の隣に彼女も腰を下ろした。

「呼び鈴が鳴っても」と彼は言った。「すぐにはドアを開けるな。まず俺が……」

「誰が一体呼び鈴を鳴らすっていうの、オットー？」と彼女はじりじりして尋ねた。「一体誰がうちに来るっていうの？ねえ、何が言いたいのかちゃんと言ってよ」

「ちゃんと言うよ、アンナ」と彼はいつになく穏やかに言った。「だが、急かされると、余計に話しにくくなる」

彼女は彼の手にさっと触れた。自分の心の内を話すことがとにかく苦手な男の手に。「急かしたりしないから、オットー」と彼女はなだめるように言った。「ゆっくりでいいわ」

だが、それからすぐに彼は話し始めた。ほとんど五分間にわたって彼は話した。ゆっくりと、途切れ途切れに、考え抜かれた言葉で。一言話すたびに、彼は薄い唇を固く閉ざした。まるで、そこからもう二度と言葉が出てくることはないかのように。そんなふうに話しながら、彼のまなざしは、アンナの斜め後ろにある何かに向けられていた。

だが、アンナ・クヴァンゲルは、彼が話しているあいだじっと彼の顔を見つめていた。彼が目を合わせないことを、彼女はほとんど彼に感謝した。次第に大きくなってくる失望を隠しておくのが難しくなってきたからだ。この人の思いついたことといったら！ 大それた行動を想像していた（本当は、恐れてもいた）のに。総統暗殺計画、とか。少なくとも、党や党の大物と実際に戦うことを想像していたのに。

だのに、この人の計画ときたら！ 取るに足らない、馬鹿馬鹿しいほど些細な、いかにもこの人らしい計画。自分の平穏な生活を守りながら実行できる、ささやかで地味な計画。葉書を書く、とこの人は言う。総統や党や戦争への反対を呼びかけるメッセージを葉書に書いて世間を啓蒙する、と。たったそれだけ。その葉書をどうするのかと言えば、特定の人に送ったり、ポスターのように壁に貼ったりするのではなく、人通りの多い建物の階段に置いておき、なりゆきに任せるだけ。誰がそれを拾い上げるかも、すぐに踏みつけられたり破り捨てられたりしないかもまったく分からない……。このこそこそした、危険のない戦い方に、彼女は強い反発を覚えた。何か行動を起こしたい。何か、効果が目に見えることをしたい！

だが、話し終えたクヴァンゲルは、妻の返事を待っているようにはまるで見えなかった。彼女は静かにソファーに座っていたが、心の中では自分と戦っていた。何か言ったほうがいいんじゃないかしら？

彼は立ち上がり、再び玄関ドアの前まで行って聞き耳を立てた。居間に戻ってくると、彼はテーブルからクロスを外し、それをたたんでそっと椅子の背にかけた。それからマホガニー材の古いライティングデスクに歩み寄り、ポケットから鍵の束を取り出して机の天板を開けた。

彼がライティングデスクの戸棚の中を引っかき回しているあいだに、アンナは心を決めた。躊躇いがちに彼女は言った。「オットー、あんたがやろうとしていることはちょっと小さいんじゃないの?」

彼は屈み込んだ姿勢のまま探し物をやめ、顔だけ妻に向けて言った。「大きかろうと小さかろうと、嗅ぎつけられたら最後、命はない」

その言葉には、そして、彼女を見つめる彼の暗い、測り知れぬ鋭いまなざしには、恐ろしいほどの説得力があった。彼女は身震いした。一瞬、眼前に、刑務所の灰色の中庭にギロチンが立っている光景がはっきりと見えた。早朝の薄明かりの中、その刃は無言の脅迫のように鈍く光っていた。

自分が震えているのを、アンナ・クヴァンゲルは感じていた。彼女は再びさっと彼のほうを見た。この人の言うとおりかもしれない。小さかろうと大きかろうと、命を賭けてやるからには同じだ。自分の能力と才能に応じたことをやればいい。大事なのは、抵抗することだ。

クヴァンゲルは相変わらず無言で彼女を見ていた。まるで、彼女の心の葛藤を観察しているように。ふと、彼のまなざしが明るくなった。彼はライティングデスクから体を起こすと、かすかに笑みを浮かべて言った。「だが、そう簡単に捕まってたまるものか。奴らは抜け目がないが、俺たちだって抜け目なくやればいい。用心深く抜け目なく、だ。用心が肝心だ。アンナ、注意を怠るな。戦いが長引けば、それだけ長い間影響を与えられるんだ。死に急いでは何にもならん。生きて、奴らがくたばるのを見届けよう。そのとき、俺たちも戦ったんだ、って言えるようになろうじゃないか、アンナ!」

彼は、ほとんど冗談のような軽い調子でそう言った。彼は探し物を再開し、アンナはほっとしてソファーにもたれ掛かった。重荷を下ろした気分だった。彼女も、「オットーは何か大きなことをやろうとしているんだ」と心から思えるようになった。

彼はテーブルに、買っておいたインクの小瓶と封筒に入った葉書、大きな白手袋を運んだ。インク瓶の蓋を開け、ペン先をマッチの火であぶってからインクにつけた。ジュッという小さな音がした。彼は注意深くペン先を吟味し、うなずいた。もったいぶった様子で手袋をはめると封筒から葉書を取り出し、目の前に置いた。彼はアンナにゆっくりと目配せした。彼女は、用意周到なこうした手順の一つ一つをじっと見守っていた。彼は手袋を指さして言った。「指紋がつかないようにするためだ」

彼はペンを手に取り、低いがはっきりとした声で言った。「俺たちの最初の葉書の、最初の言葉はこうだ。『母よ！　総統は私の息子を殺した』……」

それを聞いて、彼女は再び身震いした。オットーの口から出たその言葉には、身震いするほど不吉な響きが、陰鬱な響きが、そして断固たる響きがあった。一瞬で彼女は、この最初の言葉は彼の宣戦布告なのだと理解した。そして、それがどんな戦いなのかもぼんやりと理解した。たった一言のために罪に問われて消されてしまう、貧しい、取るに足らない労働者が二人きりで、総統と党とその巨大な権力機構、そしてそれを支持している、全ドイツ国民の四分の三、いやそれどころか五分の四を敵に回して戦うのだ。ヤブロンスキ通りの小さな部屋で暮らしている、この二人だけで！

彼女は夫に目を向けた。彼女がこれだけのことを考えていたあいだに、彼のほうはようやく最初の文の三番目の単語にさしかかっていた。信じられないくらい根気よく、彼は「総統《フューラー》」の頭文字Fをゆっくりゆっくり書いていた。「私に書かせて」と彼女は言った。「私ならずっと速く書けるわ」

最初、彼はまた唸り声を上げただけだったが、それから説明し始めた。「お前が書いたら」と彼は言った。「そのうち筆跡でばれる。これは飾り書きだ。ブロック体だよ。一種の活字だな……」

彼はここで口をつぐむと、再び書き始めた。そう、これは彼の思いつきだった。彼は、この計画に抜かりはないと思った。この書体を、彼はインテリアデザイナーの家具の設計図で見て知っていた。この書体なら、筆跡から書いた人間が特定されることはない。もちろん、その書体に日頃慣れていないオットー・クヴァンゲルが書いたその文字は、ひどく不格好でぎこちなかった。だが、そんなことは何の問題もなかった。それで書き手がばれるわけではないのだから。それにかえって、そのぎこちなさが、人目を引くポスターのような雰囲気を葉書にもたらしていた。彼は辛抱強く書き続けた。

そして、彼女も辛抱強くなっていた。これは長い戦いになるわ、と彼女は考え始めていた。彼女は落ち着きを取り戻していた。オットーは何もかも考えてる、オットーは頼りになる、いつだって。何もかも、本当によく考えてあること！　この戦いの最初の葉書には、息子の死から始まったこの戦いの最初の葉書には、息子のことが書かれていた。彼らには息子がいた、総統がその息子を殺した、だから今、彼らは葉書を書いているのだ、と。人生の新しい一ページが始まったのだ。外面的には何も変わっていなかった。クヴァンゲル夫妻の周囲は静かだった。だが、心の中はすっかり変わっていた。それは戦いだった……

彼女は裁縫かごを取り出し、靴下を繕い始めた。ときどきオットーのほうを見ると、彼はテンポを速めることもなくゆっくりと葉書を書き続けていた。ほとんど一文字書き終えるたびに、彼は葉書を手に取って腕をいっぱいに伸ばし、目を細めて眺め、うなずいた。

ついに、彼は最初の一文を仕上げると彼女に見せた。それは一行半にわたって、ほとんど葉書いっぱいに書かれていた。

彼女は言った。「こんな小さな葉書じゃ、あんまりたくさん字は書けないわね」

彼は答えた。「そんなことはどうでもいい。これからたくさん葉書を書けば済むことだ」

「その調子じゃ、長い間かかるわよ」

「毎週日曜に、一枚ずつ葉書を書く。慣れてきたら、二枚書けるようになるかもしれん。戦争はまだ終わらない。人殺しはまだまだ続く」

何を言われても、彼の考えは変わらなかった。彼が一度こうと決めたからには、その決意は変わらないのだった。何があっても彼の決意は覆らない。誰にもオットー・クヴァンゲルの意見は変えられないのだ。

彼は言った。「次の一文はこうだ。『母よ。総統はあなたの息子たちも殺すだろう。この世のあらゆる家に悲しみをもたらしても、彼はまだやめないだろう……』」

彼女は彼の言葉を繰り返した。「母よ。総統はあなたの息子たちも殺すだろう！」

彼女は婦人団の上役の言葉を思い出していた。母親十字章をつけたあの白髪頭の女は、「息子が一人しかいないというのはよくないわ。息子は大勢持つべきね」と言ったのだ。あのとき、彼女は思わず言い返しそうになった。「心を少しずつ引き裂いてもらえるように、かしら？ いいえ、一気にすべてを失ったほうがまだましよ」と。あのとき、彼女はその言葉を飲み込んだ。それを今、オットーが言ってくれたのだ。「母よ。総統はあなたの息子たちも殺すだろう」と。

彼女はうなずき、「それがいいわ！」と言ってから考えた。「この葉書は、女が大勢通る場所に置くべきね」

彼は考えてから首を横に振った。「いや。女はびっくりすると何をするか分からん。こんな葉書が階段に置いてあったら、男ならとりあえずさっとポケットに入れ、あとからじっくり読むだろう。それに、男はみんな、母親の息子だ」

彼はまた黙り込み、改めて葉書を書き始めた。午後の時間は過ぎていったが、二人はお茶の時間も忘れていた。日が暮れて、ようやく葉書が完成した。彼は立ち上がり、葉書を見返した。

「さあ！」と彼は言った。「これでできた。次の日曜に二枚目を書こう」

彼女はうなずいた。

「これをいつ持って行くの？」と彼女は囁き声で言った。

彼は彼女の顔を見て言った。「明日の午前中だ」

「私も一緒に行かせて。最初の一枚なんだから」

彼は頭《かぶり》を振った。「だめだ」と彼は言った。「最初だからだめなんだ。まずは様子を見なきゃならん」

「お願い」と彼女は懇願した。「これは私の葉書なのよ。これは母親の葉書なのよ！」「分かった」と彼は決断を下した。「一緒に来たらいい。だが、建物の前までだ。中には俺一人で入る」

「分かったわ」

彼は葉書を注意深く本に挟むと筆記用具を片付け、手袋を上着のポケットに入れた。

二人は夕食を取った。二人とも、ほとんどしゃべらなかった。だが、自分が無口になっていることに二人とも（アンナさえ）まったく気づいていなかった。重労働のあとか長旅から帰ったときのように、二人とも疲れ切っていた。

彼はテーブルから離れると言った。「今日はもう寝る」

彼女も言った。「片付けものをさっさと済ませて、私ももう寝るわ。今日は本当に疲れたわ。まだ何にもやっていないのにね！」

彼は彼女にちょっと微笑みかけると、寝室へ入って服を脱ぎ始めた。

ところが、灯りを消してベッドに入ってみると、二人とも寝付けなかった。何度も寝返りを打ち、互いの呼吸に聞き耳を立てたあと、彼らはついに話を始めた。暗くて互いの顔が見えないほうが話しやすかった。

「どう思う？」とアンナが尋ねた。「私たちが書いた葉書、どうなるのかしら」

「葉書を見つけて、最初の一行を読んだ途端に、みんなまずぎょっとするだろうな。最近はみんな、ビクビクしているから」

「そうね」と彼女は言った。「みんな、そう」

でも、私たちは別よ、と彼女は思った。ほとんど全員がビクビクしているけれど、でも、私たちは違う。

「葉書を見つけた人間は」と彼は百回も心の中で思い描いていたことを改めて口に出して言った。「葉書を見つけた人間は、階段にいるところを誰かに見られたんじゃないかと心配するだろう。彼らは葉書をさっとポケットに突っ込んで立ち去るだろう。あるいは、葉書を急いで元に戻して逃げ出すだろう。それから、次の人間がやってきて……」

「きっとそうね」とアンナは言った。彼女はその様子を思い描いた。ベルリンのどこかの建物の、薄暗い階段室。葉書を手に取った人はみんな、突然、自分が犯罪者になったような気がすることだろう。それは、誰もが葉書の書き手と同じことを考えているのに、そんなふうに考えることを許されていないからだ。そんなふうに考えたら、死刑になってしまうからだ。

「葉書をすぐに役人とか警察に渡す人間もいるだろう」と彼は話を続けた。「こんなものは早く厄介払いしないと、とばかりにな。だが、そうなっても一向に構わない。それを受け取ったのが党だろうと役人だろうと警官だろうと、そいつらが葉書を読むことに変わりはないからだ。そうすれば、葉書は奴らに影響を与えることになる。みんながみんな総統に従っているわけじゃない、まだ抵抗している人間がいるんだってことを思い知らせてやるだけだって、奴らに影響を与えることになるんだ」

「そうね」と彼女は言った。「みんなが総統に従ってるわけじゃない。私たちもそう」

「そして、その数はさらに増えていくんだ、アンナ。俺たちが増やすんだ。もしかしたら、同じような葉書を書いてみようと思う人たちが出てくるかもしれない。ついには何十人、何百人という人間が俺と同じように葉書を書き始める。俺たちはベルリンを葉書で埋め尽くす。俺たちは機械の動きを止め、総統を引きずり下ろし、戦争を終わらせるんだ」

自分自身の言葉に驚いて、彼は言葉を切った。この年になって自分の冷たい心に宿ったこの熱い夢に、彼は自分でも驚いていた。

だが、アンナ・クヴァンゲルはこの夢に興奮して言った。「私たちがその最初の二人になるのね！　誰もそれに気づかないだろうけど、私たちだけは知っている」

突然、彼は冷静になって言った。「俺たちと同じことを考えている人間はもしかしたらもう大勢いるのかもしれない。何千という男たちがすでに殺されたに違いない。もしかしたら、俺たちのような葉書を書いている人間がすでにいるかもしれない。だが、アンナ、そんなことはどうでもいい。俺たちには関係のないことだ。俺たちは俺たちでやる」

「そうね」と彼女は言った。

始まったばかりの企ての展望に再び心を躍らせながら、彼は言った。「警察が動き出すだろう。ゲシュタポも親衛隊も突撃隊もだ。どこもかしこも、謎の葉書犯の噂で持ちきりだ。奴らは捜査し、疑い、見張り、家捜しをする。だが、無駄骨だ。俺たちは書き続ける。どんどん書き続ける！」

彼女は言った。「もしかしたら、彼らは総統に葉書を見せるかもしれない。私たちが総統を告発した葉書を、総統自身が読むのよ。彼は荒れ狂うわね！　自分の思い通りにならないと、いつもすぐに荒れ狂うって話だから。犯人を見つけ出せ、と彼は命令するけど、彼らには見つけ出せない。総統は私たちの告発を次々に読むほかないのよ！」

この展望に頭がくらくらして、二人とも黙り込んだ。彼らは今までどんな存在だっただろう。その他大勢とともに群れている、無名の存在だった。それが今では、完全に孤立した存在になっていた。他人から切り離され、一段高められた、誰とも取り違えられようのない、孤立した存在に。彼らは、氷のような冷たさに取り巻かれていた。それほど彼らは孤立していた。

クヴァンゲルは、作業場にいる自分の姿を思い浮かべた。いつものように、いつもの機械の前に立ち、追い立て、追い立てられながら、機械の一つ一つに順繰りに目を配っている自分の姿を思い浮かべた。彼らにとっては、俺は相変わらず、仕事のことしか頭にない、強突く張りの間抜けな年寄りだろう。だが、俺は頭の中で、彼らとは違うことを考えている。もしそんなことを考えたら、彼らなら恐怖のあまり死んでしまうだろう。だが俺は、間抜けな年寄りのクヴァンゲルはそれを考えている。何食わぬ顔で、彼らを欺いている。

一方、アンナ・クヴァンゲルは、明日二人で最初の葉書を置きに行くときのことを考えていた。彼女は、一緒に建物の中にまで入ると主張しなかったことを少し後悔していた。もう一度頼んでみたほうがいいかしら、と彼女は考えた。そのほうがいいかもしれない。ふつう、夫は頼まれて考えを変える人間じゃない。でも、いつになく機嫌がいい今夜なら？　もしかして、今すぐ頼んでみたほうがいいかしら？

だが、決心するまでに時間がかかりすぎてしまった。彼女は、夫がもう寝入ってしまったことに気づいた。そこで、自分も目を閉じて眠ることにした。うまくいきそうかどうかは、明日になれば分かるわ。うまくいきそうだったら、頼んでみよう。

そして、彼女も眠りに落ちた。

19　最初の葉書を置く

その話を彼女が思い切って切り出したのは、路上に出てからのことだった。その日の朝、オットーがあまりにも無口だったので取り付く島がなかったのだ。「オットー、葉書をどこに持って行くつもりなの？」

彼は不機嫌に答えた。「今その話はするな。外を歩きながらはだめだ」

それでも、彼は渋々こう付け加えた。「グライフスヴァルト通りの建物にしようと思う」

「だめよ」彼女は決然と言った。「だめよ、それはだめ、オットー。そんなの、間違ってるわ」

「おい」彼女が立ち止まってしまったので、彼は怒って言った。「外を歩きながらしゃべるなと言ってるだろう！」

彼は歩き続けた。彼女は彼のあとを追いかけたが、話し合う権利は放棄しなかった。「うちからそんなに近い場所はだめよ」と彼女は強く言った。「葉書が彼らの手に渡ったら、彼らはすぐにこの辺りが怪しいと思うに違いないわ。アレクサンダー広場まで行きましょうよ」

彼は考えた。もしかしたら、アンナの言うとおりかもしれない。いや、きっとそうだ。あらゆることを考えに入れて行動しないとな。だが、計画を突然変更するのも具合が悪い。これからアレクサンダー広場まで行くとなると、ぎりぎりの時間になってしまう。工場に遅刻するわけにはいかない。アレクサンダー広場の近くのどこに適当な建物があるかも分からない。適当な建物はたくさんあるだろうが、まずはそれを探す必要がある。それには、あれこれ邪魔をするアンナと一緒より、一人のほうがいい。

唐突に、彼は決断した。「そうだな」と彼は言った。「アンナ、お前の言うとおりだ。アレクサンダー広場へ行こう」

彼女は横から感謝の目で彼を見た。自分のアドバイスを受け入れてもらえたことが嬉しかったのだ。そして、こんなに嬉しい思いをさせてくれたのだから、「一緒に建物に入らせて」というもう一つの頼み事はしないことにしよう、と思った。いいわ、オットー一人で行ったらいい。待ってるあいだ、そりゃちょっとは心配になるでしょう。でも、考えてみたら一体何が心配だっていうの？　この人は絶対に戻ってくる。この人は冷静沈着だから取り押さえられたりはしない。もし捕まったとしても、絶対にボロを出さないからすぐに釈放される。

こんなことを考えながら、彼女は無言の夫と並んで歩いていた。そのうち、二人はグライフスヴァルト通りからノイエ・ケーニヒ通りに入っていた。考え事に夢中だったので、彼女は夫が通り沿いの建物を注意深くチェックしていることに気づいていなかった。彼は突然立ち止まると――アレクサンダー広場まではまだかなりあった――言った。「あそこのショーウインドーを見てろ。すぐに戻る」

言うが早いか、彼はもう車道を渡り、大きな白っぽいオフィスビルに向かっていた。

彼女の心臓は早鐘を打ち始めた。彼女は夫に叫びたかった。だめよ、やめて。アレクサンダー広場って約束したじゃない！　そこまで一緒に行くんじゃなかったの？　それに、「それじゃ行ってくる」くらい言ったらどうなの？　だが、彼の姿はドアの向こうに消えてしまった。

深いため息を吐いて、彼女はショーウインドーのほうに顔を向けた。だが、そこに飾ってあるものは彼女には見えていなかった。彼女は冷たいガラスに額をもたせかけた。目の前がチラチラ光っていた。胸がドキドキして、息もできなかった。血がすべて頭に上ってしまったような気がした。

やっぱり私は怖がっているんだわ、と彼女は思った。怖がっていることを、絶対にオットーに気づかれないようにしないと。でないと、二度と連れて行ってもらえなくなる。でも、私は怖じ気づいているわけじゃないわ、とも彼女は思った。私が心配しているのは自分のことじゃなくて、あの人のことよ。もし、あの人が戻ってこなかったら！

彼女はオフィスビルを振り返らずにはいられなかった。ドアが開いた。出てくる人も、入っていく人もいる。どうしてオットーは出てこないの？　あの人が入ってから五分になる。いいえ、もう十分になるわ。今、ビルから出てきた男の人はどうしてあんなふうに走って行くの？　まさか、警察を呼びに行くところなんじゃ？　一回目でオットーは捕まってしまったの？

ああ、もう耐えられない！　何てことをあの人は思い立ったのかしら。それなのに、私ときたら、これを小さなことだなんて思ったりして！　毎週一回、命を危険にさらすなんて！　しかも、一度に二枚の葉書が書けるようになったら、命の危険は週二回に増えるのよ。それに、私は毎回ついて行けるわけじゃない。今朝分かったけれど、あの人は元々私が一緒に行くことに反対なんだわ。今度からは、あの人はきっと自分一人で行く。自分一人で葉書を置いて、その足で工場に行く（それとも、工場へはもう二度と行けないかも！）。そして私は家で、心配しながら彼の帰りを待つ。この心配には終わりがない。これに慣れることは私にはできない。オットーが出てきた！　やっと出てきたわ。違う、あの人じゃない。また違った。探しに行こう。きっと怒るだろうけど、そんなこと構わない。何か起きたに違いないわ。彼が入って行ってからもう十五分になる。こんなに時間がかかるはずがないわ！　探しに行かなくちゃ。

彼女はビルに向かって三歩踏み出したが、再び回れ右をした。そして、ショーウインドーの前に立ち、中を覗き込んだ。

だめ、あとを追ったりしては。探しに行ったりしてはだめ。一回目からこんなだらしないことでどうするの。何かあったんじゃないかなんて、単なる気の迷いよ。いつものように、人が出たり入ったりしているだけじゃない。それに、オットーが入って行ってからまだ十五分も経っていないわ。さあ、ショーウインドーの中を見るのよ。ええとブラジャーに、ベルトに……

さて、一方のクヴァンゲルはオフィスビルの中にいた。このビルに即決したのは、単に隣にアンナがいたからだった。アンナがいつまた「例の話」を始めるのではないかと、気が気ではなかったのだ。アンナと一緒に歩きながら長時間探すのはごめんだ、と彼は思った。アンナはきっとまた「例の話」を始めるだろう。この建物がいいとか、これはだめだとか。だめだ、これ以上は無理だ。これくらいなら、行き当たりばったりに入ったほうがましだ。たとえ、それが最適な建物でなかったとしても。

それは最適とは言いがたい建物だった。それは白っぽい近代的なオフィスビル（多分、たくさんの会社が入っているのだろう）だった。灰色の制服を着た守衛も立っている。無関心な顔で守衛を見ながら、クヴァンゲルはその脇を通り抜けた。行き先を尋ねられることを想定して、彼は答えを用意していた（四階に「トル弁護士事務所」が入っていることに彼は気づいていた）。だが、守衛は、誰か他の男性と話をしていて、彼には何も尋ねてこなかった。通り過ぎるクヴァンゲルのほうに、ちらっと無関心な視線を投げかけただけだった。クヴァンゲルは階段を上ろうとして左に向かったが、そのときエレベーターが降りてくるブーンという音が聞こえた。こういう近代的なビルにはエレベーターがあるために階段はほとんど使われていないことも、彼には想定外だった。

だが、クヴァンゲルはそのまま階段を上っていった。エレベーターボーイは、「ああ、あの年寄りはエレベーターが信用できないんだな」と思うだろう。あるいは、「二階までしか行かないのかな」と思うかもしれない。あるいは、端から何とも思わないだろう。とにかく、階段を使う人はほとんどいなかった。彼はもう二階まで上っていたが、それまでにすれ違ったのは使い走りの少年一人だけだった。手紙の束を抱え、少年は階段を慌てて駆け下りていった。クヴァンゲルには目もくれなかった。これなら階段のどこにでも葉書を置けそうだったが、クヴァンゲルはエレベーターの存在を忘れていなかった。エレベーターのぴかぴかのガラス窓から、こっちは丸見えだ。もっと上の階まで上ろう。エレベーターがちょうど降りていったときに、やるんだ。

彼は踊り場で立ち止まり、背の高い窓から通りを見下ろした。人目につかないようにうまく隠しながら彼は手袋の片方をポケットから出し、右手にはめた。中の葉書がくしゃくしゃにならないように気をつけながら、彼はその右手を再びポケットに滑り込ませ、親指と人差し指で葉書をつまんだ……

そんなことをしているあいだに、彼はとっくに、アンナがショーウインドーの前にではなく車道の端に立っていることに気づいていた。ビルのほうを見ているその顔は、人目につくほど真っ青だった。彼女の目は、彼がいる階を見上げてはいなかった。おそらく、一階の入り口を見つめているのだろう。彼は不機嫌に首を振り、もう絶対に女房は連れてこないぞ、と思った。もちろん、アンナが俺のことを心配しているのは分かっている。だが、どうして俺のことを心配するんだ。自分のことを心配したほうがいい。間違った行動を取っているのはお前なんだから。お前のその行動が俺たち二人を危険にさらしているんだぞ！

彼は再び階段を上り始めた。次の踊り場で、彼はもう一度窓から通りを見てみた。すると、今度はアンナは再びショーウインドーを覗き込んでいた。いいぞ、それでいい、恐怖をねじ伏せたんだな。勇敢な女だ。アンナにはこの話はしないでおこう。突然、クヴァンゲルは葉書を取り出すと、そっと窓の下枠に置いた。立ち去りながら彼は手袋をすばやく外し、ポケットに突っ込んだ。

階段を二〜三段下りたところで、彼はもう一度振り返った。葉書は明るい日の光に包まれていた。彼が立っているその場所からでも、くっきりとした大きな文字が最初の葉書いっぱいに書かれているのが見えた。これなら誰にでも読めるだろう。読んで、理解するだろう。クヴァンゲルはニヤリと笑った。

だが、そのとき、一階上でドアが開く音がした。エレベーターは降りていったばかりだった。今ドアを開けてオフィスから出てきたその男が、「エレベーターが上がってくるのを待つのは面倒だ」と考え、階段を下りてきてあの葉書を見つけたら、クヴァンゲルとの距離は一階分しかない。走れば、その男は彼に追いつくだろう。一階でようやく追いつく程度かも知れないが、とにかく追いつくだろう。クヴァンゲルのほうは走るわけにはいかないから。年配の男が小学生のように階段を駆け下りれば目立ってしまう。目立つわけにはいかなかった。これこれこういう風体の男をこのビルの中で見た、とそもそも誰にも覚えられてはならないのだ。

それでも、彼はかなり足早に石造りの階段を下りていった。自分の足音の合間に、その男の足音が本当に聞こえるかどうか確かめようとして、彼は上に向かって聞き耳を立てた。階段を下りてきているとすれば、その男はあの葉書を見ているに違いない。見落としたはずはない。だが、クヴァンゲルは自分の考えに自信が持てなかった。一度は、確かに足音が聞こえたと思った。だが、それからもう長い間、何も聞こえてこなかった。彼はすでにかなり下の階まで下りてきていたから、上の階の様子はもう分からなかった。彼と入れ違いに、エレベーターが照明を輝かせて上っていった。

クヴァンゲルは出口へと向かった。ちょうど、工場労働者の一団が中庭から入ってきたので、クヴァンゲルはその中に紛れ込んだ。守衛は今度はまったくこっちを見ていなかった、と彼は確信した。

車道を横切り、彼はアンナの元に戻った。

「終わった」と彼は言った。

そして、彼女の目が輝き、唇が震えるのを見て、「誰にも見られてない！」と付け加えた。そして、最後に「さあ行こう。今なら、工場まで歩いて行ってもまだ間に合う」と締めくくった。

彼らは歩き出した。だがそのとき、彼らはもう一度、クヴァンゲル夫妻の最初の葉書を世に送り出すことになったオフィスビルを振り返った。別れの挨拶をするように、彼らはビルに向かってうなずいた。すてきな建物だ。この先何ヶ月経っても何年経っても、同じ目的のためにどんなに多くの建物に入ろうと、この建物のことは忘れない。

アンナ・クヴァンゲルは夫の手を撫でてやりたいと思ったが、その決心がつかなかった。そこでまるで偶然のように夫の手に触れ、驚いた声で言った。「ごめん、オットー」
彼は不思議そうに横目で彼女を見たが、何も言わなかった。
彼らは歩いていった。

第二部　ゲシュタポ

20　葉書の行方

俳優マックス・ハルトアイゼンは、（友人のトル弁護士の口癖を借りれば）「ナチス以前の時代の疵《きず》を脛《すね》にいっぱい持っているやばい男」だった。ユダヤ人監督の映画に何本も出演していたし、平和主義的な映画にも出演していた。しかも、舞台での当たり役の一つが、真の国家社会主義者にとって唾棄すべき男でしかない、あの軟弱なホンブルク公子だった。だから、マックス・ハルトアイゼンはとにかく慎重に行動する必要があった。ナチス政権下で俳優を続けられるかどうかさえ、しばらくは危ぶまれたほどだった。

だが、ついに大役のチャンスが巡ってきた。もちろん、控えめな態度を取る必要があった。自分のほうがどれほど演技力に恵まれていようと、党員の俳優たちに花を持たせる必要があった。ところが、この控えめな態度を取るということがこの若手俳優にはできなかった。彼は、ゲッベルス宣伝相の目に留まるほどの熱演を見せてしまった。それどころか、宣伝相はすっかりハルトアイゼンの大ファンになってしまった。こんなふうに宣伝相の贔屓を受けるとどうなるかは、子どもでも知っていた。宣伝相ヨーゼフ・ゲッベルス博士以上に気まぐれで予測不可能な人間はこの世に二人といなかったからだ。

実際、すべてがいつもの経過をたどった。最初はただただ結構なことばかりに見えた。もったいなくも宣伝相が誰かのファンになった場合、それが女でも男でも彼の態度に違いはなかった。まるで恋人に対するように、ゲッベルス博士は毎朝ハルトアイゼンに電話をかけ、「夕べはよく眠れたかな」と尋ね、まるでプリマドンナに対するように、花束やチョコレートを送り届けた。たとえ短時間でもゲッベルスがハルトアイゼンと一緒に過ごす時間を持たない日は一日もなかった。それどころか、ゲッベルスはニュルンベルクの党大会にもハルトアイゼンを伴い、「正しい」国家社会主義を彼に説明した。ハルトアイゼンのほうも、理解すべきことをすべて理解した。

ただ、彼は、正しい国家社会主義の規範の中には「一般人は大臣に反論してはならない（大臣は、大臣であるという理由だけで一般の誰よりも十倍も賢明だからだ）」

という項目も含まれていることを理解していなかった。

映画に関する、あるまったく些末な問題で、ハルトアイゼンは宣伝相に反論し、「ゲッベルス大臣が今仰ったことはナンセンスです」とまで主張した。ハルトアイゼンがこの本当に些末な、おまけに純粋に理論上の問題に関してそこまで激昂したのか、あるいは彼が自分に対する宣伝相の行きすぎた熱狂的崇拝ぶりにうんざりして決裂を望んだのかは、この際置いておこう。とにかく彼は、かなりの警告を受けたにもかかわらず、「ナンセンスなものはナンセンスです。大臣だろうとなかろうとそんなことは関係ない」という言葉を撤回しなかった。

これを境に、マックス・ハルトアイゼンにとって世界は一変した。「夕べはよく眠れたかな」という毎朝の電話も、チョコレートも、花束も、ゲッベルス大臣の招待もばったり途絶えた。正しい国家社会主義に関する講義もなくなった。それだけならまだ耐えられただろう。それどころか、願ったり叶ったりだったかもしれない。だが、出演契約まで突然途絶えてしまった。すでに本決まりになっていた映画出演契約は反故にされ、客演は立ち消えになり、俳優ハルトアイゼンの仕事はゼロになってしまった。

ハルトアイゼンにとって、俳優という職業は単なる生計のための手段ではなく、舞台や映画が彼の生活のすべてだったから、俳優人生を断ち切られてしまったことに彼は絶望した。一年半ものあいだ親友だった自分に宣伝相がこれほど見境のない、それどころか下劣な攻撃をしてくることがハルトアイゼンにはとにかく信じられなかった。たった一度反論されただけで、自分の地位を利用して相手の人生の喜びをすべて奪おうとするなんてあり得ない、と(ナチスが自分と異なる意見の持ち主から人生の喜びのすべてだけでなく、いつでも生命そのものをも奪う用意があることを、ハルトアイゼンは一九四〇年の時点ではまだ理解していなかった)。

だが、時が過ぎても一向に仕事のチャンスに恵まれないのを見て、マックス・ハルトアイゼンもついに信じざるを得なくなった。映画に関するある会議の席上で宣伝相が「総統はあの俳優の軍服姿を二度とスクリーンで見たくないとおっしゃっている」と発言した、と友人たちは彼に報告した。その後いくらも経たないうちに、それが「総統はあの俳優を二度と見たくないとおっしゃっている」という話に変わり、「ハルトアイゼンという俳優は望ましくない」旨が公式に宣言された、と彼は聞かされた。アウトだ、終わりだよきみ、三十六歳にして、千年帝国全土にわたってブラックリスト入りしてしまったんだ！

俳優ハルトアイゼンは、今度こそ本当にやばいことになってしまった。だが、彼は引き下がらなかった。彼は執拗に聞き回った。あの全否定的な発言が本当に総統の口から出たものなのか、それともあの小男（ゲッベルスのこと）が敵を陥れるためにでっち上げたものに過ぎないのかを何が何でも聞き出したかったのだ。そして、その月曜日、彼は勝利を確信して友人のトル弁護士の事務所に駆け込むとこう叫んだのだった。「やった、やったぞ、エルヴィン！あの悪党は嘘を吐いていたんだ。僕がプロイセンの将校を演じたあの映画を総統は見ていない。総統は、僕の悪口なんか一言も言ってないんだ」

「この話は絶対に確かだよ、この話の出所はゲーリングその人なんだから」と彼は熱っぽく語った。家内の友達の叔母さんの従姉妹がゲーリングの別荘カリンハルに招待されたんだ。その従姉妹が例の話をしたところ、ゲーリングがそう言ったというんだ。

弁護士は、興奮するハルトアイゼンを小馬鹿にしたような目で見た。「分かったよマックス、ところでそれで何が変わるんだい？」

俳優は呆然としてつぶやいた。「だけど、ゲッベルスの言ったことはやっぱり嘘だったってことじゃないか、エルヴィン！」

「それで？きみはあの小男の言ったことが全部本当だとでも思ってたのか？」

「そんなこと、もちろん思ってないさ。だけど、この一件を総統に訴え出たら……あの男は総統の名前を悪用したんだぞ！」

「そうだな。自分の名前を悪用された総統は、古参の党員で宣伝相のゲッベルスをきっと叩き出すだろうさ。ハルトアイゼンを悲しませたというだけの理由でな！」

俳優ハルトアイゼンは、偉そうに嘲笑する弁護士に懇願の目を向けた。「だけどエルヴィン、何かしないことには」と彼はついに言った。「僕は仕事がしたいんだ！それをゲッベルスが不当にも邪魔してるんだ！」

「そうだな」と弁護士は言った。「そのとおりだ！」そして、再び沈黙した。だが、ハルトアイゼンの期待に満ちた目を見ると、言葉を継いだ。「まるで子どもだな、マックス。体だけ大きくなった子どもだ」

自分の世慣れた物腰に自信を持っていた俳優は、腹を立てて反り返った。

「マックス、ここには僕たちしかいない」と弁護士は言葉を続けた。「ここのドアは分厚いから、ここでは腹を割った話ができる。きみだって少しは知っているはずだ。今、ドイツでどれほど残酷なとんでもない不正がおこなわれていることか。それでも、誰も声を上げない。それどころか、みんな大声で自国の恥を自慢している。だが、俳優ハルトアイゼンは、ほんのちょっと痛い目に遭わされたというので、世間の不正に突如として目覚め、正義を求めて叫んでいるというわけだ、マックス」

ハルトアイゼンは意気消沈して言った。「だけどエルヴィン、それなら僕は一体どうしたらいいんだ。何とかしなきゃならないんだ！」

「どうしたらいいかって？ そんなこと分かりきってるじゃないか。奥さんを連れて田舎のきれいな場所に引っ込んで、おとなしくしているんだ。特に、きみの大臣についてくだらないことをあれこれしゃべるのをやめ、ゲーリングの言葉とやらを言いふらさないことだ。さもないと、大臣は何かまったく別の手を使ってくるかもしれないぞ」

「でも、どれくらいのあいだ田舎に引っ込んでろって言うんだ」

「大臣の機嫌は変わる。大臣の気まぐれも終わるときが来る。きっとな。いつか、また活躍できるときが来るさ」

俳優は身震いした。「それは勘弁してくれ」と彼は懇願した。「それだけは勘弁してくれ」彼は立ち上がった。「本当に、法律の力では何ともならないのか？」

「ならないね。どうしようもない」と弁護士は微笑んで言った。「きみがきみの大臣の殉教者として強制収容所に行きたいと言うなら、話は別だが」

その三分後、俳優マックス・ハルトアイゼンはオフィスビルの階段室で一枚の葉書を手にして困惑していた。その葉書にはこう書いてあった。「母よ！ 総統は私の息子を殺した……」

何てことだ！ と彼は思った。一体誰がこんなものを書いたんだ。狂ってる！ こんなことを書いたら命がないぞ。思わず彼は葉書を裏返してみた。しかしそこには宛名も差出人の名もなく、「大勢が読めるように、この葉書を回覧してほしい。冬期貧民救済事業に寄付をしてはいけない。作業効率をできるだけ落とそう。サボタージュしよう。サボタージュした分だけ、この戦争は早く終わる」と書いてあった。

俳優は視線を上げた。灯りの点いたエレベーターが、彼の脇を通過して上がっていった。彼は、エレベーターの中から大勢の目が自分に注がれているように感じた。

彼は葉書を素早くポケットに突っ込んだが、さらに素早い動きで再び取り出した。それを窓枠の上に戻そうとしたそのとき、彼は激しい不安に襲われた。もしかしたら、葉書を持って立っているところを、エレベーターの中から見られたかもしれない。でもって、僕の顔は大勢に知られている。葉書が見つかり、「彼がそれを置くところを見ました」と証言する人間が現れる。確かに僕はそれを置いた。元々あった場所に置き直した、という意味だが。だが、大臣とのゴタゴタを抱えている今、誰が僕の言うことを信じるだろう。たださえやばいことをいっぱい抱えているのに、その上、こんなことまで背負い込んでしまったなんて！

額に汗が噴き出してきた。葉書を書いた人間だけでなく、自分も命の危険に脅かされていることに突然気づいたのだ。命が一番危ないのは自分かもしれない。彼の手は小刻みに震えていた。葉書を戻そう。それとも、ここから持ち去ったほうがいいだろうか。いっそこの場で破ってしまおうか。だが、もしかしたら階段の上に誰かが立っていて、見ているのでは？ そういえば、最近何度か、見張られているように感じたことがあった。ゲッベルス大臣の嫌がらせのせいで神経質になっているんだと思っていたんだが……。

ひょっとしたら、これはみんな、大臣が仕組んだ罠なんだろうか。ゲッベルス大臣が俳優ハルトアイゼンに対して下した評価が正しいことを世間に証明するための？ ああ神様、僕はもう気が狂ってしまったんだ、幻覚を見ているんだ！ こんなこと、大臣のすることじゃない。それとも、彼だからこそ、こんなことをするんだろうか？

だが、ここにいつまでも突っ立っているわけにはいかない。決心しなければ。今はゲッベルスのことを考えている暇はない。自分のことだけを考えなければ！

彼は再び階段を駆け上った。そこには、彼を見張っている人間の姿はなかった。彼はトル弁護士事務所の呼び鈴を鳴らすと、受付嬢の脇を走り抜けた。彼は弁護士の机の上に葉書を叩きつけ、叫んだ。「ほら！たった今、そこの階段室で見つけたんだ」

弁護士は、葉書を一瞥するなり立ち上がると、ハルトアイゼンがうっかり開けっ放しにしていた事務所の二重扉を注意深く閉めた。彼は机に戻り、葉書を手に取ると、長時間かけて注意深く読んだ。その間、ハルトアイゼンは、落ち着かない様子で彼をチラチラ見ながら部屋を行ったり来たりしていた。

トル弁護士は葉書を置くと尋ねた。「この葉書をどこで見つけたって？」

「そこの階段だよ。半階下りたところだ」

「階段だって？　それじゃ、階段の上にあったのか？」

「そんな細かいことにこだわらないでくれよ、エルヴィン。違う、階段の上じゃない。窓枠の上にあったんだ」

「それじゃ聞くが、何だってきみは、この素敵なプレゼントをわざわざ僕の事務所に持ち込んできたんだ」弁護士の声は鋭くなった。俳優は懇願するように言った。「だけど、一体どうしたらよかったんだ。そこにあった葉書を、何の気なしに手に取ってしまったんだ」

「だったら、どうしてすぐに戻さなかったんだ。それが一番当たり前の行動だろ？」

「葉書を読んでいたとき、エレベーターが僕の脇を上がっていったんだ。見られたような気がしたんだよ。僕はみんなに顔を知られている」

「ますます結構だ」と弁護士は苦々しげに言った。「それで、きみはその葉書を振り回しながらここに駆け込んできたってわけか」。俳優は暗い顔でうなずいた。「勘弁してくれよ」とトルはきっぱりと言うと葉書を差し出した。「さあ、持ってってくれ。こんなことには関わり合いたくない。いいかい、僕を巻き込むのはやめてくれ。僕はこんな葉書は見たこともない。さっさと持ってってくれ」

ハルトアイゼンは青ざめた顔で友人を見つめた。「きみは僕の友達だというだけでなく、僕の法律上の代理人でもあると思うんだが」

「これは無理だ。というか、今後はもう無理だ。きみはつくづく運の悪い奴だ。最悪の状況にはまり込むことにかけて、信じられないほどの才能の持ち主だ。他人までも巻き添えにするだろう。だから、もういいかげんにこれを持ってってくれったら！」

弁護士は再び葉書を彼に差し出した。

だが、ハルトアイゼンは真っ青な顔でポケットに手を突っ込んだまま、そこに立ち尽くしていた。

長い沈黙ののち、彼は小さな声で言った。「僕にはできない。ここ何日か、見張られているような気が何度もしていたんだ。頼むから、その葉書を破いてくれ。他のものと一緒くたにここのゴミ箱に放り込んでくれ！」

「危険すぎる！ 使いっ走りの子どもや密告屋の掃除婦にでも見つかったら刑務所行きだ」

「じゃあ燃してくれ！」

「ここの暖房はセントラルヒーティングなんだぞ」

「マッチで火をつけて、灰皿の上で燃してくれ。そうすれば誰にも知られずに済む」

「きみが知ってるじゃないか」

二人は、青ざめた顔を見合わせた。彼らは学生時代以来の古い友人だった。だが今や恐怖が二人のあいだに割って入り、互いのあいだに不信をもたらしていた。二人は無言で見つめ合った。

彼は俳優だ、と弁護士は思った。僕を引きずり込もうとして演技しているのかもしれない。僕の忠誠心を試せという命令を受けているのかもしれない。この間、人民裁判所で弁護に失敗したときには何とか切り抜けられたが……あれ以来、僕は不信の念を抱かれている……

一体エルヴィンはどれだけ僕の利益を守ってくれるのだろう、と俳優のほうは陰鬱な顔で考えていた。大臣との件で力になるつもりはない、と彼は言った。そして今度は、事実に反してまで、この葉書を見たこともないなどと言い張っている。彼は僕の利益を守っていない。彼の行動は僕の利益に反している。まさかとは思うが、もしかしてこの葉書は……。人を陥れるために罠を仕掛けるという話はしょっちゅう聞くからな。だが、そんな馬鹿な。彼はずっと友達だった。信頼できる男だった……

そして二人は考え直し、見つめ合った。二人の顔が徐々にほころび始めた。

「二人ともどうかしてた。互いを疑うなんて」

「二十年以上の付き合いなのに」

「学校もずっと同じだった」

「そうだ、二人とも出世した」

「僕らの仲は変わらない。息子が母親を密告し、妹が兄を密告し、恋人が恋人を密告する世の中だが……」

「僕らの仲は変わらない！」

「この葉書をどうしたらいいか、じっくり考えよう。見張られているような気がするというなら、これをポケットに入れて外に出るのは絶対まずい」

「単に神経質になっていたせいかもしれない。葉書を渡してくれ、さっさとどこかに片付けてくる」

「いかにもきみらしい浅はかさだ。危険すぎる。だめだ、葉書はここに置いていけ」

「エルヴィン、きみには奥さんと二人の子どもがいる。ここの事務員は全面的に信頼の置ける人間じゃないかもしれない。今じゃ信頼できる人間なんか存在しないからな。葉書を渡してくれ。十五分後には、葉書を片付けたと電話で報告するよ」

「やれやれマックス、本当にきみって奴は。そんなことを電話で話すってのか。直接ヒムラーに電話したらどうだ。そのほうが早いぞ」

彼らはもう一度顔を見合わせた。まだ独りぼっちではないこと、信頼できる友達がまだ一人いることに、少しほっとしながら。

突然、弁護士は腹立たしげに葉書を叩いた。「こんなものを書いて、ここの階段に置いていった馬鹿は、一体何のつもりだったんだろう。他人を死刑台の巻き添えにするなんて！」

「それに、一体何のためだろう。そこに何が書いてあるというんだ。みんながもうどのみち知っていることしか書いてないじゃないか。頭がおかしいとしか思えないね」

「この国全体が精神異常者の国になったんだ。狂気は伝染するんだよ」

「他人をこんな目に遭わせる奴なんか、捕まってしまえばいいんだ。そうなったらきっと嬉しい……」

「やめろよ。また一人誰かが死ぬんだぞ。嬉しいなんてきみが思うはずがない。だが、どうやってこのピンチから抜け出したらいいいんだ」

弁護士は再び葉書を見て考え込んだ。それから、受話器に手を伸ばした。「このビルの中に、ある党役員の事務所があるんだ」と彼は俳優に説明した。「彼に正式な形でこの葉書を渡して、事情をありのままに淡々と説明しようと思う。自分の証言に間違いはない、ときみは自信を持って言えるか？」

「もちろんだ」

「度胸のほうは大丈夫か？」

「まかせてくれ。僕は今まで本番で上がったことがない。本番前はいつも緊張するけど。それで、その党役員はどんな男なんだ？」

「知らない。会った記憶もない。多分、小ボスによくあるタイプだろう。とにかく、彼に電話してみる」

ところが、やってきたのは、ナチス指導者によくあるタイプというよりは狐に似た小男だった。小男は、何度も映画でお顔を拝見した有名な俳優さんとお近づきになれて光栄ですと言い、すらすらと六本の映画のタイトルを挙げた。六本とも、ハルトアイゼンの出演作ではなかった。マックス・ハルトアイゼンが小男の記憶力に感心して見せたあと、話題は核心に移った。

小男は葉書を読んだが、どう思ったかはその顔からは読み取れなかった。抜け目のない男だった。それから、葉書が発見された経緯、それが弁護士事務所に届けられた経緯に関する説明に耳を傾けた。

「なるほど。とても正確なご説明をどうも」と彼は二人を賞賛した。「それで、それは何時頃のことですか」

一瞬、弁護士は口ごもり、俳優のほうをちらっと見た。嘘は言わないほうがいい、と彼は思った。葉書を手にして興奮しきった様子で事務所に入ってくるところを、ハルトアイゼンは人に見られている。

「三十分ほど前だったと思います」と弁護士は言った。

小男は眉を上げた。「そんなに経ってるんですか」と彼は静かな驚きを込めた声で言った。

「他にも話し合うことがありましたもので」と弁護士は説明した。「これが重要なことだとは思っておりませんでしたし。重要なことなんですか？」

「何事も重要です。この葉書を置いていった男を捕まえることも重要だったのですが。でも、三十分も経ってしまったのでは、捕まえるにはもちろんもう遅すぎます」

彼の一言一言は、この「遅すぎた」ことに対する軽い非難のように聞こえた。

「遅くなって済みませんでした」と俳優ハルトアイゼンが張りのある声で言った。「遅れたのは僕のせいです。自分の用件のほうがこの殴り書きよりも重要だと思ってしまったんです」

「僕がちゃんと気づけばよかったんです」と弁護士が言った。

狐に似た小男は取りなすように笑みを浮かべた。「まあまあ、お二人とも。遅れたことはもう仕方ありません。とにかく、こんなふうにハルトアイゼンさんにお目にかかれてよかったです。それでは、ハイル・ヒトラー！」

二人はさっと立ち上がり、力強く「ハイル・ヒトラー！」と返した。

そして、小男が出て行き、ドアが閉まると、二人は顔を見合わせた。

「やった。これであの呪われた葉書を厄介払いできた！」

「あいつは僕らをまったく疑わなかった！」

「葉書に関しては、そうだ。だが、あれを引き渡すべきか引き渡さざるべきか、僕らが迷ったことにはきっと勘づいたと思う」

「そのことでまだ何かあると思う？」

「いいや、まず大丈夫だろう。最悪でも、あの葉書をいつどこでどんなふうに見つけたか、一応改めて聞かれる程度だろう。それに、こっちには何も隠すことはない」

「エルヴィン、しばらくこの街を出たくなったよ」

「だから言ったろ？」

「この街は人間をだめにしてしまう」

「そうだな、だめにしてしまう。いや、もうしている。それも、甚だしく」

その頃、狐に似た小男は自分の所属する地区支部に到着していた。褐色の制服姿の男が、葉書を手に取って眺めていた。

「これはゲシュタポの管轄だな」と制服の男は言った。「ハインツ、きみが自分でこれをゲシュタポに持っていくのが一番いい。ちょっと待て、俺がちょっとメモを書き添えておこう。それで、その二人の男だが……」

「あの二人なら問題ない。もちろん、二人とも政治的に信頼の置ける人物ではないがね。この葉書をどう扱ったものかって、二人ともかなりびびってた」

「ハルトアイゼンはゲッベルス大臣の不興を買っている

そうだ」と制服の男が額に皺を寄せて言った。

「だからといってだ」と狐に似た小男は言った。「奴はこんなことのできる男じゃない。そんな度胸があるもんか。俺は奴に面と向かって、奴が出演してもいない映画のタイトルを六本挙げて見せ、名演技でしたねと誉めてやった。奴はいちいちお辞儀をして、それはありがとうございますと言った。そこで俺はピンときたんだ。こいつ、びびってるなって！」

「どいつもこいつも恐がってる」と制服姿の男は馬鹿にしたように言った。「一体なぜ恐がるんだろう。簡単なことなのに。我々が命令したとおりにすればいいだけなんだからな」

「それは、考えるってことを彼らがやめられないからさ。彼らは今でも、考えれば道が開けると信じているんだ」

「彼らは従っていればいいんだ。考えることは総統がやってくれる」

　制服姿の男は葉書を指でとんとんと叩いた。「それで、これを書いた奴についてだが。ハインツ、どう思う？」

「どう思うと言われてもな。多分、本当に息子を亡くした奴なんだろう……」

「そんな馬鹿な！　こんなことをする奴は、扇動者に決まってる。何か目的があるんだ。息子だのドイツだの、そんなことは奴らにはどうでもいいんだ。社会主義者か共産主義者の仕業だろう」

「そうは思えんな。そんなはずはない。奴らなら、奴らの言い回しに固執するはずだ。やれファシズムがどうだとか反動がどうだとか、やれ連帯だプロレタリアートだ、ってな。だが、この葉書にはそんな決まり文句は一つも書いてない。社会主義者や共産主義者のはずがない。あいつらなら臭いですぐ分かる！」

「いいや、絶対そうだ。今じゃ奴らもみんな偽装するようになったのさ」

　だが、ゲシュタポの紳士たちも制服の男の意見には与《くみ》しなかった。ちなみに彼らは、狐に似た小男の報告書を悠然と受け取った。何と言っても、ゲシュタポは事件には慣れていた。

「なるほど、分かりました」と彼らは言った。「ご苦労様でした。調べてみましょう。エッシェリヒ警部の部屋にもご足労願えるのであれば、彼に電話でその旨伝えます。この件は彼が担当することになります。その二人の態度について、警部にもう一度詳しく話していただきたいのですが。もちろん、目下のところは彼らをどうこうすることはありません。ただ、今後何かあった場合に備えて、念のためにということです」

エッシェリヒ警部はひょろりと背の高い男だった。ライトグレーの背広に、まばらな灰色の口髭。まるで書類の埃の化身かと思われるほど、色彩に乏しい男だ。エッシェリヒ警部は、葉書を両手でひねくり回した。

「新しいレコードですな」と彼は言った。「こんなのは私のコレクションにはありません。無骨な筆跡だ。生活の中であまり文字を書く機会のない人間、ずっと肉体労働をしてきた人間の筆跡ですな」

「共産党員ですか」と狐に似た小男は尋ねた。

エッシェリヒ警部はくすくす笑い出した。「ご冗談でしょう。共産党員だなんて。いいですか、これが警察が動くに値する事件だとして、警察がまともに動けば、犯人は二十四時間以内に捕まりますよ」

「でも、どうやって?」

「簡単なことです。過去二〜三週間に息子を亡くした人間をベルリン中から洗い出すのです。ここが大事なところですが、一人息子を亡くした人間です。犯人には息子は一人しかいません」

「一体どうしてそんなことが分かるんです?」

「簡単なことですよ。自分について語っている最初の文に、犯人はそう書いています。二番目の、他人について書いている文には、〈息子たち〉とある。私なら、この条件に合う人間を——なに、ベルリン中探してもそんなにたくさんはいません——探しますね。犯人はその中にいます」

「でも、どうしてご自分でそうしないんです?」

「さっきも言ったじゃないですか。こんなことに関わっている余裕はないし、これは警察が担当すべきことでもないからです。いいですか、二つの可能性が考えられます。犯人はあと二〜三枚葉書を書くが、そこで嫌になってしまう。これが第一の可能性。労力がかかりすぎるとか、危険が大きすぎるとかいう理由でね。これなら、犯人が及ぼす害も大きくはないし、こちらも大して煩わされずに済むというわけです」

「葉書を見つけた人間がすべて届け出るとお思いですか?」

「全員ではないでしょうが、たいていはそうするでしょう。ドイツ国民はかなり信頼できますからね」

「みんな、恐怖心を持っていますから」

「いや、そうは言っていません。たとえば、この男が」と彼は指の節で葉書をコツコツと叩いた。「この男が恐怖心を持っているとは思えません。そこで、犯人がこれからも書き続けるという第二の可能性が生じます。書かせておけばいい。書けば書くほど、ボロが出る。今回は、一人息子を亡くしたという、小さな情報を漏らしただけだった。だが、一枚葉書を書くたびに、犯人は少しずつ少しずつ自分の情報を漏らしていくでしょう。こっちは何もすることはない。ただここに座って、ほんの少し目を光らせていればいい。そうすればそのうち、おっと分かったぞ、となるはずです。ただじっと待っていればいいんです。一年かかることもあるし、もっとかかることもある。だが、結局は必ず、ほぼ確実にホシは割れるんです」

「それで?」

部屋の壁に、ベルリンの地図が貼ってあった。警部は地図上の、ノイエ・ケーニヒ通りのオフィスビルの位置に赤い小旗を刺して言った。「いいですか、今のところ、私にできることはこれだけです。だが、これから数週間のうちに旗はどんどん増えていくでしょう。そして、旗が最も密集して立っている場所がホシの居場所です。ホシはだんだん気が緩んで、一枚の葉書のためにわざわざ遠くまで出かけていくのが面倒になるからです。いいですか、犯人はこんな地図があるとは考えもしない。こんなに簡単なことなのにね。こうして居場所が分かれば、あとは逮捕するだけです」

「それで?」好奇心に駆られて、狐に似た小男は尋ねた。

エッシェリヒ警部は小馬鹿にしたような目で彼を見た。「そんなことをそんなに聞きたいんですか? それじゃあ教えてあげましょう。人民裁判所に送られて、首をばっさり、です。私には関係のないことです。どうして奴はこんな馬鹿な葉書を書いたのか。どうして奴はこんな、誰も読みもしないし、読もうともしない葉書なんか書いたのか。そんなことは私には関係ない。私は給料を貰っている。給料を貰うために何をするかは私にはどうでもいいことだ。切手を売るのでも、地図に小旗を立てるのでも、どっちでもいい。だが、あなたのことは忘れません。あなたが最初に届け出てくれたことは忘れませんよ。奴を捕まえていよいよそのときになったら、処刑見物の招待状を出しましょう」

「いや結構、本当に。そんなつもりで言ったのでは！」

「いやいや、もちろんそんなつもりでしたよ。恥ずかしがることはありません。私に隠す必要はありません。人間、誰でもそうだってことは分かっていますからね。あなたと私以外、誰も知りません。神様だってね！　それじゃあ、これで決まりだ。処刑見物の招待状をお送りしますよ。ハイル・ヒトラー！」

「ハイル・ヒトラー！　忘れないでくださいよ！」

21　半年後——クヴァンゲル夫妻

半年後には、クヴァンゲル夫妻にとって、日曜日の午後に葉書を書くことはすでに習慣になっていた。それは聖なる習慣であり、彼らを取り巻く深い静けさや徹底した倹約と同じように彼らの日常生活の一部となっていた。妻はソファーの端に座って繕い物をしつつ、夫は大きな手にペンを握ってテーブルに向かい、葉書に一文字一文字書き付けつつ、ともに過ごす日曜日のひとときは、二人にとって一週間で一番楽しい時間だった。

当初は週に一枚だったクヴァンゲルの仕事率は、今では二倍になっていた。それどころか、調子のいいときには三枚仕上げられることもあった。だが、同じ内容の葉書を書くことは絶対になかった。葉書を書けば書くほど、ますますクヴァンゲル夫妻は総統とナチ党は間違っていると思うようになった。ナチスが他の全政党を弾圧したとき、クヴァンゲル夫妻はそれを非難すべきことだとは特段意識しなかったし、ユダヤ人の迫害にしても、やり過ぎだとかやり方が残酷すぎるという程度にしか感じていなかった（というのも、大半のドイツ人と同じように彼らも内心ではユダヤ人嫌いだったので、この政策には賛成だった）のだが、自分たちが総統の敵になってみると、こうしたこともまったく違う様相と重大さを帯びてきた。彼らはナチ党と総統の欺瞞を証明して見せた。改宗したばかりの人間というのは誰でもそういうものだが、彼らも他人を改宗させようとしていた。そんなわけで、葉書の文体が単調に堕することも、取り上げるテーマがネタ切れになることもなかった。

アンナ・クヴァンゲルは、とうの昔に聞き役から脱していた。彼女はソファーに座って目を輝かせ、語り合い、テーマを提案し、文章を考え出した。彼らは心を一つにして作業していた。これほど長い結婚生活を経て初めて味わうことになった、この深い心の絆は彼らにとって大きな喜びだった。この喜びがあればこそ、彼らは一週間を明るい気持ちで乗り切ることができるのだった。目が合うと、彼らは微笑んだ。彼らはお互い一目で、相手の考えていることが分かった。今、次の葉書の文面を（あるいは、葉書の影響について、絶えず増大している共鳴者の数について、次の葉書を待ちかねている人たちについて）考えていたな、と。

二人とも、自分たちの葉書が会社や工場内でひそかに回し読みされていること、その書き手がベルリンで噂になり始めていることを一瞬たりとも疑っていなかった。葉書の一部が警察の手に渡っていることは彼らにも分かっていた。しかし、その割合はせいぜい五枚か六枚に一枚だろう、と彼らは見積もっていた。葉書が与える影響について繰り返し考えたり話し合ったりしているうちに、彼らは、自分たちの葉書は人の手から手へと渡っているはずだ、世間の評判になっているはずだと確信するようになっていた。彼らにとってそれは、疑いようのない事実と化していた。

とはいえ、その確信に現実的な根拠はまったくなかった。アンナ・クヴァンゲルが食料品店の前の行列に並んでいても、工員たちがおしゃべりをしているところに眼光鋭い職工長クヴァンゲルが無言で加わっても（彼がそこに立っただけでおしゃべりは止んだ）、総統に新たに反旗を翻した闘士の話もその闘士が発したメッセージの話もまったく聞こえてこなかった。しかし、それでも、「自分たちの行動は噂になっているし、影響を及ぼしている」という彼らの確信は揺るがなかった。ベルリンは大都会だし、葉書は広範囲に渡ってばらまかれている。葉書の噂がベルリン中に浸透するには時間がかかるんだ、と。つまり、誰しもそういうものだが、クヴァンゲル夫妻も自分が望んでいることを信じたのだった。

当初用心のために必要だと思ったことの中で、クヴァンゲルが省略するようになったのは手袋だけだった。よく考えてみると、作業を遅らせるこの煩わしい代物は何の役にも立っていなかった。警察の手に渡るまでに葉書には大勢の人の手が触れているだろうから、どんなに抜け目のない刑事でも、どれが犯人の指紋か見分けることなどできるはずがなかった。もちろん、クヴァンゲルは引き続き細心の注意を払っていた。葉書を書く前には必ず手を洗ったし、葉書を手に取るときは端をそっとつまんだ。さらに、書くときには必ず右手と葉書のあいだに吸い取り紙を挟んだ。

葉書を大きなオフィスビルの中に置いてくるという行為自体は、もうとっくに新鮮な魅力を失っていた。最初あんなに危険に思えたこの作業は、時が経つにつれて、実は彼らの活動の中で最も簡単な部分だということが分かった。人通りの多いビルに入り、タイミングを見計らって葉書を置いたら、あとはさっさと階段を下りるだけだった。少しほっとして胃が軽くなり、「今日もうまくいった」と思うものの、特に興奮を覚えるわけでもなかった。

最初、葉書を置きにいくのはクヴァンゲル一人の仕事だった。アンナがついてくることにさえ、彼はいい顔をしなかった。だがそのうちひとりでに、この作業に関してもアンナは積極的な協力者になった。クヴァンゲルは、書き上げた葉書は――一枚でも二枚でも、三枚書き上げたときでも――翌日に必ずすべて持って出ることにしていた。だが、ときにはリウマチで足が痛くて歩けない日もあったし、二枚以上書いた場合には、用心のために一枚ずつ遠く離れた別々の場所に置いてくる必要があった。そのためには長時間電車で移動しなければならず、それを一人で午前中にこなすことはほとんど不可能だった。

そこで、アンナ・クヴァンゲルがこの作業も分担することになった。自分で葉書を置いてみると、驚いたことに、ビルの前で夫を待っているほうがずっとハラハラドキドキすることが分かった。彼女は常に冷静そのものだった。目的のビルに入るとすぐ、彼女は、階段を上り下りする大勢の中に紛れ込んでチャンスをじっと待ち、素早く葉書を置いた。葉書を置いたところは絶対誰にも見られていないし、誰も私のことを覚えていないし、私の人相を説明できる人もいない、という自信が彼女にはあった。実際、猛禽類のような鋭い顔をした夫に比べ、彼女のほうが格段に目立ちにくかった。彼女は、ちょうど医者に診てもらいにやって来た主婦にしか見えなかった。

一度だけ、クヴァンゲル夫妻の日曜日の作業中に邪魔が入ったことがあった。だが、そのときも彼らは少しも慌てなかった。呼び鈴が鳴ったとき、アンナ・クヴァンゲルはもう何度も相談してあったとおりに足音を忍ばせて玄関まで行き、覗き穴から来訪者を確認した。そのあいだに、オットー・クヴァンゲルは筆記用具を片付け、書きかけの葉書を本に挟んだ。彼は葉書にちょうどこう書いたところだった。「総統よ命令を、我らは従う！（宣伝相ヨーゼフ・ゲッベルスの有名な「総力戦演説」の一節）そうだ、我々は従っている。我々は、総統の意のままに屠畜場へと追い立てられる羊の群れになってしまった。我々は考えることを放棄してしまったのだ……」

そこまで書いた葉書を、オットー・クヴァンゲルは、戦死した息子のラジオ工作の解説本に挟んだ。アンナ・クヴァンゲルが二人の客――猫背の小男と、背の高い、黒髪のやつれた女――とともに部屋に入ってきたとき、オットーは息子の胸像を彫っていた。胸像はすでにかなり完成に近づいていて、アンナの目から見ると段々息子に似てきていた。猫背の小男はアンナの弟だった。姉弟は三十年近く会っていなかった。弟はずっとラーテノウの光学機器工場で働いていたのだが、最近ベルリンに派遣され、潜水艦用の機器を製造している工場で専門工として働いていた。黒髪のやつれた女は彼の妻だった。アンナはこの義妹に会ったことがなかった。オットー・クヴァンゲルのほうは、義弟とも義妹とも面識がなかった。

その日曜日、葉書を書く作業はそこまでになった。書きかけの葉書は、息子のラジオ工作の解説本に挟まれたままになった。静かに暮らしたいがために日頃来客や友だちづきあいや親戚づきあいを極力避けているクヴァンゲル夫妻ではあったが、降って湧いたような弟夫妻の来訪はそんな彼らにとってもやはり嬉しかった。ヘフケ夫妻も物静かな人たちだった。彼らはある宗派の信者だった。言葉の端々から、その宗派がナチスから迫害を受けていることが分かったが、彼らはそれについてはほとんど話さなかった（そもそも政治的な話はすべて用心深く避けていた）。

クヴァンゲルは、アンナと弟のウルリヒ・ヘフケが子ども時代の思い出話に花を咲かせるのをびっくりしながら聞いていた。彼は、アンナもかつてははしゃいだり悪さやいたずらをする子どもだったことを初めて知った。

彼と知り合ったとき、アンナはすでにオールドミスだった。彼は今まで考えたこともなかったが、きつくて辛い女中勤めに生気と希望を奪われる以前の彼女はまるで別人のようだったのだ。

姉弟のおしゃべりを聞きながら、彼はブランデンブルクの寒村を思い浮かべていた。彼は、彼らがガチョウの見張りをしなければならなかった話や、彼女が大嫌いなジャガイモ掘りをさぼってはその罰として打たれていたという話を聞いた。そして彼は、彼女が村の人気者だったことを知った。それは、彼女が、どんなことでも自分が不公平だと思ったことには反抗する、きかん気で勇敢な少女だったからだった。不公平な教師に三発続けざまに雪玉を投げつけて、頭から帽子を叩き落としたことさえあった。しかも、彼女が犯人だとはばれなかった。それを知っていたのは彼女とウルリヒだけだった。だが、ウルリヒは言いつけたりはしなかった。

書き上げた葉書はいつもより二枚少なかったとはいえ、その日の来客は不愉快ではなかった。別れ際、クヴァンゲル夫妻は「今度はそちらにお邪魔させてもらう」と心から約束した。実際、彼らは約束を守った。五〜六週間後、彼らは小さな仮設住宅にヘフケ夫妻を訪ねた（ヘフケ夫妻は、ベルリン西部のノレンドルフ広場の近くに仮設住宅を与えられて住んでいた）。クヴァンゲル夫妻は、この機会を利用して、葉書を置く地域をベルリン西部へも広げることにした。日曜日のオフィスビルにはあまり人通りがないのが残念だったが、事はすべて上手く運んだ。

それ以来、ほぼ六週間ごとにクヴァンゲル夫妻とヘフケ夫妻は互いの家を行き来するようになった。それは何ら刺激的なことではなかったが、それでもヘフケ夫妻との付き合いはクヴァンゲル夫妻の生活に若干の変化をもたらした。たいてい、オットーと義妹は、飽きずに子ども時代の思い出話をする姉弟の静かなおしゃべりに黙って耳を傾けていた。アンナの別の面を知ることが彼には楽しかった。とはいえ、今自分が一緒に暮らしている女とその少女が同じ人物だとは彼にはどうしても思えなかった。妻がかつて、農作業を立派にこなし、とんでもないいたずらをしでかす、しかもそのくせ田舎の小さな学校一成績優秀な少女だったとは。

クヴァンゲルは、アンナの年老いた両親が今でも姉弟の生まれ故郷で暮らしていることをウルリヒから聞いて知った。義弟はさりげなく、自分が月に十マルクの仕送りをしている話をした。アンナ・クヴァンゲルはもう少しで、「これからは私もそうするわ」と弟に言うところだったが、その直前に夫の目配せに気づいて口をつぐんだ。

帰り道、二人きりになってから彼は言った。「やめておいたほうがいい、アンナ。どうして年寄りを甘やかすんだ。彼らには年金がある。その上ウルリヒが毎月十マルク送っているなら、それで充分じゃないか」

「うちにはたくさん貯金があるじゃない」とアンナは懇願した。「私たちだけじゃ使い切れないわ。いつかオットーヒェンのために、と前は思ってたけど……。そうさせてちょうだい、オットー。月に五マルクだけでもいいから……」

オットー・クヴァンゲルは動じなかった。「俺たちは今、危ない橋を渡っているんだ。いつカネが必要になるか分からない。最後の一マルクまで必要になるかもしれないんだ、アンナ。それに、年寄りはこれまで俺たちの仕送りなしで暮らしてきたんだ。これからもやっていけるはずだ」

彼女は黙っていた。少し気を悪くしていたのだ。それは多分、両親への愛ゆえではなかった。彼女は両親のことなどほとんど思い出さなかったし、両親との付き合いと言えば年に一度、義務感からクリスマスに手紙を送るだけだったのだから。彼女は、弟の前で恥をかいたと感じていた。「自分にできることが姉夫婦にはできないのだ」と弟に思われたくなかったのだ。

アンナは食い下がった。「オットー、うちにはその余裕がないんだとウルリヒに思われるわ。そんなカネも出せないほど稼ぎが少ないのかって、あなたの仕事を馬鹿にされるわ」

「他人にどう思われようが、そんなことはどうでもいい」とクヴァンゲルは答えた。「そんなことのためにカネは下ろさない」

アンナは、これはもう頼んでも無駄だと感じた。こうした言葉がオットーの口から出たときにはいつもそうしていたように、彼女は黙って夫に従った。それでも、夫が自分の気持ちにまったく配慮を見せないことに彼女は少し気を悪くしていた。とはいえ、活動を続行するうち、アンナ・クヴァンゲルはそんなわだかまりはすぐに忘れてしまった。

22 半年後——エッシェリヒ警部

最初の葉書を受け取ってから半年後、エッシェリヒ警部は、その灰色の口髭を撫でながらベルリンの地図の前に佇んでいた。その地図には、クヴァンゲルの葉書が発見された場所に赤い小旗で目印がつけてあった。その小旗は、今では四十四本になっていた。この半年間にクヴァンゲル夫妻が書き、あちこちに置いた四十八枚の葉書のうち、ゲシュタポの手に渡らなかったものは四枚しかなかったのだ。しかもその四枚にしても、工場内で回し読みされたわけではなかった。クヴァンゲル夫妻の期待に反して、葉書を見つけた人間はみんな、ろくに読みもしないで大慌てで破り捨てたり、トイレに流したり焼き捨てたりしてしまったのだ。

ドアが開き、エッシェリヒの上官のプラル親衛隊大将が入ってきた。「ハイル・ヒトラー、エッシェリヒ。髭をひねくり回して何をそんなに考え込んでいるんだ」

「ハイル・ヒトラー、大将殿！ 例の葉書犯のことです。私は勝手に奴のことをクラバウターマン（海の妖精）と呼んでいますが」

「何？ 一体どうしてクラバウターマンなんだ」

「さあ。単にそう思ったんです。奴が世間を恐がらせようとしているからかもしれません」

「それで、捜査の進捗状況はどうだ、エッシェリヒ？」

「そうですねえ」と警部は語尾を長く伸ばした。彼は改めて地図を眺めて考え込んだ。「葉書の分布状況から推理すると、奴はアレクサンダー広場より北のどこかにいます。その辺りで見つかる葉書が一番多いので。ですが、東部や中心部もかなり多い。南部はゼロ、西部はノレンドルフ広場の少し南で二枚。犯人はその辺りにときどき用足しに出かけているものと思われます」

「有り体に言えば、その地図からはまだ何も分からないということだ！ そんな能書きは何の役にも立たん！」

「もう少しご辛抱を。クラバウターマンがへまをしなくても、半年後にはこの地図が事件を解明しているはずです」

「半年後、か。まったく有能な奴だな、エッシェリヒ。あと半年間もこのブタ野郎をのさばらせておくつもりか。地図に旗を立てること以外、何もするつもりはないのか？」

「我々の仕事には辛抱が肝心です、大将殿。獲物を待ち伏せするときと同じです。待つしかありません。獲物がやってこないことには引き金は引けません。でも、奴がやってきたら必ず仕留めてみせます。お任せください」

「辛抱、辛抱と言うが、お偉方がそんなに辛抱してくれると思っているのか、エッシェリヒ。じきに大目玉を食らうことになるぞ。考えてもみろ。この半年で、四十四枚の葉書が舞い込んできたんだ。一週間にほぼ二枚のペースだ。お偉方はそれを見ているんだぞ。お偉方はこう聞いてくるだろう。それで？　まだ捕まえてないのか。どうしてまだなんだ。お前たちは一体何をしているんだ、とな。『地図に小旗を立てているだけです』などと答えてみろ、『いいか、一週間で捕まえろ』とどやしつけられるぞ」

エッシェリヒ警部は灰色の口髭の下でニヤリとした。

「そしたら大将殿は私をどやしつけ、犯人を一週間で捕まえろと職務命令を下すというわけですね」

「笑ってる場合じゃないぞ、エッシェリヒ。こんなことがヒムラーの耳にでも入ってみろ、どんなに輝かしい経歴もそれこそパーになる。もしかしたら、二人とも、『ああ、赤い小旗を地図に立てていられたあの頃はよかった』なんてザクセンハウゼン収容所で懐かしむ羽目になるかもしれんのだぞ」

「ご心配なく、大将殿！　私は古株の刑事です。この方法が一番だという自信があります。つまり、待つしかないんです。何なら、もっといい方法とやらをうるさ型に教えていただきましょうか。どうやってクラバウターマンを捕まえたらいいか。でも、もちろんそんなことはできっこないんです」

「エッシェリヒ、考えてみろ。ここに四十四枚の葉書が舞い込んできたということは、少なくともそれと同数か、あるいはもしかしたら百枚以上の葉書がベルリンに出回っているかもしれないんだぞ。不満の種をまき、破壊行為をそそのかす葉書がな。それを手をこまねいて見ているわけにはいかんだろう」

「百枚の葉書が出回っていると？」とエッシェリヒは笑

った。「大将殿、ドイツ国民のことが全然分かってませんね。これは失礼いたしました、大将殿、つい口が過ぎました。もちろん、大将殿はドイツ国民をよくご存じです。おそらくは私よりも。でも、今では国民はすっかり恐がっていますから！　みんな、ちゃんと届け出ます。出回っている葉書は、まず十枚もないはずです」

エッシェリヒの無礼な物言いに気を悪くして（警察出身の連中ときたら実に頭が悪い。それに馴れ馴れしすぎる！）、親衛隊大将プラルは彼を睨みつけ、右手を勢いよく突き出して見せてから言った。「だが、十枚だとしても多すぎる。一枚だとしても多すぎる。一枚も出回らせてはならん。エッシェリヒ、犯人を逮捕しろ。すぐにだ！」

エッシェリヒ警部は無言のまま立っていた。上官のぴかぴかに磨き上げた軍靴のつま先に視線を落としたまま、彼は口髭を撫でるばかりで頑として一言も発しなかった。

「そうか、そうやって黙《だんま》りを決め込んでるがいい」とプラルは腹を立てて大声を出した。「だが、何を考えているかは分かっているぞ。私のことも、怒鳴るしか能のないうるさ型の一人だと思っているだろう」

もう随分前から、頬を赤らめるということができなくなっていたエッシェリヒ警部だったが、このときばかりは図星を言い当てられて微かに赤くなった。そして、これも絶えて久しくなかったことだったが、ばつの悪さを感じた。

親衛隊大将プラルはそれに気づき、機嫌を直して言った。「困らせるつもりはない、エッシェリヒ、そんなつもりは毛頭ない。指図するつもりもない。知ってのとおり、私は刑事ではない。単にこの件を担当するよう命じられて来ただけだ。だが、少し教えてくれ。近いうちに、この件について報告しなければならなくなる。だから、状況を正確に把握しておきたい。葉書を置くところを、犯人は一度も目撃されていないんだな？」

「ただの一度も」

「それで、葉書が見つかったビルで、『あの男が怪しいと思う』というような情報は聞き出せなかったのか？」

「情報ですか？　そりゃあもういっぱいありましたとも！　今日日、情報を寄せてくる人間ならどこにでもいますからね。ですが、嫌いな隣人を陥れたい奴とか、詮索好きとか、密告屋とかばかりでして。まともな情報は何一つありませんでした」

「では、発見者自身は？　全員、真っ白か？」

「真っ白、ですか」エッシェリヒは唇をゆがめた。「いやいや大将殿、今日日、真っ白な人間なんて一人もいませんよ」それから、上官の顔をちらっと見て言った。「もしくは、全員が真っ白です。とはいえ、発見者全員について二回回り徹底的に調べ上げました。全員、犯人とは無関係でした」

親衛隊大将はため息を吐いた。「牧師になったらよかったのにな、エッシェリヒ、きみの話は本当に慰めになる」と彼は言った。「それでも、葉書という手がかりがあるじゃないか。そこから何か分かることはないのか」

「ほとんどありません」とエッシェリヒは言った。「牧師は勘弁してください。ですが大将殿、これが真実です。一人息子のことを漏らしてしまった最初のミスを見たときには、こいつはじきに尻尾を出すだろうと思いました。ところが、奴はなかなかの古ダヌキでした」

「どうだろう、エッシェリヒ」とプラルは突然叫んだ。「犯人は女かもしれないと考えたことはあるか？　今、一人息子がどうのという話を聞いて、思いついたんだが」

エッシェリヒ警部は驚いた顔で上官を一瞬見つめた。彼は考え込んだ。それから、悲しげに首を振った。「それもあり得ません、大将殿。むしろ、これには絶対の自信があります。クラバウターマンは男やもめか、少なくとも、一人暮らしの男です。女が事件に関わっているとすれば、とっくに何かしゃべっているはずです。断言できます。半年間ですよ、そんなに長い間、女が秘密を漏らさないでいることなんかできっこありません」

「だが、一人息子を亡くした母親なんだぞ？」

「それでもあり得ません。それこそあり得ません」とエッシェリヒは答えた。「苦しんでいる人間は慰めを求めます。そして、慰めを得るためには、話す必要があります。この件に女は絶対に関わっていません。これは男の単独犯の犯行です。そして、犯人は口が堅い」

「もう一度言うが、まさに牧師だな。それで、他にはどんな手がかりが？」

「ほとんどありません、大将殿。まったくと言っていいほどです。かなり確かなのは、犯人はカネに細かいということです。もしくは、冬期貧民救済事業と何かトラブルがあった男です。どんな内容の葉書にも、犯人は、

『冬期貧民救済事業に寄付をしてはいけない』と書き添えるのをこれまで一度も忘れたことがありません」

「エッシェリヒ、冬期貧民救済事業に寄付するのを快く思っていない男をベルリンで捜すとなると……」

「仰るとおりです、大将殿。こんなことは手がかりとは言えません」

「他には？」

エッシェリヒ警部は肩をすくめた。「ほとんど。何もありません」と彼は言った。「犯人は定職に就いていない、とはかなりの確率で言えるかもしれません。というのも、葉書が発見された時刻が朝八時から夜九時までとあらゆる時間帯にわたっているからです。クラバウターマンが人通りの多い階段に葉書を置いていくことを考えれば、どの葉書も犯行後すぐに発見されているものと思われます。他に、ですか？ これまで文字を書く機会の少なかった肉体労働者だと思われます。でも、教育程度は低くはない。綴りの間違いもほとんどないし、文章も下手ではない……」

エッシェリヒは口をつぐんだ。二人とも、赤い小旗が立ててある地図を呆然と見つめながら、かなり長い間黙っていた。

やがて、親衛隊大将プラルが口を開いた。「固いクルミのような難問だな、エッシェリヒ。私にとってもきみにとっても」

エッシェリヒ警部は慰めるように言った。「割れないほど固いクルミはありません。くるみ割りがあれば割れますとも」

「くるみ割りに指を挟まれることもあるぞ、エッシェリヒ」

「ご辛抱を、大将殿。もう少しのご辛抱です」

「お偉方さえ辛抱してくれればな、エッシェリヒ。私が辛抱するかどうかの問題じゃない。さあ、もう少し脳みそを絞ってくれ、エッシェリヒ。待ってるだけ、などという馬鹿な方法よりは何かいい知恵が浮かぶかもしれんからな。ハイル・ヒトラー、エッシェリヒ！」

「ハイル・ヒトラー、大将殿！」

一人残されたエッシェリヒ警部は、灰色の口髭を撫でながら地図の前に佇み、もうしばらく考えに耽っていた。その心境は、上官に得々と語ったものとは少し違っていた。この件に関しては、彼は、どんなことにも心を動かされない老練な刑事ではなくなっていた。この葉書の書き手に興味を感じるようになっていたのだ。この口の堅い、残念ながら完璧に謎に包まれた葉書の書き手に。果敢に、それでいてきわめて注意深く抜け目のないやり方で、ほとんど勝ち目のない戦いに身を投じた葉書の書き手に。クラバウターマン事件は、最初はたくさんのうちの一つに過ぎなかった。ところが、そのうち彼は熱くなった。ベルリンのどこかにいるこの男を何としても見つけ出さなければ、と思うようになったのだ。毎週、機械のような正確さで月曜日の晩か遅くとも火曜日の午前中に、二～三枚の葉書を自分の机宛てに送りつけてくる男の顔を、この目で見てみなければ、と。

たった今プラルにあれほど辛抱を奨めたエッシェリヒだったが、自分自身はとっくの昔に辛抱しきれなくなっていた。ベテラン刑事エッシェリヒは根っからのハンターだった。彼にはハンターの血が流れていた。ハンターが猪を狩るように、彼は人間を狩った。狩りの最後に猪や人間が殺されるという事実は、彼の心を動かしはしなかった。猪は、そういうふうに死ぬものと決まっているのだ。それと同じで、こんな葉書を書いた人間は死ななければならないものと決まっているのだ。どうしたらクラバウターマンを早く捕まえられるかと、彼はとっくに脳みそを絞っていた。そんなことは親衛隊大将プラルに言われるまでもなかった。だが、その方法は見つからなかった。辛抱するよりほかはなかった。こんな小さな事件のために警察の全人員を動員し、ベルリン中を一軒一軒探させるわけにはいかない。それに、そんなことをすればベルリン中が大騒ぎになってしまう。辛抱して待ち続けるほかはない。

辛抱強く待っていれば、ほぼ確実に、突然何かが起きるはずだ。犯人が何かミスを犯すとか、偶然が犯人にいたずらを仕掛けるとか。偶然あるいはミス、そのどちらかを待たなければ。そのどちらかが確実に、あるいはほぼ確実に起きる。エッシェリヒは、この件に関しては「ほぼ確実」では困ると思った。彼は興味をそそられていた。強く興味をそそられていた。犯行の阻止自体には、別段興味はなかった。さっきも言ったように、エッシェリヒは狩りをしていた。獲物を食べるためではなく、狩ること自体が楽しいから狩りをしていたのだ。獲物が仕留められた瞬間、つまり、犯人が逮捕され、間違いなくその男が犯人だと証明された瞬間に、自分はこの件に対する興味をなくすだろう、と彼には分かっていた。獲物は倒れた。犯人は留置場にいる。狩りは終わった。さあ次の獲物はどこだ、と。

エッシェリヒは、その灰色の目を地図から転じた。彼は机の前に腰を下ろすと、考えに耽りながらゆっくりと朝食のサンドイッチを食べた。電話が鳴り、彼は渋々受話器を取った。電話の向こうから聞こえてくる声を、彼は最初まったく無関心な様子で聞いていた。「こちら、フランクフルト通り警察署です。エッシェリヒ警部ですか？」

「そうだが」

「匿名葉書事件を担当しておられますね？」

「そうだ。何かあったのか。さっさと話せ」

「葉書の配り手だと思われる男を捕らえました」

「現行犯でか？」

「ほとんど。もちろん、本人は否認していますが」

「そいつはどこにいる」

「警察署内です」

「そのまま勾留しておいてくれ。これから十分以内に車でそちらへ行く。それと、それ以上、尋問はしないでくれ。その男に構うな。そいつの尋問は私がやる。分かったな？」

「承知しました、警部」

「すぐに行く」

一瞬、エッシェリヒ警部は電話の前に身じろぎもせず立ち尽くした。偶然が、慈悲深い幸運な偶然がやってきたのだ。思っていたとおりだ。辛抱して待った甲斐があった！

最初の尋問をおこなうべく、彼は葉書犯の元へ急行した。

23　半年後——エンノ・クルーゲ

半年後、精密機械工エンノ・クルーゲはジリジリしながら病院の待合室に座っていた。待合室には三十〜四十人が待っていた。ヒステリー気味の診察助手がたった今、十八番の患者を呼んだところだった。エンノの番号は二十九番だった。この分だとまだ一時間以上待たされるだろう。「負け馬亭」にはもうみんな集まっているというのに。

エンノ・クルーゲはこれ以上座っていることに耐えられなくなった。医者に病気の診断書を書いてもらうまではここから出るわけにいかないことはよく分かっていた。診断書がないと、工場で厄介なことになる。だが、もうこれ以上待ってはいられない。でないと、賭けそびれてしまう。

エンノは待合室の中を行ったり来たりしようとした。だが、人でごった返している待合室で歩き回るのは土台無理だった。他の患者に怒鳴りつけられ、彼は廊下に出た。診察助手に見つかって、待合室に戻るようヒステリックに言われると、彼は便所に行きたいと言った。

トイレの場所を仏頂面で教えると、診察助手はエンノが出てくるまでトイレの前で見張っていようとした。だがそのとき、入り口の呼び鈴が何度か立て続けに鳴り、診察助手は四十三番、四十四番、四十五番の患者の受付をしなければならなくなった。彼女は、住所や職業や生年月日をカードに記入したり、健康保険診療券にスタンプを押す仕事に追われた。

朝から晩までこの調子だった。彼女は死ぬほど疲れていた。医師も死ぬほど疲れていた。もう何週間もこの呪われた状態が続き、彼女は一日中イライラしていた。ひっきりなしに押し寄せて自分を煩わせ続ける患者の群れを、彼女は本気で憎んでいた。朝八時に出勤してくると、彼らはもうドアの前で待っている。夜の十時になってもまだ待合室に座っている。待合室は、彼らの悪臭がぷんぷんする。みんな、労働や前線から逃げようとしている卑怯者ばかり。医者から診断書を貰って、配給の量を増やそうとか、もう少しましな配給をせしめようとかしている連中ばかり。みんな、自分の義務を逃れようとして。こっちは義務を逃れることはできない。ここで辛抱するしかない。病気になることは許されない（私がいなかったら、先生はやっていけない）。その上、この偽善者どもに親切にしなきゃならないなんて。こいつらときたら、何にでも痰を吐いたりゲロを吐いたりして、何でもかんでも汚すんだから！　トイレはいつだってタバコの灰だらけ。

そのとき、彼女は、さっきトイレの場所を教えてくれと言った怪しい小男のことを思い出した。あいつ、まだトイレに座ってタバコを吹かしているに違いない。彼女は待合室を飛び出すと、トイレのドアをどんどんと叩いた。

「入ってます！」と中から声がした。

「いつまで入ってるんですか」と彼女は声を張り上げた。「トイレに何時間も入っていていいと思ってるんですか。トイレは他の人も使うんですよ！」

こそこそと立ち去ろうとするクルーゲに、彼女は怒声を浴びせかけた。「どうせまたタバコを吸ってたんでしょ。あなたがどれほどひどい病気か、私から先生に話してあげます。思い知るといいわ！」

エンノ・クルーゲはしょんぼりと待合室の壁に寄りかかった。さっきまで彼が座っていた椅子には、別の人間が座っていた。便所に行っていたあいだに、診察の順番は二十二番まで進んでいた。ここでこれ以上待っていても、多分まるきり無意味だろう。あのクソ女、診断書を書くなと本当に医者を焚きつけかねない。そしたら、どうなる？　工場で一悶着あるだろう！　欠勤は今日でもう四日目だ。懲罰部隊か強制収容所送りにされかねない。あいつらならそれくらいのことはやりかねない！　そうだ、今日中に病気の診断書を手に入れなければ。そのためには、ここで待ち続けるのが一番利口というものだ。もうこれだけ長い間ここで待っているんだから。他の医者に行ったって、ここと同じように混んでいるんだから、夜まで待たされるに違いない。少なくとも、ここの医者はすぐに診断書を書いてくれるという噂だ。今日は行けない、今日のところはエンノ抜きでやってもらうしかない。仕方がない。

彼は、咳をしながら壁に寄りかかった。彼は弱々しい奴、というよりは廃人同然だった。親衛隊員のペルジッケに殴られて以来、どうしても体が元に戻らなかったのだ。確かに、仕事は二～三日で何とかこなせるようになった。手先の器用さは元通りにはならなかったが。ちょうど平均的な労働者というところだった。昔のような、仲間から尊敬される熟練工には、もう二度と戻れないだろう。

彼が仕事に対する熱意を失ったのはそのせいもあったかもしれないが、そもそも働くのが嫌になってきたせいもあったかもしれない。労働の意味と目的が、彼にはよく分からなくなった。働かなくても充分暮らしていけるのなら、どうしてあくせくしなければならないんだ？戦争のためだとでも？そんなことを言う奴は自分らだけで勝手にやってくれ、戦争なんかに興味はない。何なら、太ったナチスの親玉どもをみんな前線に送ったらい い。そしたら戦争はすぐに終わるだろう。

だが、仕事がすっかり嫌になったのは、働く意味が分からなくなったからというわけでもなかった。それは、エンノが差し当たって働かなくても暮らしていけるようになったからだった。彼は意志薄弱だった（今になって、自分でもそう思った）。昔の女の元に戻ったのだ。彼はまずトゥッティに、次にロッテに頼った。女たちのほうも、おとなしく言うことを聞くこの小男の面倒をしばらくの間は喜んで見た。そして、女との生活が始まると同時に、規則正しく勤めに出る生活は終わりを告げた。彼が六時に朝食とコーヒーを出してくれと言うと、女は文句を言った。「どういうつもり？　こんな時間には誰だって寝てるわよ。それに、一体そんなことが必要なの？さっさと温かいベッドに戻っとくれ！」

そんな小競り合いに一度か二度は毅然と持ちこたえたものの、エンノ・クルーゲのような男に三度目の勝利はなかった。誘惑に負け、女のベッドにまたもぐり込んで、もう一～二時間、ひどいときには三時間も二度寝を決め込んだのだ。

そこまで遅くなってしまうと、その日はもう工場へは行かず、仕事をずる休みした。あるいは、もう少し早く起きた日は、遅刻して工場に行き、怒鳴りつけられ（そんなことはとっくに慣れっこになっていたので、軽く聞き流し）、ほんの数時間ちょっと仕事をして家に帰った。帰れば帰ったで、また小言が待っていた。「一日中出歩いてるんじゃ、一体何のために家に男を置いてるのか分からないじゃないか。ほんの数マルクのために、あくせくしてさ。それくらい、もっと楽に稼げるじゃないか」。どうしても仕事を続けるつもりなら、あの狭いホテルの部屋を出るべきではなかったのだ。女と仕事の両立は不可能だった。そう、エヴァだけは別だったが。もちろん、エンノ・クルーゲとしてももう一度、妻の元に舞い戻ろうとしたことはあった。だが、そのとき彼はゲッシュ夫人から、エヴァは遠くに出かけていて留守だと聞かされた。ルッピンの親戚の家にいるという手紙を、奥さんから貰ったわ。奥さんから家の鍵を預かっているけど、あなたに渡す気はないわよ。毎月家賃を送ってくるのは誰？　あなたかしら、それとも奥さんかしら。だから、やっぱりここは奥さんの家であってあなたのじゃない。あなたのせいで、もう充分面倒なことに巻き込まれたわ。というわけで、あなたを奥さんの部屋に入れてあげる気はまったくないわよ。

ところで、奥さんのためにどうしても何かしたいというなら、一度郵便局に行ってみたら。郵便局から何度か、奥さんを呼びに人が来たわ。最近、党裁判所からの召喚状も届いていたし。「転居先不明」って書いて送り返しておいたけど。郵便局の件はあなたが片付けてきたらいいじゃない。きっと、未払いの給料があるはずよ。

未払いの給料の件は魅力的だった。何と言っても、彼は彼女の法律上の夫だった。エヴァの給料は彼の給料でもあった。だが、郵便局に行ったのはとんだ間違いだった。郵便局で彼は厳しい取り調べを受けた。エヴァは党とごたごたを起こしたに違いなかった。彼らはエヴァに対して怒り狂っていた。彼は、エヴァの法律上の夫であることを証明しに行ったはずが、逆に、「もう長い間エヴァとは別居しているので、妻がどこで何をしているかまったく分かりません」と躍起になって説明する羽目になった。

とうとう、彼らは彼を解放した。すぐに泣き出したり、ちょっと怒鳴られただけで震え上がるような、こんな小男を問い質しても仕方がない。それでは、行ってよし。さっさと立ち去れ。女房にまた会うことがあったら、すぐに郵便局に出頭させるように。いや、それよりも、女房の居場所をこっそり教えてくれ。あとのことはこっちでやる。

ロッテの家に戻る途中、エンノ・クルーゲの顔にニヤニヤ笑いが戻ってきた。それじゃあ、あのしっかり者のエヴァも窮地に陥ってるってわけか。ルッピンの親戚の家に逃げ込んで、もうベルリンには顔を出せないってわけだ。もちろん、エンノは、エヴァの行き先を郵便局の連中に明かしてしまうような馬鹿な真似はしなかった。ゲッシュ夫人同様、彼も抜け目がなかった。これは最後の逃げ道に取っておこう。ベルリンがいよいよやばくなっても、まだエヴァのところに逃げ込む手がある。ひょっとしたら入れてもらえるかもしれない。あんまり邪険にするのは、親戚の手前、あいつも決まりが悪いかもしれないし。エヴァは体裁とか世間体を気にする女だ。それに、何と言っても、カルレマンの武勇伝をちらつかせるという手がある。親戚にその話をされるよりは、俺を我慢するほうを選ぶだろう。

これは、本当に何もかも失敗した場合の最後の逃げ道だった。差し当たっては、彼にはまだロッテがいた。彼女は本当に気立てのいい女だった。一秒も閉じていられないやかましい口と、ひっきりなしに男を連れ込む癖を別にすれば。そんなときは、彼は夜中まで、それどころか時には一晩中、台所で膝を抱えていなければならなかった。そして、その翌朝はやはり仕事どころではなくなってしまうのだった。

彼には分かっていた。これでは仕事をちゃんとしているとは言えないし、これからちゃんとすることもきっとないだろう。だが、ひょっとしたら、みんなが思っているよりも戦争は早く終わるかもしれない。だったら、戦争が終わるまでこの状態のままいけるかもしれない。こうして、彼は徐々にまた元のだらだらした暮らしに戻っていったのだった。彼の姿を見ただけで、職工長の顔は怒りで真っ赤になった。エンノは管理部からまた呼び出されて怒鳴りつけられたが、今度はその効果も長続きしなかった。エンノ・クルーゲには、それがただの脅しだと分かっていた。労働者は常時不足している。そう簡単に俺を叩き出せはしないはずだ！

そうこうするうち、無断欠勤があっという間に三日続いた。魅力的な未亡人と知り合いになったからだ。もう若くはなく、若干太り気味ではあったが、それまで付き合ってきた女たちよりは断然ましだった。何しろ、ケーニヒストーアの近くで結構なペットショップを経営しているのだ。そこは、小鳥や魚や犬、ドッグフードや首輪や猫砂や犬用のおやつや小動物の餌を扱う店だった。亀や雨蛙、サンショウウオや猫もいた。本当に実入りのいい店だった。そして、女店主は働き者で商売上手だった。

彼は、自分のことを男やもめだと言い、エンノというのは名字なんだと言いくるめた。彼女は彼をヘンスヒェンと呼んだ。間違いない、この女は有望だ。工場を無断欠勤して三日間、彼女の店を手伝ってみて、彼はそう踏んだ。ちょっとした優しさを求めているこんな男が、この女にはちょうどぴったりなのだ。彼女くらいの年齢の女は、「今のうちに男を捕まえておかないと、老後一人になってしまう」と不安になるものだ。もちろん、結婚してくれと言ってくるだろうが、その問題も何とかなるだろう。今なら、戦時結婚という手がある。戦時結婚なら、書類を厳密に調べたりしない。エヴァのことは心配する必要はない。あいつは、これで永久に厄介払いできるとばかり、喜んで黙っていてくれるだろう！

そのとき、彼の心の中で、まずは工場から完全に解放されたいという願望が燃え上がった。もう三日も無断欠勤してしまったのだから、どのみち病気を装う必要があった。どうせなら、医者の証明書を貰って本物の病人になってやる、と彼は思った。そしたら、病欠が認められているあいだに、後家のヘーテ・ヘーベルレとの件はうまく片が付くだろう。すると、今度は突然ロッテのことが嫌でたまらなくなった。彼女との暮らしに耐えられなくなった。彼女のおしゃべりにも、彼女が連れ込む男たちにも我慢ならなくなった。何より、彼女が酔っ払ってベタベタしてくるのが耐えがたかった。もう三〜四週間もしたら、結婚して、まともな所帯を持つんだ！ そのためには、医者に一筆書いてもらわなくては。

まだやっと二十四番だった。エンノの番が回ってくるまでにはまだ三十分あった。まったく無意識に、彼は患者たちの足を踏み越えて再び廊下に出ていた。診察助手に嚙みつかれたにもかかわらず、また便所でタバコを吸うつもりだったのだ。運良く誰にも見とがめられずに便所に着いたが、ほんの一服したところで、またあのクソ女が乱暴にドアを叩く音がした。

「またトイレに入ってるんですか。またタバコを吸ってるのね？」と彼女は喚いた。「あなただってことは分かってるんですからね。出てきなさい。でないと、先生を呼んできますからね」

何て喚き声だ、何て嫌らしい喚き声なんだ。抵抗するよりいつも降参する道を選ぶ彼はすぐに降参し、弁解もせず、診察助手に待合室へと追い立てられた。再び壁に寄りかかって、彼は自分の順番が回ってくるのを待った。あの女は医者に告げ口するに違いない。あのクソ女！

診察助手はエンノ・クルーゲを待合室に追い返すと、廊下を戻っていった。あいつをとっちめてやったわ、これでよし、と！

とそのとき、彼女は床に一枚の葉書が落ちているのに気づいた。郵便物の差し入れ口からは少し離れた場所だった。つい五分前、最後に来た患者のためにドアを開けたときには、この葉書は落ちていなかった。それは確かだわ。呼び鈴も鳴らなかったし、それに第一、こんな時間に郵便配達は来ない。

葉書を拾おうとして身を屈めながら、彼女はとっさにそう思った。そして、葉書を手に取る前から、つまりそこに書いてある内容を読む前から、この葉書はあの挙動不審な小男と何か関係がある、と感じた（と、彼女はあとではっきりと思い出した）。

葉書を一目見て、そこに書いてある単語を二つ三つ読むなり、彼女は息せき切って診察室に駆け込んだ。「先生！　先生！　廊下にこんなものが！」

診察助手は診察を中断させ、服を脱ぎかけていた患者を控え室に追い出すと、医師に葉書を差し出した。彼が最後まで読むのも待ちきれず、彼女は自分の疑念について報告し始めた。「あの挙動不審な小男以外、あり得ません。最初にあのおどおどした目を見たときから、嫌な感じがしたんです。あれは良心にやましいところがある目です。あの男は一瞬もじっとしていられなかったんです。しょっちゅう廊下に出ようとするんです。私、あの男を二回トイレから追い出してやりました。それで、二度目に追い出したあと、ふと見ると廊下にこの葉書が落ちていたんです。絶対に、外から投げ込まれたんじゃありません。もしそうだったら、郵便の差し入れ口からもっと近い場所に落ちていたはずです。先生、すぐに警察に電話してください。あいつが逃げ出してしまわないうちに！　どうしよう、もう逃げてしまったかもしれない。すぐに見に行かないと……」

そう言うと、彼女はドアを開けっ放しにして診察室を飛び出していった。

医師は、葉書を手にしたままそこに立っていた。実に困った事態だ。こんなことが診察時間に起きるとは！　葉書を見つけたのが診察助手だったのは幸いだった。二時間前から私が診察室を出ていないこと、トイレにさえ立っていないことは彼女が証明してくれる。あの娘の言うとおりだ。すぐ警察に電話するのが一番いい。医師は、最寄りの警察署の電話番号を電話帳で探し始めた。

開けっ放しのドアから、診察助手が顔を出した。「先生、あの男はまだいます」と彼女は囁いた。「もちろん、そうやって疑いを逸らそうと思っているんです。でも、絶対にあの男が……」

「分かった」と医師は診察助手の言葉を遮った。「ドアを閉めてくれ。警察に電話するから」

彼は警察に電話で報告し、「警察の到着まで男を絶対に引き留めておくように」との指示を受け取り、その指示を診察助手に伝えて、「男が出て行こうとしたらすぐに知らせてくれ」と言うと、再び机の前の椅子に腰を下ろした。だめだ、気が動転して、もう診察どころではない。どうしてこんなことが起きなければならないのか、よりにもよって私の身に。何て無責任な奴だろう。この葉書を書いた奴のせいで、みんながとんだ迷惑を被っているのだ。自分が書いた呪われた葉書がどれほど他人に迷惑をかけるか、考えたことがあるんだろうか。

まったく、この葉書はとんだ災難だ。これから警察がやってくる。もしかしたら私に疑いがかかるかもしれない。警察は家捜しをするだろう。そして、疑いが晴れたとしても、もし使用人の部屋で彼女が見つかってしまったら……。

医師は立ち上がった。少なくとも彼女に話をしておかなければ……。

彼は再び腰を下ろした。私が疑われることなどあるものか。それに、彼女が見つかってしまったとしても、彼女はうちの家政婦だ。身分証にもちゃんとそう書いてある。一年ほど前、ナチスに強制されて、ユダヤ人である妻と離婚せざるを得なくなって以来、医師はこういう事態についてはくどいほど考え、相談を重ねてきた。離婚を決めたのは、おもに妻から、少なくとも子どもたちには安全を確保してやりたいと懇願されたからだった。その後、転居した上で、自分の家政婦だという偽の身分証を作って彼は元妻を呼び寄せた。これで何事もなくうまくいくはずだったのに。見た目では、妻はユダヤ人とは分らない……。

この不吉な葉書さえなければ！　よりにもよって私の元に舞い込むとは！　だが、どこに舞い込んでも、この葉書はきっと恐怖と不安を引き起こすことだろう。今の時代、誰だって何かしら隠さなければならないことを抱えているのだから。

だが、もしかして、それこそがこの葉書の目的なんだろうか。恐怖と不安を引き起こすことこそが？　もしかして、この葉書は、嫌疑をかけられた人間の元に、邪悪な意図をもって配られているのだろうか。葉書にどんな反応を示すかを確かめるために？　もしかして、もう随分前から見張られているんだろうか。そして、この葉書は、私がボロを出すかどうかを確かめるための手段の一つに過ぎないんだろうか。

さて、いずれにせよ、私は正しい行動を取った。しかも、葉書が発見されてから五分後には警察に知らせた。もしかしたら、容疑者まで警察に差し出すことができた。もしかしたら、事件にはまったく無関係の可哀想な奴かもしれないが。私にはどうしようもない。その男には、自分で疑いを晴らしてもらうしかない。とにかく、大事なのは自分に嫌疑が及ばないことだ。

そう考えると少し落ち着いてはきたのだが、医師は立ち上がると、慣れた手つきで素早く自分の腕に少量のモルヒネを注射した。さあこれで、これからやってくる男たちに、落ち着いて、それどころか少し退屈したような様子で応対することができる。離婚という恥辱（心の中では、彼は今でもこの行動をそう呼んでいた）以来、モルヒネ注射に救いを求めることが次第に増えてしまった。私はまだモルヒネ中毒ではない。モルヒネ中毒にはほど遠い。五〜六日間、モルヒネなしでやっていけることもある。だが、困難な事態に直面すると（そして、戦争が始まってからは、それはどんどん増えていった）、モルヒネに頼ってしまう。モルヒネだけはまだ効果がある。モルヒネの助けがなければ参ってしまう。違う、私はまだモルヒネ中毒じゃない！　だが、このままでは確実にそうなるだろう。ああ、この戦争さえ終わってくれたら。この惨めな国から出て行けたなら！　しがない医療助手としてでもいい、外国で暮らせたらそれで満足だ。

数分後、青い顔の、少し疲れた様子の医師は、交番からやってきた二人の男を出迎えた。そのうちの一人は、待合室のドアを見張るために派遣されてきた制服の巡査に過ぎなかった。巡査はすぐに診察助手と交代して見張りを始めた。

もう一人は、シュレーダー警部補という私服の刑事だった。医師は診察室で彼に葉書を手渡した。何か、証言できることは？　そうですね、申し上げられることは特にありません。何しろ、二時間以上もぶっ通しでここで患者を診ておりましたので。二十人か二十五人か、それくらいの数の患者を連続で診ておりました。でも、すぐに診察助手を呼んできましょう。

診察助手がやってきた。彼女には、証言できることが大量にあった。トイレで二回タバコを吸ったという無害な行為に対して抱くには不可解なほど激しい憎悪を込めて、彼女は「あの挙動不審な男」（彼女は、彼のことを「挙動不審な男」としか呼ばなかった）の行動を説明した。ときどき声も出なくなるほど興奮している彼女の様子をじっと観察しながら、医師は考えていた。バセドウ病をきちんと治療するよう、一度彼女に注意しなければ。ひどくなる一方だ。しゃべりながらここまで興奮してしまうのでは、もう完全な責任能力があるとは言えないな。

警部補も同じようなことを考えているようだった。「どうも！　差し当たってはもうそれで結構」と短く言うと、彼は彼女の証言を遮った。「あとは、お嬢さん、葉書が廊下のどこに落ちていたか教えてください。いいですか、できるだけ正確にお願いしますよ！」

診察助手は、葉書を、郵便投入口からは届きそうもないと思われる場所に置いた。しかし、警部補が巡査に手伝わせて何度も葉書投入実験をおこなったところ、診察助手が示した場所のほぼ近くに葉書が落ちることが確かめられた。正確に言うと、あと十センチ足りなかったが

……

「葉書が落ちていたのはここだったかもしれませんよね、お嬢さん？」と警部補は尋ねた。

警部補の実験が成功したのを見て、診察助手は怒りを露わにした。彼女は断固たる態度で説明した。「いいえ、葉書が落ちていたのは、ドアからそんなに近いところじゃありません。さっき説明したよりも、もっと廊下の奥のほうでした。今思い出しました、この椅子のすぐ傍でした」そう言うと、彼女は投入口からさらに五十センチ離れた場所を示した。「葉書を拾い上げたとき、この椅子にぶつかりました」

「なるほどね」と警部補は言い、カッカしている診察助手を落ち着いて観察した。心の中で、彼は彼女の証言すべてに線を引き、抹消した。この女はヒステリーだ、と彼は思った。もちろん、原因は男不足だ。男はみんな戦争に行ってるからな。それにこの女、あんまり可愛くない。

医師のほうを向くと、彼は声に出して言った。「これから、患者のふりをして待合室で三分間様子を見たいの

ですが。私の正体を悟られないようにして、まず被疑者を見てみたいんです。できますか？」

「もちろん。被疑者がどこに座っているか、診察助手のキーソフさんがお教えします」

「立ってますよ！」と診察助手が語気鋭く言った。「ああいう男は座ったりなんかしません。座るより、他人の足を踏みつけて回るほうが好きなんです。心にやましいところがあるから、じっとしていられないんです。あの挙動不審者は……」

「それで、どこに立ってるの？」と警部補は再び彼女の言葉を遮った。あまり丁寧とは言えない口調だった。

「ついさっきは、窓際の鏡の横に立ってました」と彼女はむっとして答えた。「でももちろん、今どこに立ってるかは分かりません。本当に落ち着きがないんだから！」

「教えてもらわなくても、多分分かります」とシュレーダー警部補は言った。「どんな男かは、充分聞かせてもらいましたから」

そう言うと、診察室に入っていった。

診察室はざわついていた。もう二十分以上も、誰も呼ばれていないぞ。いつまで待たせるつもりだ。こっちも忙しいんだ。ひょっとしたら、先生は金持ちの自己負担患者を先に診て、健康保険扱いの患者は死ぬまで待たせるつもりなんだろうか。だけど、そんなことはどこの医者でもやってるよ。どこへ行ったっておんなじさ。どこだって金持ちが優先なんだ。

「医者なんてみんなカネ次第」という話がどんどん盛り上がっていく中、警部補は目当ての男を黙って観察していた。男の顔はすぐに見分けがついた。診察助手が言ったほど落ち着きのない様子でもないし、挙動不審でもない。他の患者たちのおしゃべりには加わらず、ごく落ち着いた様子で鏡の横に立っている。他人のおしゃべりを聞いてさえいないようだ。退屈な待ち時間を潰そうと、ふつうはおしゃべりくらいするものだが。ちょっと頭の悪そうな、ちょっとおどおどした感じのする男だ。単純労働者だな、と警部補は思った。いや、もうちょっとましか。手先は器用そうだし、労働と言っても重労働じゃないな。背広とコートは手入れが行き届いているが、着古された感は否めない。全体として、葉書の文体からイメージされる男とは全然違う。このおどおどした兎のような男が、あんな力強い文章を書くとはどうにも……。

だが、人は往々にして見かけによらないからな、と警部補は思った。それに、この男には目撃者の証言によって重大な嫌疑がかかっているんだから、少なくとも調べてみなければ。お偉方はどうやら、この葉書犯に少々イライラしているようだ。つい最近もまた、「極秘」扱いで、「本件に関しては、どんな小さな手がかりでも即刻追跡すべし」との命令が回ってきたっけ。

この件でちょっと手柄が立てられたらいいんだが、と警部補は思った。もういい加減、少しは昇進してもいい頃だ。

患者たちが大声で不平を言い合っている中、彼は鏡の横に立っている小男にそっと近づき、彼の肩を叩くと言った。「ちょっと廊下に出てくれ。聞きたいことがある」

どんな命令にもおとなしく従うエンノ・クルーゲは、言われたとおりにおとなしく従った。だが、見知らぬ男のあとについて歩いていくあいだに、不安に襲われた。これはどういうことだ。俺をどうするつもりなんだ。この男はお巡りみたいだし、しゃべり方もまるきりお巡りだ。警察が俺に何の用があるんだ。俺は何もやっちゃいないぞ！

その瞬間、彼はローゼンタールの家に空き巣に入ったことを思い出した。間違いない。バルクハウゼンが捕まって、俺を密告したんだ。彼はますます不安になった。俺は何も言わないと誓った。もししゃべったら、あの親衛隊員はまた俺をとっ捕まえて殴りつけるだろう。前よりもっとひどい目に遭わされる！　何も言うわけにはいかない、だが何も言わなければ、このお巡りに締め上げられる。そしたら、やっぱりしゃべってしまうだろう。しゃべっても、しゃべらなくてもおしまいだ。ああ、どうしよう！

廊下に出ると、期待に満ちた四つの顔が彼を見ていた。だが、彼は彼らの顔を見てはいなかった。巡査の制服を見ただけで、彼は不安が的中したことを悟った。どっちに転んでも、おしまいだ。

そして、この不安がエンノ・クルーゲに、決断力と強靭さと素早さという、ふだんは持ち合わせていない性質を与えた。エンノは、この弱々しい小男がまさかそんな挙に出るとは思ってもみなかった警部補の不意を突いて彼を巡査のほうへ突き飛ばし、医師と診察助手の脇を走り抜けると玄関ドアを開け放ち、階段に飛び出した。

だが、巡査が呼び子笛を鳴らしながら追いかけてきた。足の長いこの若い男に、エンノが敵うはずがなかった。階段の一番下の段で追いつくと、巡査はエンノを殴り倒した。目から出た火が治まって再び前が見えるようになったエンノに、巡査は愛想よく笑いかけながら言った。「さあ、お手々を出すんだ。腕輪をつけてやるぞ。次はこんなふうに一緒に散歩しよう、いいな？」

カチャッと音を立てて、手錠がエンノの手首にはまった。不機嫌な目つきで黙り込んでいる刑事と、このちびの逃亡者をただ単に面白がって笑っている巡査に挟まれ、彼は再び階段を上った。

階上では、患者たちが廊下に集まっていた。さっきまで待ち時間が長いと不平を言っていた彼らは、もうイライラしてはいなかった。逮捕はいつでも面白い見物だった。それに、診察助手によれば、逮捕されたのは政治犯、つまり共産党員だった。彼らにとって、共産党員は逮捕されて当然の奴だった。そんなわけで、エンノは患者たちの視線を浴びながら診察室へと連行された。診察助手キーソフ嬢は警部補にすぐに追い出されたが、医師は取り調べに立ち会うことを許された。警部補は言った。「さてと坊や、まずはこの椅子に座ってくれ。走って疲れただろうからな。ずいぶん息を切らしてるじゃないか。巡査、まずこの紳士の手錠を外してやってくれ。もう逃げたりはしない、よな？」

「もちろんです！」エンノ・クルーゲは必死になって約束した。彼の目からは、もう涙がこぼれ落ちていた。

「忠告しておけばよかったたな。次は撃つぞ。坊や、私は射撃には自信がある」。二十歳も年上のクルーゲに向かって、警部補は「坊や」と呼びかけ続けた。「ほら、そんなに泣くなって！　そんなに悪いことをやらかしたわけじゃないんだろ？」

「俺は何もやらかしてません！」とエンノ・クルーゲは泣き叫んだ。「本当に何もやってません！」

「もちろんそうだろうともさ、坊や」と警部補はうなずいた。「だから、巡査の制服を見た途端に、兎みたいに逃げ出したんだろうよ！　先生、この腰抜けが少しはしゃんとなるような薬はありませんかね？」

危険がすべて頭上から去った今、医師は心からの同情を込めてこの不運な小男を見ていた。この男も、ほんのちょっとした困難にも打ちのめされてしまう、人生の敗残者なのだ。医師は、この小男にモルヒネを打ってやりたいという誘惑に駆られた。最少量でいいんだが。だが、刑事の面前ではとても無理だ。ブロミドのほうがいい……

だが、彼がまだブロミドを水に溶いているあいだに、エンノ・クルーゲが言った。「何も要らない。何も飲まない。毒はごめんだ。それくらいなら、話します……」

「そうか、よし」と警部補は言った。「お前なら分かってくれると思ってたぞ、坊や。それじゃ話してみろ」

エンノ・クルーゲは、頬の涙をぬぐうと話し始めた。彼の涙は本物だった。ただもう気が動転して、泣き出してしまったのだ。だが、涙は本物だったとしても、エンノ・クルーゲは、泣いているあいだにじっくり考える時間が稼げることを女たちとの長い付き合いを通して会得していた。そして、泣きながら考えているうちに、空き巣の件で警察が医者の診察室まで逮捕しに来るというのはどう考えてもおかしい、と気づいた。警察が本当に俺を尾行していたというなら、街中《まちなか》を歩いているときとか病院に入る前とかに逮捕したっていいはずだ。二時間も待合室に座らせておいてから逮捕する必要はないはずだ……。

そうだ、これは多分、ローゼンタールの家に空き巣に入った件とはまったく無関係だ。多分、何かの誤解が元で俺は逮捕されたんだ。何となく、あの意地悪な診察助手と何か関係がありそうな気がする、とエンノ・クルーゲは思った。

だが、一度逃げてしまった以上、「緊張のあまり逃げてしまいました。制服を見るだけで正気をなくしてしまうんです」ではお巡りを納得させることは到底できまい。だからこんなお巡りがそんな話を真に受けるはずがない。だから、信憑性のある、検証可能な話をする必要がある。どんな話をしたらいいか、それも分かってる。やばい話だし、こんなことを話したらどうなるかも分からないが、どっちがやばいか比べれば、こっちを白状するほうが絶対ましだ。

そんなわけで、話してみろと言われて彼は涙をぬぐうと、そこそこしっかりした声で、自分は精密機械工をしているが、あまりにも病欠が多いので雇い主を怒らせてしまい、強制収容所か懲罰部隊送りにされそうになっている、という話をした。もちろん、自分にサボり癖がある話はしなかったが、お巡りにはどのみちばれるだろうと思った。

その点では、彼の見通しは正しかった。警部補は、エンノ・クルーゲという男がいかにいいかげんな奴であるかを完全に理解した。「そうなんです警部さん、警部さんと制服のお巡りさんを見たとき、ちょうど診断書を書いてもらおうとして病院に来たところだったんで、やばい、強制収容所に連れて行かれると思って逃げ出してしまったんです……」

「なるほどな」と警部補は言った。「なるほどな」しばらく考えてから、彼は言った。「だがな坊や、今ではもう、お前は自分がそのせいで逮捕されたとは思っていないように見えるんだが？」

「ええ、思っていません」とクルーゲは認めた。

「それで、どうして今はそう思わなくなったのかな、坊や」

「だったら、もっと手っ取り早く、工場や家まで捕まえに来るだろうと思ったからです」

「それじゃあお前にも家があるってことだな、坊や」

「もちろんですよ、警部さん。女房は郵便局に勤めています。二人の息子は戦争に行っています。きちんと結婚しています。一人はポーランドの親衛隊にいます。身分証もここにあります。住所とか勤め先とか、私が今言ったことはこれですべて証明できます」

エンノ・クルーゲは使い古したみすぼらしい札入れを取り出し、書類を探し始めた。

「書類は今はいい。しまっておけ、坊や」と警部補は身振りでエンノを押しとどめると言った。「あとでゆっくり見せてもらう」

警部補は考え込んだ。全員が黙っていた。

医師は、机に向かって走り書きを始めた。一難去ってまた一難のこの小男に、診断書をそっと渡してやるチャンスがあるかもしれない。胆嚢の病気、とか言ってたな、それじゃあそう書いておこう。こんな時代、お互いできるだけ助け合わなければ！

「先生、そこで何を書いてらっしゃるんです？」考え事に耽っていた警部補が突然我に返って尋ねた。

「カルテです」と医師は説明した。「時間をちょっと有効に使おうと思いましてね。診察を待っている患者がまだ大勢いますので」
「仰るとおりです、先生」と警部補は言い、立ち上がった。どうするか、考えが決まったのだ。「長々とお手間を取らせました。これで失礼します」

このエンノ・クルーゲという男の話は本当かもしれない。いや、まず間違いなく本当だと思っていいだろう。だが、まだ何か裏にあるような気がしてならない、と警部補は思った。奴はまだすべてを話してはいないんじゃないだろうか。「さあ、来るんだ、坊や。ちょっと一緒に来てもらおうか。違う、アレックス（警察本部のこと）に行くわけじゃない。所轄の警察署まで来てくれと言ってるだけだ。お前みたいな元気な奴とは、もうちょっと話がしたいんでな。それに、これ以上先生の仕事の邪魔をするわけにもいかない」彼は今度は巡査に向かって言った。「手錠はしなくていい。なに、この男はおとなしくついてくるさ。お利口さんだからな。それではハイル・ヒトラー、先生。お手数をお掛けしました」

彼らはすでに戸口に立っていた。本当に出て行こうとしているように見えた。ところが、そのとき警部補が突然クヴァンゲルの葉書をポケットから取り出し、エンノ・クルーゲの鼻先に突きつけると、度肝を抜かれたエンノに向かって鋭い口調で言った。「さあ、これを読んでみろ、坊や。さっさと読め。ごそごそしたり、つっかえたりするんじゃないぞ」

警官の口調そのものだった。

葉書を受け取ったときのクルーゲの顔、その見開いた目の中で次第に濃くなっていく当惑の色、「ドイツ人よ、忘れるな。オーストリア併合とともにそれは始まった。次はズデーテンラントとチェコスロバキアの番だった。ポーランドが、ベルギーが、オランダが襲われた」とつっかえつっかえ読み始めたその様子を見ただけで、警部補はほぼ確信した。この男はこの葉書を手にしたことも内容を読んだこともないし、いわんやこれを書いたなどということはあり得ない。こんな馬鹿にそんなことができるわけがない！

彼は憤然として葉書をエンノ・クルーゲから取り上げ、短く「ハイル・ヒトラー！」と言うと、巡査と逮捕者を従えて診察室を出て行った。

医師は、エンノ・クルーゲのために書いてやった診断書をゆっくりと破り捨てた。こっそり渡してやるチャンスはなかった。残念だ。だがおそらく、どのみちあの男の役には立たなかっただろう。あの男は今の厳しい時代に耐えられそうにない。あの男の運命はもう決まっているのかもしれない。内側にしっかりしたところのないあの男には、外から手を差し伸べて助けようとしても無駄なのかもしれない。

残念だ……

24 尋問

「エンノ・クルーゲは葉書の書き手でも配り手でもない」と確信していながら、電話報告の際に警部補が「クルーゲという男は葉書の配り手だと思われます」とエッシェリヒ警部に言ったのは、「賢い部下たるもの、上司の見解を決して先取りしてはならない」との考えからだった。「犯人はクルーゲだ」と診察助手キーソフ嬢が告発していることは、確固たる事実だ。その告発が根拠のあるものかどうかは警部殿が決めればいいことだ。

その告発がちゃんとした根拠のあるものなら、警部補は有能な男として警部の覚えもよくなる。ちゃんとした根拠がないと分かれば、警部は警部補よりも頭がいいことになる。こんなふうに上司を立てておくことは、部下にとって、どんな有能さよりも往々にして役に立つのだ。

「さて」と言いながら、長身で灰色のエッシェリヒが警察署内に入ってきた。「さて、シュレーダーくん、捕まえた男はどこにいる?」

「左側の、一番奥の独房です、警部殿」

「クラバウターマンは自白したか?」

「は? クラバウターマン? ああ、そういうことですか、分かりました。いいえ、警部殿。警部殿に電話で連絡したあと、もちろんすぐに連行してきましたので」

「ご苦労」とエッシェリヒはシュレーダーをねぎらった。「それで、奴は葉書について何を知ってる?」

警部補は慎重に言った。「発見された葉書を奴に朗読させてみました。冒頭部分をです」

「印象は?」

「先回りするのは控えたいと存じます、警部殿」警部補は慎重に言った。

「遠慮は要らん、シュレーダーくん。印象は?」

「あの男が葉書の書き手であるとは私にはどうも思えません」

「なぜだ」

「あまり頭のいい男ではありませんし、ひどくおどおどした男でして」

エッシェリヒ警部は不満げに砂色の口髭を撫でた。

「あまり頭のよくない……ひどくおどおどした男、か」と彼は警部補の言葉を繰り返した。「そうだな、わがクラバウターマンは利口だし、確かに臆病な奴じゃない。それなら、なぜきみは奴が犯人だと思ったんだ。教えてくれ」

シュレーダー警部補は命令に従った。診察助手の告発とクルーゲが逃げ出そうとした話は、特に強調して報告した。「そうせざるを得ませんでした、警部殿。受けていた命令に従い、奴を逮捕せざるを得ませんでした」

「そのとおりだ、シュレーダーくん。完璧な行動だ。きみの立場だったら、私も同じようにしていたと思う」

この報告によって、エッシェリヒは再び少し勇気づけられた。「あまり頭のいい男ではない」とか「ひどくおどおどした男」よりはましな報告だ。もしかしたら、この男は葉書の書き手ではなく、配り手なのかもしれない。クラバウターマンに共犯者はいない、というこれまでの想定を覆すことになるにもかかわらず、エッシェリヒはそう思った。

「奴の身分証はもう調べたか?」

「ここにあります。大体において、供述どおりの内容です。警部殿、私の印象ですが、あの男は、戦争には行きたくない、働くのも嫌、という労働忌避者です。競馬好きでもあります。競馬新聞や馬券の束を持っていました。それと、いかがわしい女たちから貰った、かなり下品な手紙も。そういうチンピラです、警部殿。五十も間近の男なんですがね」

「実に結構だ」と警部は言ったが、本当は「結構」どころではなかった。葉書の書き手にしろ配り手にしろ、女とはあまり縁がないはずだった。その点には自信がある、と彼は思った。ついさっき再び活気づいた希望は、またしても消えかけた。しかし、そのときエッシェリヒは上官のプラル大将や、さらに上の、ヒムラーを頂点とするお偉方のことを思い出した。犯人の手がかりを提出しなければ、ひどい目に遭うだろう。だが、ここに手がかりがある。少なくとも、確固たる告発と疑わしい行動がある。本当はそれが正しい手がかりだと思っていなくても、とりあえずその手がかりを追うという手がある。そうすれば、引き続き辛抱強く待っているための時間稼ぎができる。誰も困りはしない。そんなチンピラなど、どうなろうと構うものか。

エッシェリヒは立ち上がった。「シュレーダーくん、これから奥の独房に行ってくる。新しく見つかった葉書を渡してくれ。きみはここで待て」

ガチャガチャ音がしないように鍵をしっかり握り、忍び足で独房へ歩いていくと、警部はそっと覗き窓の覆いをずらし、独房の中を覗いた。

収監者はスツールに座っていた。頬杖をつき、目をドアのほうに向けている。まるで、覗いている警部の目をまっすぐ見つめているように見える。だが、本当は何も見ていないことがその表情から分かった。覗き窓の覆いが動いたとき、驚いたそぶりも見せなかったからだ。監視されていると感じている人間は緊張しているものだが、彼の顔には緊張の色もなかった。彼はただぼんやりと虚空を見つめていた。考え事に没頭して、というのではなく、暗い予感にうなされながらうとうとしているといった感じだった。

覗き窓からそれを見ていた警部にははっきりと分かった。この男はクラバウターマンでもその共犯者でもない。これは人違いだ。証人が何と言おうと、この男の取った行動がどれほど疑わしかろうと。

だが、エッシェリヒは再び上官たちのことを思い出した。髭を噛みながら彼は考えた。人違いだったと露見するまでに、どれくらい時間が稼げるだろう。人違いだったと分かった際に恥をかかされるのも避けたい。

彼は独房のドアをぐいと開け、中に入った。収監者は錠が開く音に縮み上がり、入ってきた警部をまずおろおろと見つめ、それから立ち上がろうとした。

だが、エッシェリヒは彼をすぐにスツールに押し戻した。

「座ったままでいい、クルーゲさん。座ったままで。我々くらいの歳になると、ケツを上げるのも楽じゃないからな」

そう言うと、彼は笑った。クルーゲも一緒に愛想笑いしようとしたが、その笑顔は泣き笑いになった。

警部は壁に立てかけてあった折りたたみベッドを開くと、その上に腰掛けた。「さてと、クルーゲさん」と彼は話しかけながら、相手の青白い顔を注意深く観察した。貧相な顎、妙に厚ぼったい赤い唇、ひっきりなしに瞬《まばた》きしている、色の薄い目。「さてと、クルーゲさん。言いそびれていることを話してもらおうか。私は秘密国家警察のエッシェリヒ警部だ」。秘密国家警察と聞いただけで相手がギクッとするのを見て、彼は穏やかに説得するような口調で言葉を継いだ。「恐がる必要はない。我々は小さな子どもを取って食ったりはしない。あんたはただの小さな子どもじゃないか。分かってるとも」

この言葉から同情心の微かな気配を聞き取ると、クルーゲの目は再びみるみる涙でいっぱいになった。顔は引きつり、頬がピクピクと震えた。

エッシェリヒは「まあまあ」と言うと、片手を小男の手に重ねた。「そんなにひどいことにはならないから。それとも、もうひどい目に遭っているかな」

「もうおしまいだ！」とエンノ・クルーゲは絶望して叫んだ。「もうだめだ！ 俺は診断書を持っていない。だから、工場に行かなきゃならないんです。だのに、ここから出られない。このままだと強制収容所に送られてしまいます。強制収容所なんかに送られたら、すぐに死んじまう。二週間と持ちません」

「よしよし」警部は再び小さな子どもに話すように言った。「勤め先の工場のことは何とでもなる。我々がある男を勾留し、その男がまっとうな人間だと分かった場合には、その勾留による不利益をその男が被らないようにするのも我々の仕事だ。クルーゲさん、あんたはまっとうな人間だ、そうだろ？」

クルーゲの顔の筋肉が再びピクピクし始めた。彼は、この感じのいい男に部分的に自白することに決めた。

「俺が仕事を怠けているって、上役たちが言うんです」

「ほう、それであんた自身はどう思うんだ、クルーゲさん。あんたとしては、ちゃんと働いていると思うのか？」

クルーゲは再び考えてから、「俺は本当によく病気になるんです」と哀れっぽく言った。「だのにあの人たちは、このご時世、病気になってる暇はないって言うばっかりなんです」

「あんただっていつも病気というわけじゃないだろうが。

病気じゃないときにちゃんと働けば、それで充分だろうよ。どう思う、クルーゲさん?」

再び意を決してクルーゲは言った。「ああ警部さん」と彼は訴えかけた。「女どもが放してくれないんですよ!」

その言葉は、嘆いているようにも自慢しているようにも聞こえた。

警部は、それはいかんなとでも言うように、同情しているような顔で首を振った。

「それはまずいな、クルーゲさん」と彼は言った。「我々くらいの歳になると、チャンスを逃したくなくなる。そうだよな?」

クルーゲは、相手が自分に理解を示してくれたので嬉しくなり、ただ薄笑いを浮かべて彼を見ていた。

「ところで」と警部は言った。「カネはどうしているんだ?」

「ときどき、ちょっと競馬をやるんです」とクルーゲは告白した。「しょっちゅうじゃないし、大金も賭けませんよ、警部さん。五マルク以上は絶対賭けません、それも予想が絶対確かなときだけです。本当です、警部さん」

「それで、女とか賭け事とかのカネはどこから出ているんだね、クルーゲさん。だって、あんたはあんまり働いていないわけだろ?」

「だから、女どもが払ってるんですよ、警部さん」警部の無理解ぶりにほとんど気分を害したような口ぶりでクルーゲは言った。彼は自慢げな笑みを浮かべ、「あんたがいてくれると助かるわ、ってわけで」と付け加えた。

その瞬間、エッシェリヒ警部は、このクルーゲという男が葉書の作成と配布にたとえほんのわずかにしろ関わっている可能性はゼロだ、という最終判断を下した。こいつはそんなことのできる男ではない。そのためのどんな条件もこの男は満たしていない。だが、それでも尋問はしておかなければ。尋問調書を作成しなければならないから。お偉方のための調書、彼らを静かにさせておくための調書を。引き続きクルーゲを容疑者にしておくための調書、彼に対する措置を正当化するための調書を。

そこで、彼はポケットから葉書を取り出してクルーゲの前に置くと、さらりと言った。「この葉書を知ってるな、クルーゲさん?」

「ええ」エンノ・クルーゲは最初、何の気なしにそう言ったが、縮み上がって言い直した。「もちろん、知りません。ついさっき、最初の部分を朗読しろと言われまして。知っている、というのはそういう意味です。それ以外のことは何も知りません。誓います、本当です、警部さん!」

「まあまあ」とエッシェリヒは懐疑的な調子で言った。「クルーゲさん、あんたの仕事ぶりや強制収容所といったような重大な問題についてははっきりしたんだし、工場のお偉方にはこの私が話をつけにいってやると言ってるんだ。まさか、こんな葉書みたいな小さなことで意見が合わないってことはないよな?」

「俺はこの葉書とは関係ありません。何も知らないんです、警部さん!」

「何もそんなことを認めさせようというんじゃないんだ、クルーゲさん」と警部はクルーゲの言葉には構わず言った。「部下とは違って、私はそんなことを言ってるわけじゃない。部下は葉書事件の犯人はあんただと思っている。何が何でもあんたを人民裁判所に引っ張っていくつもりだ。でもって、首をばっさり!てわけだな」

小男はぶるぶる震え出し、真っ青になった。

「大丈夫」と警部は言い、安心させるように再びクルーゲの手に自分の手を重ねた。「大丈夫。私はあんたが犯人だとは思ってない。だが、この葉書は病院の廊下に落ちていたし、あんたは廊下でごそごそと疑わしい行動を取っていた。それに、警察を見て動揺し、逃げ出そうとした。このすべてについて、ちゃんとした証人がいる。だから、クルーゲさん、本当のことを話したほうがいいぞ。自分から災難に飛び込んでいくような真似をしてほしくないんだ」

「葉書はきっと外から差し込まれたんです、警部さん。俺はこの葉書とは何の関係もありません、誓います、本当です、警部さん!」

「葉書が落ちていた位置から考えて、外から差し込まれたはずはない。そして、五分前には葉書はそこにはなかった、と診察助手が証言しているんだ。その五分のあいだに、あんたは便所に入っている。それとも、その時間に、あんたの他に待合室を出て便所に入った人間がいたとでも?」

「いいえ、いなかったと思います、警部さん。いいえ、絶対にいません。その五分間に限って言えば、絶対にいません。なぜって俺はその間ずっとタバコを吸いたいと思ってたんで、誰か便所に行く人はいないかと注意して見ていたんです」

「やっぱりそうか！」と警部はいかにも納得したように言った。「ほら、あんたは自分でそう言っている。だから、玄関にこの葉書を置くことができたのはあんただけだ、あんたしかいないとな」

クルーゲは、愕然とした目で警部を見つめていた。

「さてと、こうして自白したからには……」

「俺は自白なんかしていません。自白だなんて！　俺はただ、その五分のあいだに俺より先に便所に行った人はいないと言っただけです！」

クルーゲはほとんど叫ぶように言った。

「やれやれ」と警部は言いながら、そんな話は認めないぞと言うふうに首を振った。「今言ったことをすぐに取り消そうなんて真似はしないでくれよ。あんたは物わかりのいい人間だから大丈夫だと思うが。そんなことをされると、私としては、あんたが取り消したという事実も調書に書かなきゃならなくなる。クルーゲさん、それではどうにも印象が悪くなるよ」

クルーゲは絶望して警部を見つめていた。「だから、俺は自白なんかしてませんってば」彼は抑揚のない声で言った。

「いずれ必ず私と同じ考えになるさ」とエッシェリヒはなだめるように言った。「さあ、まず言ってもらおうか。誰に頼まれて葉書を置いたんだ？　知り合いとか友達か？　それとも、見ず知らずの人間に呼び止められ、二〜三マルク渡されてやったのか？」

「違います、違います！」クルーゲは再び叫び声を上げた。「お巡りさんから渡されるまで、この葉書を手に取ったことも見たこともありません！」

「やれやれ、クルーゲさん。葉書を玄関に置いた、とあんたさっき自分で認めたんだよ」

「俺はそんなこと認めていません。そんなこと、俺は言ってません！」

「確かに」エッシェリヒは口髭を撫で、こみ上げそうになる笑いを抑えながら言った。哀れっぽく鳴いているこの臆病な犬にダンスをさせるのが面白くなってきたのだ。実にいい感じの、嫌疑充分の調書になるぞ。お偉方にとってはな。「確かに、はっきりとそう言ったわけじゃない。あんたはただ、葉書をそこに置くことができたのは自分しかいない、と言っただけだ。自分以外には誰もそこにはいなかった、とな。それはつまり、自分がやりましたと認めたことになるんだ」

エンノは目を大きく見開いてエッシェリヒを見つめていた。それから、彼は突然不機嫌な声で言った。「俺はそんなことも言っちゃいません。待合室から便所に立った人間がいないだけで、よそから誰かが便所に行ったかもしれないじゃないですか」

彼は再び腰を下ろした。犯人だと決めつけられて、興奮のあまり椅子から飛び上がっていたのだ。

「だけど、もう何もしゃべりません。弁護士を呼んでください。それから俺、調書にもサインしませんから」

「やれやれ」とエッシェリヒは言った。「クルーゲさん、誰も調書にサインしろなんて言っちゃいないだろうが。こっちはあんたが話したことをメモさえしていないんだぞ。こっちは昔からの友達のようにあんたと話しているんだし、ここで話していることは、ここだけの話だ」

彼は立ち上がると独房のドアを開けた。

「ほら、誰も立ち聞きなんかしていないぞ。だのに、こんな馬鹿な葉書のことでこんなに手間取らせようってのか？ いいか、私はこの葉書のことなんか何とも思ってない。こんなものを書いた人間はただの馬鹿だ。だが、病院の診察助手と私の部下が大騒ぎしたもんだから、私としてはこの件を調べざるを得ないってわけだ。調子を合わせてくれよ、クルーゲさん。こう言ってくれるだけでいいんだ。フランクフルト通りでこの葉書をある男から渡された。その男は、医者をちょっと困らせてやりたいんだと言った。報酬として十マルク貰った、とね。さっき見せてもらったが、あんた、ポケットに十マルクのピン札を一枚持ってるじゃないか。どうだ、今話したとおりに言ってもらえると助かるんだがな。そうすれば、もうあんたに煩わされずにさっさと家に帰れるってもんだ」

「それで俺は？ 俺はどうなるんです？ 刑務所行きだ！ でもって首をばっさり！ 冗談じゃない、警部さん。そんなこと言えるもんか！」

「私が家に帰ったら、あんたがどうなるかって？ あんたも家に帰るんじゃないか。まだ分かってないのか？

どっちみち、あんたは自由だ。釈放する」

「本当ですか、警部さん。絶対に本当ですか？　証言しなくても、調書にサインしなくても、釈放してもらえるんですか？」

「もちろんだ、クルーゲさん。すぐにここから出られるとも。ただ、その前にもう一度考えてくれ」

　そう言うと、エッシェリヒは、椅子から飛び上がってすでにドアのほうを向いていたエンノの肩をぽんと叩いた。

「いいか。工場の件は任せておけ。私がいいように取りはからってやる。約束したぞ。私は約束を守る男だ。だがなクルーゲさん、ここでちょっと私のことも考えてもらいたいんだ。あんたを釈放したら、私が例の部下からどれだけ面倒を被ることになるか考えてみてくれ。部下は上官に告げ口するだろう。そうなると非常にまずいことになりかねない。クルーゲさん、例のフランクフルト通りで会った男についてサインしてもらえると本当にありがたいんだが。あんたにとって危険は何もないじゃないか。その男が見つかるはずはないんだからね、そうだろう、クルーゲさん」

　こんなふうにじわじわと説得されて、エンノ・クルーゲが抵抗しきれるはずがなかった。心を決めかねて彼は立ち尽くした。自由の身になれる。その上、この親切な警部に逆らわなければ、工場の件も片付く。この親切な警部に逆らうのは恐くてたまらない。そんなことをしたら、あのお巡りがこの件を引き継ぐことになるかもしれない。そうなったら、ローゼンタールの家に空き巣に入った一件までいつか白状させられることになるかもしれない。そんなことになったらおしまいだ、親衛隊員のペルジッケが……

　本当に警部の言うとおりにしてもいいのかもしれない。そうしたところで、きっとどうということはない。あんな馬鹿馬鹿しい葉書。何か政治的なことが書いてあったが、政治なんかに関わりを持ったことは一度もないし、政治なんか知ったこっちゃない。それに実際、フランクフルト通りの男は絶対に見つからないだろう。そりゃそうだ、元々そんな男はいないんだからな。そうだ、警部の言うとおりにサインしてしまおう。

　しかしそのとき、生まれつきの用心深さというか臆病さが再び頭をもたげてきた。「そうか」と彼は言った。

「俺がサインしたら、警部さんは、出してやらないって言い出すんだね」

「やれやれ」警部は、このゲームはもう貰ったようなもんだと思いながら言った。「こんなクソ葉書のためにそんなことするもんか。まして、こっちの頼みを聞いてもらっておいてそんなことはしない。クルーゲさん、約束する。警部として、そして人間として。調書にサインしてくれれば、それであんたは自由の身だ」

「それで、サインしなかったら?」

「もちろん、それでも釈放するさ」

エンノ・クルーゲは決心した。「それじゃあサインしますよ、警部さん。警部さんが嫌な目に遭わないようにね。警部さんのためにサインするんですからね。工場の件を忘れないでくださいよ」

「今日中に片付けておくさ、クルーゲさん。今日中にな! 明日、ちょっと工場に顔を出すんだぞ。そもそもあんな馬鹿な仮病使いは慎むんだな。私が一言入れておけば、もうこれからは、一週間に一日サボる程度なら誰も文句は言わない。これでいいかな、クルーゲさん」

「ええもちろん! 本当にありがとうございます、警部さん」

こんなことを話しながら、二人は廊下を抜け、シュレーダー警部補が尋問の結果を待っている(どんな結果でも、それに従うつもりだったが)部屋に戻ってきた。二人が入ってくると、警部補は椅子からさっと立ち上がった。

「さてと、シュレーダーくん」警部は薄笑いを浮かべながら言うと、シュレーダーにまた睨みつけられてびくびくと縮こまって立っているクルーゲを顎で指し示した。「我らが友人が見つかったぞ。たった今、医者の玄関に葉書を置いたと認めた。葉書は、ある男からフランクフルト通りで受け取ったそうだ」

警部補の胸から呻き声のような音が漏れた。「ああ驚いた!」と彼は言った。「でもそんなはずは……」

「そこでこれから」と警部はそれに構わず言った。「これから我々二人で簡単な調書を作成し、それからこのクルーゲさんには家に帰ってもらう。釈放だ。それでいいね、クルーゲさん。それとも?」

「はい」とクルーゲは消え入りそうな声で答えた。警部補を見て、改めて疑念と不安に駆られたのだ。

警部補はぽかんとして突っ立っていた。クルーゲが葉書を置いたはずはない、絶対に違う。それは確かだ、と彼は思った。それなのに、その正反対の内容にクルーゲは進んで署名しようとしている。

このエッシェリヒという男、とんだ古ダヌキだな。どうやってこんなことをやってのけたんだろう。エッシェリヒは自分より遥かに切れ者だ、とシュレーダーは若干の嫉妬心とともにひそかに思った。しかも、こんな自白をさせたあとで容疑者を釈放するとは！　理解できない、底が知れない！　私も馬鹿ではないつもりだが、世の中、上には上がいるものだ！

「シュレーダーくん、お願いがあるんだが」とエッシェリヒは警部補の戸惑いぶりを充分楽しんでから言った。「私の代理でこれから本部まで行ってもらえるかな」

「承知しました、警部殿」

「私はこの事件の――えーと、何事件だったっけ。そうそう、クラバウターマン事件の担当者だ。シュレーダー、覚えてるな？」マン事件だ――、そのクラバウター

二人は目と目で理解し合った。

「それじゃシュレーダー。私の代理で本部に行って、リンケ警部に伝えてくれ。クルーゲさん、座っててくれ。ちょっと失礼、まだちょっと部下と話があるんでな」

彼は警部補と一緒に戸口まで歩いて行き、囁いた。

「本部へ行って応援要員を二人要請しろ。優秀な尾行者を二人、直ちに寄越してくれ。クルーゲを釈放し次第、二十四時間態勢で尾行する。二〜三時間おきに、奴の動きを私に電話で報告すること。コードネームはクラバウターマンだ。尾行班に奴の顔を見せておいて、交代で任務に当たらせろ。尾行班の準備が整ったら、ここに顔を出してくれ。それから奴を釈放する」

「承知しました、警部殿。ハイル・ヒトラー！」

ドアが閉まり、警部補は出て行った。エッシェリヒはエンノ・クルーゲの隣に腰を下ろすと言った。「これで厄介払いができた。あの男のことがあまり好きじゃないみたいだな、クルーゲさん？」

「警部さんほど好きじゃないかも」

「あんたが釈放されると聞いたとき、あの男がどんな顔をしたか、見たか？　あの男はひどく腹を立てている。それで、あの男を使いに出したんだ。我々の調書作成にあの男は必要ない。何だかんだと口を出してくるだろう

からな。タイピストも呼ばないことにしよう。ほんの二～三行なんだし、自分でさっさと手書きしてしまったほうがいい。これは我々二人のあいだの申し合わせに過ぎないんだ。あんたの釈放を私が上司に弁解するための」

こう言って、臆病者のエンノを再び少し安心させると、エッシェリヒはペンを取って書き始めた。ときには、書いている内容をはっきりと声に出すこともあった（声に出して言ったことを本当に書いていたのだとすれば、の話だが。エッシェリヒのような狡猾な刑事の場合、それすら確実とは言えなかった）が、ときにはその声はつぶやくように低くなった。そうなると、彼が何と言っているのか、クルーゲにはよく分からなかった。

エンノに分かったのは、調書が二～三行どころではなく、ほとんど四枚に及ぶ長さになったことだけだった。しかし、差し当たって、彼はそれすらそれほど気にかけていなかった。彼が気にかけていたのは、これで本当にすぐ釈放されるのかどうかということだけだった。彼はドアのほうをちらっと見ると、とっさに意を決して立ち上がり、ドアに近寄って少し開けた。

「クルーゲ！」と背後で呼ぶ声がしたが、それは命令口調ではなかった。「クルーゲさん、ちょっと待った」

「はい？」と答えて彼は振り返った。「まだ出て行っちゃいけないんで？」おどおどと微笑みながら彼は言った。

警部はペンを手にして、微笑みながら彼を見つめた。

「それじゃあ、私との取り決めをもう後悔してるってことだな、クルーゲさん。あんなに固く約束したのに。私は無駄話を書かされたってわけだ！」彼は決然とペンを置いた。「じゃあ、もう出てってくれ。見損なったぞ。あんたは約束を守る男じゃないってことだ。さあもう出てってくれ。署名しないのは分かってるんだから。私に構うことはない」

こうして、エッシェリヒ警部はまんまとエンノ・クルーゲに署名させることに成功したのだった。クルーゲは、調書の読み上げさえ要求しなかった。そこに何が書いてあるのかも分からないまま、彼は署名した。

「これでもう帰れますよね、警部さん？」

「もちろん。どうもありがとう、クルーゲさん。よくやってくれた。それじゃまた。つまり、ここじゃないところでまたってことだ。ああ、ちょっと待ってくれ、クルーゲさん」

「それじゃ帰っちゃいけないんで？」

クルーゲの顔をまた不安の影がよぎった。

「いやいや、もちろん帰っていいさ。もうまた信じられなくなったのか？　まったく疑い深い人だな、クルーゲさん。書類やカネを返そうと思っただけだ。そうだろ？　それじゃあ、全部揃っているかどうか一緒に確かめてみよう、クルーゲさん」

二人は照合を始めた。労働手帳、兵役手帳、出生証明書、婚姻証明書……

「どうして書類を全部持ち歩いてるんだ？　なくしたりしたら大変だろうが」

……住民登録書、給料袋四枚……

「稼ぎはあんまりよくないな、クルーゲさん。ああそうか、分かった。週に三〜四日しか働いていないからだな。このサボり魔が」

……手紙三通……

「これはもういい。さっさとしまえ。こんなものに興味はない」

札で三十七ライヒスマルク、硬貨が六十五ライヒスプフェニヒ……

「ほら、やっぱり十マルク札が出てきた。あんたが例の紳士からもらった十マルクだ。これはこっちで証拠品として預かっておいたほうがいいな。だがちょっと待て。あんたに損はさせないぞ。代わりの十マルクを私から渡しておこう……」

こんな調子でエッシェリヒは時間を稼いだ。ついに、シュレーダー警部補が戻ってきた。「ご命令どおりにいたしました、警部殿。それから、リンケ警部からも警部殿にクラバウターマンの件でお話があるとのことです」

「ご苦労。よくやってくれた。こっちも片がついた。それじゃまた、クルーゲさん。シュレーダーくん、クルーゲさんを案内してくれ。それじゃあ、シュレーダーくんが表まで案内するから。それじゃまた、クルーゲさん。工場の件はちゃんとやっておく。ああ、必ずな。ハイル・ヒトラー！」

「悪く思わんでくれ、クルーゲさん」シュレーダー警部補はフランクフルト通りに出ると、彼と握手を交わして言った。「こういう仕事なんでね。ときには手荒なまねをしなければならないこともある。だが、あんたの手錠をすぐに外させたのは私だ。巡査に殴られたところもう何ともないだろう？」

「ええ、全然。それに、何とも思ってませんよ。ご面倒かけてどうもすみませんでした、警部さん」

「それじゃあ。ハイル・ヒトラー、クルーゲさん！」

「ハイル・ヒトラー、警部さん！」

そう言うと、貧弱な小男エンノ・クルーゲは小走りに去っていった。シュレーダー警部補は、フランクフルト通りの人波を縫って悄然と去って行くクルーゲを見送った。差し向けた二人がちゃんと後をつけていくのを見定めてうなずくと、彼は警察署に戻っていった。

25 エッシェリヒ警部、クラバウターマン事件を処理する

「ほら、読んでみろ」エッシェリヒ警部はシュレーダー警部補に調書を手渡して言った。

「うーん」とシュレーダーは書類を返しながら答えた。「白状したとなると、奴はこれから人民裁判所に送られて死刑になるわけですね。思ってもみませんでした」彼はむずかしい顔で付け加えた。「そんな奴が大手を振って歩き回っているなんて！」

「そのとおり」と警部は言い、調書を書類ばさみに挟んで革鞄にしまった。「そのとおり。そんな奴が大手を振って歩き回っている。だが、奴はきっちり警察に尾行されている。そうだな？」

「もちろんです」とシュレーダーは慌てて答えた。「この目で確かめました。二人とも、奴のあとをちゃんとつけていきました」

「奴は歩き回っている」エッシェリヒ警部は思案顔で口髭を撫でながら言った。「奴は歩き回り、こっちは奴を尾行する。そしていつか——今日か、一週間後か、半年後かに——我らがクルーゲ氏は葉書を書いた男の元へ行く。葉書をどこそこに置いてこいと奴に指示を出した男の元へだ。奴をつけていれば、必ずその男にたどり着く。教会でアーメンを聞くのと同じくらい確実にだ。その時初めて二人を捕まえる。その時初めて、二人揃って刑務所送りにする機が本当に熟すのだ」

「警部殿」とシュレーダー警部補は言った。「クルーゲが葉書を置いた犯人だとは、私にはどうもまだ信じられ

ません。葉書を奴に手渡したとき、分かったんです。あのとき、確かに奴はあの葉書のことを何も知りませんでした。これはみんな、あのヒステリーの診察助手がでっち上げた話です」

「だが、奴が葉書を置いた、と調書に書いてある」と警部は反論したが、その口調は淡々としていた。「ついでに言っておくが、ヒステリー女云々は報告書に書かないほうがいい。個人的な先入観は抜きで、客観的事実だけを書くように。そうしたければ、診察助手が信用できる人間かどうか医者に質問してもいいぞ。いや、それもやめておいたほうがいいな。それもやっぱり個人的判断だからな。証言の一つ一つをどう判断するかは予審判事に任せよう。我々は純粋に客観的に作業するのみ。先入観を一切持たずにだ。そうだろう、シュレーダーくん」

「当然です、警部殿」

「証言があるなら、それは一つの証言だ。我々はそれを拠り所とする。その証言がなぜ、どんなふうに出てきたのか、は我々には無関係だ。我々は心理学者じゃない。刑事だ。シュレーダーくん、我々にとって関心があるのは犯罪だけだ。ある男が自白したのなら、その男は犯罪を犯したんだ。我々にはまずはそれで充分だ。少なくとも私はそう思うんだが、シュレーダーくん、きみは違う意見なのかな?」

「もちろん私もそう思います、警部殿!」とシュレーダー警部補は大声で言った。まるで、自分の意見が上司と違うかもしれないということにぎょっとしているといった感じだった。「まったく同感です。常に、犯罪撲滅あるのみです」

「分かっているとも」とエッシェリヒ警部は言い、口髭を撫でた。「我々のような叩き上げの刑事の意見は常に一つだ。いいかシュレーダーくん、最近は部外者が警察に大勢やってきているが、我々は常に団結しているし、実際、それによってかなりの成果を上げている。シュレーダーくん、それでは」と彼は職務口調に戻って言った。「今日中に、クルーゲ逮捕についての報告書を提出すること。それと、診察助手と医師の証言の調書も。そうだ、シュレーダーくん、クルーゲの逮捕には巡査が一人同行していたな……」

「本署所属のドゥッベルケ巡査部長です」

「知らない人間だな。その巡査部長にも、クルーゲの逃亡について報告書を提出するように言っておいてくれ。簡潔かつ客観的な報告書をな。無駄なおしゃべりや個人的先入観は抜きだ。分かったかな、シュレーダーくん」

「承知しました、警部殿」

「それでは、シュレーダーくん。報告書を提出したら、今後きみがこの件と関わることはないだろう。あとはせいぜい、裁判官やゲシュタポに証言するくらいだな」彼は部下を見つめてふと思案顔になった。「シュレーダーくん、警部補になってどれくらいになる?」

「もう三年半になります、警部殿」

警部に注がれている「お巡り」のまなざしには、どこかいじらしいところがあった。

だが、警部はこう言っただけだった。「そうか、じゃあそろそろだな」。そして、そう言うと警察署をあとにした。

プリンツ・アルブレヒト通りのゲシュタポ本部に戻ると、彼はすぐに直属の上官であるプラル親衛隊大将に面会を願い出た。彼は一時間近く待たされたが、それはプラル大将が仕事で忙しかったからというわけではなかった。とはいうものの、プラル大将は今まさに多忙を極めていた。エッシェリヒの耳に、グラスがカチャカチャ鳴る音やシャンパンの栓を抜く音、笑い声や叫び声が聞こえてきた。それはつまり、いつものお偉方の集まりだった。それは、同胞を拷問して死刑台に送るという仕事をしたあとの息抜きであり、パーティーであり、飲み会であり、陽気な気晴らしだった。

その日はまだやることが山ほどあったのだが、警部は辛抱強く待った。彼は上官が一般的にどういう連中かを知っていたし、プラル大将のことは特によく知っていた。せっついても無駄だ。たとえ、ベルリンの半分が炎に包まれていても、呑みたいと思えばとりあえず呑む。それが彼のやり方なのだ。

小一時間待たされたのち、エッシェリヒは面会を許された。宴会の痕跡がありありと残る部屋は、かなり雑然としていた。プラル大将も、アルマニャックで顔が赤黒く火照り、かなり乱れた風体になっていた。しかし、彼はエッシェリヒを見ると愛想よく言った。「ああエッシェリヒか。きみも一杯やれ。フランスに対する勝利の果実だ。本物のアルマニャックだぞ。コニャックよりも十倍いい。十倍? いや、百倍だな! なぜ飲まないんだ？」

「お許しを、大将殿。今日はまだ仕事がかなり残っておりまして、素面でいたいのです。それに、酒はもうやめましたので」

「何だって？　酒はやめた？　素面でいたいだと？　ふざけたことを！　何のために素面でいなければならんのだ。仕事なんか誰か代わりの者にさせておいて、よく寝ろ。乾杯、エッシェリヒ。我らが総統に乾杯！」

　しかたなく、エッシェリヒも乾杯した。二杯目、三杯目も付き合いながら、エッシェリヒは、仲間と酒を飲むとこの男はすっかり変わってしまう、と思った。プラルは、ふだんは完全に許容範囲内の男だった。黒い制服を着てこの建物内をのし歩いている他の連中に比べれば、半分もひどくなかった。単に「命令されたからやっている」だけ（一度、自分でそう言ったことがある）で、何もかもを信じ込んでいるわけではなく、むしろやや懐疑的なところがあった。

　だが、仲間と飲み始めると、連中の同類になってしまう。つまり、気まぐれで残酷で衝動的で、自分と違う意見を絶対に認めない男になるのだった。たとえそれが、酒を飲むか飲まないかという意見の違いでも。エッシェリヒが乾杯をあくまで拒んでいたら、凶悪犯を取り逃がしたのと同じくらい身の破滅になるところだった。いや、乾杯を拒むほうがもっと許しがたい行為と見なされただろう。部下が上官の乾杯の号令に従わないのは、人格に対する侮辱すれすれの行為なのだった。

　そこで、エッシェリヒは何度も乾杯し、一緒に飲んだ。

「さてと。どうした、エッシェリヒ」よろけそうになる体を机で支えてできるだけまっすぐ立とうとしながら、プラルは言った。「そこに持っているそれは何だ？」

「調書です」とエッシェリヒは説明した。「私が担当しているクラバウターマン事件に関して、私が作成したものです。現在作成中の報告書と調書がこの他にまだ二〜三ありますが、これが最も重要なものです。ご覧ください、大将殿」

「クラバウターマン？」思い出そうとして考え込みながらプラルが尋ねた。「ああ、例の葉書事件の犯人のことか。何か考えておけと命令しておいたが、何か思いついたか、エッシェリヒ」

「ご命令どおりにいたしました。調書をお読み願えますでしょうか」

「読め？ いや、今はやめておこう。またあとでな。まずは読んで聞かせてくれ、エッシェリヒ」

だが、冒頭の三行を聞いただけで、彼は朗読を遮った。

「まずはもう一杯。乾杯、エッシェリヒ。ハイル・ヒトラー！」

「ハイル・ヒトラー！ 大将殿！」

そして、グラスを干すと、エッシェリヒは朗読を再開した。

ところがそのとき、酔っ払ったプラルはいたずらを思いついた。エッシェリヒが最初の三〜四行を読み上げるたびに、彼は「乾杯！」と言って朗読を中断させた。そして、エッシェリヒは、乾杯に付き合わされた上で、改めて最初から朗読を始めさせられた。「乾杯！」の声に際限なく中断され、彼はどうしても一ページ目から先へ進めなかった。酔っ払ってはいたが、プラルはエッシェリヒの心の動きを重々承知していた。彼が嫌々乾杯に付き合っていることも、調書を叩きつけて「くそ食らえ！」とばかりに部屋を出て行きたい衝動にすでに十回も駆られたことも、それでも（相手が上官だというだけで）そうはできないことも、怒りを気取られないようにぐっとこらえていなければならないことも。

「乾杯、エッシェリヒ」

「ありがとうございます、大将殿。乾杯！」

「さて、先を読んでくれ、エッシェリヒ。いやいや、もう一度最初から頼む。そこのところがまだ完全に理解できていないんでな。このところ、ますます飲み込みが悪くなって……」

言われたとおり、エッシェリヒは読んだ。二時間前、自分が哀れなクルーゲを苦しめたのと同じくらい、今、彼は苦しめられていた。クルーゲ同様、彼の頭の中にも、「ここから出ていきたい」という思いしかなかった。しかし、彼は朗読しなければならなかった。相手が飽きるまで、朗読しては飲み、飲んでは朗読しなければならなかった。頭の中はすでに朦朧としていた。せっかくの努力が水の泡だ！ 規律なんてくそ食らえだ！

「乾杯、エッシェリヒ！」

「乾杯、大将殿！」

「さて、もう一度最初から読み上げてくれ！」

これが延々と繰り返されたのち、プラルは突然このゲームに飽きると怒鳴った。「ああ、そんな馬鹿馬鹿しい朗読はもうやめてくれ。分かるだろう、もう酔っ払ってしまった。そんな話をどうやって理解しろと言うんだ。気の利いた調書をひけらかしたいんだろう、え？『他にもまだ報告書と調書がありますが、偉大なエッシェリヒ警部の調書ほど重要ではありません』か？ 大した自信だな。つまり、葉書犯はもう捕まえたのか？」

「いいえ、大将殿。ですが……」

「それならなぜここに来た。貴重な時間と上等なアルマニャックを無駄にしおって！」すでに完全な怒鳴り声だった。「完全に頭がおかしくなったようだな、え？ これからは話し方を変えることにしよう。優しくすればつけあがりおって。いいな？」

「承知しました、大将殿！」そして、次の怒鳴り声が降ってくる前にエッシェリヒは素早く言った。「ですが、葉書を配ったと思われる男を捕まえました」

この報告を聞いて、プラルは少し態度を軟化させた。「その男を連れてくるんだ。うつろな目で警部を見据えながら、彼は言った。「その男を連れてくるんだ。誰から葉書を受け取ったか、吐かせてやる。痛めつけてやろう。ちょうどそんな気分だ」

一瞬、エッシェリヒはよろめいた。エッシェリヒとしては、「その男はまだゲシュタポ本部に連行してはおりません。これから連行いたします」と答え、それから実際に連行する——尾行者に命じて、街中か家から引っ張ってこさせる——という手もあった。あるいは、その場はそっとしておき、プラル大将の酔いが覚めるのを待つという手もあった。一寝入りして目が覚めたときには、おそらくプラルは何も覚えていないだろう。

だが、エッシェリヒはエッシェリヒだった。つまり、彼はベテラン刑事であり、臆病者ではなく度胸のある男だった。なるようになれ、とばかりに彼は勇気を奮って言った。「その男は釈放しました、大将殿」

いやまったく、何という獣じみた吠え声だったろう。ナチスの高官にしてはふだんは本当に礼儀正しいプラルだったが、激昂のあまり我を忘れ、警部の胸ぐらをつかんで揺さぶりながら吠え立てた。「釈放した？ 釈放しただと？ 貴様、自分がこれからどうなるか分かってるか？ ぶち込んでやる、牢屋に放り込んでやる！ いいか、その口髭の前に千ワットの電球をぶら下げてやる。犬のクソみたいにな。貴様がうとうとしたら、ぶん殴って目を覚まさせてやる。このゲス野郎が……」

この調子で彼はひとしきりがなり立てた。エッシェリヒは、じっと黙ったまま、おとなしく揺さぶられ、罵られていた。今となっては、酒を飲んでいたのが幸いだったかもしれなかった。アルマニャックで少しぼうっとなっていたおかげで、彼には、今起きていることすべてが夢の中の出来事のようにしか感じられなかった。

喚くがいいさ、と彼は思った。大声で喚けば喚くほど、それだけ早く声が涸れるぞ。喚き続けるがいい、ベテラン刑事エッシェリヒを罵るがいい！

果たして、プラルは喚き疲れて声が涸れるとエッシェリヒを放した。プラルは改めてアルマニャックをグラスに注ぎ、怒りのまなざしでエッシェリヒを睨みつけながらしわがれ声で言った。「どうしてそんなたわけた真似をしたんだ。さっさと報告しろ！」

「まず第一にご報告申し上げます」とエッシェリヒは静かに言った。「その男には、本部の最も優秀な警察官が二人、常時張り付いています。男はいずれ、依頼主、つまり葉書犯の元を訪ねるものと思われます。現在、男は、葉書犯とは知り合いではないと主張しています。葉書犯は依然、正体不明です」

「私ならとっくに口を割らせているがな。尾行なんかして、男を見失ったらどうするんだ」

「見失ったりはしません。二人とも、本部の最も有能な警察官です」

「さあどうだか」しかし、プラルの機嫌は明らかに良くなってきた。「いいか、そういう自分勝手な真似は好かん。その男は私の手の届くところに置いておきたい」

そりゃそうだろうよ、とエッシェリヒは思った。三十分もすれば、あんたはあの男が葉書事件とは何の関係もないことに気づくだろう。そしたら、また私を責め立て始めるんだろうよ……

だが、彼の口から実際に出たのはこんな言葉だった。「その男は本当におどおどした、肝っ玉の小さい男です、大将殿。大将殿に痛めつけられたら、奴は山ほど嘘の自白をすることでしょう。大将殿に聞かれるがままに、奴は何でもしゃべるでしょう。そうなれば、我々は奴の吐いた無数の嘘を追いかけて、いとも易々と葉書犯まで辿り着けることでしょう」

プラル大将は笑い出した。「なるほどな、古ダヌキめ。

それじゃあもう一杯飲もうじゃないか」

そこで、二人はもう一杯飲んだ。

プラル大将は、吟味するような目でエッシェリヒ警部をじっと見た。先ほど怒りを爆発させたおかげでどうやら気分がすっきりし、少し冷静になったようだった。

しばらく考えてから、彼は言った。「いいか、調書のことだが……」

「ご命令どおりにいたします、大将殿」

「調書のことだが、二〜三通写しを取ってくれ。とりあえず、きみの気の利いた力作はしまってくれ」二人とも、笑顔になった。「ここに置いておくと、アルマニャックに浸かってしまうかもしれんからな」

エッシェリヒは調書を書類ばさみに挟み、革鞄にしまった。

その間、プラル大将は机の引き出しの中を引っかき回していたが、片手を背中に回した格好で戻ってきた。

「エッシェリヒ、きみはもう鉄十字章を持っていたかな？」

「いいえ、大将殿」

「それは間違いだ、エッシェリヒ。ほら、持ってるじゃないか」そう言って、隠していたほうの手を差し出すと、その手のひらには鉄十字章が載っていた。

エッシェリヒ警部は感極まってしまい、二言三言つぶやくのがやっとだった。「ですが大将殿！　私にはもったいない……何と申し上げてよいやら……」

五分前、大目玉を食らっていたときには、彼はどんな事態もあり得ると覚悟していた。二〜三日刑務所にぶち込まれることだってあり得ると思っていた。だが、その直後に鉄十字章を手渡されることになろうとは……

「……謹んで感謝申し上げます」

プラル大将は、エッシェリヒの仰天ぶりを楽しんでいた。

「さてと、エッシェリヒ」とやがて彼は言った。「あれは本心から言ったのではない。何と言っても、きみは非常に有能な警察官だ。ただ、きみにはときどき発破をかける必要がある。そうしないと、眠り込んでしまうからな。もう一杯やるとしよう。乾杯、エッシェリヒ。きみの十字章に！」

「乾杯、大将殿！　改めて御礼申し上げます！」

プラル大将は饒舌になった。「十字章は元々はきみのものになるはずではなかったんだ、エッシェリヒ。元々はきみの同僚のルッシュにやるつもりだった。ユダヤ人の婆さんの件で手柄があったんでな。だが、きみのほうが先にやって来たというわけだ」

その後もひとしきりおしゃべりを続けたのち、彼は入り口の赤色灯を点けると（それは、「重要な会議中につき、入室禁止」を表すサインだった）、長椅子に横になって眠りについた。

鉄十字章を握りしめてエッシェリヒが自分の執務室に戻ってみると、警官が受話器に向かって叫んでいた。

「何？　クラバウターマン事件？　何かの間違いじゃないのか。クラバウターマン事件なんてものはうちでは扱ってないぞ！」

「寄越せ！」とエッシェリヒは言うと、受話器を摑んだ。

「さっさとそこをどけ！」

彼は受話器に向かって叫んだ。「もしもし、エッシェリヒ警部だ。クラバウターマンがどうした？　報告か？」

「申し上げます、警部殿。男を見失ってしまいました。つまり……」

「何だと？」

エッシェリヒは、十五分前に上官がやったように怒りを爆発させそうになったが、自制して言った。「そんなはずがないだろう。きみは有能な警官だ。それに、相手はただの小男じゃないか！」

「警部殿、お言葉ですがあの男、イタチのようにすばしこくて。地下鉄のアレクサンダー広場駅の人混みに紛れて突然消えてしまいました。我々が尾行していることに気づいたに違いありません」

「逃げられた上にか！」とエッシェリヒは呻いた。「気づかれただと？　お前らみたいな大馬鹿者のせいで、私の計画は台無しだ。もうお前らに奴を探させるわけにはいかない、奴はお前らの顔を知ってるんだからな。新しく応援を頼もうにも、そいつらは奴の顔を知らない」彼はしばらく考えてから言った。「それでは大至急本部に戻り、二人とも、一人ずつ補充要員を連れていけ。それから、お前らのどちらかが奴のアパートのすぐ近くに張り込むんだ。ただし、気取られないようにしろ、いいな。二度と逃げられるな。お前らの任務は、補充要員にあれがクルーゲだと教えることだけだ。それが済み次第、さっさと消え失せろ。もう一人は、奴の勤務先の工場に行って管理部の人間に会ってこい。ちょっと待っててくれよ、偉大な英雄殿。まずは、奴の住所を教えてやる」彼は住所を書いた紙を探し出してそれを読み上げた。「それでは大至急持ち場につけ！　なお、工場へは補充要員だけで行ってもいいし、明日の朝でもいい。一人で行ってもどっちみち、あれがクルーゲだと工場の人間に教えてもらえるからな。工場へは私から話を通しておく。一時間したら、私も奴のアパートへ行く……」

しかし、指示を出したり電話をしたりで時間を取られたため、彼がエヴァ・クルーゲのアパートに着いたのは何時間もあとのことだった。部下たちの姿はなく、呼び鈴を鳴らしても誰も出てこなかった。今回も、出てきたのは隣のゲッシュ夫人だけだった。

「クルーゲさん？　男性のクルーゲさんですか？　いいえ、その人ならここには住んでいません。ここに住んでいるのはその人の奥さんだけです。いえね、その奥さんは旦那さんをもうずいぶん前から家に入れてやっていないんです。奥さんは、今は遠くに出かけていて留守ですけど。旦那さんがどこに住んでるか、ですか？　あなた、そんなこと私が知るもんですか。あの人はいつも女の家を転々としていますよ。少なくとも、そんな話を聞いたことがありますけど、何も言わなかったことにします。私、前に旦那さんが奥さんの家に入るのを手伝ったことがあるんですけど、そのことで奥さんにひどく文句を言われたんです」

「ゲッシュさん、ちょっと聞いてください」鼻先でドアをぴしゃりと閉められそうになったので、エッシェリヒは玄関に足を踏み入れてから言った。「クルーゲ夫妻について知っていることを、すべて話してもらえませんか」

「どうして私がそんなことを？　それにあなた、何だってずかずかと人の家に上がり込んで……」

「私は秘密国家警察のエッシェリヒ警部だ。私の身分証を見たいと言うなら……」

「言いません、言いません！」ゲッシュ夫人はそう叫ぶと、台所の壁まで飛びすさった。「何も見たくも聞きたくもないです。それに、クルーゲ夫妻について知っていることは、もうすべてお話ししました！」

「もう少し考えたほうがいいぞ、ゲッシュさん。ここでは話したくないと言うなら、プリンツ・アルブレヒト通りのゲシュタポ本部にご招待して正式に尋問しなければならんな。あまり楽しいもんじゃないぞ。ここでなら気楽にちょっとおしゃべりするだけでいいんだ。調書を取られることもない」

「仰るとおりです、警部さん。でも、お話しできることは本当にもうないんです。あの二人のことは全然知らないんです」

「好きにしたらいい、ゲッシュさん。それじゃ支度してくれ。下に部下を待たせてある。これからすぐに同行してもらう。旦那に——旦那はいるんだろ？　ああ、もちろんいるよな——置き手紙をしていくんだ。『ゲシュタポに行ってきます。帰りはいつになるか分かりません』ってな。さあ、ゲッシュさん。置き手紙を書くんだ」

ゲッシュ夫人は真っ青になった。手足が震え、口の中で歯がカチカチと鳴った。

「そんなことしませんよね、警部さん」と彼女は懇願した。

彼はわざと荒っぽく答えた。「もちろんするとも、ゲッシュさん。当然知っているはずのことを教えたくないと言い張るならな。だからさ、考え直してここに座ってくれよ。クルーゲ夫妻について知っていることをすべて話すんだ。クルーゲの女房ってのはどんな女なんだ？」

もちろん、ゲッシュ夫人は考え直した。結局のところ、ゲシュタポから来たこの紳士は、彼女が抱いていたイメージとはまったく違う、とても愛想のいい紳士だった。

そしてもちろん、エッシェリヒ警部はゲッシュ夫人から聞き出せることはすべて聞き出した。親衛隊員カルレマンの話まで聞き出した。角の飲み屋が知っていることは、当然ゲッシュ夫人も知っていたからだ。かつてのお気に入りの息子カルレマンと自分が他人の噂の的になっていると知ったら、働き者の元郵便配達人エヴァ・クルーゲは胸がつぶれる思いをしたことだろう。

ゲッシュ夫人の家から出てきたとき、エッシェリヒ警部は彼女の夫のために葉巻数本を置いてきただけでなく、彼女をゲシュタポの熱心なスパイに変えていた。給料を払う必要のない、かけがえのない貴重なスパイに。この女は、クルーゲの家の様子を常時見張るだけでなく、アパートの中や店の前の行列でも聞き耳を立てて、役に立ちそうなことを耳にしたら、すぐに電話で知らせてくることだろう。

ゲッシュ夫人から話を聞いたあと、エッシェリヒ警部は二人の部下を持ち場から呼び戻した。クルーゲを妻の家で捕まえられる可能性はほとんどないことが分かったし、クルーゲの家はどのみちゲッシュ夫人が見張っていたからだ。エッシェリヒ警部はそれから郵便局と党支部にも足を伸ばし、エヴァ・クルーゲについてさらに問い合わせをおこなった。問い合わせの目的を彼は絶対に明かさなかった。

郵便局や党支部の人間に対して、エッシェリヒは、「エヴァ・クルーゲの脱党はポーランドでの息子の蛮行と関係があると思う」と言うこともできた。彼らに、エヴァ・クルーゲのルッピンの住所を教えることもできた。アパートの鍵と一緒にエヴァ・クルーゲがゲッシュ夫人に送ってきた手紙から、彼はその住所を書き写していたのだから。だが、エッシェリヒはそんなことはしなかった。彼は質問するばかりで、自分からは情報を渡さなかった。確かに相手は党支部や郵便局だ。だから、公的な機関ではある。だが、ゲシュタポは他人の仕事を手伝うために存在しているわけではない。そんな下らないことのためにゲシュタポは存在しているわけではない。——少なくともこう考える点で、エッシェリヒも、ゲシュタポの人間全般に共通する傲慢なエリート意識の持ち主だった。

この傲慢さを工場のお偉方も思い知らされることになった。彼らは軍服を着ていたし、階級や給料という点から言えば、灰色の警部よりも確実にずっと上だった。だが、警部は、「皆さん、クルーゲにどんな疑いがかけられているかは秘密国家警察だけの問題です。これについては何もお話ししません。申し上げられるのは、クルーゲを工場に自由に出入りさせること、今後はクルーゲを叱りつけたり怯えさせたりしないこと、私の部下を自由に工場内に出入りさせ、彼らの仕事をできるだけ支援すること、これだけです。よろしいですかな?」の一点張りで押し通した。

「その命令の確認書をいただきたい」と将校が大声を出した。「今日中にお願いする」

「今日中に? それはちょっと無理ですね。でも、明日には多分。大丈夫、クルーゲが今日中にやってくることはありませんよ。そもそもここに戻ってくるとすればの話ですが。それじゃ皆さん、ハイル・ヒトラー!」

「ちくしょうめ」将校は歯がみして言った。「あいつら、どんどん横柄になりやがって！ゲシュタポまるごとくたばるがいい。どんな人間でもぶち込めるからというので、あいつら、何をやっても許されると思っていやがる。だがこっちは将校だ。しかも、専門将校なんだぞ……」

「一つ、言い忘れたことがありまして……」再びドアが開き、エッシェリヒの顔が覗いた。「クルーゲの書類とか手紙とか、私物がここにまだ残っていたらと思ったんですが」

「それならクルーゲの職工長に聞いてください。職工長がロッカーの鍵を持っていますから」

「そうですか」そう言うと、エッシェリヒは椅子にどっかと腰を下ろした。「それじゃああなたが職工長に聞いてきてください、中尉さん。できればちょっとばかり急いでいただけますか？」

一瞬、二人の目が合った。エッシェリヒの、人を馬鹿にしたような灰色の目と、怒りに燃える中尉の黒い目が火花を散らした。しかし、中尉は立ち上がって気をつけの姿勢を取ると、エッシェリヒの質問を取り次ぐために急ぎ足で部屋を出て行った。

「変ってるな」突然机に向かって忙しそうに仕事を始めた党幹部らに向かって、エッシェリヒは言った。「ゲシュタポがくたばればいいだなんて。我々がいなかったらあんたたちがいつまで安泰でいられるか、知りたいもんだ。とどのつまり、ゲシュタポは国家なり、ってことだ。我々がいなければ、すべてが崩壊する。そして、あんたたちはみんなお陀仏だ！」

26　ヘーテ、決心する

真相を知ったら、エッシェリヒ警部も警察本部の二人の尾行者も仰天したことだろうが、エンノ・クルーゲは自分が尾行されているなどとは実は夢にも思っていなかった。シュレーダー警部補に釈放されたとき、彼の頭の中には、「とにかくここを離れて、ヘーテのところへ行こう」という考えしかなかった。

街中を歩く彼の目に、人の姿は映っていなかった。自分の後ろと横にいる人影に、彼はまったく気づかなかった。彼は下を向いたまま歩いていた。「ヘーテのところへ行こう」とだけ考えながら。

彼は地下鉄の駅に入り、地下鉄に乗り込んだ。こうして今回のところは、エッシェリヒ警部と警察本部の刑事二人、ひいてはゲシュタポ全体の手から逃れたのだった。

エンノ・クルーゲは決心していた。まずロッテの家に行き、荷物を取ってこよう。それからトランクを持ってヘーテのところへ行ってみよう。そうすれば、彼女が俺を本当に愛しているかどうかすぐに分かる。そして、以前の生活と決別しようとしていることを彼女に証明するんだ。

こうして、刑事たちは薄暗い地下鉄駅構内の雑踏の中で彼の影を見失ったのだった。この貧相なエンノという男は、本当に影に過ぎなかった。彼がまっすぐヘーテの元に向かっていたら――アレクサンダー広場からケーニヒストーアへは歩いて行けるから、地下鉄に乗る必要はない――刑事たちは彼を見失うことはなかったし、小さなペットショップは張り込みの拠点になったことだろう。

ありがたいことに、ロッテは留守だった。彼は急いで自分の荷物をトランクに詰めた。何か持って行けるものはないか、とロッテの持ち物を漁りたいという誘惑にさえ、彼は打ち勝った。いやいや、今回は違うんだ。あのときのようにはならないぞ。あの小さなホテルの狭い部屋に泊まったときのようには。今度こそ、本当に生まれ変わるんだ。――ヘーテが受け入れてくれれば。

ペットショップに近づくにつれて、彼の足取りは重くなった。そんなに重くもないのに、彼はトランクを何度も下に置いて休み、そんなに暑くもないのに額の汗を何度もぬぐった。

とうとう彼は店の前に立ち、ぴかぴかの鳥かご越しに中を窺った。ヘーテは店に出ていて、ちょうど接客中だった。店には四～五人の客がいたので、彼は彼らの中に混じった。手際よく客をさばき、愛想よく客と話をしている彼女を、彼は誇らしげに、だが同時に不安な気持ちで見ていた。

「奥様、インド産のキビはもうないんです。だってインドは大英帝国の一部ですもの。でも、ブルガリア産のキビならまだあります。こちらのほうがずっと品質はいいんですよ」

そして、接客の最中に彼女はこう呼びかけてきた。

「ああ、エンノさん。ちょっと手伝っていただけないかしら。トランクは居間に置いてきたらいいわ。それから、地下室から鳥の砂を運んでいただけないかしら。猫砂もお願いね。それから蟻の卵を……」

あれやこれや言いつけられて忙しく動き回りながら、彼は考えていた。彼女は俺にすぐに気づいた。俺がトランクを持っていることにもすぐに気づいた。トランクを居間に置かせてくれたのは吉兆だ。だが、彼女はきっとまず根掘り葉掘り聞いてくるだろう。すべてに几帳面な女だからな。だが、何か作り話をしておけばいい。

そして、この怠け者で女たらしの五十男は、いい年をして小学生のように祈った。ああ神様、もう一度ツキをください。もう一度だけ！　絶対に生まれ変わってみせます。ヘーテが俺を家に入れてくれますように！

こんなふうに彼は祈り、願い事をした。そのくせ、閉店までまだ時間があったらいいのにとも思った。根掘り葉掘り聞かれたり、打ち明け話をしたりするのを、できれば引き延ばしたかった。ヘーテに何らかの打ち明け話をしないでは済まされない、これは明白だった。そうしなければ、なぜ荷物をまとめて押しかけてきたのかをどうやって彼女に納得させたらいいのか。しかも、まとめて持ってきた荷物はこんなにみすぼらしいのだ。これまでずっと、紳士を演じてきたのに。

だが、そのときは突然やってきた。閉店時間はとっくに過ぎていた。店を閉めてから、売り物の動物たちに水と餌をやって店の掃除を済ませるのに一時間半かかった。テーブルを挟んで、二人は向かい合ってソファーに座っていた。食事も済ませ、少しおしゃべりをしたが、二人とも本題に入るのは避けたままだった。そのとき突然、この体型の崩れた中年女は顔を上げると尋ねた。「それでヘンスヒェン、どうしたの？　何があったの？」

彼女が母親のような優しい口調でこの言葉を発した途端、エンノの目から涙がこぼれ落ちた。最初はゆっくりと流れていた涙は次第に勢いを増し、痩せて血色が悪いせいで鼻が段々尖ってきたように見える顔をぽろぽろと流れ落ちた。

彼は呻き声を上げた。「ああヘーテ、僕はもうだめだ！　ひどすぎる！　ゲシュタポが僕を……」

そして彼は、声を上げて泣きながら、彼女の大きな、母親のような胸に顔を埋めた。

それを聞くと、ヘーテ・ヘーベルレは顔を上げた。彼女の目は硬い輝きを帯び、首筋はこわばった。彼女はほとんど急き込んで尋ねた。「彼らがあなたに何をしようとしたの?」

小男エンノはその言葉で本能的に、これ以上ないほど見事に彼女の心を捉えたのだった。彼女の同情や愛を勝ち取るためにどんな作り話をしたとしても、「ゲシュタポ」というこのたった一つの言葉ほどはうまくいかなかっただろう。だらしなさを嫌うヘーテ・ヘーベルレ未亡人が、怠け者の遊び人を家に招き入れて母親のように保護することは決してなかっただろう。だが、「ゲシュタポ」というたった一つの言葉が、母性愛に満ちた彼女の心の門を開いたのだった。ゲシュタポに迫害された男には、彼女の同情と援助が最初から約束されていた。

彼女の最初の夫は共産党の末端幹部だった。ナチスが政権を掌握した翌年、彼はゲシュタポによって強制収容所に送られた。それっきり、彼女は夫の姿を見ることも夫の消息を聞くこともできなかった。やがて、汚れてぼろぼろになった彼の所持品が入った小包が一つ送られてきた。その一番上に、オラニエンブルクの戸籍課が発行した死亡証明書が同封されていた。死因の欄には「肺炎」と書いてあった。しかし彼女はその後、釈放された囚人たちから、オラニエンブルク収容所やその近くのザクセンハウゼン強制収容所で「肺炎」という言葉がどんな意味で使われているかを聞かされた。

今、彼女は再び一人の男を腕に抱いていた。そして、彼女がすでに好意を抱いている、内気で従順で愛に飢えたその男も、やはりゲシュタポに迫害されているというのだ。

「落ち着いて、ヘンスヒェン」と彼女は慰めるように言った。「全部話してちょうだい。ゲシュタポに追われている人を放っておくわけにはいかないわ」

彼女のこの言葉は彼の耳に快く響いた。そして、女たらしのエンノ・クルーゲがこのチャンスを逃すはずはなかった。嗚咽と涙とともに彼が披露した物語には、真実と嘘とが奇妙に混じり合っていた。親衛隊員ペルジッケから受けた暴行さえも、彼は自分の冒険談に織り込んでのけた。

しかし、エンノの話の出鱈目さ加減を、ゲシュタポへの憎しみで曇っていたヘーテ・ヘーベルレの目は見抜けなかった。胸にすがっているこの碌でなしに、彼女の愛が、すでに光り輝くオーラを纏わせ始めていたのだ。彼女は言った。「それじゃあなたは、真犯人をかばうために調書にサインしたって言うのね、ヘンスヒェン。勇敢な人ね、尊敬するわ。そんなことができる人は十人に一人もいないと思うわ。でも、もし捕まったら困ったことになるわよ。だって、動かぬ証拠としてその調書を彼らが盾に取ることは目に見えてるもの」

すでに半ば安心して、彼は言った。「きみが味方になってくれさえすれば、絶対に捕まったりしないよ」

しかし、彼女は心配そうにかすかに首を振った。「彼らはなぜあなたを釈放したのかしら。分からないわ」突然、彼女は恐ろしいことを思いついた。「あなたを尾行していたんじゃない？　あなたがどこへ行くか探ろうとして、釈放したんじゃない？」

彼は首を振った。「そうは思えないな、ヘーテ。荷物を取りに、まずロッ……じゃない、よそに寄った。誰かにつけられていたら、気がついたはずだ。それに、どうして尾行しなきゃならないんだい。そんなことをするくらいなら、最初から釈放しなきゃいいじゃないか」

だが、彼女はすでに先を考えていた。「彼らは、あなたが葉書の書き手を知ってると思ってるのよ。あなたを見張っていれば、手がかりが得られると思ってるのよ。それにもしかしたら、あなたは本当は犯人を知っているのかもしれないし、葉書をそこに置いたのも本当はあなただったのかもしれないわね。でも、そんなことは知りたくないわ。あなたも絶対にそんなこと言っちゃだめよ」彼女は彼のほうに身をかがめて囁いた。「三十分、出かけてくるわ、ヘンスヒェン。どこかにスパイが隠れていないか、この家を見張ってみる。この部屋でじっとしているのよ、いい？」

彼は、そんなことを調べる必要は全くない、自分は誰にもつけられてなんかいない、絶対大丈夫だ、と言った。だが、彼らが夫を家から引きずり出し、永久に自分から奪っていった光景は、恐ろしい記憶となって彼女の脳裏に焼き付いていた。外へ出て確かめてみなければ、彼女は気が済まなかった。

彼女が家の周りをゆっくりと歩いているあいだ——彼女は店からブラッキーという可愛らしいスコッチテリアを連れ出し、引き綱をつけて連れて歩いた。そのおかげで、この夜の巡回はただの犬の散歩に見えた——つまり、犬の散歩と見せかけてゆっくりとそぞろ歩きながら、彼の身の安全のため、四方八方に目を配り耳をそばだてていたあいだ、エンノのほうは、慎重な手つきで居間を素早く調べていた。彼女の財産目録を調べるのはこれが初めてだった。じっくり時間をかけて見ることはできなかったし、引き出しのほとんどには鍵がかかっていた。だが、この最初の下調べだけでも、これまで生きてきた中でこんな女には出会ったことがないということは分かった。この女、銀行口座を持ってる。小切手帳まである。小切手の一枚一枚に、彼女の名前がちゃんと印刷してある！

エンノ・クルーゲは決心を新たにした。本当に生まれ変わろう。この家の中でおかしな真似は絶対にすまい。彼女が自発的にくれたもの以外に手を出すようなことはすまい。

戻ってくると、彼女は言った。「普段と変わったところは見つからなかったわ。でも、彼らはあなたがここに入るところを見ているかもしれない。明日の朝、戻ってくるかもしれないわ。明日、もう一度見てくる。目覚ましを六時に合わせておくわ」

「そんな必要はないよ、ヘーテ」と彼は再び言った。「絶対、誰にもつけられていない」

彼女は、彼のためにソファーに寝床を作ってやり、自分はベッドに横になった。だが、寝室と居間のあいだのドアは開けておいた。彼が何度も寝返りを打ち、呻き声を上げるのを、そしてようやく寝入ったかと思うと夢の中でうなされているのを、彼女は耳をそばだてて聞いていた。それから彼女自身も少しうとうとしたが、今度は彼のすすり泣く声で目が覚めた。目を覚まして泣いているのか、夢の中で泣いているのかは分からなかったが、彼はまた泣いていた。暗闇の中で、ヘーテは彼の顔をありありと思い浮かべていた。五十にもなるのに、引っ込んだ貧弱な顎とぽってりした真っ赤な唇のせいか、彼の顔にはいまだにどこか子どものようなところがあった。

まるで、夜そのものがこの世のすべての苦しみを嘆いているような、延々と夜通し続くその泣き声に、彼女はしばらくじっと耳を傾けていた。

やがてヘーテは意を決して起き上がると、暗闇の中を手探りで彼のソファーまで歩いて行った。

「そんなに泣かないで、ヘンスヒェン！　ここにいればもう安心よ。あなたのヘーテが助けてあげるから……」

そう言って慰めても泣き声が止まないので、彼女は屈み込んで彼を抱き起こすと、自分のベッドに連れて行った。そして、彼を腕の中に迎え入れた……。

年配の女と、子どものように愛に飢えた、いい年をした男。慰めが少々、情熱が少々。男の頭に差している、後光が少々。この軟弱な泣き虫のどこに戦士や英雄に似つかわしいところがあるのか、ヘーテは考えてみようともしなかった。

「これでもう大丈夫よね、ヘンスヒェン?」

ところが彼女がこう問いかけた途端、やっと乾いたばかりの涙がまた流れ始め、彼は彼女の腕の中で震え出した。

「どうしたっていうの、ヘンスヒェン。まだ話してくれていない心配事があるの?」

これこそ、この熟練の女たらしが何時間も前から狙っていた瞬間だった。彼はこう心に決めていたのだ。本名と、本当は既婚者だということを黙っているのは危険すぎるし、隠し通すことは結局不可能でもある。乗りかかった船だ、よし、これも白状してしまおう。彼女はきっと受け入れるだろう。それを知ったからといって俺を嫌いになるということはないだろう。俺を受け入れたばかりの今なら、叩き出すようなことはしないだろう!

彼女はヘンスヒェンに、「まだ話してくれていない心配事があるの?」と尋ねた。そこで彼は、さめざめと泣きながら告白した。自分の名前はハンス・エンノではなくエンノ・クルーゲであること。結婚していて、大きな息子が二人いること。そうだ、僕はろくでなしだ。きみに嘘を吐いて騙そうとしていた。でも、こんなに優しくしてもらったからには、もうそんなことはできない。

例によって、彼の告白には、ほんの少しの真実にたっぷり嘘が混ぜ合わされていた。彼は妻の人物像を、郵便局勤めの、非情で性悪のナチとして描き出した。入党を拒んだという理由で夫を追い出し、長男を無理矢理親衛隊に入れた女(彼は、ここでカルレマンの残虐行為を話に織り込んだ)として。彼は、どんなことも黙々と甘受する夫と、性悪で出世主義のナチ党員の妻という、不釣り合いな夫婦の悲惨な結婚生活を描き出した。二人は仲良く暮らせるはずもなく、憎み合うしかなかった。そして、とうとう妻は夫を家から追い出した。つまり、彼は愛するヘーテに嘘を吐いていた。ヘーテのことをあまりにも愛していたから、悲しい思いをさせたくなかったから、恐くて本当のことが言えなかったんだ！

だが、これで全部告白した。もう泣いてはいない。立ち上がって荷物をまとめ、彼女の元からこの非情な世の中へと出て行こうと思う。どこかでゲシュタポから身を隠そうと思う。たとえ捕まったとしても、大したことじゃない。生涯でたった一人、本当に愛した女ヘーテの愛を失った今となっては！

そう、このエンノ・クルーゲという男は、本当に抜け目のない熟練の女たらしだった。女の扱い方を彼はよく知っていた。愛と嘘、これで万事解決だ。ほんの少し、本当のことを織り交ぜるだけでいい。女というのは、聞いた話のほんの一部分だけでも信じられればそれでいいんだ。特に大事なのは、いつでも泣けるようにしておくこと。そして、同情を誘うことだ。

ヘーテは彼の告白を聞いて愕然とした。どうしてそんな嘘を吐いたの？ 知り合ったときには、そんな嘘を吐く必要はなかったはずなのに。出会ったときから何か下心があったのかしら。そんな嘘を吐くからには、ろくでもない下心に違いないわ。

彼女は本能的に、こんな男は追い出してしまわなければと思った。最初からしゃあしゃあと女を騙せるような男は、これからも平気で嘘を吐くに違いない。嘘つきとは一緒に暮らせない。最初の夫との生活には、隠し事なんか何一つなかった。夫と死に別れてから起きたこんな小さな出来事なんて、大人の女なら笑って忘れてしまえる。

おぞましいゲシュタポの手に引き渡すことになるのでなければ、今すぐにでも追い出してしまうのだけれど、と彼女は思った。今彼を追い出せば必ずそうなる、と固く信じていたのだ。「ゲシュタポに追われている」と夕べ聞かされて以来、その話を真に受けていたのだ。彼が嘘つきだとたった今分かったというのに、その話だけは信じたまま疑おうとしなかったのだ。

それから、妻の話だけれど……。妻についての話がすべて嘘というのはあり得ない。あんな話を一から考え出せるものじゃない。何らかの真実があるに違いない。私の隣にいるこの人がどんな人かは分かっているわ、と彼女は思った。気が弱いけど、本当は素直な、子どものような人。優しい言葉で少し教えてあげれば、立ち直らせることができる。でも、党を利用して成り上がろうとしている、出世主義の非情な女ナチ党員にしてみれば、この人は虫けら同然だったに違いない。ナチ党を憎み、入党を拒み、ひそかに反党活動をしているかもしれない、彼のような男は！

そんな女のところへこの人を追い返せるかしら。ゲシュタポの手の中に追い返せるかしら。

そんなことはできないし、してはいけないわ。

部屋の灯りが点いた。彼はすでに、丈の短すぎる青いシャツを着てベッドの脇に立っていた。青白い顔に、涙が静かに流れていた。彼は彼女のほうに屈み込むと囁いた。「さよなら、ヘーテ！　きみは本当に優しくしてくれた。でも、僕はきみに優しくしてもらう価値のない人間だ。さよなら！　もう出て行くよ……」

彼女は彼を引き戻して囁いた。「だめよ、ここにいてちょうだい。そう約束した以上、約束は守るわ。だめ、何も言わないで。ソファーに戻って、もう少しのあいだ横になってて。これからどうするのが一番いいか、考えてみるから」

彼はゆっくりと悲しげに首を振った。「ヘーテ、きみは優しすぎる。きみの言うことなら何でもする。でも本当に、ヘーテ、僕は出て行ったほうがいいと思う」

だが、もちろん、彼は出て行きはしなかった。もちろん、彼は彼女の説得を受け入れ、そこに残ることにした。きみの決めたとおりにするよ、と。そしてもちろん、ソファーへの追放令の撤回を彼女から勝ち取ることにも成功し、彼女のベッドに戻ることを許された。母親のような彼女のぬくもりに包まれてすぐに眠りにつくと、今度はもう泣き出すこともなかった。

しかし、彼女のほうはそれからまだ長い間起きていた。というより、一晩中起きていた。彼女は彼の寝息を聞いていた。自分のすぐ隣で眠っている男の寝息をまた聞けるのは嬉しいことだった。彼女は長い間本当に独りぼっちだった。面倒を見ることのできる相手がまた見つかったのだ。人生はもう空っぽではなくなったのだ。彼との生活はいいことよりも苦労のほうが多いかもしれない。でも、こんな苦労なら、好きな男のための苦労なら、苦労も楽しい。

ヘーテは、二人のために強くなろうと決心した。ヘーテは、彼をゲシュタポの脅威から守ってやろうと決心した。ヘーテは、彼を教育し、真人間にしようと決心した。ヘーテは、ヘンスヒェン、もとい（本当はエンノという名前だったわね）、エンノを、ナチ党員の妻から解放してやろうと決心した。ヘーテは、隣で眠っている男の人生に秩序と潔癖さを与えてやろうと決心した。

隣で眠っているこの軟弱な男に、無秩序と心痛と後悔と涙と危険を自分の人生にもたらすだけの力があろうとは、ヘーテは夢にも思わなかった。エンノ・クルーゲという男を自分の傍に置いて世間から守ってやろうと決心したその瞬間に、自分の力がすべて無に帰してしまったことを、ヘーテは夢にも知らなかった。自力で築き上げた小さな帝国もろとも、自分の身を恐ろしい危険にさらしてしまったことを、ヘーテは夢にも知らなかった。

27　不安と恐怖

その夜から二週間が過ぎ去った。ぴったりと身を寄せ合って生活するうち、ヘーテもエンノ・クルーゲも段々相手のことが分かってきた。ゲシュタポが心配でヘーテがエンノを家から出さなかったので、彼らは二人きりで離れ小島にいるような暮らしをしていた。彼らは、一人きりになることもできず、他の人と会って息抜きすることもできなかった。お互いに、相手だけが頼りの生活だった。

最初の数日間は、彼女はエンノに店の手伝いさえ許さなかった。ゲシュタポのスパイが家の周囲を嗅ぎ回っているのでは、という心配がまだ拭いきれなかったからだ。居間でじっとしててね、と彼女は彼に言った。誰にも見られちゃだめよ。彼が落ち着き払ってその言葉を受け入れるのを見て、彼女は少し驚いた。狭い居間で何もしないで座っていろなどと言われたら、彼女だったらぞっとしてしまうところだった。だが、彼はこう言っただけだった。「うんそうする、少し養生するよ」

「それでエンノ、何をするつもり？」と彼女は尋ねた。「じっとして過ごす一日は長いわよ。私はあなたのことをそんなに構ってあげられないし、物思いに耽っていても一文にもならないわ」

「何をするって？」と彼は驚いた様子で尋ねた。「何でそんなことを？　ああ、働けってことか」自分としてはもう充分長い間働いてきたつもりだ、という言葉が喉元まで出かかったが、まだ彼女の前では用心していたのでこう言った。「もちろん、何かして働きたいさ。だけど、この部屋の中で一体何ができるって言うんだい？　ここに旋盤があったらいいんだがなあ」彼はそう言うと、笑った。

「でも、ここでもできる仕事があるわ。ちょっと見て、エンノ」

彼女は、ありとあらゆる種類の種がいっぱいに詰まった大きなボール箱を運んできた。店のカウンターによくある代金トレーのような、縁付きの小さな木のお盆を彼の前に置くと、彼女はペン先が逆さまに差し込んであるペン軸を手に取った。お盆にひとつかみの種を載せると、そのペンをスコップ代わりに使って、彼女は種をいくつかの種類に選り分け始めた。器用な手つきで素早くペンを動かして、種を分けたり、隅に寄せたり、選び出したりしながら、彼女は説明した。「これはみんな餌の残り物なの。店の隅から掃き集めたり、破れた袋からこぼれたりしたものを取っておいたの。今は餌が不足してるから、これが役に立つのよ。これを選り分けて……」

「だけど、どうして選り分けたりなんか。ずいぶんな手間じゃないか。さっさと小鳥に食わせてやったらいい。小鳥が自分で選り分けるさ」

「そんなことしたら、種の四分の三が無駄になっちゃう。さもなきゃ、食べちゃいけない種を食べて、売り物の小鳥が死んでしまうわ。だめだめ、このちょっとした仕事はサボるわけにはいかないの。いつも、ちょっとした暇を見つけてはやっているわ、たいていは平日の夜と日曜日ね。一度、日曜日に、五ポンド近い量を選り分けたことがあるのよ。家事の合間にね！　さあ、私の記録を破れるかどうか、やってみて。今なら時間はたっぷりあるし、仕事をしながら考え事もできるわよ。あなたにはきっと、考えることがいっぱいあるでしょ。さあ、とにかく一度やってみて、エンノ」

彼女は彼にスコップ代わりのペンを手渡すと、彼が仕事に取りかかるのを見守っていた。

「あら上手じゃない！」と彼女は誉めた。「手先が器用なのね」

それから、少し間を置いて言った。「でも、もう少し気をつけてやってね、ヘンスヒェン、じゃなくてエンノ、だったわね。エンノって呼ぶのに慣れなくちゃね。いい、この先が尖って光ってる種、これがキビ。それからこの先の丸い、粒々した黒い種はアブラナ。この二つは一緒にしないでね。ヒマワリの種は最初に手で選り分けておいたほうがいいわ。そのほうがペン先を使うより早いから。待ってて、お皿も何枚か持ってくるから。選り分けた種をそこに入れてちょうだい」

彼女は必死になって、彼に退屈しのぎの仕事を与えようとしていた。そのとき最初の来客を告げる呼び鈴が店で鳴り、それからはひっきりなしに客がやってきた。彼の様子を見に戻っても、彼女が居間にいられるのはほんの一瞬だった。彼女が居間に戻るたび、彼は種の入ったお盆を前にしてぼんやり座っていた。さらにひどいときには、ドアが開く音ではっと気づいて慌ててお盆の前に戻った。まるで、怠けていたのを見つかった子どものように。

彼女にはすぐに分かった。この人が私の五ポンドの記録を打ち破ることは絶対にないだろう。二ポンドだって無理だろう。しかも、この人が選り分けた種は、あとでもう一度調べ直さなければならないだろう。こんなにいい加減な仕事ぶりでは。

彼女は少しがっかりしたが、彼の言い分ももっともだと思った。「ヘーテ、もっと真面目にやれと思ってるよな？」彼は決まり悪そうに笑った。「だけど、これは大の男がやる仕事じゃない。ちゃんとした仕事をさせてくれよ。そしたら、目の色変えてやるんだがなあ」

もちろん彼の言うとおりだったので、次の日には彼女は種の入ったお盆を差し出しはしなかった。「気の毒だけど、どうやって一日を過ごしたらいいか自分で考えてみてね」と彼女は慰めるように言った。「嫌になっちゃうわよねえ。でも、ちょっと本を読むなんてどうかしら？　夫の本がまだたくさんあそこの戸棚に入っているの。ちょっと待って、鍵を開けるわ」

ずらっと並んだ本を彼女が吟味しているあいだ、彼は彼女の後ろに立って見ていた。「もちろん、ほとんどがマルクス主義の本よ。知ってるでしょ、夫は共産党の役員だったの。このレーニンの本は、家宅捜索で没収されるところだったのを私が救ったのよ。ストーブの中に隠しておいたんだけど、突撃隊員がストーブの中を調べようとしたんでさっとタバコを差し出したの。そしたら、忘れて行ってしまったわ」彼女は彼の目をじっと見た。「でも、こういう本は多分好きじゃないわよね？　実を言うと、夫が亡くなって以来、私もほとんど読んでいないの。もしかしたら、それは間違っているのかもしれない。みんなが政治に関心を持たなきゃいけないんだわ。手遅れになる前にみんながそうしていれば、こんなことにはならなかっただろうって、ヴァルターがいつも言ってた。でも、私はただの女だから……」

彼女は言葉を切った。彼がまったく聞いていないことに気づいたのだ。

「でも、下の段には私の小説も何冊かあるわ」

「本格的な推理小説がいいな。犯罪とか殺人とか、そういう本」とエンノは説明した。

「そういうのはここにはないと思うけど。でもこれなんかどうかしら。本当に素敵な本。何度も読み返したわ。ラーベの『雀横町年代記』。一度読んでみて。きっと気に入るわ」

だが、彼女が何度か様子を見に来ても、彼がその本を読んでいる気配はなかった。最初、本はテーブルの上に広げて置いてあった。次に来てみると、脇に押しやられていた。「気に入らなかったかしら？」

「えーと、何て言ったらいいのか……みんな恐ろしくいい人ばっかりで、こういうのは退屈だよ。こういう結構すぎる本は男向けじゃない。男ってのはもっと刺激的なのが好きなんだ……」

「残念ね」と彼女は言った。「残念だわ」そう言うと、彼女はその本を戸棚に戻した。

居間に戻るたびに、いつもエンノがだらしない姿勢でうとうとしているので、彼女はイライラしてきた。彼は、テーブルに突っ伏して本当に眠っていることもあった。あるいは、窓際に立って中庭を眺めながら、ずっと同じメロディーを口笛で吹いていることもあった。その光景に、彼女は心底イライラした。彼女はずっと仕事をしてきたし、今でもそうだった。仕事のない生活など、彼女には無意味に思えた。店が客でいっぱいになるのが彼女には一番嬉しかった。その身を十個に割って十人分働きたいくらいだった。

それなのに、この男ときたら、十時間でも十二時間でも十四時間でも、立ったり座ったりしゃがんだり寝転んだりしたまま、何もしない。まるっきり何も！　この男は神様から時間を盗んでいる。一体、この男はどこか悪いところでもあるのだろうか。よく眠り、よく食べ、どこも悪いところはない。それなのに、働かないのだ。一度、我慢が出来なくなり、彼女はイライラした口調で彼に言った。「口笛で同じメロディーばかり吹くのはやめてくれないかしら、エンノ！　六時間も八時間も前からずっと、〈小さな女の子はもうベッドにお入り〉ってそればっかりよ……」

　彼は気まずそうに笑った。「俺の口笛が気に障るって？　そうだな、他の歌も吹けるぞ。何なら〈ホルスト・ヴェッセルの歌〉（ナチ党の党歌）を吹いてやろうか？」そう言うと、彼は口笛を吹き始めた。「旗を高く掲げよ！　隊列も固く、大胆にして確固たる歩調で突撃隊は行進する……」

　何も言わず、彼女は店に戻った。今回はイライラしただけではなかった。彼女は本気で怒っていた。

　しかし、怒りはやがて収まった。彼女は根に持つたちではなかったし、彼のほうも自分の失敗に気づき、ベッドの上に新しい灯りを組み立てて彼女を喜ばせようとした。そう、彼はそんなこともできるのだった。その気になれば、彼は充分に器用だった。だが、たいていはその気にならないのだった。

　ところで、彼が居間から出してもらえなかったのはほんの数日間のことだった。ヘーテはじきに、スパイが家の周囲をうろついていないのは確かだと安心し、エンノはまた店の手伝いをしていいことになった。知り合いに出会うかもしれないという理由で、差し当たっては外に出してはもらえなかったが、店に出て手伝うことはできるようになった。彼は再び、器用で役に立つところを見せた。同じ作業がしばらく続くと彼がすぐにへばってしまうことに気づいたので、彼女は彼に、次はこれ、今度はあれという具合に仕事を言いつけることにした。

　彼女はまもなく接客も彼に手伝わせるようになった。彼は客あしらいがうまかった。彼は物腰が丁寧で、機転が利き、ときにはちょっととぼけた冗談まで言った。

「いい手伝いの人が見つかってよかったわね、ヘーベルレさん」となじみの客は口々に言った。「ご親戚？」

「ええ、従兄弟なんです」とヘーテは嘘を吐いた。エンノが誉められて、彼女は嬉しかった。

ある日、彼女は彼に言った。「エンノ、今日、ダーレムに行ってこようと思うの。ほら、レーベさんのペットショップが店じまいするのよ。彼、召集されたから。で、彼の店の在庫を買えることになったの。彼の店には商品がすごくたくさんあるのよ。どんどん品薄になってきてるから、それが買えるのはすごく助かるわ。あなた、一人で店番ができるかしら?」

「そんなのもちろんだよ、ヘーテ、もちろんだとも。そんなの簡単だ。戻ってくるのは何時頃になる?」

「そうねえ、昼ご飯を食べたらすぐに出かけようと思うんだけど、戻ってくるのは閉店後になるんじゃないかしら。ついでに洋裁店にも寄りたいし……」

「そうするといい、ヘーテ。たまには一人で、ゆっくり夜中まで息抜きしてきたらいい。店のことは心配いらない。ちゃんとやっておくから」

彼は地下鉄の駅まで彼女を送っていった。ちょうど昼休みの時間だったので、店番の必要はなかった。

すでに動き始めた地下鉄の中で、彼女は一人微笑んだ。二人で暮らす人生は、一人暮らしとは別の人生だった。二人で一緒に働くのは楽しかった。二人で一緒に働いてこそ、一日の終わりに心からの満足感を味わえるのだった。それに彼は、彼女を満足させようとして頑張っていた。明らかに頑張っていた。彼がばりばり働く男でないことは、それどころか、一生懸命働く男でさえないことは彼女にも分かっていた。言いつけられた仕事が多すぎると彼は居間に引っ込んでしまい、店が混んでいてもお構いなしに、接客を彼女一人に任せきりにした。何度呼んでも返事がないので探してみたら、砂が半分入ったバケツを前にして、地下室の砂箱の縁に腰掛けてぼうっとしていたこともあった。その砂を、十分も前から待っていたのに!

「エンノ、そんなところで何してるの? いつまで待たせるのよ」と彼女がちょっときつい口調で呼びかけると、彼は縮み上がった。

しかられた小学生のように彼は飛び上がった。「ちょっとうとうとしちまった」彼は気まずそうにそうつぶやくと、のろのろと砂をすくい始めた。「すぐ参ります、社長。以後気をつけます」

こうした小さな冗談で、彼は彼女をなだめようとするのだった。

このエンノという男は、どう考えてもあまり利口な男ではなかった。それはもう彼女にも分かっていたが、彼は自分にできることはちゃんとやった。それに彼は感じがよく、物腰が丁寧で、愛想がよく、従順だったし、これといって悪い癖もなかった。少しタバコを吸いすぎるきらいはあったが、彼女はそれは大目に見ていた。彼女自身、疲れたときには一服したくなるほうだった。

だがその日、買い付けの件ではヘーテはついていなかった。ダーレムまで行ってみると、レーベの店は閉まっていた。人に聞いても、レーベがいつ戻ってくるかは分からなかった。いいえ、レーベさんはまだ入隊はしていません、でも入隊の件でいろいろと用事があるんでしょう。ふだん、お店はいつも朝の十時から開いていますよ。何だったら、明日の朝来てみたらいかがです？

彼女はお礼を言うと、行きつけの洋裁店に向かった。だが、店の前で彼女はぎょっとして立ち止まった。前の晩に爆弾が落ち、店は瓦礫の山と化していた。通行人がその脇を足早に通り過ぎていった。恐ろしい光景を目にしたくないという理由で、あるいは怒りが顔に出てしまうのを恐れて、わざと顔を背けて通る人もいた。だが中には、ことさらゆっくりとした足取りで通り過ぎる人もいた（立ち止まる者がいないように、警察が見張っていた）。そういう人は、物見高い顔でニヤニヤしているか、暗く険しい目で破壊の跡をじっと見つめているかのどちらかだった。

このところ、ベルリンでは空襲警報の発令が増えていた。そして、実際に爆弾や恐ろしい焼夷弾が降ってくることも次第に多くなっていた。「ベルリン上空を敵機が飛ぶことがあったら、私はマイヤーと改名する」とのゲーリングの言葉がベルリン市民の口の端に上る機会は、このところますます増えていた。昨晩、ヘーテも一人で防空壕に避難していた。一人で避難したのは、まだエンノのことを自分の正式のパートナーだとか同居人だと思われたくなかったからだった。彼女の頭上で、爆撃機がブーンブーンと、蚊のしつこい羽音のような、神経を逆なでする音を立てていた。爆弾が命中する音は聞こえてこなかった。彼女が住んでいる地区は、これまでまったく無傷だった。イギリス軍は労働者には何もしない、彼らがやっつけようとしているのはベルリン西部の金持ちだけだ、と住民たちは噂し合った。

だが、洋裁師は金持ちではなかったのに、爆弾は彼女の家を直撃していた。ヘーテ・ヘーベルレは、洋裁師は今どこにいるんですか、怪我はなかったんですかと警官に尋ねた。警官は、申し訳ないが何も知らないと答えた。警察署に行ってみるか、最寄りの防空連盟事務所で聞いてみたらどうだね？

だがそのとき、ヘーテにはそうするだけの心の余裕がなかった。洋裁師のことは気の毒だと思ったし、安否を知りたいのは山々だったが、どうしてもすぐに家に帰りたくなったのだ。こんな光景を目の当たりにするたび、彼女はすぐに家に帰らなくちゃと思うのだった。すぐに帰って、うちが大丈夫かどうか確かめなくちゃ、と。そんなの馬鹿げてる、と分かってはいても、彼女は確かめに帰った。何も起きていないことを自分の目で確かめないことには気が済まないのだった。

だが、残念なことに、ケーニヒストーアの小さなペットショップには何かが起きていた。それは別段悲劇的なことではなかったのだが、ヘーテにとっては、長年の諸々の体験よりも衝撃的な出来事だった。帰ってきてみると店のシャッターが下ろされ、「すぐ戻ります」という、見るだけで腹の立つ、愚にもつかない文句が書かれた札が下がっていたのだ。しかも、その文句の下には、「店主ヘートヴィヒ・ヘーベルレ」と書いてあった。

この札に自分の名前を書かれたこと、このいい加減で無責任な行為の隠れ蓑として自分の名前を使われたことが、彼女には、エンノの背信行為そのものと同じくらい腹に据えかねた。彼はこっそり店を抜け出し、こっそり戻ってきてまた店を開け、何食わぬ顔をしているつもりだったんだ。でも何て馬鹿なんだろう。何て大馬鹿なんだろう。常連客がこう聞くことくらい、ほとんど分かりきってるのに。「昨日の午後、お店を閉めてたわね？　どこかにお出かけしてたの、ヘーベルレさん？」

彼女は裏口から家に入ると、シャッターを上げて店を開け、最初の客がやってくるのを待った。いや、今は客を待つ気にはなれなかった。何という裏切り。ヴァルターとの結婚生活にはこんなことは一度だってなかった。いつだって完全に信頼し合い、お互い、相手の信頼を裏切ったことなんて一度もなかった。それなのに！　こんなことされる筋合いはどこにもないわよ！

最初の客がやってきたので、ヘーテはレジに立った。

だが、客が出した二十マルク札に対してお釣りを渡そうとしてレジを開けると、レジは空っぽだった。出かけたときには、釣り銭はたっぷり百マルクほどは入っていた。それが空になっていたのだ。彼女はぐっと自制し、ハンドバッグから釣り銭を出して客に渡した。ああこれで済んだ、と思う間もなく、またドアが開く音がした。

彼女は、店を閉めて一人きりになりたくなった。引き続き接客をしているあいだに、彼女は気づいたのだ。店の金庫の中身が何だかおかしい、売り上げはもっと多いはずだ、とこの数日間に何度か思ったことがあった。そのときは、そんな自分に腹を立てて、その考えを振り払った。エンノがそのお金で何をするっていうの？ 彼は家から出ることもないし、いつも私の目の届くところにいるのに、と。

だが、今になって彼女は、階段の踊り場にトイレがあることを思い出した。そして、彼が、あの小さなトランクに入れて持ってきたとは到底思えない量のタバコを吸っていたことも。闇タバコを流してくれる人間を、彼はこのアパート内で見つけたに違いない。私に隠れてこそこそと！ 何て破廉恥な、何て卑劣なことを。口に出して頼みさえすれば、タバコぐらい買ってやったのに！

エンノが戻ってくるまでの一時間半、ヘーテの心は千々に乱れた。最近、また家に男がいる生活に慣れてきたところだった。もう独りぼっちではなく、好いた男の世話を焼かなければいけない生活に慣れてきたところだった。でも、もしその男がそんな奴なら、愛を断ち切ってしまわなくては！ こんな疑念と不安に苛まれるくらいなら、独りぼっちの方がまし！ これでは、その隙にまた裏切られるのではと心配で、もう角の八百屋にも行けやしない！

そういえば最近タンスの中身も何だかおかしい、とヘーテは気づいた。もうだめ、彼には出てってもらわなければ。どんなに辛くても、今日のうちに。あとになるほど、もっと辛くなってしまう。

だがそのとき、彼女は自分がもう若くないことを思い出した。独りぼっちの老後を迎えるのが嫌なら、ひょっとしたらこれが最後の機会かもしれない。エンノ・クルーゲにこんな目に遭わされたあとで、また他の男と一から やり直す決心はなかなかつかないだろう。エンノにこんな情けない目に遭わされ、心を踏みにじられたあとでは！

「ええ、ミールワームなら再入荷いたしましたよ。どれくらい御入り用でしょうか、奥様」

閉店時間三十分前にエンノは戻ってきた。今になって初めて、彼女は、彼が出歩いたりしてはいけない身であることに気づいた。ゲシュタポに見つかったらどうするの！　彼の裏切りで頭がいっぱいで、今までそんなこと考えることもできなかったけれど。でも、私の留守中にこんなふうに出歩いていたのでは、どんな用心も何の役にも立ちはしないわ。それに、もしかしたら、ゲシュタポに追われてるという話もみんな嘘っぱちなのかしら？この男なら何でもありだわ！

シャッターが上がっているのを見て、彼はもちろん、彼女が店に戻っていることに気づいていた。彼は表から店に入ってくると、客たちのあいだを注意深く通り抜け、何事もなかったかのように彼女に微笑みかけ、裏に引っ込む際に言った。「すぐに仕事に戻ります、社長」

実際、彼はすぐに戻ってきた。客の手前やむを得ず、彼女は彼と言葉を交わし、彼に仕事を言いつけ、何事もなかったように振る舞った。本当は、世界の終わりが来たくらいのショックを受けていたのだが！　だが、彼女はそんなことはおくびにも出さなかったし、それどころか、彼のつまらない冗談（今日はやけに多かった）に反応さえ示した。ただ、彼がレジに近づこうとしたときには、彼女は鋭く言った。「結構よ、レジは私がやるわ」

彼はちょっとびくっとし、おどおどした目で横から彼女を見た。打たれた犬みたい、本当に、打たれた犬そっくりだわ、と彼女は思った。それから彼はポケットに片手を突っ込み、笑顔になった。そう、彼は打たれたショックからもう立ち直ったのだ。

「ご命令どおりにいたします、社長！」と彼は軍隊口調で答え、気をつけの姿勢を取った。

客たちは、滑稽な小男の兵隊ごっこを面白がって笑ったが、彼女は笑うどころではなかった。

閉店時間になった。それから一時間十五分、二人は仕事を続けた。彼は何度も冗談を言おうとしたが、彼女は相手にしなかった。結局、二人はほとんど無言で餌やりと水やりと掃除に没頭した。

ヘーテは台所に立ち、夕飯の支度をした。フライパンには炒めジャガイモが入っていた。ベーコンと炒め合わせた、本物の美味しい炒めジャガイモだった。ベーコンは、チーズと交換で店の客から手に入れたものだった。こんな素敵な夕飯を出したら、美味しいものに目がない彼はきっとびっくりするだろう、と彼女は思ったのだった。ジャガイモがこんがりきつね色になってきた。

だが、突然彼女はフライパンの火を止めた。突然、説明が待ちきれなくなったのだ。彼女は居間に入ると、ストーブに寄りかかって腕組みをし、ほとんど脅すような口調で言った。「それで?」

彼はテーブルに着いて待っていた。テーブルに二人分の食器を並べ、いつものように口笛を吹きながら待っていた。

彼女の脅すような「それで?」に、彼はびくっとした。彼は立ち上がり、彼女のほうを見た。

「なんだい、ヘーテ?」と彼は言った。「夕飯はまだかな。腹ぺこなんだ」

彼女は怒りのあまり彼を殴りたくなった。こんなひどい裏切り行為が黙認されると思っているなんて! 同じベッドで眠ったというだけで、我が身はもう安泰だと思っているなんて! 彼女は怒り狂った。胸ぐらをつかんで、気の済むまで殴ってやりたいと思った。

だが、彼女は自分を抑え、さらにどすの利いた声で「それで?」と繰り返すにとどめた。

「ああそうか!」と彼は言った。「カネのことか、ヘーテ」彼はポケットに手を突っ込み、札束を引っ張り出した。「さあヘーテ、二百十マルクある。店の金庫から持っていったのは九十二マルクだ」彼はちょっと気まずそうに笑った。「家計の足しにしてくれよ」

「そんな大金、どうしたのよ」

「今日の午後、カールスホルストで競馬があったんだ。ぎりぎりでレースに間に合ったんで、アデバールに賭けた。アデバール、勝利。つまり俺、競馬が好きなんだ。競馬にはかなり詳しいんだぜ、ヘーテ」いつもの彼にはまったく似つかわしくないプライドを見せて、彼は言った。「九十二マルク全部を賭けたわけじゃない。五十マルクだけだ。オッズは……」

「それで、その馬が勝たなかったらどうしたのよ」

「だから、アデバールが勝つと決まってたんだってば。負けるわけがなかったんだ」

「それでも、勝たなかったら?」

今度は優越感を感じるのは彼のほうだった。彼は得意げな笑みを浮かべて言った。「ヘーテ、競馬のことが分かってないな。俺は競馬のことなら何だって知ってる。この俺が、アデバールが勝つと言って五十マルクも張り込むからには……」

彼女は彼を遮ると、語気鋭く言った。「あんたが張り込んだのは私のお金よ。そんな真似はやめてもらいたいわね。お金が要るならそう言いなさい。何なら給料を払ったっていいのよ。でも、私に断りもなくお店の金庫からお金を取るのはやめなさい。分かった?」

このいつになくきつい口調に、彼は再びすっかり自信をなくした。彼は哀れっぽく言った(彼女は、彼はじきに泣き出すだろうと思った。今にも泣き出すだろう、と彼女は身構えた)。「何て言い方をするんだ、ヘーテ。俺がただの雇い人みたいな言い方じゃないか。もちろん、もう金庫からカネを取ったりしないよ。俺はただ、こんなふうにカネを稼いだらお前が喜ぶと思っただけなんだ。勝てるって分かりきってたしさ!」

彼女はそんなおしゃべりには取り合わなかった。カネのことは二の次だった。一番大事なのは、信頼が裏切られたことだった。この男は、人がカネのことだけで腹を立てていると思ってる。何て馬鹿なの!「それで、その馬に賭けるために、お店を閉めたってわけ?」と彼女は言った。

「そうさ」と彼は答えた。「俺がいなけりゃ、お前だって店を閉めて出るしかなかっただろ?」

「それで、私が出かけたときにはもう、最初からあんたはお店を閉めて出るつもりだったのね?」

「うん」と彼は何の考えもなく答えた。それから、慌てて言い直した。「違うよ、もちろん違う。そのつもりだったら、一言断ってたさ。ノイエ・ケーニヒ通りで小さなノミ屋の前を通りかかったとき、初めて思いついたんだ。通りすがりにちらっと競馬予想を読んだんだよ。それで、アデバールが穴馬だと書いてあるのを読んで、初めて決めたんだ」

「そう!」と彼女は言った。彼の言葉など信じてはいなかった。私を地下鉄の駅まで送る前から彼はそのつもりだったんだ、と彼女は思った。彼が今朝、新聞をずっとひねくり回していたこと、それから紙と鉛筆を使って長い間計算していたことを彼女は思い出した。朝一番のお客がやってきてもまだ計算していたっけ。「そう！」と彼女はもう一度言った。「それじゃあ、あんたは街中を散歩してたってわけね？　ゲシュタポに見つかるといけないから、できるだけ外に出ないようにしようって言ってたのにね？」

「お前だって、地下鉄の駅まで送っていってもいいって言ったじゃないか」

「それは二人一緒だったからよ。それに、はっきり言ったはずよ。試しにやってみましょうって。半日も街中をほっつき歩いていいと言ったわけじゃない。あんた一体、どこにいたのよ」

「前から知ってる小さな飲み屋に行っただけだよ。そこにはゲシュタポなんて絶対来ない。ノミ屋と競馬仲間しか来ない店なんだ」

「つまり、みんながあんたを知ってるってことね。そのみんなが触れ歩くかもしれないのよ。エンノ・クルーゲをどこそこで見たぜって」

「だけど、ゲシュタポだって、俺がどこかにいることは知ってるさ。それがどこかを知らないだけだ。その飲み屋があるのはヴェディングで、だから、ここからはうんと離れてる。それに、俺を密告するような知り合いはいなかったよ」

彼は、心を込めて優しく話した。俺の話を聞いてくれれば、俺の言うとおりだと分かるはずだ。どうして信頼を裏切られたなんて言うのか、俺のことで何をそんなに悩んでいるのか、俺には全然分からない。カネを取ったって言うが、それはお前を喜ばせるためだ。店を閉めたって責めるが、お前だって同じことをしたはずだ。飲み屋には行ったが、ここから遠く離れたヴェディングの飲み屋だ。お前が俺のことを心配するなんて、全然分からなかったんだ。そんなこと、思ってもみなかったんだよ！

「それじゃ、エンノ」と彼女は尋ねた。「言いたいことはそれだけなのね？」

「そうさ。ヘーテ、他にまだ何て言えばいいんだい？　お前は俺にずいぶんと腹を立てているようだが、俺には、正直言って、自分がそんなに間違ったことをしたとは思えないんだよ」ここで、案の定エンノは泣き出した。

「ああヘーテ、機嫌を直してくれよ。これからは、絶対何でもお前に断ってからにするから！　機嫌を直してくれよ。こんなの耐えられないよ……」

だが、今回は泣いても頼んでも無駄だった。涙も言葉も白々しいだけだった。泣いている男を見て、彼女は胸が悪くなった。

「まずはよく考えてみるわ、エンノ」と彼女は素っ気なく言った。「自分がどれだけ私の信頼を裏切ったか、全然分かってないみたいね」

そう言うと、彼女は彼の脇を素通りして台所に戻り、ジャガイモをまた炒め始めた。さて、これで話し合いは済んだわ。でも、それでどうなった? ほっとした? 何もかもはっきりした? 決心がついた?

全然! この男には罪の意識なんかないってことが分かっただけ。都合次第で誰彼構わず、口から出任せの嘘を吐く男だってことが分かっただけ。

そうよ、こんな男は私には相応しくない。こんな男とは終わりにしなくては。もちろん、今夜はもう彼を叩き出すわけにはいかない。自分がどんな悪いことをしたのか、彼には全然分かってない。靴を噛んで台無しにしておいて、自分がどうして打たれてるのか分かっていない子犬みたいなものね。

新しい宿を彼が自分で見つけるまで、一日か二日の猶予は与えてやらなければ。そうしている間にゲシュタポに見つかったら――それは運に任せるしかないわね。彼も自分から、運に任せて外に出たんだから。競馬に行くために! そうよ、彼を振り払わなくては。彼のことはもう二度と信頼できない。これからは一人で生きていかなくては。これから、死ぬまでずっと! そして、そう考えると、彼女は不安になった。

だが、その不安を抑え、彼女は夕食後にこう言った。「よく考えてみたけれど、エンノ、私たち別れましょう。あなたはいい人よ。あなたのことは好き。でも、私たち、価値観が違いすぎるのよ。こんなふうでは長くはやっていけない」

本気で言っているのだということをはっきりさせようと、彼女はソファーに彼の寝床をこしらえ始めた。その様子を、彼はじっと見つめていた。彼は最初、耳を疑った。やがて、彼はすすり泣きを始めた。「ああヘーテ、そんなの本気で言ってるんじゃないよな! 俺たち、こんなに好き合ってるじゃないか! 俺を放り出して、ゲシュタポの餌食にしようなんて、お前がそんなことするはずがない！」

「あら」と彼女は自分の言葉で自分を安心させようとして言った。「ゲシュタポの話だって、大げさに言ってただけなんじゃないの？ でなきゃ、今日だって、半日も街中をほっつき歩いたりはしなかったでしょうよ」

彼はがっくりと膝をついた。文字通り、膝から崩れ落ちたのだ。恐怖のあまり、彼は気絶せんばかりだった。「ヘーテ！ ヘーテ！」と彼は叫び、すすり泣いた。「俺を殺すつもりじゃないだろう？ ここに置いてくれよ！ 一体どこに行けと言うんだ。ああヘーテ、少しは可哀想だと思ってくれ。こんなに不幸な俺を……」

心細そうに鳴いている子犬のように、彼は泣き叫んだ。彼は彼女の足にしがみつこうとし、彼女の手に取りすがった。彼女は寝室に逃げ、鍵をかけた。しかし、彼が繰り返しドアを叩く音や鍵をこじ開けようとする音、泣きながら懇願する声は一晩中、止まなかった。

彼女はベッドでじっと黙っていた。屈服すまいとして、力を振り絞っていた。自分自身の心の声にも、隣の部屋から聞こえてくる哀願の声にも耳を貸すまいとした。彼女は、もう彼とは暮らせないという自分の決断を貫いた。

徹夜明けの青い顔で、彼らは朝食のテーブルを挟んで向かい合った。二人とも、ほとんど無言だった。二人とも、夕べの口論などなかったかのように振る舞っていた。だが、彼女は考えていた。これでもう彼も分かったはずよ。今日彼が部屋を探さなくても、明日の晩にはこの家から出て行ってもらうわ。明日のお昼に、もう一度言おう。別れるしかないわ、と。

そう、ヘーテ・ヘーベルレは勇敢でまっとうな女性だった。彼女が自分の決心を実行に移さなかったのは、つまり、彼女がエンノを家から追い出さなかったのは、彼女のせいではなかった。それは、彼女がまだ会ったこともない人間のせいだった。つまり、エッシェリヒ警部やバルクハウゼンといった人間のせいで、そういうことになったのだ。

28 エミール・バルクハウゼン、手助けをする

こうしてすぐに破局することとなった同棲生活をエンノ・クルーゲとヘーテ・ヘーベルレが送っていたあいだ、

エッシェリヒ警部は過酷な日々を過ごしていた。エンノ・クルーゲが尾行を撒いて大都会という海に消えたきり、その行方が杳として知れないという事実を、エッシェリヒは上官のプラルに敢えて隠さなかった。

正直に報告した結果、雨あられと降り注ぐことになった罵倒の言葉——この大馬鹿者、この役立たず、ぶち込んでやる、この愚図め、一年近く経っても馬鹿げた葉書犯一人捕まえられんとはな、等々——をすべて、エッシェリヒ警部は甘んじて受けた。

せっかく手がかりを得ておきながらそいつを釈放したのか、間抜けとはこのことだ。お前は反逆罪を幇助したのだから、これから一週間以内にそいつを私の前に引き出してこられなければ、お前を反逆罪で訴えてやるぞ。

エッシェリヒ警部は、こうした罵詈雑言を黙っておとなしく聞いていた。だが、この罵詈雑言は彼に奇妙な効果を及ぼした。このエンノ・クルーゲという男が葉書事件とは何の関係もないこと、この男を捕まえても葉書事件の真犯人の特定には何の役にも立たないことを重々知っているにもかかわらず、突然、エッシェリヒ警部の関心はエンノ・クルーゲという無意味な小男の逮捕にもっぱら集中し始めたのだ。上官の気を逸らすために使おうと思っていたこのナンキンムシに逃げられたのは、実際、腹立たしいことだった。この一週間、クラバウターマンは特に忙しく活動していた(今週は三枚の葉書が警部の元に届いていた)。だが、この件に関わって以来初めてのことだったが、エッシェリヒは葉書とその書き手に対する興味をまったく失っていた。ベルリン地図に小旗を立てて葉書の発見場所をマークすることさえ、彼は忘れていた。

彼はとにかくエンノ・クルーゲの身柄を再確保しようと考え、実際、並々ならぬ努力をした。エヴァ・クルーゲをルッピンに訪ねることまでした。万が一のことを考え、彼はエヴァとエンノの逮捕令状を携行していた。しかしすぐに、エヴァが本当に夫と絶縁状態で、ここ数年の夫の生活についてほとんど何も知らないことが分かった。

特に協力的でも反抗的でもない、まったく無関心な態度で、彼女は自分が知っていることを警部に話した。エンノがどうしているのか、彼が何をしたか、あるいはしなかったかについて、彼女は明らかにまったく無関心だった。警部が彼女から聞き出せたのは、以前エンノ・クルーゲが出入りしていた二～三軒の飲み屋の名前と、彼が競馬狂いだったことだけだった。彼は、トゥッティ・ヘーベクロイツという女の住所も聞き出した。その女から、ベルリンのアパートに一度手紙が届いたことがあったのだ。その手紙には、カネと食糧配給切符をエンノに盗まれたと書いてあった。最後に夫に会った際、エヴァ・クルーゲはその手紙を彼に渡さなかったし、手紙が届いたことを話しもしなかった。ただ偶然、差出人の住所だけは覚えていた。郵便配達人という職業柄、住所を覚えるのは得意だったのだ。

こうした情報を仕入れて、エッシェリヒ警部はベルリンに戻ってきた。もちろん、「こちらから質問するのみで相手の質問には答えないし、いかなる情報も渡さない」といういつもの原則に従って、彼は、エヴァ・クルーゲに対する訴訟手続きがベルリンで進んでいることには一切触れなかった。そんなことは彼には関わりのないことだった。持ち帰った情報は多くはなかったが、それでもこれは取っかかりではあったし、いわば手がかりの手がかりだった。単に待っているだけではなく、ちゃんと何かをしているのだということを、彼は上官のプラルに示すことができた。何かをする。お偉方にとってはそれが重要だった。クルーゲの件全体が間違っているように、それがたとえ間違ったことであっても。だが、「待っている」ことはお偉方には我慢がならないのだった。

ヘーベクロイツへの聞き込みは無駄足に終わった。

――クルーゲとはカフェで知り合いました。彼の勤め先も知っています。彼は二度ほど、それぞれ数週間ずつ私の家に間借りしていたことがあります。ええそうです、おっしゃるとおりです、お金と食糧配給切符の件で彼に手紙を書きました。でも、二度目にうちにやってきたとき、彼は、それを盗んだのは自分じゃなくて他の間借り人だと説明しました。

それから、彼はまた、一言の断りもなしに姿を消しました。大方、どこかの女のところでしょう。エンノというのはそういう男なんです。いいえ、もちろん私は彼と関係を持ったことなんてありません。いいえ、彼がどこに行ったか、全然見当もつきません。ただ、この辺りにいないことは確かです。もし近くにいたら、とっくに何か噂を聞いているはずですから。

二軒の飲み屋に聞き込みに行ってみると、彼はエンノという名前で知られていた。――ええ、彼のことなら知っています。もう長い間ここへは来ていませんが、ええ、きっとまた来ますよ。分かりました、警部さん、警部さんがここへ来たことは彼には言いません。ここはまっとうな居酒屋です。ここには、高尚な競馬を愛するまともなお客しか来ません。また彼が店にやってきたら、すぐにお知らせしますよ。ハイル・ヒトラー、警部さん！

エッシェリヒ警部は十人の部下に命じて、ベルリン北部と東部のノミ屋と飲み屋をしらみつぶしに当たらせた。聞き込みの結果を待っているあいだに、エッシェリヒに二つ目の奇妙な変化が起きた。このエンノ・クルーゲという男が葉書事件に何らかの形で関わっている線もまったくないとは言えないな、と突然思えてきたのだ。この男の周辺には、おかしな偶然の一致が多すぎる。病院で見つかった葉書。最初は熱心なナチ党員だったのに、突然脱党願いを出した女房。親衛隊員の息子の行動に気に入らないことがあったのが脱党願いの理由らしい。この小男の周囲のあらゆることが何かしら政治的な問題と結びついているのに、私としたことが、この男は政治にはまったく無関心だと今まで思い込んでいたのだ。もしかしたら、エンノ・クルーゲは思ったよりもずっとしたたかな男なのかもしれない。この男、葉書事件以外にもやましいところがあるのかもしれないが、何かやましいことがあるのはほぼ確実だ。

記憶を新たに甦らせようと、エッシェリヒはシュレーダー警部補とこの件全体についてもう一度じっくり話し合ってみた。すると、シュレーダーも同意見だった。シュレーダーも、クルーゲには何かおかしな点がある、奴は何か隠している、と感じていたのだ。いずれ分かるだろう、じきに何か展開があるはずだ。エッシェリヒはそんな気がした。そして、こういうことにかけては彼の勘が外れることは滅多にないのだった。

そして、今回も彼の勘は外れなかった。脅迫と罵詈雑言にさらされる日々を送っていたエッシェリヒの元に、「バルクハウゼンという男が面会を求めてきております」という報告が入ってきたのだ。

バルクハウゼン？　エッシェリヒ警部は自問した。バルクハウゼン？　バルクハウゼンってのはどんな奴だったっけ。ああそうだ、思い出した。はした金で自分のお袋でも密告しかねない、あのケチな密偵か。

ここからは声に出して言った。「通してくれ」。バルクハウゼンが入ってくると、エッシェリヒは言った。「ペルジッケの話なら、帰ってくれ」

バルクハウゼンは無言のまま、エッシェリヒを見つめていた。そうすることで、それでも俺はペルジッケについて言いたいことがあるんだと態度で示していたのだ。

「さてと」とエッシェリヒは言った。「どうして出て行かないんだ、バルクハウゼン」

「ペルジッケの息子はローゼンタールのラジオを持っています」と彼は非難がましく言った。「私は知っています。なぜって……」

「ローゼンタール?」とエッシェリヒは尋ねた。「ヤブロンスキ通りのアパートの窓から転落した、あのユダヤ人の婆さんのことだな?」

「そうです」とバルクハウゼンは言った。「そのローゼンタールからペルジッケはラジオを盗んだんです。婆さんはもう死んでいましたが、つまり、婆さんの家から盗み出したんです……」

「バルクハウゼン、一つ言っておこう」とエッシェリヒは説明した。「その件については、ルッシュ警部と話し合った。そうやって、いつまでもペルジッケの悪口をやめないと、ここでひどい目に遭わされることになるぞ。その件に関してはもう何も聞く気はない。まして、お前から聞く気など毛頭ない。お前のような奴に、この件をほじくり返す権利はないんだ。分かったか、バルクハウゼン!」

「でも、あいつはラジオを盗んだんですよ……」とバルクハウゼンは、盲目的な憎悪に駆られている人間ならではのしつこさで再び言い始めた。「あいつに直接証拠を突きつけてやることもできるのに……」

「とっとと出てけ、バルクハウゼン。さもないと、地下の留置場にぶち込むぞ!」

「それなら、これからアレクサンダー広場の警察本部に行きますよ」とバルクハウゼンは憤然として言った。

「法律は法律、盗みは盗みだ」

だが、そのときエッシェリヒはまったく別のことを考えついた。ほとんどいつも頭の中を占めていた、クラバウターマン事件のことを思い出したのだ。彼はもうバルクハウゼンの言葉を聞いてはいなかった。「ちょっと教えてくれ、バルクハウゼン」と彼は言った。「お前、大勢の人間を知ってるんだよな。よくいろんな飲み屋に行ってるんだよな？　ひょっとして、エンノ・クルーゲって奴を知らないか？」

バルクハウゼンは仕事の匂いを嗅ぎつけたが、不機嫌な表情のまま言った。「エンノって奴なら一人知ってます。名字がクルーゲかどうかまでは知りませんけど。エンノってのは奴の名字かとずっと思ってましたしね」

「小柄な痩せた男だ。青白くて声の小さい、おどおどした男なんだが、どうだ？」

「そいつかもしれません、警部さん」

「明るい色のコート、大きなチェック柄の鳥打ち帽。どうだ？」

「そいつ、そいつです」

「いつも女の尻を追いかけ回している……？」

「女たらしかどうかは知りません。女と一緒のところは見たことがありません」

「競馬好きのケチな野郎」

「そうです、そのとおり、警部さん」

「行きつけの飲み屋は、〈負け馬亭〉と〈出走前亭〉」

「そいつに間違いありません、警部さん。そのエンノ・クルーゲって男は私の知ってるエンノですよ！」

「その男を見つけ出してもらいたいんだ、バルクハウゼン。ペルジッケの件は放っておけ。そんなことをほじくり返しても、収容所送りになるだけだぞ。そんなことより、エンノ・クルーゲの居場所を探り出してくれ」

「だけど、あいつは警部さんが追いかけるようなタマじゃありませんよ」そんな馬鹿なといった顔でバルクハウゼンは言った。「あいつは本当にケチなつまらない野郎です。下らない野郎ですよ。あんな馬鹿をどうしようってんで、警部さん？」

「そんなことはお前の知ったことじゃない、バルクハウゼン。お前のおかげでエンノ・クルーゲを捕まえられたら、五百マルクやるぞ」

「五百マルク、ですか、警部さん。エンノが十人いたって五百マルクの値打ちなんかありませんよ。こりゃ何かの間違いですよ、きっと」

「仮に何かの間違いだったとしてもだ、そんなことはお前には関係ない。五百マルクはお前のものだ、どっちみちな」

「警部さんがそう仰るなら、エンノを捕まえられるかどうかやってみますよ。だけど、居場所を教えるだけですよ。ここに連れてくることはできません。あいつと話をするのはちょっと……」

「奴とのあいだに何かあったんだな？　そうでなきゃ、そんなに神経質になるはずがない、バルクハウゼン！　きっと、二人で何か悪さをやらかしたんだろう。だが、お前の脛の疵を詮索する気はない。さあ、バルクハウゼン、クルーゲを探しに行ってくれ」

「少しばかり前金をいただきたいんですがね、警部さん。いえ、前金じゃなくて」と彼は言い直した。「経費を払っていただきたいんです」

「どんな経費がかかるっていうんだ、バルクハウゼン。聞かせてもらおうじゃないか」

「地下鉄にも乗らなきゃいけないし、いろんな飲み屋に行ってビールをおごって回らなきゃいけない。いろいろとカネが要るんですよ、警部さん！　でもまあ、五十マルクもあれば充分だと思います」

「そうだな、偉大なバルクハウゼンがお出ましになりゃ、何かおごってもらえると思ってみんなが待ってるからな。ほら、十マルクやるから、もういい加減に出てってくれ。お前とくっちゃべる以外、こっちにはやることがないとでも思っているのか？」

実際、バルクハウゼンはそう思っていた。警部などというものは、他人から言葉巧みに情報を聞き出したり、他人を自分のために働かせる以外には何もしていない、と。だが、それを口に出すことは差し控えた。彼はドアのほうへ歩いて行きながら言った。「でも、クルーゲの居場所を教えたら、ペルジッケの件もよろしくお願いしますよ。あの兄弟には本当に恨みが……」

エッシェリヒはさっと彼の背後に迫ると彼の肩を掴み、鼻先に拳を突きつけた。

「これが見えるか？」と彼は怒鳴った。「まだ分からないのか、この馬鹿。今度ペルジッケがどうのと言ってみろ、地下の留置場にぶち込んでやる。エンノ・クルーゲの一人や二人捕まらなくても構うもんか」

そう言うと、彼は仰天しているバルクハウゼンの尻に膝蹴りを食らわせた。バルクハウゼンの体は大砲の弾のように廊下へ吹っ飛んだ。吹っ飛んだ先で、彼は親衛隊伝令兵にぶつかり、伝令兵からさらにもう一発派手に蹴りを入れられた。

階段の踊り場で歩哨に立っていた二人の親衛隊員が、この物音に気づいて駆けつけてきた。彼らは、まだよろめいているバルクハウゼンを捕まえると、まるでジャガイモが入った袋のように階段からごろごろと無造作に投げ落とした。

バルクハウゼンは、階段の下に倒れて呻き声を上げげた。少し血も出ていた。だがすぐに、階段から落ちたショックでまだ意識朦朧としている彼の襟首を別の歩哨が摑み、「このきれいな床を汚そうってのか、このブタ!」と怒鳴った。歩哨は彼を出口まで引きずっていき、路上に投げ捨てた。

エッシェリヒ警部は、転げ落ちていくバルクハウゼンを、階段に遮られてその姿が見えなくなるまで満足げに見送った。

プリンツ・アルブレヒト通りを歩いていた人々は、泥の中に倒れている不運な男を見ないようにして足早に通り過ぎた。というのも、その男が放り出されてきた場所がどれほど危険な建物か、よく分かっていたからだ。そんな目に遭った人間を同情的な目で見るだけでも犯罪になるかもしれない。まして、そんな人間を助けるなどということは論外だった。歩哨がどかどかと足音を立てて再び現れると言った。「目障りなブタめ、三分以内に消えろ。でないと痛めつけてやるぞ。それも時間をかけてたっぷりとな」

この脅しは効いた。バルクハウゼンはやっとの思いで立ち上がり、痛む足を引きずってよろよろと家まで帰った。だが、心の中では、やり場のない憎しみと怒りが再び燃えていた。この憎しみは、焼け付くような怪我の痛みよりも強かった。悪党のエッシェリヒのためなんかに指一本だって動かすものか、と彼は固く心に誓った。一人でエンノ・クルーゲを探すがいい!

しかし翌日になって怒りがいくらか収まり、理性が戻ってくると、彼は考え直した。第一に、エッシェリヒ警部からすでに十マルク受け取ってしまっている。そのカネの分は働くしかない。でないと、間違いなく詐欺罪に問われるだろう。それに、お偉方の機嫌を損ねるのはまずい。権力を持っている人間には従うしかない。昨日階段から突き落とされた件は、結局のところ偶発的な事故だ。あのとき伝令兵にぶつかっていなかったら、あんなことにはならなかったはずだ。奴らとしてはあれは冗談のつもりだったんだろう。俺だって、他の奴があんな目に遭っていたらきっと腹を抱えて笑っただろう。たとえば、エンノ・クルーゲが同じ目に遭っていたとしたら。

そう、バルクハウゼンがエッシェリヒの命令をやはり実行しようと思った第三の理由がこれだった。これでエンノ・クルーゲに仕返しができる、と思ったのだ。あいつが酔っ払ったばっかりに、儲け話が台無しになったんだ。あの馬鹿に、仕返ししてやる。

そんなわけで、痛む体を押して、バルクハウゼンはやる気満々で出かけた。まずはエッシェリヒ警部も聞き込みに訪れていた二軒の飲み屋に入り、さらに他にも数軒の飲み屋を回った。店主にエンノのことを尋ねたりはせず、そこで時間を潰すだけだった。一時間かけてちびちびと一杯のビールを飲み、ちょっと競馬の話をしたりもした。自分自身はまったく競馬に興味はなかったのだが、いつも人の話を聞いていたので競馬には結構詳しかったのだ。こうして一軒一軒、彼は同じことをして回った。バルクハウゼンは気が長かった。こんなふうに時間を潰して何日も待つことは、彼には何でもなかった。

だが、根気よく待つまでもなかった。二日目にもう、「負け馬亭」でエンノに出くわしたのだ。エンノがアデバールで大穴を当てたのを見て、バルクハウゼンは激しい嫉妬を覚えた。彼は、エンノがノミ屋に五十マルク札を渡したのにも驚いた。これは働いて稼いだカネじゃないな、とバルクハウゼンは即座に嗅ぎつけた。こいつ、ずいぶんと結構な暮らしをしていやがったんだな、まったく。

バルクハウゼンとクルーゲの両人が互いに素知らぬ顔をしていたのは言うまでもない。彼らは目を合わせさえしなかった。

一方意外だったのは、飲み屋の亭主があんなに固く約束していたにもかかわらず、エッシェリヒ警部に電話しなかったことだ。それはつまりこういうことだった。ゲシュタポを恐れ、いつもゲシュタポに怯えて暮らしているのは事実でも、そのことと、ゲシュタポの手先になることとは別物だったのだ。エンノ・クルーゲに警告してやるということまではしなかったものの、とにかく亭主が彼を密告することはなかった。

ちなみに、エッシェリヒ警部は亭主が通報を怠ったことを忘れなかった。彼はこれをある部局に報告し、その報告に基づいて亭主に関するファイル（その索引カード）には、「信用できない人物」と書かれていた）が作成された。亭主はいずれ、ゲシュタポに「信用できない人物」と見なされることが何を意味するか、思い知らされることになるだろう。

バルクハウゼンはエンノよりも先に飲み屋を出た。しかし遠くへは行かず、広告柱の陰に隠れると、エンノが出てくるのを悠然と待っていた。バルクハウゼンにとって、尾行はお手の物だった。獲物を簡単に見失うようなへまはしなかった。まして、エンノのような間抜けが獲物ならなおさらだった。彼は、エンノと同じ地下鉄の車両に乗り込むことさえやってのけた。バルクハウゼンは背の高い男だったが、それでもエンノ・クルーゲは彼に気づかなかった。

エンノ・クルーゲはアデバールで大穴を当てたことで頭がいっぱいになっていた。ポケットの中には、久しぶりにたんまりカネが入っていた。彼は、結構な暮らしをさせてくれているヘーテのことを思い出した。あの太った優しい中年女のことを、彼は愛と感動とともに思い出した。だが、ほんの数時間前に彼女に嘘を吐いて彼女からカネを盗んだことは思い出さなかった。

もちろん、店の前まで来て、店のシャッターが上がっていることに気づいたときには、彼の上機嫌は消し飛んでしまった。彼女はすでに店に戻って働いている。俺が店を空けたことを、きっと怒っているだろう。だが、なるようになるしかないと腹をくくると、彼はガミガミ言われるのを覚悟して店に入った。そんなことで頭がいっぱいだったから、誰かに尾行されていることに気づかなかったのも当然だった。

クルーゲが店に入っていくところを見ていたバルクハウゼンは、入り口から少し離れたところで待った。クルーゲは店で買い物をしたらすぐに出てくるだろう、とバルクハウゼンとしては当然そう考えたからだ。だが、大勢の客が出たり入ったりするのを見ているうちに、バルクハウゼンは不安になってきた。クルーゲが店から出てくるのを見落としてしまったんだろうか。五百マルクはもう今夜にも俺のものだと思ったんだが……。

やがてシャッターが音を立てて閉まったとき、彼は確信した。エンノの奴、ずらかりやがったな。ひょっとしたら、尾行されているのに気づいていたのかもしれない。何か理由をつけて店から奥のアパートに入れてもらい、アパートの玄関から外に出たのかもしれない。バルクハウゼンは、アパートの玄関も見張っておかなかった己の愚かさを呪った。店の入り口ばかりずっと見ていたとは！　何て間抜けなんだ！

明日か明後日、あの飲み屋でまたエンノと出くわす可能性はある。アデバールでボロ儲けしたあとだから、あいつの競馬熱は止まるまい。毎日でもやってきて、カネがすっかりなくなるまで賭け続けるに違いない。アデバールみたいな穴馬が毎週出走するわけじゃないし、出走したって、そいつに賭けてるとは限らない。エンノはすぐにまたカネをすっちまうだろう。

家に帰ろうとして、バルクハウゼンはその小さなペットショップのすぐ脇を通り過ぎた。すると突然、店に一つだけ灯りが点いているのがショーウインドー越しに見えてきた（シャッターが下りていたのは店のドアだけだった）。鼻をガラスに押しつけ、水槽や鳥かご越しに中を覗いてみると、店内でまだ二人の人間が働いているのが見えた。プディングみたいに膨らんだ中年女（とバルクハウゼンは即座に正しく判定した）と、友達のエンノだった。シャツに青いエプロン姿のエンノが、甲斐甲斐しく餌をやったり、水を替えたり、スコッチテリアの毛並みを整えてやったりしている。

エンノみたいな間抜けがこんな幸運を手に入れていたとは！　あんな男のどこがいいんだ。このバルクハウゼンがオッティと五人のガキを抱えてにっちもさっちもいかないってのに、あの親父はすぐにこんな、女と魚と鳥が全部揃ったペットショップに入り込めるなんて。

バルクハウゼンはペッと唾を吐いた。このバルクハウゼンには何一ついいことがないのに、こんな間抜けがこんなにいい目を見るなんて、何て世の中なんだ！

だが、しばらく覗いているうち、バルクハウゼンには、中の二人が熱々の仲というわけではないことが次第に分かってきた。二人はほとんど言葉も交わさず、お互いの顔を見もしない。多分エンノ・クルーゲはただの使用人で、店の掃除を手伝っているだけなんだ。それなら、奴はもうじき店から出てくるに違いない。

バルクハウゼンは、さっきまでいた見張り場所に再び退却した。店のシャッターは閉まっているのだから、クルーゲはアパートの玄関から出てくるはずだ、と考え、バルクハウゼンはそこを見張っていた。だが、店の灯りが消えても、クルーゲは相変わらず出てこなかった。そこでバルクハウゼンは、一か八かやってみようと決心した。エンノと階段で鉢合わせするのを覚悟で、彼は建物の中に忍び込んだ。アパートの玄関にはまだ鍵はかかっていなかった。しかし、そもそもこういった、中庭が二つも三つもあるような大きなアパートでは、入居世帯数が多すぎるため玄関ドアに夜間も鍵がかかっていないことのほうがふつうだった。

　バルクハウゼンはまず、表札の「H・ヘーベルレ」という名前を頭に入れると、そっと中庭に出た。するとどうだろう、もう八時を回っていたのに、運のいいことに遮光幕（灯火管制のための）はまだ下ろされていなかった。斜めにかかっているレースのカーテンの隙間から覗くと、居間の中が丸見えだった。だが、そこから見た光景に彼は驚き、ほとんど愕然としてしまった。

　エンノが床にひざまずいていたのだ。ひざまずいたまま、太った女のほうににじり寄っていく。女のほうは、不安そうにスカートの裾を摑んでじりじりと後ずさりしている。エンノが両手を差し伸べる。声を上げて泣いているようだ。

　おいおい、とバルクハウゼンは喜びのあまりその場で足踏みした。おいおい、そういうのがお前らの夜のムードを高めるやり方なら、好きにやってくれ。まったくおかしな奴らだな。じゃあ、今夜はここでじっくり覗かせてもらうぜ。

　だが、やがて中年女は隣の部屋に入ってドアを閉めてしまった。取り残されたエンノは、必死になってドアノブを回そうとしている。まだ、泣き喚いたり懇願したりしているようだ。

　ひょっとしたら、これは単にムードを高めるための儀式というわけじゃないのかもな、とバルクハウゼンは思った。あいつら喧嘩でもしたのか。それともエンノがなにかをほしがっていて、それをあの女が渡そうとしないとか？　それとも、あの助平親父だけがのぼせ上がっていて、女のほうは端から気がないのかな。そんなことはどうでもいいや。いずれにしても、今夜は奴はここに泊まるだろう。でなきゃ、ソファーにあんなに真っ白な寝床が用意してあるはずがない。

ちょうどそのソファーの前に、エンノ・クルーゲは立っていた。バルクハウゼンには、元仕事仲間のエンノの顔がはっきり見えた。その顔に、驚くべき変化が現れた。今の今まで泣いたり喚いたりしていた男がニヤリと笑ったのだ。ドアのほうを見て、エンノはもう一度ニヤッとした。

中年女の前で見せた涙はやっぱり芝居だったんだな。まあ、うまくやってくれ。ただ、エッシェリヒがお前のお楽しみを台無しにしなきゃいいけどな。

クルーゲはタバコに火をつけると、バルクハウゼンが覗いている窓に向かって歩いてきた。バルクハウゼンは慌てて頭を引っ込めた。音を立てて、窓の遮光幕が閉まった。これで、バルクハウゼンは今夜のところは安心して見張り場所を放棄できることになった。ドラマチックな展開は今夜はもう期待できないし、少なくとも、ここにいてももう見ることはできない。だがとりあえず、これで今夜のエンノの居場所は確実に押さえたぞ。

エッシェリヒ警部とは、「エンノ・クルーゲを見つけ次第、昼夜を問わず即座に電話する」という取り決めになっていた。だが、その夜、ケーニヒストーアから自宅に向かって歩いているうち、すぐに電話することが本当に（自分の利益にとって）正しいことなのかどうか、バルクハウゼンには次第に疑わしく思えてきた。この件には当事者が二人いる、だったらその両方から利益を引き出してもいいじゃないか、と思いついたのだ。

エッシェリヒからカネを貰えることは確実だ。エンノ・クルーゲからもちょっとカネを引き出そうとしたっていいんじゃないか？　あいつは五十マルク札を持っていた。アデバールが勝ったおかげで、その五十マルクが二百マルク以上に増えた。そのカネも貰ったっていいじゃないか。エッシェリヒがそれで損をするわけじゃない。エンノを捕まえられることに変わりはないんだから。エンノだってそうだ。ゲシュタポに捕まれば、どっちみちカネは取り上げられるんだから。そうじゃないか？

それから、エンノが泣いてすがっていたあのデブ女だが。あの女はカネを持っているに違いない。ひょっとしたらしこたま持ってるかもしれない。店は繁盛しているみたいだ。売り物もまだたくさんあるし、客の入りもいいみたいだ。クルーゲが泣き喚いたりすがりついたりしているところを見ると、あの二人は一心同体というわけではないようだが、恋人を（仮に自分から振った男だとしても）ゲシュタポに引き渡す奴はいない。あの中年女がエンノを拒否しておきながら家から追い出さず、ソファーの上に寝床を用意してやったのは、まだあいつのことを気にかけている証拠だ。あいつのことをまだ気にかけていれば、カネも払うだろう。大金でないにしても、いくらかは。この「いくらか」をむざむざ見逃す手はない。

ここまで考えると（家に帰る途中も、またその夜、オッティの傍らに横になってからも、彼は何度も繰り返し同じことを考えていた）、彼はその度に必ずゾクゾクッとした。これがかなり危険な計画だということを、その都度思い出したからだ。ゲシュタポの連中はみんなそうだったが、エッシェリヒは独断を許すような男ではなかったし、一人の男を強制収容所に送るくらい、彼にはいとも容易いことだった。強制収容所はごめんだ、とバルクハウゼンは思った。

それでも、犯罪者根性にすっかり染まっている彼は、やれることはやるべきだ、やれるんだったらやらなくちゃ、と執拗に自分に言い聞かせた。エンノの件は、確実にやれることなんだぞ。一晩寝てからもう一度考えよう。朝になってから、すぐにエッシェリヒのところへ行くか、まずクルーゲに会いに行くか決めよう。さあ、もう寝よう……。

だが、彼は眠れなかった。彼は考え続けた。この仕事は一人ではできない。この仕事には素早さが必要だ。たとえば、エッシェリヒのところに行くときはさっさとしないと。そのあいだはエンノ・クルーゲを見張ることができないからな。デブ女を脅しているあいだにエンノに逃げられる恐れもある。だめだ、一人ではできない。だが、仲間として信用できる奴はいないし、もしいてもそいつは分け前を要求するだろう。そんなのはごめんだ。

そのうちバルクハウゼンは、五人の子どもたちの中に十三歳の（ひょっとしたら彼の実の息子かもしれない）息子がいることを思い出した。「この子はポンメルンの大地主の伯爵様から授かったのよ」とオッティがいつも主張していたにもかかわらず、彼は常々、クーノ＝ディーターという貴族的な名前を持つこの男の子はひょっとしたら自分の息子かもしれないと感じていた。この名前――「子どもの父親の名前をつけたの」と彼女は言っていた――からも分かるように、オッティは法螺ばかり吹いている女だったから。

重苦しいため息とともに、バルクハウゼンは、その子を予備の見張り役として連れて行こうと決めた。オッティとはちょっと喧嘩になるだろうし、ガキにも何マルクか払ってやらなきゃならんだろうが、多分それだけで済むだろう。それから、バルクハウゼンは改めてこの件全体について考え始めたが、頭が段々ぼんやりしてきた。彼はついに眠りに落ちていった。

29 ゆすり

すでに述べたように、翌朝、ヘーテ・ヘーベルレとエンノ・クルーゲはほとんど一言も口を利かずに朝食を済ませ、店に出た。二人とも、徹夜明けの青い顔で、それぞれの物思いに耽っていた。ヘーテのほうは、とにかく明日にはどうしてもエンノに出て行ってもらわなければと考え、エンノのほうは追い出されてたまるものかと考えていた。

その静けさの中、最初にやってきた客はひょろっと背の高い男だった。男はヘーテに言った。「ショーウインドーにセキセイインコがいますね。つがいでいくらですか？　つがいでなきゃだめなんです。ずっとつがいを探していたもので……」ここでバルクハウゼンはわざとらしく驚いた顔で振り返った。こそこそと店の奥に引っ込もうとしていたクルーゲに向かって、わざとわざとらしく驚いて見せながら彼は呼びかけた。「いやあエンノじゃないか！　いやいや、まさかエンノのはずがないよな。こんな小さな動物園にエンノがいるわけがない。だけどやっぱり兄弟、お前じゃないか。一体何してるんだ、兄弟」

エンノは、ドアノブを掴んだまま、逃げ出すことも答えることもできず、魔法にかかったように立ち尽くしていた。

だが、ヘーテは、馴れ馴れしくエンノに話しかけてきた長身の男を見つめていた。唇はわなわなと震え出し、膝ががくがくした。やっぱり危険は本当にあったのね、あれは全部が嘘というわけじゃなかったのね、エンノがゲシュタポに追われているというあの話は、と彼女は思った。というのも、小心さと残酷さが入り混じった顔つきのこの男がゲシュタポの密偵だということには疑いの余地がなかったからだ。

だが、その危険が本物になった今、震えていたのはヘーテの身体だけだった。彼女の心は平静だった。その平静な心の中で、彼女は思った。こんな危険の中でエンノを見捨てるわけにはいかないわ。たとえ彼がどんな男だろうと。

ヘーテは、せわしなく動く鋭い目をした、本物のごろつきと思しきこの男に向かって言った。「よかったら、コーヒーでもいかが。ええと、お名前は何て仰るの？」

「バルクハウゼン。エミール・バルクハウゼンです」と密偵は自己紹介した。「エンノとは古い付き合いでね。競馬仲間なんです。ところで、エンノが昨日アデバールで当てた大博打をどう思います、ヘーベルレさん？　エンノと昨日、飲み屋で会いましてね。その話を彼から聞いてないんですか？」

ヘーテはちらっとエンノのほうを見た。エンノはドアノブを握ったまま、バルクハウゼンに親しげに声をかけられてびっくりしたときの格好のまま、そこに立ちすくんでいた。どうしようもない不安を絵に描いたような姿だった。いいえ、古い知り合いと出会ったことなんか、彼から聞いちゃいないわ。それどころか彼は、知り合いには一人も会わなかったと言い張ったのよ。つまり、また嘘を吐いたのね。しかも、その嘘のせいで損をしたのは自分よ。この密偵が彼の居所をどうやって嗅ぎつけたのか、これではっきりしたわ。知り合いに会った話をエンノが夕べのうちにしていれば、すぐに逃がしてやることもできたのに……。

だが今は、エンノ・クルーゲと口論したり、彼の嘘を非難したりしているときではなかった。今は行動すべきときだった。だから、彼女は改めて言った。「それじゃあ、一緒にコーヒーを飲みましょう、バルクハウゼンさん。この時間ならまだそんなにお客さんは来ませんから。エンノ、店番をお願いね。まず私があなたのお友達と話をするから……」

ヘーテはもう震えていなかった。彼女は、夫のヴァルターがゲシュタポに連れて行かれたときのことを思い出していた。そして、その記憶が彼女に力を与えた。彼女には、ゲシュタポに対して震えたり泣いたり哀願したりしても無駄だということが分かっていた。奴らには、ヒトラーやヒムラーの手先どもには、心というものがないんだから。彼らに対して役に立つものがあるとすれば、それは勇気、怯まないこと、恐れないこと。彼らは、ドイツ人全員が怖じ気づいてると思っている。このエンノみたいに。でも、私は違う。ヴァルターの未亡人、ヘーテ・ヘーベルレは違う。

彼女の落ち着いた態度に気圧されて、男たちは二人とも、文句を言わずに彼女に従った。奥の部屋に引っ込む際、彼女はこう言い残した。「馬鹿なことはしないのよ、エンノ！　逃げ出すなんて無意味なことはしないの！　いい？　コートは奥の部屋に掛かってるんだし、お金だってほとんど持ってないんでしょ」

「頭のいい人だ」テーブルに着き、自分の前にコーヒーカップが置かれるのを見ながらバルクハウゼンは言った。「それに、肝っ玉が据わってる。夕べ初めて見たときには、そんなふうには全然思わなかったんですがね」

二人の目と目が合った。

「いやいや」とバルクハウゼンは急いで付け加えた。「夕べだって、泣いて取りすがるあいつの鼻先でドアをぴしゃりと閉めたりして、結構肝っ玉が据わってましたけどね。あれから一晩中、ドアを開けてやらなかったんでしょ？」

この恥知らずな当てこすりを聞いて、ヘーテの頬は少し赤くなった。夕べの恥ずかしい、胸の悪くなるような光景を他人に見られていたとは！　しかも、こんな嫌らしい奴に！　だが、彼女は心を落ち着かせると言った。「あなたも頭のいい人だと思いますよ、バルクハウゼンさん。この際横道に逸れるのはやめて、商談だけにしましょう。だって、商談のためにいらしたんでしょう？」

「え、ええ、まあ」彼女の話のテンポに思わず気圧され、バルクハウゼンは慌てて答えた。

「それで」とヘーテは話を続けた。「セキセイインコのつがいがほしい、というお話でしたわね。セキセイインコを買って、放してやるおつもりなのね？　だって、そのままかごに閉じ込められるんだったら、セキセイインコには何の得もないでしょ」

バルクハウゼンは頭を掻いた。「ヘーベルレさん」と彼は言った。「そのセキセイインコの話は難しすぎて私にはよく分かりませんよ。私は単純な男です。多分、あなたのほうが私よりずっと頭がいいんでしょうが、私を騙くらかさないでくださいよ」

「あなたもね！」

「何のことやら！　私は率直に話をしようとしているんだ。セキセイインコの話なんかしちゃいない。すべてありのままを、洗いざらい話しますよ。私はゲシュタポから命令を受けて、つまりエッシェリヒ警部から……ええと、エッシェリヒ警部のことは？」。ヘーテは首を横に振った。「とにかく、そのエッシェリヒ警部から、エンノの居場所を突き止めろという命令を受けたんです。居場所を突き止めろ、とただそれだけです。どうしてゲシュタポが奴を探しているのか、その理由は私にはまったく分かりません。言っときますがヘーベルレさん、私は本当に単純な、率直な男です」

彼は体を屈めて彼女を覗き込んだ。彼女は彼の、刺すように鋭い目を見つめた。すると、単純な、率直な男は目を逸らした。

「正直言って、私もその命令には驚いたんですよ、ヘーベルレさん。エンノとは知り合いですからね。エンノがどんな人間かはよく知っています。競馬と女のことしか頭にない役立たずだってね。そのエンノをゲシュタポが、しかもゲシュタポの政治部が追いかけてるってんだから。政治部の管轄と言えば、反逆罪で首が飛ぶ事件ばかりだ。そこが分からない。あんたには分かるのかな？」彼は期待を込めた目で彼女を見た。再び、二人の目と目が合い、再びさっきと同じことが起きた。彼は彼女の目を直視することができなかった。

「いいからお話を続けてくださいな、バルクハウゼンさん」と彼女は言った。「伺いますわ……」

「頭のいい人だ」とバルクハウゼンはうなずいて言った。「恐ろしく頭がいい。それに、肝っ玉が据わってる。夕べも取りすがる男を……」

「商談だけにしようと言ったでしょう、バルクハウゼンさん！」

「もちろんですとも！　私は正直な、本当に率直なドイツ人です。だから、そんな男がなぜゲシュタポの人間なのかと不審に思っておられるかもしれませんね。ひょっとしたらそう思っておられるかもしれませんが、違います、ヘーベルレさん、私はゲシュタポの人間じゃない。私はただ、ときどき彼らに協力しているだけです。人間、食べていかなきゃならない、そうでしょう。私には五人も子どもがいるんです。一番上の子どもがまだやっと十三歳なんですよ。その五人を養っていかなきゃならないんです……」

「商談に戻ってください、バルクハウゼンさん！」

「ヘーベルレさん、私はゲシュタポの人間じゃない。私は正直な男です。友達のエンノをゲシュタポが探している、しかも奴の首に高額の報奨金までつけて探していることを知ったとき、私はこう思ったんですよ、ヘーベルレさん。エンノのことは昔からよく知っているし、喧嘩をしたことはあっても、あいつとは本当に友達ですからね。驚いた、あのエンノをゲシュタポが探してる。あのちびの役立たずを。私はそこで考えたんですよ、いいですか、ヘーベルレさん。俺があいつを見つけたら、まだ間に合ううちにずらかるように言ってやれるかもしれない、ってね。だから、エッシェリヒ警部にこう言いましたよ。『エンノのことならお任せください。私が連れてきますよ。何たって奴は私の古くからの友達ですから』とね。私はその仕事を引き受け、経費をもらいました。そして、ヘーベルレさん、今、私はこうしてあなたと話し合い、エンノは店番をしてるってわけですよ。万事うまくいってるってことです」

ふたりとも、しばらく黙っていた。バルクハウゼンは返事を待っていた。ヘーテは考え込んでいた。

やがて彼女が口を開いた。「じゃあ、ゲシュタポにはまだ知らせていないのね？」

「もちろん。慌てて報告して、何もかもぶち壊しにされたくはないんでね」と言ってから彼は言い直した。「まずエンノに教えてやりたかったんですよ……」

そして、再び彼らは黙った。そして、今度もヘーテのほうから口を開いた。「それで、ゲシュタポはいくら払うと約束したの？」

「千マルクですよ！　あんな役立たずの首に懸ける報奨金としては大した額です。正直言って、ヘーベルレさん、私もたまげましたよ。だけど、エッシェリヒ警部は私に言ったんです。『クルーゲを連れてきたら、千マルク払う』とね。エッシェリヒはそう言ったんです。それから、経費ももうあと百マルク認めてくれました。報奨金の千マルクとは別に、もう百マルクです」

二人とも、黙って考え込んだまま、長い間座っていた。

今度も、先に口を開いたのはヘーテだった。「さっきセキセイインコの話をしましたけど、理由もなくあんなことを言った訳じゃないんですよ、バルクハウゼンさん。もし、私があなたに千マルク払うと言ったら……」

「二千マルクです、ヘーベルレさん、友人間の取引はいつも二千マルクなんです。それと、経費としてもう百マルク」

「そうですか。仮に私がその金額を払うとしても、いいですか、クルーゲさんは一文無しだし、私には彼に何の義理もないんですよ……」

「まあまあ、ヘーベルレさん。あんたは立派な人だ。泣いて膝にすがっているお友達を、そんなはした金が惜しいばっかりにゲシュタポに引き渡したりはしませんよね？　反逆罪で首が飛ぶ事件だと聞かされていながら？　そんなことしませんよね、ヘーベルレさん？」

彼女としてはこう言ってやることもできた。立派なドイツ女性ならそんなことできるはずがない、なんて言っておきながら、率直で正直なドイツ人のあなたのほうこそお友達を売ろうとしてるじゃないの、と。だが、彼女には分かっていた。そんなことを言っても無駄だ、こういう手合いは何にも感じないから。

そこで、彼女は言った。「そうね、それで、仮に二千百マルクを私が払うとして、セキセイインコがちゃんとかごから出してもらえると誰が保証してくれるのかしら？」彼がどぎまぎしてまた頭を掻いているのを見て、彼女は、こっちも遠慮なく言ってやると心に決めた。「それで、あなたが私から二千百マルクを取っておいて、その足でエッシェリヒのところへ行ってまた千マルク貰うことはないと、誰が保証してくれるの？」

「だから私が保証しますよ、ヘーベルレさん！　約束します。私は単純で率直な人間だ。約束したことは守ります。あんたもさっき見たでしょう。私はさっきエンノにまっすぐ近づいて警告しましたよね？　あいつが店から逃げ出したかもしれないのに、ですよ？　そしたらすべてパーになるかもしれないのに」

ヘーテは薄笑いを浮かべて彼を見た。「それなら結構よ、バルクハウゼンさん」と彼女は言った。「でもあなた、エンノの親友だったら分かるわよね？　彼のために万全を期しておきたいの。私にそんな大金が用意できればの話だけど」

バルクハウゼンは、「まあまあ」というような仕草をした。あんたみたいな女にそれくらいのカネが用意できないはずはないだろ、と言いたげに。

「だめよ、バルクハウゼンさん」とヘーテは言葉を続けた。この男には皮肉は通じない、あけすけに言うしかない、と悟ったのだ。「誰が保証してくれるの？　あなたに今お金を渡しても大丈夫だと？」

二千マルクという、これまで見たこともないような大金が今すぐ手に入るかもしれないと思うと、バルクハウゼンはすっかり舞い上がってしまった。

「エンノを捕まえようとして、ゲシュタポがドアの前で待ち構えているかもしれない。そんなことはないと、誰が保証してくれるの？　だから、もっと別の保証が必要だと言ってるのよ！」

「だから、ドアの前に誰も立ってやしないって。誓うよ、ヘーベルレさん。俺は正直な人間だ。どうして俺があんたに嘘を吐かなきゃならないんだ。俺は家からまっすぐここへやってきた。女房のオッティに聞いてくれてもいい！」

彼女は、興奮するバルクハウゼンを遮って言った。

「だから、他にどんな保証ができるか考えてみてと言ってるの。約束する以外にね」

「だけど、そんなものありゃしないよ。これは、お互いの信頼の上に成り立つビジネスなんだ。俺を信頼してくれるだろ、ヘーベルレさん。こっちもこんなに腹を割って話したんだからさ」

「ええ、信頼は……」とヘーテは上の空で言い、そこで口を噤んだ。二人とも、長い間黙っていた。彼のほうは、彼女の決断をひたすら待っていた。彼女のほうは、少なくとも最低限の安全を確保するにはどうしたらいいだろうと知恵を絞っていた。

その間、エンノ・クルーゲは店で働いていた。すでに大勢やってきていた客を、彼はてきぱきとさばいていた。冗談さえ飛び出すほど、気持ちはすでに落ち着いていた。バルクハウゼンを最初に見たときに感じたショックはもう消え去っていた。ヘーテが居間でバルクハウゼンと話をしている。彼女が話をうまくまとめてくれるだろう。それに、彼女が話をうまくまとめてくれているということは、つまり、ここから出て行けと言ったのはただの脅しだったということだ。そこで彼はほっとして、また冗談の一つも飛ばす気になったのだった。

居間で、ヘーテが長い沈黙を破った。彼女は決然と言った。「いいでしょう、バルクハウゼンさん、よく考えてみました。取引しましょう。条件は……」

「条件は……? さあ、言ってくれよ」報酬を目前にして、バルクハウゼンは急き込んで言った。

「二千マルクあげましょう。でも、ここではあげません。ミュンヘンであげましょう」

「ミュンヘンで?」彼はぽかんとして目を丸くした。

「ミュンヘンになんか行くもんか。ミュンヘンで俺に何をしろと言うんだ」

「これから一緒に」と彼女は言葉を続けた。「郵便局へ行きましょう。そこから、あなた宛に二千マルクの郵便為替をミュンヘンの本局留めで送ります。駅まで送っていきますから、次の汽車でミュンヘンまで行って本局でお金を引き出してください。アンハルト駅で、切符の他に旅費として二百マルクあげます」

「だめだ!」バルクハウゼンは憤然として言った。「そんなのはだめだ! そんな手に乗るもんか! 俺がミュンヘン行きの汽車に乗ったら、郵便為替を郵便局から取り戻すつもりだろう」

「汽車が出るときに、払込証をあなたに渡します。そうすれば、心配ないでしょ?」「だからミュンヘンに行けって?」と彼は再び大声を出した。「何でミュンヘンくんだりまで? 俺たちは正直者同士じゃないか。ここでくれたっていいじゃないか。すぐに、この店の中でさ。そしたらもう取引完了なんだ。ミュンヘンまで行って戻ってくるには最低でも一泊二日かかる。その間に、当然エンノはずらかっちまう」

「おやおやバルクハウゼンさん、そのために私たちは取引しているんじゃないの。そのために私はあなたにお金をあげるのよ! セキセイインコはかごから逃がします。あなたに二千マルク払うのは、エンノがどこかに身を隠せるようにするためなんですからね!」

これにはぐうの音も出なかったので、バルクハウゼンは不機嫌に言った。「それから、経費があと百マルク!」

「それもあげます。現金で。アンハルト駅で渡すわ」

だが、この約束を聞いてもバルクハウゼンの機嫌は直らなかった。彼は相変わらず不機嫌に言った。「ミュンヘンか。こんな馬鹿な話は聞いたことがない。簡単に済む話だったのに。それがミュンヘンだなんて。よりにもよってミュンヘンだなんて！　いっそ、ロンドンとでも言えばいいのに。ロンドンなら、戦争が終わってから行ってやるよ！　何もかも台無しだ！　簡単に済む話だったのに、すっかりややこしくなっちまった。どうしてだ？　あんたが同胞を信用しないからだ。あんたが疑い深い人間だからだ、ヘーベルレさんよ。こっちはこんなに包み隠さず話したのに……」

「私も包み隠さずお話しするわ。決めたとおりにやってもらいます。それ以外はだめよ」

「まあいい」と彼は言った。「それじゃ、行くよ」。彼は立ち上がり、鳥打帽を手に取った。だが、彼は部屋から出ようとしなかった。「ミュンヘンなんて論外だ……」

「楽しい小旅行になるわよ」とヘーテは説得した。「汽車の旅は快適よ。それに、ミュンヘンにはまだ美味しい食べ物や飲み物が豊富にあるそうよ。ベルリンのビールよりずっと強いビールがあるんですって、バルクハウゼンさん」

「ビールなんかどうだっていい」と彼は言ったが、その様子は不機嫌というよりは心ここにあらずといった感じだった。

ヘーテには、彼が、カネを受け取った上でエンノを売る方法はないものかと抜け道を探して知恵を絞っているのが手に取るように分かった。彼女は改めて自分の計画を吟味してみた。不備はないように思われた。これで少なくとも二日間、バルクハウゼンをベルリンから遠ざけておける。この家に本当に見張りがついていなければ（すぐに確かめてみよう）、エンノを逃がす時間は充分あるはずだ。

「まあいいや」とついに彼は言い、彼女の目を見た。「これ以外の条件じゃ飲めないって言うんだね、ヘーベルレさん」

「そうよ」とヘーテは言った。「これが私の条件。これは譲れない」

「それじゃしょうがない」とバルクハウゼンは言った。「二千マルクを諦めるわけにはいかないからな」

それはまるで、自分自身に向かって言い訳しているように聞こえた。

「それじゃミュンヘンに行くよ。一緒に郵便局まで行こう」

「すぐに行きましょう」とヘーテは慎重に言った。彼から約束を取り付けても、彼女はまだ安心していなかった。彼は新たに卑劣な計画を立てているに違いない。どんな計画か、探り出さなくては……。

「ええ、すぐに行きましょう」と彼女はもう一度言った。「でもその前に、支度をして店を閉めないと」

彼は即座に言い返した。「何で店を閉めるんだ、ヘーベルレさん。エンノがいるじゃないか！」

「エンノも連れて行くのよ」と彼女は言った。

「何だってまたそんなことを？　エンノはこの取引には関係ないだろうが」

「私がそうしたいからよ。そうでないと」と彼女は付け加えた。「お金を振り込んでいる最中にエンノが逮捕されてしまうかもしれない。そういう間違いが起きるかもしれないでしょ、バルクハウゼンさん」

「だから、誰があいつを逮捕するっていうんだ」

「そうね、たとえばドアの向こうで見張ってるスパイとか……」

「ドアの向こうにスパイなんかいない！」それを聞いて、彼女は薄笑いを浮かべた。「自分で確かめてみたらいい、ヘーベルレさん。家の周りを調べて、そこにいる人間を一人一人じろじろ見てみたらいい。ドアの前にスパイなんか立ってないから！　本当だよ」

彼女は折れなかった。「エンノは連れて行くわ。そのほうが安心だから」

「年寄りのラバみたいに頑固な女だな」怒りのあまり、そんな言葉が彼の口を突いて出た。「そうか、分かったよ、それじゃエンノも連れて行くがいいさ。だが、さっさとしてくれよな」

「そんなに急ぐ必要はないわ」と彼女は言った。「ミュンヘン行きの汽車が出るのは十二時頃よ。時間はたっぷりあるわ。それじゃ十五分待ってくださいな。支度してきますから」ガラス窓からじっと店の様子を窺っている彼を、彼女は探るような目で見て言った。「もう一つお願いがあります、バルクハウゼンさん。今はエンノに話しかけないでくださいな。彼はお店のことで忙しいし、それに……」

「あんな間抜けと何を話せっていうんだ！」バルクハウゼンは腹立たしげに言った。「あんな馬鹿なんかと誰がしゃべるもんか」

だが、彼はおとなしく、中庭が見える窓と居間のドアのほうに顔を向けて座り直した。

30　エンノ、追い出される

二時間後、すべて片がついた。ミュンヘン行きの急行列車は、バルクハウゼンを乗せてアンハルト駅のホームから出て行った。生まれて初めて二等車両に乗ったバルクハウゼンは、滑稽なほど偉そうに座席にふんぞり返っていた。このケチな密偵を上機嫌にさせておくため、ヘーテが彼の要求に応じて気前よく二等の切符を買ってやったのだ。この男から少なくとも二日間解放されると思うと、彼女自身嬉しくて気前がよくなったのかもしれない。

他の見送り客たちが三々五々改札から駅の外へと出ていくと、彼女は小声でエンノに言った。「ちょっと待って、エンノ。ちょっと待合室に座って、これからのことを考えましょう」

二人は、入り口のドアが見える場所に腰掛けた。待合室には空席が目立ち、彼らのあとには長い間誰も入ってこなかった。

ヘーテは尋ねた。「エンノ、私が言ったとおりにちゃんと気をつけて見てた？　私たち、あとをつけられていると思う？」

喉元の危険が過ぎ去るや否や、エンノ・クルーゲにはいつもの軽率さが戻ってきた。「まさか。つけられてる？　バルクハウゼンみたいなあんな大馬鹿の指図を聞く奴がいると思うか？　そんな馬鹿、いるわけがないじゃないか」

「そのバルクハウゼンのほうが、疑い深くてずる賢い分、私の隣にいる臆病で軽薄な小男よりずっと利口だと思うけど」という言葉が喉元まで出かかったが、彼女はそれを口にはしなかった。今朝、外出するために着替えをしながら、「もう非難はすまい」と心に誓ったのだ。今となっては、やるべきことはエンノ・クルーゲを安全な場所へ逃がすことだけだった。それをし終えたら、二度と彼に会うつもりはなかった。

彼は、一時間ずっと言いたくてたまらなかったことをぶちまけ始めた。彼はいかにも妬ましそうに言った。

「もし俺がお前なら、絶対、あんな奴に二千百マルクも払ったりしない。その上に旅費として二百五十マルク、それに二等の切符まで。お前は二千五百マルク以上もあいつに払ったんだぞ。あんなブタ野郎に！　俺なら絶対そんなことはしない」

彼女は尋ねた。「私がそうしなかったら、あなたはどうなってたかしらね」

「俺にあの二千五百マルクをくれていたら、この件をすっぱりと解決するところを見せてやれたんだがなあ。いいかい、バルクハウゼンは五百マルクで満足しただろうよ」

「ゲシュタポは彼に千マルク払うと約束していたのよ！」

「千マルクねえ。笑っちゃうね！　まるでゲシュタポが千マルク札をばらまいてるみたいな言いぐさだ。バルクハウゼンみたいなケチな密偵にまでさ。ゲシュタポに命令されれば、あいつは日当五マルクで言いつけ通りにするほかないんだ。千マルクに二千五百マルク、か。法外にぼったくられたもんだな、ヘーテ！」

彼は馬鹿にしたように笑った。

その恩知らずな態度に、彼女の心は傷ついた。だが、彼と議論を始める気にはなれなかった。彼女は少しきつい口調でこう言っただけだった。「そのことについてはもう話すつもりはないわ。いいわね？」彼女にじっと見つめられると、彼はうなだれた。「さあ、これからどうしたらいいか考えましょう」

「ああ、それならまだ時間はある」と彼は言った。「明後日《あさって》まであいつは戻ってこない。店に戻ろう。明後日までには何か思いつくさ」

「どうかしら。あなたはもうお店に戻らないほうがいいと思うの。戻るとしても、荷物をまとめたらすぐに出たほうがいい。不安なのよ。私たち、もしかしてやっぱり尾行されていたんじゃない？」

「だから、そんなことないって言ったろ？　こういうことは俺のほうがよく分かってるんだ。それに、バルクハウゼンはスパイを雇うことなんかできない。奴にそんなカネはないさ！」

「だけど、ゲシュタポならスパイを雇えるわよ！」

「それで、バルクハウゼンが俺に見送られてミュンヘン行きの汽車に乗るところを、ゲシュタポのスパイが見張ってるってか？　馬鹿言うなよ、ヘーテ！」

　この反論には、彼女も彼の言うとおりだと認めざるを得なかった。だが、彼女の不安は消えなかった。彼女は尋ねた。「タバコの話、何か変だと思わなかった？」

　タバコの話と言われても、何の話か彼には思い出せなかった。そこで彼女はまず、店を出てからすぐにバルクハウゼンがどうしてもタバコがほしいと言い出し、あちこちでタバコを探し回ったことを彼に話して聞かせなければならなかった。バルクハウゼンはヘーテとエンノにもタバコをねだった。だが、彼らにもタバコの持ち合わせはなかった。エンノは昨晩すべて吸い尽くしてしまっていた。それでもバルクハウゼンは、どうしてもタバコがほしい、我慢できない、毎朝一服する習慣なんだと言い張った。彼はヘーテから二十マルクを借用すると、通りで騒々しく遊び回っている少年に声をかけた。

「おいそこの坊主、この辺りでタバコが手に入るところを知らないか。あいにくとタバコ配給切符は持ってないんだが」

「知ってるかも。カネは持ってんのかい？」

　バルクハウゼンが話しかけたのは、ヒトラーユーゲントの制服を着た、いかにも生粋のベルリン子らしい、金髪に青い目の少年だった。

「その二十マルク札を渡してくれたら、買ってきてやらあ」

「それで、戻ってくるのを忘れるってんだな！　俺も一緒に行く。ちょっと待っててくれよ、ヘーベルレさん！」

　そう言うと、バルクハウゼンは少年と一緒にとある建物の中に入っていった。しばらくして、バルクハウゼンは一人で戻ってくると、自発的に二十マルク札を返した。

「タバコなんかなかった。あのクソガキ、二十マルクをちょろまかすつもりであんなことを言ったんだ。だから一発殴ってやった。まだ中庭に伸びてるよ」

　三人はまた歩き始め、郵便局へ行き、それから旅行社に向かった。

「それで、この話のどこがおかしいと思うんだい、ヘーテ？　バルクハウゼンは俺と同じだよ。タバコがほしいと思ったら、将軍を道で呼び止めてでも、しけもくをねだるような野郎さ」

「でも、あれから一切タバコの話をしなくなったわ。一本も手に入れられなかったのに。そこがおかしいと思うのよ。あの男の子と何か示し合わせていたんじゃないかしら」

「何を示し合わせてたって言うんだ、ヘーテ。あいつはあのガキを殴ったんだ、それでつじつまは合う」

「もしかして、あの子が私たちを尾行しているとか？」

一瞬、エンノ・クルーゲもはっとした。だがすぐにいつもの軽薄さに戻ると言った。「すごい想像力だな。俺もそんなふうに心配してみたいな」

彼女は反論しなかった。だが、不安は消えなかったので、お店へは荷物を取りに行くだけにしてすぐに出ましょう、と主張した。細心の注意を払って、あなたを私のお友達の家に送り届けてあげるから、と。

その計画は彼にはまるで気に入らなかった。この女は俺を厄介払いしようとしている、と彼は感じた。だが、俺は出て行かないぞ。この女の家にいれば安全だし、うまいものが食えるし、苦手なきつい仕事はしなくて済む。ここには愛とぬくもりと慰めがある。それに何より、この女は素敵な金づるだ。たった今、バルクハウゼンはこの女から二千五百マルク巻き上げた。今度は俺の番だ！

「お前の友達の家だって？」と彼は不満げに言った。「一体どんな女なんだい。知らない人間の家に行くのは嫌だよ」

その友達というのは夫の古くからの同志なの、と彼女は彼に話すこともできた。今でもこっそり活動を続けていて、迫害を受けている人を快く受け入れてくれているのよ、と。だが、彼女はもうエンノを信用していなかった。もう何度も、彼女は彼の意気地のないところを見ていた。彼はあまり多くを知らないほうがいい。

そこで彼女はこう答えた。「どんな人かって……。私と同じような人よ。年は私くらい。もしかしたら二〜三歳若いかもしれない」

「それで、何をしてるんだい？何をして暮らしを立ててるんだい？」と彼はさらに探りを入れた。

「よく知らない。秘書か何かよ。ちなみに、彼女は独身よ」

「お前くらいの年で独身なら、そろそろ潮時だな」と彼は馬鹿にしたように言った。

彼女はびくっとしたが、何も答えなかった。

「嫌だよ、ヘーテ」と彼は甘えた声を出した。「どうしてお前の友達の家に行かなきゃいけないんだ。俺たち、二人っきりで暮らすのが一番じゃないか。このまま居させてくれよ。バルクハウゼンは明後日まで戻ってこない。だから、せめて明後日までは、さ！」

「だめよ、エンノ！」と彼女は言った。「言われたとおりにしてちょうだい。私が一人で家に帰って荷物をまとめてくるわ。あなたはどこかのお店で待っててちょうだい。そこで落ち合って、一緒にお友達の家に行きましょう」

彼はまだあれこれと反論したが、結局は彼女に従った。彼女が（ある程度計算尽くで）こう言ったとき、従う気になったのだ。「お金も要るわよね。当分困らないだけのお金をトランクの一番上に入れておくわ」

その言葉を聞いて、彼は彼女の言うとおりにすることに決めた。もうじきトランクの中にカネが入ってくる（しかも、その金額は、バルクハウゼンにくれてやった金額より少ないはずがない！）という期待に誘われ、彼は心を決めた。明後日まで彼女の家にいれば、カネが手に入るのも明後日になってしまう。彼女がいくらくれようとしているのか、すぐに知りたかった。

彼がどうして折れたのかに気づいて、彼女は悲しくなった。彼は自分で、彼女の心にまだわずかに残っていた敬意と愛情をすべてぶちこわしてしまったのだ。だが、彼女は黙ってそれに甘んじた。何をするにもカネが要ること、しかもたいていの場合、その値打ちよりも高い金額を払わなければならないことを、彼女は人生経験からとっくに学んでいた。今、肝心なのは、彼を自分の指示に従わせることだった。

自宅の近くまで来たとき、ヘーテ・ヘーベルレは、先ほどの、金髪に青い目の少年が仲間と一緒にまだ路上で遊んでいることに気づいてぎょっとした。彼女は少年を手招きした。「まだここにいたの？　一体何をしているの？」と彼女は尋ねた。「ここで遊ばなきゃいけない訳でもあるの？」

「だって、ここに住んでるんだもん」と少年は答えた。「他にどこで遊べって言うのさ」

彼女は少年の顔に殴られた痕を探したが、そんなものはどこにもなかった。少年のほうは彼女の顔に見覚えがないようだった。バルクハウゼンと話していたとき、彼女にまったく注意を払っていなかったのだろう。だとすれば、この少年はスパイではなさそうだ。
「本当にここの子なの?」と彼女は尋ねた。「この辺りで見かけたことはないけど?」
「もっと近くで見てみれば?」と少年は生意気な調子で言った。彼は鋭く指笛を鳴らし、上階に向かって怒鳴った。「母ちゃん、窓から顔を出してくれよ。母ちゃんがやぶにらみだってことを信じないおばさんがいるんだ。母ちゃん、やぶにらみの顔をおばさんに見せてやってくれよ!」

ヘーテは笑いながら店に入った。この子に関しては完全に私の取り越し苦労だったわ、と彼女は得心が行った。

だが、荷造りしているうちに、彼女はまた深刻な顔つきに戻った。エンノを友達のアンナ・シェーンラインの家に連れて行くのは正しい行いだろうか、という疑念が湧いてきたのだ。確かに、エンネ(アンナの愛称)は毎日命がけで見ず知らずの人を匿ってやっている。だが、ヘーテには、エンネにエンノを預けるのはニセモノをこっそり押しつけるのと同じだという気がした。確かにエンノはただの犯罪者ではなくて政治犯みたいだし、バルクハウゼンもそう言っていたけれど、でも……

彼があんなに軽率なのは、思慮が足りないからというより、周りの人間の運命を何とも思っていないからなんだわ。周りの人間のことなんて、彼はまるで考えていない。彼が考えているのは自分のことだけ。毎日二回、ここにやってくるくらいのことはやりかねない。お前に会いたくなったとか何とか口実をつけて。そんなことをしたら、エンネの身が危なくなってしまう。私ならエンノに言うことを聞かせることもできるけれど、エンネには無理だわ。

深いため息を吐きながら、ヘーテ・ヘーベルレは封筒に三百マルク入れ、それをトランクの一番上に入れた。今日一日で、彼女は二年分の貯金額を上回るカネを使ってしまった。だが、彼女はまださらに犠牲を払うつもりでいた。エンネの家から外に出なければ毎日百マルクあげる、とエンノに約束するつもりだったのだ。残念ながら、彼は、そんな申し出を受け入れるような男だった。彼は気を悪くしたりはしないだろう。せいぜい、最初ちょっと気を悪くするふりをするだけだろう。でも、そう約束してやれば、彼は外へは出ないだろう。とにかく彼はカネがほしくてたまらないのだから。

トランクを持って、ヘーテは家を出た。やぶにらみの母親の元に帰ったのか、金髪の少年はもういなかった。彼女は、エンノと待ち合わせをしているアレクサンダー広場の居酒屋に向かった。

31　エミール・バルクハウゼンとその息子クーノ＝ディーター

急行列車の二等車に座って、将校や将軍や、とびきりいい匂いのするご婦人たちに囲まれ、エミール・バルクハウゼンはすこぶる上機嫌だった。自分がエレガントでもなく、いい匂いをさせてもいないことも、回りの乗客が自分を見て嫌な顔をしていることも、彼はまったく意に介さなかった。嫌な顔をされることにはバルクハウゼンは慣れていた。その惨めな人生の中で、彼は他人からいい顔をされた経験がほとんどなかった。

バルクハウゼンはその短い幸せを存分に味わった。というのも、それはすぐに終わることになったからだ。その幸せはミュンヘンまで続かなかった。ライプツィヒまですら（彼は最初、ライプツィヒまでだと思っていたのだが）続かず、早くもリヒターフェルデでおしまいになった。それは、この急行列車がライプツィヒより手前のリヒターフェルデにも停車したからだった。ここにヘーテの誤算があった。カネを受け取るためにはミュンヘンまで行く必要があるとしても、すぐにミュンヘンに行く必要はない。緊急の用件をベルリンで済ませてから、そのあとで受け取りに行ったってていいのだ。そして、緊急の用件とは、エンノの居場所をエッシェリヒに通報して五百マルクを集金することだった。ちなみに、そもそもミュンヘンまで行く必要さえないかもしれない。カネをベルリンへ送ってくれ、と書いて郵便局に送るだけでいいかもしれない。とにかく、すぐにミュンヘンまで行くことは問題外だった。

そこで、リヒターフェルデでエミール・バルクハウゼンは（後ろ髪引かれる思いで）下車した。駅を出る際、駅長と押し問答になった。「アンハルト駅で乗車して、リヒターフェルデに着くまでのあいだに、ミュンヘン行きを考え直した」という彼の説明を駅長が信じようとしなかったのだ。そもそも駅長の目には、バルクハウゼンの挙動全体がきわめて怪しいと映った。

しかしバルクハウゼンは動じなかった。「いいから、ゲシュタポのエッシェリヒ警部に電話してください。そしたら誰の言ってることが正しいか分かりますよ、駅長さん。だけど、厄介なことになりますよ。私は公用でここに来ているんですからね」

しまいに、駅長は肩をすくめると、切符の払い戻しに応じた。私の知ったことではない、と駅長は思った。近頃は何でもありだ。こんないかがわしい奴が（さらに悪いことに！）ゲシュタポの命令で走り回っていても不思議じゃない。

エミール・バルクハウゼンは息子を探しに出かけた。ところが、ヘーテ・ヘーベルレのペットショップの前に息子の姿はなかった。店は開いていて、客も出入りしているのに。広告柱の陰に隠れて店の入り口を窺いながら、バルクハウゼンは、一体何が起きたんだろうと考えた。クーノ＝ディーターの奴、退屈になって持ち場を離れちまったのか？　それとも、また「負け馬亭」にでも行ってるとかで、エンノが出かけているんだろうか。それとも、エンノはここを完全に引き払っちまって、店にはもう女しかいないんだろうか。

まんまと出し抜いてやったヘーベルレの前にいけしゃあしゃあと姿を見せ、彼女から直接情報を聞き出してやるべきだろうかとエミール・バルクハウゼンが考えたちょうどそのとき、九つくらいの男の子が彼に話しかけてきた。「おっちゃんはクーノの父ちゃんかい？」

「そうだ。一体どうした」

「一マルクおくれよ」

「何だってお前に一マルクやらなきゃならないんだ」

「くれたら、知ってることを教えてやるよ」

バルクハウゼンは男の子に摑みかかった。「モノが先だ。カネはあとだ！」と彼は言った。

だが、男の子のほうが彼よりもすばしこかった。男の子は彼の腕をすり抜けると叫んだ。「いいよ、じゃあ言わない。ケチ！」そう言うと、男の子は、ペットショップのすぐ前の車道で遊んでいる仲間のところへ戻っていった。

バルクハウゼンとしては、そこまで追いかけていくわけにはいかなかった。自分の姿が店から丸見えになるのは避けたかった。彼は心の中でカネ惜しさに（その持ち前の吝嗇さはこの場合、きわめて不適切だったのだが）男の子を呪いながら、声をかけたり口笛を吹いたりして男の子を呼び寄せようとした。だが、男の子はそう簡単にはおびき寄せられなかった。十五分も経ってから、男の子はやっとまたバルクハウゼンに近寄ってきたが、用心深く一定の距離を保ちながら生意気にもこう宣言した。

「三マルクに値上げだよ」

バルクハウゼンはまた男の子を捕まえてぶん殴ってやりたくなったが、今はそんなことをしている場合ではないと思い直した。こいつの言うとおりにするしかない。こいつを追っかけるわけにはいかないんだから。「一マルクやる」と彼は不機嫌な声で言った。

「だめだよ！　三マルクだ！」

「分かった、二マルクやる」

バルクハウゼンはポケットから札束を取り出し、二マルク紙幣を抜き取ると残りをポケットに戻し、紙幣を男の子に差し出した。

男の子は首を振った。「その手は食わないよ！」と男の子は言った。「お金に手を伸ばしたところを捕まえようってんだろ？　地面に置いてよ」

無言のまま、バルクハウゼンは不機嫌な顔で言われたとおりにした。「さあ」と言うと、彼は立ち上がって一歩引いた。

男の子は、注意深くバルクハウゼンに視線を向けたまま、二マルク札にそろそろと近づいた。男の子が二マルク札の上に屈み込んだとき、バルクハウゼンはもう少しで、このガキを捕まえてぶん殴ってやりたいという誘惑に負けそうになった。実際に捕まえられたかもしれないが、彼はその誘惑に打ち勝った。そんなことをすれば、情報を聞き出せなくなるかもしれないし、ガキが騒ぎ出して、そこら中から人が集まってくるかもしれない。

「さあ」と彼はもう一度、今度は脅すように言った。

男の子は言った。「おいら、汚い手を使って、もう一回くれなきゃ教えないって言うことだってできるんだぜ。もう一回、もう一回って何度でもさ。だけど、おいらそんな奴じゃない。おっちゃんは今度もおいらを捕まえようとしただろ、分かってるんだ。だけど、おいら、そんな奴じゃないから」自分のほうがバルクハウゼンよりも道徳的に優っていることをこのように明らかにして見せた上で、男の子は素早く言った。「家に帰って、クーノからの知らせを待ってろってさ」そう言うと、男の子は逃げていった。

半地下の家で二時間、彼はクーノからの知らせを待っていた。そのあいだに、怒りは静まるどころか増幅していった。子どもたちは泣き喚き、オッティは口うるさかった。「一日中ごろごろして、タバコを吸う以外は何もせず、女房を働かせるこのろくでなし」に対して、彼女は惜しみなく悪態をついた。

十マルク札か五十マルク札を取り出して、オッティの仏頂面をえびす顔に変えることもできたのだが、彼にはそんな気はなかった。聞かなくても自然にそこに落ち着いていたはずの、下らない情報のために二マルクもぼったくられたあとで、すぐにまたカネを取られるのはごめんだった。あんなクソガキを送ってきやがって、と彼の頭はクーノ＝ディーターに対する怒りでいっぱいだった。クーノ＝ディーターの奴、何かへまをやらかしたに違いない。あのクソガキを殴れなかった分、クーノ＝ディーターをぶん殴ってやる、とバルクハウゼンは固く心に決めた。

そのとき、ドアをノックする音がした。そこに立っていたのは、待っていたクーノ＝ディーターのメッセンジャーではなく、平服姿の男だった。平服を着ていても、元は軍曹だったことがまだありありと分かる男だった。

「バルクハウゼンか？」

「そうだけど。一体何だい」

「エッシェリヒ警部がお呼びだ。支度して、一緒に来い」

「今は無理だ」とバルクハウゼンは反論した。「今、使いの者を待ってるんだ。警部さんに、『魚を捕まえました』と伝えてくれ」

「お前を連れてこいと警部から命令を受けている」と元軍曹は頑なに言った。

「だから今は無理なんだってば！　お前みたいな奴に仕事を台無しにされてたまるか！」バルクハウゼンは腹が立ってきたが、ぐっと我慢して言った。「警部さんに伝えてくれ。『小鳥を捕まえました。今日中にも顔を出します』って」

「ご託はいいから、一緒に来い」と元軍曹は頑固に繰り返した。

「その文句を暗記してるんだな。『一緒に来い』以外のことが言えないのか？」バルクハウゼンはすっかり頭に血が上ってしまった。「俺の言ってることが分からないのか？『一緒に来い』『一緒に来い』ばっかり言いやがって！ いいか、俺はこう言ってるんだ。俺はここで知らせを待ってる。だから、俺はここにいなきゃならない。でないと、兎が罠から逃げちまうんだ。高尚すぎて分からないってか？」彼は少し息を切らして相手を見た。それから、不機嫌な声でこう付け加えた。「兎を捕まえろと言ったのは警部なんだ。分かったか」

元軍曹は平然として言った。「そんなことは知らん。警部は、『フリッチェ、バルクハウゼンを連れてこい』と言った。だから、一緒に来い」

「嫌だ！」とバルクハウゼンは言った。「お前みたいな馬鹿に説明してもしょうがない。俺は行かない。それとも、行かなきゃ逮捕するとでも？」相手の顔色から、バルクハウゼンは逮捕される心配はないと判断した。「それじゃあ失せろ！」と怒鳴ると、彼は元軍曹の鼻先でドアをぴしゃりと閉めた。

三分後、「一緒に来い」を諦めた元軍曹が中庭を去って行くのが見えた。

元軍曹が表の棟の出入り口から外へ出て行ってしまうと、バルクハウゼンはすぐに、絶大な権力を持つ警部の使者に対して生意気な態度を取ってしまったが大丈夫だろうかと心配になってきた。それもこれも、クーノ＝ディーターが俺を怒らせたせいだ。親父に何時間も待ちぼうけを食らわせやがって。夜中まで待たせるつもりか。どこにでもガキぐらいいるだろう。言付《ことづ》けを頼める奴くらいどこにでもいるだろうが！ こんなことをしたらどうなるか、クーノに思い知らせてやる。こんなことをしたらただじゃ済まないってことをな！

バルクハウゼンは、クーノをどんなふうに痛めつけてやろうかと空想に耽った。クーノを殴りつけるところを思い浮かべているうち、彼の顔には微笑が浮かんできたが、それは怒りが治まってきたために浮かんだ微笑ではなかった……。彼には、クーノが泣き叫ぶ声が聞こえていた。泣き叫ぶクーノの口を彼は片手で塞ぎ、もう片方の手で殴り続けた。クーノがぶるぶる震えながら、すすり泣きの声しか上げなくなるまで……。

バルクハウゼンは、その光景を何度も何度も飽きずに思い浮かべた。折檻の様子を思い浮かべながら彼はソファーの上で伸びをし、歓喜の呻き声を上げた。

だから、待ちに待ったクーノ＝ディーターの使いの少年がとうとうドアをノックしたときには、いいところだったのに邪魔が入ったと感じたほどだった。「何だ？」と彼は短く尋ねた。

「クーノのところへ案内するよ」

今度のメッセンジャーは、ヒトラーユーゲントのシャツを着た、十四〜五歳の少年だった。

「でも、その前にまず五マルク貰わないと」

「五マルクだ？」とバルクハウゼンは唸ったが、褐色のシャツを着たこの大柄な少年に面と向かってだめだと言う勇気はなかった。「お前らガキどもときたら、俺のカネを巻き上げる名人だな」彼は札束から五マルク紙幣を探した。

大柄なヒトラーユーゲントの少年は、相手の手の中にある札束を固唾を呑んで見つめていた。「交通費は自腹を切ったんだ」と少年は言った。「それに、ベルリンの西の端からここまで来るために、貴重な時間をどれだけ無駄にしたか」

「だからその貴重な時間分のカネを寄越せってか？」五マルク紙幣はまだ見つからなかった。「それに、西の端だなんて言うが、そんなはずはない。西の端ってどこのことだ。どうせ、真ん中辺りだろうが」

「アンスバッハー通りが西の端じゃないなら……」

しゃべりすぎたことに少年が気づいたときには遅かった。バルクハウゼンは札束をもう引っ込めていた。「ありがとうよ！」と彼は嘲笑った。「お前の貴重な時間をこれ以上無駄にしてもらう必要はない。もう俺一人で行けるからな。地下鉄でヴィクトリア＝ルイーゼ広場まで行くのが一番だと思うんだが、どうだ？」

「そんなことしたら許さないぞ。そんなことさせるもんか」と言うと、ヒトラーユーゲントの少年は拳を固めてバルクハウゼンに詰め寄った。彼の黒い目は怒りに燃えていた。「俺は交通費を自分で払ったんだ。それに……」

「貴重な時間を無駄にしたんだろ？　さっき聞いたぜ」とバルクハウゼンは笑った。「失せろ、坊主。馬鹿はいつでも損をするってことだ！」突然、彼の怒りに再び火がついた。「何だってまだそこに突っ立ってるんだ。俺の家で俺を殴ろうってのか？　出てけ、さもないと自分の泣き声を聞くことになるぞ！」

怒り狂っている少年を乱暴に部屋から押し出すと、彼はバタンとドアを閉めた。そして、ヴィクトリア＝ルイーゼ広場駅で地下鉄を降りるまで、少年に対して、嘲りと怒りの言葉を交互に投げかけ続けた。彼にぴったりくっついている少年のほうは、（怒りに青ざめてはいたが）何を言われてももう一言もしゃべらなかった。

ヴィクトリア＝ルイーゼ広場駅で地上に出た途端、少年が突然走り出し、バルクハウゼンの遥か先へ行ってしまった。バルクハウゼンは全力で少年を追いかけた。息子と話し合う時間を少年に与えてはまずいと思ったからだ。クーノ＝ディーターが父親と少年のどちらにつくか、バルクハウゼンには確信が持てなかった。

果たして、息子と少年はアンスバッハー通りのとあるアパートの前に立っていた。ヒトラーユーゲントの少年がクーノ＝ディーターをしきりにかき口説いている。クーノ＝ディーターはうつむいてそれを聞いている。バルクハウゼンが追いつくと、ヒトラーユーゲントの少年は十歩下がり、親子だけで話ができるようにした。

「一体どういうことだ、クーノ＝ディーター」とバルクハウゼンは息子を怒鳴りつけた。「前払いを要求する厚かましい野郎を何度も何度も送ってきやがって」

「カネをやらなきゃ、誰も何もしてくれないさ」とクーノ＝ディーターは冷淡に答えた。「そんなこと分かってるだろ。おいらだって知りてえや、この仕事でいくら貰えるんだい。おいら、交通費を自分で……」

「同じことばっかり言いやがって。お前ら、他に言うことはないのか！ いいか、クーノ＝ディーター、まずきちんと話すんだ。アンスバッハー通りで何があったんだ。ちゃんと話してくれれば、カネはやる。父ちゃんはそんな男じゃない。せびられるのが我慢ならねえだけだ」

「やだよ、父ちゃん」とクーノ＝ディーターは答えた。「あとでくれるのを父ちゃんが忘れんじゃないかと心配なんだ。もちろん、カネをだよ。びんたならくれるだろうけどさ。父ちゃんはこの件でもうしこたまカネを貰って、その上にまだ貰うんだろ？ おいら、ここに一日中、飲まず食わずで立ってるんだ。おいらもカネを拝みてえよ。考えたんだけど、五十マルクで……」

「五十マルクだと？」その厚かましい要求に、バルクハウゼンは息を呑んだ。「お前にいくらやるか、教えてやる。五マルクやる。あの若造がほしがったのと同じ額だ。

ありがたいと思え。父ちゃんはそんな男じゃないが……」

「やだよ、父ちゃん」とクーノ＝ディーターはその反抗的な青い目でバルクハウゼンを睨んだ。「父ちゃんはこの件で大金を貰えるんだろ。全部おいらがやったのに、五マルクしか貰えないなんて馬鹿みてえだ。そんなら、何にも教えてやるもんか」

「偉そうに、何を教えるってんだ」とバルクハウゼンは嘲笑した。「あの小男がこの中に隠れてるってことは、お前に教えてもらわなくてももう分かってるんだ。あとはもう俺一人で充分やれる。家に帰って、母ちゃんに何か食わせてもらえ。お前ら二人とも、俺をコケにするのは十年早いってんだ」

「じゃあおいら、これからあの男に教えに行ってくる」とクーノ＝ディーターは決然と言った。「父ちゃんがあんたを見張ってるぞって。父ちゃんのことをバラしてやる」

「このクソガキが！」とバルクハウゼンは怒鳴ると息子に殴りかかった。

だが、息子はすでにアパートの通用門に走り込んでいた。バルクハウゼンは息子を追いかけて中庭に駆け込み、奥の棟の階段室に入ったところで追いついた。彼は息子を地面に殴り倒すと、倒れた格好のまま蹴り上げてくる息子を激しく殴り始めた。それは、先ほど彼がソファーの上で空想していた図とほぼ同じだったが、ただし、クーノ＝ディーターは泣き叫んではいなかった。彼は歯を食いしばって防戦した。これがバルクハウゼンの怒りの火に油を注いだ。彼は意図的に息子の顔を殴り、腹を蹴った。「分かったか！」と彼は息を切らして言った。彼の目の前に、赤いもやがかかってきた。

突然、彼は後ろから何かに摑まれるのを感じた。誰かが彼の腕をがっちりと摑んでいた。何かが片足に組み付いたかと思うと、もう片足にも組み付いてきた。慌てて振り返ってみると、それはあのヒトラーユーゲントの少年だった。四〜五人の不良少年と一緒に襲いかかってきたのだ。バルクハウゼンはクーノ＝ディーターを放し、こっちの少年たちに応戦せざるを得なくなった。一人一人なら片手で殴り倒すこともできるが、束になってかかってこられては始末が悪い。

「この卑怯者どもが！」と彼は叫び、背中にぶら下がっている少年を壁に叩きつけて振り落とそうとした。だが、少年たちは彼の両足に組み付き、彼を地面に倒した。「クーノ！」と彼は息を切らして言った。「父ちゃんを助けろ！ 卑怯な奴らを……」

だが、クーノは父親を助けなかった。彼は立ち上がっていた。そして、バルクハウゼンの顔に最初の一撃を加えたのは彼だった。

バルクハウゼンの胸の中から、低い唸り声が漏れた。彼は少年たちもろとも地面を転げ回り、しがみついてくる少年たちを階段や壁に打ち付けて振り払い、再び立ち上がろうとしてもがいた。

聞こえるのは、彼らの荒い息づかいと呻き声、殴り合う音、足が地面を擦る音だけだった。無言のまま、彼らは激しく殴り合っていた。

老婦人が一人、階段を降りてきた。激しい殴り合いが足下で繰り広げられているのを見て、彼女はぎょっとして立ちすくんだ。手すりにしがみついて、おろおろしながら彼女は叫んだ。「あらまあどうしましょう。やめて！ ここでそんなことはやめてちょうだい！」

彼女のすみれ色の肩掛けが風に翻った。彼女は意を決して、けたたましい悲鳴を上げた。

少年たちはバルクハウゼンから体をもぎ離し、逃げていった。バルクハウゼンは上体を起こすと、老婦人を睨みつけた。

「ちんぴらどもが！」と彼は息を切らして言った。「年寄りを殴ろうとするなんて！ しかも、その中の一人が実の息子だとはな！」

老婦人の悲鳴を聞いて、アパートの住人があちこちから外に出てきた。地面に座っている男を見ながら、ひそひそと囁き合っている。

「殴り合いをしていたのよ！」とすみれ色の肩掛けをした老婦人が甲高い声で言った。「こんなところで殴り合いをしていたの！」

バルクハウゼンは考えた。エンノ・クルーゲが今このアパートのどこかにいるとすれば、さっさと退散しないとまずい。一体何の騒ぎだろうと好奇心を起こして、今にもここへ見に来ないとも限らない。

「息子をちょっと殴っただけですよ」無言で自分を見つめている住人に、彼は笑いかけながら説明した。「それだけです。もう大丈夫です。何でもありません」

彼は立ち上がり、中庭を抜けて通りへ出ると、身なりを整えネクタイを結び直した。少年たちの姿は、もちろんどこにも見当たらなかった。待ってろよクーノ＝ディーター、今夜思い知らせてやる。親父に手を上げるとどうなるか、先頭切って親父の顔を殴りつけるとどうなるか！　オッティが庇ったって無駄だ！　いいや、オッティにもびんたを食らわせてやる。あんな、誰の子か分からないようなガキを俺に養わせやがって！

アパートを見張っているあいだに、クーノ＝ディーターへの怒りはますます募ってきた。だが、殴り合いの最中にポケットの札束を少年たちにごっそり抜き取られていたことに気づいたときには、バルクハウゼンはほとんど気絶しそうになった。残っていたのは、チョッキのポケットに入れてあったほんの数マルクだけだった。あのクソガキども、はめやがったな。彼はすぐにでもそこを飛び出したくなった。あいつらを見つけ出して殴り倒してやる！　カネを取り戻してやる！

彼は走り出した。

だが、そのとき思い出した。ここを離れるわけにはいかない。ここで見張っていなければ。でないと、五百マルクまでふいになっちまう。あいつらからカネを取り戻すことはもうできないだろう。だったら、少なくとも五百マルクは救わないと！

怒りに震えながら彼は小さなカフェへ行き、そこからエッシェリヒ警部に電話をかけた。それから見張り場所に戻り、イライラしながらエッシェリヒ警部の到着を待った。ああ、何て惨めなんだ！　これまでの苦労はすべて裏目に出てばかり。他人は努力もしないで成功しているのに。エンノみたいな虫けらが、大金持ちの女と素敵な店をものにし、競馬をやれば大穴を当てる。だのに、俺ときたら！　やることなすこと、失敗ばかりだ。あんなに苦労してヘーベルレからカネを引き出したのに、カネがポケットに入って喜んだのも束の間、もう消えちまった！　ローゼンタールの腕輪もだ。消えちまった！　空き巣の素敵な獲物、あの店一軒分の下着もだ。消えちまった！　何をやっても失敗続き、何をやってもうまくいかない。

負け犬とは俺のことだ、と彼は苦々しい思いを嚙みしめた。せめて、警部が五百マルク持ってきてくれるといいんだが！　クーノの奴、殴り殺してやる！　くたばるまで痛めつけ、飢え死にするまで日干しにしてやる！　絶対に許さんからな！

バルクハウゼンは警部に電話で、カネをすぐに持ってきてくださいと伝えていた。

「考えておこう」と警部は答えた。

あれは一体どういう意味だろう。警部も俺を騙すつもりだろうか……。いや、そんなことはあり得ない！

俺としては、カネさえ手に入ればそれでいい。カネが手に入り次第、ずらかろう。エンノがどうなろうと、知ったことか！　あんな奴にもう興味はない！　ひょっとしたら、今度は本当にミュンヘンに行くかもな。ここはもううんざりだ。もう我慢ならない。クーノは俺の顔を殴り、俺のカネを盗んだ。実の息子がだ。こんなことがあっていいのか？

ヘーベルレの言ったとおりだ。やっぱりミュンヘンに行こう。エッシェリヒがカネを持ってきたら、だが。でないと、切符が買えない。だけど、約束を守らない警部なんているはずがない。違うか？

32　エッシェリヒ、アンナ・シェーンラインを訪ねる

「エンノ・クルーゲをベルリン西部で見つけました」というバルクハウゼンの電話報告を受け、エッシェリヒ警部はジレンマに直面していた。思わず彼は、「そうか、すぐ行く」と答えた。だが、さあ出発という段になってまたもや躊躇いが頭をもたげてきた。

見つかった。必死に探していた男、何日も追い続けていた男がやっと見つかった。見つかった。あとは手を伸ばすだけだ。そうすれば、捕まえられる。必死の捜査のあいだは、捕まえる瞬間のことだけを考えていた。捕まえてからどうするか、はできるだけ考えないようにしてきた。

だが、そのときが来てしまった。エンノをどうすべきか、という問題が浮上してきたのだ。警部には分かっていた。今、改めて、はっきりと分かっていた。エンノ・クルーゲは葉書犯ではない、と彼にははっきり分かって

いた。追跡しているあいだは、それを意識から遠ざけておくこともできた。それどころか、彼はシュレーダー警部補相手に、「クルーゲは他にも何かやっているに違いない」などと話したりもした。

そうとも、他のことはやってるだろう。だが、この件はやってない。奴はあの葉書を書いてはいない。絶対に！　奴を逮捕して、ゲシュタポ本部に連行してきたら、プラル大将が自らクルーゲの尋問に当たると言い出すのは必至だ。そうしたら、すべてばれてしまう。クルーゲが葉書犯でないことも、奴を騙して調書にサインさせたことも。だめだ、クルーゲをここに連行するわけにはいかない！

だからといって、クルーゲをこのまま自由にしておくこともやはり不可能だった。「常時見張りをつけておきます」と言ったところで、そんなことをプラルが認めるはずがなかった。また、クルーゲが見つかったことを差し当たって黙っておいたとしても、もうこれ以上プラルをなだめておくのは難しかった。プラルはもう何度もあからさまに、クラバウターマン事件を別のもっと利口な人間に担当させようと思っていることを匂わせていた。

エッシェリヒ警部としては、そんな恥をかかされるわけにはいかなかった。それに、彼はこの事件に執着していた。この事件は彼にとって重要なものになっていたのだ。

エッシェリヒは机に向かって虚空を見つめ、お気に入りの灰色の口髭を噛んでいた。行き詰まりだ、と彼は独り言を言った。自分から行き詰まりにはまり込んでしまった。何をしても間違っているし、かといって何もしないのはなおさら間違っている！　どうしようもない行き詰まりだ！

彼はそこに座ったまま思案していた。時間は過ぎていったが、エッシェリヒ警部は相変わらずそこに座ったまま思案していた。バルクハウゼンの奴、くたばりやがれ。そこに突っ立ってアパートを見張ってるがいい。暇は充分あるんだからな。エンノに逃げられたりしてみろ、貴様の内臓を一つずつ引きずり出してやる！　すぐに五百マルク持ってきてください、だと？　ふざけるな！　エンノが百人束になっても、五百マルクの価値なんかあるもんか！　バルクハウゼンの奴、ぶん殴ってやる、間抜けな犬めが！　クルーゲなんかどうだっていい、捕まえたいのは葉書犯なんだ！

だが、そこでじっと考え込んでいるうちに、エッシェリヒ警部はバルクハウゼンの処遇について考え直したのかもしれない。いずれにせよ、彼は立ち上がると（「後日精算に向かった。そこで五百マルク受け取ると会計課のこと」）、彼は部屋に戻った。最初、アンスバッハー通りへは公用車で向かうつもりだったし、部下も二人同行させようと思っていたのだが、彼はその命令を取り消した。車も同行者も必要なくなったのだ。

エッシェリヒは、バルクハウゼンの処遇に関して考えを変えただけでなく、エンノ・クルーゲの件に関しても何か思いついたのかもしれない。いずれにせよ、彼はズボンのポケットから大きな公用拳銃を取り出すと、その代わりに、最近の事件で押収した軽い小さなピストルを忍ばせた。すでに試し撃ちをしていたので、彼には分かっていた。この小型拳銃は手にしっくり馴染むし、性能もいい。

これでよし、さあ行くぞ。戸口まで来て彼は立ち止まり、部屋を振り返った。そのとき、奇妙なことが起こった。自分の意思とは無関係に、部屋に向かって別れの挨拶のような仕草をしてしまったのだ。さらばだ……。それは、この部屋に帰ってきたときの自分は今この部屋を出て行く自分とは同じではないかもしれない、という漠然とした予感だった。彼は、その予感をほとんど恥ずかしく思った。私は今まで、警察官として人間を狩ってきた。他人が切手を売るのと同じように、真面目に、勤勉に、規則通りに。

だが、今夜か明日の朝、この部屋に戻ってくるときには、私はもう同じ警察官ではないかもしれない。私は心にやましいことを抱えているだろう。忘れることのできない何かを。知っているのは自分だけかもしれないが、それだけに一層たちが悪い何かを。自分はそれを知っているし、良心の呵責から逃れることはできないのだから。

こうして、エッシェリヒは自分の部屋に別れを告げると、その別れの挨拶を半ば恥じながら部屋を出て行った。なるようになる、と彼は心を落ち着かせようとして自分に言い聞かせた。まったく違う展開になることだってあり得る。まず、クルーゲと話をしてみよう……。

彼も地下鉄を使った。アンスバッハー通りに着いたときには、もう暗くなっていた。

「ずいぶんと待たせるんですね！」とバルクハウゼンは

彼を見るなり文句を言った。「一日中、何も食べてないんです。警部さん、カネは持ってきてくれたんでしょうね？」

「黙れ！」と警部は一喝した。バルクハウゼンは、それを肯定のしるしと受け取った。彼の心臓は再び軽やかに鼓動し始めた。もうじきカネが手に入るぞ！

「クルーゲはこのアパートのどこにいるんだ」と警部は尋ねた。

「私に分かるはずないでしょう！」相手の非難を封じようとして、即座にバルクハウゼンは不服そうな声で言った。「私がこの中に入って奴を探すわけにはいきません。奴は昔から私を知ってるんですから。でも、奴は多分奥の、中庭に面した棟にいるんじゃないかと思います。ご自分で確かめてみてください、警部さん。言われたことはきっちりやりました、だからカネをいただきます」

エッシェリヒはそれには取り合わず、なぜエンノはこんなベルリンの西の端に住んでいるんだ、どうやって奴の居場所を嗅ぎつけたんだ、とバルクハウゼンを問いただした。

バルクハウゼンは、ヘーテ・ヘーベルレのこと、ペットショップのこと、昨晩エンノがヘーベルレの膝にすがっていたことなどを詳しく報告せざるを得なくなった（今回は、警部はすべてきっちりメモを取った）。もちろん、バルクハウゼンはすべてを話したわけではなかった。そんなことを期待してもらっても困る。自分の失敗を進んで告白しろだなんて。ヘーベルレからカネをせしめた話をすれば、そのカネを盗まれた経緯も話さざるを得なくなる。現在ミュンヘンへ向かって移動中の二千マルクのことまで話さなければならなくなるだろう。そんな話をしろだなんて、とんでもない！

そのときエッシェリヒの調子がもう少しよかったら、バルクハウゼンの話につじつまの合わないところがあることに気づいただろう。だが、エッシェリヒの頭の中は相変わらず別のことでいっぱいだった。エッシェリヒとしてはバルクハウゼンを追っ払ってしまいたいのは山々だったが、もうしばらくは彼が必要だった。「ここで待ってろ」と命令すると、彼はアパートの中へ入っていった。

だが、彼はすぐには裏の棟へは向かわず、まずは表の棟の管理人室へ行って聞き込みをおこなった。それから管理人を連れて裏の棟に入り、四階まで階段を上っていった。

エンノ・クルーゲがこの棟にいるとは確言できません、と管理人は言った。私は表の棟の管理人で、裏の棟の管理人ではありませんので。ですが、もちろんここの入居者のことは全員知っています。皆さんに食糧配給切符を配っていますから。よく知っている入居者もいれば、あまりよく知らない人間もいます。たとえば、ここの四階に住んでいるアンナ・シェーンラインなんかは、その手の男を匿っている可能性が大いにあると思います。あの女には前から目を付けていたんです。だって、ひっきりなしにいろんな奴が来ては泊まっていくんですから。三階の真下の部屋に住んでいる郵便局員は、あの女が夜中にこっそり外国のラジオ番組を聞いていると言い張っています。間違いないとまでは言えないそうですが、今後も耳を澄まして様子を探ってみると言っていました。ええ、シェーンラインのことは地区長に一度お話ししようと思っていたんですが、警部さんにも同じようにお話しします。まずはシェーンラインの部屋から始めましょう。もしもそこに男がいないと分かったら、そのときは他の階を探してみましょう。でも、裏の棟も、大体はまともな人間ばかりなんですけどね。

「ここです！」と管理人は囁いた。

「覗き穴からあんたの姿が見えるように、ここに立ってくれ」と警部は囁き返した。「ＮＳＶ（ナチス国民救済団）のために豚の餌を集めに来た、とかＷＨＷ（冬期貧民救済事業）の寄付を集めに来た、とか何か適当なことを言ってくれ」

「分かりました！」と管理人は答え、呼び鈴を鳴らした。

しばらく待っても誰も出てこなかった。管理人は二度、三度と呼び鈴を鳴らした。だが、家の中はしんと静まり返っていた。

「留守なのか？」と警部は囁いた。

「そうは思えません」と管理人は言った。「今日はまだ、シェーンラインを外で見かけていませんから」

そう言うと、彼はもう一度呼び鈴を鳴らした。

やはり家の中からは何の物音もしない。と二人が思った瞬間、出し抜けにドアが開いた。背の高い、痩せた女が彼らの前に立っていた。膝の出た、色あせたトレーニングパンツに、赤いボタンのついたカナリア色のセーターを着ている。骨張った鋭角的な顔には、結核患者によく見られるような赤みが差している。目も、熱があるときのように輝いている。

「何でしょう」と彼女は短く尋ねた。ドアを閉められないように警部が戸口の中に体を入れたときも、彼女の顔に動揺はまったく見えなかった。

「二～三、聞きたいことがある、シェーンラインさん。秘密国家警察のエッシェリヒ警部だ」

このときも、女はまったく動じなかった。その輝く目で、彼をじっと見つめただけだった。それから、「どうぞ！」と素早く言うと、彼の先に立って部屋へ入った。

「ここで待ってろ」と警部は管理人に囁いた。「誰か出入りしようとする人間がいたら、私を呼ぶんだ」

警部が通されたのは、幾分乱雑な、埃っぽい部屋だった。年代物のビロード張りのソファー。ビロードのカーテン。イーゼルに、髭面の男の写真（引き延ばした彩色写真）が飾ってある。部屋にはタバコの煙が漂い、灰皿に吸い殻が数本入っている。

「何でしょう」とシェーンライン嬢は再び尋ねた。

彼女はテーブルの脇に立ったままだった。彼女は警部にも椅子を勧めなかった。

だが、警部は勝手に腰を下ろすとポケットからタバコの箱を取り出し、写真を指さした。「誰の写真だね？」と彼は尋ねた。

「父です」と女は言った。そして、改めて尋ねた。「何でしょう」

「いろいろと聞きたいことがあって来たんだ、シェーンラインさん」と警部は言い、タバコを差し出した。「だがまずは座って、一服やってくれ」

彼女は即座に言った。「私、タバコは吸いません」

「一本、二本、三本、四本」と警部は灰皿の吸い殻を数えた。「それに、部屋にはタバコの煙が漂っている。来客かな、シェーンラインさん」

恐怖や不安の色を見せることなく、彼女は彼をまっすぐ見つめた。「私、タバコを吸っていることは絶対に認めません」と彼女は言った。「肺によくないからと、お医者様に喫煙を禁じられておりますので」

「それでは、来客ではないと？」

「ですから、来客ではありません」

「ちょっと家の中を見せてもらうよ」と警部は言うと立

ち上がった。「いや、どうぞお構いなく。一人で大丈夫だ」

彼は居間以外の二部屋を素早く見て回った。ソファーやら飾り戸棚やら、タンスやら安楽椅子やらが所狭しと置かれている。一度、彼は立ち止まって耳を澄まし、タンスに顔を向けると薄笑いを浮かべた。それから、彼はシェーンライン嬢のところへ戻った。彼女は、彼が部屋を出て行ったときのまま、テーブルの脇に立っていた。

「通報があったんだよ」と彼は再び腰を下ろしながら言った。「あんたの家に大勢の来客があるという通報だ。たいていは三日以上泊まっていくようだが、届け出がされたことは一度もない。届け出の義務に関する規定は知っているね？」

「うちに来ているのは、ほとんどが甥や姪たちです。泊まっていくとしてもせいぜい二晩で、それより長くいることはまずありません。届け出義務が発生するのは宿泊四日目からだと思いますけれど？」

「ずいぶんと大家族なんだね、シェーンラインさん」と警部は意味深長に言った。「ほとんど毎晩、一人か二人、ときには三人も泊まりに来るなんて」

「それは誇張しすぎです。ちなみに、親戚は実際に大勢おります。きょうだいが六人おりまして、それぞれに子どもが大勢います」

「甥や姪の中にはずいぶん年配の人間もいるようだね！」

「もちろん、彼らの両親もときどきうちに来ますから」

「旅行好きな大家族……か。ところで、聞きたいことはまだある。ラジオはどこに置いてあるんだね、シェーンラインさん。どこにも見当たらなかったんだが」

彼女は唇を固く結んだ。「ラジオは持っておりません」

「そうだろう」と警部は言った。「そうだろうとも。タバコを吸っていることを絶対に認めないのと同じだ。だが、ラジオの音楽は肺に害を及ぼすわけじゃない」

「政治信条にもね」と彼女はちょっと馬鹿にしたように言った。「いえ本当に、ラジオは持っておりません。うちから音楽が聞こえたとすれば、それはポータブル・レコードプレーヤーでしょう。ほら、警部さんの後ろの棚にあります」

「そして、これが外国語をしゃべるんだね？」と警部は言った。

「私、外国のダンス音楽のレコードをたくさん持っています。戦争中だからといって、それをときどきお客に聞かせることが犯罪だとは、私、思っておりません」

「お客というのが甥や姪だとすればね。それなら犯罪じゃない」

彼はポケットに手を入れたまま立ち上がった。突然、彼の口調が変わった。それまでの皮肉っぽい口調が、情け容赦のない口調に変わった。「シェーンラインさん、私がこの場であんたを逮捕し、ここに見張りを置いていったらどうなると思う。あんたの客は取り調べを受け、あんたの甥だか姪だかの身分証は詳しく検査されるぞ。客の一人がラジオを持ってやってくるかもしれないな。どう思う」

シェーンライン嬢は動じなかった。「最初から私を逮捕するつもりで来たのでしょう。だったら、私が何を言おうと同じことです。参りましょう。ただ、このトレーニングパンツをちゃんとした服に着替えてもよろしいかしら？」

「ちょっと待った、シェーンラインさん」警部は彼女を呼び止めた。

彼女は立ち止まり、ドアノブに手をかけたまま彼のほうを振り返った。

「ちょっと待った。ここを出る前に、タンスの中の男を解放してやったらどうだ。さっき寝室を見回った際、もうずいぶん息が詰まっているようだったぞ。タンスの中には防虫剤がたくさん入っているかもしれないし……」

彼女の顔から、さっと赤みが引いた。シーツのように真っ白な顔で、彼女は彼を見つめた。

彼は首を振った。「やれやれ」。困ったもんだと言わんばかりの顔をして彼は言った。「これじゃ簡単すぎて張り合いがないな。お前ら、それで謀反人になろうってのか？　こんな子供じみた真似で国家を転覆させようってのか？　自分が痛い目に遭うだけだ！」

ドアノブに手をかけたままの姿勢で、彼女はまだ彼を見つめていた。彼女の口は固く閉ざされ、目は熱っぽく輝いていた。

「シェーンラインさん、あんたは運がいい」相変わらず余裕綽々の、馬鹿にしたような口調で警部は言った。「今日のところは、あんたにまったく興味はない。興味があるのは、タンスの中にいるあの男だけだ。署に戻ってじっくり考えたら、あんたの件をしかるべき部署に報告すべきだと思うようになるかもしれない。かもしれないと言ったのは、そうなるかならないかはまだ分からないからだ。ひょっとしたら、あんたの件など取るに足らないことだと思うかもしれない。特に、あんたの肺の状態を考えると……」

突然、堰を切ったように彼女の口から言葉が溢れ出した。「あんたたちのお情けなんかいらない。同情なんかまっぴら！　私がやったことは取るに足らないことじゃない。仰るとおり、政治的迫害を受けている人たちに私はずっと隠れ家を提供してきたし、外国放送をこっそり聞いていた。さあ、これで分かったでしょう。これでもう、肺病を理由に私を大目に見るわけにはいかないわ！」

「やれやれ！」彼は馬鹿にしたようにそう言うと、赤いボタンのついた黄色いセーターにトレーニングパンツ姿の老嬢をほとんど哀れむような目で見た。「肺だけじゃなくて神経もいかれてるな。ゲシュタポの尋問を三十分も受けてみろ、自分の意気地のなさにきっと驚くぞ。自分が意気地なしだと知るのは辛いもんだぜ。自尊心が傷つくのはな。それに耐えきれずに首をくくる奴もいる」

彼は彼女の顔をもう一度見ると、額に皺を寄せてうなずいた。それから、吐き捨てるように言った。「こんなのが、自分は謀反人だと言ってるんだからな！」

鞭で打たれたように彼女はびくっとしたが、何も答えなかった。

「おっと、おしゃべりにかまけて、タンスの中の客をすっかり忘れてた」と彼は言葉を続けた。「さあ、シェーンラインさん。すぐに助け出してやらないと、死んでしまう」

エッシェリヒにタンスから引きずり出されたとき、エンノ・クルーゲは本当に窒息しそうになっていた。警部は彼をソファーに横たえると、新鮮な空気が肺に入り込むように彼の両腕を持って上下に動かした。

「さてと」と彼は言うと、無言で立っているシェーンラインのほうを振り返った。「さてと、シェーンラインさん、十五分ばかりクルーゲさんと二人きりにしてもらえないかな。台所にでも行っててくれ。台所なら立ち聞きもできないだろう」

「立ち聞きなんかしません！」

「そうだろうとも。あんたはタバコも吸わないし、レコードをかけて甥や姪を楽しませていただけだ。それと同じで、立ち聞きもしないだろうさ。さあ、台所に行ってくれ。用があるときはこっちから呼ぶ」

彼は彼女に向かってもう一度うなずき、彼女が実際に台所に入っていったのを見届けた。それからクルーゲのほうを振り向いてみると、クルーゲはソファーに起き直って、その色のない目で不安そうに警部を見つめていた。涙がすでに彼の顔を伝い始めている。

「おやおやクルーゲさん」と警部はなだめるように言った。「このエッシェリヒ警部との再会をそんなに喜んでくれるとはな。私に会いたかったか？実を言うと、私も会いたかった。また会えて本当に嬉しい。今度は何があってもそう簡単に離ればなれになることはないぞ、クルーゲさん」

エンノの目から涙がどっと溢れ出した。彼はすすり上げながら言った。「ああ警部さん、警部さんは約束してくれたじゃありませんか、釈放するって」

「だから、釈放したじゃないか」と警部はいかにも驚いたように言った。「だが、だからといって、こっちがまた会いたくなったときにあんたを再逮捕してはいけないということにはならないんだ。たとえば、新しい調書にまたサインしてもらう必要ができた、とかな。親友なんだから、そんな小さなお願いをまさか断ったりはしないだろ、クルーゲさん？」

蔑むような目で容赦なく見据えられ、エンノは震えていた。彼には分かっていた。この目で見つめられたら、自分はすぐに何もかもしゃべってしまうだろう。そしたらもうおしまいだ。どっちみち、永遠に。

33　エッシェリヒとクルーゲ、散歩に出かける

エッシェリヒ警部とエンノ・クルーゲがアンスバッハー通りのアパートを出たときには、辺りはもうすっかり暗くなっていた。肺を患っているとはいえ、アンナ・シェーンラインの件を取るに足らない事件と見なすことはできない、と警部は思った。あの老嬢はどんな犯罪者でもまったく見境なく、そいつが何をしたかさえ知らずに匿っているようだ。たとえば、あの女はエンノ・クルー

ゲに名前さえ尋ねていない。自分の友達が連れてきたからというだけの理由で、あの女は奴を匿ったのだ。

ヘーベルレという女のことももう少し調べてみよう。嘆かわしい連中だ！ドイツ民族の幸福な未来のために史上最大の戦争がおこなわれているこんなときでさえ、いまだに反抗を続けている。どこを嗅いでも、ぷんぷん臭う。探せば、ほとんどのドイツ人の家からこうした秘密や嘘の山が見つかるに違いない、とエッシェリヒ警部は思った。良心にやましいところのない人間はほとんどいない。もちろん、党員は別だ。ちなみに、党員の家だったら、ついさっきシェーンラインの家でやったような取り調べはしない。そんな馬鹿な真似はしない。

とにかく、シェーンラインの家には管理人を見張りとしてつけておいた。管理人は信頼できる男のようだ。ちなみに党員でもある。あの男には何か実入りのいい、ちょっとした役職を見つけてやらないと。そうすれば、あいう人間は目と耳をさらに研ぎ澄ますだろう。アメとムチ、支配するにはこれが一番だ。

エンノ・クルーゲの腕を掴んだまま、警部は、バルクハウゼンが隠れている広告柱に近づいた。バルクハウゼンとしては、ここでかつての仕事仲間と顔を合わせるのは避けたかった。エンノに見つからないように、彼はこそこそと広告柱の反対側へ回った。しかし、警部が回れ右をして彼をひっ捕まえたので、エミールとエンノは顔を突き合わせることになった。

「やあエンノ！」とバルクハウゼンは手を差し出した。

だが、クルーゲはその手を握らなかった。この情けない男の心にさえ、怒りが少し湧いてきたのだ。彼は、自分を空き巣（その儲けと言えば、散々殴られただけだった）に誘ったこの男を恨んだ。この男は今朝、何千マルクも脅し取っておきながら、俺を売ったんだ。

「警部さん」とクルーゲは興奮して言った。「警部さんは知りませんよね？この男は今朝、俺の友達のヘーベルレさんから二千五百マルクゆすり取ったんですよ？それだけ払ったら逃がしてやる、ってこの男は言ったんです。だのに……」

警部がバルクハウゼンに近寄ったのは、単に、カネを渡して家に帰してやるためだった。だが、それを聞いて、彼はポケットの中で掴んでいたカネの包みをさっと放した。バルクハウゼンが乱暴にこう言い返すのを、彼は面白がって聞いていた。「だから、ちゃんと逃がしてやっただろ、エンノ？　お前がそれからすぐに捕まったからって、それは俺のせいじゃない。約束は守ったぜ」

警部は言った。「それについてはまた改めて話し合おうじゃないか、バルクハウゼン。とりあえず帰ってくれ」

「だけど、その前にカネを払ってくださいよ、警部さん」とバルクハウゼンは要求した。「エンノの居場所を教えたら五百マルクやるって約束してくれましたよね。こうして無事に奴を捕まえたんだから、ちゃんと払ってくださいよ！」

「一つの仕事で二重に支払いを受けるわけにはいかんぞ、バルクハウゼン」と警部ははねつけた。「もう二千五百マルク受け取ったんだろ！」

「だけど、まだ一マルクだって受け取ってません！」またしてもがっかりさせられたバルクハウゼンは、ほとんど喚くような声で言い返した。「あの女、俺を警部さんから遠ざけておくために、カネを局留めでミュンヘンに送ったんです」

「利口な女だ！」警部は感心して言った。「それとも、あんたの思いつきか、クルーゲさん？」

「こいつ、もう嘘を吐いてます」エンノは憤慨して叫んだ。「ミュンヘンに行ったのは二千マルクだけです。五百マルクは現金で貰ったんです。いや、五百マルク以上だ。こいつのポケットを調べてみれば分かります、警部さん」

「盗まれちまったんだ。悪ガキどもが襲いかかってきて、全部盗んでいきやがった。警部さん、頭のてっぺんから足の先まで調べてくださいよ。たまたまチョッキのポケットに入ってた二〜三マルクしか残ってませんから」

「お前にはカネは任せられんな、バルクハウゼン」と警部は首を振りながら言った。「お前はカネの扱い方を知らない。いい大人が、悪ガキどもに盗まれるとはな！」

バルクハウゼンは、改めてカネをねだり始めた。あの手この手で彼はカネを引き出そうとしたが、警部はにべもなく言った（彼らはすでにヴィクトリア＝ルイーゼ広場駅まで来ていた）。「さあ、家に帰るんだ、バルクハウゼン！」

「警部さん、約束したじゃないですか……」

「今すぐ地下鉄に乗ってここから消えないと、あそこにいる警官に引き渡すぞ。恐喝で現行犯逮捕だ」

そう言うと、警部は警官に近づいていった。バルクハウゼンは、ヴィクトリア＝ルイーゼ広場駅から消えるしかなかった。いつも勝利を目前にして獲物に逃げられてしまう、この中途半端な犯罪者は怒りに燃えていた。待ってろよクーノ＝ディーター、家に帰ったら思い知らせてやる！

警部は実際に警官に声をかけた。彼は身分を明かし、警官に指示を与えた。アンナ・シェーンラインを逮捕し、とりあえず交番に勾留しろ。罪状は……「そうだな、とりあえず、〈敵国のラジオ放送を傍受した罪〉としておこう。取り調べはしないでもらいたい。明日、ゲシュタポの人間が行くから女を引き渡してくれ。よろしく頼む、巡査殿」

「ハイル・ヒトラー、警部殿！」

「さてと」とノレンドルフ広場に向かってモッツ通りを歩きながら警部は言った。「これからどうする。腹が減ったな。もう食事時だ。そうだ、夕飯をおごってやろう。何もそう急いでゲシュタポに行きたくはないだろう？ゲシュタポで出る飯は美味いとは言えない。それに、ゲシュタポの連中は忘れっぽくてな。二〜三日、何も出さないことがある。水さえもな。組織がなってないんだ、やれやれ。どう思う、クルーゲさん」

そんなことをしゃべりながら、警部はすっかり面食らっているクルーゲを小さなワイン酒場に連れて行った。そこは彼の行きつけの店のようだった。警部は豪勢に注文した。上等の料理、ワインにシュナップス。本物のコーヒーやケーキ、タバコまであった。エッシェリヒは臆面もなくこう説明した。「別に私がこれを払うわけじゃない、クルーゲ！ 勘定はすべて、バルクハウゼン持ちだ。奴が受け取るはずだったカネから払うんだからな。自分にかけられた懸賞金で腹を満たすってのも乙なもんだぞ。これこそ因果応報ってやつだ」

警部は饒舌だった。だが、見かけほど余裕綽々ではなかったのかもしれない。彼は料理はほとんど食べなかったが、その代わりにぐいぐいと大量に酒を飲んだ。不安を抱えているのか、彼はいつになく落ち着きがなかった。パンをこねくり回してもてあそんでいたかと思えば、突然、クルーゲをちらっと見て、小型拳銃が入っている尻ポケットを探ったりした。

エンノはそんなことには無関心な様子で座っていた。彼は大いに食べたが酒はほとんど飲まなかった。彼は相変わらず混乱しきっていた。警部の態度をどう考えたらいいのか、彼には分からなかった。自分は逮捕されたのだろうか。それともされていないのだろうか。エンノにはさっぱり分からなかった。

ちょうどそこのところをエッシェリヒが説明してくれた。「クルーゲさん」と彼は言った。「私の態度を不審に思っているだろう。もちろん、さっき言ったことは嘘だ。別に腹は減ってなかった。十時まで時間を潰したいと思っただけだ。十時になったらちょっと散歩に出かけよう。あんたをどうするかは、そのとき分かる。そう、それはそのとき分かる」

警部の声は次第に低くなり、話しぶりは次第にゆっくりと、重々しくなった。エンノ・クルーゲは、彼に疑いのまなざしを投げかけた。夜の散歩の陰に、何かまた新しい卑劣な企みが隠されていることは間違いなかった。だが、どんな企みだろう。どうしたらそこから逃れられるだろう。エッシェリヒは悪魔のように用心深かった。クルーゲは一人で便所に行くことさえできなかった。

警部は話を続けた。「実は、夜十時以降でないと先方と連絡がつかないんだ。クルーゲさん、その男はシュラハテンゼーに住んでいる。散歩と言ったのはそのことなんだよ」

「それで、それが俺と何か関係があるんですか？　俺がその人を知ってるとでも？　シュラハテンゼーに知り合いなんて一人もいません。俺はずっとフリードリヒスハイン近辺で暮らしてきたんだから……」

「ひょっとしたら知ってるかもしれないと思うんだ。一度、その男の顔を見てもらいたい」

「それで、会ってみて、知らない男だと分かったらどうなるんです？　俺はどうなるんです？」

警部はそれには取り合わずに言った。「すぐに分かる。きっとその男に見覚えがあるさ」

二人とも黙った。それから、エンノ・クルーゲが尋ねた。「またあの葉書の一件なんですか？　調書に署名なんてしなきゃよかった。警部さんのためにと思って署名したのに」

「そうだな。私もあんたの言うとおりだと思う。署名しなかったほうが、あんたにとっても私にとってもよかったんだとな、クルーゲさん」。警部が陰気な顔で見つめてきたので、エンノ・クルーゲは改めて恐くなった。それに気づいて、警部は「まあまあ」となだめるように言った。「すぐに分かる。もう一杯シュナップスを飲んだら出かけよう。私は終電で帰ってくるつもりだ」

クルーゲはぎょっとして彼を見つめた。「それで、俺は?」と彼は唇を震わせて尋ねた。「俺はそこから帰ってこれないと?」

「まさか!」と警部は笑った。「もちろん、あんたも私と一緒に終電に乗るんだ、クルーゲさん。何をそんなにびっくりしているんだ? 私はびっくりされるようなことは何も言っちゃいない。もちろん、二人で一緒に戻ってくるさ。さあ、注文したシュナップスが来たぞ。おいきみ、ちょっと待ってて。このグラスが空いたら、すぐにお代わりを頼む」

その後まもなく、彼らはツォー駅に向かった。ツォー駅から都市高速鉄道に乗り、シュラハテンゼーで降りたときには、辺りは漆黒の闇だった。最初、彼らは途方に暮れて駅前広場に立ち尽くしていた。灯火管制が敷かれているため、どこにも灯りは見えなかった。

「こんなに暗いんじゃ、道なんか分かりっこありませんよ」とクルーゲがびくびくしながら言った。「警部さん、お願いだ。帰ろうよ。お願いしますよ! これくらいならゲシュタポで夜を明かしたほうがましだ、こんな……」

「馬鹿を言うんじゃない、クルーゲ」と警部は彼の言葉を乱暴に遮ると、彼の腕を強く引っ張った。「いいか、何時間もかけてここまで来て、目的地まであと十五分というところで私が帰ると思うか?」そこでいくらか口調を和らげ、彼は話を続けた。「目が慣れて、もうずいぶんよく見えるようになった。裏道を通っていこう。湖に出るには、それが一番早い」

彼らは無言で歩き出した。二人とも、目に見えない障害物を足で探りながら、注意深く進んだ。

しばらく進むと、前方が明るくなってきたように感じられた。

「見てみろ、クルーゲ」と警部は言った。「思った通り、私の方向感覚は確かだったぞ。湖はもうすぐそこだ」

クルーゲは何も答えなかった。彼らは黙って先へ進んだ。

まったく風のない夜だった。辺りは静まり返っていた。人っ子一人いなかった。滑らかな湖面（はっきりとは見えなかったが、そう感じられた）から、ほのかに明るい灰色のもやが立ち上っているように思われた。まるで、昼間太陽から受け取った光を、湖面が弱々しく発散しているかのようだった。

警部は何か言おうとするように咳払いをしたが、何も言わなかった。

突然、エンノ・クルーゲが立ち止まった。警部の腕を振り払うと、彼はほとんど喚くような声で言った。「ここから先へはもう一歩も動かないぞ！　俺に何かするつもりなら、十五分あとでも今でも変わりはない。今すぐここでやってくれ。誰も俺を助けにやってこないし、もう真夜中に違いない」

この言葉を裏付けるかのように、突然、時計が鳴り始めた。驚くほど近くから聞こえてくるその音は、夜空に響き渡った。思わず、二人ともその音を数えていた。

「十一！」と警部は言った。「十一時だ。真夜中までにはまだ一時間ある。来るんだ、クルーゲ。あと五分だけだ」

そう言うと、彼は改めてクルーゲの腕を摑もうとした。だが、クルーゲはそれを驚くほどの力で振り払った。

「言ったはずだ。これ以上一歩も動かないって。これ以上、もう一歩も動くもんか！」

彼の声は恐怖のあまり裏返っていた。それほど大声で喚いていたのだ。その声に驚いて、葦原にいた水鳥が飛び立ち、ぎこちなく飛び去っていった。

「そんな大声を出すんじゃない」と警部は腹立たしげに言った。「そこら中が大騒ぎになるだろうが！」

それから、彼は考え直した。「よし、それじゃあちょっと休むといい。そしたらすぐに正気に返るだろう。ここに腰を下ろそうか？」

そして、彼は再びクルーゲの腕に手を伸ばした。

エンノはその手に殴りかかった。「もう二度と、指一本触れさせないぞ！　何をされてもいいが、触られるのはごめんだ！」

警部は語気鋭く言った。「口の利き方に気をつけろ、クルーゲ。お前、一体何様なんだ？　臆病でちっぽけな、汚らしい犬め！」

警部のほうも平静を失いかけていた。

「じゃああんたは?」とクルーゲが喚き返した。「じゃああんたは何なんだ。人殺しじゃないか。卑劣な人殺しじゃないか!」

彼は、自分で自分が言ったことに震え上がった。彼は口ごもりながら言った。「ああ、すみません警部さん。そんなつもりじゃなかったんだ」

「神経が参っているんだ」と警部は言った。「クルーゲ、人生を変えたほうがいい。お前の神経はこんな人生には耐えられないからな。それじゃあ、あそこのボート用桟橋に腰を下ろそうか。心配しなくていい。そんなに私が怖いのなら、もうお前には触らないから」

彼らは桟橋へと歩いて行った。桟橋の上を歩くと、木がみしみしと音を立てた。「もう少し先まで行こう」とエッシェリヒが促した。「一番先まで行って、そこに腰を下ろそう。周りを水に囲まれた、こういうところに座るのが好きなんだ」

ところが、クルーゲは再び拒否した。たった今、断固たる勇気のかけらを見せた彼だったが、今度は突然めそめそと泣き始めた。「これ以上先に行くのはいやだ。ああ警部さん、お願いだ。俺を突き落とさないでくれ。最初から言っとくけど、泳げないんだ。水が怖いんだ。どんな調書にでも署名するから! 助けて、助けて、助け……」

警部は小男を摑まえると、エンノが手足をバタバタさせるのも構わず、桟橋の突端まで引きずっていった。顔を警部の胸に押しつけられ、エンノは声が出せなくなった。桟橋の突端までやってくると、警部はクルーゲの胸ぐらを摑んで桟橋から突き出した。

「もういっぺん喚いてみろ、叩き込んでやるぞ、犬め!」

エンノの喉から深いすすり泣きの声が漏れた。「もう大声は出しません」と彼は囁くような声で言った。「ああ、もうだめだ。いっそ放り込んでくれ。もうこれ以上耐えられない……」

警部は彼を桟橋に座らせると、自分も隣に腰掛けた。「さあ」と警部は言った。「これで分かっただろう。私はお前を湖に投げ込むこともできるが、そうはしなかった。私が人殺しでないことがこれで分かっただろう、クルーゲ?」

クルーゲは何かをもぐもぐとつぶやいた。歯がガチガチと鳴っている。

「それじゃあ聞いてくれ。話がある。シュラハテンゼーでお前に顔を見てもらいたい男がいると言ったが、あれはもちろん嘘だ」

「だけど、何でそんなことを？」

「まあ待て。それから、お前が薬書犯と無関係だということも私には分かっている。調書を取ったのは、真犯人を捕まえるまで、少なくとも上官を納得させられるような手がかりがあればよかろうと思ってのことだった。ところが、それがよくなかった。クルーゲ、親衛隊のお偉方がお前を連れてこいと言い出したんだ。お前を彼らのやり方で取り調べるつもりだ。彼らは調書の内容を信じている。彼らは、お前を薬書の書き手ないし配り手だと思っている。彼らはお前から自供を搾り取るだろう。聞き出したいと思っていることすべてを、彼らは尋問によってお前から搾り出すだろう。彼らはお前をレモンのように搾り出したあとで殴り殺すか、人民裁判所の法廷に引きずり出すだろう。結果は同じことだ。苦しみが二〜三週間延びるだけの話だ」

警部はここで少し間を置いた。すっかり怯えきったエンノはぶるぶる震えながら、ついさっき「人殺し」呼ばわりをした男に、助けを求めるかのようにへばりついた。

「分かってるでしょう、俺は犯人じゃないって」彼はへどもどして言った。「本当に本当です。俺を突き出さないでください。俺は耐えられない。悲鳴を上げて……」

「もちろん悲鳴を上げるだろうさ」と警部は落ち着き払って言った。「もちろん、お前は悲鳴を上げるだろう。だが、そんなことは彼らには痛くも痒くもない。お前の悲鳴は彼らを楽しませるだけだ。いいかクルーゲ、彼らはお前をスツールに座らせ、顔のすぐ前にサーチライトを持ってくる。目をつぶることも顔を背けることも許されず、お前は熱さとまぶしさで死にそうになる。そうしておいて、彼らは何時間でも尋問を続ける。尋問者は次々に交代するが、お前には、どんなにへとへとになっても休憩する暇はない。気絶してぶっ倒れれば、足蹴と鞭で叩き起こされる。飲み水として与えられるのは塩水だ。ここまでしても効き目がないと分かると、指の関節を一つ一つ脱臼させていく。足に強酸を注ぎ……」

「やめて、ああ、やめてください。とても聞いていられない……」

「聞くだけじゃなくて、実際に耐えなければならなくなるんだぞ、クルーゲ。一日、二日、三日、五日……ずっと、昼夜を問わずだ。その間、食べ物は一切与えられない。胃は豆粒のように縮み、体の内外の耐えがたい痛みに、お前は〈もう死ぬ〉と思うだろう。だが、死にはしない。一度摑まえた獲物を、彼らはそうやすやすと放しはしない。彼らはお前を……」

「やめろ、やめろ、やめろ」とエンノは叫ぶと耳を塞いだ。「もう何も聞きたくない！ もう言わないで！ それくらいなら、ここで死んだほうがましだ！」

「そうだな、私もそう思う」と警部は同意した。「それくらいなら、ここで死んだほうがましだ」

しばらく、二人のあいだに深い沈黙が流れた。

突然、エンノが身震いしながら言った。「だけど、溺れて死ぬのはいやだ……」

「いやいや」と警部は穏やかに言った。「クルーゲ、そんな必要はない。いいか、いいものを持ってきた。可愛らしい、小さなピストルだ。これを額に当てるだけでいいんだ。心配は要らない、手が震えないように、私が支えてやる。あとは、指をほんのちょっと曲げるだけでいいんだ。痛くはない。一瞬で、お前はあらゆる苦しみや迫害から解放される。そして、ようやく手に入れられるんだ。休息と平和と……」

「自由を」とエンノ・クルーゲは考え込みながら言った。「警部さん、調書に署名させようとしたときとおんなじだ。あのときも、警部さんは俺に自由を約束した。今度は本当なのかな。どう思う？」

「もちろんだ、クルーゲ。これこそ、我々人間が望み得る唯一の真の自由だ。私はお前を二度と捕まえることはできないし、もう二度と恐がらせることも苦しめることもできない。誰にももうそんなことはできない。お前は我々全員を嘲笑っていればいいんだ」

「それで、そのあとは？ 休息と平和の先には何があるのかな。その先に、まだ何かがあるのかな。どう思う？」

「その先には何もないさ。裁きも地獄もない。あるのは、休息と自由だけだ」

「それなら、俺は一体何のために生きてきたんだろう。それなら、どうして俺はこの世でこんなにひどい目に遭わなきゃならなかったんだろう。俺は何もしてこなかった。誰かを幸せにしようとしたこともないし、誰かを本気で好きになったこともない」

「そうだな」と警部は言った。「クルーゲ、確かにお前は偉大な英雄じゃなかった。それに、何かの役に立ったこともなかった。だが、今になってそんなことを考えてどうする。今となっては、どっちみちもう遅い。私の提案どおりにするにしろ、私と一緒にゲシュタポに行くにしろ、だ。言っておくがな、クルーゲ、お前は最初の三十分で〈いっそ撃ち殺してくれ〉と頼むようになるぞ。だがな、拷問でくたばるまでには長い時間が必要なんだ」

「いやだ、いやだ」とエンノ・クルーゲは言った。「ゲシュタポには行かない。ピストルを貸してくれ。構え方はこれでいいのか？」

「そうだ……」

「それで、これをどこに当てたらいい？　こめかみか？」

「そうだ……」

「それで、引き金に指をかけるんだな。慎重にやりたい。今はまだやりたくないんだ。もう少し、あんたと話をしていたい」

「心配しなくていい。安全装置はまだ外してない」

「エッシェリヒ、あんたは俺がこの世で最後に話をする人間だ。この先は休息があるだけで、もう二度と人間と話をすることはできないんだ」

彼は身震いした。

「さっき、ピストルをこめかみに当ててみたら、ひやっとする感じが伝わってきた。これから俺を待っている休息と自由は、こんな風に冷たいに違いない」

彼は警部のほうに身を屈めると囁いた。「エッシェリヒ、一つ約束してくれないかな」

「ああ。一体何だ？」

「だが、約束はちゃんと守ってもらわないと」

「きっと守る。できることならな」

「俺が死んだら、水の中に落とさないでくれ。約束してほしい。水が怖いんだ。この上に寝かせてくれ。この乾いた桟橋の上に」

「もちろんだ。約束する」

「結構だ。誓ってくれ、エッシェリヒ」

「このとおりだ」

「嘘は吐かないでくれよな、エッシェリヒ。俺は虫けら同然の男だ。そんな奴に嘘を吐いたって、大したことじゃない。だけど、あんたは嘘は吐かないよな？」

「誓って、嘘は吐かない、クルーゲ」

「もう一度、ピストルを貸してくれ、エッシェリヒ。安全装置は外したのか？」

「いや、まだだ。そうしてくれと言われるまでは外さないから、安心しろ」

「ここにこう当てればいいのか？　今度は銃身の冷たさをほとんど感じないな。俺自身がピストルと同じくらい冷たくなっちまった。俺に女房と子どもたちがいることを知ってるか？」

「知ってるどころじゃない。お前の女房と話をしたこともあるぞ」

「えっ？」エンノは興味をそそられ、構えたピストルをさっと下ろした。「ベルリンにいるのか？　だったら、もう一度女房と話がしたいんだけどな」

「いや、ベルリンにはいない」と警部は答えてから、情報を他人に教えないという鉄則を破った自分を呪った。私としたことが！「彼女はまだルッピンの親戚の家にいる。それに、彼女とは話をしないほうがいい、クルーゲ」

「俺のこと、悪く言ってたよね？」

「そうだな、散々だった。ひどいことしか言わなかった」

「残念だな」とエンノは言った。「残念だ。エッシェリヒ、まったくおかしな話だよな。俺は虫けら同然の、誰にも愛されるはずがない男だ。だけど、俺を憎んでいる人間は大勢いるんだ」

「彼女がお前を憎んでいるかどうかは分からない。お前に煩わされたくないだけだと思う。お前のことが煩わしいんだ」

「安全装置はまだ外してないんだよな、警部？」

「ああ」と答えてから、警部は、十五分ほど前からすっかりおとなしくなっていたクルーゲが突然また興奮してそう尋ねたのを不審に思った。「ああ、安全装置はまだかかっている……畜生、何てこった」

銃口が目の前で火を噴いたので、彼は呻き声を上げて桟橋に倒れた。まぶしさで目がくらみ、彼は両手で目を覆った。

クルーゲが耳元で囁いた。「分かってたんだ、安全装置がかかっていないことはな！　お前はまた俺を騙そうとしたんだ！　だがもうこっちのもんだ。今度は俺がお前に休息と自由を与えてやる……」彼は、呻き声を上げている警部の額に銃身を向け、くすくす笑い出した。「どうだ、冷たいか？　これが休息と平和だ。これが、死後の世界の冷たさだ、永遠のな」

警部は呻きながら体を起こした。「わざとやったのか、クルーゲ？」と彼は厳しい口調で尋ね、痛む目をかっと見開いた。彼の目に、傍らのクルーゲの姿は、漆黒の闇の中にあるさらに黒い塊のように見えた。

「そうさ、わざとだとも」とエンノはくすくす笑いながら言った。

「それなら殺人未遂だぞ！」と警部は言った。

「安全装置がかかってるって言ったのはお前じゃないか！」

警部は、自分の目が何の損傷も受けていないことを確信した。

「湖に投げ落としてやる！　これは正当防衛だ！」そう言うと、彼は小男の肩を摑んだ。「やめろ、やめろ、お願いだやめてくれ！　お願いだそれはやめてくれ！　もう一つのほうをするから！　それだけはやめてくれ！　約束したじゃないか……」

警部は彼の肩を摑んで放さなかった。

「今さら何だ。もう泣き言は聞き飽きた。そんな勇気もないくせに！　水にぶち込んでやる！」

立て続けに二発、銃声が鳴り響いた。警部は、摑んでいる男の体がくずおれるのを感じた。男はぐったりと倒れた。死体が桟橋から湖に滑り落ちていくのを見たとき、一瞬、エッシェリヒはそれを止めようとした。

だが、死体が水面に音を立てて落ち、たちまち沈んでいくのを、警部は肩をすくめて見送った。

「このほうがいい」と彼は言い、乾いた唇を湿した。

「証拠は少ないほうがいい」

もうしばらく彼はそこに立っていた。桟橋に落ちているピストルを湖に投げ込んだほうがいいかどうか、迷っていたのだ。そのまま置いておくことに決めると、彼はゆっくりと桟橋を離れて湖の土手を上り、駅に向かった。

駅は閉まっていた。終電はもう出てしまっていた。警部は平然と、ベルリンへの遠い道のりを歩き始めた。

時計がまた鳴り始めた。

午前零時だ、と警部は思った。間に合った、午前零時だ。奴が休息と平和をどう思ってるか、聞いてみたいものだな、まったく。また騙された、と思ってるだろうか。虫けらめが、泣き虫の虫けらめが！

第三部　形勢逆転

34　トルーデル・ヘアゲゼル

ヘアゲゼル夫妻は、列車でエルクナーからベルリンに向かった。そう、トルーデルはもうトルーデル・バウマンではなかった。カールの一途な愛が勝利を収め、二人は結婚したのだ。そして、災厄の一九四二年、トルーデルは妊娠五ヶ月目を迎えていた。

結婚を機に、二人は制服工場を辞めた。グリゴライトやベビーと決裂して以来、二人にとってそこは安心できる場所ではなくなっていたのだ。今では、カールはエルクナーの化学工場で働き、トルーデルは裁縫の内職をして家計の足しにしていた。非合法活動をしていた頃のことを思い出すと、彼らは少し恥ずかしくなった。自分たちは落伍したのだということが、彼らにははっきり分かっていた。だが、自己というものを完全に抑えることが必要とされるような活動に自分たちが向いていないことも、今では分かっていた。今では、彼らは家庭の幸せのためだけに生きていた。そして、子どもの誕生を心待ちにしていた。

ベルリンからエルクナーに引っ越したとき、彼らは、これで党とその要求から遠く離れて静かに暮らせるものと思っていた。多くの大都市住民と同じように、彼らも、密告が横行しているのはベルリンだけで、地方の小都市ではまだまっとうな暮らしができるはずだと思い込んでいた。そして、多くの大都市住民と同じように、彼らも、密告や盗み聞きやスパイ行為は大都市よりも小都市のほうが十倍もひどいということを思い知らされることになった。小都市では、雑踏に紛れて身を隠すことは不可能だった。プライバシーなどどこにもないこと、個人情報がすぐに知れ渡ってしまうこと、隣人との会話を避けては通れないこと、そうした会話が時として歪曲される危険があることを、彼らはもうすでに何度も身をもって体験していた。

二人とも党員でなかったために、二人ともどんな募金にも最小限の額しか出さなかったために、二人とも人付き合いをするより二人きりの生活を好んでいたために、二人とも集会に行くよりも読書するほうが好きだったために、ヘアゲゼルの、いつもくしゃくしゃの長い黒髪と燃えるような黒い目が（党員の見解では）いかにも社会主義者や平和主義者らしく見えたために、トルーデルが一度ついうっかり、「ユダヤ人のことが気の毒になることもあるわ」と言ってしまったために、彼らはたちまち「政治的に疑わしい人物」と見なされるようになり、彼らの一挙一動は監視され、一言一言が報告されるようになった。

ヘアゲゼル夫妻は、エルクナーでこうした憎悪に取り囲まれて暮らすほかはなかった。彼らにとってそれは非常に辛いことではあったが、彼らは、「こんなことは何でもない。自分たちの身に実害が及ぶはずはない。国家に敵対するようなことは何もしていないのだから」と勝手に思い込んでいた。「考えることは自由だ」と彼らは考えていた。だが、この国では考えることさえも自由でないことを、彼らは知っておくべきだったのだ。

こうして、彼らはますます家庭の幸福の中に逃げ場を求めることになった。彼らはまるで、倒壊した家々や溺れた家畜と一緒に大洪水の濁流に流されながらもしっかりと抱き合い、「一緒にいさえすれば、愛の力で自分たちだけは破滅から逃れられる」と信じている恋人たちのようだった。この戦時体制のドイツに私生活などというものがもはや存在しないことを、彼らはまだ理解していなかったのだ。社会から引きこもって暮らしているからといって、ドイツ人であるからにはドイツ社会に属し、ドイツの運命をともに受け入れなければならないことに変わりはなかった。それは、次第にその頻度を増していた空襲の爆弾が正しい人間にも不正な人間にも無差別に落ちてくるのと同じことだった。

アレクサンダー広場で、ヘアゲゼル夫妻は別れた。トルーデルは仕立てた服をクライネ・アレクサンダー通りまで届けに行かなければならなかったし、カールのほうは広告で見かけた中古の乳母車を見に行こうと思っていた。昼時に駅で落ち合おうと約束して、二人はそれぞれの目的地に向かった。妊娠初期にはつわりで苦しんだものの、五ヶ月目に入った今、今まで味わったことのないような元気と自信と幸福を感じていたトルーデルは、あっという間にクライネ・アレクサンダー通りの目的の建物に到着すると、階段室に足を踏み入れた。

彼女の前を、一人の男が階段を上っていた。後ろから見ただけだったが、その特徴的な首の傾け方、こわばった首筋、長身で痩せ形の体型、聳やかした肩から、彼女にはすぐに見分けがついた。それは、彼女の元婚約者の父親オットー・クヴァンゲルだった。彼女がかつて、非合法組織の秘密を漏らしてしまった相手だった。

思わず、彼女は尻込みした。クヴァンゲルがまだ彼女の存在に気づいていないことは明らかだった。彼は急ぐ様子もなく、一定の速さで階段を上っていった。彼女は半階分離れて彼についていった。クヴァンゲルがこのオフィスビルのどこかで呼び鈴を鳴らしたら、すぐに立ち止まるつもりだった。

だが、彼は呼び鈴を鳴らさなかった。彼女は、彼が階段の窓際に立ち止まるとポケットから葉書を取り出し、それを窓の下枠に置くのを見た。そのとき、二人の目が合った。だが、クヴァンゲルが彼女の顔を見分けたかどうか、彼の表情からは分からなかった。彼は彼女に目もくれず、彼女とすれ違って階段を降りていった。

彼女は彼と入れ違いに階段を上って窓辺に駆け寄り、葉書を手に取ると、最初の数行を読んだ。「〈ロシアはドイツに奇襲攻撃を仕掛けるための軍備を進めている〉と総統は言ったが、それはとんでもない嘘だった。諸君にはまだそれが分からないのか」

彼女は慌ててクヴァンゲルのあとを追った。

彼女は、オフィスビルを出て行こうとしている彼に追いつき、彼の脇にぴったり寄りそうと言った。「お父さん、私だと分からなかったの？　私よ、トルーデルよ。オットーヒェンのトルーデルよ！」

彼は彼女のほうに向き直った。鳥のようなその顔が、そのときほど鋭く険悪に見えたことはなかった。一瞬、彼女は、「あんたなんか知らん」と言い張るつもりなのね、と思った。だが、彼は短くうなずくと、「元気そうじゃないか」と言った。

「ええ」と彼女は目を輝かせて言った。「こんなに元気で幸せだったことはこれまでなかったくらい。赤ちゃんが生まれるの。私、結婚したの。お父さん、怒ってない？」

「何で怒らなきゃいけないんだ。結婚したことにか？　馬鹿言っちゃいけない、トルーデル。あんたはまだ若い。それに、オットーヒェンが死んでもう二年になる。アンナだって、あんたが結婚したことを悪く思ったりしないだろう。あいつはまだ毎日オットーヒェンのことを思い返しているが」

「お母さんはどうしてる？」

「相変わらずだ、トルーデル。まったく変わりない。我々みたいな年寄りはもう何も変わらないよ」

「そんなことないわ！」彼女はそう言うと立ち止まった。「そんなことない！」彼女は真剣な面持ちになって言った。「お父さんもお母さんもずいぶん変わったわ。制服工場の廊下で立ち話をしたときのこと、覚えてる？　廊下の壁に、処刑された人の名前が書いてあるポスターが貼ってあった。あのとき、お父さんは私に警告したわね……」

「何の話か分からないな、トルーデル。年寄りは忘れっぽくてな」

「今日は私が警告するわ、お父さん」彼女の声が低くなった。声が低くなった分、一層説得力を増した口調で彼女は言った。「私、お父さんが階段室で葉書を置くところを見たの。その恐ろしい葉書は今、私のバッグの中に入っているわ」

彼は冷たい目で彼女をじっと見つめた。その目は、険悪な光を放っているように見えた。


彼女は囁いた。「お父さん、命が危ないわ。私に見られたように、他人にも見られたかもしれない。お父さんがこんなことをしているのを、お母さんは知っているの？　お父さん、いつもこんなことをしているの？」

彼は長い間黙っていた。答えないつもりなのね、と彼女が思ったとき、彼は口を開いた。「トルーデル、分かってるだろう。何をするにも、母さんは一緒だ」

「ああ」彼女は呻き声を上げた。彼女の目に涙が浮かんだ。「思ったとおりだわ。お母さんも巻き込んだのね」

「母さんは息子を亡くしたんだ。その悲しみは今でも癒えていない。トルーデル、それを忘れないでくれ」

彼に非難されたかのように、彼女の頬は赤くなった。

「お母さんがそんなことをしているのを見たら」と彼女はつぶやいた。「オットーヒェンは悲しむと思うわ」

「トルーデル、みんな自分の道を行く」とオットー・クヴァンゲルは冷やかに言った。「あんたはあんたの道を、俺たちは俺たちの道を。そうだ、俺たちは俺たちの道を行く」。彼は突然首を前後に動かした。まるで、鳥がくちばしでつついているような格好だった。「さあもう別れよう。トルーデル、元気でな。元気な赤ん坊を産んでくれ。母さんにも俺からよろしく言っておくよ。多分な」

そう言うと、彼は行ってしまった。

しかし、彼はもう一度戻ってきた。「葉書のことだが」と彼は言った。「バッグに入れたままにしないでくれ。どこかに置いていきてくれ。俺がさっきやったようにな。この話は旦那には一切してはいけない。トルーデル、約束してくれ」

彼女は黙ってうなずいた。彼女は不安そうに彼を見つめるばかりだった。

「それじゃ、俺たちのことはもう忘れてくれ。クヴァンゲル家のことはすべて忘れてくれ。もしまた会うことがあっても、俺たちは知り合いじゃない。いいな?」

このときも、彼女にはうなずくことしかできなかった。

「それじゃ、元気でな」と彼はもう一度言い、今度は本当に行ってしまった。彼女のほうでは、言いたいことがまだ山ほどあったというのに。

オットー・クヴァンゲルの葉書を置いたとき、トルーデルは、犯行現場を取り押さえられるのではという犯罪者の不安をいやというほど味わった。彼女には、葉書を最後まで読む決心がつかなかった。この葉書も、いつもと同じ悲しい運命をたどった。親しい人間に拾われたこの葉書でさえ、何の影響も与えられなかったのだ。この葉書を書いたことも無駄だった。この葉書を手にした人間も、やはり、できるだけ早く手放してしまいたいとしか思わなかったのだ。

トルーデルは、オットー・クヴァンゲルが置いたのとまったく同じ窓の下枠に葉書を置くと(それ以外の場所でも構わないことに、彼女はまったく考えが及ばなかった)、階段を一気に駆け上り、弁護士事務所の呼び鈴を鳴らした。そこの弁護士の秘書に、彼女はドレスを届けに来たのだ。そのドレスの布地は、親衛隊情報部で働いている友人がフランスで強奪して秘書に送ってきたものだった。

ドレスを補正しながら、トルーデルはのぼせたりゾクゾクしたりした。突然、彼女は目の前が真っ暗になるのを感じた。彼女は弁護士の部屋で休ませてもらい(弁護士は出廷中で留守だった)、コーヒーを飲ませてもらった。本物のコーヒー豆から作った、上質のコーヒー(別の親衛隊員の友人がオランダで強奪して秘書に送ってきたもの）だった。

弁護士事務所の従業員が総出で甲斐甲斐しく彼女の世話を焼いているあいだ（お腹が大きかったので、妊婦だとすぐに分かったのだ）、トルーデル・ヘアゲゼルは考えていた。お父さんの言うとおりだ。このことはカールには絶対に黙っていよう。こんなに取り乱してしまって、これが赤ちゃんに障らなければいいのだけれど。ああ、お父さん、こんなことをしてはいけないわ。そのために、みんながどれほど苦しみと恐怖を味わうか分からないの？　そうでなくても、みんな充分大変な思いをしているのに！

彼女がようやく階段を降りてきたとき、葉書は消えていた。彼女はほっとしたが、その安堵感は長くは続かなかった。彼女は考えずにはいられなかった。誰が葉書を見つけたのかしら。彼女は私と同じように恐ろしい思いをしたかしら。その人は葉書をどうするかしら。彼女はずっとそんなことを考え続けていた。

アレクサンダー広場へ戻る彼女の足取りは、往路のように軽くはなかった。ベルリンに出てきたついでに少し買い物もするつもりだったのだが、もうとてもそんな気にはなれなかった。待合室にひっそりと座り、彼女はひたすら待った。カール、早く戻ってきて。カールが戻ってくれれば、このしつこい恐怖は消えてなくなるわ。彼には何も話さないけれど。彼がそこにいてくれるだけで……。

彼女は微笑み、目を閉じた。

私のカール！　と彼女は思った。たった一人の、大事な人！

彼女は眠りに落ちた。

35　カール・ヘアゲゼルとグリゴライト

カール・ヘアゲゼルは、中古の乳母車の物々交換交渉を首尾よくまとめることができなかった。しかもその際、ひどく腹立たしい思いをさせられた。乳母車は二十年（もしかしたら二十五年）も使い込まれた、ひょっとしたらノアがそれに末っ子を乗せて箱舟まで押して行ったのではと思われるほど、恐ろしく旧式の代物だった。しかも、持ち主の年配の女は、その代価としてバター一ポンドとベーコン一ポンドを要求した。女は、「田舎にはなんだってあるじゃないの！ 田舎にはいくらでも脂があるじゃないの！」と不可解な頑固さで主張し続けた。

それはまったく法外な要求というものだった。ヘアゲゼルは、「エルクナーは田舎なんかじゃないし、手に入る脂の量はベルリンとまったく変わらない。それに、僕のようなしがない労働者は、闇市で高いカネを出して食糧を買うこともできない」と女に言い返した。

「あんた一体」と女は言った。「この大事な乳母車を、ただ同然で私が手放すとでも思ってるの？ 私は二人の子どもをこの乳母車で育てたんだよ。それをほんの二～三マルクで買い叩こうって？ 冗談じゃない、お断りだね。そんな買い物がしたけりゃ、もっと馬鹿な女を探すんだね！」

ヘアゲゼルは、大きな車輪のついた、スプリングのがたついたこの旧式の乳母車に五十マルクは払えないと思った。彼は、そんな値段は法外だと言って譲らなかった。「それに、あんたの要求は違法行為だ。ものの代価として油脂を要求することは禁じられている」

「違法行為だって！」と年配の女は馬鹿にしたように鼻を鳴らした。「違法行為だって言うなら、あんた、通報でもしてみたら？ うちの人は巡査部長だよ、違法行為なんてものはうちには関係ないのさ。さあ、とっととこのうちから出てっとくれ。自分の家で他人に怒鳴りつけられたかないね。三つ数えるあいだに出て行かないと、住居侵入罪でこっちが通報してやるよ！」

カール・ヘアゲゼルは、出て行く前に、自分の意見をきちんと表明した。多くのドイツ人の窮状につけ込んで自分だけいい思いをしようとしている搾取者についてどう思っているかを、女にきっちり説明してやったのだ。言うことをきっちり言ってから出てきたものの、腹立ちは治まらなかった。

そして、この憤懣やるかたない思いを抱えて歩いていたとき、彼は、自分がよりよき未来のために戦っていた時代の同志グリゴライトとばったり再会したのだった。「おい、グリゴライト」生え際が後退して額が広くなった、ひょろ長い男に出くわしたとき、ヘアゲゼルは言った。「おい、グリゴライト、ベルリンに戻ってたのか」。

グリゴライトはトランク二つと書類鞄を持っていた。ヘアゲゼルはトランクの一つに手を伸ばした。「おやおや、ずいぶん重いんだな。きみもアレクサンダー広場へ行くんだろ? 僕もだ。トランクをそこまで持ってやるよ」

グリゴライトはちらっと微笑んだ。「やあ、それはどうも、ヘアゲゼル。きみは相変わらず頼りになる同志だな。今は何をしてるんだ? それから、あのときのあの可愛い女の子はどうしてる? あの子、名前は何ていったっけ」

「トルーデル……トルーデル・バウマンだよ。ちなみに、僕はその、あのときのあの可愛い女の子と結婚したんだ。もうじき、子どもが生まれる」

「思ったとおりだ。そりゃおめでとう」。グリゴライトは、ヘアゲゼル夫妻の新婚生活には特段興味がなさそうだった。一方、カール・ヘアゲゼルにとってそれは、こんこんと湧き出す幸福の源泉だった。

「それでヘアゲゼル、今は何をしているんだ」とグリゴライトは重ねて尋ねた。「僕が? 仕事のことかい? エルクナーの化学工場で、また電気技師をしているよ」

「違う、そうじゃない。我々の未来のために、実際に何をしているのかってことだ、ヘアゲゼル」

「何もしてないよ、グリゴライト」とヘアゲゼルは答えたが、突然、罪の意識のようなものを感じた。彼は釈明を始めた。「いいかいグリゴライト、僕らは若い新婚夫婦で、二人きりで生活している。外の世界は僕らには何の関係もない。外の世界も奴らの戦争も、僕らには関係ない。今、僕らは幸せだ。子どもが生まれてくるのを楽しみにしている。いいかいグリゴライト、これだって何かの役に立つんじゃないかな。僕らがまっとうな人間であり続け、子どもをまっとうな人間に育てる努力をすれば……」

「そうすれば、ナチスの支配するこの世界で、きみたちは悲惨な思いをすることになるだろうよ! もういいヘアゲゼル、思ったとおりだ。きみたちはいつだって、頭よりも下半身でものを考えていたからな!」

ヘアゲゼルは怒りで赤くなった。グリゴライトの言葉はこの上ない侮辱だった。しかも、彼はことさら侮辱してやろうと思ってそう言ったわけですらないようだった。その証拠に、彼はヘアゲゼルの怒りに気づかず、まったく平然と言葉を続けた。「僕は活動を続ける。ベビーもだ。いや、ベルリンでじゃない。今、僕らの活動拠点はもっと西のほうにある。ただし、僕は一ヵ所に留まらず、常に移動している。伝令的な役割を果たしているんだ」

「それで、本当に何かできると思ってるのか？ 小人が二〜三人集まったからといって、相手は巨大な組織なんだぞ」

「まず第一に、我々は小人が二〜三人集まっただけの集団ではない。まっとうなドイツ人なら――しかも、まっとうなドイツ人は二〜三百万人はいる――誰もが我々と行動を共にするだろう。そのために必要なのは、恐怖を克服することだけだ。今はまだ、ナチスに対する恐怖のほうが、ナチスによってもたらされる未来に対する恐怖よりも大きい。だが、それももうじき変わる。まだしばらくはヒトラーは勝利を収めるかもしれない。だが、じきに逆転されるときが来る。ヒトラーの進撃は止まり、空襲もますます激しくなり……」

「それで、第二は？」ヘアゲゼルは、グリゴライトが得々と開陳する戦況予測に退屈して尋ねた。「第二は何なんだ？」

「第二に、味方が少なかろうと敵が大群だろうと、そんなことは全然問題じゃないということだ。肝心なのは、真実だと信じることのためには戦わなければならない、ということだ。自分自身が生きて成功を体験するか、自分の志を継いだ誰かが成功を収めるかは、まったくどちらでもいいことだ。懐手をしたまま、『あいつらは汚らわしいブタだが、それは自分には関係のないことだ』などと言うことは、僕にはできない」

「そうだな」とヘアゲゼルは言った。「だがきみは結婚していない。女房子どもを養う必要がない……」

「まったく、勘弁してくれよ！」とグリゴライトは嫌悪感も露わに叫んだ。「そんなおセンチなおしゃべりはやめてくれ。そんなこと、自分でも一言も信じちゃいないくせに。女房子ども、か！ 家庭を築くことが僕の関心事だったとしたら、僕はもう二十回も結婚していただろうさ！ そんなことも分からないのか。だが、僕は結婚なんかしない。個人的な幸福のための余地がこの世界に生まれるまで、僕は自分の個人的幸福など求めない！」

「ここまで意見が隔たってしまったとはな」とカール・ヘアゲゼルは半ば辟易し、半ば落胆しながらつぶやいた。

「今僕が幸せだからといって、僕は誰かから何かを奪っているわけじゃない」

「いいや、奪っているとも！ 毎日何千人もが殺されていることを知りながら、その殺人をやめさせようとしないなら、きみは、母親たちから息子を、妻たちから夫を、少女たちから恋人を奪っているんだ。そんなことは、きみにはよく分かっているはずだ。根っからのナチよりもきみのほうがさらに悪質なのではないだろうか。彼らは馬鹿だから、自分がどんな犯罪を犯しているか分かっていない。だがきみは、分かっていながらそれに対して何もしないのだ！　ナチスよりもきみのほうが悪質ではないだろうか。もちろん、きみのほうが悪質だとも！」

「ありがたいことに、駅に着いた」とヘアゲゼルは言い、重いトランクを置いた。「これでもう、きみに悪口雑言を浴びせられずに済む。もう少し一緒に歩いていたら、この戦争を始めたのはヒトラーじゃなくてこのヘアゲゼルだってことになってただろうよ」

「実際そうじゃないか。もちろん、比喩的な意味でだが。厳密に考えてみれば、そもそもきみのその生ぬるい態度が……」

だが、ヘアゲゼルは今度は思わず笑い出してしまった。その笑顔を見ているうちに、陰気なグリゴライトもついにはニヤリとした。

「そうだな、ここらでやめておこう」とグリゴライトは言った。「僕らは絶対に分かり合えない」。彼は自分の広い額を撫でた。「それはそうと、ちょっと頼みを聞いてくれないかな、ヘアゲゼル」

「いいとも、喜んで、グリゴライト」

「きみが今運んできてくれた、この重たいおんぼろトランクのことなんだが。一時間後にケーニヒスベルク行きの汽車に乗らなきゃならないんだが、ケーニヒスベルクではこれはまったく必要ないんだ。きみの家で預かってもらえないかな」

「あのさグリゴライト」とヘアゲゼルは重いトランクを見て顔をしかめた。「さっきも言ったけど、僕は今エルクナーに住んでるんだ。エルクナーまでこれを引きずっていくのはちょっと大変だな。どうして駅の手荷物預かり所に預けないんだい？」

「どうして？　どうしてバナナは曲がってるんだ？　なぜって、ベルリンの連中を信用していないからさ。この中にはありったけの下着と靴、それに一張羅の背広が入っている。ベルリンは泥棒が多い。それに、イギリス軍は特に駅を狙って爆弾を落としてくることが多い。そしたら、全財産がパーになっちまう」

　彼はせき立てた。「だから、うんと言ってくれよ、ヘアゲゼル！」

「まあ、僕は構わないが。妻はいい気がしないだろうな。きみのことは思い出したくもないだろうからさ。だがグリゴライト、妻にはきみにばったり会ったことを言わないことにする。そんなことを聞いたら取り乱してしまって、彼女にも子どもにもよくないからね」

「結構結構、好きなようにしてくれ。このトランクを預かってくれればそれでいい。一週間くらいしたら、取りに行く。住所を教えてくれ。これでよし、と。それじゃあまたな、ヘアゲゼル！」

「またな、グリゴライト！」

　カール・ヘアゲゼルは待合室に入り、トルーデルを探した。彼女は暗い隅っこで、頭をベンチの背もたれにもたせかけてぐっすり眠っていた。一瞬、彼は彼女の顔を見つめた。穏やかな寝息を立てている。豊かな胸が静かに波打っている。口が少し開いていたが、顔色は真っ青だった。その顔は不安そうで、額には、まるで何かひどく骨の折れる仕事でもしたときのように玉の汗が浮かんでいる。

　彼は妻の顔を見下ろした。それから、突然心を決め、グリゴライトのトランクを摑むと手荷物預かり所に向かった。カール・ヘアゲゼルにとってこの世で今一番大事なことは、トルーデルが心配したり取り乱したりしないようにすることだった。トランクをエルクナーに持って帰れば、グリゴライトに会ったことを話さざるを得なくなる。あのときの「死刑判決」を思い出すたびに、彼女がひどく取り乱すことを彼は知っていた。

　手荷物預かり票を札入れにしまってヘアゲゼルが待合室に戻ると、トルーデルは目を覚ましてちょうど口紅を塗っているところだった。彼女は少し青い顔で彼に微笑みかけると問いかけた。「大きなトランクなんか持って何をしていたの？　カール、中身はどう見ても乳母車じゃなかったけど？」

「大きなトランクだって！」と彼は驚いたふりをして言った。「大きなトランクなんて持ってないじゃないか。今着いたところだ。乳母車はだめだったよ、トルーデル」

　彼女は驚いて彼の顔を見た。この人、私に嘘を吐くの？　でも、一体なぜ？　私たちの間にどんな秘密があるというの？　ついさっき、この目ではっきり見たわ。この人はトランクを持ってこのテーブルの前に立っていた。それから、回れ右をして、トランクを引きずって待合室を出て行ったのよ。

「ちょっと待って、カール！」と彼女は少し気を悪くして言った。「私、ついさっき、あなたがそのトランクを持ってこのテーブルの前に立っているのを見たのよ！」

「どうやって僕がトランクを手に入れたって言うんだ？」と彼は少しイライラして答えた。「夢を見たんだよ、トルーデル！」

「どうして突然そんな嘘を吐くの？　こんなこと、今まで一度もなかったじゃない！」

「嘘なんか吐いてない、そんな言い方はやめてくれ！」後ろめたい気持ちから、語気がつい荒くなった。気を取り直すと、彼はもう少し穏やかに言った。「今着いたところだと言ったろ？　トランクのことなんか知らない。きみは夢を見ていたんだよ、トルーデル！」

「そう」彼女はそう言っただけだった。彼女は彼をじっと見つめた。「そう。分かったわ。じゃあ、私は夢を見ていたんだわ。この話はもうやめましょう」

彼女は視線を落とした。夫に隠し事をされたことが、彼女には辛かった。自分も夫に隠し事をしていることが、その辛さをさらに耐えがたくした。彼女はオットー・クヴァンゲルに約束した。彼と再会したことを夫には黙っていると。まして、葉書のことは絶対に言わないと。だが、それは正しいことではなかった。夫婦の間に隠し事があってはならなかったのだ。それなのに、彼のほうでも何かを隠している。

カール・ヘアゲゼルも恥ずかしい思いをしていた。愛する人に嘘を吐くなんて。しかも、その嘘を指摘した彼女を怒鳴りつけてしまったなんて。彼は、グリゴライトとばったり出会ったことを妻に話したほうがいいだろうかと迷ったが、思い直した。いや、そんなことをしたら彼女はもっと取り乱すだろう。

「トルーデル、ごめん」と彼は言い、彼女の手を握った。「大きな声を出したりして、ごめんよ。乳母車のことですっかり頭にきてたんだ。ちょっと聞いてくれよ……」

36　最初の警告

ヒトラーのソビエト侵攻は、ナチスに対するクヴァンゲルの怒りの火に新たな油を注いだ。クヴァンゲルは今回、奇襲攻撃へと至る一部始終を事細かに観察していた。「国土防衛のため」と称して軍隊が国境付近に集結し始めてからソビエト侵攻に至るまで、彼にとって意外な展開は何一つなかった。ヒトラーやゲッベルスやフリッチェの言葉がすべて嘘とでっち上げであることを、彼は初めから知っていた。彼らはどこの国をも侵略せずにはいられないのだ。彼は、その怒りを葉書にぶつけた。「ヒトラーが奇襲攻撃を仕掛けたとき、ロシア兵は一体何をしていたのか。彼らはトランプをしていた。ロシア人は誰も戦争のことなど考えてはいなかったのだ！」

工場内で雑談している工員たちの傍を通りかかったときなど、それが政治の話題だったりすると、彼は、「みんな、そんなに慌ててその場を離れなくてもいいのに」と思うようになった。彼は、他人が戦争について話している内容に進んで耳を傾けるようになっていた。

だが、彼が近づくと工員たちは即座にむっつりと黙り込んだ。雑談は非常に危険な行為になっていたのだ。比較的無害だった偽工員ドルフースは、とうの昔に更迭されていた。誰が彼の後継者なのか、クヴァンゲルには推測するしかなかった。彼が監督していた工員のうち十一人（そのうちの二人は、二十年以上も家具工場で働いてきたベテランだった）が、勤務中にいなくなったり、ある朝突然出勤してこなくなったりして、跡形もなく姿を消してしまった。彼らがどうしていなくなったのか、発表されたことは一度もなかった。これこそ、彼らがあるとき余計なことを言ったがために強制収容所送りになった何よりの証拠だった。

この十一人の代わりに新顔が十一人入ってきた。クヴァンゲルは、この十一人全員がスパイなんじゃないか、従業員の半分が残りの半分の様子を探っているんじゃないか（探られる側も、スパイの様子を探っているだろう）と思うようになった。密告の臭いがぷんぷんした。誰もが疑心暗鬼になった。こうした恐ろしい雰囲気の中で、工員たちは次第に何事にも感情を示さなくなり、自分たちが操作している機械の一部のようになっていった。だが、時折、こうした麻痺状態から恐ろしい怒りの炎がぱっと燃え上がることがあった。あるとき、ある工員が腕を鋸に押しつけ、こう叫んだ。「くたばれヒトラー！　奴はくたばるぞ、俺が腕を鋸で切り落とすのと同じくらい確かにな！」

気の触れたこの工員を、クヴァンゲルらはやっとのことで機械から引き離した。そして、当然のことながら、その後彼がどうなったかは誰も知らなかった（多分もうとっくに死んでいるだろう、そのほうがいい！）。そう、誰もが恐ろしく用心しなければ生きていけなかった。その中で、オットー・クヴァンゲルほど、誰からも疑われていない人間はいなかった。この老いぼれて、無感覚になったロボットは、工員たちが棺桶生産のノルマを達成できるかどうかにしか興味がないように見えた。そう、彼らは今や棺桶を製造していたのだ！　彼らの仕事は、爆弾用の木箱製造から棺桶製造へと格下げされていた。安物の薄っぺらい屑板で組み立てられ、黒褐色に塗られた粗悪な棺桶。そんな棺桶を彼らは何千、何万と製造していた。貨物列車がいっぱいになるほど。その貨物列車で駅がいっぱいになるほど。駅という駅がいっぱいになるほど！

すべての機械に注意深く目を配りながら、クヴァンゲルはよく、自分たちが作っている棺に納められて埋葬されるだろう多くの命について考えた。どちらにせよ、無益に断たれた命だ。これらの棺に空襲の犠牲者——つまり、おもに老人や女や子どもだ——が納められることになるにせよ、強制収容所の犠牲者が納められることになるにせよ。毎週、何千もの棺が強制収容所に運ばれていくという話は本当だろうか。自分の信念を隠せなかった、あるいは隠そうとしなかった男たちのために、一カ所の強制収容所だけで毎週数千個もの棺が運ばれていくという話は。あるいは、棺を乗せた貨物列車は、ひょっとしたら本当にはるばる前線へと向かっているのだろうか。そんな話はとても信じられないが。なぜって、奴らが死んだ兵士のことを気にかけるはずがないからだ！　死んだ兵士など、奴らにとっては死んだモグラと同程度の価値しかないのだ。

電灯の下で、彼は鳥のような冷たい目を厳しく、そして険しく光らせ、薄い唇を固く結んで、ぎくしゃくと左右に首を振っていた。この男の胸に激情と嫌悪が秘められていることを、誰も想像すらしていなかった。だが、彼には分かっていた。自分にはまだやるべきことがたくさんある、と。彼には分かっていた。自分には大きな使命が与えられている、と。今では、葉書を書くのは日曜だけではなくなっていた。平日の出勤前にも書いた。ソビエト侵攻以来、葉書だけでなく、ときには手紙も書いた。手紙を書き上げるには二日かかったが、彼は怒りを吐き出さずにはいられなかった。

自分が以前ほど慎重でなくなっていることを、クヴァンゲルは自分でも認めていた。彼はすでに二年間、官憲の目を逃れ続けていた。ほんのわずかな嫌疑すらかけられたことはなく、彼は何の危険も感じていなかった。

トルーデル・ヘアゲゼルとの再会は、彼にとって初めての警告だった。あのとき階段に立っていたのが彼女ではなく他の誰かだったら、俺もアンナもおしまいになるところだった。いや、大事なのは自分やアンナの命ではない。大事なのは、この仕事がずっと続いていくことだ。今日も、明日からもずっと続いていくことだ。この仕事のために、もっと慎重にならなければ。あのとき葉書を置くところをトルーデルに見られたのは、本当にうかつだった。

オットー・クヴァンゲルには知る由もないことだったが、実はその時点で、エッシェリヒ警部はすでに二人の目撃者から彼の人相書きを得ていた。オットー・クヴァンゲルはすでに二度、葉書を置くところを目撃されていたのだ。二度とも、目撃者は女だった。ふと気になって葉書を手に取り、内容に驚いて騒ぎ出したものの、ときすでに遅く、犯人をビル内で取り押さえることはできなかったのだった。

確かに、エッシェリヒ警部はすでに葉書犯の人相書きを二種類入手していた。ただ、残念なことに、この二種類の人相書きはほとんどあらゆる点で食い違いを見せていた。二人の目撃者の証言で一致していたのは、「犯人の顔はとにかくふつうじゃありませんでした。他の人間とはまったく違う顔をしていました」という一点のみだった。エッシェリヒは、その「ふつうじゃない」顔をもっと具体的に表現させようとしたが、そこで判明したのは、これら二人の女にはものごとを観察する能力、またの観察したものごとを言葉で表現する能力のいずれかが欠けているのだということだった。二人とも、「犯人は本物の犯罪者のような顔をしていました」としか言えなかった。「本物の犯罪者のような顔とはどんな顔なんだ」と聞かれると、彼女らは肩をすくめ、「そんなことは刑事さんたちが一番よくご存じでしょう」と答えた。

トルーデルに再会したことをアンナに話すべきかどうか、クヴァンゲルは長い間迷っていた。だが結局、やはり話すことにした。妻にはどんな小さな隠し事もしないでおこうと思ったのだ。

それに、アンナには真実を知る権利もあった。トルーデルから秘密が漏れる危険はほとんどないとはいえ、どんなに小さな危険であってもアンナには知らせておく必要があった。そこで彼は、自分の軽率さを言いつくろうことなく、出来事をありのままに彼女に話した。

アンナの反応はいかにも彼女らしいものだった。トルーデルの結婚や妊娠には、彼女はまったく興味を示さなかった。彼女はすっかり仰天し、声を潜めて言った。「オットー、ちょっと考えてみて。もしもそこに立っていたのがトルーデルでなかったらどうなってたか。それが突撃隊員だったりしたら！」

彼はふんと馬鹿にしたように笑った。「他の奴なんか立っていなかったさ。それに、これからはまた気をつけるよ」

だが、それだけでは彼女は安心しなかった。「だめよ」と彼女はむきになって言った。「これからは、葉書の配達は私一人でやるわ。中年女は人の目を引かない。オットー、あなたでは目立ちすぎるのよ」

「母さん、俺は二年間誰にも見とがめられずにやってきたんだ。お前一人で一番危ない仕事をやるなんて、とんでもない。それじゃまるで、俺が女房の陰に隠れてるみたいじゃないか！」

「そう」と彼女は腹を立てて言い返した。「男のメンツがどうのこうのと、まだそんな馬鹿馬鹿しいことを言ってるのね！　何て馬鹿らしい言いぐさなの。女房の陰に隠れてるみたいって？　あなたが勇敢なのは分かってるわよ。だけど、今、あなたに用心が足りないことが分かったから、それに対処することにしたの。文句があるなら言ってみて！」

「アンナ」彼は彼女の手を取って言った。「他の女みたいに、お前も一度の間違いをいつまでも責め続けるようなことはしないでくれ。だから言ったろ、これからはもっと気をつけるって。俺を信じてくれ。俺は二年間うまくやってきたんだ。これからもうまくいくさ」

「納得できないわ」と彼女は頑なに言った。「どうして私が葉書を配っちゃいけないの。これまでだって時々はやらせてくれたじゃないの」

「これからもやってもらうさ。配る葉書が多すぎるときとか、リューマチがひどいときとか」

「でも、あなたよりも私のほうが時間があるのよ。それに、私なら本当に目立たないし。私のほうが足も丈夫だし。それに、あなたが葉書を配っているときには、いつも、心配で死にそうになる。そんな思いをしながら待っているのはいやなの」

「それで、俺はどうなると思う? アンナが葉書を配り歩いていると分かっていながら、俺が家の中でのうのうと座っていられると思うか? お前が一番危険なことを引き受けたら、俺が恥ずかしい思いをせずにはいられないことが分からないのか。だめだ、アンナ、それはできない相談だ」

「それじゃ一緒に行けばいいわ。目は四つあったほうが、二つよりもよく見えるわよ、オットー」

「二人で出歩くと余計に目立ってしまう。一人なら、簡単に人混みに紛れられる。それに、こういうときには四つの目のほうが二つよりもよく見えるとも思えない。結局、お互いを当てにしてしまうからな。それに、アンナ、怒らないで聞いてくれ、お前が隣にいると緊張してしまうような気がするんだ。お前もきっと同じだろうと思う」

「ああオットー」と彼女は言った。「あなたが一度こうと決めたらあとには退かない人だってことは分かってるわ。私の意見は通らない。でも、あなたがそんな危険な目に遭っていることを知った以上、心配でたまらないのよ」

「今までよりも危険になったというわけじゃない。危険なのは、ノイエ・ケーニヒ通りに最初の葉書を置きに行ったときも今も同じだ。アンナ、俺たちのようなことをしている人間は誰でも、常に危険と隣合わせなんだ。それとも、この仕事をやめてしまいたいのか?」

「違うわ!」と彼女は大声で叫んだ。「葉書を書かずには、二週間と我慢できないわ! だって、そしたら私たち、何のために生きているっていうの？　葉書は私たちの人生なのよ！」

　彼は暗い微笑みを浮かべ、暗い誇りを感じながら彼女を見た。

「アンナ」と彼は言った。「そんなお前が俺は好きだ。俺たちは臆病者じゃない。露見したらどんなことになるか、俺たちには分かっている。そして、俺たちは覚悟ができている。いつでもな。だが、それはできるだけ遅いほうがいい」

「そんなことにはならないわ」と彼女は言った。「そんなことには絶対ならないって、いつも思ってるの。戦争を生き延びるの、ナチスの時代を生き延びるのよ。そしたら……」

「そしたら？」と彼も尋ねた。突然、二人の脳裏に、ついに勝利を勝ち取った先に待ち受けている空虚な人生が浮かんできた。

「そうね」と彼女は言った。「そのときはそのときで、戦うだけの価値のあるものが見つかると思うわ。もしかしたら、大っぴらに戦えるかもしれない。こんな危険を冒さないで」

「危険は」と彼は言った。「危険はいつだってあるさ。そうでなきゃ、戦いとは言えない。ときどき、これなら捕まらないだろうと思うことがある。そんなときは、じっと横になったまま何時間も考える。どこかに危険があるはずだ、見落としている危険があるかもしれない、と。考えても、思い当たることはない。だが、どこかに危険があるような気がする。アンナ、忘れていることがあるとしたら何だろう？」

「何もないわ」と彼女は言った。「何もないわよ。葉書を置くときにあなたが気をつけてくれさえすれば……」

　彼は不満げに首を振った。「そうじゃない、アンナ」と彼は言った。「そんなことを言っているんじゃないんだ。葉書を配るときや、葉書を書いているときだけが危険なわけじゃない。それとはまったく違うところ、思いもよらないところに危険は潜んでいるんだ。ある朝、目が覚めて突然、〈危険はずっとそこにあったのに、どうして気づかなかったんだろう〉と分かるかもしれない。だが、そのときにはもう手遅れなんだ」

　彼女には、彼の言っていることがまだ分からなかった。

「オットー、どうしてあなたが急に心配し始めたのか、私には分からないわ」と彼女は言った。「私たち、何もかも百回も考えて試してみたじゃないの。あとは用心さえしていれば……」

「用心か！」話がかみ合わないことにイライラして彼は叫んだ。「見えてもいないものには用心のしようがないだろう！　アンナ、俺が何を言おうとしているか、お前は分かってない。人生、すべてを計算することはできないんだ」

「ええ、私には分からないわ」と彼女は首を振りながら言った。「お父さん、そんな心配をする必要はないと思うわ。オットー、夜、もっと眠ったほうがいいわよ。睡眠時間が短すぎるわ」

彼は答えなかった。

しばらくしてから彼女が尋ねた。「トルーデル・バウマンは結婚して何て名字になったの？　今、どこに住んでいるの？　知ってる？」

彼は首を振った。「知らない。知りたいとも思わない」

「私は知りたいわ」と彼女は頑なに言った。「葉書をうまく置いてきたかどうか、自分の耳で聞きたいの。オットー、あの娘《こ》に任せたりしちゃいけなかったのよ。あんな子どもに、どうしたらいいか分かるはずがないわ。不用意な置き方をして、置くところを人に見られたかもしれない。あんな若い娘を捕まえたら、彼らはすぐにクヴァンゲルの名前も聞き出してしまうわ！」

彼は首を振った。「俺には分かる。トルーデルは心配ない」

「でも、ちゃんと確かめたいのよ！」とアンナは叫んだ。「あの娘が勤めていた工場に行って、聞いてくる」

「母さん、そんなことしちゃいけない。トルーデルはもういないものと思え。もう何も言うな、ここにいろ。この話はもう聞きたくない」。彼女がまだ納得していないのを見て、やがて彼は言った。「信じてくれ、アンナ。本当だ。トルーデルのことはもう心配しなくていい。すべて終わったんだ。だが」と彼は声を潜めた。「だが、夜、ベッドに入っても眠れないときには、俺たちは無事では済まないだろうと考えてしまうことがよくあるんだ、アンナ」

彼女は目を大きく見開いて彼を見つめた。

「そんなときは、そうしたらどうなるかを思い浮かべてみるんだ。こういうことを前もって想像しておくのはいいことだ。何が起きても驚かずに済むからな。お前もそんなことを考えたりするかい？」

「何の話かよく分からないわ、オットー」アンナはそっけなく言った。

彼は、オットーヒェンの本棚にもたれて立っていた。片方の肩が、息子のラジオ工作の解説本に触れていた。彼は鋭い目で、妻の顔をじっと見つめた。

「アンナ、逮捕されたらすぐ、俺たちは引き離される。もしかしたらあと二～三回は会えるかもしれない。取り調べのときと裁判のとき、それからもしかしたら、処刑の三十分前にもう一度……」

「やめて！ やめて！ やめて！」彼女は叫んだ。「そんな話、聞きたくない！ オットー、私たちは切り抜けられるわ。切り抜けなきゃ！」

彼は、節くれ立ったその大きな手を、彼女の手に重ねた。その手は小さくて温かく、そして震えていた。

「それで、切り抜けられなかったら？ そのとき、お前は後悔するかい？ 俺たちがやったことを、やらなければよかったと思うかい？」

「後悔なんかしない！ でも、私たちは捕まらずに切り抜けられるわ、オットー、私はそう思う！」

「アンナ」と彼は彼女の最後の言葉には構わず言った。「その言葉が聞きたかったんだ。俺たちは何も後悔しない。どんなにひどい拷問を受けても、俺たちは自分がしたことを後悔しない」

彼女は彼を見つめていた。身震いを止めようとしたが、無理だった。「ああ、オットー」と彼女はすすり泣きながら言った。「どうしてそんな話をしなきゃいけないの？ そんな話は不幸を招くだけよ。そんな話、今までしたことなかったじゃない！」

「今日話しておかなければならない理由は俺にも分からないが」と彼は言うと、本棚から離れた。「一度は話しておかなければならないことだ。多分、この話は二度としないだろう。だが、一度はしておかなければならなかったんだ。捕まったらどうなるかということを、お前に教えておくためにだ。俺たちは独房の中で一人きりにされる。言葉を交わすこともできない。二十年以上、一日も離れて暮らしたことのない俺たちがだ。それはとても辛いことに違いない。でも、大丈夫。俺たちはお互い、相手が臆病風に吹かれることはないと分かっているし、生きてきたあいだと同じように死ぬときも相手を信頼できることが分かっているからな。処刑されるときも一人きりだ、アンナ」

「オットー、もうそのときが来たみたいな言い方をするのね。私たち、何の疑いもかけられていないのよ。やめたくなったら、いつだってやめられる……」

「だが、やめたくなるかな。やめたくなるなんてことがあり得るだろうか」

「違うわ、やめたいだなんて言ってない。私はやめるつもりはないわ、そんなこと分かってるくせに。でも、私たちがもう捕まってて、あとは死ぬしかないみたいなことは言わないでほしいの。私はまだ死にたくないわ。あなたと一緒に生きていたいの」

「死にたい奴なんているもんか」と彼は言った。「誰だって生きていたいさ、誰だって。どんなに惨めな虫けらだって、生きたいと叫んでいる。俺だってまだ生きていたい。だが、アンナ、無事なうちに悲惨な最期のことを考えてそのときに備えておくことは、ひょっとしたら役に立つかもしれない。そうすれば、怖じ気づいたり泣き叫んだりせずに——そんなのはぞっとする——立派に死んでいける」

二人ともしばらく黙っていた。

やがて、アンナが静かに言った。「オットー、信用してくれていいわ。あなたの顔に泥を塗るような真似はしない」

37 エッシェリヒ警部の転落

エンノ・クルーゲが「自殺」してから一年間、エッシェリヒ警部は、せっかちな上官たちにそれほど煩わされることもなく、比較的静かな生活を送ることができた。クルーゲの自殺が報告され、ゲシュタポや親衛隊による尋問が不可能になったことが明らかになったときには、当然プラル大将は荒れ狂った。しかし、時が経つにつれてそれも収まった。手がかりが消えてしまった以上、新しい手がかりを待つしかなかった。

ちなみに、クラバウターマンはもうそれほど重要な事件ではなくなっていた。誰も読まない、誰も読む気にならない、手に取った人を当惑させるか不安に陥れるだけの、常に同じ内容の葉書を書き続けるその退屈な単調さ故に、クラバウターマンは滑稽で愚かなだけの存在と思われたのだ。確かに、エッシェリヒは相変わらずせっせとベルリン地図に小旗を刺していた。アレクサンダー広場の北側に次第に旗が密集していくのを、彼は満足げに眺めた。ここに鳥の巣があるに違いない！　ノレンドルフ広場の南側にも、十本近く小旗が立っている。ここへもクラバウターマンは定期的に——ずいぶんと間を置いてではあるが——通《かよ》っているに違いない。いずれ、すべてが解明されることだろう……

もうすぐだ。もう少しの辛抱だ。警部はもみ手をしてほくそ笑んだ。

しかし、その後彼は別の事件に移ることになった。もっと重要で急を要する事件が他にあったのだ。ちょうど、「筋金入りのナチス党員」を名乗る一種の精神病者の事件が大問題になっていた。その男は、ゲッベルス大臣に対して連日、彼を侮辱する（しばしば卑猥な）手紙を送りつけたに過ぎなかった。ゲッベルスは最初はその手紙を面白がっていたが、次第に苛立ち、やがて激昂してその男の首を要求した。彼は虚栄心をひどく傷つけられていた。

エッシェリヒ警部は幸運だった。「猥談犯」（彼は事件の犯人をこう呼んでいた）事件を三ヶ月以内に片付けることができたのだ。「猥談犯」（ちなみに、党員だという話は本当だった。それもただの党員ではなく、古参党員だった）はゲッベルス大臣に引き渡され、エッシェリヒにとってこの件は解決済みとなった。「猥談犯」の噂を聞くことはもう二度とあるまい、と彼は思った。大臣は自分が受けた侮辱を絶対に忘れなかった。

その後もいろんな事件が起きたが、中でも、ローマ教皇の回勅やトーマス・マンのラジオ演説原稿を（本物と偽物とを取り混ぜて）名士たちに送りつけた男の事件は重要事件だった。この手際のいい犯人を捕まえるのは容易ではなかった。だが、結局は、エッシェリヒはこの男をプレッツェンゼー刑務所の死刑囚独房に送り込むことに成功した。

それから、突然誇大妄想狂になった中間管理職の男が、架空の製鉄会社の社長を名乗って、実在する会社の社長たちばかりでなくヒトラー総統にまで秘密報告書を送りつけるという事件もあった。秘密報告書の中で男は、ドイツ軍需産業の危機的状況について詳細に（個々のデータの多くは、間違いなく本物だった）説明していた。この犯人の逮捕は比較的簡単だった。そんな情報を知り得る人間の数は比較的限られていたからだ。

このように、エッシェリヒ警部はいくつかの重要事件で成功を収めた。同僚たちのあいだでは、彼はもうじき昇進するだろうというもっぱらの噂だった。クルーゲの自殺から一年間、順調な日々が続いていた。エッシェリヒ警部は満足だった。

だが、やがて、エッシェリヒの上官たちが再びベルリン地図の前に立つ日が突然やってきた。彼らは小旗について説明を受け、小旗がアレクサンダー広場の北側に集中していることを聞くとむずかしい顔でうなずいた。「興味深いことに、ノレンドルフ広場の南側にもう一カ所、小旗が集中している場所があります」とエッシェリヒが指摘すると、彼らはさらにむずかしい顔でうなずき、こう言った。「それで、エッシェリヒくん、現在どんな手がかりがあるんだ？　このクラバウターマンを逮捕するために、どんな計画を立てたんだ？　ソビエトへの進軍以来、犯人は恐ろしく活発になっている。先週は、手紙と葉書合わせて五通だったというが？」

「仰るとおりです」と警部は言った。「今週もすでに三通発見されています」

「それで、どんな状況なんだ、エッシェリヒ。奴が葉書を書き始めてから何年になるか、考えてみろ。こんなことを続けていていいはずがない。ここは国家反逆罪違反の葉書を登録するための統計局ではないんだ。いいか、きみは捜査官なんだぞ。それでは聞くが、どんな手がかりがあるんだ？」

こう詰め寄られて、エッシェリヒは、犯人を目撃していながら呼び止めることもせず、犯人の人相を正しく伝えることさえできない二人の女の馬鹿さ加減について愚痴をこぼした。

「なるほど、よく分かった。だが、我々が聞きたいのは、証人が馬鹿だという話ではない。我々は、きみの優秀な頭脳が見つけ出した手がかりについて聞きたいのだ！」

そう言われて、エッシェリヒは上官らを再び地図の前に連れて行き、「アレクサンダー広場の北側は小旗だらけですが、その中に一カ所だけ、まったく小旗が刺さっていない地域があります。そんなに広い範囲ではありません」と小声で説明した。

「この狭い範囲内にクラバウターマンは隠れています。ここでは顔を知られているからです。ここでは奴は一枚も葉書を撒いていない。隣人に目撃される心配があるからです。ほんの数ブロックの地域です。労働者階級の居住地です。奴はここにいます」

「それで、どうして奴をのさばらせておくんだ。その数ブロックの地域でさっさと家宅捜索すればいいじゃないか。きみは奴を引っ捕らえねばならんのだぞ、エッシェリヒ！　どうもよく分からんな。きみはいつもは実に優秀だ。だが、この件ではへまばかりしている。捜査報告書で読んだが、きみはクルーゲが自白しているにもかかわらず、奴を釈放してしまったそうじゃないか。きみが放置していたおかげで、奴にあっさり自殺されてしまった。奴の証言が最も必要だったときにだ！　へまの上にへまを重ねているぞ、エッシェリヒ！」

神経質に口髭をひねりながら聞いていたエッシェリヒ警部は、お言葉ですが、と口を挟んだ。クルーゲは絶対に葉書犯とは無関係です。クルーゲが死んでからも、葉書は相変わらず発見され続けています。

「〈どこかに置いてくれ〉と知らない男から頼まれて葉書を受け取った、という彼の自白は全面的に信用できると思います」

「きみがそう思うならそれでいい。我々としては、もういい加減に何かやってもらわないと困る！　何でも構わんが、いい加減に成果を上げてくれないと困る。まず、その数ブロックで家宅捜索をおこなうんだ。何が出てくるか見てみよう。何かは必ず出る。どこもかしこも怪しい！」

お言葉ですが、とエッシェリヒ警部は再び控えめに指摘した。ほんの数ブロックとはいっても、千軒近くを家捜しすることになりますが、と。

「そんなことをすれば、住民は激しく動揺します。そうでなくても、彼らはこのところの激しい空襲ですっかり神経質になっています。そこへ我々が不満のはけ口を与えてしまったらどうなるでしょう。さらに、家宅捜索で何が期待できるでしょう。家宅捜索で何を見つければいいのでしょう。奴の犯行に必要なものは、ペン（どこの家庭にもあります）とインク壺（これもそう）と数枚の葉書（これもそう）だけなのです。部下に対して何を根拠に家宅捜索を命じればいいのか、何を探せと言えばいいのか、私には分かりかねます。せいぜい、消極的な状況証拠しか思いつきません。たとえば、葉書犯はまず確実にラジオを持っていません。奴がラジオから情報を得ていることを示す表現は、今まで一度も葉書から見つかっていません。奴は情報に疎い、と感じることも間々あります。いずれにせよ、何を目当てに家宅捜索をおこなったらいいのか、私には分かりません」

「だがエッシェリヒ——きみという人間は本当に分からんな！　きみはいつも異議を唱えるばかりで、積極的な提案をするということがない。我々は犯人を捕まえねばならんのだぞ。それも、すぐにだ！」

「犯人は捕まえます」と警部は薄笑いを浮かべて言った。「ですが、すぐに、かどうかはお約束できません。そうは言っても、奴が二年後にも葉書を書き続けているとは思いません」

上官らは呻き声を上げた。

「なぜでしょうか。それは、時間というものが犯人にとって不利に作用するからです。この小旗を見てください。この小旗がもうあと百本増えたら、様々なことが分かってくるはずです。確かに、クラバウターマンは恐ろしく粘り強い、冷静な男です。だが、運もよかった。冷静なだけではこれだけのことはできません。幸運も必要なんです。そして、奴はこれまで、ほとんど信じられないくらい幸運だった。でも、トランプと同じで、しばらくいいカードばかりだと思って安心していると、突然風向きが変わるものです。突然、ゲームはクラバウターマンにとって不利な展開になり、勝利は我々のものとなるのです！」

「もっともな意見だ、エッシェリヒ。実に緻密な捜査理論だ。だが、我々が聞きたいのは理論ではない。それにきみの話は、きみが行動を起こそうと決意するまでに、ことによるとまだ二年も待たされるかもしれないと言っているだけのように聞こえるぞ。そんなに待つわけにはいかない。そこでだが、この件をもう一度徹底的に考え直した上で、一週間以内に捜査方針を提案してもらいたい。そのときに改めて、きみがこの件の担当者として適任かどうか考えよう。ハイル・ヒトラー、エッシェリヒ！」

自分よりも高位の人間が同席していたためにそれまで

口を慎んでいたプラル大将が、エッシェリヒの部屋に足音も荒く引き返してきた。「この間抜けが！　この大馬鹿が！　貴様のような間抜けにこれ以上恥をかかされてたまるか！　あと一週間だけだぞ！」彼は怒り狂って握り拳をぶるぶると震わせた。「一週間経っても何も思いつかなかったら、ただでは済まんぞ！　覚悟しておけ！」この調子で、プラルは延々と怒鳴り続けた。エッシェリヒ警部はもう何も聞いていなかった。

最後の猶予期間として与えられた一週間、彼はクラバウターマン事件に関してまったく何もしなかった。前にも一度、彼は上官にせっつかれて折角の待機戦術を放棄してしまったことがあった。その結果、何もかも台無しになり、そのせいでエンノ・クルーゲは死ななければならなかったのだ。

別段、クルーゲのことが彼の良心に重くのしかかっているというわけではなかった。虫けら同然の男が死のうが生きようが、大したことではなかった。だが、この男のせいでエッシェリヒ警部はずいぶんと面倒なことに巻き込まれた。一度開いた口を再び閉ざすためには、かなりの骨折りが必要だった。もう思い出したくもなかったが、あの晩、彼はずいぶん動揺した。そして、このひょろりと背の高い、色彩のない灰色の男にとって、最も不快なこととは動揺することだった。

誰が何と言おうと、もう二度と、待機戦術を放棄するようなことはすまい、と彼は思った。たとえ、トップの人間から命令されても。私を処分することなど、彼らにはできっこない。彼らには、このエッシェリヒが必要なのだ。エッシェリヒは彼らにとってかけがえのない存在なのだ。彼らは怒り狂い、罵るだろう。だが結局は、我慢強く待つという唯一正しい行動を取るだろう。だから、何も提案する必要はない……

それは重要な会議だった。だから、今回のそれはエッシェリヒの部屋ではなく会議室で、最高位の指導者を議長としておこなわれた。もちろん議題はクラバウターマン事件だけではなく、他の部署のさまざまな事件についても話し合われた。上官らはひとしきり非難し、怒鳴りつけ、嘲笑すると、次の議題へと移っていった。

「エッシェリヒ警部、葉書事件について分かっていることを述べてくれ」

エッシェリヒは言われたとおりにした。彼は、事件の概要とこれまでの捜査内容について簡単な報告をおこなった。考え深げに口髭を撫でながら、簡潔かつ正確に、ジョークも交えて。見事な報告だった。

議長の質問が飛んだ。「それで、二年にわたって未解決のこの事件をどう処理するか、きみの提案を聞かせてもらおう。もう二年間になるんだぞ、エッシェリヒ警部！」

「このまま辛抱強く待ち続けましょうとお勧めすることしか私にはできません。他に方法はありません。この際、ツォット警視にこの件を譲ってもいいのですが？」

一瞬、会議室は静まり返った。

やがて、馬鹿にしたような笑い声がそこここから上がった。「責任回避か！」と誰かが叫んだ。

「自分が台無しにしておいて、それを他人に押しつけるのか！」ともう一人が叫んだ。

プラル大将が拳をどんとテーブルに叩きつけた。「貴様、もう許さん！」

「静粛に！」

議長の声には不快感がこもっていた。会議室は静かになった。

「諸君、これは敵前逃亡にも匹敵する態度である。いかなる戦いにおいても困難は不可避であるのに、そこから卑怯にも逃亡しようとする態度は誠に遺憾である。エッシェリヒ、直ちに退室を命じる。自室に戻り、命令を待つように！」

警部は青ざめた顔で（こんな展開になるとは、思ってもみなかったのだ）一礼した。退室する際、彼は軍隊式に踵を打ち鳴らして気をつけの姿勢を取り、右腕を伸ばして叫んだ。「ハイル・ヒトラー！」

誰も彼に見向きもしなかった。警部は自分の部屋に戻った。

議長から「自室で待て」と言われた命令は、まず、二人の親衛隊員の姿を借りて警部の前に姿を現した。二人は彼を陰気な顔つきで見つめ、一方が脅すような口調で言った。「ここにあるものに手を触れるんじゃないぞ、いいな！」

エッシェリヒは、自分に向かってそんな口の利き方をした男のほうに、ゆっくりと顔を向けた。それは聞き慣れない口調だった。聞いたことがないというわけではなかったが、自分がそんな口調で話しかけられたことは一度もなかった。こんな一介の親衛隊員が警部に向かってそんな態度を取るとすれば、それは悪い知らせに違いなかった。

野蛮な顔だ。へしゃげた鼻、頑丈に発達した顎。暴力的傾向があり、知能が低く、酒癖が悪い、とエッシェリヒは観察結果を要約した。あのお偉方はさっき何て言ったかな。敵前逃亡だ？　笑わせるな！　エッシェリヒ警部が敵前逃亡だと？　それにしても、これはいかにも彼らのやりそうなことだ。いつも言うことだけは勇ましいが、口だけで実際には何もできはしない！

プラル大将とツォット警視が部屋に入ってきた。

そうか、ツォットに任せてみろという私の提案をやっぱり採用したんだな！　それが彼らにできる、最も賢い選択だ。まあもっとも、この抜け目のない男にだって、今ある手がかりから新発見ができるとは思えないが！

エッシェリヒは、この件を譲ることに何の異存もないことを示そうと、ツォット警視に親しみと喜びを込めて挨拶しようとした。と、そのとき、彼は二人の親衛隊員に乱暴に引っ張られるのを感じた。野蛮な顔をしたほうの親衛隊員が叫んだ。「報告します。親衛隊員ドバートおよびヤコービ、囚人を逮捕しました！」

囚人？　エッシェリヒは驚いた。まさか、囚人とは私のことなのか？

そして、ここからは声に出して言った。「大将殿、申し上げてもよろしいでしょうか、あの……」

「こいつを黙らせろ！」とプラルが怒鳴った。自分もおそらく叱責を受けたのだろう、彼は怒り狂っていた。

親衛隊員ドバートが、拳でエッシェリヒの口元を殴りつけた。激しい痛みとともに、エッシェリヒは生温かい、反吐が出そうな血の味を口中に感じた。彼は体を二つに折り、絨毯の上に歯を数本吐き出した。

この一連の動作のあいだ――それは完全に機械的な動作だった。痛みさえ、まともに感じなかった――、彼は考えていた。すぐに誤解を解かないと。もちろん、何でもやる。ベルリン中で家捜しもする。弁護士事務所や診療所が入っているビルには、すべてスパイを潜入させる。命令されれば何でもやる。だが、何も聞かないでいきなり口を殴るなんてあんまりだ。ベテラン刑事の私に、戦争功労十字勲章受章者の私に、こんな仕打ちはあんまりだ！

こんなことを夢中で考え、親衛隊員を振り払おうと無意識にもがきながら、彼は何度も説明を始めようとした。だが、上唇が裂けて血まみれになった口から出る声は、まるで言葉にならなかった。プラル大将はそんな彼に飛びかかると両手で彼の胸ぐらを摑み、怒鳴った。「とうとうふん捕まえたぞ、この高慢ちきな屁理屈屋が！　ご高説を垂れているとき、さぞかし自分が利口だと思っていたんだろうな！　貴様が私のことを馬鹿扱いしていることに、私が気づいていないとでも思っていたのか？　思い上がりおって！　さあ、とうとうふん捕まえた。痛めつけてやる、思い知るがいい！」

プラルは、怒りのあまりほとんど正気を失った目で、血まみれの男を睨みつけた。

彼は叫んだ。「貴様の汚らわしい血で絨毯を汚すつもりか！　犬め、血を飲み込むんだ、さもないとこの手で貴様の顔を殴りつけてやるぞ！」

すると、エッシェリヒ警部は――いや、もうエッシェリヒ警部ではなかった。ほんの一時間前まで、泣く子も黙るゲシュタポの警部だったその男は、今や恐怖に戦く惨めな男に成り下がっていた――額に冷や汗を浮かべ、嫌な味のする生温かい血を何とか飲み下そうとした。自分の部屋の、いや、今やツォット警視のものとなった部屋の絨毯を汚さないように。

プラル大将は、警部のこの哀れな行動を食い入るような目で観察していたが、やがて「何てざまだ！」と吐き捨てるとエッシェリヒから目を背け、ツォット警視に尋ねた。「この男にまだ何か聞いておきたいことがあるかね、ツォットくん？」

ゲシュタポに配属された古参の警察官同士がどんなときにも団結していることは、親衛隊員同士が（しばしば警察官らに対抗して）団結していることと同じように不文律と化していた。同僚刑事が重い罪を犯したとしても、エッシェリヒには、その同僚を親衛隊の手に引き渡すなどということは思いも寄らなかった。それがどんなに重い罪であっても、むしろそれを親衛隊の目から隠そうとしただろう。だが、ツォットは、彼を一瞥すると冷たく言い放った。「この男に？　何か聞いておきたいことがあるか、ですか？　いえ結構です、大将殿。自分で調べますから」

「連行しろ」とプラルが怒鳴った。「ちょっと急き立ててやれ」
二人の親衛隊員に両脇を挟まれ、エッシェリヒは廊下を引っ立てられていった。一年ほど前、彼はその同じ廊下にバルクハウゼンを蹴り飛ばし、面白がって笑ったのだった。彼は、バルクハウゼンが突き落とされたのと同じ石の階段に突き落とされ、バルクハウゼンが血を流して倒れたのとちょうど同じ場所に倒れた。そして、蹴り飛ばされて立ち上がらされ、地下牢へと投げ込まれた。

エッシェリヒは全身傷だらけだった。一連の作業が矢継ぎ早におこなわれた。彼は服を脱がされ、囚人服に着替えさせられた。親衛隊員らは、彼の持ち物を恥知らずにも公然と山分けにした。その間にも、殴る蹴るの暴行と脅迫はひっきりなしに続いていた。

確かに、こうした光景をエッシェリヒ警部は何度となく見てきたし、そのときは、何らおかしいともけしからんとも思わなかった。犯罪者にはそれが当たり前だったからだ。犯罪者には、そうされるだけの正当な理由があったからだ。だが、エッシェリヒ警部である自分がそうした犯罪者として扱われていることが、彼にはどうしても理解できなかった。私は何の罪も犯していない。ただ、ある事件の担当から外してほしいと提案しただけだ。あの件に関しては、上官たちだって誰も役に立つ提案などできるはずはなかった。真相はきっと明らかになるだろう。きっと彼らは私を呼び戻しに来るだろう。私なしではやっていけないのだから！　その日まで、毅然としていなければ。怖じ気づいたところを見せてはいけない。痛みを感じていることさえ、彼らに気づかれてはならない。

もう一人、囚人が地下牢に連行されてきた。親衛隊員の話し声からすぐに、エッシェリヒにはそれがケチなスリだということが分かった。突撃隊指導者の夫人の財布を狙うというへまをやらかし、その場で取り押さえられたのだ。

道中すでに痛めつけられてきたのだろう、連行されてきたスリは、漏らした大便の臭いをぷんぷんさせながらすすり泣いていた。何度もへたり込んでは親衛隊員の足にすがりつき、スリは哀願した。マリアさまに免じてお許しを！　どうかお慈悲を！　そうすれば、イエスさまが報いてくださいます！

親衛隊員らは、足にすがりついて哀願するスリの顔を膝蹴りして面白がった。スリは悲鳴を上げて床を転げ回った。しかし、やがて彼は親衛隊員らの冷酷な顔を窺い、その中の一つにかすかな哀れみの表情を見つけたと信じては、またぞろ哀願を始めるのだった。

こうして、泣く子も黙るエッシェリヒ警部は、こんな虫けら同然の、漏らした糞《くそ》の臭いをぷんぷんさせた腰抜けと同じ監房に閉じ込められることになったのだった。

38　二度目の警告

ある日曜日の朝、アンナは少しおずおずとした口調で言った。「ねえオットー、そろそろまた弟のウルリヒに会いに行かなきゃいけないと思うの。今度は私たちが行く番よ。もうふた月もウルリヒ夫婦に会いに行っていないわ」

オットー・クヴァンゲルは、書いていた葉書から目を上げた。「そうだな、アンナ」と彼は言った。「じゃあ、次の日曜日にしよう。それでいいか?」

「オットー、できれば今日のほうがいいんだけれど。弟夫婦は私たちを待ってると思うの」

「彼らにはどの日曜日でも同じだろ。俺たちと違って、休日労働はないんだからな、体制派の彼らには」

そう言うと、彼は皮肉っぽく笑った。

「でも、ウルリヒは一昨日《おととい》の金曜が誕生日だったのよ」とアンナは反論した。「私、小さなケーキを焼いたの。それを持っていってやりたいのよ。きっと彼らは私たちを待ってるわ」

「今日は、この葉書の他に手紙も一通書いてしまいたいんだ」とクヴァンゲルはうんざりしたように言った。「そう決めていたんだ。計画を台無しにしたくない」

「お願いよ、オットー」

「今日は一人で行ってくれないか、アンナ。彼らには、俺はリューマチで来られなかったと言っといてくれ。前にも、そういうことが一度あったじゃないか」

「前にそういうことがあったからこそ、また同じことはしたくないのよ」とアンナはかき口説いた。「ウルリヒの誕生日なのに……」

クヴァンゲルは、懇願する妻の顔を見た。妻の望みを叶えてやりたいとは思ったが、今日外出するのかと思うと彼は不機嫌になった。

「アンナ、せっかく今日は手紙を書こうと思っていたのに。本当に大事な手紙だ。ちょっといいことを思いついたんでな。きっと大きな影響を与えるに違いないんだ。それにさ、アンナ、お前たちの子ども時代の話は全部聞いたよ。暗記しちまった。ウルリヒの家は本当に退屈だ。ウルリヒとは何もしゃべることがないし、嫁もいつも黙りこくっているばかりだし。親戚づきあいなんて始めなきゃよかった。親戚なんてぞっとする。俺たち二人だけで充分だ！」

「分かったわ、オットー」と彼女は一部譲歩して言った。「それじゃあ、今日で最後にしましょう。もう二度と頼まないと約束するわ。でも、今日だけはお願い！　ケーキも焼いてしまったし、それにウルリヒの誕生日なんだから！　あと一度、今日で最後でいいから！　お願いよ、オットー」

「今日は特に気が進まないんだ」と彼は言った。

だが、妻の懇願する目に負けて、彼はとうとう不機嫌な声で言った。「分かったよ、アンナ。考えてみる。昼までに葉書が二枚仕上がったらな」


葉書が昼までに二枚仕上がったので、クヴァンゲル夫妻は三時頃家を出た。地下鉄でノレンドルフ広場まで行くつもりだったのだが、ビューロウ通りの手前まで来たとき、クヴァンゲルはアンナに、「何かできるかもしれないから、次で降りよう」と言った。

夫のポケットの中に葉書が二枚入っていることを彼女は知っていた。夫が何を言っているのかをすぐに理解し、彼女はうなずいた。

二人はポツダム通りをしばらく歩いたが、適当な建物が見つからなかったので、しかたなく右折してヴィンターフェルト通りに入り（でないと、ウルリヒの家まで遠くなりすぎてしまう）、葉書の置き場所を探し続けた。

「ここはうちの近所ほどいい場所じゃないな」とクヴァンゲルは不満そうに言った。

「それに、今日は日曜日よ」と彼女は付け加えた。「とにかく、気をつけて！」

「気をつけてるさ！」と彼は答えた。「ここにする」

そう言うが早いか、彼は彼女の返事も聞かずに建物の中へ消えてしまった。

アンナにとって、待つしかない数分間が始まった。何度体験しても慣れることのない、オットーの身を案じながらも待つ以外何もできない、辛い数分間が。

ああ神様！と彼女は建物を見ながら思った。この建物は嫌な予感がするわ。うまくいけばいいんだけれど！今日は出かけようなんて言わないほうがよかったのかしら。彼は嫌がっていたのに。私もそれは分かっていたのに。それに、彼が来るのを嫌がったのは、書こうとしていた手紙のせいだけじゃなかった。今日彼に何かあったら、私、一生後悔するわ！あ、オットーだ……

だが、中から出てきたのはオットーではなかった。出てきたのは女だった。女はアンナを鋭い目で見ながら通り過ぎた。

あの人、私を疑うような目で見なかったかしら？そんなふうに思えたけれど。ビルの中で何かあったのかしら？オットーが中に入ってからもうずいぶんになる。十分は経ったわ！あらいやだ、こんなことは何度もあったわ。建物の前で待ってると、時間がものすごく長く感じるのよ。ああよかった、今度は本当にオットーだわ！

彼に歩み寄ろうとして、彼女は立ち止まった。


建物から出てきたオットーの隣に誰かいるのが見えたからだ。それは、ビロードの襟付きの黒いコートを着た大男だった。顔半分が、凹凸した醜い大きな赤あざで覆われている。手には、分厚い黒のアタッシェケースを持っている。オットーと大男は互いに言葉も交わさず、アンナの脇を通り過ぎてヴィンターフェルト広場のほうへ歩いて行った。アンナは恐怖で心臓が止まりそうだった。やっとの思いで彼女は彼らについていった。

何が起こったの？彼女は不安に駆られながら考えた。オットーと一緒に歩いているあの男は誰？ゲシュタポの人間なの？何て恐ろしい顔なの！二人とも、一言もしゃべっていない。ああ、「今日、どうしても行きたい」なんて言わなければよかった。オットーは、私を知らないふりをした。つまり、危険な目に遭っているんだわ。葉書のことがばれたのね！

突然、アンナは耐えられなくなった。不安に耐えきれなくなったのだ。彼女は、いつにない決然とした態度で二人に追いつくと立ち止まった。「ベルントさん！」と彼女は叫ぶとオットーに手を差し出した。「ちょうどよかったわ。すぐにうちに来てちょうだい。水道管が破裂しちゃって、台所中水浸しなのよ……」。彼女はそこで言葉を切った。赤あざのある男が、見下したような、馬鹿にしたような妙な目つきで自分をじっと見ていることに気づいたのだ。

だが、オットーは言った。「それじゃあすぐに行きますよ。ただ、ちょっと今、女房を診てもらおうと思って先生を家に案内してたところなんで」

「私一人で先に行ってもいいですよ」と赤あざのある男が言った。「フォン・アイネム通り十七番地、でしたね？ 分かりました。あとからすぐに来てください」

「十五分後には参ります、先生。遅くとも十五分後には私も参ります。とりあえず、元栓だけ締めてきます」

十歩進んでから、オットーはいつにない優しさを込めてアンナの腕を自分の胸に押しつけた。「よくやってくれた、アンナ！ どうやってあの男を撒いたものか、考えあぐねていたんだ。あんなこと、よく思いついたな！」

「あれは誰なの？ 医者なの？ ゲシュタポの人間かと思って、不安でもう耐えられなかったの。もっとゆっくり歩いてちょうだい、オットー。体中震えてしまって。さっきは震えてなかったのに、今になって震えが止まらない！ 一体何があったの？ あの人に何か知られたの？」

「何も。安心しろ。何も知られてはいない。何も起きてはいない、アンナ。だが、今朝、弟の家に行きたいとお前に言われてから、ずっと嫌な感じがしていたんだ。俺は思った。ああ、こんなふうに感じるのは、書こうと思っていた手紙が書けなくなったせいだ。それと、弟の家は退屈だから嫌だと思っているせいだ、とな。だが、今分かった。あれは、今日は何かが起きる、とずっと感じていたせいだったんだ。今日は家から出ないほうがいい、とそんな気がしたせいだったんだ」

「オットー、やっぱり何かあったの？」

「いや、何も。さっきも言ったろ、何も起きてはいないさ、アンナ。俺は階段を上り、葉書をちょうど置こうとして手に持っていた。そのとき、あの男が家の中から飛び出してきたんだ。アンナ、そうさな、まるで俺を突き飛ばしそうな勢いだった。葉書をポケットに戻す暇はなかった。「ここで何をしているんですか」とあの男はすぐに声をかけてきた。お前も知ってるだろうが、俺はいつも入り口で表札を見て、どれか名前を覚えることにしている。『ボル先生のお宅はどちらでしょうか』と俺は言った。すると「私がボルですが」という返事だった。「どうしました？ ご家族が誰か病気なんですか？」ってな。そんなこと言われたら、嘘を吐くしかないだろう？ だから、女房が病気なんです、うちまで来ていただきたいんです、と言ったんだ。幸い、フォン・アイネム通りという名前を思い出した。今夜か明日の朝行ってあげましょう、と言うだろうと思ったんだが、『ちょうどいい。そっちへ行くところだったんです。一緒に行きましょう、シュミットさん』と言われてしまった。シュミットと名乗っておいたんだ。シュミットという名前は多いからな」

「私、あの人の前であなたに『ベルントさん』と呼びかけてしまったわ」とアンナはぎょっとして叫んだ。「きっと、変に思ったに違いないわ」

クヴァンゲルはびっくりして立ち止まった。「本当だ」と彼は言った。「今初めて気がついたよ！ だけど、変に思ったようには見えなかったがな。通りには誰もいない。俺たちを尾行している人間はいない。あの医者もフォン・アイネム通りまで行ったら、そんな家がなかったことを知って俺の話が嘘だったことに気づくだろうが、そのときには、俺たちはとっくにウルリヒの家に着いてるから大丈夫だ」

アンナは立ち止まった。「今度は私が、言う番ね。今日はウルリヒの家には行かないほうがいい、と彼女は言った。「ねえ、オットー」と彼女は言った。「今度は私が、と言う番ね。今日は日が悪い、そんな気がしてきたの。家に帰りましょう。葉書は明日私が置きに行くわ」

だが、彼は首を振って微笑んだ。「いやいや、アンナ、ここまで来たからには用事も済ませてしまおう。ウルリヒの家に行くのはこれで最後にしようと決めたじゃないか。それに、今すぐノレンドルフ広場へは行きたくないんだ。またあの医者に出くわすかもしれない」

「じゃあ、少なくとも葉書を渡してちょうだい。あなたに葉書をポケットに入れたまま歩き回ってほしくないの」

最初は抵抗したものの、彼は二枚の葉書を手渡した。

「本当に今日は日が悪いわ、オットー……」

39　三度目の警告

だがその後、ヘフケ夫妻の家に着くと、彼らは悪い予感を完全に忘れてしまった。果たして、ヘフケ夫妻は彼らが来るのを待っていた。黒髪の無口な義妹もケーキを焼いて用意していた。みんなで代用コーヒーを飲みながらケーキを二つとも食べたあと、ウルリヒ・ヘフケが工場の同僚からプレゼントされたシュナップスの瓶を出してきた。

彼らは、小さなグラスでゆっくりと、ふだん滅多に飲まない飲み物を楽しんだ。アルコールが回ると、彼らは普段よりも賑やかに、おしゃべりになった。しまいには——シュナップスの瓶はすでにほとんど空になっていた——、優しい目をした猫背の小男ウルリヒは歌を歌い始めた。それは賛美歌だった。彼は、「キリスト者たるは苦難多し」と「み門へ入り給え、我が心の客となり給え」を十三番まで全曲歌った。

彼は高い裏声で歌った。その澄んだ、敬虔な歌声を聞いて、オットー・クヴァンゲルでさえ、そんな歌が自分にとってもまだ意味を持っていたあの頃、神を信じる素朴な子どもだったあの頃に立ち帰る思いがした。あの頃は、人生はまだ単純だった。彼は神だけでなく、人間のことも信じていた。「汝の敵を愛せ」とか「柔和なる者は幸いなるかな」といったお題目がこの世の中で通用すると信じていた。あれから、世の中はすっかり、しかも悪いほうへ変わった。神の存在など、もう誰も信じられない。善良なる神が存在するなら、今この世にはびこっているような悪を、そしてあんな卑劣感どもを許しておくはずがない。

猫背のウルリヒ・ヘフケは澄んだ高い声で歌った。「汝は人なり。そを汝知る。神のみぞ成就したもうものを、などかは汝欲するや……」

夕飯を食べていってほしいという弟夫婦の申し出を、クヴァンゲル夫妻は固辞した。「今日はとても楽しかったけれど、本当にもうそろそろ帰らないと。今日中にやってしまわないといけないことがあるの。それに、食糧配給切符のことを考えても、とてもごちそうになるわけにはいかないわ。食糧事情はお互い分かっているもの」。

「今日一日くらい、何とかなるさ。毎週誕生祝いをするわけじゃなし、それに本当に全部もう用意してしまったんだ。台所に来てみれば分かるよ」。ヘフケ夫妻は言葉を尽くして引き留めたが、クヴァンゲル夫妻はもう帰らなきゃと言って譲らなかった。

そして、ヘフケ夫妻が明らかに気を悪くしているのにも構わず、言葉どおり実際に帰ってきた。

通りに出ると、アンナは言った。「見た？ウルリヒは気を悪くしていたわ。義妹も……」

「勝手に気を悪くさせとけばいいじゃないか。どっちみち、これで最後なんだから」

「でも、今日は本当に楽しかったわ。オットー、あなただってそう思うでしょ？」

「もちろんだ。確かにな。シュナップスですっかりいい気分になった」

「それに、ウルリヒの歌も素敵だった。あなたもそう思わなかった？」

「そうだな、とてもいい声だった。おかしな男だ。きっと、今でも、寝る前に神様にお祈りしているんだろう」

「あの子のことはとやかく言わないで、オットー。今の世の中、あの子みたいな信心深い人間のほうが楽に生きられると思うの。自分の悩みを打ち明けられる対象があるんだから。それに、彼らは、この戦争にも何か意味があると信じてるのよ」

「やめてくれ！」とクヴァンゲルは突然激昂して言った。「意味だと？何もかも、無意味じゃないか！天国なんか信じてるから、連中はこの世で何も変えようとしないんだ。いつも這いつくばって、隠れているだけだ。天国に行けば何もかも報われる。どうしてこんなことが起きるのかは、神のみがご存じだ。最後の審判の日にすべてが明らかになるだろうってな！そんなのは、俺はごめんだ！」

クヴァンゲルは辛らつな言葉を一気にまくし立てた。飲み慣れないアルコールが回っていたのだ。突然、クヴァンゲルは立ち止まった。「あの建物がいい！」と彼は突然言った。「あそこに入るぞ！葉書を一枚くれ、アンナ！」

「やめて、オットー。そんなことしないで！今日はもう何もしないって決めたじゃないの。今日は日が悪いわ！」

「もう大丈夫だ。もう大丈夫。葉書を寄越すんだ、アンナ！」

アンナは躊躇いながら葉書を渡した。「オットー、何もなきゃいいんだけど。心配なのよ」

だが、彼は彼女の言葉を気にも留めず、行ってしまった。

彼女は待った。だが、今回は長い間心配するまでもなく、オットーはすぐに戻ってきた。

「さあ」と彼は彼女の腕を取って言った。「もう済んだぞ。何もなかっただろ？虫の知らせなんて気にする必要はないんだ」

「よかった！」とアンナは言った。

だが、二人がノレンドルフ広場に向かって歩き始めたとき、一人の男が彼らを追いかけてきた。その手には、クヴァンゲルの葉書が握られていた。

「おい！おい！」男は狂ったように喚き立てた。「今、うちの玄関にこの葉書を置いただろう！この目ではっきり見たんだ。はっきりとだ！誰か、警察を呼んでくれ！おーい、お巡りさん！」

男の喚き声はますます大きくなった。人が集まってきた。車道の向こう側から警官が駆けつけてきた。

疑いの余地はなかった。突然、ゲームの流れがクヴァンゲル夫妻に不利な方向に変わったのだ。二年以上の成功ののち、ここへきて突然、運が彼から離れたのだ。失敗が次々と重なった。この点で、エッシェリヒ元警部は正しかった。人間、ついているときばかりではない。ついていないときのことも計算に入れておかなければならない。オットー・クヴァンゲルはそれを忘れていた。人生には、小さな偶然の出来事が付き物だということを忘れていたのだ。予測のつかないこうした偶然に、常に備えておかなければならないということを忘れていたのだ。

この場合の偶然とは、たまたまそこに、日曜日に上階の住人の動静を窺うのを習慣にしている、復讐心に燃える小役人が住んでいたことだった。小役人は、上階を間借りしている女に腹を立てていた。その女が朝寝坊で、いつも男ものの服を着ていて、夜中までラジオをつけっぱなしにしていたからだ。彼は、女が部屋に「男ども」を連れ込んでいるのではと考えていた。もし本当にそうだったら、このアパートから追い出してやる。こんな売女が住んでいたのではこのアパートの風紀が乱れますよ、と家主に告げ口してやるんだ。

彼は、もう三時間以上もドアの覗き穴から辛抱強く廊下を窺っていた。そこへ、上階の女ではなく、オットー・クヴァンゲルが階段を上ってやってきたのだ。クヴァンゲルが階段の上に葉書を置くのを（階段室の窓に窓台がないときには、クヴァンゲルはよくそうしていた）、彼はその目で見た。

「見たんです、この目で見たんですよ！」と小役人は警官に向かって大声で言うと葉書を振りかざした。「お巡りさん、これを読んでみてくださいよ。これは反逆罪です。この男は吊されて当然だ！」

「そんな大声を出すんじゃない」と警官は咎めるような口調で言った。「見てみろ、相手は静かにしてるじゃないか。逃げようともしていない。さてと、この男が言っていることは本当かね？」

「冗談じゃない！」とオットー・クヴァンゲルは吐き捨てた。「人違いです。義弟の誕生日だったんで、ゴルツ通りの義弟の家に行ってきたところです。このマーセン通りではどこにも入っていません。女房にも聞いてみてください」

彼は辺りを見回した。ちょうど、野次馬の人だかりをかき分けてアンナが姿を見せた。彼女は、二枚目の葉書がハンドバッグに入っていることを即座に思い出したのだ。葉書はどうしてもその場で捨ててしまわなければならなかった。それは何より大事なことだった。彼女は人垣から抜けだし、ポストを見つけると、誰にも見とがめられずに（全員が、大声で叫んでいる男に気を取られていた）葉書を投函した。

彼女は夫の傍に戻ってくると、励ますように微笑みかけた。

その間に、警官は葉書を読み終わっていた。彼は真剣な顔つきになり、折り返した袖口に葉書を挟み込んだ。彼はその葉書のことを知っていた。どの警察管区に対しても、この事件への注意喚起が（それも一度ではなく、繰り返し）おこなわれていたからだ。どんなに小さな手がかりでも追跡するように、と。

「二人とも、署まで来るんだ」と警官は命令した。

「それで、私は？」とアンナ・クヴァンゲルは叫ぶと、夫の腕を取った。「私も一緒に行きます。主人を一人にしてはおけないわ！」

「お母ちゃん、あんたの言うとおりだ」と野次馬の中から太い声がした。「行ったらどうなるか分からないからな。旦那のこと、気をつけてやらないと」

「静かにしろ！」と警官が怒鳴った。「静かにしろ！　下がってろ！　道を開けるんだ！　見世物じゃないぞ！」

だが、野次馬たちは警官と意見を異にしていた。警官は、三人の男女を見張りながら五十人近い野次馬を追い散らすのは無理だと判断し、野次馬に解散を要求するのを諦めた。

「本当に勘違いじゃないんだな？」と警官は密告者に尋ねた。「この女も階段にいたのか？」

「いいえ、女はいませんでした。でも、お巡りさん、絶対に勘違いなんかじゃありません！」彼は改めて喚き始めた。

「私はこの目でこの男を見たんです。私はもう三時間も、ドアの覗き穴の前に座ってたんですから……」

鋭い非難の声が上がった。「犬！　警察の犬！」

「さあ、三人とも来るんだ！」と警官は命令した。「見物人はどいたどいた。さあ、道を開けてくれ。まったく邪魔な野次馬だ。さあ、三人はこっちだ！」

警察署に着くと、彼らは五分待たされてから署長室に呼ばれた。署長は背の高い、日に焼けた実直そうな顔の男だった。机の上に、クヴァンゲルの葉書が置かれている。

密告者は改めて告発内容を繰り返した。

オットー・クヴァンゲルは反論した。ゴルツ通りの義弟の家を訪ねただけで、マーセン通りのアパートには入っていません、と。彼は冷静に話した。私は職工長です、と彼は自分の身元も証明した。興奮して唾を飛ばしながら喚き散らしている密告者と対照的なその態度は、署長にも好印象を与えた。

密告者に向かって署長はゆっくりと言った。「一体どうして三時間も覗き穴から覗いていたんだ？　誰かがこんな葉書を持ってやってくると、分かっていたはずはないんだからな。どうだ？」

「署長さん、うちのアパートに淫売が住んでいるんです。ズボン姿でそこらを歩き回って、一晩中ラジオをつけっぱなしにしている……。その女がどんな男を部屋に引っ張り込むのか、見てやろうと思ったんです。そしたら、この男が……」

「私はそのアパートには行っていません」とクヴァンゲルは頑強に繰り返した。

「主人がどうしてそんなことをしなきゃならないんです？　私がそんなことを許すと思いますか？」とアンナも言った。「結婚して二十五年以上になりますけど、主人が問題を起こしたことは一度もありません」

署長は、鳥に似た、鋭い顔をちらりと見やった。いろいろと問題を起こしていそうな顔だな、という考えが彼の頭をちらっとよぎった。だが、こんな葉書を書くような男だろうか。

署長は密告者のほうに向き直った。「名前は？　ミレック？　郵便局で何かをしているとかいう？」

「郵便上級事務官です、署長さん」

「それじゃ、あんたがあのミレックなんだな？　週に平均二回通報してくるという？　商売人が量目をごまかしているとか、木曜日に誰かが絨毯を叩いて埃を出したとか、うちの前で誰かが糞《くそ》をしたとか、何だとかかんだとか。あんたがそのミレックなんだな？」

「署長さん、そんな悪い奴ばっかりなんですよ。みんなが私に嫌がらせをするんです。署長さん、信じてくださいよ」

「それで、今日の午後は淫売だとかいうその女を見張っていた、と。それで今度は、この男を告発するというわけか……」

自分の義務を果たしているまでです、と郵便上級事務官は断言した。この男がこの葉書を置くところを見たんです。そこに書いてあることを一目見て、こりゃ反逆罪だと思い、すぐに男を追いかけたんです。

「なるほど！」と署長は言った。「ちょっと考えさせてくれ」

机に向かうと、彼は、すでに三回も読んでいる葉書をもう一度読んでいるふりをした。彼は考えた。このクヴァンゲルという男はベテランの労働者だし、この男の陳述は首尾一貫している。対するミレックのほうは告発屋で、嘘の密告ばかりしている男だ。できれば、三人ともさっさと家に帰してしまいたい。

だが、こうして葉書が見つかっている以上、そこを避けて通るわけにはいかない。それに、どんな小さな手がかりでも追跡するようにとの厳しい命令が出ている。自分に不信の目が向けられるのは困る。そうでなくても、自分は上層部にあまり受けがよくない。感傷的なところがあると疑われているし、心の中では反社会分子やユダヤ人に共感しているのではないかと噂されている。ここはよほど注意してかからないと。それに、考えてみれば、自分がこの夫婦をゲシュタポに引き渡したところで、彼らにどんな災難が降りかかるというんだ。二人が無実なら、ゲシュタポだって数時間後には彼らを釈放するだろう。ガセネタを密告した奴は、ゲシュタポに無駄な仕事をさせた廉で大目玉を食らうだろう。

エッシェリヒ警部に電話をかけようとしたそのとき、彼はあることを思いついた。彼は呼び鈴を鳴らして警官を呼ぶと、言った。「男二人を向こうへ連れて行って徹底的に身体検査しろ。二人の持ち物が一緒くたにならないように気をつけろ。それから、もう一人、人員を寄越してくれ。私がここでこの女の身体検査をする」

だが、この身体検査も不発に終わった。クヴァンゲルの不利になるようなものは何も見つからなかった。アンナ・クヴァンゲルは、ポストの中の葉書を思い、安堵のため息を吐いた。妻の冷静沈着で迅速な行動についてまだ何も知らないオットー・クヴァンゲルは、「アンナの奴、やるな。あの葉書をどこに持っていったんだろう。ずっと傍にいた俺も気づかなかった」と思った。クヴァンゲルの所持していた書類からも、彼の陳述がすべて真実であることが裏付けられた。

一方ミレックのポケットからは、警察署宛の告発状が一通見つかった。そこには、「マーセン通り十七番地在住のフォン・トレソウという女性が、犬に引き綱をつけるという飼い主の義務に違反し、人に嚙みつく癖のある飼い犬を放し飼いにしています」と書かれていた。「その犬は、もう二度も、私に向かって唸り声を上げました。ズボンを破かれるのではと心配です。戦争中の現在、替えのズボンを入手するのは困難です」

「それは心配なことだな」と署長は言った。「戦争ももう三年目だからな！　警察には他にやることがないとでも思っているのか？　自分でそのご婦人のところへ行って、犬に引き綱をつけてもらえませんかと丁重にお願いしたらいいじゃないか」

「そんなことできませんよ、署長さん。夜、路上でご婦人に話しかけるなんて、とても！　そんなことしたら、こっちが公序良俗違反で告発されてしまう！」

「それでは巡査、この三人をとりあえず連れて行ってくれ。まず、電話で連絡してみる」

「私も逮捕されるんですか?」とミレック郵便上級事務官は声を荒らげた。「私は重要な告発をしたんですよ? だのに、その私を逮捕しようっていうんですか? 訴えてやる!」

「逮捕するなんて一言も言ってないぞ。巡査、この三人を連れて行ってくれ」

「私のポケットの中を調べたじゃないですか。まるで犯人扱いだ!」と郵便上級事務官は改めて叫んだ。彼の背後で、ドアがぴしゃりと閉まった。

　署長は受話器を取り上げ、ダイヤルを回した。「エッシェリヒ警部にお話ししたいことがあるのですが」と彼は言った。「葉書犯の件です」

「エッシェリヒ警部はいない。二度と戻ってこない!」と電話の向こうから生意気な声が返ってきた。「現在、その件はツォット警視が担当している!」

「それなら、ツォット警視をお願いします。日曜日のこんな時間に連絡がつくなら、ですが」

「ああ、警視ならいつでも大丈夫だ。警視に替わる」

「ツォットだが」

「警察署長のクラウスです。警視殿、葉書事件に関与したとして告発された男を署に連行したのですが。えーと、分かりますか?」

「分かっているとも。クラバウターマン事件だな。その男の職業は?」

「家具職人です。家具工場の職工長です」

「それなら、その男は犯人ではない。真犯人は市電に関係がある男だ。署長、その男は釈放してよろしい。以上!」

　こうして、クヴァンゲル夫妻は釈放された。厳しい取り調べや家宅捜索を覚悟していただけに、彼ら自身、この結果には大いに驚いた。

40　ツォット警視

　山羊鬚を生やした太鼓腹のツォット警視は、E・T・A・ホフマンの物語に出てくる小人(『小人ツァッヒェス』という作品がある)のような小男だった。書類と書類の埃とインクと洞察力でできているようなこの男は、かつてはベルリンの刑事たちの笑いものだった。彼は通常の捜査手法を軽蔑し、尋問をほとんどおこなわず、被害者の死体を見ると気分が悪くなった。

彼が得意としていた捜査手法は、他人が作成した捜査書類をじっくり時間をかけて読み、比較し、調べ、何ページにもわたる抜き書きを作ることだった。そして、最も得意としていたのは、あらゆることについて表を作成し、その綿密に考え抜かれた膨大な表から、独自の鋭い結論を引き出すことだった。頭だけを働かせるというその独自の方法で、迷宮入りと思われたいくつかの事件をツォット警視がいとも鮮やかに解決して以来、解決の見込みのない事件はすべて彼に回すことが習慣になっていた。ツォットに分からなければ、誰にも分からない、というわけだった。

だから、クラバウターマン事件をツォット警視に譲る、というエッシェリヒ警部の提案は、それ自体は特段珍しいことではなかった。ただ、エッシェリヒはそれを自分から言うべきではなかった。上司からそう提案してくるように仕向けるべきだった。自分から言ってしまったがために、その提案は厚顔無恥と見なされただけでなく、敵に背を向ける卑怯な振る舞い、つまり敵前逃亡とさえ見なされてしまったのだ。

ツォット警視はまずクラバウターマン事件の捜査書類とともに三日間閉じこもったのち、初めてプラル大将に面会を申し出た。クラバウターマン事件の解決を一刻も早く見たいと焦るプラル大将は、すぐにツォットに会いにやってきた。

「さてシャーロック・ホームズくん、何を嗅ぎつけた？　もう犯人は引っ捕らえたんだろう？　あのエッシェリヒの馬鹿と来たら……」

このあと、すべてをだめにしたエッシェリヒに対する悪口雑言がひとしきり続いた。ツォット警視は、顔色一つ変えず、首の動きで意見を表明することさえしないでただ聞いていた。

悪口雑言がようやく下火になると、ツォットは口を開いた。「大将殿、この葉書犯はあまり学のない労働者階級の男です。これまであまり文章を書いたことがなく、文字で自分の考えを表現することが苦手な男です。おそらく独り者か男やもめで、一人暮らしだと思われます。

そうでなければ、この二年の間に、葉書を書いているところを妻か家主に見とがめられ、どこかから噂が漏れてきていたに違いありません。アレクサンダー広場の北側の地域でこの葉書の噂が広まっていると推測されるにもかかわらず、犯人の情報が何も漏れてこないという事実は、犯人が葉書を書いているところを誰にも見られていないことを示しています。犯人は一人きりで暮らしているに違いありません。犯人は年配者だと思われます。若い男なら、目立った効果がないことにとっくにしびれを切らし、何か他の手段に鞍替えしていることでしょう。さらに、犯人はラジオを持っていません……」

「分かった分かった、警視殿」とプラル大将はツォットの言葉をじりじりして遮った。「そんなことは、とっくの昔にあのエッシェリヒの大馬鹿野郎から一字一句同じ言葉で聞いている。私が聞きたいのは、犯人逮捕を可能にする新しい分析結果だ。そこに表があるじゃないか。表はどうなってるんだ」

自分の鋭い推理について、「そんなことは全部、もうエッシェリヒから聞いた」とプラルに言われ、ツォットはひどく気を悪くしたが、それを顔には出さずに答えた。

「葉書が発見された時刻を表にまとめてみました。今日までに、二百三十三枚の葉書と八通の手紙が見つかっています。発見された時刻に注目してみると、次のような結果が得られます。夜八時以降と朝九時以前には、犯行は一度もおこなわれていません」

「そんなことは当たり前だ！」とプラル大将はじりじりして声を荒らげた。「それは、建物が閉まっているからだ！　そんなことは、わざわざ表にして教えてもらわなくても分かる！」

「少々ご辛抱を！」とツォットは言った。今度は、怒りがつい声に出てしまった。「分析はまだ終わっていません。ちなみに、建物は朝九時にならないと解錠されないわけではありません。七時にはもう開いています。六時から開いている建物も結構あります。説明を続けます。葉書の八十パーセントが、朝九時から正午までのあいだに置かれています。十二時から十四時のあいだに犯行がおこなわれたことは一度もありません。それから、葉書の二十パーセントが十四時から二十時のあいだに置かれています。従って、葉書犯——書き手と配り手はまず同一人物だと思われます——は毎日十二時から十四時のあいだに規則正しく昼食を取り、夕方出勤して夜間に働いているものと結論づけられます。いずれにせよ、午前中に勤務することはないし、午後の勤務も滅多にありません。葉書の発見場所——たとえば、アレクサンダー広場——が分かり、その葉書が十一時十五分に置かれたことが分かれば、男の足で四十五分間に（つまり、十二時までに）歩ける距離が分かります。このようにして発見場所を中心にしてコンパスで円を描いていくと、必ず、広場の北側のこの地域——小旗の空白地帯——に重なります。いくつかの条件付きではありますが（葉書が発見された時刻と置かれた時刻は必ずしも一致していませんから、いくつか条件は設けざるを得ません）、これはすべての発見場所に当てはまります。ここから、次のような推測が成り立ちます。第一に、犯人は非常に時間に几帳面です。第二に、公共交通機関の利用が好きではない。犯人は、グライフスヴァルト通りとダンツィヒ通りとプレンツラウアー通りに囲まれたこの三角形の中に住んでいます。さらに言えば、この三角形の北端の、おそらくはヒョドヴィエキ通りかヤブロンスキ通りかクリストブルク通りに住んでいます」

「お見事だ、警視殿！」とプラル大将はますます落胆して言った。「ちなみに、エッシェリヒも同じことを言っていた。もっとも、奴は家捜しは無駄だと言っていた。きみは家宅捜索についてどう思う？」

「もうしばらくご辛抱を」とツォットは言うと、それまで書類の山の上に置いていた、書類から黄ばみが移ったかに見える小さな手を挙げた。彼は完全に気分を害していた。「これからご提案申し上げる方策が適切かどうかご自身でご判断いただけるよう、私の分析結果を正確に述べておきたいのです」

狡猾な小狐め、保身を考えているな、とプラルは思った。待ってろ、私から身を守ろうとしても無駄だ。お前をひどい目に遭わせようと思ったときには、いつでもそうしてやるからな！

「この表をさらによく見てみると」と警視は説明を続けた。「葉書がすべて、平日に置かれていることが分かります。ここから、犯人は日曜日には家から出ないことが推測できます。日曜日は、犯人にとって葉書を書く日なのです。この推測は、ほとんどの葉書が月曜日か火曜日に発見されていることからも補強されています。有罪の証拠となる葉書を、犯人はいつも急いで家から持ち出そうとしているのです」

ツォットは人差し指を立てて見せた。「ノレンドルフ広場の南で見つかった九枚の葉書だけは例外です。この九枚はすべて日曜日に置かれていますす。たいていはほぼ三ヶ月の間隔をおいて、必ず夕方か宵の口に発見されています。ここから推測できるのは、この辺りに犯人の親族（多分、老母辺りでしょう）が住んでいて、犯人は一定の間隔でそこを義務的に訪ねているということです」

ツォット警視はここで言葉を切ると、賞賛の言葉を期待しているかのようにプラル大将を金縁眼鏡越しに見た。

だが、プラル大将はこう言っただけだった。「お見事だ。実に鋭い指摘だ。すべてきみの言うとおりに違いない。だが、だからどうすればいいのかが分からないのではな」

「大将殿、続きをお聞きください」と警視は反論した。「もちろん、今挙げた地域に人をやって、私の推理に当てはまる男が住んでいるかどうか、細心の注意を払って内密に調べさせます」

「それは一つの方法だな」プラル大将はほっとして言った。「他には？」

警視は心ひそかに勝ち誇りながら二枚目の表を取り出した。「もう一つ図表を作ってみました。主たる発見場所（犯人の家があると思われる地域とノレンドルフ広場近辺は除外してあります）を、直径一キロの赤丸で囲んであります。これら十一カ所——大将殿、十一カ所あります——の主たる発見場所を仔細に見てみると、驚くべき発見がありました。すべて、例外なくすべて、近くに市電の停留所があるのです。ご自身の目でご覧ください、大将殿！ ここも、ここも、そしてここも！ ここは少し右にずれていて、ほとんどはみ出しそうですが、いずれにせよ円周上にあります。そしてここは、見事に円の中心にあります」

ツォットは、ほとんど懇願するような目でプラル大将を見た。「これは偶然ではあり得ません！」と彼は言った。「犯罪捜査にこのような偶然はあり得ません。大将殿、犯人は市電と何らかの関係がある男に違いありません。それ以外考えられない。犯人は夜間、ときには午後、市電で働いている。だが、おそらく制服は着ていない。犯人が葉書を置くところを目撃した二人の女の証言から、それは明らかです。大将殿、各停留所に一人ずつ、優秀な捜査員を配置する許可をお願いいたします。私としては、戸別に聞き込みをおこなうよりもこちらの作戦のほうが成果を上げられるものと期待しております。ですが、両方を同時に徹底的におこなえば、必ずや成功を収めることができるでしょう」

「とんだ古狐だな、きみは！」とプラル大将は大声を出した。すっかり上機嫌になった彼に勢いよく肩を叩かれ、小男の警視はよろけて膝をついた。「とんだ食わせ物だな、きみは！市電の停留所に気づいたとは大したものだ。エッシェリヒは大馬鹿者だ。そこに気づかなかったとはな。もちろん、許可は与える！少し急いでくれ。二日か三日後には、報告してくれよ。犯人を捕まえました、とな！大馬鹿者のエッシェリヒに直々に報告して、貴様は何て馬鹿なんだと怒鳴ってやる！」

プラル大将は満足げな笑みを浮かべ、部屋を出て行った。

一人残されたツォット警視は、軽く咳をした。図表が載った机に腰を下ろし、眼鏡越しにドアを横目で見ると、彼はもう一度軽く咳をした。怒鳴るしか能のない、ああいう騒々しい無能な連中のことが彼は嫌いだった。たった今部屋を出て行ったあの男は特に大嫌いだった。あの能なし猿め、「それはもうエッシェリヒから聞いた」だの「それはもうとっくの昔にあのエッシェリヒの大馬鹿野郎から聞いている」だの、何かにつけてエッシェリヒを持ち出してきやがって！

その上、プラル大将は彼の肩をふざけて叩いた。ツォット警視は身体的接触がとにかく大嫌いだった。あいつめ、今に見てろ。あいつらだっていつまでも安泰というわけじゃない。いつか振り落とされるんじゃないかという不安を、あいつらは怒鳴り声でごまかしているだけだ。偉そうに威張っていても、内心では、自分が何もできない虫けらだと分かっているからな。あんなでくの坊に、市電の停留所という大発見を教えてやらなければならなかったとは！それを発見するにはどれほど鋭い頭脳が必要か、まるで分かっていないあんなでくの坊に！豚に真珠とはこのことだ！

だが、ツォットはすぐにまた、書類と図表と計画に頭を切り換えた。彼の頭の中はきちんと区分けされていて、頭の中の引き出しを一つ閉めると、その引き出しの中身のことはきれいに忘れてしまうのだった。彼は「市電の停留所」の引き出しを開け、葉書犯はどんなポストに就いているのだろうと考え始めた。彼はベルリン交通局人事課に電話をかけ、全職員の膨大な名簿を読み上げさせた。聞きながら、彼はときどきメモを取った。

犯人は市電に関係のある男だ、という考えで彼の頭はいっぱいになっていた。その発見に、彼はすっかり慢心していた。そこへ家具工場の職工長クヴァンゲルが犯人として連行されてきたら、彼はどれほど落胆したことだろう。犯人がようやく逮捕されたことなど、彼にはどうでもよかったに違いない。自慢の理論が間違っていたことを悔しがるだけだったに違いない。

そんなわけで、その二〜三日後、アレクサンダー広場北側の地域と市電の停留所での捜査活動が着々とおこなわれていたさなか、「犯人らしき男の身柄を確保した」という警察署長の報告を受けたとき、ツォットはその男の職業だけを尋ねたのだった。家具職人という答えを聞いた瞬間、彼にとってその男は問題外になった。犯人は市電勤務の男に違いないのだ！

彼は電話を切った。この件はそれで終わりだった。その警察署がノレンドルフ広場にあること、時間が日曜の夕方であること、つまりノレンドルフ広場にまたしても葉書が置かれたのだということに、彼は気づきもしなかった。警察署の電話番号をメモすることさえしなかった。この馬鹿どもときたら、馬鹿なことしかしないんだからな。この件は終わりだ！

明日か、遅くても明後日《あさって》には、部下から何か情報が入るだろう。お巡りのやることはへまばかりだ。あいつらは捜査官じゃない！

こうして、逮捕されたクヴァンゲル夫妻は再び自由の身になったのだった。

41 オットー・クヴァンゲル、自信をなくす

その日曜日の晩、クヴァンゲル夫妻は無言のまま帰宅し、無言のまま夕食を食べた。いざというときにはあれほど勇敢に断固たる行動を取ったアンナだったが、家に帰ると、彼女は台所でオットーに隠れてちょっと泣いた。危機を切り抜けた今になって、恐怖と不安に襲われたの

だ。危ないところだった。もう少しで、二人ともおしまいになるところだった。あのミレックという男が有名な告発魔でなかったら。二枚目の葉書をうまく捨てられていなかったら。警察署長が他の人間だったら。警察署長はあの告発魔が我慢ならない様子だった！　今日のところは無事に済んだけれど、二度と、もう二度と、オットーをあんな危ない目に遭わせるわけにはいかない。

アンナが居間に入ると、オットーは落ち着きなく部屋を歩き回っていた。灯りは点いていなかったが、遮光幕が上げてあったので月明かりが射し込んでいた。

相変わらず無言のまま、オットーは歩き回っていた。

「オットー！」

「何だ？」

彼は突然立ち止まり、ソファーの隅に腰を下ろした妻のほうを見た。部屋に入ってくる淡い月明かりだけでは、その姿はよく見えなかった。

「オットー、私たちとりあえずちょっと休んだほうがいいと思うの。ついてないときには何もしないほうがいいわ」

「それはだめだ」と彼は答えた。「それはだめだ、アンナ。そんなことをしたら目立ってしまう。突然、葉書が発見されなくなったりしたら、ひどく目立ってしまう。俺たちが捕まりかけた今、そんなことをしたら、ひどく目立ってしまう。奴らだって馬鹿じゃない。葉書が突然発見されなくなったことと俺たちとのあいだに何か関係があると気づくだろう。続けるしかないんだ。続けたかろうと続けたくなかろうと」

彼は断固とした調子で付け加えた。「それに、俺は続けたい！」

彼女は深いため息を吐いた。夫の言うとおりだとは思ったものの、声に出して賛成する勇気が出なかった。望んでも、もう止まることはできない。戻ることも、休息することもできない。進むしかないのだ。

しばらく考えてから、彼女は言った。「じゃあオットー、これからは私に葉書を配らせて。あなたは今、ついてないんだから」

彼は不満そうに言った。「あんな密告屋が覗き穴から三時間も覗いてたなんて、どうしようもないじゃないか。俺は四方八方に目を配っていた。ちゃんと用心していたんだ！」

「オットー、用心してなかったなんて言ってないわ。今はあなたにはツキがない、って言ったのよ。それはどうしようもないことよ」

彼は話題を変えた。「二枚目の葉書はどうしたんだ？　服の下に隠したのか？」

「そんなことはできなかったわ。ずっと人でいっぱいだったから。ノレンドルフ広場のポストに入れたのよ、最初に騒ぎになったときにすぐ」

「ポストか。そりゃいい。よくやった、アンナ。その葉書が目立たないように、これから何週間か、行く先々でポストに葉書を入れよう。ポストは悪くないな。郵便局員もナチスばかりじゃないだろう。それに、危険も少なくて済む」

「お願いよオットー、これからは私に葉書を配らせてちょうだい」と彼女は改めて頼んだ。

「母さん、自分ならあんな失敗はしなかったと思ってるのか？　それは違うぞ。俺がいつも心配してきたのは偶然ってやつだ。偶然ってやつは用心のしようがない。予測できないんだからな。三時間も覗き穴から覗いている密告屋がいるなんて予測できるはずがない。お前だって突然病気になるかもしれない。転んで脚の骨を折るかもしれない。通りかかった人間はお前のバッグの中を探し、葉書を見つけるだろう！　アンナ、偶然ってやつは防ぎようがないんだ」

「葉書を私に任せてくれたら、どんなにほっとできるか……」と彼女は話を戻した。

「だめだとは言ってないさ、アンナ。白状すると、急に不安になってきたんだ。敵のいないところだけを選んで目を配っているんじゃないか、そんな気がするんだ。回りは敵だらけなのに、俺の目には見えていないんじゃないか、とそんな気がするんだ」

「神経質になってるのよ、オットー。今までずっと緊張が続いてたから。何週間かでも休めたらいいんだけど。でも、あなたの言うとおりね。それはできないわ。でも、これからは私が葉書を置きに行く」

「だめだとは言わない。そうしてくれ。怖くなったわけじゃないが、お前の言うとおり、俺は神経質になってる。あんな思ってもみなかったことが起きたせいだ。今まで、ぬかりなくきちんとやればそれで充分だと思っていた。だが、そうじゃない。運も必要なんだよ、アンナ。長い間、俺たちには運がついていた。ところが、ここへきてちょっと流れが変わってきたようだ」

「今度もうまくいったわ」と彼女はなだめるように言った。「何も起こらなかったじゃない」

「だが、奴らに住所を知られてしまった。奴らはいつでも俺たちを捕まえに来ることができるんだ。ああ、親戚なんてクソ食らえだ。俺はいつも言ってたんだ、親戚なんて何の役にも立たないって」

「オットー、八つ当たりしないで。ウルリヒに何の責任があるって言うの？」

「もちろん、責任なんかないさ。責任があるなんて誰が言った？　だが、親戚がいなけりゃ、あそこに出かけていくこともなかったんだ。アンナ、人とべたべた付き合うといいことは何もない。何もかもややこしくなるだけだ。これで、俺たちは疑いをかけられてしまった」

「本当に疑われてたら、釈放されるはずがないわ、オットー」

「インクだ！」と彼は言うと、突然立ち止まった。「インクがまだ家の中にある。葉書を書いたインクが、まだこの瓶に残っている」

彼は台所へ走って行き、流しにインクを捨てた。それから、上着を羽織った。

「オットー、どこに行くの？」

「瓶を捨てないと！　明日、別のインクを買おう。ペン軸を燃しといてくれ。残っている葉書や便せんもだ。全部、燃やすんだ。引き出しの中を全部調べるんだ。残らず全部処分するんだ」

「だけどオットー、私たち、疑いをかけられているわけじゃないのよ。そんなに慌てる必要はないわ」

「ぐずぐずしている暇はない。言われたとおりにするんだ。くまなく調べて、全部燃やすんだ」

彼は出て行った。

戻ってきたときには、彼は落ち着きを取り戻していた。「瓶はフリードリヒスハインに捨ててきた。全部燃やしたか？」

「ええ！」

「本当に全部か？　くまなく探して、全部燃やしたんだな？」

「私がそう言ってるのよ、オットー」

「そりゃそうだ。アンナ、これでよし！　だが変だな、また敵を見落としているような気がしてきた。何か忘れているものがあるような気がするんだ」

彼は額に手を当て、彼女の顔をじっと見た。

「オットー、落ち着いて。何も忘れてはいないわ。家の中にはもう何もないわ」

「指にインクがついてないだろうな。家にインクがないのに、指にちょっとでもインクの染みがついていたら大変だ」

調べてみると、果たして、右手の人差し指にインクの染みが見つかった。アンナはその染みを手でこすり落とした。

「ほら、言ったとおりだ。まだ何かあるんだ。これが、見落としている敵だ。そうだな、まだ何かあるような気がして落ち着かなかったのは、このインクの染みのせいだったかもしれない」

「染みはもう消えたわ、オットー。心配しなきゃいけないものはもう何もないわ」

「よかった！　いいかアンナ、俺は怖じ気づいたわけじゃない。だが、まだ捕まるのは早すぎると思う。できるだけ長く、俺は仕事を続けたい。できることなら、この体制が崩壊するところを見てみたい。そうだ、生きてこの目でそれを見たいんだ。俺たちだって、少しはそれに貢献したんだからな！」

今度は、アンナが彼を元気づける番だった。「そうよ、生きてこの目で見ましょう。二人揃ってね。何があったって言うの？　確かに危ないところだったわ。でも、ツキが私たちから離れたと思う？　運は私たちを見放していないわ。危ないところを切り抜けられたじゃないの。私たち、帰ってこられたのよ」

「そうだな」とオットー・クヴァンゲルは言った。「俺たちは帰ってきた。俺たちは自由の身だ。まだ自由の身だ。まだまだ自由の身でいたいものだ……」

42　古参党員ペルジッケ

ツォット警視の密偵（クレープスという男だった）が、「一人暮らしの年配の男」――その特定を、ゲシュタポは非常に重要視していた――を探してヤブロンスキ通りに聞き込みにやってきた。彼のポケットには、信頼できる党員の名前がアパート一棟につき一人ずつ書かれたリストが入っていた。そのリストに、ペルジッケの名も載っていた。

その男の逮捕をゲシュタポは大いに重要視していたが、密偵クレープスにとっては、それはどうということもないいつもの仕事に過ぎなかった。背が低く、経済状態も栄養状態も悪く、がに股で、肌が汚く、虫歯だらけのクレープスには、どこかドブネズミを思わせるところがあった。そして彼は、ネズミがゴミバケツを漁るようなやり方で仕事をした。彼はいつでも、サンドイッチを貰ったり、酒やタバコをねだったりすることにやぶさかでなかった。そして、ものをねだるときには、その哀れっぽい甲高い声に、まるで断末魔の喘ぎのようなヒューヒューというかすかな音が混じるのだった。

ペルジッケ宅でドアを開けたのは老ペルジッケだった。老ペルジッケはひどいなりをしていた。ぼさぼさの白髪、むくんだ顔、赤く充血した目。嵐の海に揉まれる船のように、全身がよろよろとふらついている。

「何か用かね」

「何、ちょっと情報を集めているだけだ。党のために」

彼のような密偵には、聞き込みの際にゲシュタポの名を口にすることは固く禁じられていた。何でもないことを党員にちょっと聞きに来たように見せかける必要があった。

だが、「党のための情報収集」というこの無害な言葉でさえ、老ペルジッケにとってはみぞおちを殴られたように応えた。彼は呻き声を上げ、ドアの枠に寄りかかった。アルコールで朦朧とした彼の愚かな脳みそに、一瞬、正気が戻ってきた。そして、正気とともに、不安が戻ってきた。

やっとの思いで体を起こすと、彼は言った。「入ってくれ」

ドブネズミは無言で彼についていった。ドブネズミは、よく動く鋭い目で老人を観察した。彼の目はどんなことも見逃さなかった。

家の中はひどい有様だった。椅子がひっくり返り、酒瓶が何本も転がっていた。瓶からこぼれたシュナップスの臭いがぷんぷんする。毛布が一枚、くしゃくしゃになって床に落ちている。テーブルクロスは引きはがされていた。蜘蛛の巣状のひびが入った鏡の下に、ガラスのかけらが散乱している。カーテンは、一枚は引いてあったが、もう一枚は引きちぎられていた。いたるところにタバコの吸い殻と、封を切ったタバコの箱が散乱している。

密偵クレープスは、指がムズムズしてきた。酒やタバコや吸い殻を掻き集め、掻っさらっていきたいところだった。椅子に引っかけてあるチョッキのポケットから覗いている、懐中時計も。だが、今日、俺はゲシュタポ、もとい、党の使者としてここへきたのだ。そう思い直すと、彼はおとなしく腰を下ろし、甲高い声で屈託なく言った。「ああ、酒もタバコもたっぷりある。結構な暮らしぶりだな、ペルジッケ！」

老ペルジッケは陰鬱な目つきで彼を見ると、飲みさしの酒瓶を彼のほうへぐいと押しやった。ひっくり返りそうになった酒瓶を、クレープスは慌てて摑んだ。

「タバコは自分で探してくれ」とペルジッケはつぶやき、居間を見回した。「タバコならそこら辺にあったはずだ」。それから、回らぬ舌で付け加えた。「だが、火は持ってないよ！」

「おかまいなく、ペルジッケ」とクレープスはなだめるように言った。「要るものは自分で見つけるから。台所にガスレンジとガス点火器はあるんだろ？」

まるで、ペルジッケと旧知の仲であるかのような、旧友同士のような態度だった。まったく当然のように、彼はその曲がった足で台所に入っていった。粉々に割れた食器やひっくり返った家具が散乱しているそこは、居間よりもさらにひどい有様だった。その惨状の中からガス点火器を見つけ出すと、彼はタバコに火をつけた。

彼は、封の開いたタバコをすでに三箱ポケットに入れていた。そのうちの一箱は酒に浸かって湿っていたが、乾かせば済むことだった。居間に戻る途中、クレープスは他の二部屋も覗いてみた。二部屋とも、すっかり荒れ果ててめちゃくちゃの状態だった。クレープスが即座に推測したとおり、この老人はここで一人暮らしをしていた。密偵は満足げに手をこすり合わせ、虫歯だらけの歯をむき出してニヤリとした。この爺さんからは、酒やタバコだけじゃなく、もっといいものもいただけそうだな。

老ペルジッケはテーブルを前にして、クレープスが台所に立ったときと同じ椅子に座っていた。だが、クレープスは、その間に老人が席を立ったことにめざとく気づいた。封を切っていない酒瓶がテーブルに載っている。

これは、さっきはなかった。なるほど。まだどこかにあるんだな。在処を聞き出してやらないと。

クレープスはくつろいだ様子で椅子に腰を下ろし、タバコの煙を相手の顔に吹きかけ、酒瓶から一口飲むと、何気ないふうにこう切り出した。「なあ、ペルジッケ、何が引っかかってるんだ？　全部言えよ、全部白状するんだ。洗いざらいしゃべるんだ、でないと銃殺だからな！」

最後の言葉に、老人は震え上がった。どんな文脈でその言葉が出てきたのか、彼には把握できなかった。分かったのは、銃殺すると言われたことだけだった。

「やめてくれ、やめてくれ」と彼は不安に駆られて口ごもった。「銃殺はやめてくれ。銃殺だけはやめてくれ。バルドゥルが来る。バルドゥルが全部、弁償するから」

クレープスは、全部弁償するバルドゥルとは一体誰なのかという問題にはとりあえず触れないことにした。「そうだ、弁償さえできればな、ペルジッケ」と彼は用心深く言った。

彼は、疑念に満ちた陰気な目で自分を見つめている相手の顔を一瞥した。「だが、もちろん、バルドゥルがやってくれれば……」と彼はなだめるように言った。

老人は、無言のまま彼を見つめ続けていた。突然、彼はしばし正気に戻ると（四六時中酔っ払っている人間には、こういうことが時々起こるものだ）、しっかりした口調で言った。「あんた、一体誰なんだ。一体何の用だ。見ず知らずの他人の家に上がり込んで何をしているんだ」

クレープスは、突然正気に戻った老人を注意深く見つめた。こういう状態の酔っ払いは、けんか腰で暴力的になることが多い。それに、クレープスは貧相な小男で、しかも臆病者だった。一方、老ペルジッケのほうは、こんな廃人同然の状態になっていても、「俺は、親衛隊員二人とナポーラの生徒一人を立派に育て上げ、総統に捧げたんだぞ」という雰囲気を漂わせていた。

クレープスは態度を和らげて言った。「ペルジッケさん、用件ならさっきもうお話ししましたよ。よく分からなかったのかもしれませんね。私はクレープスといいます。二～三お聞きしたいことがあって、党から派遣されてきたんです」

ペルジッケが拳でどんとテーブルを叩いた。倒れそうになった二本の酒瓶を、クレープスは慌てて支えた。

「よく分からなかったのかもしれませんね、だと？」とペルジッケは喚いた。「貴様、何抜かす。貴様のほうが俺より頭がいいとでも言うのか？　貴様、俺が貴様の言うことを理解できないと言うのか？　俺の家の中で、うちのテーブルの前に座って、貴様、そんなことを言っていいと思ってるのか？」

「違います、違いますよ、ペルジッケさん！」とクレープスは相手をなだめようとして囁き声で言った。「そんなつもりで言ったんじゃありません。ちょっとした誤解です。何事も穏便にね。落ち着いてください。私たち、古くからの党員じゃありませんか！」

「身分証を見せろ。人の家に上がり込んでおきながら、どうして身分証を見せないんだ。党の命令を知らないのか？」

だが、その点についてはクレープスは何も心配する必要はなかった。彼はゲシュタポから、完全に有効な、非の打ち所のない、素晴らしい出来の身分証を支給されていた。

「ほら、ペルジッケさん、じっくり見てください。すべて、きちんと記載されています。私は情報収集をおこなう権限を与えられています。できればご協力願います」

老人は、差し出された身分証（用心のため、クレープスは身分証を手から放さなかった）を濁った目で眺めた。ペルジッケの目には、文字がぼやけて見えた。彼は身分証を指でぎこちなく叩きながら言った。「これがあんたか？」

「ペルジッケさん、分かるでしょう？　この写真は実物そっくりだってみんな言ってます」。それから、自慢そうに付け加えた。「ただ、実物のほうが写真より十歳若く見えるって。私には分かりません。うぬぼれ屋じゃありませんから。鏡なんか見ないんです」

「そんなもの、しまってくれ」とペルジッケは唸るように言った。「読む気になれん。そこに座って、酒を飲むなりタバコを吸うなりしてくれ。だが、静かにしててくれ。まず、落ち着いて考えをまとめないと」

クレープスは言われたとおりにしながら、相手の様子を注意深く観察した。ペルジッケは再び酩酊の淵に沈み込んでいくように見えた。

自分もぐいっと一口豪快にラッパ飲みした老ペルジッケは、再び正気を失い、なすすべもなく酩酊の渦に引き戻されていった。「落ち着いて考えをまとめる」と彼は言ったが、考えても何もまとまらなかった。彼は、自分がとっくに忘れてしまった何かを探していた。何を探しているのかも、彼にはもう分からなくなっていた。

ペルジッケはひどい暮らしをしていた。まず、息子の一人がオランダへ、やがてもう一人がポーランドへ出征した。野心家の末っ子バルドゥルはナポーラに進学し、最初の目標を達成した。つまり、ドイツのエリートの一員として迎え入れられ、総統の特待生となったのだ。彼は高等教育を受け、抑える術を学んだ。己を抑える術ではなく、他人を抑える術を。自分ほど出世できなかった、すべての他人を抑える術を。

老ペルジッケは妻と娘とともに家に残された。彼は昔から度を超した酒好きだった。昔、飲み屋をやっていたときも、一番の上客は自分だった。息子たちが家を出て行ってから、特に、バルドゥルの監視の目がなくなってからは酒量がどんどん増え、飲んだくれるようになった。最初に薄気味悪くなったのは妻だった。男ばかりのこの家で、ずっとただ働きの女中のような立場でこき使われてきた、小柄で臆病で泣き虫の妻は、こんなに大量の酒を買うカネを夫がどこから手に入れているのかと疑心暗鬼になった。さらに、飲んだくれる夫の脅しや暴力に対する恐怖も加わって、我慢できなくなった妻は夫を娘に押しつけ、親戚の家にこっそり逃げてしまった。

娘は、ドイツ少女団上がりの（しかも、そこで指導者まで務めた）乱暴な女だった。彼女には、父親の面倒を見たり、その上暴力を振るわれるのを我慢したりする気はさらさらなかった。娘はコネを使ってラーヴェンスブリュック女子強制収容所の看守になり、生まれてこの方肉体労働などしたことのない老女たちをシェパードと乗馬鞭で脅して過酷な労働へと駆り立てる道を選んだ。

一人取り残された父親の生活はさらに荒んでいった。彼は党事務所に病欠届けを出し、誰も食事の面倒を見てくれなかったので、ほとんど酒だけで生きていた。最初の数日間は、少なくともときどきは食糧配給切符でパンを手に入れたが、そのうち配給切符をなくしてしまい（盗まれたのかもしれない）、それ以来ペルジッケは何も食べていなかった。

昨晩、彼はひどく気分が悪くなった。そこまでは、自分でも覚えていた。だが、自分が暴れ回ったこと、皿やコップを割り、戸棚をひっくり返したこと、追跡者に囲まれていると思い込んでパニックに陥ったことは、きれいさっぱり忘れていた。クヴァンゲル夫妻とフロム元判事が彼の家の前までやってきて、呼び鈴を何度も鳴らした。だが、彼は出て行かなかった。追跡者にドアを開けてたまるかと思ったのだ。ドアの外に立っているのは、党から派遣されてきた人間以外あり得なかった。金庫の会計簿を取りに来たのだ。金庫のカネは三千マルク以上足りなくなっていた(足りない金額は六千マルクかもしれなかった。正気に戻ったときでさえ、彼にはもうはっきり分からなかった)。

老判事は冷ややかに言った。「放っておきましょう。これではどうしようもない」

いつもはとても愛想のいい、たいていはちょっと皮肉っぽい表情を浮かべている老判事の顔は、そのときは非常に冷たく見えた。老判事は階段を降りていってしまった。

何事によらず巻き込まれることが大嫌いなオットー・クヴァンゲルも言った。「余計な手出しはよそう。厄介なことになるだけだ。アンナ、お前も聞いただろ? 酔っ払って騒いでるんだ。すぐにまた素面に戻るさ」

だが、次の日、ペルジッケはほとんど何も覚えていなかったし、素面にも戻っていなかった。朝、彼はひどく気分が悪かった。体中が震えて、酒瓶を口まで持っていくことさえ難しいくらいだった。だが、酒を飲むにつれて、震えも、断続的に襲ってくる不安も収まってきた。ただ、「どうしても思い出さなければならないことがあるのに、それが何だったのか思い出せない」という漠然とした思いはまだ彼を苦しめていた。

そして今、彼の向かい側に座っているクレープスは、辛抱強く、狡猾に、そして貪欲に機会を窺っていた。クレープスは急がなかった。彼はチャンスがあるのを知っていたし、それを利用してやろうと心に決めていた。クレープスは、ツォット警視への報告を急いではいなかった。どうして仕事がはかどらないかは、いくらでもごまかしが利く。こんなまたとないチャンスを逃す手はない。

実際、クレープスはチャンスを逃さなかった。老ペルジッケはますます泥酔し、回らぬ舌でぶつぶつ言うのがやっとの状態になっていたが、そんな言葉から得られる情報にもいくらかの価値はあった。

一時間後には、クレープスは知りたかったことをすべて聞き出していた。ペルジッケの横領についても、酒とタバコの在処もすべて。残っていたカネは、すでに彼のポケットに入っていた。

クレープスは今やペルジッケの親友だった。クレープスはペルジッケをベッドに運んでやった。そして、ペルジッケが喚き出すと彼の元に飛んでいき、喚くのをやめるまで酒を飲ませた。そうこうしながら、クレープスは、持ち出す価値ありと見なしたものを急いで二つのトランクに詰め込んだ。今は亡きローゼンタールのダマスク織りの高級下着は、またしても合法的とは言えない方法で所有者が変わった。

それから、クレープスは改めてペルジッケにたっぷり酒を飲ませると、トランクを持って家を抜け出した。

玄関のドアを開けると、目の前に骨張った大男が立っていた。陰気な顔をしたその男は言った。「ペルジッケの家で何してるんだ。ここから何を持ち出そうとしているんだ。入ったときにはトランクなんか持っていなかったじゃないか。さっさと言え。それとも、俺と一緒に警察に行くか?」

「どうぞ、お入りになって」とクレープスは下手に出て言った。「私はペルジッケさんの昔からの友達で、党員仲間です。ペルジッケさんに聞いてもらえれば分かります。管理人さんですね? 管理人さん、ペルジッケさんは体の具合がひどく悪いんです……」

43 バルクハウゼン、三度《みたび》当てが外れる

二人の男は、荒れ果てた居間に座っていた。「管理人」は、さっきまでクレープスが座っていた場所に、クレープスはペルジッケの椅子に。老ペルジッケは話もできないような状態だったが、クレープスが家の中を勝手知ったる様子で歩き回ったり、落ち着き払ってペルジッケに話しかけたり酒を飲ませたりするのを見て、「管理人」は、これはちょっと用心しないとなと思った。

クレープスは、元々は黒だったのだが今では角が赤錆色にテカテカ光っている、合成皮革製のすり切れた札入

れを再び取り出して言った。「管理人さんに身分証をお見せしたほうがいいですか？ すべて、きちんと記載してあります。私は党から依頼を受けて……」

だが、相手は身分証を見ようとせず、酒も断ると、タバコを一本だけ受け取った。そう、彼は今回は酒を飲まなかった。ローゼンタールの家に空き巣に入ったあのとき、あの素晴らしい獲物がエンノのコニャックのせいで台無しになったことを、彼はあまりにもよく覚えていた。もう二度とあんなことが繰り返されてはならなかった。バルクハウゼンは――というのも、「管理人」としてそこに座っていたのは他ならぬバルクハウゼンだったからだ――、相手をどう扱ったものかと思案していた。彼は、相手の正体を即座に見抜いていた。本当にペルジッケの知り合いだろうとなかろうと、ここに来たのが党の指示だろうとそうでなかろうと、そんなことは関係ない。こいつは盗人だ！ トランクの中身は盗品だ。そうでなければ、俺に出くわしたときにあんなにびびるはずがない。こんなにびくびくと機嫌を取ってくるはずがない。まともなことをしようとしている人間が、こんなに卑屈な態度を取るはずがない。バルクハウゼンは、自分の経験からそれを知っていた。

「一杯いかがです、管理人さん」

「いらん！」とバルクハウゼンはほとんど怒鳴りつけるように言った。「黙ってろ。まだ考えることがあるんだ」

クレープスはびくっとして黙った。

バルクハウゼンは、この一年散々な目に遭ってきた。あのときヘーベルレがミュンヘンに送金した二千マルクも、結局受け取ることができなかった。彼の送金請求に対して郵便局は、「犯罪に由来する金銭であるとしてゲシュタポから請求を受け、送金した。ゲシュタポに連絡を取られたい」と通知してきた。もちろん、バルクハウゼンはそんな真似はしなかった。もう二度と、あの嘘つきのエッシェリヒとは関わりたくなかった。エッシェリヒのほうからも、それ以後二度と連絡はなかった。

つまり、この件は失敗だった。だが、それからがもっといけなかった。クーノ＝ディーターがあれっきり、家に帰ってこなかったのだ。最初、バルクハウゼンは「さあ、待ってろよ。家に帰って来やがったらこうしてやる」と、折檻の様子を思い描いて楽しんでいた。お気に入りの息子が帰ってこないのを心配して問い質すオッティを、彼は乱暴に押しのけた。

だが、クーノ＝ディーターが帰ってこないまま数週間が過ぎるうちに、状況はかなり耐えがたいものになってきた。オッティはまさに毒蛇と化し、彼に地獄の責め苦を味わわせた。クーノ＝ディーターがこのまま帰ってこなくても、結局のところ、彼にはどうでもよかった。そのほうがいいくらいだった。無駄飯食いが一人減るのだから！　だが、オッティは気が狂ったようになった。まるで、クーノ＝ディーターがいなければ一日も生きていけないかのようだった。これまで、彼のことも容赦なく怒鳴りつけたり殴ったりしていたくせに。

とうとうオッティはすっかりいかれてしまった。自分の亭主を息子殺しの罪で警察に告発したのだ。バルクハウゼンのようなとかくの悪評のある男に対して、警察は裏付け捜査などという手間のかかることはしなかった。彼は即刻逮捕され、刑事裁判所に勾留された。

彼は十一週間勾留され、袋貼りや縄綯いをさせられた。ちゃんとやらなければ、食事（どのみち、充分な量ではなかった）も与えられなかった。だが、最悪だったのは夜間の空襲だった。バルクハウゼンは空襲が恐くてたまらなかった。彼は以前、シェーンハウザー通りで、焼夷弾の直撃を受けて燃えている女を見たことがあった。その光景は一生忘れられるものではなかった。

爆撃機がやってくると、彼は縮み上がった。爆撃機の唸り声がどんどん近づいてきて、上空がその轟音でいっぱいになると、最初の爆弾が降ってきた。そこら中で火災が起き、その炎で監房の壁が真っ赤に輝いた。看守たちは、囚人を監房から出してくれなかった。防空壕に入れてはくれなかった。防空壕に入《はい》れれば、囚人たちも安全に座っていられたのに！　ああ、看守のウジ虫野郎どもめが！　そんな夜は、モアビート刑務所中がパニックになった。囚人たちは窓にぶら下がり、叫んだ。ああ、何という悲惨な叫び声だったことか！　バルクハウゼンも一緒になって叫んだ。獣のように吠え、ベッドにもぐって頭を隠した。それから、監房のドアに頭からぶつかっていき、気を失って床に倒れるまで、ドアに頭を繰り返し打ち付けた。これが彼流の麻酔だった。この麻酔によって、彼は空襲の夜を乗り越えたのだ。

だが、十一週間の未決勾留期間をこんなふうに過ごしたのち、彼は家に帰ってきた（当然のことながら、機嫌はあまりよくなかった)。もちろん、検察側は裁判で彼の有罪を証明できなかった。そんなことがもしできたとしたら、それこそお笑いぐさだった。だが、オッティさえあんなことをしなければ、彼はこんな十一週間を過ごす必要はなかったのだ。だから、彼のほうでも彼女にそれ相応のお返しをした。亭主が縄綯いをさせられ、恐怖で気も狂いそうになっていたあいだ、女房ときたら、亭主の家で(家賃は彼女がきちんと払っていた)男たちとぬくぬくと暮らしていたのだ。

それ以来、バルクハウゼンの家では拳骨の雨が降るようになった。ちょっとでも気に入らないことがあると、バルクハウゼンは、よくもこんなひどい目に遭わせやがったなと女房に殴りかかり、手当たり次第にものを投げつけた。

オッティも反撃に出た。一切食事を出さず、カネもタバコも渡さなかった。殴られると、彼女は大声を出した。その声を聞いてアパートの住人たちが駆けつけ、オッティが浅ましい売女だということを知っていながら、全員がバルクハウゼンの敵に回った。そしてある日、彼が彼女の髪の毛を一束引きむしったところ、彼女は最も卑劣な手段に出た。下の四人の子どもたち(確実に彼が父親だと言える子どもは一人もいなかった)を彼に押しつけ、家を飛び出してしまったのだ。忌々しいことだったが、バルクハウゼンはちゃんと働くしかなくなった。そうしなければ、家族全員が飢え死にだった。十歳のパウラが家事を切り盛りするようになった。

実にひどい、本当に不愉快な一年だった。しかも、彼の胸の中では、ペルジッケ家の人間に対する憎しみが相変わらずうずいていた。彼らの仕打ちは忘れることはできなかったし、忘れるべきでもなかった。バルドゥルがナポーラに進学したと聞いて、彼はやり場のない怒りと嫉妬に苛まれた。だが、老ペルジッケが飲んだくれているところを見て、一縷の希望が再び芽生えてきた。これはもしかしたら、もしかしたら……

そして今、彼はペルジッケの家の中に座っていた。窓辺の小さなテーブルの上に、バルドゥルがローゼンタールから盗んだラジオが置いてあった。目的地まで、あと一歩だ。あとは、このナンキンムシのような邪魔者を体よく厄介払いするだけだ。

自分がここに座っているのをバルドゥルが見たらどれ

くらい荒れ狂うだろう、と思うとバルクハウゼンの目は輝いた。あのバルドゥルはずる賢い奴だが、それでもまだずる賢さが足りないな。忍耐強さは往々にしてずる賢さに勝るんだ。と突然、バルクハウゼンは、ローゼンタールの家に空き巣に入ったあのとき、バルドゥルが自分とエンノ・クルーゲにしようとしていたことを思い出した。そうだ、あれは本物の空き巣じゃなかった。あれは、奴が仕組んだことだった。

バルクハウゼンは下唇を突き出すと、自分が黙《だんま》りを決め込んでいるあいだにひどく落ち着かない様子になってきた向かい側の男を見据えて言った。「さてと、トランクに何が入っているか見せてもらおうか」

「ちょっと待ってください」とクレープスは反論を試みた。「それはちょっとあんまりなんじゃないですか。友達のペルジッケさんが私にそうしてくれと言ってるんですから。それは管理人としての権限を越えているんじゃゃ……」

「下らない長話はやめろ」とバルクハウゼンは言った。「ここでトランクの中身を見せるか、さもなきゃ一緒に警察に行くかだ」

「そんなことする必要はないんですけどね」とクレープスは甲高い声を張り上げた。「じゃあ、見せてあげますよ。警察なんかに行けば面倒なことになるだけだし、党員仲間のペルジッケさんがこんな状態じゃ、私の話が本当だと彼の口から言ってもらうには何日かかかるかもしれませんしね」

「さっさとしろ！　早く開けろ！」バルクハウゼンは急に乱暴な口調になり、酒をぐいと一口ラッパ飲みした。

それを見たクレープスの顔に、突然薄ら笑いが浮かんだ。「さっさとしろ！　早く開けろ！」というこの言葉で、バルクハウゼンは本性を暴露してしまったのだ。彼が管理人でないこと、よしんば本物の管理人だとしても、邪な意図を持った管理人だということをも、彼はこの言葉で暴露してしまったのだ。

「なあ、兄弟」とクレープスは突然馴れ馴れしい口調になった。「山分けってことで、どうだい？」

次の瞬間、彼は床に叩きのめされていた。念のため、バルクハウゼンは椅子の脚でもう二～三発クレープスを殴りつけた。こうしておけば、一時間はピクリとも動けまい！

それからバルクハウゼンは、荷物を詰めたり詰め替えたりを始めた。ローゼンタールの高級下着は、所有者がまたしても替わった。バルクハウゼンは、手早く冷静に作業を進めた。今度こそ誰にも邪魔はさせないぞ。邪魔する奴は全員ぶっ殺してやる。そのために首を差し出すことになってもだ！　もう二度と、コケにされてたまるか。

だが、その十五分後、ペルジッケ宅から出てきたバルクハウゼンと二人の警官との戦いはあっけなく終わった。ほんのちょっと抵抗を試みただけで、バルクハウゼンは大人しく手錠をかけられた。

「さあ」と小柄なフロム元判事は満足げに言った。「これでもう、このアパートの中をこそこそ嗅ぎ回ることは二度とできませんよ、バルクハウゼンさん。お子さんたちは私が必ず福祉の手に委ねますから、ご心配なく。そんなことはあなたにはどうでもいいかもしれませんが。さあお巡りさん、家の中を見てみましょう。バルクハウゼンさん、あなたより先にこの家に入った小柄な男性を、あなたがひどい目に遭わせていないといいんですがね。お巡りさん、ペルジッケさんのことも心配です。夕べ、アル中の発作を起こして暴れていたのでね」

44　幕間劇――田園の風景

元郵便配達人エヴァ・クルーゲは、かつて願ったとおりに、ジャガイモ畑で働いていた。よく晴れた、肉体労働にはかなり暑い、初夏のある日のことだった。空は青く輝き、風は（特に、近くの森によって風が遮られるその畑では）ほとんどなかった。耕しているあいだに、エヴァは一枚、また一枚と服を脱いでいき、今ではブラウスとスカートだけになっていた。むき出しの力強い足も顔も腕も、金褐色に日焼けしていた。

畑にはハマアカザやノハラガラシやアザミやカモジグサが生い茂り、作業はなかなかはかどらなかった。畑は雑草だらけだった。石ころも多かった。鍬が石ころに当たると、銀の鈴のような心地よい音がした。ちょうど、森との境目付近に群生しているアカバナに取りかかったところだった。この湿っぽい窪地ではジャガイモの育ちは悪いが、アカバナは伸び放題なのだ。そろそろ朝食にしようと思っていたところだったし、太陽の高さから考えてもそんな時間だったのだが、彼女は、休憩する前にまずこの雑草を退治してしまおうと思った。唇を真一文字に結び、彼女は力を込めて鍬を振るった。田舎で働くようになって、彼女は雑草を軽蔑するようになった。この雑草め、とばかりに彼女はアカバナめがけて容赦なく鍬を振り下ろした。

だが、歯を食いしばってはいたが、彼女の目は穏やかに澄んでいた。その目は、二年前まだベルリンにいた頃の、あの険しい、やつれた表情をもう浮かべてはいなかった。彼女は穏やかになった。彼女は克服したのだ。小男のエンノが死んだことを、彼女は知っていた。ゲッシュ夫人がベルリンから手紙で知らせてきたのだ。息子二人を失ったことも、彼女は知っていた。マックスはロシアで戦死し、カルレマンは、彼女にとってはどのみちいないのと同じだった。彼女はまだ四十五にもなっていなかった。彼女にはまだまだ先の人生があった。彼女は絶望してはいなかった。彼女は働いていた。この先残された人生を、空費するつもりはなかった。何かするつもりだった。

彼女には、毎日楽しみにしている時間もあった。それは、村の代用教員と一緒に過ごす夜のひとときだった。正規教員シュヴォッホは熱烈な党員で、ケチな密告屋で、よく吠える臆病者だった。彼は、「総統の命令で村の教員を続けざるを得ず、前線に行けないのは痛恨の極み」だと涙ながらに百回も断言していた。その正規教員シュヴォッホが、ありとあらゆる診断書を提出したにもかかわらず、国防軍に召集された。それから半年近くが経過していたが、この勇敢な戦士にとって、前線への道は平坦ではないようだった。正規教員シュヴォッホは暫定的に主計長の秘書を務めることになったまま、いまだに前線には出ていなかった。シュヴォッホ夫人はベーコンとハムを携えてしげしげと夫の元を訪れたが、それを食べたのは夫だけではなかったに違いない。最後にベーコンを持っていったあと、シュヴォッホ夫人は、「うまくいったわ。これでうちのヴァルターは下士官になれる」と言った。総統の命令によれば、兵士を昇進させる権限は前線部隊にしか与えられていないはずだったのだが。だが、このような総統命令は、ハムとベーコンを持ってくる熱烈な党員には当然のことながら適用されないのだった。

エヴァ・クルーゲにとって、そんなことはどうでもよかった。そんなことはすべて、脱党して以来よく分かっていた。そう、彼女はベルリンに行って脱党を済ませてきたのだ。田舎で心の平静を取り戻してから、彼女はベルリンに戻り、党裁判所と郵便局に出頭した。それは、とても快適とは言えない日々だった。怒鳴りつけられ、脅され、五日間の勾留中には一度殴られたこともあった。もう少しで強制収容所に送られるところだったが、結局、「国家に対する反逆者は、その報いをいつか受けることとなろう」として釈放された。

エヴァ・クルーゲはベルリンの家を引き払った。家財道具の多くを売り払わなければならなかった。村では一部屋しか借りられなかったからだ。だが、これで義兄の家を出て一人暮らしができるようになった。仕事のほうも、義兄の畑を手伝うだけではなく（義兄は食べさせてくれるだけで、給料を払おうとは絶対にしなかっただろう）、人手が足りない畑があればどこへでも手伝いにいくようになった。畑仕事だけでなく、看護婦、縫い子、庭師、羊毛刈りの仕事もやった。彼女は手先が器用だった。それはまるで、何か新しい仕事を習い覚えているというより、長い間休んでいた仕事を思い出しながらやっているといった感じだった。農村の仕事は、彼女の性に合っていた。

だが、すべてを失ったあとで彼女が築き上げた、このささやかで平和な生活に初めて本物の光と喜びをもたらしたのは、代用教員キーンシェーパーの存在だった。キーンシェーパーは五十代後半の、いつも少し前屈みに歩く、背の高い男だった。白髪が風になびき、褐色に日焼けした顔の中で、若々しい青い目が微笑んでいた。彼は、その青い目の微笑みで村の子どもたちを従わせ、前任者の軍隊式の教育から人間的な教育へと彼らを導いた。また、剪定ばさみを携えて農家の庭を歩き、伸び放題の果樹からひこばえや枯れ枝を取り除き、木の腐った部分を切り取って防腐剤を塗った。それとまったく同じように、彼はエヴァの心の傷を癒し、怒りを鎮め、彼女の心に平和をもたらしたのだった。

彼女の心を癒すようなことを、彼がことさら語ったというわけではなかった。キーンシェーパーは雄弁な男ではなかった。だが彼が、自分が飼っているミツバチの巣箱の傍で、愛するミツバチの生態について語ったり、夜、彼女とともに畑を歩きながら、いい加減に耕されて荒れ果てている畑にほんの少し手間をかけるだけで収穫量が上がることを教えたり、雌牛の出産を手伝ったり、倒れた垣根を誰に頼まれたわけでもないのに修理したり、彼女と自分のためだけに静かにオルガンを演奏したりすると、それはどんな慰めの言葉よりもエヴァの心を癒した。彼がそこを通り過ぎるだけで、すべてのものが再び秩序と平和を取り戻すように見えた。憎しみと涙と血に満ちたこの時代にあって、彼は穏やかに、穏やかさを周囲にもたらしながら人生を終えようとしていた。

勇敢な戦士である夫よりもさらに熱烈なナチ党員だったシュヴォッホ夫人は、当然のことながら即座にキーンシェーパーに敵意を抱き、彼に対して思いつく限りのありとあらゆる嫌がらせをした。彼女は夫の代役である代用教員キーンシェーパーに住まいと食事を提供すべき立場だったが、その役目を果たすに当たって、朝食は授業開始時刻より前には絶対に出さないこと、食事は必ず焦がすこと、部屋は絶対に掃除しないことをきっちりと心がけていた。

だが、彼の明るく落ち着いた態度の前には、彼女の嫌がらせも無力だった。いくら彼女が逆上しようと、荒れ狂おうと、悪口雑言の限りを尽くそうと、彼の陰口を言おうと、教室のドアの外で盗み聞きをしては視学官に密告しようと、彼女に対する彼の態度は変わらなかった。腕白小僧に対して、そのうち自ずと自分が悪かったと気づくだろうと優しく接するのと同じような態度で、彼は彼女に接し続けた。そしてとうとう、キーンシェーパーはエヴァ・クルーゲの家に下宿することにし、村に引っ越した。こうして、憤懣やるかたない肥満体のシュヴォッホ夫人は、遠くから戦いを続行するほかなくなった。

結婚のことを最初に話し合ったのがいつだったか、エヴァ・クルーゲも白髪の教師キーンシェーパーも覚えていなかった。もしかしたら、話し合ったことはなかったのかもしれない。本当に自然に、そういうことになったのだ。彼らは結婚を急いでもいなかった。いつか、いつの日にかそのときが来るだろう。もう若くない二人は、仕事を終えてからの時間を一人きりで過ごしたくなかったのだ。子どもはもう要らない、もう二度と子どもは要らない、とエヴァは思った。ただ、一緒に暮らす人が、分かり合い愛し合う人が、そして何より、信頼できる人がほしいだけ。最初の結婚生活では一度も信頼することを許されなかった彼女、常に自分が引っ張ってこなければならなかった彼女は、人生の最終区間は全面的に信頼できる人に引っ張っていってもらいたいと思った。辺りが真っ暗になり、すっかり弱気になっていたとき、雲のあいだから再び日の光が射してきたのだ。

掘り返されたアカバナが地面に積み上げられていた。差し当たり、これで根こそぎにできた。だが、必ずまた生えてくる。アカバナというのはそういう雑草なのだ。耕して柔らかくなった土から、丁寧に根を抜き取っておかなければならない。地中に少しでも根が残っていると、そこからまた必ず芽を出す。だが、エヴァは、自分が耕したこの場所を忘れはしない。この場所をちゃんと覚えておいて、何度でもここへ来て、アカバナを完全に根絶やしにするだろう。

この辺で朝食にしよう、と彼女は思った。もうそんな時間だったし、腹も減っていた。だが、森の端の日陰に置いておいた、パンとコーヒーの入った水筒のほうに目をやったとき、今日は朝食を我慢するしかないことが分かった。誰かがもうそこで、彼女の弁当を食べていたのだ。信じられないほどぼろぼろの、泥だらけのなりをした、十四歳くらいの少年だった。飢え死にしそうなほど腹が減っているかのように、パンを貪り食っている。

あまりに無我夢中で食べていたので、少年は鍬の音が止んだことに気づいていなかった。エヴァが目の前まで来て初めて、彼は驚いて飛び上がると、くしゃくしゃの金髪の下から大きな青い目で彼女を見つめた。盗みの現場を押さえられ、しかも逃げることもできないにもかかわらず、少年は不安そうでも後ろめたそうでもなかった。むしろ挑みかかるような目つきで、少年はこちらを見ていた。

ここ数ヶ月のあいだに、エヴァは村でこういう子どもをよく見かけるようになっていた。ベルリンでは空襲がますます激しくなり、ベルリン市民は子どもたちを田舎へ疎開させるよう求められた。田舎はベルリンの子どもたちで溢れかえった。ところが、おかしなことに、静かな田舎の生活にまるでなじめない子どもが大勢いた。田舎にいれば平穏に暮らせるし、食べるものにも困らないし、夜もぐっすり眠れるというのに、彼らは田舎の生活に我慢ができず、ベルリンに帰りたがった。彼らは村を抜け出すと、毎晩のように空襲で燃えているベルリンを一心に目指した。裸足で、わずかな食べ物を恵んでもらい、カネも持たず、警官に追い回されながら。捕まえられて村に連れ戻されても、ほんのちょっと体力を回復するが早いか、彼らはすぐにまた脱走するのだった。

エヴァの弁当を食べている、挑みかかるような目をしたこの少年は、もうずいぶん長い間放浪しているようだった。これほどぼろぼろの、汚いなりの人間は見たことがない、とエヴァは思った。髪の毛からは藁がぶら下がっているし、耳にニンジンの種を播いたら芽が出てきそうだった。

「ねえ、おいしい?」とエヴァは尋ねた。

「あったりめえだ」と彼は答えた。この一言だけでもう、彼がベルリン生まれだということが分かった。

彼は彼女を見つめた。「おいらを殴ろうってのか?」と彼は尋ねた。

「いいえ」と彼女は言った。「いいから食べなさい。私は一度くらい朝御飯を抜いても大丈夫。お腹すいてるんでしょ?」

彼は再び、「あったりめえだ」とだけ答え、それから、「じゃあ、逃がしてくれるのかい?」と言った。

「そうねえ」と彼女は答えた。「でも、その前に、体を洗ってもう少しましな服に着替えるってのはどう? ひょっとしたら、あんたに合うズボンがうちにあるかもしれない」

「やめてくれよ」と彼は拒否した。「そんなもの、腹が減ったら売っ払っちまうだけだ。宿無しだったこの一年のあいだに、おいらがどれだけ売っ払ってきたか聞いたら驚くぜ。少なくともズボンを十五本は売った。靴も十足!」

彼は得意げに彼女を見た。

「それで、どうしてそんな話を私にするの?」と彼女は尋ねた。「何も言わずにズボンをもらっておいたほうが得でしょうに」

「そんなこと知らねえや」と彼は突っぱねるように言った。「あんたの弁当を盗んだからって、あんたがおいらにガミガミ言わなかったからかもな。おいら、ガミガミ言われるのが大っ嫌いなんだ」

「それじゃ、一年も路上で暮らしているのね?」

「一年ってのはちょっと言い過ぎた。冬のあいだは、村の飲み屋にもぐり込んでいたんだ。豚に餌をやったり、ビールのグラスを洗ったり、何でもやった。結構楽しかったぜ」と彼は額に皺を寄せて言った。「飲み屋の親父がおかしな奴でさ、いつも酔っ払ってるんだが、おいらのことを自分と同等扱いするんだ。まるで同い年みたいに。おいら、そこで酒とタバコを覚えたんだ。あんたも酒は好きかい？」

エヴァは、十四歳の少年にとって飲酒が適切かどうかを考えるのはとりあえず後回しにして尋ねた。

「でも、その店からも結局逃げ出したってわけね？ベルリンに帰るつもりなの？」

「いいや」と少年は言った。「うちには帰らない。あんな家に帰るもんか」

「でも、お父さんもお母さんも心配してるでしょう。あんたがどこにいるか、全然分からないんだから！」

「心配なんかするもんか。厄介払いできて、せいせいしてるさ！」

「お父さんは何をしているの？」

「親父？親父は何でも屋さ。ヒモに密偵、こそ泥もやる。盗むものが見つかればな。ただ、間抜けだからなかなか見つけられない」

「そうなの」とエヴァは言ったが、その告白を聞いてから彼女の声は鋭くなった。「それで、お母さんはそのことを何て言ってるの？」

「お袋？お袋が何て言ってるかって？だって、お袋は売女なんだぜ？」

バシッ！殴らないという約束にもかかわらず、彼の頬に平手打ちが飛んできた。

「自分のお母さんのことをそんなふうに言うなんて、恥ずかしくないの？この罰当たり！」

少年は、顔色一つ変えずに頬をさすった。「こいつは効いたぜ」と彼は言った。「こういうのはもうごめんだ」

「お母さんのことをそんなふうに言うもんじゃないわ。分かった？」と彼女は怒って言った。

「どうしてさ」と彼は尋ねると体を反らせた。満腹した彼は、満足げにエヴァを見た。「どうしていけないのさ。本当に売女なんだからしょうがないじゃないか。自分でもそう言ってる。『母さんが客を取らなきゃ、お前たちはみんな飢え死にするしかないんだ』ってよく言ってた。

うちは五人きょうだいなんだけど、みんな父親が違うんだ。おいらの父ちゃんはポンメルンの貴族なんだってさ。本当はおいら、その人に会いに行こうと思ったんだ。おかしな奴に違いないや。上の名前はクーノ＝ディーターってんだ。そんなおかしな名前の奴、そんなにたくさんいるはずがないから、きっと見つかると思うんだ」

「クーノ＝ディーター……か」とエヴァは言った。「じゃあ、あんたもクーノ＝ディーターって名前なのね？」

「クーノって呼んでくれよ。ディーターは付けなくていい」

「じゃあクーノ、教えてちょうだい。あんたの疎開先はどこだったの？ 疎開先の村の名前を教えてちょうだい」

「疎開なんかしてない。親から逃げてきたんだ」

彼は汚れた頬をこれまた汚れた前腕で支え、横向きに寝そべっていた。彼は眠そうな目で彼女を見た。進んで話す気になったようだった。「どうしてこんなことになったか、話すよ。もう一年も前のことだ。おいらのいわゆる親父がおいらを騙した。五十マルクくれるっていう嘘の約束をしたんだ。その上、おいらをさんざん殴りやがった。だから、おいらは友達を何人か呼んできて、つまりその、本当は友達というわけじゃないな、何人か不良を呼んできて、みんなで親父を殴りつけたんだ。親父にはいい薬だったよ。いつも大人が子どもに勝つとは限らないことを教えてやったんだからな。その上おいらたちは、親父のポケットからカネを盗み取った。それがいくらだったかは知らない。カネを分けたのは年上の奴らだったから。おいらは二十マルクしかもらえなかった。みんなが、『ここから逃げろ。親父に殴り殺されるか、施設に入れられるぞ。田舎に行って農家に隠れてろ』って言った。だから、田舎にやってきて農家に隠れたんだ。でもってそれ以来、楽しく暮らしてる。本当さ」

彼は言葉を切ると彼女を再び見つめた。

彼女は黙って彼を見下ろしていた。彼女はカルレマンのことを思い出していた。この子も、もう三年もしたらカルレマンのような人間になってしまう。愛も信仰も努力も知らない、自分のことしか考えない人間に。

彼女は尋ねた。「クーノ、そんなことしてたらどうなると思う？」そして、こう付け加えた。「大人になったら、突撃隊か親衛隊に入るつもりなのかしら？」

伸びをすると、彼は答えた。「あんな酔っ払いの仲間になりたいかって？　あいつらは親父よりもっと始末が悪いや。いつだって怒鳴ったり命令したり。冗談じゃない。そんなのごめんだよ」

「でも、自分が他人に命令できるのは楽しいかもしれないじゃない？」

「何でそんなことが楽しいのさ。そんなこと、おいらには向いてない。いいかい……えーと、あんた名前は？」

「……エヴァよ。エヴァ・クルーゲ」

「それじゃいいかいエヴァ、おいらが本当に楽しいと思えることは車だ。車のことなら何でも知りたい。エンジンの仕組みとか、キャブレターや点火装置がどうなっているのか、とか。違う、どうなっているかはもう大体分かってるんだ。だけど、どうしてそうなのかが知りたいんだ。知りたいけど、おいら馬鹿だから。ちっちゃいときに頭を殴られすぎて、頭が弱くなっちまったんだ。おいら、まともに字も書けないんだ」

「でも、あんた頭が悪いようには見えないわよ。これから勉強すればいいのよ。読み書きも、それからエンジンのことも」

「勉強？　もう一度、学校へ行けって？　冗談じゃない。もう遅いよ。おいら、もうそんな年じゃないんだ。女だって、もう今までに二人、ものにしたことがあるんだぜ」

一瞬、彼女は身震いしたが、気を取り直して言った。

「エンジニアの勉強に終わりがあると思ってるの？　エンジニアはどんどん勉強を続けなきゃならないのよ。大学や夜学に通ってね」

「そんなこと知ってるさ。全部知ってるさ。広告柱に書いてあるもんな。『上級電気技師のための夜間講座』とか（突然、彼の言葉から訛りが抜けた）『電気工学基礎講座』とかって」

「そうでしょ？」とエヴァは叫んだ。「だのに、あんたはもう遅いなんて言ってるのよ。この先もう勉強しないつもり？　一生浮浪者のままでいいの？　冬のあいだはグラスを洗ったり薪を割ったりしてしのぐから大丈夫？　結構な人生よね。そんな人生、つまらないわよ！」

彼の目は、再び大きく見開かれていた。探るような、疑いの目で彼は彼女を見つめていた。

「うちに帰って、ベルリンで学校へ行けってんだろう？　それとも、施設に入れるつもりなのか？」

「どっちも違うわ。私の家に来たらいい。そしたら、私が勉強を教えてあげる。私の友達も勉強を見てくれるわ」

彼の疑いは解けなかった。「どうしてそんな、何の得にもならないことをしようってんだ？　そんなことしたら、ものすごくカネがかかるんだぜ。おいらの食い物や着るものや、教科書代だとか何だとかかんだとか」

「クーノ、理解してもらえるかどうかは分からない。私には昔、夫と二人の息子がいたの。三人とも、いなくなってしまった。今は独りぼっち。いい人は一人、いるけど」

「じゃあ、また子どもができるよ！」

彼女は赤くなった。いい年をした女が、十四歳の少年に見つめられて赤くなったのだ。

「子どもはもうできないわ」と彼女は言うと、彼を見つめた。「でも、あんたが一人前になってくれたら、自動車技師とか飛行機設計技師になってくれたら嬉しいわ。あんたみたいな子どもを一人前にできたら嬉しいわ」

「あんた、おいらのことをろくでもない奴だと思ってるんだろ？」

「今の自分がろくでもないことは、自分で分かってるでしょう、クーノ」

「あんたの言うとおりだ。違えねえ」

「だのに、変わりたいとは思わないの？」

「思うさ。だけど……」

「だけど何？　うちに来たくないの？」

「そりゃ行きたいさ。だけど……」

「だけど……？　まだ何かあるの？」

「あんた、きっとすぐにおいらに飽き飽きすると思うんだ。おいら、追い出されるのはごめんだ。それよりは、自分から出て行ったほうがいい」

「いつでもうちから出て行っていいわ。引き留めはしない」

「本当かい？」

「本当よ。約束するわ、クーノ。あんたの好きにしたらいい」

「だけど、あんたの家に行ったら、ちゃんと届け出をしなきゃならなくなる。そしたら、親にも居場所が分かっちまう。そしたらおいら、すぐに連れ戻されちまう」

「あんたの家族があんたが話したとおりの人たちなら、

誰もあんたを無理に家に戻したりしないわ。もしかしたら、私に養育権が認められるかもしれない。そしたら、あんたは正式に私の子どもになるわ……」

一瞬、二人の目が合った。彼女には、この無関心そうな青い目の中に小さな光が灯るのが見えたように思われた。だが、すぐに彼は頭を腕で支えると、目を閉じて言った。「分かったよ。ちょっと一眠りする。あんたはジャガイモ畑に戻っててくれ」

「だけどクーノ」と彼女は大声を出した。「少なくとも、私の質問に答えなきゃだめでしょう」

「だめだって?」と彼は眠そうな声で言った。「だめってことはないだろ」

彼女はどうしたものかとしばらく彼を見下ろしていたが、やがてクスッと笑うと仕事に戻った。

彼女は鍬を振るった。だが、上の空で鍬を振るっていた。はっと気づくと、うっかりジャガイモの茎を二度も倒してしまっていた。気をつけなさい、エヴァ、と彼女は自分で自分を叱った。

だが、それでもやはり畑仕事には集中できなかった。さっきの計画は実現しないほうがいいのかもしれない、と彼女は思った。無邪気な子どもだったカルレマンに、どれだけの愛情と労力を注いだことか。その愛情と労力の結果は? それなのに、人生と人間を軽蔑している十四歳の少年を生まれ変わらせようだなんて。思い上がりもいいところだわ。それに、こんなこと、キーンシェーパーが許すはずがない……

彼女は、眠っている少年のほうを振り返った。だが、少年の姿はもうそこにはなかった。森の外れの日陰には、彼女の荷物だけが残されていた。

よかった、と彼女は思った。これで、私が決めなくてもよくなったわ。あの子が自分から逃げ出したんだから。ちょうどよかったわ。

彼女は、怒ったように鍬を振り下ろした。

だが次の瞬間、彼女は、ジャガイモ畑の反対側の端でクーノ＝ディーターがせっせと雑草を抜いていることに気づいた。雑草を抜いては束にして、それを畑の端に積み上げている。彼女は畑を突っ切って彼に近づいていった。

「もう眠気は覚めたの?」と彼女は尋ねた。

「眠れやしない」と彼は答えた。「あんたの話のせいで、頭がぼうっとしちまって。考えをまとめなきゃ」

「それじゃ、そうしなさい。だけど、私のために働かなきゃならないなんて思わないでよ」

「あんたのためだって?」馬鹿にしきったように彼は言った。「おいらが雑草を抜いてるのは、そのほうがよく考えられるし、面白いと思ったからさ。本当だぜ。あんたのためだって? パンを食べさせてもらったお礼にってか? 冗談じゃねえや」

エヴァは小さく笑うと仕事に戻った。たとえ自分自身に対してさえ頑として認めないとしても、彼は彼女のために雑草を抜いていた。昼食時に彼が自分についてくることを、彼女はもう疑わなかった。そして、さっきまで心の中に渦巻いていた疑念はすうっと消えていった。

その日、彼女はいつもより早めに仕事を切り上げた。彼女は再び少年に近づくと言った。「お昼にしようと思うの。クーノ、よかったら一緒に来て」

彼はもう二~三本雑草を引き抜くと、畑のきれいになった部分を見やった。「随分きれいになった」と彼は満足げに言った。「もちろん、大きい雑草しか抜いてないから、小さいのはもう一度鍬で掘り返さなきゃなんないけど、このほうがはかどるさ」

「そうね」と彼女は言った。「あんたは大きい雑草だけを抜いてちょうだい。私は小さい奴をどうにかしてやるわ」

彼は横から再び彼女を見つめていた。彼女は、その青い目が悪戯っぽい表情を浮かべることもできることに気づいた。

「それって、皮肉かい?」と彼は尋ねた。

「そう取るのは勝手だけど」と彼女は言った。「そうとも限らないわ」

「まあいいや」

家に帰る途中、勢いよく流れる小川のほとりで彼女は立ち止まった。

「あんたをそのなりのままで村へ連れて行きたくないの、クーノ」と彼女は言った。

たちまち、彼の額に皺が寄った。彼は探るような口調で尋ねた。「おいらのことが恥ずかしいってのか?」

「もちろん、そのままで来ても構わないのよ、私はね」と彼女は言った。「でも、村に長い間いるつもりだったら、ね。五年間ずっときちんとした格好で暮らしたって、村の人はあんたが村にやってきたときの格好を絶対に忘れないわよ。十年経ったって、きっとまだ言うわ。あいつは浮浪者みたいななりでやってきたって」

「あんたの言うとおりだ」と彼は言った。「田舎者ってのはそういうもんだ。じゃあ、服を持ってきてくれよ。待ってるあいだに、この川でちょっと体を洗ってみる」

「石けんとブラシを持ってきてあげる」彼女はそう言い置いて、急ぎ足で村に向かった。

その晩、エヴァと白髪のキーンシェーパー、それにすっかり見違えるようになったクーノ＝ディーターの三人で夕食を済ませた後、エヴァは言った。「今日のところは干し草置き場で寝てちょうだい。明日からは、小さな部屋を一つ空けてもらってあげる。がらくたを外に出してもらえばいいだけだから。必要なものは揃えてあげるわ。家具なら充分持ってるのよ」

クーノは彼女をちらりと見た。「それって、もうあっちへ行けってことだよね」と彼は言った。「お二人は二人きりになりたいってことだ。じゃあ行くよ。だけど、おいらまだ寝ないよ。エヴァ、おいら赤ん坊じゃねえんだ。ちょっと村を見にいってみる」

「遅くならないようにするのよ、クーノ。それから、干し草置き場でタバコは吸わないでよね」

「まさか！　そんなことするわけないだろ。そんなことしたら、真っ先におっ死んじまうのはおいらじゃないか。『それじゃお若いの、お楽しみを』。親父はそう言ってた。そう言って、お袋に子どもを作らせてた」

そう言うと、クーノ＝ディーターは出て行った。その姿はまさに、国家社会主義教育の輝かしい成果だった。

エヴァ・クルーゲは少し心配そうに微笑んだ。「キーンシェーパー、あの子を迎え入れたのが正しかったのかどうか、私には分からない。あの子は問題児よ」

キーンシェーパーは笑った。「だけどエヴァ」と彼は言った。「きみも分かってるくせに！　あの子は虚勢を張ってるだけだ。自分を大人っぽく見せようとしてあんなことを言ってしまうんだ。それと、きみに少しお堅いところがあるから、逆にあの子は……」

「私は別にお堅い女じゃないわよ」と彼女は叫んだ。「でも、十四歳の男の子から、これまでに二人の女をものにしたことがあるなんて聞かされたら……」

「そういうところがお堅いっていうんだよ、エヴァ。それに、二人の女をどうこうという話だけど、あの子はまずそんなことはしていない。最悪、あの子のほうがものにされただけのことさ。そんなことは何でもない。エヴァ、この純朴な村の子どもたちがどんなことを目論んでいるか、きみには話さないでおこう。彼らに比べたら、あの子はまだましさ」

「でも、村の子どもたちはそれを口に出したりしないわ！」

「それは心にやましいところがあるからさ。あの子にはそういう感覚がない。あの子にはそれが当たり前なんだ。そういう環境で育ってきたからね。じきに変わるさ。あの子は根はいい子だ。半年もすれば、あの子は、自分が最初にきみに話したことを思い出すと恥ずかしさで真っ赤になるだろうよ。ベルリン訛りと同じように不良っぽさも抜けていくさ。あの子が標準語を正しく話せることに気づいたかい？　あの子はわざとあんなしゃべり方をしているんだ」

「私、気が咎めるの。特に、キーンシェーパー、あなたに対して」

「そんなふうに思う必要はないよ、エヴァ。あの子の将来が楽しみだ。一つ言えることは、あの子がどんな大人になるかは分からないが、絶対ナチにはならないということだ。変わり者にはなるかもしれないが、党員にはならない。いつも自分の道を進む男になるだろう」

「あなたの言ったとおりになりますように」とエヴァは言った。「それ以上望むことは何もないわ」

クーノ＝ディーターを救ったことで、カルレマンの犯した罪をいくらか償えたのではないかしら。何となく、彼女はそんな気がしていた。

45　ツォット警視の転落

警察署長は手紙の宛先に、ちゃんと「ベルリン秘密国家警察　ツォット警視殿」と書いたのだが、その手紙は直接ツォット警視の元には届かなかった。その手紙を手にして彼の部屋に入ってきたのは、彼の上官の親衛隊大将プラルだった。

「警視、これはどういうことだ」とプラルは尋ねた。

「またクラバウターマンからこんな葉書が届いた。メモが貼り付けてあるぞ。『ゲシュタポのツォット警視から電話にて指示を受け、被疑者を釈放』と書いてある。この被疑者というのは何だ。私は何の報告も受けていないぞ」

警視は、眼鏡越しに上官を横目で見た。「ああ、そうだ。今、思い出しました。一昨日《おととい》か、一昨昨日《さきおととい》のことです。はっきり思い出しました、日曜日の晩でした。六時から七時、つまり十八時から十九時のあいだでした、大将殿」

自分の優れた記憶力を誇示するように、彼は上官の顔を見た。

「それで、日曜の十八時から十九時のあいだに何があったんだ。被疑者というのはどういう経緯で捕らえられたんだ。それに、なぜまた釈放されたんだ。それに、どうして私に何の報告もないんだ。きみがすっかり思い出してくれてほっとしたが、私も是非詳細を知りたいもんだな、ツォット」

肩書きも敬称も一切つかない、この「ツォット」という呼びかけは、まるで一発目の砲撃のように響いた。

「あまりにも些末な話だったものですから」警視は、書類のように黄ばんだその小さな手で、まあまあと相手をなだめるような仕草をしながら言った。「その警察署が馬鹿なことをしたんです。彼らは葉書の作成犯もしくは配布犯として夫婦者を逮捕しました。夫婦者ですよ。もちろん、治安警察のいつものヘマです。夫婦者だなんて。犯人が独り者だということは分かっているんですから。それに、今思い出しましたが、その男の職業は家具職人でした。犯人は市電に関係のある男に違いないと分かっているんですから！」

「きみ、それじゃ何か」やっとのことで怒りを抑えながら（この「きみ」は、一発目よりも遥かに鋭い二発目の砲撃だった）プラル大将は答えた。「顔も見ず、尋問もしないで、その夫婦者の釈放を指示したと言うんだな？被疑者が一人ではなく二人だったという理由だけで？その男が家具職人だと自称したという理由だけでか？きみ！」

「大将殿」とツォット警視は答えると立ち上がった。「我々捜査官は、決まった計画に従い、そこから逸脱することなく捜査を進めます。私が追っているのは、市電に関係のある一人暮らしの男です。妻帯者の家具職人ではありません。そんな男に興味はありません。そんな男のために、私は一歩も動きません」

「まるで、家具職人がベルリン交通局の仕事をすることはあり得ないような言い方だな。たとえば、車両の修理とかで関わっているかもしれんだろう！」とプラルは怒鳴った。「そんなことも分からんのか、馬鹿者！」

最初、ツォットはむっとしたが、上司の的を射た発言を聞いて考え直した。「確かに」と彼は困惑して言った。「それには考えが及びませんでした」。彼は気を取り直した。「ですが、私が探しているのは一人暮らしの男です」と彼は改めて言った。「その被疑者には妻がいます」

「女にも卑劣な犯罪者がいることを知らないのか」とプラルは唸るように言った。だが、彼にはもう一つ隠し球があった。「ツォット警視殿（これが、三発目にして最も鋭い攻撃だった）、この葉書は、日曜の午後に置かれていたものだ。場所はノレンドルフ広場付近。つまり、ノレンドルフ広場はその警察署の管轄区域内なんだ！そのことも、きみは考えたことがなかったのかもしれんな。これも些末な状況だと言うのか？だから、見落としたとでも？」


今度はツォット警視は本当にうろたえた。顎髭が小刻みに震え、鋭い黒い目はもやがかかったように光を失った。

「どうしたらいいでしょう、大将殿。もうだめです。どうしてこんなことをしてしまったのか。ああ、私が間違っていました。市電の停留所のことばかり考えていました。あれを発見したのが自慢だったのです。その発見を頼むあまり……」

自分の非を真摯に、だがへつらうことなく認める小男を、プラル大将は怒りを込めた目で見ていた。

「そもそもこの事件の捜査を引き受けたことが」とツォット警視は言葉を継いだ。「私の過ちでした。重大な過ちでした。私は地味なデスクワークにしか向いていません。捜査には役に立ちません。同僚のエッシェリヒのほうが私よりも十倍ましです。その上」と彼は懺悔を続けた。「例の地区での聞き込みを命じていたクレープスという男が逮捕されるという事故まで起きてしまいました。報告によれば、窃盗に関与した――アル中患者の持ち物を盗み出そうとした――とのことです。ちなみに、クレープスは重傷を負っています。実に不愉快な話です。取り調べに対して、奴は口を割ることでしょう。我々が奴をそこへ送り込んだことを、奴はしゃべってしまうでしょう」

プラル大将は怒りに震えたが、ツォット警視の、自分の身の安全をまったく顧みない真摯な話しぶりが辛うじて彼の爆発を抑えていた。

「それで、この件の今後についてどう思っているのか、聞かせてもらおうか」と彼は冷ややかに尋ねた。

「お願いです、大将殿」とツォットは両手を挙げて懇願した。「お願いします、私を外してください。この件から私を外してください。私はこの任にとても堪えられません。エッシェリヒ警部を地下牢から呼び戻してください。彼なら私よりも……」

「当然」とプラルは相手の言葉を無視して言った。「当然、少なくとも被疑者二人の住所氏名はメモしてあるんだろうな?」

「それがしていないのです。自分の思いつきに目がくらんで、軽率な行動を取ってしまいました。ですが、警察署に電話して、住所を聞けばおそらく……」

「なら、電話してみろ!」

通話はすぐに終わった。ツォット警視はプラル大将に言った。「警察署のほうでも住所を控えていませんでした」。上官の怒りの表情を見て、彼は言った。「私の落ち度です。私一人の落ち度です。あのとき、私と電話で話したあと、向こうはこの件はもう終わったと思ったのでしょう。メモすら残っていないのは、すべて私の落ち度です」

「それなら、もう何の手がかりもないということか?」

「何の手がかりもありません」

「それで、どう責任を取るつもりだ?」

「エッシェリヒ警部を地下牢から呼び戻し、代わりに私をそこに入れてください」

プラル大将は、小男をしばらく唖然として見つめていたが、やがて怒りに震えながら言った。「いいか、強制収容所送りにしてやる! 私に向かってぬけぬけとそんなことを申し出ておいて、ただで済むと思っているのか? お前のその態度はアカにそっくりだ! 自分の落ち度だと言いながら、まだそれを自慢に思っておるようだな!」

「自分の落ち度を自慢になど思っておりません。ですが、その責任を負う覚悟はできています。怖じ気づいたり泣き喚いたりすることなくそうできればと思っています」

それを聞いて、プラル大将は馬鹿にしたような薄笑いを浮かべた。彼は、誇り高い人格が親衛隊員の拷問によってもろくも崩壊するのをこれまで何度も見てきた。だが、どんな責め苦を受けても、凛とした、ほとんど軽蔑的な優越感がそのまなざしから消えることのなかった人間も大勢いた。プラルが暴言と暴力を思いとどまったのは、そのまなざしを思い出したからだった。彼は、「この部屋で処分を待て。まず、報告書を書かねばならん」と言うに留めた。

ツォット警視が了解の印に頭を下げたのを見て、プラル大将は部屋を出て行った。

46　エッシェリヒ警部、再び自由の身となる

エッシェリヒ警部は職務に復帰した。死んだと思われていた男が、ゲシュタポの地下牢から甦ったのだ。暴行の痕が痛々しい姿ではあったが、彼は再び机の前に座っていた。同僚たちが駆けつけてきて口々に、ずっときみを信じていた、自分にできることは何でもしようと思っていた、と言った。「だが、お偉方が誰かをつまはじきにしたら、我々のような者にはどうすることもできない。自分までひどい目に遭うだけだからな。それはきみにも分かってるだろう。分かってくれ、エッシェリヒ」

エッシェリヒは、もちろん分かってるとも、と言った。彼は唇を歪めて微笑んだ。その微笑みは、少し不幸せそうに見えた。それは多分、前歯のない口で微笑むのにエッシェリヒがまだ慣れていないせいだったろう。

エッシェリヒの印象に残ったのは二人の人物の言葉だけだった。そのうちの一人はツォット警視だった。

「エッシェリヒ」とツォット警視は言った。「私はきみと入れ替わりに地下牢送りにはならない。私のほうが十倍も地下牢送りに相応しいのに。私が犯した間違いのせいだけじゃなく、きみに対してひどい態度を取ってしまったという意味でもだ。ただ、言い訳じみるが、あのときは本当にきみがへまをしたと思ったんだ」

「そんなことはもういい」とエッシェリヒは前歯のない口で微笑んで言った。「クラバウターマン事件に関して

は、これまでみんなへまをしてきた。きみも私も、みんながだ。おかしな話だが、あの葉書で周囲の人間をこれほど不幸にしてきた犯人に会うのが本当に楽しみだ。犯人は本当に変わり者に違いない」

彼は感慨深げにツォット警視を見た。

ツォット警視は、黄ばんだ小さな手を差し出した。

「悪く思わないでくれ、エッシェリヒ」と彼は静かに言った。「それと、もう一つ言っておきたいことがある。私は、『犯人は市電と何らかの関係のある人間だ』という仮説を立てた。詳しく書いておいたから、あとで書類を見てくれ。頼む、この説を頭の隅に置いて捜査してくれ。少なくともこの点だけでも私の推理が当たっていたと分かれば、本当に嬉しい。よろしく頼む！」

そう言うとツォット警視は、あとはただ自説に没頭すべく、静まり返った寂しい自室へと消えていった。

エッシェリヒの印象に残る言葉を発したもう一人とは、もちろんプラル大将だった。「エッシェリヒ」と彼は声を張り上げて言った。「エッシェリヒ警部！ 体調は万全だな？」

「万全です」とエッシェリヒは椅子から立ち上がって答えた。彼は無意識のうちに、地下牢で叩き込まれたとおりに両手の親指をズボンの縫い目にぴたりと押し当てていた。どんなにこらえようとしても、エッシェリヒは震えてしまった。彼の目は注意深く上官に注がれていた。この男に対しては、恐怖しか感じなかった。彼はすさまじい恐怖に襲われた。この男はいつでもあの地下牢に自分を連れ戻すことができるのだ。

「そうか。エッシェリヒ、体調が万全なら」と、自分の言葉の効果を十二分に感じ取りながらプラルは話を続けた。「働くこともできるな？ どうだ？」

「働けます、大将殿！」

「働けるのなら、エッシェリヒ、クラバウターマンを捕まえることもできるな？ できるんだな？」

「できます、大将殿！」

「大至急だぞ、エッシェリヒ！」

「大至急、大将殿！」

「エッシェリヒ」部下が恐怖に震えるさまを楽しみながら、プラル大将は鷹揚に言った。「地下室での短い休暇の効果はまったく素晴らしいな。実にいい態度だ。きみはもう、自分のほうが私より優秀だとは思っていないだろうな、エッシェリヒくん?」

「滅相もない、大将殿。ご命令どおりにいたします、大将殿」

「きみはもう、自分がゲシュタポ一の賢い犬で、他の人間はみんな犬のクソだ、とは思っていないだろうな? そんなふうには、思っていないだろうな、エッシェリヒ?」

「ご命令どおりにいたします。思っておりません、大将殿。そんなふうには思っておりません」

「いいか、エッシェリヒ」とプラルは言うと、ぎょっとして飛びすさろうとするエッシェリヒの鼻をふざけて強くはじいた。「今度また自分が一番利口だと思ったり、勝手なことをしたり、プラル大将はただのアホだと思ったりしたときには、すぐにそう言ってくれ。そしたら、治療のためにまたちょっと地下室へ送ってやる。症状が悪化する前にな。どうだ?」

エッシェリヒ警部は硬直したまま、上官を見つめていた。目が見えない人でも音でそれと分かるほど、エッシェリヒはがたがた震えていた。

「それではエッシェリヒ、今度また自分がえらく利口だと思ったときには、すぐに言ってくれるか?」

「承知しました、大将殿!」

「捜査の進捗がはかばかしくないときにも言ってくれ。ネジを巻いてやるぞ」

「承知しました、大将殿!」

「そうか、それではこれで決まりだ、エッシェリヒ!」

エッシェリヒが充分卑屈になったと見るや、驚いたことにプラルは突然彼に手を差し伸べた。「エッシェリヒ、またきみの仕事ぶりが見られることになってよかった。素晴らしい協力を期待しているぞ。さて、それでは差し当たってどうするつもりだ?」

「ノレンドルフ広場を管轄している警察署の署員に、正確な人相書きを作成させます。これでやっと犯人の人相が分かります。被疑者二人の取り調べに当たった人間には、まだ犯人の名前の記憶がかすかに残っているかもしれません。それと、ツォットが始めた家宅捜索を続行し……」

「分かった分かった。それでは、とにかく始めてくれ。毎日、私に報告するように」

「承知しました、大将殿!」

これが、職務に戻った際にエッシェリヒ警部の印象に残った、二人目の人物との会話だった。ちなみに、折れた前歯を治してからは、彼の外見には地下牢での体験を感じさせるようなところはもうなかった。それどころか、同僚たちは、あれ以来エッシェリヒはうんと感じのいい奴になったと感じた。かつての、人を小馬鹿にしたような雰囲気はすっかり影を潜めていた。誰に対しても、彼はもう優越感を持つことができなかった。

エッシェリヒ警部は働いた。捜査し、尋問し、人相書きを作成し、資料を読み、電話をかけた。以前と同じように、エッシェリヒは働いた。だが、傍《はた》からは分からなくても、そして彼自身、いつか震えずにプラル大将と話ができるようになりたいと思っていても、エッシェリヒは、自分が以前の自分には二度と戻れないことを知っていた。彼はもうロボットに過ぎなかった。機械的に作業をこなしているに過ぎなかった。優越感が消えるとともに、仕事の喜びも失われてしまった。うぬぼれは彼にとって、果実を熟させるために必要な肥料だったのだ。

エッシェリヒはそれまで、自分の身は安全だと思っていた。自分に災難が降りかかることなどあり得ない、と常に思っていた。自分は他の人間とはまったく違う人間なのだと思っていた。だが、親衛隊員ドバートに顔面を殴りつけられ、恐怖という感情を知ったとき、エッシェリヒはこうした思い違いのすべてをたちまち捨て去らざるを得なかった。わずか数日のあいだに、エッシェリヒは恐怖という感情を徹底的に学んだ。死ぬまで二度と忘れられないほど徹底的に。彼には分かっていた。外見がすっかり元通りになろうと、どんな功績を挙げようと、どんな名誉を与えられ表彰されようと、自分は虫けらだ、と。一発の殴打で、自分は、泣き喚き、震え上がり、縮み上がる虫けらになってしまうのだ。あのスリと大差ない、いや、まったく変わりない虫けらに！　何日も同房で過ごしたあのちっぽけな、悪臭を放つ、臆病者のスリが大急ぎで唱えていた懇願の言葉が、彼の耳について離れなかった。

だが、そんなエッシェリヒを何とか持ちこたえさせていたのは、クラバウターマンへの思いだった。奴を捕まえねば。あとはどうなっても構わない。私の不幸のもととなった男の顔を見てやらなければ。奴と話をしなければ。自分がどれほどの不幸と不安と苦しみを大勢の人間に与えたかを、あの狂信者に面と向かって言ってやる。闇に潜んでいる敵を打ち砕いてやる！

捕まえることができたなら！

47　運命の月曜日

クヴァンゲル夫妻にとって致命的な日となった、その月曜日――

エッシェリヒが職場に復帰して八週間が経過した、その月曜日――

エミール・バルクハウゼンに懲役二年、クレープスに懲役一年が言い渡された、その月曜日――

バルドゥル・ペルジッケがようやくナポーラからベルリンに戻り、断酒施設にいる父親を見舞ったその月曜日――

トルーデル・ヘアゲゼルがエルクナー駅の階段から転落して流産したその月曜日――

その運命の月曜日、アンナ・クヴァンゲルはインフルエンザで高熱を出し、寝込んでいた。ベッドの傍らにはオットー・クヴァンゲルが座っていた。往診に来た医者が帰っていったところだった。その日オットーが葉書を持って出るべきかどうかについて、夫妻は言い争っていた。

「あなたが行っちゃ駄目よ。そう決めたじゃないの、オットー。葉書を置きに行くのは明日か明後日でもいいわ。起きられるようになったら、私が行くから！」

「葉書をうちの中に置いておきたくないんだ、アンナ！」

「じゃあ私が行ってくるわ！」そう言うと、アンナはベッドの上で上体を起こした。

「寝てなきゃだめだ！」彼は彼女を布団の中に押し戻した。「アンナ、馬鹿言っちゃいけない。俺はこれまで百回も二百回も葉書を置いてきたんだ」

そのとき、玄関の呼び鈴が鳴った。

盗みの現場を取り押さえられた泥棒のように、二人はぎょっとして身をすくめた。ベッドの上に置いてあった二枚の葉書を、クヴァンゲルはさっとポケットに隠した。

「一体誰かしら」アンナが不安そうに尋ねた。

彼も不安そうに言った。「午前十一時だ。こんな時間に一体誰が……」

アンナが言った。「弟の家で何かあったのかしら。それとも、お医者さんが戻ってきたのかも」

再び呼び鈴が鳴った。

「ちょっと見てくる」と彼はつぶやいた。

「だめよ」と彼女は言った。「じっとしてて。いつもどおりに二人で葉書を持って家を出ていたとしたら、今頃はどっちみち誰も家にいないはずでしょ」

「見に行くだけだよ、アンナ」

「だめよ、ドアを開けないで、オットー。お願いだから。嫌な予感がするの。ドアを開けたら、不幸が家に入ってくる！」

「そうっと見に行って、まずお前に知らせるから」

彼は行ってしまった。

ベッドの中で、彼女はイライラしながら待っていた。彼女は腹を立てていた。あの人は一度も折れてくれたことがないし、頼みを聞いてくれたこともない！　あの人のやっていることは間違ってる。ドアの外で、不幸が待ち伏せしている。だのに、不幸が本当に今そこにやってきているのに、あの人はそれに気づいていない。しかも、約束さえ守らないのね！　ドアを開ける音がしたわ。誰かと話している。まずお前に知らせるから、と固く約束したのに。

「ねえ、何なの？　オットー、教えて。イライラして死にそう。誰なの？　まだうちの中にいるみたいだけど？」

「大したことじゃないよ、アンナ。工場から言付《ことづ》けを届けに、使いの男が来ただけだ。午前のシフトの職工長が事故で怪我をしたそうだ。代わりに俺にすぐ来てほしいと言うんだ」

少しほっとして、彼女はまたベッドに横になった。

「それで、行くの？」

「もちろんさ」

「お昼ご飯、まだ食べてないじゃない」

「従業員食堂で何か食べるよ」

「パンだけでも持っていって」

「そうするよ。アンナ、心配しなくていいから。長い間一人にしておかなきゃならないのは可哀想だが」

「どっちみち一時には出なきゃならないわ」

「午前のシフトが終わっても、まだ自分のシフトがある」

「その人、まだ待ってるの？」

「ああ、これから彼と一緒に工場に行く」

「じゃあ、早く戻ってね、オットー。今日は市電で帰ってね」

「そうするよ、アンナ。ゆっくりお休み」

出て行こうとする彼を、彼女は呼び止めた。「ねえオットー、その前にキスして」

少しびっくりし、少しまごつきながら、彼は戻ってきた。妻からそんな愛情表現を要求されることに、まったく慣れていなかったからだ。彼は妻の口に唇を押し当てた。

彼女は彼の頭をしっかりと引き寄せ、強くキスをした。「私ったら馬鹿よね、オットー」と彼女は言った。「私、まだ怖くて。きっと熱のせいね。でも、もう行かなきゃ！」

こうして二人は別れた。自由の身の二人が会うのは、これが最後となった。出発の慌ただしさに、二人とも、彼がさっきポケットに入れた葉書のことを忘れていた。

だが、使いの男と一緒に市電の座席に座るとすぐ、オットーは葉書のことを思い出した。ポケットの中を探ってみると、葉書はそこに入っていた。しまった、と彼は思った。思い出すべきだった！葉書は家に置いてきたほうがよかった。今からでも市電を降りて、どこかのビルに置いてきたほうがいい。だが、使いの男を納得させられるような言い訳が見つからなかった。こうして、彼は葉書を工場に持ち込むことになった。そんなことは今までしたことがなかったし、してはならないことだった。だが、今となってはもう遅かった。

彼は便器の前に立っていた。手にはすでに葉書が握られている。だが、葉書を破って便器に流そうとしたそのとき、あんなにも長い時間をかけ、あんなにも苦労して書き上げた文面が目に入った。力強い、印象的な文章だ、と彼は思った。こんな武器を捨ててしまうのはもったいない。彼に葉書の廃棄を思いとどまらせたものは、節約精神（つまり、彼のいわゆる「しみったれた根性」）だけでなく、労働に対して彼が抱いていた敬意でもあった。彼にとって、労働によって作り上げられたものはすべて神聖であり、労働を無益に破壊することは罪だった。

だが、上着のポケットに葉書を入れたまま工場に出るわけにはいかなかった。そこで彼は、昼食のパンとコーヒーの魔法瓶が入っている鞄に葉書をしまった。クヴァンゲルは、鞄の側面の縫い目にほころびがあることは重々承知していた。もう何週間も前に、修理に出そうと思ったのだ。だが、無愛想な皮革職人は、「ちょうど仕事が立て込んでるから、修理には少なくとも二週間かかる」と言った。二週間も鞄なしの生活をするわけにはいかなかったし、ほころびがあるからといって中のものがこぼれ出たこともなかった。そこで、彼は何の心配もなく葉書を鞄に入れた。

彼は、工場内をゆっくりと見回りながらロッカールームへ向かった。働いているのは、彼にはなじみのない昼勤の工員たちだった。知った顔はほとんどいなかった。彼は何度か会釈した。一度、作業に手を貸した。工員たちは興味津々で彼を見ていた。大勢の工員が彼の評判を知っていた。ああ、あれが変わり者のクヴァンゲルだ。だけど、あいつの部下は誰もあいつの悪口を言わない。あいつは公平だ、それは認めてやらないとな。とんでもない、あいつは鬼監督だよ。人使いがめちゃくちゃ荒いんだ。ところが、あいつの部下は誰もあいつの悪口を言わない。あいつ、何ておかしな男なんだ。首に蝶番でも入ってるのかな、それであんなおかしな首の振り方をするのかな。シーッ、静かに、あいつが戻ってきた。あいつはおしゃべりが死ぬほど嫌いなんだ。おしゃべりをする奴は徹底的に睨みつけられるぞ。

オットー・クヴァンゲルは鞄をロッカーに入れ、ロッカーの鍵をポケットにしまった。これでよし。十一時間後には葉書を工場から持ち出せる。そのときには夜中になってるが、葉書をどこかへ置いてこよう。家に持ち帰るわけにはいかない。アンナの奴、葉書を置いてこようとしてベッドから起き出しかねない。

いつもの午後のシフトとは違い、クヴァンゲルは作業場の真ん中に陣取っているわけにはいかなかった。何という私語の多さだ！　彼は、工員たちのグループを一つ一つ見て回らなければならなかった。しかも、彼の沈黙と凝視の意味が分からない工員もいた。それどころか、職工長をおしゃべりに引き込もうとする不心得者さえいた。ここでは仕事以外のことをしてはいけないんだと工員たちが理解しておしゃべりをやめ、作業が午後のシフトと同程度に捗るようになるまでには、かなりの時間がかかった。

クヴァンゲルがいつもの監督場所に戻ろうとしたときだった。彼の足が止まった。彼は目を見開いた。衝撃が体を突き抜けた。目の前の床に、鋸屑と鉋屑に覆われた作業場の床に、二枚の葉書の一枚が落ちていたのだ。

ぴくっと彼の指が動いた。とっさに彼は葉書をこっそり拾おうとしたが、そのとき、二歩先にもう一枚落ちていることに気づいた。人に見られずに二枚とも拾うことは不可能だった。工員たちの誰かの目が、臨時の職工長に常に向けられていた。それに女子工員たちときたら、まるで今まで一度も男を見たことがないと言わんばかりに彼をじろじろ見ている。

ええい、彼らが見ていようが見ていまいが、拾えばいいだけの話だ。彼らに何の関係があるというんだ。だめだ、そんなことはできない。葉書は十五分前からここに落ちていたはずだ。まだ誰にも拾われていなかったのは奇跡だ。もしかしたら、もう誰かが拾って、内容に気づいてすぐにまた捨てたのかもしれない。俺が葉書を拾ってポケットに隠すところをそいつに見られたら!

危ない危ない! クヴァンゲルの心の中で、そう叫ぶ声がした。危険すぎる! 葉書は放っておけ。葉書に気づかないふりをしろ。誰か他の人間に見つけさせるんだ。自分の席に着け!

だが、そのとき突然、オットー・クヴァンゲルの心の中で奇妙なことが起きた。二年の長きにわたって、彼は葉書を書き、それを撒き続けてきた。だが、それが他人に及ぼす影響を見たことは一度もなかった。彼は暗い穴蔵にこもって生きてきた。葉書が及ぼす影響を、葉書が巻き起こすに違いない興奮の渦を、彼はもう百回も心に思い浮かべていた。だが、実際にそれを目にしたことは一度もなかった。

一度それを見てみたい。一度でいいから! 大丈夫、ばれはしない。俺は、八十人いる労働者のうちの一人に過ぎない。みんな、俺と同じように疑いをかけられる。いやむしろ、俺よりも疑われるだろう。俺はみんなから、政治とは無縁の仕事人間だと思われてるから。一か八かだ。一度、どうしても見てみたい。

考えがまとまるより前に、彼は工員の一人に声をかけていた。「おい、そこのお前! それを拾ってくれ。誰かが落としたんだろう。それは何だ? 何をそんなに驚いてるんだ?」

彼は工員の手から葉書を取り、それを読むふりをした。だが、読むことはできなかった。自分が書いたブロック体の大きな文字を、彼は読むことができなかった。葉書を見つめる工員の顔から視線を逸らすことができなかったからだ。工員ももう葉書を読んではいなかった。工員の手は震え、目には恐怖の色が浮かんでいた。

クヴァンゲルは工員の顔を見つめた。そうか、恐怖か。恐怖しかないのか。この男は葉書を読み通してさえいない。最初の一行を読んだだけで、もう恐怖に圧倒されてしまったのだ。

クヴァンゲルは、くすくす笑う声に気づいて視線を上げた。作業場の工員の半数が、勤務時間中に突っ立って葉書を読んでいる二人を見つめている。それとも、何か恐ろしいことが起きたことに、彼らはすでに勘づいているのだろうか。

クヴァンゲルは工員の手から葉書を取り上げた。ここからは、この芝居は彼一人で演じるしかなかった。工員はすっかり怖じ気づいて、何もできない状態だった。

「労働戦線の代表者はどこだ? 丸鋸盤を使っている、コール天のズボンの男? 分かった、お前は仕事を続けろ。おしゃべりはやめろ、でないとひどい目に遭うぞ」

「聞いてくれ」クヴァンゲルは、丸鋸盤で作業している男に向かって言った。「ちょっと廊下に出てくれ。渡したいものがある」。そして、二人で廊下に出ると、彼は言った。「この二枚の葉書なんだが。あそこにいるあの男が拾った。俺が見つけたんだ。役員に届けたほうがいいと思うんだが、どうだ?」

相手は葉書を読み始めた。彼も冒頭部分しか読まなかった。「これは何です?」と彼は愕然として尋ねた。「こんなものが作業場に落ちてたんですか? ああどうしよう、これはえらいことになった。今、これを拾い上げたのは誰だって言いました? 拾い上げるところを見たんですか?」

「俺が拾ってくれと言ったんだ。葉書を最初に見つけたのは俺かもしれない。あくまで、推測だが」

「ああどうしよう、こんなもの、どうすりゃいいんだ。さっさと便所に捨ててしまおう!」

「役員に届けたほうがいい。でないと、お前が怪しまれるぞ。それを拾った男が口が堅いとは限らない。すぐに行ってこい。そのあいだ、丸鋸盤の作業は俺が代わりにやっておく」

うっかり触ると火傷する危険のあるものを持つように、葉書を指先でつまむと、男は不承不承出て行った。

クヴァンゲルは作業場に戻った。だが、すぐに丸鋸盤の前に立つわけにはいかなかった。作業場全体が大騒ぎになっていたからだ。まだ誰も確かなことは知らなかったが、何かが起きたということは全員が知っていた。工員たちは頭を寄せ合い、ひそひそ話をしていた。静かにさせようとして職工長が無言のまま鳥のような鋭い目で睨んでも、今回は効果がなかった。彼は、大声で叱りつけたり、罰を与えると脅したり、怒り狂って見せたりしなければならなかった。そんなことは、もう何年もしたことがなかった。

作業所のある場所が静かになると、他の場所がその分一層うるさくなった。作業場がある程度落ち着いてきたとき、クヴァンゲルは、二〜三の作業台に空席があることに気づいた。つまり、便所でさぼっている奴がいたのだ。彼は彼らを便所から叩き出した。すると、一人が悪びれもせず尋ねた。「さっき職工長が読んでいたのは何だったんですか。イギリスのビラだというのは本当ですか?」

「仕事に戻れ!」とクヴァンゲルは不機嫌な声で言うと、工員たちを作業場に追い立てた。

作業場では、工員たちがまたおしゃべりを始めていた。彼らは数人ずつ、小さなグループを作って集まっていた。蜂の巣をつついたような大騒ぎだった。クヴァンゲルは、行ったり来たりしながら、怒鳴ったり脅かしたり罵ったりしなければならなかった。彼の額には汗が浮かんできた。

そのあいだ、彼はこんなことを考え続けていた。これで、初めて葉書の効果を見た。恐怖だけだった。恐怖のあまり、彼らは読み続けることさえできなかった。だが、こんなことは別に何でもない。工員たちは、自分が監視されていると感じている。葉書を発見した人間は、たいていはそのとき一人きりだったはずだ。彼らは葉書をじっくり読み、考えることができたはずだ。そうすれば、葉書はまったく違った影響を及ぼしたはずだ。馬鹿な実験をやってしまった。この実験がどうなるか見てみるとしよう。俺が葉書を見つけ、職工長として引き渡しておいてよかった。これで、疑いをかけられずに済む。そうだ、俺は何も危ないことはしていない。たとえ家捜しされたとしても、何も出てきはしない。アンナはびっくりするだろうが。いや、家宅捜索が始まる前に家に帰れるだろう。そうすればアンナは不意打ちを食らわずに済む。十四時二分か。そろそろ勤務交代の時間だ。さあ、俺のシフトが始まる。

だが、交代はおこなわれなかった。作業場のチャイムは鳴らず、交代の工員（クヴァンゲルが本来受け持っている工員）は現れず、機械は音を立てて動き続けていた。工員たちはいよいよ本格的に動揺し始めた。彼らは頭を寄せ合っては時計ばかり見ていた。

クヴァンゲルは、工員たちに私語をやめさせようとするのを断念せざるを得なかった。一人対八十人では、もうどうしようもなかった。

突然、事務所の人間が一人現れた。びしっと折り目のついたズボンを穿き、党員章を着けた、身なりのいい男だった。彼はクヴァンゲルの脇に立つと、機械の喧噪に負けまいと声を張り上げた。「従業員諸君！　聞いてくれ！」

工員全員の顔が一斉に彼のほうを向いた。好奇心丸出しの顔、期待に満ちた顔、陰気な顔、反感むき出しの顔、無関心な顔。

「特別な理由により、従業員諸君には差し当たって引き続き、作業を続けてもらうことになった。超過勤務手当は支給する」

彼はここで言葉を切った。全員が固唾を呑んで見守っていた。それで終わりなのか？　特別な理由により、だって？　もっと詳しく聞かせてもらわないと！

だが、彼はこう叫んだだけだった。「作業を続けてくれ！　従業員諸君！」

そして、クヴァンゲルのほうを向いて言った。「職工長、工員たちを落ち着かせ、作業に集中させてほしい。葉書を拾い上げた男は誰だ？」

「葉書を最初に見つけたのは私だと思います」

「それは分かっている。そうか、あの男だな。名前は知っているか？」

「知りません。彼らは私が監督している工員ではありませんので」

「それは分かっている。ああそうだ、工員たちに伝えておいてくれ。差し当たり、便所の使用は不可、作業場を出ることは禁止だ。どのドアにも、外側に歩哨が二名ずつ立っている」

そう言うと、びしっと折り目のついたズボンを穿いた男はクヴァンゲルに軽く会釈して出て行った。

クヴァンゲルは作業台を一つ一つ回った。まず、作業状況を確認し、工員たちの手元を見てから、彼は言った。「作業場を出ること、便所に立つことは差し当たり禁止だ。どのドアにも、外側に歩哨が二名ずつ立っている」

工員たちに質問する時間の余裕を与えず、彼はすぐに次の作業台へ向かうと、同じ言葉を繰り返した。

工員たちに私語を禁じたり、彼らを仕事に追い立てたりする必要はもうなかった。全員が歯を食いしばって黙々と作業していた。誰もが、自分の身に危険が迫るのを感じていた。八十人の工員のうち、国家に対して何らかの罪（それがたった一言、不用意なことを言っただけだったにせよ）を犯したことのない者は一人もいなかったからだ。誰もが危険に脅かされていた。誰もが命の危険に脅かされていた。誰もが不安を感じていた。

だが、そのあいだにも彼らは棺を作り続けた。外へ運び出せなくなったため、彼らは棺を作業場の隅に積み上げた。最初は二つか三つだったのが、時間が経つにつれてその数は次第に増えていった。次々と積み上げられた棺の塔がやがて天井にまで達すると、彼らはその隣に新たに棺を積み上げていった。従業員一人一人のための棺を。ドイツ国民一人一人のための棺を。彼らはまだ生きていた。だが、彼らがこしらえているのは自分たちの棺だった。

クヴァンゲルは彼らの真ん中に立ち、左右にぎくしゃくと首を動かし続けていた。彼も危険を感じてはいた。だが、危険を感じながら、彼は笑っていた。俺は絶対捕まらない。俺の冗談に、工場全体が混乱している。だが、俺は馬鹿な年寄りのクヴァンゲルだ。しみったれのクヴァンゲルだ。俺は絶対疑われない。俺はこれからも戦う。戦い続けてやる。

と、そのときドアが開き、びしっと折り目のついたズボンを穿いた男が再び入ってきた。彼の後ろから、もう一人、ひょろっと背の高い男が現れた。砂色の口髭をそっと撫でながら。

即座に、すべての作業台の作業が止まった。

そして、びしっと折り目のついたズボンを穿いた男が

「従業員諸君、終業だ」と叫んでいたあいだに――

工員たちが安堵と不審の入り混じった面持ちで道具類を片付けていたあいだに――

彼らのうつろな目が次第に光を取り戻していったあいだに――

そのあいだに、砂色の口髭を生やした背の高い男は言った。「職工長クヴァンゲル、国家反逆罪容疑で逮捕する。目立たないように、私の先に立って静かに部屋を出るんだ」

可哀想なアンナ、とクヴァンゲルは思った。鳥に似たその顔を高く上げ、彼は、エッシェリヒ警部の先に立ってゆっくりと作業場を出て行った。

48　エッシェリヒ警部の栄光の月曜日

今回のエッシェリヒ警部の行動は、迅速にして完璧だった。

「家具製造会社クラウゼ社の、作業員八十名の作業所で葉書が二枚見つかった」という電話連絡を受けたとき、彼には即座に分かった。長らく待ち望んできた瞬間がようやく訪れた。待ちに待った間違いを、とうとうクラバウターマンがやってくれたのだ。今こそ奴を捕まえるときだ！

その五分後には、彼は工場全体の封鎖に必要な人員の手配を済ませ、プラル大将自らが運転するメルセデスに同乗して工場に向かっていた。

従業員八十名を作業所から即刻連行し、真実が明らかになるまで一人一人尋問しようとプラル大将が提案したのに対し、エッシェリヒは言った。「大至急、作業所の従業員全員の名前と住所の一覧表を見たい。すぐに見せてもらえるか？」

「五分で用意します。工員たちはどうしますか。あと五分で終業時間ですが」

「交代の時間が来てもそのまま作業を続けるよう、工員に指示すること。理由は言わなくていい。作業所の各出入り口に二人ずつ、歩哨を配置する。誰も作業所から出さないこと。すべて、できるだけ目立たないようにおこなうこと。工員に動揺を与えてはならない」

事務員が一覧表を持ってくると、エッシェリヒは言った。「葉書犯はヒョドヴィエキ通りかヤブロンスキ通り、あるいはクリストブルガー通りに住んでいるはずだ。八十人の中に該当者はいるか？」

彼らは一覧表に目を通した。該当者なしだ！一人もいないぞ！

このときも、幸運がオットー・クヴァンゲルを救おうとしているかに見えた。その日彼はいつもと違うシフトで働いていたため、彼の名は一覧表に載っていなかった。

エッシェリヒ警部は下唇を突き出し、すぐにまた引っ込め、たった今まで撫でていた口髭を二〜三度強く嚙んだ。確信があっただけに、失望も計り知れなかった。

だが、お気に入りの口髭に嚙みついたほかは失望を外に表さず、彼は冷静な口調で言った。「それでは、工員一人一人について教えてほしい。誰か、詳しい説明ができる人間は？　あなたが人事部長？　結構、それでは『アーベキング、ヘルマン（Abeking, Hermann）』から始めよう。この工員について分かっていることを話してほしい」

この作業の進行は果てしなく緩慢だった。一時間十五分かけて、やっとHまで順番が回ってきた。

プラル大将はタバコを吸い、すぐに揉み消した。次に囁き声で私語を始めたが、それもすぐに途絶えてしまった。それから、窓ガラスを指で叩いてマーチを演奏した。突然、彼は怒鳴った。「こんな馬鹿なことはやめだ。こんなことより、ずっと簡単に……」

エッシェリヒ警部は目も上げなかった。今ようやく、上官に対する恐怖から解放されたのだ。犯人はこの中にいるはずだ。だが、犯人の住所の件で見込みが外れたのがどうにも腑に落ちない。プラルがしびれを切らそうが構うものか。工員全員を尋問するつもりなどない。

「続きを頼む」

「ケンプファー、オイゲン（Kämpfer, Eugen）。これは職工長です」

「すみません、ちょっといいですか？　彼は外してもいいと思います。今朝の九時に鉋台で手を負傷し、職工長クヴァンゲルと交代しています」

「それでは、次に行きます。クルル、オットー（Krull, Otto）……」

「たびたびすみません。警部さんにお渡しした名簿に、職工長クヴァンゲルは載っておりませんが……」

「いちいち邪魔しないでくださいよ。何時間ここに座っていなきゃならないんです？　あのクヴァンゲルの間抜けなんて、端から問題外だ！」

だが、エッシェリヒは「そのクヴァンゲルという男はどこに住んでいる？」と尋ねた。彼の心に、再び一縷の希望の光が射し込んできた。

「調べてみないと分かりません。彼はこの勤務時間帯の人間ではないので……」

「それでは調べてほしい。少し急いでもらいたい。全員の名簿を見せてくれと言ったはずなんだが……」

「もちろんすぐに調べさせます。ですが警部さん、そのクヴァンゲルというのはほとんど耄碌したような爺さんですし、長年ここで働いている人間です。あの男のことなら何もかも分かっていま……」

エッシェリヒは相手を身振りで黙らせた。ある人間のことを何から何まで知っていると思い込むことがどれほど間違っているか、彼には分かっていた。

「それで？」と彼は戻ってきた若い事務員に期待を込めて尋ねた。「それで？」

事務員はちょっともったいぶった口調で言った。「職工長クヴァンゲルの住所は、ヤブロンスキ通り、番地は……」

エッシェリヒは飛び上がった。柄にもなく興奮した口調で彼は言った。「それだ！　クラバウターマンを捕まえたぞ！」

プラル大将が叫んだ。「そいつを連れてこい！痛めつけてやれ。痛めつけて、痛めつけてやる！」

誰もが興奮していた。

「あのクヴァンゲルが！　信じられない。あのクヴァンゲルが？　あの間抜けな年寄りが？　あり得ない！　だが、葉書を最初に見つけたのはあいつだった！　自分でそこに置いたとすればそれも当然だ！　だが、自分で自分を罠にはめる馬鹿がいるか？　クヴァンゲルだなんて、あり得ない！」

他を圧倒したのがプラルの怒鳴り声だった。「そいつを連れてこい！　痛めつけて、痛めつけてやる！」

最初に落ち着きを取り戻したのはエッシェリヒ警部だった。

「一言よろしいでしょうか、大将殿。まず、クヴァンゲルの家で簡単な家宅捜索をおこないたいと思うのですが」

「どうしてそんな回りくどいことを？ そんなことをしているうちに、逃げられたらどうする！」

「誰もここから出られないようにしてあります。それに、どんな言い逃れもできなくなるような、有罪の確たる証拠が奴の家から見つかったらどうでしょう。それこそうんと手間が省けます。今こそ家宅捜索をすべきときです。自分に疑いがかけられていることを、奴も奴の家族もまだ知らない今こそ」

「自白するまで、腸をクランクで体からじわじわ引きずり出してやったほうがずっと簡単だとは思うんだが、まあいい。すぐに女房も逮捕しよう。だがエッシェリヒ、言っておくが、そんなことをしているうちにもしも奴が工場の機械に身を投げて死んでしまったりしたら、また貴様をひどい目に遭わせてやるからな！ 私は奴が吊されるところが見たいんだ」

「ご覧になれますとも！ ドア越しに、クヴァンゲルを絶えず見張らせておきます。諸君、我々が戻るまで仕事を続けさせておいてくれ。一時間ほどで戻れると思う」

49　アンナ・クヴァンゲルの逮捕

オットー・クヴァンゲルが出かけたあと、アンナ・クヴァンゲルはしばらく意識朦朧としていたが、やがてぎょっとして飛び起きた。布団の中に手を突っ込んで、彼女は二枚の葉書を探した。が、見つからなかった。いくら考えても、オットーが葉書を持って出たという記憶はなかった。そうよ、オットーは葉書を持って行ってないわ、と彼女ははっきり思い出した。明日か明後日、私が葉書を持っていくって、二人で話し合って決めたんだわ。

　だから、葉書は家の中にあるはずだった。彼女は葉書を探し始めた。高熱のせいで、寒気がしたりかっと熱くなったりした。彼女は家中を引っかき回した。洗濯物の中を探し、ベッドの下にもぐり込んだ。息苦しくなってどうしても続けられなくなると、ときどきベッドの端に腰掛けて休んだ。布団にくるまって虚空を見つめていると、彼女は葉書のことをすっかり忘れてしまった。だが、すぐにまた飛び上がっては、家捜しを再開した。

そんなことを続けて数時間が過ぎた頃、玄関の呼び鈴が鳴った。彼女ははっとした。誰かが呼び鈴を鳴らした？　一体誰？　誰が何の用？

彼女はまた意識がぼんやりしてきたが、二度目の呼び鈴で飛び起きた。今度の呼び鈴の音は長かった。その音は、ドアを開けろとけたたましく要求していた。しかも、今度は拳でどんどんとドアを叩く音までした。怒鳴り声が聞こえた。「開けろ！　警察だ！　すぐに開けるんだ！」

アンナ・クヴァンゲルは微笑んだ。微笑みながら、再びベッドに横になり、布団をかぶった。そうやって呼び鈴を鳴らして、怒鳴っているといいわ。私は病気なの。だから、ドアを開けなくてもいいの。また来るといいわ、オットーが帰ってきてからね。私は開けないわ。

呼び鈴の音、怒鳴り声、ドアを叩く音は止まなかった。何て馬鹿な連中なの！　そうやってれば私が開けるとでも思ってるの？　ほっといて！

朦朧とする意識の中で、彼女は、行方不明の葉書のことも、この警察の訪問がどんな危険を意味するのかも考えていなかった。彼女はただ、「病気なんだから、ドアを開けなくていいの」とだけ考えていた。

だがもちろん、やがて五～六人の男たちが部屋に入ってきた。鍵屋を呼んだか、合い鍵でドアを開けたのだ。ドアにチェーンはかかっていなかった。オットーが出かけたあと、病気で寝ていたせいで彼女はチェーンをかけなかったのだ。今日に限って。ふだんはいつもかけていたのに。

「アンナ・クヴァンゲルだな？　職工長オットー・クヴァンゲルの妻だな？」

「はい、そうです。結婚してもう二十八年になります」

「我々が呼び鈴を鳴らし、ドアを叩いているのに、なぜドアを開けなかった？」

「病気だからです。インフルエンザなんです」

「芝居をするな！」黒い制服を着た太った男が怒鳴った。「本当はピンピンしているくせに。仮病だ！」

エッシェリヒ警部は、上官に向かってまあまあとなだめるように手を振った。この女が本当に病気だということは子どもでも分かる。この女が病気だというのは好都合かもしれない。熱に浮かされると、人間、口が軽くなるからな。部下たちが家捜しを始めると、エッシェリヒは再び女のほうを向いた。彼は彼女の熱い手を取ると、同情しているような口調で言った。「クヴァンゲル、あんたに悪い知らせを伝えなきゃならないんだが……」

彼はここで言葉を切った。

「それで？」と女は尋ねたが、その顔には少しも心配そうなところがなかった。

「あんたの亭主を逮捕した」

女は微笑んだ。アンナ・クヴァンゲルは微笑んだだけだった。微笑みながら彼女は首を振ると、言った。「やめてください。そんなおかしなこと仰らないで。オットーが逮捕されるはずがありません。夫はちゃんとした人間です」彼女は警部のほうへ身を屈めると囁いた。「私がどう思っているか、教えてあげましょうか。これはみんな夢なの。熱のせいよ。先生はインフルエンザだと言ってた。熱があるから、こんな夢を見るのね。みんな夢なんだわ。あんたも、黒い制服の太った男も、あそこで、引き出しの中の下着を引っかき回しているあの男も。そうよ、オットーは逮捕されてなんかいない。これは夢なのよ」

エッシェリヒ警部も囁き声で言った。「クヴァンゲル、今度は葉書の夢も見てもらおう。亭主がいつも書いていた葉書のことは知っているだろうな？」

熱で意識朦朧としていたとはいえ、アンナ・クヴァンゲルは「葉書」という言葉を聞くとはっとした。彼女はびくっとした。警部に向けられているまなざしは、一瞬、完全に正気を取り戻した。だが、すぐにまた微笑むと、彼女は首を振りながら言った。「一体どんな葉書？　夫は葉書なんか書きません！　うちで何か書くことがあれば、そういうことは私がやっています。でも、私ももう長い間葉書なんか書いていません。息子が戦死して以来、葉書は書いていません。オットーが葉書を書いたなんて、あなた、夢を見ているんですよ」

警部は、アンナがびくっとしたのを見た。だが、びくっとしただけでは証拠にはならない。そこで警部は言った。「そうか、息子が戦死して以来、二人で葉書を書いていたんだな。最初の葉書のことは、もう覚えちゃいないか？」

彼は、一種厳かな口調で暗唱した。「母よ！　総統は私の息子を殺した。総統はあなたの息子たちも殺すだろう。この世のあらゆる家に悲しみをもたらしても、総統はまだやめないだろう……」

彼女は耳を傾け、微笑み、そして言った。「それはどこかの母親が書いたんです。オットーはそんなもの書いていません。あなたは夢を見ているんです」

すると、警部は言った。「書いたのはオットーだ。お前が口述したんだ。白状しろ！」

だが、彼女は首を振った。「違います。私にそんな文句が口述できるはずがありません。そんな文句を思いつくほど、私の頭は……」

警部は立ち上がり、寝室を出た。居間に入ると、彼は部下と一緒に筆記用具を探し始めた。インク瓶とペンとペン先、それに軍事郵便の葉書が一枚見つかった。彼はそれを注意深く眺めると、それを手にしてアンナ・クヴァンゲルの元に戻ってきた。

その間に、プラル大将は彼流のやり方でアンナを尋問していた。インフルエンザだの熱があるだのは嘘っぱちだ、仮病を使っているんだ、とプラルは確信していた。だが、本当に病気だと思ったとしても、彼の尋問方法はほんの少しも変わりはしなかっただろう。彼はアンナ・クヴァンゲルの両肩を乱暴に摑むと揺さぶり始めた。ベッドの木枠に、頭が何度も激しくぶつかった。そうやって二〜三十回も、彼女の体をぐいと持ち上げてはマットレスに叩きつけながら、彼は怒鳴り続けた。「まだ嘘を吐く気か、この共産主義者のブタめが！　この嘘つきめが！　嘘つきめが！」

「やめて！」と女は回らぬ舌で言った。「やめてください！」

「葉書を書きましたと言え！　白状しろ、今すぐにだ。さもないと、頭をかち割ってやる、このアカのブタめ！」

一言発するたびに、彼は彼女の頭をベッドの木枠に叩きつけた。

その様子を、エッシェリヒ警部は寝室の入り口から、筆記用具を手に薄笑いを浮かべて眺めていた。まったく、こういうのがプラル大将の言う尋問なんだ。あと五分もこのまま続けたら、この女は五日間は尋問に耐えられない状態になるだろう。そうなったら、どんなに巧妙に考え抜かれた拷問を加えても、意識を取り戻すまい。

だが、あともう少しだけなら、これもそんなに悪くないかもしれない。ちょっとばかり恐怖と苦痛を味わわせてやろう。そうすれば、手荒なまねをしないほうの取調官になびいてくるのがそれだけ早くなるだろう。

エッシェリヒが寝室に戻ってきたのを見ると、プラルは暴行を中断し、半ば謝るような、半ば非難するような口調で言った。「この手の女どもにきみは甘すぎる、エッシェリヒ！　こういう女どもは、悲鳴を上げるまで締め上げてやらんとな！」

「仰るとおりです、大将殿。ただ、まずこの女に見せたいものがあるのですが、よろしいですか？」

エッシェリヒは、アンナのほうに向き直った。彼女は、目を閉じてベッドに横たわり、苦しそうに喘いでいた。

「クヴァンゲル、私の言うことを聞くんだ」

聞こえていないようだった。

エッシェリヒは、彼女をそっと抱き起こした。

「これでいい」と彼は穏やかに言った。「さあ、目を開けるんだ」

彼女は目を開けた。エッシェリヒの計算どおりだった。乱暴に揺さぶられたり脅されたりしたあとだけに、優しく丁寧に話しかける声を聞いて彼女はほっとしたのだ。

「あんたはさっき、二人とももう長い間葉書を書いていないと言ったな？　さあ、このペンを見てみろ。このペンは使ったばかりだ。今日か、昨日だな。インクが乾きっていない。ほら、爪で擦ると、インクが掻き落とせるじゃないか」

「そんなこと、私には分かりません」とアンナ・クヴァンゲルは素っ気なく言った。「主人に聞いてください。私には分かりません」

エッシェリヒは彼女をじっと見つめた。「重々分かっているはずだ、クヴァンゲル」と彼は語気を少々強めて言った。「分からないと言い張っているだけだ。もうばれていると自分でも分かっているんだからな」

「私たちは何も書いていません」とアンナ・クヴァンゲルは頑固に繰り返した。

「旦那にはもう聞く必要がないんだ」とエッシェリヒは畳みかけた。「もうすべて白状したからな。旦那が葉書を書き、あんたがそれを口述したと……」

「そうですか。オットーが自白したというなら、それでいいじゃないですか」とアンナ・クヴァンゲルは言った。

「ぶん殴ってやれ、エッシェリヒ！」突然プラルが割り込んできて怒鳴った。「図々しいあまだ。しゃあしゃあと嘘を吐きおって！」

だが、エッシェリヒは図々しいあまをぶん殴らず、こう言った。「旦那はポケットに葉書を二枚隠し持っているところを捕まったんだ。これでは否認しようがない」

熱に浮かされながら必死に探し回った二枚の葉書のことを聞かされると、アンナ・クヴァンゲルは再びびくっとした。やっぱり、彼が葉書を持っていったのね。明日か明後日、私が葉書を置きに行くからって、あんなに約束したのに。オットーは間違っていたわ。

彼女は必死に考えた。葉書のことで何かあったのは間違いない。だけど、オットーは何も自白していないわ。でなきゃ、家捜しをしたり私に尋問したりするはずがない。オットーが自白したとしたら、彼らは今頃……

そこからは、声に出して尋ねた。「オットーをここに連れてきたらどうですか。葉書、葉書って言われても、何のことか私では分かりません。一体どうして主人が葉書を書かなきゃならないんですか」

目と口を閉じると、彼女は再びベッドに倒れ込んだ。これ以上一言もしゃべるまい、と固く心に決めて。

エッシェリヒ警部は、彼女を見下ろして一瞬考えた。この女は疲れ切っている。差し当たってはこの女をどうこうすることはできまい。彼は向きを変えると、部下を二人呼んで命令した。「この女を隣のベッドに移し替えろ。それから、このベッドを徹底的に調べるんだ。大将殿、ちょっとよろしいですか」

エッシェリヒはプラルを部屋から出したかった。またプラル流の尋問が始まっては困る。おそらく、数日中にこの女が必要になるだろう。そのとき、この女には多少はまともな体と頭でいてもらわないと困る。それにこの女は、身体的脅威にさらされるとなおさら反抗的になる、少数派のタイプに属しているようだ。殴ったところで、何も聞き出せまい。

プラルは女の傍を離れたくなかった。彼としては、この売女を思い切り痛めつけてやりたいところだった。こんなにも長い間苦労させられたクラバウターマン事件に対する怒りを、この女にぶちまけてやりたいところだった。だが、刑事二人がここにいることだし……。それに、この女はどうせ今夜ゲシュタポ本部の地下牢にぶち込まれる。そうなれば、何をしようが勝手だ。

「あの女を逮捕するんだろうな、エッシェリヒ？」彼は居間に移動して尋ねた。

「もちろんです」エッシェリヒは部下の仕事ぶりをぼんやり眺めながら答えた。二人の刑事は、神経質なまでに徹底的にシーツや布団を一枚一枚広げては畳み直し、ソファーに長い針を刺して中身を探り、壁を軽く叩いて調べ回っていた。エッシェリヒは捕足して言った。「ですが、まずはあの女を尋問に耐える状態にする必要があります。あの高熱では、言われたことの半分しか理解していないでしょう。自分が命の危険にさらされていることを、まず理解させてやる必要があります。そうすればきっと怖じ気づいて……」

「私が今すぐ怖じ気づかせてやろう！」とプラルは唸った。

「そういうやり方はちょっと……。とにかく、そのためにはまず熱を下げる必要があります」とエッシェリヒは言いかけて、中断した。「おい、それは何だ」

小さな棚にほんの数冊だけ並んでいる本を調べていた部下の一人が、その中の一冊を振ったとき、白いものが床にひらひらと舞い落ちたのだ。

一番に駆けつけたのはエッシェリヒだった。彼は一枚の紙を拾い上げた。

「葉書だ！」と彼は叫んだ。「書きかけの葉書だ！」

そして、彼は読み上げた。「総統よ命令を、我らは従う！　そうだ、我々は従っている。我々は、総統の意のままに屠畜場へと追い立てられる羊の群れになってしまった。我々は考えることを放棄してしまったのだ……」

彼は葉書を持った手を下ろすと、周囲を見回した。

全員が彼を見つめていた。

「証拠が見つかったぞ！」とエッシェリヒは勝ち誇ったように言った。「犯人を捕まえた。有罪の証拠は完璧だ。強要された自白ではなく、犯罪行為の明白な証拠だ。長らく待った甲斐があったというもんだ！」

彼は周囲を見回した。彼の、色の薄い目は輝いていた。それは、待ちに待った栄光の時だった。一瞬、彼はこれまでの長い長い道のりを思い出していた。「こんなもの」と鼻で笑って気にも留めなかった最初の葉書から、今、手にしているこの葉書までを。勢いを増す洪水のように次々と舞い込んできた葉書を、着々と増えていった赤い小旗を、彼は思い出していた。小男のエンノ・クルーゲのことも、彼は思い出していた。

彼の脳裏に、警察署の留置場にうずくまるエンノの姿が甦った。真夜中のシュラハテンゼーの桟橋に、彼と並んで腰掛けたときのことが甦った。目の前で銃口が火を噴いたときには、てっきり失明したかと思ったものだった。彼の脳裏に、二人の親衛隊員に階段から投げ落とされ、血まみれで倒れている自分の姿が甦った。聖母マリアへの祈りを唱えながら親衛隊員にすがりつく、ケチなスリの姿が甦った。ほんの一瞬、彼はツォット警視のことも思い出した。可哀想に、市電の停留所云々の理論もこれで間違いだったことが証明されてしまったな。

それは、エッシェリヒ警部の栄光の時だった。辛抱強く待ち、多くを堪え忍んだ甲斐があった、と彼は思った。クラバウターマンをついに捕まえたのだ。最初、犯人にクラバウターマンというあだ名を付けたのはほんの冗談だった。だが、奴は本物のクラバウターマンになった。奴のせいで、人生という船がほとんど難破するところだった。だが、これで奴は逮捕された。獲物は仕留められた。ゲームは終わったのだ。

夢から覚めたように、エッシェリヒは顔を上げた。命令口調で彼は言った。「女を救急車で移送する。同行者は二名。ケンメル、女を任せる。尋問はするな。一切、女と話をするな。すぐに、医者を呼べ。三日で熱を下げろと医者に伝えろ、いいな、ケンメル!」

「承知しました、警部殿!」

「残りの人員で、ここをきっちり元通りに片付けろ。この葉書はどの本に挟んであった? ラジオ工作の解説本? よし! ヴレーデ、挟まっていたのと同じページに葉書を挟んでおいてくれ。一時間で何もかもすっかり元通りにするんだ。犯人を連れて、私はまたここへ戻ってくる。それまでに全員、退去しておけ。見張りは不要だ。分かったな?」

「承知しました、警部殿!」

「それでは参りましょうか、大将殿」

「エッシェリヒ、今見つかった葉書を女に突きつけてやらないのか?」

「何のためにです? 今、見せたところで、この高熱ではまともな反応は返ってきませんし、私にとって重要なのは亭主のほうだけです。ヴレーデ、どこかでアパートの玄関の鍵を見なかったか?」

「女のハンドバッグの中にありました」

「渡してくれ……どうも。それでは参りましょう、大将殿」

車で立ち去る彼らを、中二階の自室の窓からフロム元判事が見送っていた。元判事は首を振った。それから彼は、アンナ・クヴァンゲルを乗せた担架が救急車へと運ばれていくところを目撃した。付き添っている男たちの風体から、行き先がふつうの病院でないことが分かった。「一人、また一人と」と元判事は低い声で言った。「一人、また一人と、このアパートから人が消えていく。ローゼンタール夫妻、ペルジッケ一家、バルクハウゼン、クヴァンゲル……。残ったのは、ほとんど私だけだ。国の半分の人間が、もう半分の人間を投獄している。こんな事はもう長くは続くまい。とにかく、私はここに住み続けるだろう。私が投獄されることはないだろう」

彼は薄笑いを浮かべてうなずいた。

「悪くなれば悪くなるほどいい。悪くなればなるほど、それだけ早く終わりが来る！」

50　オットー・クヴァンゲルとの会話

エッシェリヒ警部にとって、オットー・クヴァンゲルの第一回目の尋問を自分一人でおこなうことにプラル大将の同意を得るのはなかなか骨の折れる仕事だった。だが、説得の末、彼は同意を取り付けることに成功した。

彼が職工長クヴァンゲルを連行してアパートの階段を上っていったときには、辺りはすでに暗くなっていた。階段には灯りが点いていた。居間に入ると、クヴァンゲルは電灯のスイッチを入れた。彼は寝室のほうを見た。

「女房は病気なんだ」と彼はつぶやいた。

「かみさんはもうここにはいない」とエッシェリヒは言った。「連行された。こっちへ来て座るんだ」

「高熱を出してるんだ。インフルエンザなんだ」とクヴァンゲルはつぶやいた。

妻が連行されたという知らせに彼が動揺していることを、エッシェリヒは見て取った。これまで頑なに無関心を装っていたが、様子が変わったぞ。

「かみさんは医者の手当てを受けている」とエッシェリヒはなだめるように言った。「二〜三日で熱は下がるだろう。搬出には救急車を使った」

クヴァンゲルは、目の前にいる男を初めてまともに見た。鳥に似た鋭い目が、長い間警部をじっと見ていた。それから、クヴァンゲルはうなずいた。「救急車」と彼は言った。「医者……それはよかった。ありがとう。適切な行動だ。あんたは悪い人じゃない」

警部はその機会を利用した。「クヴァンゲル、我々は」と彼は言った。「世間で言われているほど悪辣な人間じゃない。逮捕者の負担を軽くするために、できる限りのことをしている。我々は、犯罪行為の有無を確かめたいだけだ。それが我々の仕事だ。棺桶を作るのがあんたの仕事であるのと同じだ」

「そうだな」とクヴァンゲルは硬い声で言った。「そうだな。棺桶職人と棺桶納入業者ってわけだ」

「それは」とエッシェリヒは軽い皮肉を込めていった。「私が棺桶の中身を供給しているという意味か？　あんたは、自分の事件をそんなに悲観的に見ているのか？」

「俺の事件なんてものはない！」

「ほう、それが少々あるんだな。たとえばだ、クヴァンゲル、このペンを見てくれ。そうだ、あんたのペンだ。インクがまだ乾ききっていない。このペンで、昨日か今日、何を書いたんだ？」

「何かにサインする必要があったんだろう」

「それで、一体何にサインする必要があったんだね、クヴァンゲル」

「診断書にサインした。女房のだ。女房はインフルエンザで寝込んでいるから……」

「その女房は、主人は何も書きませんと言ったぞ。うちで何か書くことがあれば、私が書きます、とそう言ったんだ」

「女房が言ったとおりだ。何でもあいつが書いている。だが、昨日は、女房は寝込んでいたから俺が書くしかなかった。それを女房は知らなかったんだ」

「それじゃあ、クヴァンゲル」と警部は言った。「このペンの書き味を試してみてくれ。このペンはまだ新しいのに、ペン先が紙に引っかかるんだ。それは、あんたが文字を書くときに力を入れすぎるからだ、クヴァンゲル」彼は、工場で見つかった二枚の葉書をテーブルの上に置いた。「ほら、一枚目はすらすらと滑らかに書いてある。だが、二枚目は、ほら、こことここと、それとこのBのところでペン先が紙に引っかかってインクがかすれている。どうだ、クヴァンゲル」

「それは」とクヴァンゲルは無関心な様子で言った。

「工場の床に落ちていた葉書だ。俺は、青い上着の工員に、それを拾ってくれと言った。その男は俺の言うとおりにした。俺は葉書を一目見て、すぐに労働戦線の代表に渡した。代表は葉書を持っていった。その葉書のことで俺が知っているのはそれだけだ」

　クヴァンゲルは一本調子にのろのろと話した。頭の回転の鈍い老人のような、鈍重な話しぶりだった。

　警部は尋ねた。「だがな、クヴァンゲル、この二枚目の葉書、最後の部分を書いたときにはペン先が割れちまってるよな。分かるか？」

「そんなことは俺には分からない。俺は聖書に出てくる文字学者《シュリフトゲレールター》（ユダヤ教の律法学者のこと。「シュリフト」には文字、筆跡という意味のほかに聖書という意味もある）じゃない」

　しばらく、部屋の中はしんと静まり返っていた。クヴァンゲルは、ほとんど無表情でぼんやりとテーブルに視線を落としていた。

　警部はクヴァンゲルをじっと見ていた。彼は確信していた。この男は、本当はこんなのろのろした、鈍重な奴じゃない。本当は、その鋭い顔のように鋭利で、素早く動くその目のようにはしっこい奴に違いない。最初の課題は、この男からその鋭利さをおびき出すことだ、と警部は思った。私はずる賢い葉書犯と話がしたいんだ。こんな老いぼれの、仕事ぼけした職工長とじゃない。

　しばらく間を置いてから、エッシェリヒは尋ねた。

「棚の上にあるのは、どんな本なんだ？」

　クヴァンゲルはゆっくりと視線を上げ、一瞬エッシェリヒを見てから、本棚が視界に入るまで首をひねった。

「どんな本？　女房の賛美歌の本と聖書だ。ほかは、多分みんな、戦死した息子の本だ。俺は本は読まないし、持ってもいない。昔から、本を読むのは得意じゃない」

「左から四冊目の本をちょっと取ってくれるかな、クヴァンゲル。その、赤い表紙のだ」

　クヴァンゲルは、本棚からゆっくりと注意深く本を取り、まるで生卵でも運ぶように慎重な手つきでテーブルまで持ってくると、警部の前に置いた。

「オットー・ルンゲのラジオ工作」と警部は表紙を読み

上げた。「おい、クヴァンゲル、この本を見ても何も思い出さないか?」

「戦死した息子のオットーの本だ」とクヴァンゲルはゆっくりと答えた。「息子はラジオが好きだった。息子の腕は有名だった。いろんな工場から引っ張りだこだった。息子はどんな配線のことでも知っていた……」

「この本を見てそれ以外に思い出すことはないのか、クヴァンゲル」

「ない」とクヴァンゲルは首を振った。「俺は何も知らない。俺はこんな本は読まない」

「だが、ひょっとして何かを挟むことはあるんじゃないか? この本を開いてみろ、クヴァンゲル」

本を開くと、そこはちょうど、葉書が挟んであるページだった。

クヴァンゲルはそこに書いてある文字を凝視した。

「総統よ命令を、我らは従う!……」

いつこれを書いたんだろう。ずっとずっと前に違いない。始めたばかりの頃だ。だが、どうして最後まで書かなかったんだろう。どうしてこの葉書がオットーヒェンの本の中に挟まっているんだ?


するると、義弟のウルリヒ・ヘフケが初めて訪ねてきたときのことがゆっくりと彼の脳裏に甦ってきた。あのとき、葉書を慌てて隠し、オットーヒェンの胸像の続きを彫った。あのとき隠したきり、忘れてしまっていたのだ。俺もアンナも!

これこそ、いつも感じていた危険だった! これこそ、いつもその存在に薄々気づいていながら見つけ出すことができなかった、見えざる敵だった。これこそ、自分が犯していたミス、予測できなかったミスだった……

「奴らに捕まった!」という声が頭の中で聞こえた。負けた。自分自身のミスのせいで。もうおしまいだ。

アンナは何か自白しただろうか。奴らは、アンナにもこの葉書を見せたに違いない。だが、それでもアンナは否認しただろう。アンナならきっとそうしたはずだ。俺もそうしよう。ただ、アンナは熱に浮かされていた……

警部が尋ねた。「さてと、クヴァンゲル、何も言わないのか? いつこの葉書を書いたんだ?」

「そんな葉書のことは知らない」と彼は答えた。「そんなもの、俺には書けない。俺の頭じゃ書けない」

「だが、どうしてこの葉書はあんたの息子の本に挟まってるんだ？　一体誰がこれをここに挟んだと？」

「そんなこと知るか」クヴァンゲルはほとんど乱暴な口調で答えた。「あんたが自分で挟んだのかもしれないし、あんたの部下の一人がそうしたのかもな！　ありもしない証拠がでっち上げられるという話は何度も聞いたことがある」

「この葉書は、れっきとした証人が何人も見ているときにこの本の中から発見されたんだ。かみさんも見ていたんだぞ」

「ほう、それで女房は何と？」

「葉書が発見されたのを見て、すぐに白状した。私が口述して、夫が書きました、とな。さあクヴァンゲル、強情を張るんじゃない。さっさと白状しろ。今すぐ白状するなら、私が今知っている以上のことは言わなくていいぞ。自分の罪もかみさんの罪も軽くできる。白状しないなら、ゲシュタポに連行せざるを得ない。ゲシュタポの地下牢はあまり快適なところじゃないが……」

その地下牢で自分が体験したことを思い出し、警部の声は少し震えた。

気を取り直すと、彼は話を続けた。「ここで白状すれば、すぐに予審判事に引き渡してやる。そうすれば、モアビートへ送られ、他の囚人と同じようにまともな待遇を受けられる」

だが、警部が何と言おうと、クヴァンゲルは嘘を吐き通した。エッシェリヒが犯したミスに、鋭いクヴァンゲルはすぐに気づいたのだ。クヴァンゲルの鈍重な態度と工場の上役たちから得た情報に惑わされ、エッシェリヒは、葉書の文面を考えたのはクヴァンゲルではないと思っていた。彼はただの書き手で、妻が口述したのだ、と。アンナが文面を口述したという話は、クヴァンゲルにとって、アンナが何も自白していないことの証拠となった。そんな話はただのでっち上げだ、とクヴァンゲルは見破った。

彼は否認し続けた。

結局、エッシェリヒ警部は何の成果も得られないままアパートでの尋問を打ち切り、クヴァンゲルをゲシュタポ本部へ連行した。慣れない環境、親衛隊員の大軍、ゲシュタポという組織全体の威圧感によって、一介の労働者に過ぎないこの男は怖じ気づき、説得に応じる気になるだろう、と彼は期待していた。

自室に入ると、エッシェリヒは、赤い小旗が刺してあるベルリン地図の前にクヴァンゲルを連れて行った。

「これを見てくれ、クヴァンゲル」と彼は言った。「小旗は、発見された葉書を意味している。葉書が発見されたちょうどその場所に、小旗は立っている。そこでだ、ちょっとここを見てくれ」と言いながら、彼は地図を指でとんとんと叩いた。「ここを囲んで小旗がびっしり立っているのに、ここには一本もない。ことはつまり、あんたの住んでいるヤブロンスキ通りだ。当然、ここではあんたは葉書を撒いていない。顔を知られているからな……」

だが、エッシェリヒは、クヴァンゲルが自分の話をまったく聞いていないことに気づいた。地図を見ながら、クヴァンゲルはなぜかひどく興奮していた。まなざしは落ち着きを失い、手が震えている。ほとんどおずおずとした口調で、彼は尋ねた。「随分な数の小旗だ。一体何本あるんだ」

「きっちり教えてやる」とエッシェリヒは答えた。クヴァンゲルがどうしてこんなに動揺しているのか、そのとき分かったのだ。「二百六十七本だ。葉書が二百五十九枚、手紙が八通。それでクヴァンゲル、あんたが書いた数は？」

クヴァンゲルは黙っていた。だが、それはもはや反抗の沈黙ではなかった。ショックのあまり言葉が出なかったのだ。

「もう一つ、知っておいたほうがいいことがあるぞ、クヴァンゲル」有利な立場を最大限に生かそうと、警部は畳みかけた。「手紙も葉書もすべて、自由意志で我々の元に届けられたものだ。我々が見つけ出したものは一枚もない。全員、文字通り駆け込んできた。火がついたように大慌てでな。みんな、一秒でも早く届けたくて必死になっていた。ほとんどの人間が、葉書を読んですらいなかった……」

クヴァンゲルは相変わらず黙っていた。だが、彼の顔はひきつっていた。彼の中で何かが激しく動いていた。じっと一点を見据えていた鋭いまなざしは、今や落ち着きを失ってあらぬほうへさまよい、下を向いたかと思うとすぐにまた魅入られたように小旗に釘付けになった。

「もう一つ教えてやろう、クヴァンゲル。あんたの葉書がどれほどの恐怖と苦しみを他人に与えたか、考えたことがあるか？　葉書を拾った人間は恐怖のあまり死ぬ思いをしたんだ。逮捕された人間もいる。葉書のせいで自殺した人間も、確実に一人いるぞ……」

「違う、違う」とクヴァンゲルは叫んだ。「そんなつもりじゃなかった！　そんなことになるとは思ってもみなかった！　世の中がよくなるように、みんなが本当のことを知るように、戦争が早く終わるように、この殺人が早く終わるように、そう思ったんだ！　不安と恐怖の種を播こうと思ったわけじゃない。世の中をもっと悲惨にしようと思ったわけじゃない。気の毒な人たち……気の毒な人たちを、俺はさらにひどい目に遭わせてしまった。自殺したのは、一体誰なんだ」

「競馬狂いの穀潰しだ。何の価値もない男だ。そんな奴のために悩む必要はない」

「誰にだって価値はある。俺は彼の血の報いを受けるだろう（創世記第四十二章第二十二節を踏まえた表現）」

「いいかクヴァンゲル」警部は、傍らに暗い顔で立っている男に向かって言った。「これであんたは自分の罪を自白したことになるんだぞ。それに気づいてさえいないとはな！」

「俺の罪？　俺は罪など犯していない。少なくとも、あんたが言っているような罪はな。俺の罪は、自分が利口だとうぬぼれたことと、自分一人でやろうとしたことだ。一人では何もできないことがこれで分かった。そうだ、俺は恥じなければならないようなことは何もしていない。だが、やり方が間違っていた。だから、罰を受けても仕方がない。俺は喜んで死んでいく……」

「そこまでひどいことにはなるまい」警部は慰めるように言った。

クヴァンゲルはその言葉を聞いていなかった。彼は独り言のように言った。「俺は人間というものについてちゃんと考えていなかった。考えていれば、どうなるか分かったはずだ」

エッシェリヒは尋ねた。「クヴァンゲル、自分が葉書と手紙を何通書いたか覚えてるか？」

「葉書が二百七十六枚。手紙が九通だ」

「じゃあ、十八通が届けられていないことになるな」

「十八通か。それが、二年以上にわたる俺の仕事だ。それが俺の希望のすべてだ。命で支払う十八通か。だが、それでも十八通ある！」

「だがな」とエッシェリヒは言った。「その十八通が次々に人の手に渡って回し読みされているなどとは思わないほうがいいぞ。その十八通は、やましいところのある奴に拾われたんだ。だから、おいそれとは届けに来られなかった。その十八通も、何の効果も上げてはいない。一般大衆からそんな話が聞こえてくることは一度もなかったからな」

「じゃあ、俺は何もやり遂げていないと？」

「あんたは何もやり遂げていないということだ。少なくとも、あんたがやろうとしたことに関してはな。だが喜べ、クヴァンゲル。だからきっと罪は軽くなる。懲役十五年か二十年くらいで済むかもしれないぞ」

クヴァンゲルは身震いした。「嘘だ！」と彼は言った。「嘘だ！」

「一体、何を考えていたんだ、クヴァンゲル？　一介の労働者の分際で、総統と闘うつもりだったのか？　党も、軍隊も、親衛隊も、突撃隊も、すべて敵に回して？　すでに世界の半分を征服し、もうあと一〜二年で、最後に残った敵も打ち負かそうとしている総統と闘えると？　馬鹿馬鹿しい！　失敗するに違いないと、最初から分かっていたはずだ！　蚊が象に闘いを挑むようなものだ。私には理解できない。あんたのような分別のある人間が……」

「そうだな、あんたには理解できまい。一人きりで闘おうと一万人だろうと、そんなことはどうでもいい。その一人が闘うしかないと思ったら、仲間がいようがいまいが闘う。俺は闘うしかなかったし、何度でも闘う。ただし、今度は違うやり方で、まったく違うやり方で闘ってやる」

彼は、落ち着きを取り戻したその目を警部に向けた。

「ところで、女房はこの件には無関係だ。女房は釈放してくれ！」

「クヴァンゲル、それは嘘だ。私が葉書を口述しました、とかみさんは自白している」

「嘘を吐いているのはあんたのほうだ。俺が、女房から口述してもらうような男に見えるか？　女房がこの件の首謀者だとでも？　首謀者は俺だ。俺一人でやったんだ。文面を考えたのも、葉書を書いたのも、葉書を撒いたのも、俺だ。だから、刑罰を受けるのは俺だ。女房じゃない！　女房は違う！」

「かみさんは自白したんだ……」

「自白なんかしていない！ そんな嘘はもう聞きたくない。女房を中傷するのはやめてくれ」

一瞬、二人は対峙した。鳥に似た鋭い顔と厳しいまなざしを持った男と、砂色の髭を生やし色の薄い目をした、色彩を持たない灰色の警部は、一瞬睨み合った。

やがてエッシェリヒは目を伏せると言った。「人を呼んで、調書を取ろうと思う。供述を覆したりしないだろうな？」

「覆しはしない」

「それで、自分がどうなるか、分かっているだろうな？長期の懲役刑か、あるいは死刑かもしれん」

「確かに。自分がしたことは、ちゃんと分かっている。警部さん、あんたも自分がやってることは分かっているよな？」

「私のやってること？」

「あんたは殺人鬼のために働いている。殺人鬼に、常に新しい獲物を提供している。カネのためにだ。あんたはあの男のことを信じてさえいないかもしれない。そうだ、きっと信じてはいないだろう。単に、カネのためだ……」

再び、二人は無言で対峙した。そして、睨み合いに負けて目を伏せたのは、今度も警部のほうだった。

「書記を呼んでくる」と彼はほとんど困惑したように言った。

そして、部屋を出て行った。

51　エッシェリヒ警部の最期

真夜中、エッシェリヒはまだゲシュタポ本部内の自室にいた。というより、早くもそこに戻っていたと言ったほうが正確かもしれない。彼は力なくそこにうずくまっていた。大量にアルコールを飲んではいたが、それでも、自分が加わらざるを得なかった恐ろしい光景は彼の脳裏から離れなかった。

お気に入りの有能な部下の手柄を、上官のプラル大将は今回は鉄十字章の授与によってではなく、ささやかな戦勝祝いを開くことでねぎらった。彼らは一堂に会し、小さいとは言えないグラスで強いブランデーを何杯も飲みながらクラバウターマン逮捕を自慢し合った。エッシェリヒ警部はクヴァンゲルの供述調書を読み上げさせられ、一同の拍手喝采を浴びた。

苦労して、入念に練り上げた供述調書を彼らに披露させられたのだ。これこそまさに、豚に真珠だった！

全員がぐでんぐでんに酔っ払った頃、彼らは余興を思いついた。酒瓶とグラスを携えて、彼らはクヴァンゲルの独房へと降りていった。エッシェリヒ警部も同行させられた。彼らは、その変人を一度その目で見てみたくなったのだ。我らが総統に生意気にも楯突こうとした、その変人を。

クヴァンゲルは板張りのベッドの上でぐっすり眠っていた。奇妙な顔だ、眠っているときでさえ表情が緩んでいない、とエッシェリヒは思った。眠っていても、起きているときと同じように打ち解けない、気づかわしげな顔だ。だが、ともかくも彼はぐっすり眠っていた。

もちろん、彼らは彼を眠らせてはおかなかった。彼らは彼を小突いて起こし、ベッドから叩き出した。黒と銀色の制服を着た男たちの前に、彼は立っていた。彼の着ているシャツは短すぎて、局部さえ完全には覆っていなかった。滑稽な姿だった。顔さえ見なければ！

「老クラバウターマンに洗礼を授けよう」という話になり、彼らは彼の頭にブランデーを注ぎかけた。プラル大将は、酔っ払ってよく回らなくなってきた舌で「このブタはじきに潰されるだろう」と短い演説をおこない、演説の最後に、クヴァンゲルの頭にブランデーのグラスを叩きつけて割った。

これが合図となり、全員が手に持ったグラスをクヴァンゲルの頭に叩きつけ始めた。ブランデーと血が、彼の顔をだらだらと流れた。だが、その間中、エッシェリヒには、血とブランデーの川の中からクヴァンゲルが自分をじっと見つめているように思えてならなかった。彼の耳には、クヴァンゲルがこう言うのが聞こえてきた。そうか、これがお前の正義か。この正義のために、お前は人殺しをしているのか。これがお前のお仲間の首切り役人どもか。お前らは首切り役人だ。自分が何をやっているか、お前は重々知っている。だが、俺は犯してもいない罪のために死に、お前は生きていく。それがお前の正義なんだ！

やがて、エッシェリヒのグラスがまだ無傷であることに彼らが気づいた。彼らは口々に、さあきみもこいつの頭でグラスを割るんだと命令した。プラルに、「命令に従わなければ、どんな目に遭うか、分かっているだろうな？」とひどく厳しい口調で二度も命令され、ようやくエッシェリヒはグラスをクヴァンゲルの頭に叩きつけた。グラスが砕けるまで、彼は震える手で四回もグラスを叩きつけなければならなかった。そして、グラスを叩きつけながら、彼は、無言で辱めを受けているクヴァンゲルの鋭い、嘲るようなまなざしが自分に注がれているのを感じていた。短すぎるシャツを着た、この滑稽な姿は、彼を迫害している男たちよりも強く、尊厳に満ちていた。そして、絶望と恐怖に駆られてグラスを振り下ろすたび、エッシェリヒは、自分自身の命を打ち砕いているような、自分の生命の木を根元から斧で断ち切ろうとしているような感覚に襲われた。

やがて、オットー・クヴァンゲルは突然くずおれた。彼らは、意識を失って血まみれで倒れている彼を独房のむき出しの床に放置した。このブタの手当てをしてはならん、と歩哨にまで言い置いて彼らは部屋へ戻り、祝杯を上げ続けた。まるで、何か英雄的な勝利でも勝ち取ったかのように。

そして今、エッシェリヒ警部は再び自分の部屋に戻り、机に向かっていた。目の前の壁には、赤い小旗を立てた地図がまだ掛かっていた。体はぐったりしていたが、頭はまだはっきりしていた。

そうだ、この地図にはもう片が付いた。明日になれば外されるだろう。そして、明後日には、私は新しい地図を壁に掛け、新しいクラバウターマンを追っているだろう。それが終われば、また次の地図。そしてまた、次の地図。こんなことに何の意味がある？　こんなことのために、私は生きているのか。きっとそうなんだろう。だが、もしそうなら、私にはこの世界というものが理解できない。この世には何の意味もないことになってしまう。もしそうなら、私が何をしようと本当に何の意味もない……

俺は彼の血の報いを受けるだろう……そう言ったときの、あの男の目！　そして、あの男の血の報いを受けるのは私だ。いや、エンノ・クルーゲの血の報いを受けるのも私だ。飲んだくれどもにあの男を引き渡すために、私はあの哀れな臆病者を犠牲にしたのだ。あの男はエンノのように泣き言を言ったりはしないだろう。あの男は立派に死んでいくだろう……

それで、私は？　私はどうなる？　新しい事件が起き、プラル大将殿が期待するような成果をこの有能なエッシェリヒが上げられなければ、また地下牢行きだ。地下牢へ送られたきり、二度と呼び戻されない日がいつかきっと来るだろう。その日を待つために、私は生きているのか？　クヴァンゲルの言ったとおりだ。クヴァンゲルはヒトラーを殺人鬼と呼び、私を殺人鬼の手先と呼んだ。そうだ、誰が支配者だろうが、この戦争が何のための戦争だろうが、そんなことは私にはどうでもよかった。自分のいつもの仕事ができさえすれば。人間を捕まえるという仕事が。捕まえてしまえば、彼らがどうなろうと私にはどうでもよかった。

だが、今は違う。もううんざりだ、吐き気がする。あいつらに新しい獲物を提供するのはもうごめんだ。クヴァンゲルを捕まえてからだ、吐き気がするようになったのは。あの男は私をじっと見ていた。血と酒が顔を流れ落ちていたが、それでもあの男は私を見つめていた。お前のせいだ、とあの目は言っていた。お前が俺を売ったんだ、と。もしまだ間に合うなら、一人のクヴァンゲルを救うために、私は十人のエンノ・クルーゲを犠牲にするだろう。もしまだ間に合うなら、あの男を解放するために私はこのゲシュタポ本部を丸ごと犠牲にするだろう。もしまだ間に合うなら、ここを出て、オットー・クヴァンゲルのように（ただ、もう少しうまいやり方で）何かしたい。私も闘いたい。

だが、それは不可能だ。彼らは私が出て行くのを許さないだろう。それは脱走だと言うだろう。私を連れ戻し、また地下牢にぶち込むだろう。拷問されれば、私の肉体は悲鳴を上げるだろう。そうだ、私は臆病者だ。エンノ・クルーゲ同様臆病者だ。オットー・クヴァンゲルのような勇気はない。プラル大将に怒鳴りつけられれば、私は震え上がり、震えながら命令に従う。唯一まっとうな男の頭に、私はグラスを叩きつけた。だが、グラスを叩きつけるたびに、一握りずつ、自分の棺に土をかけているような思いがした。

エッシェリヒ警部はゆっくりと立ち上がった。彼の顔には、呆然とした微笑みが浮かんでいた。彼は壁際へ行き、耳を澄ました。真夜中を過ぎ、ゲシュタポ本部の大きな建物は静まり返っていた。廊下を行ったり来たりする、歩哨の足音だけが響いていた。

何のために自分がそんなふうに行ったり来たりしているのか、お前も知るまい、とエッシェリヒは思った。いつかお前にも分かるだろう。自分が人生を無駄に費やしたことが……

彼は手を伸ばすと、壁から地図を引きはがした。ばらばらと音を立てて、小旗が床に落ちた。エッシェリヒは地図をくしゃくしゃに丸めて投げ捨てた。

「おしまいだ！」と彼は言った。「これで終わった。クラバウターマン事件はこれで終わった」

彼はゆっくりと机に戻り、引き出しを開けてうなずいた。

「ここに立っている私は、おそらく、オットー・クヴァンゲルが葉書によって転向させたただ一人の男だ。だがな、オットー・クヴァンゲル、私はお前の役には立てない。私はお前の仕事を引き継ぐことはできない。それは私が臆病者だからだ。お前のたった一人の支持者なんだがな、オットー・クヴァンゲル！」

彼は素早くピストルを引き抜くと、撃った。

今回は、彼の手は震えていなかった。

歩哨が駆け込んできたときには、エッシェリヒ警部はもういなかった。机の後ろに、頭をほとんど吹き飛ばされた死体が転がっているだけだった。周囲の壁には血と脳が飛び散り、ランプから、エッシェリヒ警部の砂色の口髭が血まみれになってぶら下がっていた。

プラル大将は怒り狂った。「脱走だ！背広組の奴らはみんなブタだ！制服を着ていない奴らはみんな地下牢行きだ！強制収容所送りだ！だが待て、エッシェリヒのブタ野郎の後釜は、私が最初から厳しく仕込んでやろう。恐怖以外、何の考えも持たんようにな！私は人がよすぎた。それが一番の間違いだった。クヴァンゲルのブタ野郎をここへ連れてこい！奴にこの有様を見せてやれ。ここを奴に片付けさせろ！」

こうして、オットー・クヴァンゲルが転向させた唯一の男は、彼に数時間にわたる深夜の重労働を強いることとなったのだった。

第四部　最期

52 アンナ・クヴァンゲル、尋問を受ける

逮捕から二週間後、インフルエンザから回復したアンナ・クヴァンゲルは、数回目の尋問を受けた際、息子のオットーがトルーデル・バウマンという娘と婚約していたことをうっかり漏らしてしまった。誰にせよ、誰かの名前を出せば、出された本人に危険が及ぶということが、そのときのアンナにはまだ分かっていなかった。「出来物を完全に焼き切る」ため、ゲシュタポは逮捕者の交友関係を細大漏らさず調べ上げ、どんな手がかりも徹底的に追及することにしていた。

尋問を担当していたのは、エッシェリヒの後継者のラウプ警部だった。背が低く、ずんぐりした体型の彼は、骨張った手を鞭のように使って被疑者の顔を殴りつけるのを得意としていた。いつものやり方に従って、彼は最初アンナのその言葉を問題にせず、さらりと流した。息子の友人や雇用主について、彼はアンナを長時間、死ぬほどしつこく尋問した。彼女が知るよしもないことを、知っているはずだとして執拗に質問を繰り返し、その合間合間に彼女の顔を殴りつけた。

ラウプ警部は尋問の名手だった。彼は十時間、交代なしで尋問を続けることができた。つまり、尋問される側もそれだけの時間耐えなければならなかった。疲労のあまり、アンナ・クヴァンゲルはスツールに座ったままよろけた。病み上がりの弱った体に、夫はどうなったのだろうという不安(彼女は一切何も知らされていなかった)と、悪さをした子どものように殴られるという屈辱が重なり、彼女は頭がぼんやりして注意散漫になった。

すると、ラウプ警部がまた殴りつけてきた。

アンナ・クヴァンゲルは小さく呻くと、顔を手で覆った。

「手を下ろすんだ!」と警部が怒鳴った。「私を見るんだ。さっさとしないか」

言われたとおりに、彼女は彼を見た。彼女のまなざしには、不安の色が見えていた。だがそれは、彼に対する不安ではなく、自分が屈服してしまうかもしれないという不安だった。

「息子の婚約者だったというその女に最後に会ったのは

いつだ?」

「もうずっと前のことです。いつだったかは思い出せません。葉書を書くようになって以来、もう二年以上は……ああ、殴りつけるのはやめてください! お母さんのことを思い出してください。警部さんだって、自分の母親が殴られるのはいやでしょう?」

平手打ちが二〜三発、続けざまに彼女の顔に飛んだ。

「私の母親は、お前のような卑劣な反逆者ではない! もういっぺん母親がどうのこうのと言ってみろ、ただでは済まんぞ。その女はどこに住んでるんだ?」

「知りません! あの娘はあれから結婚したと主人から聞きました。だから、結婚して、引っ越したんだと思います」

「それじゃあ亭主はその女と会ったんだな? いつだ」

「覚えていません。そのときにはもう、葉書を書いていました」

「それで、その女も一緒だった。どうなんだ? その女も共犯だったんだな?」

「違います! 違います!」アンナ・クヴァンゲルは叫んだ。自分の失言に気づいて、彼女はぞっとした。「主人は」と彼女は慌てて言った。「トルーデルに道でばったり会っただけです。そのとき、あの娘から、結婚して工場を辞めた話を聞いたんです」

「ほう、それから? その女が勤めていた工場は?」

アンナ・クヴァンゲルは、制服工場の所番地を言った。

「それから?」

「それだけです。私が知っているのは本当にこれだけです。本当です、警部さん!」

「婚約者が死んだというのに、その女が婚約者の両親の家に一度も顔を見せないというのはちょっと変だとは思わないか?」

「でも、主人はそういう人間なんです。以前から、あの娘とはまったく行き来がありませんでした。それに、葉書を書き始めてからは、主人は人付き合いを一切やめてしまいました」

「また嘘を吐いている! ヘフケ夫婦と行き来を始めたのは、葉書を書き始めてからのことだろう!」

「そうです、そのとおりです。忘れていました。でも、オットーはそれを嫌がっていました。彼らとの付き合いを主人が許したのは、ヘフケが私の弟だったからです。

主人はいつも親戚づきあいを嫌っていました」

彼女は悲しそうな目で警部を見た。彼女はおずおずと言った。「私のほうからもお聞きしたいことがあるのですが、警部さん」

ラウプ警部は唸るように言った。「言ってみろ。答えられることなら答えてやる」

「あれは本当でしょうか……」と言いかけて、彼女は言葉を切った。「昨日の朝、下の廊下で義妹を見かけたような気がするんですが……弟夫婦も逮捕されたというのは本当でしょうか」

「また嘘を吐いている！」激しい平手打ちが飛んだ。さらに、もう一発。「ヘフケの女房はまったく別の場所にいる。お前の目に入るはずがない。誰かからこっそり聞いたんだろう。誰から聞いた」

アンナ・クヴァンゲルは首を振った。「違います。人から聞いたわけではありません。遠くから、義妹の姿が見えたんです。本当に義妹だったかどうかも、はっきりとは分かりませんでした」彼女はため息を吐いた。「それじゃ、弟夫婦も逮捕されたんですね。何もやっていないし、何も知らないのに。可哀想に！」

「可哀想に、か！」とラウプ警部は嘲笑った。「何も知らないのに、か！お前らはみんなそう言う。だがお前らはみんな犯罪者だ、私がラウプ警部であるのと同じくらい確実にな！本当のことをしゃべるまで、お前らの腸をクランクで巻き上げてやる。同房者は誰だ、名前を言え」

「その人の名字は知りません。私は、単にベルタと呼んでいます」

「そのベルタとは、いつから一緒にいる？」

「夕べからです」

「じゃあ、その女がヘフケ夫婦のことをお前にしゃべったんだな。白状しろ、クヴァンゲル。でないと、ベルタをここへ連れてきて、その女が口を割るまでお前の目の前で殴るぞ」

アンナ・クヴァンゲルは再び首を振った。「私が今、はいと言ってもいいえと言っても、警部さんはベルタをここへ連れてきて殴るんでしょう。私には、義妹を下の廊下で見かけたとしか言えません」

ラウプ警部はくるっと背を向けると、アンナ・クヴァンゲルの顔めがけて一発、放屁した。それからまた向き直ると、嘲笑を浮かべて彼女を見た。「これでも喰らえ」と彼は言った。「言い逃れが過ぎると、またこういう目に遭うぞ」それから、突然怒鳴り出した。「お前らはクソだ！　お前らは全員クソだ！　お前らのようなクソが全員くたばるまで、休むこともできん！　お前ら、全員始末してやる。おい、ベルタ・クプケをここへ連れてこい！」

　ベルタ・クプケは即座に自白した。にもかかわらず、ラウプ警部は一時間かけて二人の女を脅しつけ、殴りつけた。「ヘフケさんのことをクヴァンゲルさんに話しました」とクプケは認めた。「ヘフケさんとは、今まで同じ監房に入っていました」。だが、それだけの話ではラウプ警部は満足しなかった。彼は、二人が交わした会話の一言一句を聞き出そうとした。彼女たちは、女たちがよくやるように自分の境遇を嘆き合っていただけだった。だが、ラウプ警部は至るところに陰謀と反逆を嗅ぎつけ、質問をしつこく浴びせ続け、殴り続けた。

　クプケが泣き叫びながら監房へ連れ戻されていくと、ラウプ警部の餌食はまたアンナ・クヴァンゲル一人になった。彼女はもう疲れ切っていた。彼女には、警部の声がまるで遠くから聞こえてくるように思えた。彼の姿はぼんやりとしか見えなかった。そして、殴られても、彼女はもう痛みを感じなかった。

「息子の婚約者だとかいう女がやってこなくなったのはなぜだ？　何があった？」

「何もありません。主人はお客が来るのが嫌いなんです」

「さっきは、亭主がヘフケ夫婦が来ることには同意していたと認めたじゃないか」

「ヘフケ夫婦は例外です。ウルリヒは私の弟ですから」

「それで、トルーデルはなぜ家に来なくなった」

「来てほしくないと主人が思ったからです」

「それを彼女に伝えたのはいつだ」

「そんなこと分かりません。警部さん、もうだめです。三十分、休ませてください。十五分だけでも！」

「ちゃんと答えたらな。亭主がその女に家に来るなと言ったのはいつだ」

「息子が戦死したときです」

「やっぱりな！　それで、どこで言ったんだ」

「うちです」

「それで、その理由を亭主は何と言っていた?」

「もう人付き合いはしたくないからと。警部さん、本当にもうだめです。十分だけでも!」

「いいだろう。十分後に休憩しよう。トルーデルがもう来てはいけない理由を、亭主は何と言っていた?」

「もう人付き合いをしたくないからと。私たちは、そのときもう葉書を書く計画を始めていましたから」

「それじゃあ、葉書を書く計画をしているからもう来るな、と女に言ったんだな?」

「違います。計画のことを主人が他人に話したことは一度もありません」

「理由について、亭主は女に何と言っていた?」

「もう人付き合いはしたくないと。ああ、警部さん!」

「本当の理由を言えば、今日の取り調べは即刻終わりにしてやる」

「でも、これが本当の理由なんです!」

「違う、それは本当の理由じゃない。私には分かる。お前は嘘を吐いている。本当のことを言わないなら、あと十時間だ。それで、亭主は何と言ったんだ。亭主がトルーデル・バウマンに言ったことを、一字一句そのとおりに言ってみろ」

「覚えていません。主人はひどく怒っていました」

「どうしてそんなに怒っていたんだ」

「私がトルーデル・バウマンをうちに泊めたからです」

「だが、亭主がトルーデルに、もううちに来るなと言ったのはそれよりあとだったんだな? それとも、すぐに追い出したのか?」

「いいえ、夜が明けてからです」

「朝になってから、もううちに来るな、と?」

「はい」

「一体どうして亭主はそんなに怒っていたんだ」

アンナ・クヴァンゲルは腹をくくった。「お話しします、警部さん。話しても、もう誰にも迷惑はかかりませんから。その晩、私はユダヤ人のお婆さんもうちに匿っていました。その後、窓から飛び降りて亡くなったローゼンタールさんです。そのことで主人は怒って、トルーデルも一緒に追い出したんです」

「どうしてローゼンタールはお前の家に隠れたんだ?」

「ローゼンタールさんは独りぼっちで恐がっていました。あの人は私たちの階上に住んでいました。ご主人が警察に引っ張られたので、あの人は恐がっていました。警部さん、約束してくれましたよね……？」

「もうすぐだ。もうすぐ休憩にする。それじゃあ、お前がユダヤ女を匿っていることをトルーデルは知っていたんだな？」

「でも、それは法律に違反してはいません」

「当然、違反しているとも！　まともなアーリア人ならユダヤ人を匿ったりしないいし、まともな娘なら、そんなことを知ったら警察に届け出るはずだ。ユダヤ人が泊まっていることについて、トルーデルは何と言った？」

「警部さん、もう何も言いません。何を言っても、言葉の意味をねじ曲げてしまう。トルーデルは何も悪いことはしていないし、あの娘は何も知りません！」

「ユダヤ人が泊まっていることを知っていただろうが！」

「それは何も悪いことじゃありません！」

「見解の相違だな。明日、トルーデルを徹底的に調べ上げてやる」

「ああ神様。またとんでもないことをしてしまった！」とアンナ・クヴァンゲルは泣き出した。「トルーデルまで巻き込んでしまった。警部さん、トルーデルには何もしないでください。あの娘は今妊娠しているんです！」

「ほう、突然思い出したか。トルーデルにはもう二年も会っていないのにな！　一体どうしてそんなことを知っている」

「さっき言ったじゃありませんか、警部さん、主人があの娘に道でばったり出会ったって」

「それはいつだ」

「何週間か前です。警部さん、休憩してもいいと約束してくれましたよね。ちょっとだけでもお願いします。本当にもうだめです」

「もう少しだ。もうじき休憩させてやる。どっちが先に話しかけたんだ、トルーデルか、それとも亭主のほうか？　二人は喧嘩別れしたんだろう？」

「二人は喧嘩別れなんかしていません、警部さん」

「亭主がトルーデルに、もううちには来るなと言ったんだろうが」

「トルーデルはそのことで気を悪くしたりはしていません。あの娘は主人のことをよく分かっていますから」

「二人が出会ったのはどこだ」

「クライネ・アレクサンダー通りだったと思います」

「亭主はクライネ・アレクサンダー通りで何をしていた？　亭主のことを、工場と家の往復しかしなかった、と言っていたが？」

「そのとおりです」

「それで、亭主はクライネ・アレクサンダー通りに何の用があったんだ。大方、葉書を置きに行ったんだろう、どうだ、クヴァンゲル？」

「違います、違います！」彼女は慌てて否定すると、突然青ざめた。

「葉書はいつも私が置きに行っていました。いつも、私一人でした。主人が行ったことは一度もありません」

「突然顔が青くなったな。どうしたんだ、クヴァンゲル？」

「青くなんかなっていません。いえ、青いかもしれません。気分が悪いんです。少し休憩させてください、警部さん」

「これをはっきりさせたら、すぐに休憩させてやる。それじゃあ、亭主は葉書を置きに行ったときにトルーデル・バウマンに出会ったんだな？　葉書について、トルーデルは何と言った？」

「だって、あの娘は葉書のことは何も知らないんですよ？」

「トルーデルに会ったとき、葉書はまだ亭主の鞄に入っていたのか？　それとも、もう葉書を置いた後だったのか？」

「置いた後でした」

「いいかクヴァンゲル、そろそろ核心に近づいてきたぞ。あとは、葉書についてトルーデル・バウマンが何と言ったか、話すだけだ。そうすれば、今日のところは終わりにしよう」

「でも、あの娘が何も言うはずはありません。主人はその前にもう葉書を置いてきていたんですから」

「もう一度よく考えろ！　お前が嘘を吐いているのは分かっている。嘘を吐き通す気なら、明日の朝までここに座ってもらう。意地を張って苦しんだところで無駄なことだ。明日、トルーデル・バウマンに直接、葉書について知っていたかどうか問いただす。そうすれば、すぐに認めるだろう。だからクヴァンゲル、何も苦労することはない。監房に戻って横になりたいだろう？　そこでだクヴァンゲル、どうなんだ？ トルーデル・バウマンは葉書について何と言った？」

「もう嫌、もう嫌、もう嫌！」アンナ・クヴァンゲルは、席を蹴って立ち上がると叫んだ。「もう何も言わない。私は誰も密告しない。何を言われたって、殴り殺されたって、もう何も言わない！」

「おとなしく座ってろ！」ラウプ警部はそう言うと、アンナ・クヴァンゲルを二〜三発殴った。「立ち上がっていいかどうかは、私が決める。尋問の終了時間もな。さあ、まずはトルーデル・バウマンの話を済ませようか。彼女が反逆罪を犯したことを、お前は今自白したわけだが……」

「そんなこと、自白していません！」拷問を受け、絶望した女は叫んだ。

「トルーデルを密告するつもりはない、と今言っただろう」と警部は平然と言った。「だから、その密告したくない内容を聞かせてもらうまでは、尋問をやめるわけにはいかない」

「そんなこと、言うもんですか！」

「なるほどな。いいか、クヴァンゲル、お前は馬鹿だ。明日、私がトルーデル・バウマンを尋問すれば、ものの五分でやすやすとすべて聞き出してしまうことくらい、お前にも分かっているはずだ。身重の体では長時間の尋問には耐えられまい。二〜三発も喰らえば……」

「トルーデルを殴らないで！ 殴らないで！ ああ神様、私があの娘の名前を出さなければ！」

「だがお前は出してしまった。お前がすべて吐けば、お前のトルーデルをうんと楽にしてやれるんだ。そこでだ、クヴァンゲル、どうだ？ 葉書についてトルーデルは何と言った？」

そして、しばらくすると彼は言った。「トルーデルから聞き出すこともできるが、今、お前の口を割らせたいんだ。白状するまで容赦しないぞ。もう何も言わないなどと誓ったことを分からせてやる。自分がクズだということを分からせてやる。おところで何の役にも立たないことを分からせてやる。お前のような虫けらが信義だの密告はしないだの言ったところで、クソの役にも立たないことを分からせてやる。この虫けらが！ さあクヴァンゲル、どうだ、賭けてみるか？ トルーデルが葉書にどう関わっているのか、今から一時間以内に私がお前の口から聞き出せるかどうか、賭けてみるか？」

「言うもんですか！　絶対に！」

だが、もちろん、ラウプ警部は望みどおりのことを聞き出した。しかも、それには一時間とかからなかった。

53　ヘアゲゼル夫妻の運命

ヘアゲゼル夫妻は散策していた。トルーデルが流産してから初めての散策だった。二人はグリューンハイデまで出てから左へ折れてフランケン遊歩道に入り、フラーケン湖の岸辺を歩いてヴォルタースドルフ水門に向かった。

二人はゆっくりと歩いた。カールは時々、傍らをうつむいて歩いているトルーデルにちらっと目をやった。

「森はいいね」と彼は言った。

「そうね、いいわね」と彼女は答えた。

しばらくして、彼は大声で言った。「ほら、湖に白鳥がいる！」

「そうね」と彼女は答えた。「白鳥がいるわね……」それだけだった。

「トルーデル」と彼は心配そうに言った。「どうして何も言わないの？　何を見ても楽しくないのかい？」

「死んだ赤ちゃんのことをどうしても考えてしまうの」と彼女は囁いた。

「ああ、トルーデル」と彼は言った。「僕たち、子どもならこれからいくらでも持てるさ！」

彼女は首を振った。「私、二度と子どもは授からないわ」

彼は心配そうに尋ねた。「先生がそう言ったの？」

「ううん、先生は言ってない。でも、そんな気がするの」

「だめだよ」と彼は言った。「そんなふうに考えちゃいけない、トルーデル。僕たちは若いんだ。子どもはまだいくらでもできるさ」

彼女は再び首を振った。「これは私に下された罰なんだって、時々思うの」

「罰だって？　一体何の罰だって言うんだ、トルーデル。罰を受けるようなことを、僕たちがしたとでも？　違う、これは偶然だ。ただの不幸な偶然なんだ！」

「偶然じゃないわ、罰なのよ」と彼女は頑なに言った。「私たちは子どもを持つべきじゃないのよ。クラウスがもし無事に生まれて大きくなっていたらどうなっていただろうって、私はずっと考えなければいけないんだわ。少国民団《ユングフォルク》からヒトラーユーゲントに上がって、突撃隊か親衛隊に入って……」

「だけどトルーデル」妻を苦しめている陰鬱な考えに啞然として、彼は叫んだ。「クラウスが大きくなっている頃には、ヒトラーの支配はとっくに終わっているさ。こんなことはもう長くは続かない。絶対だよ」

「そうね」と彼女は言った。「でも、将来をよくするために、私たちは何をしたのかしら。何もしていないわ！ それ以下よ。私たちは運動を捨てた。今になって、グリゴライトやベビーのことが思い出されてならないの……だから、私たちは罰を受けたんだって……」

「まったく、グリゴライトの奴！」彼は腹立たしげに言った。

一向に鞄を取りに来ないグリゴライトに、ひどく腹を立てていたのだ。

ヘアゲゼルは、手荷物預かりの期限をすでに何度か更新させられていた。

「多分」と彼は言った。「グリゴライトはもう随分前に捕まったんだ。でなきゃ、何か聞こえてくるはずだ」

「彼が捕まったのなら」と彼女は頑なに言った。「それは私たちのせいよ。私たちは彼を見捨てたわ」

「トルーデル！」と彼は腹を立てて言った。「そんな馬鹿なこと、考えるだけでもやめてもらいたいな。僕たちは活動家には向いていない。僕たちはやめるしかなかった。これが唯一正しい道だったんだよ」

「そうね」と彼女は厳しい表情で言った。「私たちは意気地なしの卑怯者よね！ クラウスが大きくなる頃にはヒトラーユーゲントに入らなくてもよくなっているはずだって、あなた言ったわね。でも、本当にそうなったとして、子どもが両親を尊敬し、愛することのできる世の中になったとして、私たちはそのために何をしたのかしら？よりよい将来のために私たちは何をしたのかしら？何もしていないわ！」

「誰もが活動家を演じられるわけじゃないんだよ、トルーデル！」

「そうね。でも、他のやり方だってあったはずよ。オットー・クヴァンゲル——昔、義父だった人よ——のような人だって……」と言いかけて彼女は口をつぐんだ。

「クヴァンゲルって人がどうしたって？ その人がどうしたっていうんだい？」

「ううん、言わないほうがいいわ。言わないって、彼に約束もしたし。でも、オットー・クヴァンゲルのような年配の人だってこの国に抵抗しているのに、私たちが何もしないでいるのは恥ずかしいことだと思うの！」

「だけどトルーデル、僕たちに一体何ができる。何もできはしない！ ヒトラーが握っている権力を考えてみろ。僕たち二人には何の力もない。僕たちには何もできないよ！」

「みんながあなたみたいな考えだったら、ヒトラーは永久に権力を掌握し続けるわ。誰かが闘いを始めなきゃいけないのよ」

「だけど、僕たちに何ができる」

「何ができる？ 何だってできるわ！ 檄文を書いて、それを木にぶら下げたっていい。あなたは化学工場で働いてる。電気技師だから、工場内のどこにでも入り込めるわ。レバーの調節をちょっと変えたり、機械のどこかのネジを緩めるだけでいいのよ。そうすれば、何日分ものの仕事がパーになるわ。何百人かがあなたと同じことをすれば、ヒトラーの軍需物資はたちまち底をつくわ」

「そうだな。それで、二度目にやったときに僕は引っ張られ、処刑されるだろう！」

「それよ、私が言ってるのは。私たちは意気地なしよ。私たちは、自分たちがどうなるかってことしか考えない。他人がどうなるかは考えていないわ。ねえカール、あなたは徴兵を免除されてる。でも、もし徴兵されてたら、あなたも毎日命の危険にさらされ、それを当たり前だと思わなきゃならないのよ」

「軍隊に行っても、僕はどうせ、意気地なし向きの安全な仕事を手に入れるだろう！」「そして、自分の代わりに他人を死なせるのよ！ほらね、私たちは意気地なしなのよ、何の役にも立ってないわ！」

「あの階段のせいだ！」と彼は激昂し始めた。「流産さえなければ、幸せな生活が続いていたのに！」

「違うわ。幸せな生活とは言えなかったはず。本物の幸せとは言えなかったはずよ。まだクラウスがお腹にいるときから、この子はどうなるんだろうっていつも考えてた。息子が右手を伸ばして〈ハイル・ヒトラー!〉とナチス式敬礼をするところを見たら、耐えられない思いをするところだった。息子が褐色のシャツを着ているところを見たら、どんな思いがしたかしら。戦勝祝いがあったら、息子は、両親がおとなしくハーケンクロイツ旗を掲揚するのを見て、私たちが嘘つきだということを知ったでしょう。そうよ、私たちは少なくともそれは体験しないで済んだってわけね。私たちはクラウスの親になるべきではなかったのよ、カール!」

彼は、しばらく押し黙ったまま、彼女と並んで歩いていた。彼らはすでに帰路についていたが、二人とも、湖も森も見ていなかった。

とうとう、彼は口を開いた。「それじゃ、きみは本当に、何か始めるべきだと思ってるのか? 工場で何かすべきだと?」

「もちろんよ」と彼女は言った。「私たちは何かやらなきゃいけないわ、カール。自分を恥ずかしく思わなくても済むように」

しばらく考えてから、彼は言った。「トルーデル、自分が工場内を忍び歩いて機械を壊しているところを想像すると、どうしても、それは僕に向いてないとしか思えない」

「じゃあ、何が自分に向いてるか考えて! きっと思いつくわ。すぐでなくてもいいのよ」

「きみは、何をするかもう考えたのか?」

「ええ」と彼女は言った。「隠れているユダヤ人女性を一人知っているの。移送されるところだったのを逃げ出したのよ。でも、近くに悪い人たちがいるから、裏切られるんじゃないかと毎日びくびくしてる。その人をうちに引き取ろうと思うの」

「だめだよ!」と彼は言った。「だめだよ、それはだめだ、トルーデル! こんなに見張られていたんじゃ、すぐにばれてしまう。それに、配給切符のことも考えてみろ! その女は配給切符なんて絶対持ってない。二人分の切符で、もう一人養えるはずがないよ!」

「できないかしら? そうすれば一人の人間を救えるってときに、少し空腹を我慢することが本当にできないかしら? ああカール、本当にもしそうだっていうなら、ヒトラーの思うがままだわ。私たちはみんなクズだし、こうなったのも自業自得ってことね」

「だけど、その女がうちにいることはすぐに分かってしまう。あんな小さな家で人を匿えるはずがない。だめだ、そんなこと許さない」

「カール、あなたに許してもらう必要があるとは思ってないわ。うちはあなたの家であると同時に、私の家でもあるのよ」

激しい言い争いになった。結婚以来初めての、本物の言い争いだった。彼女は、「あなたが仕事に出かけているあいだに、その人を家に連れてくる」と言い、彼は、「その女をその場で叩き出してやる」と答えた。

「それなら、私も一緒に叩き出したらいいわ！」

口論はそこまでエスカレートした。二人ともかっとなり、売り言葉に買い言葉になった。折り合いはつかなかった。妥協点は存在しなかった。彼女のほうは、何が何でも、反ヒトラーと反戦のために何かしたいと思っていた。彼も、原則的には何かしたいと思っていた。だが、そこに危険が伴ってはならなかった。どんな小さな危険も、彼は犯すつもりはなかった。ユダヤ人の女を匿おうなんて狂ってる。そんなこと、絶対許さない！

二人は、無言のまま、エルクナーの街を家に向かって歩いた。二人とも頑なに黙りこくっていたので、沈黙を破るのはますます難しくなった。彼らは腕も組まず、並んで歩いた。一度、偶然手と手が触れ合ったが、どちらも急いで手を引っ込め、相手からさらに離れて歩いた。

家の前に大きな自動車が停まっていたが、彼らは気に留めなかった。階段を上っているときにも、各戸のドアから詮索好きな、あるいは心配そうな目が覗いていることに彼らは気づかなかった。カール・ヘアゲゼルはドアの鍵を開け、トルーデルを先に中に入れた。玄関でも、彼らは何も気づかなかった。居間に入り、緑のジャケットを着た背の低い、がっしりした体格の男を見たとき、彼らは初めて驚いて飛び上がった。

「おい」とヘアゲゼルは憤然として言った。「そこで何をしているんだ」

「ゲシュタポ本部のラウプ警部だ」と緑のジャケットを着たその男は名乗った。部屋の中だというのに、髭剃りブラシのような毛飾りの付いた猟師帽をかぶっている。

「ヘアゲゼル、だな？ それにゲルトルート・ヘアゲゼル、旧姓バウマン、通称トルーデル、だな？ よし！ ヘアゲゼル、かみさんとちょっと話がしたい。ちょっと台所で待っててくれるか？」

　二人は、青ざめた顔を不安そうに見合わせた。それから、トルーデルは突然微笑んだ。「さよなら、カール！」そう言うと彼を抱きしめた。「また会えるわよね！　喧嘩なんかして、馬鹿だったわ！　一寸先は闇ね！」

　ラウプ警部が警告するように咳払いした。二人はキスを交わし、ヘアゲゼルは部屋を出た。

「旦那に別れの挨拶をしていたな、ヘアゲゼル？」

「仲直りをしていたんです。私たち、喧嘩していたので」

「原因は何だ」

「私のおばを家に呼ぶか呼ばないかで口論になりました。主人は反対、私は賛成でした」

「それなのに私を見た途端に、譲歩する気になったのか？　おかしいじゃないか。何かやましいことがあると見える。ちょっと待て。ここで待ってろ！」

　彼女は、台所でカールと話しているラウプ警部の声を聞いていた。多分、カールは喧嘩の原因について違う説明をするだろう。出だしから失敗だった。彼女が最初に思い出したのは、オットー・クヴァンゲルのことだった。だが、クヴァンゲルが他人を密告するとはとても思えなかった。

　警部が戻ってきた。満足そうに両手を擦り合わせながら、彼は言った。「養子を取るかどうかで口論になった、と旦那は言ったぞ。これが、私が見破った最初の嘘だ。心配するな、これから三十分で嘘はいくらでも出てくるだろうが、全部見破ってやるからな。流産したのか？」

「はい」

「わざとやったんだろう。総統に兵士を提供するのがいやだったんだろう。どうだ？」

「それこそ嘘です！　そんなことをするつもりなら、五ヶ月目まで待ったりしません！」　紙切れを手にして、男が一人居間に入ってきた。

「警部殿、ヘアゲゼルが台所でこれを焼却しようとしていました」

「何だこれは？　荷物預かり証か。トルーデル・ヘアゲゼル、旦那がアレクサンダー広場駅に預けているのはどんなトランクなんだ？」

「トランク？　分かりません。主人の口からそんな話を聞いたことはありません」

「ヘアゲゼルを連れてこい！　誰か、すぐに車でアレクサンダー広場まで行ってトランクを取ってこい！」別の男がカール・ヘアゲゼルを居間に連れてきた。家中、警官だらけだった。それに気づかず、二人はうっかり入ってしまったのだ。

「アレクサンダー広場に預けているのは、どんなトランクなんだ、ヘアゲゼル？」

「中身は知りません。開けてみたことがありませんので。あれは知り合いのトランクです。知り合いは、下着と服が入っていると言っていました」

「なるほど。だから、警察が来たのに気づいて預かり証を燃やそうとしたと言うんだな！」

ヘアゲゼルは一瞬躊躇ったが、妻のほうをちらっと見てから言った。「そのわけは、その知り合いの言ったことをあまり信用していなかったからです。中身は違うものかもしれません。随分重いトランクでしたから」

「それで、何が入っていると思うんだ？」

「ひょっとしたら、ビラかもしれません。そのことは、ずっと考えないようにしていました」

「自分で荷物を預けに行けないとは、変な知り合いだな。ひょっとして、そいつの名前はカール・ヘアゲゼルというんじゃないか？」

「違います。シュミットです。ハインリヒ・シュミット」

「それで、そのいわゆるハインリヒ・シュミットとはどうやって知り合った？」

「彼とは古い知り合いです。少なくとも、十年前からの知り合いです」

「中身がビラかもしれないとなぜ思った？　一体何者なんだ、そのエミール・シュルツというのは」

「ハインリヒ・シュミットです。彼は社会民主党員でした。あるいは、共産党員かもしれません。それで、あの中にはビラが入っているかもしれないと思ったんです」

「ところでヘアゲゼル、出生地は？」

「私のですか？　ベルリンです。ベルリンのモアビートです」

「生年月日は？」

「一九二〇年四月十日です」

「そうか、それでお前は少なくとも十年前からそのハインリヒ・シュミットと知り合いで、そいつの政治信条も知っていたと言うんだな！　そのときお前は十一歳かそこらだったのにな、ヘアゲゼル！　見え透いた嘘を吐いて私を怒らせるんじゃない。私を怒らせると、痛い目に遭うぞ！」

「嘘など吐いていません。私が言ったことはすべて本当のことです」

「ハインリヒ・シュミットという名前が第一の嘘だ。トランクの中身を見ていないというのが第二の嘘。トランクを保管していた理由。これが第三の嘘だ！　ヘアゲゼル、お前の言ったことはすべて嘘だ！」

「違います。すべて本当のことです。ハインリヒ・シュミットはケーニヒスベルクに行こうとしていました。トランクが重すぎ、ケーニヒスベルクに持っていく必要もなかったので、彼は駅に預けておいてくれと私に頼んだんです。すべて本当の話です」

「そいつがわざわざエルクナーまで預かり証を取りにやってくるというのか？　ポケットに入れて自分で持っていけばそんな面倒もないのに？　なるほどな、まったくもってもっともな話だ、ヘアゲゼル！　まあいい、この問題はとりあえず置いておこう。これから何度も話し合う機会があるだろう。ゲシュタポまでちょっとご同行願おうか。かみさんのほうは……。

「トランクのことは、妻は何も知らない！」

「自分でもそう言っていたよ。だが、何を知っていて何を知らないかは、本人の口から改めて聞かせてもらう。だがせっかくご夫婦でこうしてお揃いなんだから、聞いておこうか。お前ら、制服工場で働いていたときからの付き合いなんだな？」

「そうです……」二人は答えた。

「そこでどうしていた？　どんな仕事をしていたんだ？」

「電気技師をしていました」

「軍服の上着を裁断していました」

「結構、結構。真面目な勤労青年たちだ。だが、生地を切ったり電線をつないだりしていないときには、お二人は何をしていたのかな？　ひょっとして、小さな共産党支部を結成していたりしてな。お前ら二人と、イェンシュとかいう男——通称はベビー、だったな——とグリゴライトとかいう男とで。どうだ？」

　二人は青ざめて彼を見つめていた。この男はどうしてそれを知っているのだろう。彼らは途方に暮れて顔を見合わせた。

「わはは」ラウプは嘲笑った。「どうだ、驚いたか。お前ら四人は見張られてたってことだ。お前らがあんなに早々と解散していなければ、もう少し早くお前らとお近づきになるところだったんだがな。お前は今の工場でも見張られていたんだぞ、ヘアゲゼル！」

彼らはすっかり混乱してしまい、彼に反論しようとも思わなかった。

彼らをじっと見ていたラウプ警部は、突然思いついたように言った。「そのトランクは一体誰のものだったんだ、ヘアゲゼル？」と彼は尋ねた。「グリゴライトのものか？　それともベビーのか？」

「それは――ああもうどうでもいい。どうせみんな知られているんだから。トランクはグリゴライトが押しつけていったんです。一週間したら取りに来ると言っていましたが、あれからもう随分になります」

「おそらくくたばったんだろう、お前のグリゴライトはな！　さあ、奴を引っ捕らえてやる。つまり、まだ生きていればの話だが」

「警部さん、支部を抜けて以来、私も妻も政治的な活動はしていません。大体、そもそも行動を起こす前に、私たちで支部を潰したんです。そういうことに自分たちが向いていないことに気づいたので」

「私も気づいた。確かに向いてない！」とラウプ警部は嘲笑った。

だが、カール・ヘアゲゼルはそれには構わず続けた。「それ以来、私たちは仕事のことだけを考えてきました。私たちは何ら反国家的活動をしていません」

「トランクの一件以外はな。トランクのことを忘れてもらっては困るな、ヘアゲゼル！　共産党のビラを保管……これは国家反逆罪だ。死刑に値する罪だ。おい、トルーデル・ヘアゲゼル！　何をそんなに興奮しているんだ？　ファービアン、そのお嬢さんを旦那から離せ。だが、優しくな、ファービアン、優しくしてやってくれ。ファービアン、お嬢さんに手荒なまねはいかん。流産したばかりなんだ。このお嬢さんは、何が何でも総統に兵士を差し出すまいと思っているんだ！」

「トルーデル！」とヘアゲゼルは言った。「彼が言っていることを信用するな。トランクの中身はビラと決まったわけじゃない。そうじゃないかと思ったことがある、と言っただけだ。中身は本当に下着と服かもしれない。グリゴライトが僕に嘘を吐くはずがない！」

「その調子だ」とラウプ警部は言った。「このお嬢さんを元気づけてやってくれ。落ち着いたかな、お嬢さん？　話を先に進めてもいいかな？　さて、カール・ヘアゲゼルの国家反逆罪の話から、今度はトルーデル・ヘアゲゼル旧姓バウマンの国家反逆罪の話に……」

「妻は何も知らない！　妻は法律に触れるようなことは何もしていない！」

「そうだとも。二人とも、立派な国家社会主義者だからな！」突然、ラウプ警部は激昂した。「お前ら、自分がどんな人間か知ってるのか？　お前らは共産党の卑怯なブタだ！　クソを引っかき回すネズミどもだ！　お前らの犯罪を暴き出し、二人とも処刑台に送ってやる！　お前らが吊されるところを見たいもんだ。お前はトランクの件で吊される。お前は流産の件でだ。流産するまで、テーブルから飛び降りたんだろう。そうなんだろう？　そうなんだろう？　はい、と言え！」

　彼はトルーデルにつかみかかると、半ば気を失っている彼女を揺さぶった。

「妻を放せ！　妻に触るな！」ヘアゲゼルは警部の胸ぐらをつかんでいた。ファービアンの拳骨が彼の顎に命中した。三分後、彼は手錠をかけられて台所に座らされ、ファービアンに見張られていた。トルーデルが責め苛まれているのに、自分はどうすることもできない。彼の胸に、激しい絶望感がこみ上げた。

　ラウプはトルーデルを責め上げ続けた。カールの身を案ずるあまりほとんど気を失いかけている彼女に、彼は今度はクヴァンゲルの葉書について尋問を始めた。彼は、彼女が偶然クヴァンゲルに出会ったという話を信じなかった。嘘だ、お前はクヴァンゲル夫婦とずっと連絡を取り合っていただろう、この卑怯者の共産主義者の謀反人どもが！　亭主のカールも知っていたんだろうが！

「お前が置いてきた葉書は何枚だ？　葉書には何と書いてあった？　亭主はそれについて何と言っていた？」

　この調子で、彼は何時間も彼女を責め上げ続けた。そのあいだ、ヘアゲゼルは絶望感に苛まれ、心に地獄の責め苦を抱えて台所に座っていた。

　とうとう自動車が帰ってきた。トランクが居間に運び込まれ、いよいよ解錠する段になった。

「ファービアン、トランクを開けてくれ」とラウプ警部は言った。カール・ヘアゲゼルは再び居間に連れてこられていたが、見張りがついていた。部屋の端と端に引き離され、カールとトルーデルは真っ青な顔で見つめ合っていた。

「下着と着替えにしちゃあ随分と重いな！」ファービアンが曲げた針金で錠を開けようとしているのを見ながら、警部は馬鹿にしたように言った。「じきにお宝が拝めるぞ。やばいものじゃないといいけどな。どう思う、ヘアゲゼル？」

「妻はこのトランクのことはまったく知らなかったんです、警部さん！」ヘアゲゼルは改めて言った。

「そうだろうとも。お前はお前で、女房が反逆的内容の葉書をクヴァンゲルに代わってあちこちの階段室に置いて歩いていたのを知らなかったと言うんだな！　お互い、単独犯だったたってわけか！　まったく、素晴らしい結婚生活だな！」

「違う！」とヘアゲゼルは叫んだ。「違う！　きみはそんなことやってない、トルーデル！　やってないと言うんだ、トルーデル！」

「女房はもう自白しているぞ！」

「一度だけよ、カール。あれは全くの偶然だったの……」

「勝手にしゃべるんじゃない！　あと一言でもしゃべってみろ、また台所に移動してもらうぞ、ヘアゲゼル！　よし、トランクが開いたぞ。それで、何が入っているんだ？」

彼とファービアンは、ヘアゲゼル夫妻からは中身が見えないようにトランクの前に立った。二人の刑事はひそひそ声で言葉を交わした。それから、ファービアンが重そうに中身を引っ張り出した。小さな機械、ぴかぴか光るネジ、スプリング、黒光りするインク……

「印刷機だ！」とラウプ警部が言った。「小さな可愛らしい印刷機だ。共産党のアジビラを刷るためのな！　お前はこれでおしまいだ、ヘアゲゼル。これで永遠におしまいだ！」

「トランクの中に何が入っているか、僕は知らなかった」とカール・ヘアゲゼルは抗弁した。だが、恐怖のあまり、彼の声には力がなかった。

「まるで、知らなかったなら罪にはならないような口ぶりだな。知っていようがいまいが同じことだ。そもそも、グリゴライトと会った時点で通報し、トランクを届け出る義務があったんだからな！　ファービアン、戻るぞ。荷物をまとめろ。聞きたいことは充分聞き出した。女にも手錠をかけろ」

「さよなら、カール！」トルーデル・ヘアゲゼルはしっかりした声で言った。「さよなら、あなた。あなたといられて本当に幸せだった……」

「女を黙らせろ！」と警部が怒鳴った。「何だ何だ、ヘアゲゼル、何の真似だ」

トルーデルの口に拳骨が飛んだのを見て、カール・ヘアゲゼルは見張りの男を振り切って部屋の反対側に駆け寄った。手錠をかけられてはいたが、彼は、トルーデルを殴った男を床に殴り倒すことに成功した。カールと男はもつれ合って床を転げ回った。

警部は、ファービアンにちらっと目配せしただけだった。ファービアンはもつれ合う二人の男をしばらく見下ろしていたが、やがて機を見てカール・ヘアゲゼルの頭を三〜四発殴りつけた。

ヘアゲゼルは呻き声を上げ、手足を痙攣させると、トルーデルの足下に倒れた。彼女は身じろぎもせず、彼を見下ろしていた。彼女の口から、血が流れていた。

ベルリンへと移送されていくあいだ、彼女は、「彼が意識を取り戻しますように。もう一度、私を見てくれますように」と祈っていた。だが、無駄だった。だめだわ、ぴくりとも動かない。

私たちは何もしていない。でも、もうおしまいだわ……

54　オットー・クヴァンゲルにとって、最も耐えがたかったこと

人民裁判所の予審判事に引き渡されるまでの十九日間、オットー・クヴァンゲルはゲシュタポ本部の地下牢に入れられていた。その間、彼にとって最も耐えがたかったのはラウプ警部の尋問ではなかった。もちろん、ラウプ警部は、（彼自身の言葉を使えば）クヴァンゲルの抵抗をくじくために全力を尽くした（つまり、彼を苦痛と恐怖で廃人同然にするために全力を尽くした）のだったが。

妻アンナを思うと日ごとに心配が募り、胸が苦しくなるばかりだったが、オットー・クヴァンゲルにとって最も耐えがたかったのはそのことでもなかった。彼は、アンナの姿を見ることも、彼女の消息を聞くこともできなかった。だが、尋問の際にラウプの口からトルーデル・バウマンの名前が出たのを聞いて、クヴァンゲルは思った、女房は脅しに屈したのだ、誘導尋問に引っかかったのだ、絶対に言ってはならない名前をついうっかり漏らしてしまったのだ、と。

やがて、トルーデル・バウマンとその夫も逮捕されたこと、彼らが自白したこと、彼らを自分たちの事件に巻き込んでしまったことが次第にはっきり分かってくると、彼は心の中で何時間も妻と口論した。他人を必要とせず、他人に面倒をかけない、独立独歩の人間であることを自分はずっと誇りとしてきたのに、自分のせいで（彼は、アンナのしたことは自分の責任だと感じていた）二人の若者を巻き込んでしまった、と。

だが、その口論も長くは続かなかった。妻の境遇を悲しみ、案じる気持ちのほうが勝《まさ》ったのだ。一人きりになると、彼は爪が手のひらに食い込むほど拳を握りしめて目を閉じ、全力を集中してアンナのことを思い、監房にいる彼女の姿を思い浮かべ、彼女に新たな勇気を与えようと一心に念じた。彼女が尊厳を忘れないように。人間らしいところのほとんどない、あの下劣な男に屈することがないように。

こうした不安は耐えがたいものではあったが、それでも、最も耐えがたいことにはほど遠かった。

最も耐えがたかったのは、酔っ払った親衛隊員やその指導者たちがほとんど毎晩やってきては、身を守る術のない彼を鬱憤晴らしに殴ることでもなかった。ほとんど毎晩、彼らは監房のドアを乱暴に開けてなだれ込んできた。酔っ払った彼らは、ひたすら血を見たがっていた。人が痙攣し、死ぬのを見たがっていた。人間の弱さを見て楽しみたがっていた。これも耐えがたいことではあったが、これさえも、最も耐えがたいことではなかった。

最も耐えがたかったのは、彼が収監されたのが独房ではなく、同房者が、つまり彼と同じ境遇の仲間が、彼と同じように有罪とされるであろう人間がいたことだった。というのも、その同房者がぞっとするような男だったからだ。凶暴で汚らわしい、獣のような男だったからだ。

残酷にして卑怯、臆病にして粗野な男だったからだ。クヴァンゲルは男に深い嫌悪感を抱かざるを得なかったが、男の言いなりになるしかなかった。男のほうが腕力で老職工長クヴァンゲルよりずっと勝《まさ》っていたからだ。

カール・ツィームケ(看守からはカールヒェンと呼ばれていた)は、三十歳くらいの、ヘラクレス顔負けの体格の男だった。ブルドッグのような丸々とした顔に、妙に小さな目がついていた。長い腕と手には、毛がびっしりと生えていた。脂じみた髪の毛がいつも一束垂れ下がっている、せり出した狭い額には、何本も縦皺が寄っていた。彼はほとんどしゃべらず、彼が発する言葉と言えばけたたましい叫び声だけだった。看守たちの話からやがてクヴァンゲルも知ったのだが、カールヒェン・ツィームケはかつて優秀な親衛隊員だった。彼は特別な虐殺任務の遂行を任されたことがあった。彼の毛深い前足がどれだけの人間を殺したか、確かなことは誰にも分からなかっただろう。カールヒェン自身にも分からなかったのだから。

だが、プロの殺人者カールヒェン・ツィームケにとっては、この血に飢えた時代にあってさえ殺人の機会が少なすぎた。そこで、彼は仕事がないときには、上官に命令されなくても殺人を犯すようになった。殺した人間から金品を奪うこともあったが、盗みが目的で人を殺したことは一度もなかった。動機は常に、純粋な殺人欲求だった。とうとう犯行がばれ、しかも愚かなことに、ユダヤ人や民族の敵や、その他殺しても構わない人間だけでなく、非の打ち所のないアーリア人も(その中には党員までいた)殺していたため、彼はこうしてとりあえず地下牢に入れられているのだった。この先どうなるかはまだ分からなかった。

大勢の他人の命を平然と奪ってきたカールヒェン・ツィームケだったが、自分のかけがえのない命のこととなると不安になった。五歳の子どもと同程度の(ただし、ずっと邪悪な)考えしか詰まっていない彼の頭に、狂ったふりをすれば自分の所行の報いを受けずに済むという考えが浮かんだ。そのためには犬になればいい、と彼は思いついた。あるいは、誰かからそうするといいと勧められたのかもしれない(こちらのほうが信憑性が高い)が、それは彼の性に合っていたのだろう、彼は首尾一貫して犬を演じ続けた。

たいてい彼は、素っ裸で四つん這いになって監房の中を歩き回っていた。犬のように吠え、皿から犬のように食べ、クヴァンゲルの足に何度も噛みつこうとした。そうかと思うと、クヴァンゲルに何時間も繰り返しブラシを放り投げさせた。カールヒェンは投げられたブラシをくわえて持ち帰っては、ご褒美に撫でて誉めてもらうことを要求した。またあるときは、クヴァンゲルはカールヒェンのズボンを縄跳びの縄のように揺すってやらなければならなかった。すると、カールヒェンはその上を何度も何度もジャンプして見せるのだった。

クヴァンゲルが乗り気でないと見ると、「犬」は飛びかかってきて彼を押し倒し、彼の喉元に犬のように噛みつく真似をした。遊びが本気にならないという保証はどこにもなかった。看守たちは、カールヒェンの余興に大喜びだった。彼らは監房の入り口に陣取って、犬をけしかけ、はやし立てた。クヴァンゲルはすべてを受け入れるしかなかった。だが、酔っ払った勢いで囚人たちを痛めつけに来たときには、看守たちはカールヒェンを床に投げ飛ばした。すると彼は床に這いつくばって、自分の素っ裸の体からはらわたを蹴り出してくれと懇願するのだった。

こんな男と一緒に暮らすことを、クヴァンゲルは余儀なくされたのだった。来る日も来る日も、片時も離れず。ずっと孤独に生きてきた彼が、十五分と一人きりでいることができなくなったのだ。夜、眠りに慰めを求めるときでさえ、カールヒェンに悩まされないという保証はなかった。突然、カールヒェンはベッドの脇にうずくまり、前足をクヴァンゲルの胸に載せて水をくれと要求したり、クヴァンゲルのベッドに上ってこようとしたりした。クヴァンゲルは脇に退くしかなかった。一度も洗ったことのないその体に彼は吐き気を催し、身震いした。その体は獣のように毛深かったが、動物の純粋さや無邪気さとは一切無縁だった。カールヒェンは低い声で吠え、オットー・クヴァンゲルの顔を舐め、顔が終わると今度は体中を舐め回した。

そう、それは耐えがたかった。オットー・クヴァンゲルは何度も自問した。どうしてこんなことに耐えているんだ。どのみち終わりが近いことは確実なのに。それでも、もう会えないとはいえ、アンナを残して自殺することには抵抗があった。彼らの手間を省いて、判決を先取りすることには抵抗があった。死刑を言い渡し、絞首縄でもギロチンでもいい、死刑を執行するがいい。俺が罪の意識を感じているなどと、奴らに思わせてたまるか。そうだ、奴らの手間を省いてなどやるものか。だから、カールヒェン・ツィームケに耐えるんだ。

するると、奇妙なことが起こった。日が経つにつれて、「犬」がおとなしくなったのだ。犬は噛みつかなくなり、彼を押し倒したり喉元に食らいついたりしなくなった。一度、親衛隊の仲間からいつもよりましな食べ物を貰ったときには、クヴァンゲルにもそれを食べろと言って聞かなかった。犬はよく、何時間も彼の膝にその大きな丸い頭を載せて横になり、クヴァンゲルに毛を撫でられながら、目を閉じて低い声で鳴いていた。

クヴァンゲルは、この犬は狂気を装っているうちに本当に狂ってしまったのではないかと何度も思った。だが、彼が狂っているとすれば、地下牢の廊下にいる彼の「自由な」仲間たちも同じように狂っていた。そして彼らも狂っているとすれば、世の中全体が狂っていた。まともな人間が生きていけるようになるためには、彼らは、彼らの狂った総統やいつも馬鹿のようにニヤニヤしているヒムラーもろとも、この世から消し去られなければならない輩だった。

クヴァンゲルに移送命令が下ったとき、カールヒェンは激しく悲しんだ。彼はクンクンと悲しげな声で鳴き、自分のありったけのパンを無理矢理クヴァンゲルに持たせた。そして、廊下に出されたクヴァンゲルが両手を挙げ、顔を壁に向けて立っていると、素っ裸の男も四つん這いで監房からそっと抜け出して彼の横にうずくまり、低い悲しげな声で鳴いた。その光景を見て、粗暴な親衛隊員らも思わず、いつもよりほんの少し穏やかになった。犬の忠誠心を勝ち取ったこの男は、鳥のような冷たく険しい顔をしたこの男は、親衛隊員にさえも感銘を与えたのだ。

「出発！」の号令がかかり、犬のカールヒェンが監房に追い返されたとき、クヴァンゲルの冷たく険しい顔にかすかな変化が現れた。彼は、哀れみのようなものがかすかにこみ上げてくるのを感じていた。今までずっと、妻一人にしか愛着を覚えてこなかった男が、この獣《けだもの》のような殺人鬼との別れを惜しんだのだった。

55 アンナ・クヴァンゲルとトルーデル・ヘアゲゼル

ベルタの死後、アンナ・クヴァンゲルの新しい同房者としてトルーデル・ヘアゲゼルが選ばれたのは、単にゲシュタポの杜撰さの表れに過ぎなかったのかもしれない。あるいは、ラウプ警部にとって彼女らのことなど結局はどうでもよかったからかもしれない。亭主について知っていることを無理矢理聞き出してしまえば、女たちはもう用済みだった。主犯はいつも男たちで、女たちは共犯に過ぎなかった。もっとも、だからといって、女たちも男たちと一緒に処刑されることに変わりはなかったのだが。

そう、ベルタは死んだ。義妹が来ていることを何の他意もなくアンナに漏らしたばかりに、ラウプ警部の怒りを招いたベルタは死んだ。光が消えるように、彼女は死んだ。次第に弱々しくなる声で「誰も呼ばないで」と懇願しながら、彼女はアンナ・クヴァンゲルの腕の中で衰弱して死んでいった。ベルタは――名字は何というのかも、どんな罪を犯したのかも、アンナは知らなかった――突然静かになった。喉がゴロゴロと鳴り、苦しそうに喘いだかと思うと、口から血がどくどくと溢れ出し、アンナの肩に回していた腕から力が抜けていった。

青ざめた顔で、ベルタはひっそりと横たわっていた。彼女の死の責任は自分にもあるのでは、と思うとアンナは胸が苦しくなった。ラウプ警部に義妹の話さえしなければ！ それから、彼女はトルーデル・ヘアゲゼルのことを思い出し、震え出した。トルーデルのことは、本当に密告してしまったのだもの！ もちろん、もちろん、言い訳なら充分すぎるほどあるわ。オットーヒェンに婚約者がいたと言っただけでこんなことになるなんて、夢にも思わなかった。でも、そこから一歩一歩追い詰められて、結局は密告させられてしまった。大事な人を一人、不幸にしてしまった。不幸にしてしまった人は、一人だけじゃないかもしれない。

トルーデル・ヘアゲゼルと向き合わなければと思うと、自分がどんな言葉で彼女を密告したか、彼女にちゃんと伝えなければと思うと、アンナ・クヴァンゲルは震えた。

だが、夫のことを思うと、彼女は絶望的な気持ちになった。真面目で几帳面な夫はこの密告を絶対に許してくれないだろう、と彼女は思った。死を間近にして、たった一人の同志まで失うことになるんだわ。

自分がこんなにも弱い人間だったとは、とアンナ・クヴァンゲルは自分を責めた。そして、ラウプに取調室に呼び出されるたびに、彼女は、「ひどい目に遭わされませんように」ではなく、「どんな目に遭わされても、他人を苦しめるようなことをしゃべってしまわない強さをお与えください」と祈った。自分の責任を負うために、自分の責任以上のものを引き受けるために、この小柄なか弱い女はこう言い張った。一〜二回を除いて、葉書はすべて私一人で配りました。葉書の内容も私一人で考え、夫に口述しました。葉書を書くことも、私一人の思いつきです。息子が戦死したので、これを思いついたんです。

ラウプ警部に――「供述は嘘だ。自分がやったと主張しているが、この女にそんなことができるはずがない」と彼は気づいていた――どんなに怒鳴られようと、脅されようと、痛めつけられようと、彼女はそれ以外の調書には決してサインしなかったし、そんな話はあり得ないと警部に十回も証明されても、自分の供述を撤回しなかった。ラウプがどんなに頑張っても無駄だった。尋問が終わり、監房に戻されると、アンナは、まるで自分の罪の一部を償ったような気がしてほっとするのだった。オットーに自分を認めてもらえるような気がしてほっとするのだった。そして、自分がすべての罪を引き受けさえすれば、オットーの命を救えるかもしれない、との思いが彼女の心の中で強まっていった。

ゲシュタポの地下牢の習慣にしたがって、ベルタの遺体はアンナの監房にしばらく放置されていた。これも単なる杜撰さの表れだったのかもしれないが、これもやはり意図的な拷問だったのかもしれない。いずれにせよ、遺体はすでに三日間放置され、監房には胸が悪くなるような死臭が充満していた。とそこへドアが開き、アンナがそのまなざしをあれほど恐れていた女性が押し込まれてきたのだ。

トルーデル・ヘアゲゼルは、監房の中に一歩踏み出した。目が暗さに慣れていないので、彼女にはまだほとんど何も見えなかった。彼女は疲れ切っていた。そして、最後まで息を吹き返さなかったカールから乱暴に引き離され、不安のあまりほとんど意識を失いかけていた。監房に充満する、胸が悪くなるような腐臭に気づき、変色して膨れあがった死体が板張りの簡易ベッドに横たわっているのを見たとき、恐怖の低い叫び声が彼女の口を突いて出た。

「もうだめ」彼女は呻いた。崩れ落ちるトルーデルの体を、アンナ・クヴァンゲルが支えた。

「トルーデル！」とアンナは半ば意識を失ったトルーデルの耳に囁いた。「許してちょうだい。私があなたの名前を言ってしまったの。オットーヒェンの婚約者だったって。そしたら、あの男は私を痛めつけて、何もかも聞き出してしまったの。どうしてこうなったのか、もう自分でも分からない。トルーデル、そんな目で見ないで、お願いよ。トルーデル、あなた、赤ちゃんができたんじゃなかったの？　赤ちゃんまで、私のせいでだめになってしまったの？」

アンナ・クヴァンゲルがそう話しているあいだに、トルーデル・ヘアゲゼルは彼女の腕を振りほどき、監房の入り口に後戻りしていた。鉄の金具を打ち付けたドアに寄りかかり、彼女は、反対側の壁から自分を見つめているアンナに青ざめた顔を向けた。

「お母さん、お母さんだったの？」と彼女は尋ねた。「お母さんが？」

そして、突然感情を爆発させて叫んだ。「自分のことを心配しているわけじゃないの。カールがひどい暴行を受けたの。意識を取り戻すかどうか分からない。もしかしたら、もう死んでしまったのかもしれない」

彼女の目から涙が溢れ出た。「それなのに、引き離されてしまって何も分からないの。何も分からないまま、ここに何日も何日も閉じ込められるのかしら。彼はもう死んで埋められてしまったのかもしれない。でも、私の中で彼は生き続けているわ。もう彼の子どもを産むことはできないのね。突然、何て不幸せになってしまったの！　ほんの何週間か前まで、お父さんにばったり会うまでは、幸せに必要なものは何でも揃っていたのに！　私、本当に幸せだったのよ！　それが突然、何もかもなくなってしまった。何もかも！　ああ、お母さん……」

彼女は唐突に言い添えた。「でも、流産したのはお母さんのせいじゃないわ。あれはもっと前のことよ」

突然、トルーデル・ヘアゲゼルはよろめきながらアンナの胸に飛び込んだ。アンナの胸に顔を埋め、彼女は泣いた。「ああお母さん、私、何て不幸せになってしまったのかしら。お願い、カールは助かるって、言ってちょうだい」

アンナ・クヴァンゲルはトルーデルにキスし、囁いた。「彼は助かるわ。トルーデル、あなたもね。あなたたち、何も悪いことはしていないんだから！」

二人はしばらく無言で抱き合っていた。互いの愛情の中で休息するうち、かすかな希望が再び湧いてきた。

やがて、トルーデルは首を振ると言った。「だめだわ、私たちもここから生きては出られない。彼らはあまりにも知りすぎているの。お母さんの言ったとおりよ。私たち、何も悪いことはしていないわ。カールは、中に何が入っているか知らずに、ある人のトランクを預かってた。私は、お父さんに頼まれて葉書を置いた。だけど、彼らに言わせれば、それは国家反逆罪で、死刑に値する罪なのよ」

「そんなことを言ったのはきっとラウプね。おぞましい奴！」

「名前は知らない。それに、名前なんかどうでもいいわ。彼らはみんな同じよ！ ここで取り調べをする奴らだって、みんな同じ。でも、もしかしたら、これでいいのかもしれない。刑務所に何年も何年も入れられるのは……」

「彼らの世の中はもうそんなに何年も続かないわ、トルーデル！」

「そうかしら？ 彼らは今まで、ユダヤ人や外国人にあんなにひどいことをしてこれたのよ？ 何の罰も受けずに！ お母さんは、神様がいると本当に信じているの？」

「ええ、トルーデル、私は信じているわ。オットーはいつも、神なんか信じるなと言っていたけれど、これは私のたった一つの隠し事なの。私は今でも神様を信じているわ」

「私は本気で信じたことはないわ。でも、神様が本当にいたらいいわねえ。そうしたら、カールとあの世でまた一緒になれると信じられるもの！」

「きっとそうなるわ、トルーデル。オットーも神様を信じていないの。死んだらすべて終わりだ、って。でも、私には分かるの。あの世で私たち夫婦はまた一緒になれる、永遠に。私には分かるの、トルーデル！」

トルーデルは簡易ベッドに横たわる物言わぬ姿に目をやり、身震いした。

彼女は言った。「あの人、ひどい状態だわ。見るのも恐ろしい。死斑が出て、あんなに膨れあがって。お母さん、私、あんなふうになりたくない！」

「亡くなってからもう三日になるわ、トルーデル。誰も遺体を片付けに来ないの。あの人、亡くなったときにはとてもきれいだったのよ。静かな、厳かな死に顔だった。でも、今はもう魂が抜け出してしまったから、腐った肉の塊のようにあそこに横たわっているの」

「遺体を片付けて！　こんなの見ていられない！　臭いで息が詰まりそう！」

そして、アンナ・クヴァンゲルが制止するより早く、トルーデルはドアに向かって走っていた。両手で彼女はドアの鉄板を叩き、叫んだ。「開けて！　今すぐ開けて！　聞いてってば！」

それは禁止された行為だった。騒音を立てることは、どんな場合でも禁じられていた。本来、話すことさえも一切禁じられていた。

アンナ・クヴァンゲルはトルーデルめがけて走り寄ると、彼女の両手を掴んでドアから引き離し、声を押し殺して囁いた。「そんなことしちゃだめ、トルーデル！　規則で禁止されているの！　彼らがやってくる、殴られるわ！」

だが、もう遅かった。錠が音を立てて外れ、大男の親衛隊員が一人、ゴム製の棍棒を振りかざして飛び込んできた。「何を喚いているんだ、この売女が！」と彼は怒鳴った。「お前ら、何か文句でもあるのか？」

二人の女は、部屋の隅から脅えながら親衛隊員を見ていた。

彼は殴りかかってはこなかった。棍棒を下ろすと、彼はつぶやいた。

「まるで地下の死体置き場みたいな臭いだな。一体、この死体はいつからここにあるんだ」

ひどく若い親衛隊員だった。顔が青ざめていた。

「もう三日になります」とアンナは言った。「お願いですから、遺体を部屋から出してください！　ここにいると、本当に息が詰まってしまいます」

親衛隊員は何かつぶやくと監房から出て行った。ドアは閉めたが、鍵はかけていかなかった。

女たちはそっとドアに近づき、ドアをほんの少しだけ開けると、隙間から、消毒薬と便所の臭いが混じり合った廊下の空気を吸い込んだ。彼女たちには、それはまるで芳香のように感じられた。

若い親衛隊員が廊下を歩いてくるのが聞こえたので、女たちは元の場所に戻った。

「さあ！」と彼は言った。彼は紙切れを手にしていた。「それじゃ、さっさとやれ！婆さんは足を持て、若いほうは頭だ。どうした、こんな骸骨くらいお前らで運べるだろ？」

粗野な言葉とは裏腹に、彼の口調はほとんど優しいと言っていいほどだった。彼は遺体を運ぶ手助けまでした。

彼らは長い廊下を進んでいった。行く手に鉄格子の嵌まったドアが現れ、親衛隊員が歩哨に紙切れを見せた。一行は、石の階段を延々と降りていった。空気が湿っぽくなった。暗い電灯がぼんやりと辺りを照らしている。「着いたぞ！」と親衛隊員は言い、ドアを開けた。「ここが死体置き場だ。そこの台の上に死体を置くんだ。その前に、死体から服を脱がせろ。衣類が不足している。モノを無駄にしてはいかん！」

彼は笑ったが、その笑い声はわざとらしかった。

女たちは恐怖の叫び声を上げた。この本物の死体置き場には、男女の全裸死体が累々と横たわっていた。暴行を受けて変わり果てた顔、血まみれの殴打の痕、血と汚物がこびりついた、ねじ曲げられた手足。誰も、彼らの目を閉じてやろうともしていなかった。目を見開いたまま、彼らは死んでいた。彼らは、ときどき邪悪な表情で瞬きをするようにさえ見えた。まるで、仲間がまた一人増えたことを喜び、新入りを興味津々で見ているかのように。

震える手でベルタの死体から急いで服を脱がせながら、アンナとトルーデルは、どうしても死体に目をやらずにはいられなかった。乳房が長く垂れ下がった、もう永遠に乳を含ませることのない母親の死体。働き詰めだった人生の最後を、ベッドの上で静かに迎えたいと望んでいただろう老人の死体。愛し、愛されるために生まれてきた、真っ青な唇の少女の死体。黄ばんだ象牙のような色をした、均整の取れた体格の若者の、鼻を折られた死体。

死体置き場の中は静かだった。女たちの手元で、ベルタの服がかさかさと小さな音を立てるだけだった。ハエが一匹飛んできたが、その後はまたしんと静まり返った。親衛隊員は、ポケットに手を入れて、女たちの仕事ぶりを眺めていた。彼は欠伸をし、タバコに火をつけると言った。「そうさ、これが人生というものだ」。その後はまたしんと静まり返った。

アンナ・クヴァンゲルが衣類をまとめて一括りにしたのを見て、彼は言った。「じゃあ、行くぞ」

だが、トルーデル・ヘアゲゼルは彼の黒い袖に手を添えると言った。「ああ、お願いです。ここでちょっと探させてください。主人が……ひょっとしたら主人もここにいるかもしれないんです」

一瞬、彼は彼女を見下ろした。突然、彼は言った。「おいおい、ここで何がしたいって?」彼はゆっくりと首を振った。「故郷の村に妹がいる。ちょうど、お前くらいの年だ」彼はもう一度彼女を見た。「それじゃ、探していい。だが、さっさとするんだぞ!」

彼女は静かに死体の間を歩き回り、顔を一人一人覗き込んだ。顔の見分けがつかないほど損傷の激しい死体も多かったが、髪の色や体の痣などから、カール・ヘアゲゼルでないことは分かった。

真っ青な顔で彼女は戻ってきた。「彼はここにはいませんでした。今のところは」親衛隊員は彼女から視線をそらした。「それじゃ、行くぞ!」と彼は言い、彼女らを先に行かせた。

だがその日、彼女らの監房の前で見張りに立っていた間、彼は何度もドアを開け、空気を入れ換えてくれた。彼は、ベルタの遺体が横たわっていたベッドのために新しいシーツまで持ってきてくれた。この無慈悲な地獄にあって、それはとても大きな慈悲の行いだった。

その日、ラウプ警部は二人を取り調べたが、大した成果は上げられなかった。互いに慰め合い、親衛隊員からも小さな親切を受けたことで、彼女らは心を強く持つことができたのだ。

だが、試練の日々はまだまだ長かった。その後、その親衛隊員が彼女らの監房の見張りに立つことは二度となかった。多分、任務に不適当として交代させられたのだろう。ここで任務を果たすには、彼はあまりにも人間らしかった。

56　バルドゥル・ペルジッケ、父親を見舞う

誇り高きナポーラの特待生にして、ペルジッケ家の出世頭バルドゥル・ペルジッケは、ベルリンで用件を片付けたところだった。これでやっとナポーラへ戻り、世界の主人になる訓練を再開できる。彼は、親戚の家に隠れていた母親を家に連れ戻し、もう二度と家を出るな（「言うとおりにしないとひどいぞ」）ときつく命令した。それから、看守として働いている姉を訪ねてラーヴェンスブリュック女子強制収容所にも行った。

彼は、老女たちを追い立てる姉の手際の良さに感心した。その晩、ペルジッケ姉弟は、ラーヴェンスブリュックの女看守たちやフェルステンベルクの友人たち（ラーヴェンスブリュック強制収容所はフェルステンベルク近郊にあった）と一緒にささやかな内輪の祝宴を張り、大量の酒とタバコと「愛」を楽しんだ。

だが、バルドゥル・ペルジッケがベルリンに帰ってきたおもな目的は、深刻な問題を処理することだった。父親の老ペルジッケが酔っ払っていろいろと馬鹿なことをしでかしていたからだ。金庫のカネが足りなくなり、老ペルジッケは党裁判所から呼び出しまで受けていた。だが、バルドゥルはコネにものを言わせた。父親が老人性認知症であるとの診断書を書いてもらい、脅したりすかしたり、威張り散らしたりペコペコしたりし、さらに、ペルジッケ家に泥棒が入った事件（金庫から盗まれたカネが、そのとき再び盗まれた）をも最大限に利用した結果、彼はついにこのスキャンダルをこっそり片付けることに成功した。家のものを売り払って弁償する必要さえなかった。金庫から足りなくなった金額は、盗まれたものとして帳簿から抹消された。盗んだのはもちろん老ペルジッケではなく、バルクハウゼンとその共犯者だった。こうして、真相は裏返しになり、ペルジッケ家の面目は保たれることになった。

やっていない犯罪のためにヘアゲゼル夫妻が拷問と死に脅かされる一方で、党員ペルジッケは犯した犯罪の罰を免れたのだ。

こうしてバルドゥル・ペルジッケは、これ以上ないほど首尾よくすべてを処理してのけた。すぐにナポーラに戻ってもよかったのだが、その前に、断酒施設に入れら

れている父親を儀礼的に訪ねることにした。これには、事件の再発を予防し、びくびくしている母親に家での安全を確保するという目的もあった。

幹部候補生バルドゥル・ペルジッケだけあって、面会許可はすぐに下りた。しかも、医師や看護人の監視なしで、父親と二人きりで会うことが許された。

バルドゥルは、父親がひどくみすぼらしくなっていることに気づいた。まるで、穴の開いた浮き輪のようにしぼんでしまっている。

そう、飲み屋の元亭主ペルジッケの全盛期はとっくに過ぎ去っていた。彼はもう幽霊に過ぎなかった。ただし、この幽霊は未だに煩悩から解放されていなかった。父親は息子にタバコをねだった。息子は、「老いぼれの悪党にやるタバコはない」と何度か拒否したが、根負けしてタバコを一本渡した。だが、「一度でいいから、シュナップスを一瓶こっそり持ってきてくれ」と父親にねだられたときには、バルドゥルは笑っただけだった。彼は、父親の、枯れ枝のような震える膝を叩いて言った。「親父、酒のことは忘れろ。シュナップスはもう一生飲めないぜ。あれだけ馬鹿なことをしでかしたんだからな！」

怒って睨みつける父親に、息子は、その馬鹿なことの始末のために自分がどんなに苦労したかを得々と話して聞かせた。

老ペルジッケは駆け引き上手ではなかった。彼はいつも、相手がどう感じるかを考えずに、思ったことをそのままぶちまける男だった。だから、そのときも彼はこう怒鳴った。「相変わらず自慢屋だな、バルドゥル！ 党が手出しできないことは、俺には分かっていたんだ。十五年も前から党員だったんだからな。ふん、お前が苦労したと言うんなら、それはお前が馬鹿だからだ。俺なら、ここから出られたらほんの二言三言で片付けられたんだ」

父親は愚かだった。ほんの少し息子の機嫌を取り、息子に感謝し、労をねぎらっていれば、バルドゥル・ペルジッケももう少し寛大な気持ちになっただろうに。だが、虚栄心を深く傷つけられたバルドゥルは素っ気なく言った。「そうだ、ここから出られたらな！ だがな親父、この精神病院からはもう一生出られないんだぜ」

この残酷な言葉に、父親は最初、体中の震えが止まらなくなるほどのショックを受けた。だが、やがて落ち着きを取り戻すと、言った。「俺をここに閉じ込めておく権利のある人間がいたら、お目にかかりたいもんだ！差し当たり、俺はまだ自由な人間だ。医長のマルテンス先生は、あと六週間治療を受ければここから出られると言った。あと六週間で治るってな」

「治る見込みはないよ、親父」とバルドゥルは嘲った。「また飲み始めるに決まってる。いつもそうだった。あとで、医長にもそう言って、あんたを禁治産者にしてもらう」

「先生がそんなことするもんか！俺はマルテンス先生にものすごく気に入られているんだ。先生がそんなことをするもんか。それに、先生はちゃんと約束してくれたんだ。六週間でここから出られるってな！」

「だが、『たった今、親父はシュナップスをこっそり持ってきてくれと言いました』と言ったら、先生も意見を変えるだろうよ！」

「やめてくれ、バルドゥル！お前は俺の息子じゃないか。俺はお前の父親だぞ……」

「それがどうしたって言うんだ。誰にだって父親はいるさ。分かっているのは、俺の父親は最低の奴だってことさ」

彼は父親に軽蔑のまなざしを向け、こう言い添えた。「婆婆のことは忘れるんだな。早く慣れることだ。ここに一生いるってことにさ。あんたが外に出てくると、みんなの恥さらしなんだよ」

絶望した老ペルジッケは言った。「俺を禁治産者にして永久にここに閉じ込めるなんて話は、母さんが絶対認めないだろう」

「永久と言ってもその様子じゃ、もうそんなに長い間じゃないと思うぜ」バルドゥルは笑い声を上げ、仕立てのいい乗馬ズボンを穿いた足を組んだ。母親にぴかぴかに磨かせた軍靴を、彼は満足げに眺めた。「お袋はあんたのことを怖がっている。面会に来ることさえ、嫌だと言ったんだ。あんたに首を締め上げられたことを、お袋が忘れたと思うのか？お袋は絶対に忘れないぜ！」

「それなら、総統に手紙を書く！」と老ペルジッケは激昂して叫んだ。「古参の闘士を総統が見捨てるはずがない！」

「まだ総統の役に立てるとでも？総統は親父のことなんか屁とも思わない、親父の手紙になんか目もくれないさ。第一、アル中で震えるその手ではもう字なんて書けやしないし、それに、誰も手紙を投函しちゃくれないさ。俺が話をつけておくからな。諦めろ、紙の無駄だ！」

「バルドゥル、父さんが可哀想だとは思わないのか。ついこの間まで、小さな子どもだったのに。日曜日に、一緒に散歩に出かけたじゃないか。覚えてるか、クロイツベルクに行ったよな？　ピンクや青の水が流れていてきれいだったなあ。いつもソーセージや飴を買ってやったっけ。十一歳で女の子と面倒を起こしたときも、父さんはお前が退学処分を受けたり矯正院送りにならないようにしてやった。バルドゥル、父さんがいなかったらどうなったと思う？　だから、お前も父さんをこんな精神病院に閉じ込めるのはやめてくれ！」

父親の泣き言を顔色一つ変えずに聞いていたバルドゥルは言った。「親父、今度は泣き落とし戦術か？　やるじゃないか。ただな、そんなのは俺には効かないんだ。気持ちなんてものはどうでもいい。気持ちなんかより本物のハムサンド一個のほうがよっぽどいい。だが、それじゃちょっと可哀想だから、タバコをもう一本やるよ。ほら！」

だが、老ペルジッケは興奮のあまりタバコには見向きもしなかった。タバコは床に落ち、それがまたバルドゥルをさらに怒らせた。

「バルドゥル！」と父親はかき口説いた。「ここがどんなところか、お前は知らないんだ！　食べるものもまともに出してもらえない。看護人は暴力を振るってばかりだ。他の入院患者にも殴られるしな。こっちが手が震えて殴り返すこともできないと、奴ら、少ししかない食べ物まで取っていくんだ……」

父親がこう懇願しているあいだに、バルドゥルは出て行く準備を終えていた。だが、父親は息子にしがみついて引き留め、さらに早口になって言った。「まだもっと、うんと恐ろしいことがある。ときどき、大声で騒ぐ患者なんかに、看護人が緑色の薬を注射していくことがあるんだ。何ていう薬なのか、俺には分からない。だが、注射された奴は必ず反吐を吐く。吐いて吐いて、あっという間に死んでしまう。死んじまうんだ。バルドゥル、お前だって、父親がそんなふうに死ぬのはいやだろ？　実の父親が、反吐を吐きながら苦しみ抜いて死ぬのはいやだろ？　バルドゥル、お願いだ、助けてくれ！　ここから出してくれ、恐ろしくてたまらないんだ！」

だが、バルドゥル・ペルジッケはこの泣き落としにうんざりしていた。彼は乱暴に老ペルジッケを振りほどいて肘掛け椅子に押し込むと、言った。「親父、それじゃ達者でな！　お袋には俺からよろしく言っておく。それと、覚えておいてくれよ、テーブルにまだ一本タバコがある。吸わなきゃもったいないぞ！」

そう言うと、彼は出て行った。この父にしてこの息子ありだった。二人とも、ヒトラーの教育の賜物だった。

だが、バルドゥルはまだ断酒施設から立ち去らず、医長のマルテンス博士に面会を求めた。このときもやはり彼は運がよかった。彼はすぐに医長の部屋へ通された。医長は訪問者に慇懃に挨拶し、二人はしばし互いを注意深く観察し合った。

医長は言った。「お見受けしたところ、ナポーラに通っておられるようですが？」

「ええ、先生。ナポーラに在籍しております」とバルドゥルは誇らしげに言った。

「今の若い人は教育が充実していて羨ましい」と医長は感心したようにうなずいた。「私も若い頃にそんなエリート教育を受けてみたかった。ペルジッケさんはまだ召集されていないんですか？」

「ふつうの兵役なんか免除ですよ」とバルドゥル・ペルジッケは馬鹿にしたような投げやりな口調で言った。「おそらく、何十平方キロもあるような、広大な地域の行政をまかされることになるはずです。ウクライナとかクリミア半島とかのね」

「なるほど」と医長はうなずいた。「それで、今はそのために必要な知識を学ばれている、と」

「指導者としての資質を磨いているんです」とバルドゥルは単純明快に説明した。「専門的なことは下の者がやりますから。私は彼らを統率するんです。ロシア人はうんと痛めつけてやります。ロシア人は数が多すぎます！」

「確かに」とマルテンス博士は再びうなずいた。「東方は我が国の未来の入植地ですからね」

「仰るとおりです、先生。二十年後には、黒海の海岸やウラル山脈に至るまで、ロシア人はいなくなりますよ。すべて、純粋なドイツ人の土地になります。我々は新しい騎士団の騎士なんです」

眼鏡の奥でバルドゥルの目が光った。

「それもみんな総統のおかげです」と医長は言った。

「総統と総統に忠実な人たちのおかげです」

「マルテンス先生は党員ですか?」

「残念ながら違います。実を言うと、祖父の一人が馬鹿なことを、つまり、ちょっとした過ちを犯しましてね。分かりますか?」医長は早口になって言い添えた。「でも、その件ならもう片付きました。上司が取りなしてくれて、私は純粋なアーリア人として認められました。ええ、私は純粋なアーリア人です。近いうちに、入党の許可も得られるものと期待しています」

バルドゥルは肩をそびやかして座っていた。そんな裏口を必要とする相手に対して、純粋なアーリア人として優越感を覚えたのだ。「今日は、父のことで相談に来ました」とほとんど上司のような口調で彼は言った。

「ああ、お父さんなら順調ですよ、ペルジッケさん。六週間か八週間もすれば、全快して退院できるでしょう」

「父の病気は治りません」とバルドゥル・ペルジッケは医長の言葉を素っ気なく遮った。「私が思い出せる限り、父はずっとアル中でした。朝、父がここを退院したとしたら、午後、うちに帰ってくるときにはもう酔っ払っているでしょう。いつもそうでした。母も、きょうだいも、父が一生ここで過ごすことを望んでいます。私も同じ気持ちです、先生!」

「分かりました」と医長は慌てて言った。「それについては、主治医と相談して……」

「そんな必要はありません。ここで私たちが決めれば、それで決まりです。父が家に帰ってきても、その日のうちにまたここに運び込まれるでしょう。すっかり酔っ払った状態でね。先生の言う全快というのは、そんなものです。断言しておきますが、そうなったら先生個人にとってもいい結果にはなりませんよ」

二人は眼鏡越しに見つめ合った。だが、残念ながら医長は臆病者だった。バルドゥルの落ち着き払った生意気な視線に負けて、彼は目を伏せた。「確かに、アルコール依存症は再発の危険が高い病気です。あなたが今仰ったとおりに、お父さんがこれまでずっと酒を飲み続けてきたのだとすれば……」

「父は自分が経営していた飲み屋を飲みつぶしたんです。父は、母の稼ぎをすべて酒代に使ってしまいました。今だって、我々四人きょうだいが許せば、父は子どもの稼ぎをすべて酒代に使ってしまうでしょう。父にはここにいてもらいます！」

「お父さんにはここにいてもらいましょう。当分の間は。将来、戦争が終わってから面会に来られて、お父さんの具合がずっとよくなっているとお感じになったような場合には……」

バルドゥル・ペルジッケは医長の言葉を再び遮った。「今後、面会には来ません。私も、兄も姉も、母もです。父がここでよくしてもらっていることは分かっています。私たちにはそれで充分です」バルドゥルは、医長の目をじっと見据えた。彼はこれまでほとんど命令口調の大声で話していたが、ここで小声になった。「先生、父から、緑色の注射の話を聞いたんですが……」

医長はびくっとした。「あれは単に教育的効果を狙った措置です。ごくたまに、反抗的な若い患者に適用される措置でして。お父さんのような年配者には禁止されています……」

バルドゥルが再び彼の言葉を遮った。「父はすでに一度、その緑色の薬を注射されたことがあります」

医長は叫んだ。「あり得ない！　失礼、ペルジッケさん、それは何かの間違いですよ」

バルドゥルは厳しい口調で言った。「父はその注射について言っていましたよ。よく効く注射だったってね。先生、どうしてもっとその注射を打ってくれないんです？」

医長はおろおろして言った。「ペルジッケさん、あれは純粋に教育的な措置なんです。注射を受けた患者は何時間も、いや何日間も嘔吐するんですよ！」

「そうですか、それで？　父を吐かせてやってください。父は吐くのが好きなのかもしれません。緑色の注射は効いたって父は言ったんです。次の注射を父は楽しみにしています。どうして打ってやらないんです？　良くなるのに」

「やめてください！」と医長は慌てて言った。それから、自己嫌悪でいっぱいになりながら言葉を続けた。「誤解です。今まで聞いたことがありません。患者があの注射を……」

「先生、実の息子以上に患者のことを分かっている人間がいると思いますか？　それに、私は父のお気に入りの息子です。今、私の目の前で、主任看護人か誰か担当者に、今すぐ父にその注射をするように指示を与えていただけたら、本当に恩に着ます。そうすれば、いわば心安らかに家に帰れます。親父の願いを叶えてやれたってね」

　医長は真っ青な顔で相手の顔を見つめていた。「じゃあ本気で？ 今、この場でやれと？」と彼はつぶやいた。

「先生、私が本気で言っているかどうか、疑いの余地があるとでも？ 医長という立場にある人としては、あなたはどうも軟弱すぎるようだ。さっきご自分で言ったとおりだ。一度ナポーラに行って、指導者としての資質をしっかり磨いたほうがいい！」それから、彼は意地悪く言い添えた。「もっとも、あなたのような血統的欠陥のある人間にはもっと別の教育施設もあるわけだが……」

　長い沈黙のあとで、医長は小さな声で言った。「それでは、これから私が行って、お父さんに注射を打つことにします」

「いやいや、マルテンス先生、どうして主任看護人にやらせないんです？ それは看護人の仕事だと思うんだが……」

　医長は自分と激しく戦っていた。部屋の中は再びしんと静まり返った。

　やがて、彼はゆっくりと立ち上がった。「それでは、主任看護人に指示を与えてきます」

「私もご一緒しますよ。ここの仕事にとても興味があるのでね。つまり、生きるに値しない人間の選別とか、断種とか……」

　バルドゥル・ペルジッケは、医長が主任看護人に「患者ペルジッケにこれこれの薬剤を注射するように」と指示するのを隣で見守っていた。

「それじゃあ、それがゲロ注射なのか」とバルドゥルは妙に愛想よく言った。「ふつうはどれくらいの量を注射するんだい？ ほうほう、もう少し多めでもいいんじゃないか？ ちょっと待って、タバコを上げよう。いいから、ほら、箱ごと持ってってくれ」

　主任看護人は礼を言うと立ち去った。緑色の液体の入った注射器を手にして。

「お宅の主任看護人は実に適任だ。あんな屈強の男には誰も抵抗できまい。『人生の半分は筋肉だ』とはよく言ったもんですね（「人生の半分は秩序だ」（秩序が何より大事だ）という諺をもじったもの）、マルテンス先生！　それじゃ、どうもありがとうございました、先生。これからも治療がうまくいきますように。それじゃ失礼します、ハイル・ヒトラー！」

「ハイル・ヒトラー！　ペルジッケさん」

執務室に戻ると、マルテンス医師は肘掛け椅子に倒れ込んだ。手足が震え、額には冷や汗が浮かんでいた。しかし、彼はまだ落ち着けなかった。再び立ち上がると、彼は薬品戸棚に歩み寄った。ゆっくりと、彼は注射器に薬液を吸い上げた。だがそれは緑色の液体ではなかった。世界全体、中でも自分の人生に吐き気を催す理由は山ほどあったのだが、彼が選んだのはモルヒネだった。

彼は肘掛け椅子に戻ると手足をゆったりと伸ばし、モルヒネが効いてくるのを待った。

私は卑怯者だ、と彼は思った。吐き気がするほど卑怯者だ！　あの浅ましい、生意気な青二才、おそらくは大口を叩いているだけで影響力など持っていないあの青二才に、私は這いつくばってしまった。そんな必要はなかったのに。忌々しい祖母のせいだ。いつも、あの祖母のことを黙っていられないせいで……だが、本当に素敵なおばあちゃんだった。そんなおばあちゃんが私は大好きだった……。

彼は遠い目になった。眼前に、祖母の上品な顔が現れた。祖母の家はいつも、バラのポプリとアニス入りケーキの匂いがした。祖母はとても華奢な手をしていた。あれは、年を取った子どもの手だった。

祖母のせいで、私はあの悪党に這いつくばってしまった。だが、バルドゥル・ペルジッケよ、私はもう入党しないほうがいいと思う。入党するにはもう遅すぎると思う。今までにもう時間がかかりすぎた。

彼は瞬きし、伸びをした。呼吸が楽になり、気分も良くなってきた。

あとでペルジッケの様子を見に行ってやろう。とにかく、彼には注射はこれ以上打たせない。持ちこたえてくれるといいんだが。あとで様子を見に行ってやろう。とりあえず、モルヒネの効き目を味わってから。だが、必ずそのあとすぐに。約束するとも！

57　オットー・クヴァンゲルの新しい同房者

ゲシュタポの地下牢から未決囚拘置所の監房へとオットー・クヴァンゲルが看守に連行されてきたとき、その監房の中で背の高い男が一人、テーブルに向かって読書していた。男は立ち上がり、窓の下で、規則どおりに気をつけの姿勢を取った。だが、その「気をつけ」のやり方から、男がそれを特に必要だとは思っていないことが伝わってきた。

看守のほうも、すぐに身振りでその姿勢を解かせた。「さあ、先生」と看守は言った。「新しい同房者だ」

「よろしく」と男は言った。オットー・クヴァンゲルの目には、ダークスーツとスポーツシャツにネクタイ姿のこの男は、同房者というよりは「紳士」のように見えた。「よろしく。ライヒハルトといいます。音楽家です。共産主義活動の嫌疑をかけられています。あなたは？」

男は、がっしりした冷たい手でクヴァンゲルの手を握った。「クヴァンゲルです」と彼は躊躇いがちに言った。「家具職人です。国家反逆罪容疑で逮捕されました」

「ああ、あなた」と音楽家ライヒハルト博士は、扉を閉めようとしている看守に呼びかけた。「今日からまた二人分お願いしますよ、いいですか？」

「了解、先生」と看守は言った。「言われなくても分かってるって！」

そう言うと、看守は扉を閉めた。

二人はしばし見つめ合っていた。クヴァンゲルの心は疑念でいっぱいだった。犬のカールヒェンがいたゲシュタポの地下牢が懐かしいくらいだった。こんな上品な、本物の博士号を持つ紳士と同房とは……何とも居心地が悪かった。

「紳士」は目顔で微笑むと、言った。「そのほうがよければ、一人でいるつもりで過ごしてください。邪魔はしません。私は本を読み、一人でチェスを指します。体がなまらないように体操をします。ときどき、歌を口ずさみますが、ほんの小さな声です。もちろん、歌を歌うのは禁止されていますからね。構いませんか？」

「ええ、構いません」とクヴァンゲルは答えた。そして、ほとんど自分の意思に反して、彼はこう言い添えた。

「私はゲシュタポの牢屋からここへ送られてきました。そこでは三週間ほど、四六時中素っ裸で犬のふりをしている、頭のおかしい男と同房で過ごしました。だから、滅多なことではもう動じません」

「なるほど」とライヒハルト博士は言った。「もちろん、あなたが音楽がお好きだったらもっとよかったんですが。音楽こそ、この監房に調和をもたらす唯一の方法ですからね」

「音楽のことはまったく分かりません」とオットー・クヴァンゲルは素っ気なく言ってから、こう付け加えた。「ここは、ゲシュタポの牢屋に比べてずっと上等なところですね」

紳士は再びテーブルに着いて本を手に取ったところだった。彼は愛想良く答えた。「私も、あなたと同じところにしばらくいました。そうですね、ここのほうがいくらかましですね。少なくとも、殴られることはありません。看守はたいてい冷淡ですが、ひどく粗暴ということはない。でも、ご存じのとおり、監獄は監獄です。私は二〜三、優遇措置を受けています。たとえば、読書をしたりタバコを吸ったり、食事や衣類やシーツの差し入れを受けることを許されています。でも、これは特別扱いですし、優遇措置を受けていても拘禁は拘禁です。まずは、鉄格子を感じなくなる境地に達しなければなりません」

「それで、その境地に達したんですか？」

「そうかも。たいていはね。いつもというわけじゃない。全然、いつもじゃない。たとえば、家族のことを思い出したときなんかはだめですね」

「家族と言えば、私には女房がいるだけです」とクヴァンゲルは言った。「この拘置所には女子棟もあるんでしょうか」

「ええ、あります。私たちには女子収容者を目にする機会はまったくありませんが」

「もちろんそうでしょう」オットー・クヴァンゲルは深いため息を吐いた。「女房も逮捕されているんです。女房も今日、こっちに連れてこられているといいんですが」。それから、彼はこう言い添えた。「ゲシュタポの拷問が続けば、女房は参ってしまう」

「奥さんもここに来ているといいですね」とライヒハルト博士は優しく言った。「牧師さんに聞けば分かるでしょう。牧師さんは今日の午後にもここへ来るかもしれない。それはそうと、ここでは弁護士を呼ぶこともできるんですよ」

彼はクヴァンゲルに向かって愛想良くうなずき、「あと一時間で昼食が出ます」と言うと、老眼鏡をかけて本を読み始めた。

クヴァンゲルは彼のほうをしばらく見ていたが、彼はもう何も言わなかった。彼は本当に本を読んでいた。

上品な紳士というのは変わってるな、とクヴァンゲルは思った。だが、こっちはまだ、聞きたいことが山ほどあるんだが。だが、そっちにその気がないなら、まあいい。うるさくまとわりつく犬のような真似はすまい。

少々気を悪くして、彼はベッドメーキングに取りかかった。

監房はとても清潔で明るかった。それに、狭すぎるということもなかった。幅も奥行きも三歩半ずつあった。窓は半分開いていて、新鮮な空気が入ってきた。今度の監房はいい匂いがした。あとで分かったことだが、そのいい匂いの出所はライヒハルトの石けんとシーツだった。息が詰まるような悪臭の充満する、ゲシュタポの地下牢からやってきたクヴァンゲルには、そこはまるで明るく楽しい場所のように思えた。

ベッドメーキングを終えると、彼はベッドに座り、同房者に目をやった。紳士は本を読んでいた。かなりの速さで、次々とページをめくっている。学校を出て以来、本というものを読んだ記憶のないクヴァンゲルは不思議に思った。こんなところでよく本なんか読んでいられるな。この人は何も心配することがないんだろうか。こんなふうに落ち着いて本を読むなんて、俺にはとてもできない！ アンナのこととか、どうしてこうなったとか、これからどうなるとか、これからもしゃんとした態度でいられるかどうかとか、考えなきゃいけないことが山ほどあるんだからな。弁護士を呼ぶこともできる、とこの人は言った。だが、弁護士を頼むには大金がいる。それに、どのみち死刑になると決まっているのに、弁護士なんか何の役に立つんだ。俺はすべて認めてしまったんだ。こういう上品な紳士は俺とは違うんだ。ここに入ってきたとき、看守が「先生」と呼びかけていたっけ。この紳士は大して重い罪を犯したわけじゃないんだろう。だから、涼しい顔で本なんか読んでいられるんだ……

ライヒハルト博士は午前中の読書を二回だけ中断した。一度目は、本から目を上げずに「戸棚の中にタバコとマッチがあります。よかったらどうぞ」と言ったときだった。

だが、クヴァンゲルが「タバコは吸いません。カネがもったいないので」と答えると、彼はそのまま読書を続けた。

二度目は、大勢の人間が規則正しく足を踏み鳴らす音が聞こえてきたので、クヴァンゲルがスツールに上って窓から中庭を覗こうとしたときだった。

「クヴァンゲルさん、今はやめておいたほうがいい」とライヒハルト博士は言った。「運動の時間なんです。看守の中には、どの窓から顔が覗いていたかしっかり覚えている者もいます。懲罰房に入れられてしまいますよ。夜ならたいてい窓から外が見られます」

やがて、昼食が出た。ゲシュタポの地下牢の、粗末なごった煮の食事に慣れていたクヴァンゲルは、スープの入った大きなボウルと肉とジャガイモとグリーンピースが載った皿がそれぞれ二つずつ出てきたのを見て驚いた。だが、彼がさらに驚いたのは、同房者が洗面器に水を少し注ぎ、丁寧に手を洗って拭いたことだった。ライヒハルト博士が洗面器に新たに水を汲み、「どうぞ、クヴァンゲルさん」と丁重に言ったので、何も汚いものなど触っていなかったのだが、クヴァンゲルもおとなしく手を洗った。

それから、彼らは黙ったまま、（クヴァンゲルにとっては）いつになく上等な昼食を食べた。

三日間かかってようやくクヴァンゲルは、これは人民裁判所が未決囚に出しているふつうの食事ではなく、ライヒハルト博士が自腹で取り寄せている食事だということ、彼が何も言わずに同房者にも同じ食事を振る舞っている（タバコや石けんや本も、相手が望みさえすれば気前よく分け与える気でいるのと同じように）のだということを理解した。

このような好意に接して、ライヒハルト博士に対して突然わき起こった疑念をクヴァンゲルが克服するまでには、それからさらに数日を要した。こんな破格の特別待遇を受けている奴は人民裁判所のスパイに違いない、とオットー・クヴァンゲルは思った。他人にこんなに親切にする奴は、何か見返りを求めているに違いない。気をつけろ！

だが、彼から望める見返りなどあっただろうか。クヴァンゲルの件はすべてが明らかになっていた。彼はすでに、エッシェリヒやラウプに供述したとおりの内容を予審判事にも冷静かつ簡潔に話していた。起訴と公判期日の設定はまだおこなわれていなかったが、それは単に、アンナが頑なに「私がすべてやりました。夫は私に言われたとおりにしただけです」と言い張っているせいに過ぎなかった。だが、そんなことは、クヴァンゲルに高価なタバコや上等な食事を振る舞う理由にはならなかった。クヴァンゲルの件は解明済みだった。彼から探り出さなければならないことなど何もなかった。

ライヒハルト博士に対する疑念がすべて払拭されたのは、この上品な偉い紳士がある晩、「絞首刑にしろギロチンにしろ、死ぬのが恐くてたまらなくなることがよくあります。何時間も、そのことばかり考えてしまいます」と囁くような声で告白したときのことだった。彼は、本のページを単に機械的にめくっていることがよくあることも告白した。眼前に、黒い活字ではなく、灰色のセメントで固めた刑務所の中庭が見えてきてしまう。健康で頑健な男を二～三分でぞっとするような死肉へと変えてしまう縄が絞首台からぶら下がり、風にゆらゆらと揺れているさまが見えてきてしまう、と。

だが、ライヒハルト博士にとって、日ごとに確実に近づいている（と、彼は確信していた）死よりも恐ろしいのは、家族の行く末を思うときだった。クヴァンゲルは、ライヒハルトに妻と三人の子どもがいることを知った。男の子が二人、女の子が一人。一番年かさの子どもは十一歳で、末っ子はまだ四歳だった。「迫害者は父親を殺すだけでは満足しないだろう。その復讐の手を、罪もない妻子にまで伸ばし、彼らを強制収容所に送ってじわじわといじめ殺すだろう」と思うと、ライヒハルトは不安のあまりパニックになるのだった。

その苦しみを目の当たりにして、クヴァンゲルは、彼に対する疑念をすっかり捨て去っただけでなく、彼に比べれば自分はまだ恵まれていると感じるようにもなった。彼が心配しなければならないのはアンナのことだけだったし、アンナの供述はナンセンスで馬鹿げていたとはいえ、それを聞いて、彼には彼女が勇気と力を取り戻したことが分かっていた。いつか俺たちは二人とも死ななければならないが、二人同時に死ぬのだから気が楽だ。この世に残していく人間の行く末を、死の瞬間まで案じなくても済む。妻子の身を案じざるを得ないライヒハルト博士の苦しみは、俺とは比べものにならないほど大きい。その苦しみは死の瞬間まで彼につきまとうだろう。クヴァンゲルはそう思った。

死刑が確実視されるほどのどんな重罪をライヒハルト博士が犯したのか、クヴァンゲルははっきりとしたことは聞けずじまいだった。ライヒハルト博士は、反政府活動をしたとか、ポスターを貼ったとか、暗殺を企てたとかといった、ヒトラー政権に対する反対運動に積極的に参加したわけではなく、自分の信条に従って生きてきただけだった。彼はナチスのあらゆる誘いを断り、言葉によっても行動によっても、さらに金銭的にも彼らの集会に協力しなかっただけでなく、折に触れて警告的な言葉を発した。ヒトラー政権の下でドイツ国民がどれほど破滅的な道を歩んでいるかを、彼ははっきりと言葉にした。つまり彼は、クヴァンゲルが拙い文章で葉書に短く書いていたのと同じ内容を、国内外で（戦争が始まってからも最近まで、ライヒハルト博士は外国へ演奏旅行をしていた）万人に表明していたのだ。

ライヒハルト博士が外の世界でしていたのがどんな仕事だったのかについて、家具職人クヴァンゲルが多少ともはっきりしたイメージを抱けるようになるまでには非常に長い時間が必要だった。そして、そのイメージが完全に明確になることはついになかったし、心の底では、クヴァンゲルには、ライヒハルトの仕事が労働だとはどうしても思えなかった。

音楽家だというライヒハルトの自己紹介を聞いて、クヴァンゲルは最初、小さなカフェでダンスの伴奏をしている楽士たちを思い浮かべ、そんなのは五体満足な大の男がする仕事じゃない、と心の中でちょっと馬鹿にした。そんなのは読書と同じで余計なことだ。そんなことをするのは、まともな仕事のないお上品な人たちだけだ。

ライヒハルトは、オーケストラとはどんなもので指揮者とは何をしているのか、についてクヴァンゲルに繰り返し詳しく説明しなければならなかった。クヴァンゲルは質問を繰り返した。

「じゃあ、先生は棒を持って部下の前に立ってるだけで、自分では楽器もやらないって言うんですね？」

ええ、まあそういうことです。

「それで、いつ弾き始めるか、とか、どのくらいの大きさの音で弾くかとかをみんなに命令するだけで、たったそれだけでそんなに稼げるんですか？」

ええ、まあそういうことです。それだけのことでそんなに稼いでいたのかもしれません。

「でも、先生は自分でも楽器を弾けるんでしょう？　バイオリンとか、ピアノとか」

「ええ、弾けます。いいですかクヴァンゲルさん、少なくとも聴衆の前では演奏しません。でも、いいですかクヴァンゲルさん、あなたと同じですよ。あなただって、自分で鉋をかけたり鋸を引いたり釘を打ったりできますよね。でも、あなただって、自分ではやらないで、他人の作業を監督するだけだった」

「そう、できるだけたくさん生産できるようにね。先生が立ってると、先生の部下はもっと速く、もっとたくさん演奏するんですか？」

「いいえ、もちろんそんなことはしません」

沈黙が流れた。

やがて、クヴァンゲルが出し抜けに言った。「それに音楽ってのは……昔、俺たちは棺桶じゃなくて家具を作っていました。サイドボードとか本箱とかテーブルとか、誰に見せても恥ずかしくないものをね。腕のいい職人が丹精込めて作った一流品は、百年だって持つ。だが、音楽ってのは……。弾き終わったら、あなたがたの仕事は消えてなくなっちまう」

「そんなことはありませんよ、クヴァンゲルさん。素晴らしい音楽を聴いたという喜びが残ります」

この点に関しては、二人の意見が完全に一致することはついになかった。クヴァンゲルの心の中には、指揮者ライヒハルトの仕事に対する微かな軽蔑が残った。

だが、彼にも、ライヒハルトが正直で誠実な男だということは分かった。脅迫や恐怖にも動じることなく自分の人生を生き続けてきた男だということは分かった。ライヒハルトは常に好意的で、常に親切だった。ライヒハルトの好意が自分だけに特別に示されたものでないことを、オットー・クヴァンゲルは驚きとともに理解した。この人はどんな同房者に対しても、たとえばあの「犬」にさえも同じように接するだろう、と。彼らは数日間、ある若いこそ泥と同房になった。この下劣な嘘つきのこそ泥は、ライヒハルトの好意を鼻で笑い、悪用した。こそ泥は、ライヒハルトのタバコを吸い尽くし、石けんを雑役囚に売り払い、パンを盗んだ。クヴァンゲルは、こそ泥をぶちのめしてやりたくてたまらなかった。いや、彼はきっと殴りつけていたことだろう。だが、ライヒハルトはそれを望まなかった。善意を弱さと取り違えられて侮られても、彼はこのこそ泥を庇った。

この男がようやく彼らの監房から出ていったあと、一枚しかないライヒハルトの妻子の写真を彼がびりびりに破いていたことが分かった。信じがたいほどの根性の悪さだった。つなぎ合わそうとしても、写真の断片はどうしてもうまく合わなかった。写真の断片を前にライヒハルトが悲しそうに座っているのを見て、クヴァンゲルは怒りを込めて言った。「ねえ先生、悪いけど、俺は先生が本当にだらしないと思うことがある。あの悪党をきっちり懲らしめるのをあのとき許してくれていれば、こんなことにはならなかったんだ」。すると、指揮者は悲しそうに微笑んで答えた。「彼らみたいになりたいんですか、クヴァンゲルさん？ 暴力で私たちを改宗させられると信じている彼らみたいに？ でも、私たちは暴力の支配を信じない。私たちが信じているのは、善意と愛と正義です」

「あんな悪党相手に善意と愛だなんて！」

「あの人がどうしてあんなひどいことをしたか分かりますか？ 悪いことをやめたら、生き方を変えなければならない。それが恐くて、善意と愛を拒んでいるのだとは思いませんか？ あの若者があと四週間ここにいたら、あなたも変化を感じたでしょう」

「ときには厳しくすることも必要ですよ、先生！」

「いいえ、そんなことはありません。そんなことを言うと、どんな残酷な行為にも言い訳を与えてしまいますよ、クヴァンゲルさん」

クヴァンゲルは、鳥に似た鋭く厳しい表情で不満げに首を振った。だが、それ以上は反論しなかった。

58　監房の生活

二人はお互いの存在に慣れ、オットー・クヴァンゲルのような頑なで冷淡な人間とライヒハルトのような開放的で好意的な人間とが友人になれる範囲内で、彼らは友人になった。彼らの一日は、ライヒハルトによってきちんと決められた時間割に従っていた。ライヒハルトは早朝に起床し、冷水で全身を洗ってから三十分間体操し、それから自分で監房を掃除した。その後、朝食を済ませてから二時間読書し、それから一時間、監房の中を行ったり来たりして歩き回ったが、歩き回る自分の靴音で他の収監者を煩わさないよう、その前に必ず靴を脱いだ。

十時から十一時まで続く、この午前中の散歩のあいだ、ライヒハルト博士は歌をそっと口ずさんでいた。聞き咎めそうな看守が多かったので、たいていは、ごく小さな声でハミングするだけだった。このハミングに耳を傾けることがクヴァンゲルの習慣になった。音楽なんかと馬鹿にしていたクヴァンゲルだったが、このハミングが自分の心に影響を与えていることに気づいた。ときどき、どんな運命でも堪え忍べるだけの勇気と強さが湧き上がってくるような気分になることがあった。そんなとき、ライヒハルトは「ベートーベン」と言うのだった。また、なぜか、これまで感じたことがないような、軽やかで明るい気分になることもあった。そんなときには、ライヒハルトは「モーツァルト」と言い、クヴァンゲルは心配事をすべて忘れて聞き入った。またあるときは、ライヒハルト博士は暗く重々しい調べを口ずさむこともあった。すると、クヴァンゲルは胸に痛みのようなものを感じ、洋々たる人生がまだ前途に横たわっていた子ども時代に戻って、母親と一緒に教会に座っているような気分になった。そんなとき、ライヒハルトは言った。「ヨハン・セバスチャン・バッハ」

依然として音楽を馬鹿にしていたものの、そしてライヒハルト博士の歌やハミングはごく素朴なものだったとはいえ、クヴァンゲルは音楽の影響から逃れられなかった。スツールに座って、ライヒハルト博士のハミングに耳を傾けることが彼の習慣になった。ライヒハルト博士は、たいていは目を閉じて監房を行ったり来たりしていた。足が、狭く短い通路をもう覚えてしまっていたからだ。クヴァンゲルは、外の世界にいたなら話すことなど決してなかっただろうこの上品な紳士の顔を見つめていた。すると時々、自ら望んで孤立し、他人と関わりを持たなかったこれまでの人生は正しかったのだろうかという疑念が湧いてくるのだった。

ライヒハルト博士も時々こんなことを言った。「私たちは自分のために生きているのではありません。他人のために生きているのです。私たちは自分のために何かを成し遂げるのではありません。それは他人のためなのです」

疑いの余地はなかった。五十を過ぎ、死を目前にした今になっても、クヴァンゲルはまだ変化していた。彼はその変化を認めまいとし、変わるまいとしたが、それでも、自分が変化していることを次第に認めざるを得なくなった。彼は音楽のせいだけでなく、ハミングしている男の示す模範によって変化したのだった。静寂こそ最も望ましい状態だと考え、アンナにいつも沈黙を強いてきた彼は、そんな自分が、「ライヒハルト博士が早く本を脇に置いて、また話しかけてくれたらいいのに」と願っていることに気づいてはっとした。

たいてい、彼の願いは叶えられた。ライヒハルト博士は突然本から目を上げると、微笑みながら尋ねた。「どうかしましたか、クヴァンゲルさん」

「いや別に、先生」

「そんなふうに座ったきりでくよくよしているのはよくありませんね。本を読んでみたらどうですか？」

「それはもう、俺にはちょっと遅すぎます」

「そうかもしれません。ふだん、仕事が終わったあとは何をしていましたか？ 工場にいる以外の時間に、あなたのような人がずっと何もしないでぼんやり過ごしていたはずはないでしょう？」

「葉書を書いてました」

「もっと前、戦争が始まる前は？」

しばらく考え込んでからようやく、クヴァンゲルは、以前は何をしていたのかを思い出した。「ああ、昔は木彫りが好きでした」

すると、ライヒハルト博士は言った。「うーん、それは許してもらえないでしょうね。ナイフはね。私たちは死刑執行人から仕事を奪ってはいけないんですよ、クヴァンゲルさん」

クヴァンゲルは躊躇いがちに言った。「どうでしょう先生、先生はいつも一人でチェスをしているけど？ チェスは何人かでもできますよね？」

「ええ、二人でするんです。チェスを習ってみますか？」

「俺は頭が悪いから」

「何を言ってるんです。すぐにやってみましょう」

そう言うと、ライヒハルト博士は本をパタンと閉じた。

こうして、クヴァンゲルはチェスを習うことになった。自分でも驚いたほど、彼はみるみるうちに楽々と腕を上げていった。そしてまたしても彼は、以前の自分の考えが根本的に間違っていたことを思い知った。以前の彼は、喫茶店で二人の男が向かい合って小さな木の駒を取ったり取られたりしているのを見ると、馬鹿馬鹿しいとか子どもっぽいとか思っていた。そんなのはただの暇つぶしだ、子どものやることだと思っていた。

木の駒を取ったり取られたりするこのゲームが幸福のようなものを与え得ることを、彼は今になって知った。チェスをしていると、頭がすっきりと冴え渡った。鮮やかな一手に対して、彼は心からの深い喜びを感じた。その喜びは、勝ち負けとはほとんど無関係だった。いい勝負をして負けたゲームのほうが、相手のミスによって勝ったゲームよりも喜びはずっと大きかった。

ライヒハルト博士が読書しているときには、クヴァンゲルは、向かい側に座ってチェスの練習をするようになった。白黒両方の駒を置いたチェス盤を前に、レクラム版の『デュフレーヌのチェス教本』を傍らに置き、彼は初手と終盤戦の練習をした。やがて、彼は有名な対局の再現に没頭するようになった。彼の明晰で冷静な頭脳は、二十手でも三十手でも楽々と記憶することができた。こうして、彼が博士の腕前を上回る日は速やかにやってきた。

「チェックメイト、先生！」

「またしても一杯食わされましたよ、クヴァンゲルさん」とライヒハルト博士は言うと、対戦相手に向かってお辞儀をするように自分のキングを傾けて見せた。「あなたにはチェス名人の素質がある」

「先生、今になって時々、自分にどんな素質があったんだろうと考えることがあります。思っても見なかった素質があったのかもしれないって。先生と知り合いになって初めて、死ぬためにここへ来て初めて、人生でどれだけたくさんのことをやり残してたのかが分かりましたよ」

「誰だってそうですよ。死ぬ間際には誰だって、特に私たちのように、寿命が尽きる前に死ななければならない人間は誰だって、無駄にした人生の時間を悔やむものです」

「でも、俺の場合はそれとは全然違います、先生。俺はずっと、仕事をきちんとやって無駄遣いをしなけりゃそれで充分だと思ってた。でも、もっと別のことがいくらでもできたはずだってことが今になって分かったんだ。チェスを指したり、人に親切にしたり、音楽を聴いたり、劇場に行ったりすることだってできたんだって。先生、死ぬ前に一つ願い事ができるなら、俺は、大きなシンフォニーコンサートとやらで先生が棒を振るところが見てみたい。それがどんなものなのか、それを見て自分がどう感じるのか、知りたいんだ」

「誰だって、何もかもするというわけにはいきませんよ、クヴァンゲルさん。人生は多彩です。何もかもやろうとすれば、体がいくつあっても足りない。一人前の男として、あなたはずっと仕事をしてきた。外の世界にいたとき、クヴァンゲルさん、あなたには足りないものは何もなかった。葉書も書いた……」

「だが先生、葉書は何の役にも立っていなかった。俺が書いた二百八十五枚の葉書のうち、二百六十七枚がゲシュタポの手に渡っていたとエッシェリヒ警部から聞かされたときには、気が遠くなりそうだった。押収されていなかったのは十八枚だけだった！　しかも、その十八枚も、何の役にも立たなかった！」

「そんなこと分かりませんよ。それに、あなたは少なくとも悪に立ち向かったんだ。あなたは悪に荷担しなかった。あなたも私も、この拘置所にいる大勢の人たちも、他の拘置所や刑務所にいる大勢の人たちも、強制収容所にいる何万人もの人たちも、みんなまだ抵抗しています。今日も、明日も……」

「そうだ、だが、俺たちはじきに殺される。そしたら、俺たちの抵抗が何の役に立ったと言うんです？」

「自分のためになります。死の瞬間まで、自分はまっとうな人間として行動したのだと感じることができますからね。そして、ドイツ国民の役にも立ちます。聖書に書かれているとおり、彼らは正しき者ゆえに救われるだろうからです（創世記第十八章第二十三節以下を踏まえた言葉）。ねえ、クヴァンゲルさん、『これこれのことをせよ、これこれの計画を実行に移せ』と私たちに言ってくれる男がいたら、そのほうがもちろん百倍もよかったでしょう。でも、もしそんな男がドイツにいたとしたら、一九三三年にナチスは政権を掌握してはいなかったでしょう。だから、私たちは一人一人別々に行動するしかなかった。そして、一人一人捕らえられ、誰もが一人で死んでいかなければなりません。でも、だからといって、クヴァンゲルさん、私たちは独りぼっちではありません。だからといって、私たちの死は犬死にではありません。この世で起きることに無駄なことは一つもありません。そして、私たちは正義のために暴力と戦っているのだから、最後には私たちが勝利者となるのです」

「でも、死んじまったらそれが何になると言うんです?」

「クヴァンゲルさん! 正義のために死ぬより、不正のために生きるほうがいいですか? 私たちがこういう人間だから選択の余地はないんです。私たちはこの道を選ぶしかなかったんです」

長い間、二人とも黙っていた。

やがて、クヴァンゲルのほうから再び口を開いた。

「このチェスのことなんだが」

「ええ、クヴァンゲルさん、それがどうしました?」

「時々思うんです。チェスをするのはよくないことじゃないかって。何時間も俺はチェスのことばかり考えている。女房がいるというのに……」

「あなたは充分に奥さんのことを考えていますよ。あなたは、勇気と強さを失いたくないと思っている。だから、勇気と強さを保つのに役立つものは善で、あなたを弱気にさせたりぐらつかせたりするものは悪なんです。だから、くよくよしてはいけません。くよくよしたって、奥さんのためにはなりません。あなたが勇気と強さを保っていることを、ローレンツ牧師から改めて奥さんに伝えてもらえたら、それは奥さんのためになるでしょう」

「だけど、女房の部屋に新しい同房者が来てから、牧師は女房と腹を割った話ができなくなってしまった。牧師はその女をスパイだと疑っています」

「牧師さんは、あなたが元気で心を強く持っていることを、きっと奥さんにうまく伝えますよ。ちょっと頷いたり、目配せしたりすれば済むことですからね。ローレンツ牧師はよく分かっていますよ」

「一度アンナに手紙を渡してもらえるといいんですが」とクヴァンゲルは考え込みながら言った。

「それはやめておいたほうがいい。あなたが頼めば牧師さんは断らないでしょうが、彼の命を危険にさらすことになる。彼はいつも疑われているんです。私たちの大事な友人までここに入ることになっては困ります。今のままでも、彼は毎日命を賭けているんです」

「じゃあ手紙を書くのはやめにします」とオットー・クヴァンゲルは言った。

翌日、牧師から悪い知らせを聞いたときにも、クヴァンゲルは約束を守った。それは恐ろしい知らせだった。特にアンナ・クヴァンゲルにとっては、恐ろしい知らせだった。クヴァンゲルはただ、その悪い知らせを妻にはまだ知らせないでほしいと牧師に頼んだだけだった。

「お願いだ、牧師さん、今はまだ伝えないでくれ」

そして、牧師もそれを約束した。

「ええ、まだ伝えません。そのときがきたら、クヴァンゲルさん、そのときはそう言ってください」

59 ローレンツ牧師

拘置所内で休みなく務めに励むフリードリヒ・ローレンツ牧師は、年の頃は男盛り（つまり、四十歳前後）、背が高く胸板の薄い男だった。咳が止まらず、顔にはっきりと結核の徴候が現れていたにもかかわらず、彼は自分の病気を無視していた。仕事が忙しくて、養生や治療の暇がなかったのだ。眼鏡の奥の黒い目と繊細な鼻がついた青白い顔は頬髭に縁取られていたが、口元はいつもきれいに剃り上げられ、血色が悪く唇の薄い大きな口と、がっしりした丸い顎が露わになっていた。

これが、何百人もの収監者が毎日待ちわびている男だった。収監者にとって彼は、拘置所内でただ一人の友人であり、外界への架け橋であり、不安や悩みを吐露できる相手であり、力の及ぶ限り助けになってくれる存在だった。いずれにせよ、彼は許されている範囲を大きく超えて収監者たちのために尽力していた。他人の苦しみには常に敏感に、自分の病苦は常に忘れて、身の危険を一顧だにせず、彼はせっせと監房から監房へと渡り歩いていた。彼こそ真の牧師（原語には、「魂を気遣う人」の意がある）だった。彼は助けを求める人の宗旨や宗派に関わらず、乞われれば彼らとともに祈ったが、ふだんは聖職者としてではなく隣人として彼らに接していた。

　フリードリヒ・ローレンツ牧師は、拘置所長の机の前に立っていた。額には汗が、頬には赤い染みが二つ浮き出てはいたが、冷静な口調で彼は言った。「この二週間で、職務怠慢によって七名の死亡者が出ています」

「死亡証明書には肺炎と書いてある」と書類から目も上げずに拘置所長は反論した。

「医師は義務を果たしていません」と牧師は食い下がり、指の節でノックするように机を軽く叩いた。「言いたくはありませんが、医師は飲み過ぎです。彼は患者を等閑にしています」

「ほう、医者はまったく問題なくやっている」と拘置所長はぞんざいに言うと、書き物を続けた。彼は牧師に取り合わなかった。「牧師殿、あんたにもちゃんとやってもらいたいものだ。三百九十七番に秘密の通信文をこっそり手渡したというのは本当かね？」

　このとき、ようやく二人の目が合った。その赤ら顔いっぱいに決闘の傷跡が残っている拘置所長の目と、自らの熱に灼かれている牧師の目が合った。

「この二週間で、職務怠慢によって七名の死亡者が出ています」とローレンツ牧師はなおも食い下がった。「拘置所の医師を交代させるべきです」

「たった今、質問したんだがな、牧師殿。こっちの質問に答えてもらえますかな」

「分かりました。確かに三百九十七番に手紙を一通手渡しましたが、それは秘密の通信文ではありません。それは妻からの手紙で、三男は戦死したのではなく、捕虜になったのだということを伝えるものでした。彼はすでに息子を二人亡くしていて、三男も戦死したものと思っていたのです」

「牧師殿、拘置所の規則に違反する言い訳をあんたはいつも見つけ出すが、こんなことをいつまでも見過ごすわけにはいかん」

「医師の解任をお願いします」と牧師はなおも食い下がり、再び机を静かにノックした。

「何だと！」と赤ら顔の拘置所長は突然声を荒らげた。

「その下らないおしゃべりでこれ以上私を煩わせないでくれ！　医者はよくやっている。交代などさせん。それから、拘置所の規則に違反しないよう気をつけるんだな。でないと、自分がひどい目に遭うぞ！」

「どんな目に遭うんですか？」と牧師は尋ねた。「死ぬのは構いません。それに、私はじきに死にます。医師の解任を改めてお願いします」

「牧師殿、あんたは馬鹿だ」と拘置所長は冷ややかに言った。「思うに、病気のせいでちょっとばかり頭がおかしくなったんだな。あんたみたいな無害な間抜けでなかったら、とっくに絞首刑になっているところだ。まったく、大馬鹿者だ。こっちは同情して大目に見てやっているんだぞ」

「その同情を収監者たちに向けてください」と牧師も冷ややかに答えた。「ちゃんとした医師を彼らにつけてください」

「牧師殿、もうここから出て行ったほうが身のためだぞ」

「医師を交代させると約束してくれますか？」

「だめだだめだ、ええい！　とっとと失せろ！」

すっかり激昂した拘置所長は椅子から飛び上がると、牧師に向かって二歩詰め寄った。「叩き出されたいのか、え？」

「そんなことをしたら、この部屋の外で作業している収監者たちがどう思うでしょうね。彼らに対して当局がまだ保っているわずかばかりの威信がさらに揺らぐことになりますよ。でもまあ、好きになさってください、所長さん」

「この大馬鹿者が！」と拘置所長は言ったものの、牧師の指摘を聞いて多少冷静になり、再び椅子に腰を下ろした。「出てってくれ。仕事があるんだ」

「最も緊急を要する仕事は、新しい医師を指名することです」

「しつこく言えばどうにかなるとでも思っているのか？　逆効果だ！　ますますもって絶対に、あの医者にはここにいてもらう！」

「あの日のことを思い出します」と牧師は言った。「あなた自身、あのときあの医師に不満を感じましたよね？　あれは嵐の夜でした。あなたは他の医師を呼ぼうとしてあちこち電話したが、誰も来てくれなかった。六歳になるご子息のベルトルトが中耳炎になり、痛がって泣いていました。命の危険がありました。あなたに頼まれて、私は拘置所の医師を連れてきました。彼は酔っ払っていました。瀕死の子どもを見て、彼は残っていた分別までも失ってしまいました。彼は自分の手が震えているのを見せ、こんな手では外科手術は無理だと言って泣き出したんです」

「あの酔っ払いの悪党めが！」突然陰気になった拘置所長がつぶやいた。

「あのときは、ベルトルトは他の医師のおかげで助かりました。でも、一度起きたことはまた起きるかもしれません。所長さん、あなたはキリスト教徒でないことを自慢しておいでだが、それでも言っておきます。神を侮ってはいけません」

怒りを抑え、目も上げずに拘置所長は言った。「分かったからもう出てってくれ、牧師殿」

「それで、医師の件は？」

「やれることをやってみる」

「ありがとうございます、所長さん。大勢が感謝することでしょう」

着古して肘が灰色にてかてか光っている黒い上着、膝の出た黒いズボン、クリームを塗った厚底の靴、曲がった黒いネクタイというおかしな格好で、牧師は拘置所内を歩いて行った。看守の中には挨拶する者もいたが、彼が近づくとこれ見よがしにそっぽを向き、通り過ぎてから彼の姿を疑いの目で追う者もいた。だが、廊下で作業していた収監者たちは全員、彼に感謝のまなざしを向けた（彼に挨拶することは、収監者には禁止されていた）。

牧師は、鉄のドアをいくつもくぐり抜け、鉄の手すりにつかまって、鉄の階段を降りていった。ある監房の中からすすり泣く声が聞こえてきた。彼はしばし立ち止まったが、やがて首を振ると先を急いだ。彼は地下の鉄の通路を歩いて行った。左右に並んだドアは開いていて、空の暗室禁固懲罰房が黒々と口を開けていた。前方に、灯りが点いている部屋が見えてきた。牧師はそこで立ち止まって中を覗き込んだ。

むさ苦しい不潔な部屋の中で、陰気な灰色の顔をした男が一人、机に向かって座っている。魚のように据わったその視線の先には、素っ裸の男が七人、哀れにも寒さに震えながら立っている。看守が二人、男たちを監視している。

「やあ、きみたち！」と灰色の顔の男が喚いた。「何をそんなに震えているんだ。ちょっと寒いか？　いやいや、本物の寒さはこれからだぞ。地下牢に入ってからのお楽しみだ」

彼はそこで言葉を切った。黙って中をじっと見ている牧師に気づいたのだ。

「看守長！」と彼は不機嫌な声で命令した。「こいつらを連行しろ。全員、暗室禁固に耐える健康状態だ。ほら、許可証だ」

彼は書類の末尾にぞんざいにサインすると、看守に渡した。

囚人たちは、悲痛なまなざしを牧師に投げかけながら（しかし、その目の中にはすでにかすかな希望の光が差していた）、そこから連行されていった。

囚人の最後の一人が部屋から出て行くのを待って部屋に入ると、牧師は低い声で言った。「三百五十二番も死んでしまいました。あんなにお願いしておいたのに」

「牧師殿、私に何ができると言うんだ。私は今日、あの男に二時間もつきっきりで湿布をしてやっていたんだ」

「それじゃあ、私はきっと眠っていたに違いない。自分は一晩中、三百五十二番に付き添っていたものとばかり今まで思っていたんだが。それに、先生、彼は肺に問題があったわけじゃない。肺炎は三百五十七番です。三百五十二番のヘアゲゼルは頭蓋骨骨折で死んだんです」

「あんたが私の代わりにここの医者になったらいい」と酒でむくんだ男は馬鹿にしたように言った。「代わりに私が牧師になってやるよ」

「あなたには、医者より牧師のほうがさらに向いてないんじゃないかと思いますよ」

医師は笑った。「あんたのそういう生意気なところが大好きだよ。一度あんたの肺の診察をさせてもらえるかな？」

牧師はそれに動じることなく言った。「いいえ、結構です。それは別のお医者に任せることにしましょう」

「診察なんかしなくても、あんたがもう三ヶ月と持たないことは教えてあげられるがな」と医師は悪意を込めて言った。「五月からあんたが血を吐いていることは知ってるんだ。あともう少しで、最初の大量喀血が起きるだろうよ」

この残酷な告知を聞いて、牧師はほんの少し青ざめたかもしれないが、彼の声には動揺の気配はまったく感じられなかった。「それで、今あなたに暗室禁固を言い渡された人たちは、あとどれくらいで最初の大量喀血を起こすんでしょうね、医学参事官殿?」

「彼らは全員、暗室禁固に耐える健康状態だ。医学的所見によればね」

「彼らは診察も受けていませんけどね」

「私の職務に口を出そうっていうのか? 警告しておくが、私はあんたのことを、あんたが思っている以上によく知ってるんだ」

「私の最初の大量喀血のことは知らないみたいですけどね! ちなみに、私はもうそれを済ませてしまいましたよ」

「何だって? 何を済ませたって?」

「私の最初の大量喀血ですよ。三〜四日前のことです」

医師は大儀そうに立ち上がった。「それじゃ坊さん、一緒に来なさい。上の私の部屋で診察してやろう。すぐに休暇がもらえるようにしてやろう。スイス行きを申請してやる。許可が下りるまでのあいだ、チューリンゲンに送ってやるよ」

生酔いの医師に腕を摑まれても、牧師は動かなかった。「暗室禁固処分を受けた人たちはその間にどうなるでしょう。湿気と寒さと飢えで、死亡者が確実に二人は出ます。そして、七人全員が回復不能な障害を負うでしょう」

医師は答えた。「ここに来る人間の六十パーセントは死刑になる。残りの四十パーセントのうち、少なくとも三十五パーセントは長期刑の宣告を受ける。だから、死ぬのが三ヶ月間早かろうと遅かろうと大した問題じゃない」

「そんなふうに考えるなら、あなたにはここで医師を名乗る権利はない。辞任してください」

「誰が後任になったところで同じことだ。だから、余計なことはしなくていい」そう言うと、医師は笑った。「さあ坊さん、診察を受けるんだ。あんたはいつも私を追い落とそうと画策しているが、それでも私はあんたのことが大好きなんだ。あんたときたらまるでドンキホーテなんだからな!」

「たった今も、私はあなたを追い落とそうとして画策していました。あなたの解任を所長に願い出て、七割方、同意を取り付けました」

医師は笑い出した。彼は牧師の肩を叩くと叫んだ。「坊さん、そりゃよくやってくれた。あんたには感謝しないとな。解任されたら、私は確実に昇進する。棚ぼた式の昇進だ。私は上級医学参事官に昇進し、もう何もしなくてもよくなる。心から感謝するよ、坊さん」「感謝すると言うなら、クラウスとヴェントを暗室禁固から解放してやってください。でないと、あの二人は死んでしまう。この二週間で、あなたの職務怠慢によってもう七人もの死亡者が出ているんだ」「この誉め上手が！　だが、あんたの願いをむげに断るわけにもいくまい。あの二人は今夜出してやる。ついさっきサインしたばかりなのに、今すぐ撤回では格好がつかんだろ？　坊さん、そうは思わんかね？」

60　トルーデル・ヘアゲゼル、旧姓バウマン

トルーデルは未決拘置所に送られ、アンナ・クヴァンゲルから引き離された。トルーデルにとって、「お母さん」との別れは辛かった。アンナのせいで自分たちが逮捕されたことを、彼女はとっくに忘れていた。いや、忘れたのではなく、許したのだった。さらに、彼女には分かっていた。許さなければならないことなど元々なかったのだ。ゲシュタポの尋問を受けても自分は大丈夫だと言い切れる人などいない。狡猾な刑事たちは、無害な発言をねじ曲げて巧みに罠を仕掛ける。その罠にかかったらもうどうしようもない。

アンナと引き離され、トルーデルには話し相手が一人もいなくなった。幸せだった頃の思い出も、心配でたまらないカールのことも、話すことはもうできなかった。新しい同房者は、年配の萎びた女だった。二人は最初からお互いに憎み合った。同房の女は、いつも女看守らとひそひそ話をしていた。牧師が監房にやってくると、女は一言も聞き漏らすまいと耳をそばだてていた。

それでも、トルーデルは牧師から、カールの様子を聞くことができた。同房者ヘンゼル夫人はちょうど、管理棟に行っていて（間違いなく、誰かを不幸に陥れるために告げ口をしにいったのだ）留守だった。牧師はトルー

デルに、ご主人はあなたと同じ拘置所内にいますが、怪我のせいでたいていの時間は意識がはっきりしない状態です、それでも彼はあなたによろしくと言っていました、と伝えた。

それ以来、トルーデルは牧師の訪問だけを心の支えにして生きてきた。ヘンゼルが一緒のときでも、牧師はいつもトルーデルに何かしらの知らせをこっそり伝えてくれた。二人はよく窓際にスツールをぴったりと寄せ合って座り、ローレンツ牧師が新約聖書の一節を読んで聞かせた。ヘンゼルはたいてい反対側の壁際に立って、探るようなまなざしを二人に投げかけていた。

トルーデルにとって、聖書は初めて触れるものだった。彼女の世代はナチスの教育方針に従って学校で宗教教育を受けたことがなかったし、彼女は宗教の必要性を一度も感じたことがなかった。神と言われても、彼女にはピンとこなかった。「神《Gott》」とは、「あらまあ！《Ach du lieber Gott!》」といった言い回しの中に出てくるただの言葉に過ぎなかった。「神」を「天《Himmel》」に言い換えて、「おやまあ《Ach du lieber Himmel!》」と言っても何の違いもなかった。

マタイによる福音書でキリストの生涯を学んでからも、彼女は牧師に、「神の子」と言われても私には何のことだかよく分かりません、と言った。だが、ローレンツ牧師は優しく微笑み、今はそれで構いませんと言っただけだった。イエス・キリストがこの地上でどんな生き方をしたか、彼がどんなに人々を（敵さえも）愛したかが分かれば、それだけでいいんです。キリストが起こした「奇跡」の数々は、好きなように解釈して構いません。何なら、美しいおとぎ話だと考えても構いません。でも、キリストが地上でどんな生き方をしたかは知っておいてほしいのです。二千年近く経った現在でも、キリストの足跡は消えることなく輝いています。それは、愛が憎しみよりも強いことの永遠の証なのです。

熱烈に愛することができるのと同様に激しく憎むこともできるトルーデル・ヘアゲゼルは（キリストの教えを聞いている最中にも、彼女は三メートル離れた場所にいるヘンゼル夫人を心の底から憎んでいた）最初、そのような教えに抵抗を覚えた。そんなの軟弱すぎるわ、と彼女は思った。だから、彼女の心に影響を及ぼしたのはイエス・キリストではなく、フリードリヒ・ローレンツ牧師の人柄だった。誰の目にも明らかな重病を押して他人のために働いている牧師を見るたびに、彼が自分のことは少しも考えず、彼女の不安を我がことのように共に分かち合ってくれていることを知るたびに、カールの様子を書いた紙を訪問時に手渡してくれる彼の勇気を感じるたびに、彼女は幸せのようなものを感じるのだった。彼は、彼女と話すときとまったく同じように、密告屋ヘンゼルにも優しく親切に接した。ヘンゼルがいつでも自分を死刑執行人に売り渡す気でいることを知っていながら。そんな彼を見るたびに、トルーデルは、彼から発散している深い平和を感じるのだった。彼は誰をも憎まず、愛することだけを望んでいた。どんなにひどい人間も愛そうとしていた。

もっとも、新しく芽生えたこの感情によって、ヘンゼルに対するトルーデル・ヘアゲゼルの態度が以前よりも優しくなったというわけではなかった。しかし、トルーデルは彼女のことが以前ほど気にならなくなった。彼女にとって、憎しみは重要ではなくなっていたのだ。監房の中を歩き回りながら、彼女は時々ヘンゼルの前で立ち止まり、「あなたどうしてそんなことをしているの？　どうして誰彼構わず密告するの？　罪を軽くしてもらおうと思っているの？」などと質問したりした。

そんなふうに話しかけられても、ヘンゼルはその黄ばんだ険悪な目をトルーデルから逸らさなかった。彼女は、一言も答えないか、こんなことを言うかだった。「あんた、牧師の腕に胸を押しつけてたわね。私が気づかなかったとでも思ってるの？　何て嫌らしいの、死にかけてる男まで誘惑しようだなんて！　見てらっしゃい、あんたたちの尻尾を摑んでやるから！　現場を押さえてやるわ！」

牧師とトルーデル・ヘアゲゼルのどんな現場をヘンゼルが押さえるつもりなのかは分からずじまいだった。トルーデルのほうも、そんな中傷に対してはふんと鼻で笑うだけで、監房の中をまた歩き回り始めるのだった。頭の中はいつもカールのことでいっぱいだった。ショックを与えないように牧師は言葉を選んでカールの様子を知らせてきてはいたが、カールの容態が次第に悪くなっていることは明らかだった。「彼の容態に変化がないので、今日は特にお知らせすることはありません」と紙切れに書いてあるときには、それはつまり、カールが彼女への伝言を頼まなかったという意味なのだった。それはまた、彼が意識を失っているという意味でもあった。牧師が嘘を吐かないことは、トルーデルにもすでに分かっていた。彼は、「彼があなたによろしくと言っていました」などという嘘は吐かなかった。彼は、すぐに嘘とばれてしまう安易な慰めは言わなかった。

夫の容態が深刻なことは、予審判事による取り調べからも明らかだった。取り調べ中、彼の最近の供述に関する話が出ることは一切なかった。彼女はすべてに関して供述を求められた。二人を不幸の淵に（わざと？）突き落とした、あの下劣なグリゴライトのトランクのことなど、彼女は本当に何も知らなかったのに。予審判事の尋問方法はラウプ警部ほど底なしに下劣で残酷ではなかったが、彼もラウプと同じ執拗さで彼女を責め立てた。取り調べが終わって監房に戻ってくるときには、トルーデルはいつもがっくりと疲れ切っていた。ああ、カール、カール！　もう一度だけでも、彼に会えたなら！　彼の枕元に座って、何も言わずに静かに彼の手を握ることができたら！

私は彼を愛していないし、これからも彼を愛することはできない。かつて、彼女はそう思ったこともあった。それが今、彼は彼女のすべてだった。彼は、彼女が呼吸している空気であり、彼女が食べているパンであり、彼女を温めている毛布だった。ほんの少し廊下を歩き、ほんの少し階段を降りて、ドアを一つ開ければ会えるところに彼はいるのに、こんなにも近くに彼はいるのに、たった一度、私を彼のところに連れて行ってくれるだけの憐れみの心さえ、誰も持ち合わせてはいない。あの結核病みの牧師でさえ！

みんな、自分の命の心配をしているのね。一人の無力な女を助けるために本気で何かしようとはしないのね。突然、彼女はゲシュタポの死体置き場を思い出した。タバコに火をつけながら、彼女に「おいおい」と呼びかけたあの背の高い親衛隊員のこと、アンナと二人でベルタの遺体から服を脱がせたあと、大勢の死体の中で夫を探し回ったこと……。カールを探すことを許されたあのときは、憐れみ深い優しいひとときだったように彼女には思えた。それが今では？　張り裂けそうな心を抱えて、鉄と石の中に閉じ込められているのよ！　独りぼっちで！

そのとき、ドアの錠が開く音がした。看守にしては、やけにゆっくりとした慎重な手つきだった。その上、ノックの音まで聞こえた。牧師だった。

「入ってもいいですか」と彼は尋ねた。

「入ってください、お入りください、牧師さん！」トルーデル・ヘアゲゼルは泣きながら叫んだ。

ヘンゼルは憎々しげにつぶやいた。「今度はまた何の用なのさ」

トルーデルは、息を切らしている牧師の痩せた胸にいきなり頭をもたせかけた。泣きながら彼女は顔を彼の胸に埋め、懇願した。「牧師さん、私、恐いんです。助けてください。どうしてもカールに会いたいの。もう一度だけ！ これが最後になる気がするの」

ヘンゼルが金切り声で「通報してやる。今すぐ通報してやるから」と喚いているあいだに、牧師は彼女の頭を優しく撫でながら言った。「ええ、もう一度彼に会わせてあげますよ」

彼女のすすり泣く声は次第に大きくなった。彼女には分かった。カールが死んだのね。死体置き場で彼を探したことには理由《わけ》があったんだわ。あれは虫の知らせ、警告だったのよ。

彼女は叫んだ。「彼が死んだ！ 牧師さん、彼は死んだのね！」

牧師は答えた。それは、彼女のような、死を目前にした人々に与え得る唯一の慰めの言葉だった。「彼の苦しみは終わりました。あなたのほうが辛いでしょう」

彼女は牧師の言葉を聞いた。牧師の言葉について考え、理解しようとした。そのとき、目の前が真っ暗になり、何も見えなくなった。彼女はがっくりと首を垂れた。

「ヘンゼルさん、手を貸してください」と牧師は頼んだ。「私一人では支えきれない」

やがて、トルーデルの目の前だけでなく、辺りも暗くなり、外の世界も夜になった。

ヘアゲゼル未亡人となったトルーデルは目を覚ました。彼女はそこが自分の監房ではないことに気づき、カールが死んだことを思い出した。彼女は、幅の狭い寝台に横たわる夫と再会した。ひどく小さくなり、若返ったかのような夫の顔を見て、彼女は死産した子どもの顔を思い出した。二つの顔が重なり合い、彼女は、自分がすべてを失ってしまったことを知った。すべてを失ってしまった。子どもも夫も。もう誰も愛せない。もう二度と子どもは産めない。すべては、ある老人のために一枚の葉書を窓枠に置いたせい。そのせいで、自分とカールの一生を台無しにしてしまった。もう二度と戻ってこない。太陽も幸せも夏も。そして、花も。

私のお墓に花を。あなたのお墓に花を……

体の中で広がり続ける、氷のように冷たい激痛に耐えかねて、彼女は再び目を閉じ、闇と忘却の淵に戻っていこうとした。だが、夜の闇は彼女の中に入ってきてはくれなかった。突然、焼け付くような熱さが彼女の体を貫いた。叫び声を上げて彼女はベッドから飛び上がり、その恐ろしい痛みから逃れようとして走り出した。だが、手が伸びてきて彼女を摑んだ……

辺りが明るくなった。彼女の傍らに座っていたのは、彼女を支えているのは、やはり牧師だった。ここは私の監房じゃない。ここはカールの監房だわ。でも、カールはもう連れ去られてしまった。カールと一緒にここに横たわっていた人もいなくなってる。

「彼はどこへ行ってしまったの?」遠くから走ってきたかのように息を切らして、彼女は尋ねた。

「きっと、彼のお墓で祈りを唱えます」

「お祈りが今さら何の役に立つのかしら。まだ間に合ううちに、彼の命が助かるようにお祈りしてくれたらよかったのに!」

「彼は平安を得たんです」

「ここから出たいの」とトルーデルは熱に浮かされたように言った。「お願い、牧師さん、私の監房に戻らせて。そこに彼の写真が一枚あるの。今すぐ、どうしてもその写真が見たいの。彼の顔があんまり変わってしまっていたから」

そう話しながら、彼女にははっきり分かっていた。私は牧師さんに嘘を吐いている。牧師さんを騙そうとしている、と。カールの写真などありはしなかった。ヘンゼルのいる監房に、二度と戻るつもりはなかった。

彼女の脳裏をこんな思いがよぎった。そうよ、私は正気じゃない。でも、それを彼に気づかれないようにうまく隠さなくては。あと五分間だけでいい、うまく隠さなくては!

牧師は彼女に腕を貸し、いくつもの通路や階段を通り抜けて女子拘置所へと戻っていった。あちこちの監房から、深い息づかいが聞こえてきた(彼らは眠っていた)。

落ち着きなく歩き回る足音が聞こえてくる監房もあった（彼らは不安を抱えていた）。すすり泣く声が漏れてくる監房もあった（彼らは苦悩していた）。だが、彼女ほど苦悩している人はいなかった）。

あるドアの前まで来たとき、鍵を開けようとする牧師の腕から彼女は手を放すと、中に入って彼が鍵をかけ終わってももう彼の腕を取らなかった。彼らは黙ったまま、暗室禁固懲罰房の並ぶ通路（酔っ払いの医師は約束を破り、病気の二人を懲罰房から解放していなかった）を通り抜け、女子拘置所に着くと、トルーデルの監房のある五階まで長い階段を上っていった。

五階の通路にいた女看守が彼らに近づいてきて言った。

「零時二十分前。やっとヘアゲゼルを連れて戻ってきたね、牧師さん。一体こんな時間までどこにいたのさ」

「この人は長い間気を失っていたんです。この人のご主人が亡くなったのはご存じですね」

「なるほど。それでこの若い女を慰めていたって？ 結構なこった！ ヘンゼルから聞いたけど、この女、しょっちゅうあんたの首っ玉に抱きついてるそうじゃないか。こんな夜更けに慰め合うのはそりゃさぞ結構だろうね。日誌にきちんと書いておくから！」

だが、牧師がこの口汚い中傷に言い返すより先に、二人とも、ヘアゲゼル未亡人となったトルーデルが通路の鉄柵をよじ登って越えていたことに気づいた。彼女は片手でまだ手すりを摑んだまま、彼らに背中を向け、そこに立っていた。

彼らは叫んだ。「待って！ やめなさい！ やめるんだ！」

彼らは彼女めがけて駆け寄ると、手を伸ばして彼女を摑もうとした。

だが、高飛び込みの選手のように、トルーデル・ヘアゲゼルはすでに空中に身を投げていた。ヒューッという音に続いて、ドサッという鈍い音が聞こえた。

そして、そのあとはしんと静まり返った。二人は青ざめた顔で手すりから身を乗り出したが、何も見えなかった。

彼らは階段のほうへ一歩踏み出した。

そしてその瞬間、大混乱が起きた。

それはまるで、鉄の金具が打ち付けられた監房の扉越しに、外の光景が囚人たちに見えたかのようだった。最初、それは、一人が発したヒステリックな叫び声に過ぎなかったのかもしれない。だが、それは監房から監房へ、階から階へ、通路のこちら側から向こう側へと広がっていった。

そして、広がっていくあいだに、叫び声は怒鳴り声や泣き叫ぶ声、悲鳴や罵声を巻き込んで膨れ上がっていった。

「人殺しども！ 彼女を殺したのはお前らだ！私たちも今すぐ全員殺すがいい、人殺しども！」

中には窓にしがみつき、中庭に向かって叫んだ囚人もいたため、男子拘置所もその不安な浅い眠りから覚め、怒声と叫び声と悲鳴と喚き声と唸り声と絶望の渦が巻き起こった。

千の、二千の、三千の口から、非難の声がわき上がった。千の、二千の、三千の口が非難の叫びを上げた。

警報がけたたましく鳴り響いた。囚人たちは拳で鉄の扉を叩き、スツールを扉に打ち付けた。鉄製のベッドを床に叩きつけ、再び持ち上げては叩きつけた。食器を床で打ち鳴らし、便器の蓋を叩いて騒音を立てた。突然、この巨大な監獄全体が便所の百倍の悪臭を放った。

緊急出動部隊がすばやく身支度を調え、ゴム製の棍棒を摑んだ。

そして、監房の扉の錠を開ける、ガチャガチャという音が鳴り響いた。

そして、ゴムの棍棒が頭に振り下ろされるボカッという鈍い音が響き渡り、取っ組み合いをするドタバタという足音に混じって喚き声がさらに大きくなった。てんかん患者のような獣めいた甲高い叫び声、調子外れのヨーデルのような叫び声、客引きの口笛のようなピューッというけたたましい音……

そして、踏み込んできた看守たちの顔に、水がバシャッと浴びせかけられた。

そして、死体置き場では、カール・ヘアゲゼルが子どものように小さな、穏やかな顔でひっそりと横たわっていた。

それは、未亡人トルーデル・ヘアゲゼル、旧姓バウマンに敬意を表して演奏された、恐ろしくも荒々しいパニックの交響曲だった。

だが、彼女自身は一階に倒れていた。半身を一階のリノリウムの床に、もう半身を汚らしい灰色のセメントの床に横たえて。

彼女はひっそりとそこに横たわっていた。少女らしさの残る、その小さな灰色の手は軽く開いていた。唇は少量の血で染まり、見開かれた目は虚空を見つめていた。だが、彼女の耳は、荒れ狂う地獄の喧噪に聞き入っているかのようだった。彼女の額には皺が寄っていた。その表情はまるで、これがローレンツ牧師が約束した安らぎというものなのかしらと訝しんでいるかのようだった。

この自殺騒動の結果、拘置所付き牧師フリードリヒ・ローレンツは解任され、酔っ払いの医師は留任した。ローレンツ牧師は起訴された。囚人に自ら死を選ぶことを可能にする行為は犯罪であり、犯罪の幇助だった。囚人の生死を決定する権限は、国家とその奉仕者だけに与えられたものだった。

刑事が被疑者をピストルの台尻で殴って死ぬほどの重傷を負わせても、酔っ払いの医者が負傷者を放置して死亡させても、それは何の問題もないことだった。だが、牧師が囚人の自殺を妨げなかった場合、つまり、自分の意志を持つことがもはや許されない存在である囚人に自分の意志どおりに行動することを許した場合、それは犯罪であり、牧師はその罪を償わなければならなかった。

残念ながら、フリードリヒ・ローレンツ牧師は逮捕が迫ったまさにそのとき、大量喀血を起こして死亡し、(ヘアゲゼル未亡人と同じように)罰を免れた。彼が囚人たちの何人かと不道徳な関係を持っていたという疑惑も浮上していたのだが、(彼自身の言葉を使えば)すでに「安らぎを得ていた」ために、彼は追及を免れた。

だが、こうして、アンナ・クヴァンゲルは公判の日に初めて、トルーデルとその夫カール・ヘアゲゼルの死を知ることとなった。というのも、ローレンツ牧師の後任者は、臆病だったためか、あるいは不親切故か、囚人間のメッセージのやりとりを引き受けてはくれなかったからだ。後任の牧師は自分の仕事を、求められた場合に牧師としての務めを果たすことのみに限定し、それ以上のことはしなかった。

61　公判——再会

どんなに精緻に構築されたシステムにも、時としてミスは起こり得るものだ。ベルリン人民裁判所（人民裁判所といっても、人民には何の関係もないばかりか、傍聴することさえ人民には認められていなかった。ほとんどの裁判が秘密裏におこなわれたからだ）は、こうした精緻に構築されたシステムの一例だった。被告人が法廷に足を踏み入れる前から、判決は事実上確定していた。被告人に有利な判決が出る見込みはまったくないと言ってよかった。

その朝予定されていたのは、取るに足らない裁判——国家反逆罪で起訴されたオットー及びアンナ・クヴァンゲルの裁判——一件だけだった。傍聴席は四分の一も埋まっていなかった。党の制服姿が数名と、計り知れない理由からこの裁判を傍聴しようと思った司法関係者が数名いたほかは、傍聴席に座っていたのはおもに、「判決を下す裁判官たちよりも愛国心が強かったことを罪に問われた人間を、司法はどのようにこの世から抹殺するのか」を学ぼうとしている法科の学生たちだった。こうした人々はみんな、コネによって入場券を入手していた。白い顎髭を蓄え、目の周りに思慮深そうな皺を刻んだ小柄な男性、つまりフロム元判事がどうやって入場券を手に入れたかは不明だった。いずれにせよ、彼は他の傍聴者に紛れて（ほんの少し距離を置いて）傍聴席に座り、うつむいてしきりに金縁眼鏡を磨いていた。

十時五分前、オットー・クヴァンゲルが警官一名に連行されて出廷した。工場で逮捕された際に着ていたのと同じ服装——清潔だが、いくつも継ぎの当たった作業着——だった。洗いざらして地色が褪せていたので、紺色の継ぎ当てがなおさらよく目立った。彼の相変わらず鋭いまなざしは、まだ誰も座っていない被告席から傍聴席へと無表情に移動していった。元判事の姿を認めて彼は一瞬目を輝かせ、被告席に着いた。

十時少し前、もう一人の警官に連行されてアンナ・クヴァンゲルが法廷に入ってきた。例のミスが起きたのはそのときだった。夫の姿を見るや否や、アンナは、法廷内の人々を顧みることなくまっすぐ夫の元へ向かうと、隣に腰を下ろした。

オットー・クヴァンゲルは口元に手を当てて囁いた。

「何も言うな。まだだめだ」

だが、彼の目の輝きから彼女には、彼がどんなにこの再会を喜んでいるかが分かった。

人民裁判所の職務規定には、互いに接触しないよう数ヶ月間念入りに管理してきた二人の被告に、開廷前の十五分間一緒に座って歓談することを許すなどという項目はもちろんどこにも存在しなかった。だが、この二人の警官にとってこの任務が初めてで、彼らが規定を忘れていたからにせよ、彼らがこの事件を軽視していたからにせよ、彼らにとってこのみすぼらしい格好をした年配の夫婦が取るに足らない存在に見えたからにせよ、いずれにせよ、彼らはアンナが選んだ着席場所に異議を唱えず、開廷までの十五分間、被告二人をほとんど放置していた。警官二人は給料についておしゃべりを始め、夜勤手当が支払われないことや所得税が高すぎることなどを夢中になってしゃべっていた。

傍聴席でも、このミスに気づいた人間は誰も――もちろん、フロム元判事は別だったが――いなかった。誰もがいい加減な態度だった。第三帝国に不利益を、反逆者二人に利益をもたらすこのミスを非難する人間は一人もいなかった。被告が労働者階級出身の人間二人だけ、という裁判が人民裁判所で注目されるはずがなかった。ここでは、被告が三十人も四十人もいる大事件の裁判（被告たちはたいてい、お互い面識もない間柄だったが、全員が共謀していたとされ――法廷でそう聞かされて、被告たちは驚いた――、一括して断罪された）がおこなわれるのがふつうだった。

オットー・クヴァンゲルは、辺りを数秒間注意深く見回してから言った。「アンナ、会えてよかった。元気か？」

「ええオットー。今はまた元気になったわ」

「長い間一緒に座っていることはできないだろう。だが、ちょっとの間でも一緒にいられてよかった。これからどうなるか、分かってるな？」

「ええ、オットー」アンナは声を押し殺して答えた。

「そうだ、二人とも死刑だ。それしかない」

「でも、オットー……」

「言うなアンナ、でもはナシだ。お前が罪を一身にかぶろうとしたことは知ってる……」

「女にはそこまで厳しい判決は下らないわ。私が罪をかぶれば、あなたも死刑にならずに済むかもしれない」

「あり得ない。お前にうまく嘘が吐きとおせるはずがない。そんなことをしても、裁判が長引くだけだ。本当のことを言おう。そうすれば早く済む」

「でも、オットー……」

「もう言うなアンナ、でもはナシだ。よく考えろ。嘘を吐くのはやめよう。本当のことだけを……」

「でも、オットー……」

「アンナ、頼む」

「オットー、あなたを助けたいの。あなたが死刑にならないようにしたいの」

「アンナ、頼む」

「オットー、そんな辛いこと言わないで！」

「あいつらに嘘を吐けと？ 法廷で口論しろと？ あいつらの前で芝居をしろと？ アンナ、本当のことを言おう！」

　彼女は考えた。そして、いつもそうしてきたように、彼女は折れた。「いいわ、オットー、約束する」

「ありがとう、アンナ。本当にありがとう」

　彼らは黙った。二人ともうつむいていた。二人とも、動揺を見せてしまったことを恥ずかしく思っていた。

　後ろにいる警官の一人の声が聞こえてきた。「だから俺は少尉に言ったんだ。少尉殿、と俺は言った。私にはそんなことはできませんよ、てな。少尉殿、と俺は言ったんだ」

　オットー・クヴァンゲルは決心した。言わなくては。公判中にアンナがそれを知るのは——必ずそうなるだろう——絶対まずい。その結果どんなことになるか、まったく予測不可能だ。

「アンナ」と彼は囁いた。「お前は強くて勇敢な女だ、そうだろ？」

「ええ、オットー」と彼女は答えた。「今はそう。あなたが傍にいるから。何かまだ悪い知らせがあるの？」

「そうだ。悪い知らせだ、アンナ」

「何なの、オットー。言って、オットー。あなたが話すのを恐がってると、私も恐くなる」

「アンナ、ゲルトルートのことを何も聞いていないのか？」

「ゲルトルート？　どこのゲルトルート？」

「トルーデルに決まってるだろ！」

「ああ、トルーデル！　トルーデルがどうしたの？　拘置所に移されてから、トルーデルのことは何も聞いていないわ。あの娘と会えなくなって辛かった。あの娘は私に優しくしてくれた。私が密告したのを、あの娘は許してくれた」

「お前はトルーデルを密告してなんかいない。最初は俺もそう思ったが、あとで分かった。あれはしかたなかったんだ」

「ええ、あの娘も分かってくれた。最初、あのおぞましいラウプの尋問を受けていたとき、私、何が何だか分からなくなってしまって、そんなことを言ったらどうなるかも分からずに、うっかりあの娘のことを話してしまったの。でも、あの娘は分かってくれた。あの娘は私を許してくれた」

「よかった。いいかアンナ、気を確かに持ってくれ。トルーデルは死んだ」

「ああ！」アンナは一声呻くと胸に手を当てた。「ああ！」


すべてを一度に済ませてしまおうと、彼は急いで付け加えた。「それから、トルーデルの旦那も死んだ」

返事はなかった。アンナは顔を覆ってうつむいていたが、オットーには、彼女が泣いてはいないことが分かった。恐ろしい知らせに打ちのめされ、感覚が麻痺してしまったのだ、と。ローレンツ牧師がこれを自分に伝えたときに言った言葉が、思わず彼の口を突いて出た。「彼らは死んだ。彼らは安らぎを得たんだ。長い間苦しめられるより、このほうがよかったんだよ」

「そうね！」とアンナはやっと答えた。「そうね。カールがどうなったか分からなくて、あの娘はひどく心配していた。でも、あの娘は今は安らかに眠っているのね」

彼女は長い間黙っていた。法廷内のざわめきから、開廷時刻が迫ったのを感じたが、オットーは妻に返事を急かさなかった。

しばらくして、アンナが尋ねた。「二人は……処刑されたの？」

「違う」とオットーは答えた。「カールは、逮捕されたときに受けた暴行が元で死んだ」

「それで、トルーデルは？」

「トルーデルはカールが死んだのを知って自殺した」とオットーは口早に言った。「五階の手すりから飛び降りたんだ。即死だった、とローレンツ牧師は言っていた。苦しまずに死んだ、と」

「あの晩ね」とアンナは突然思い出した。「拘置所中が大騒ぎになったあの晩ね！　これで分かったわ。ああ、あれは恐ろしい夜だった、オットー！」そう言うと、彼女は顔を手で覆った。

「ああ、恐ろしい夜だった」とオットーも言った。「俺たちの棟でも恐ろしい騒ぎだった」

やがて彼女は顔を上げると、オットーをじっと見つめた。まだ震えの止まらない唇で、彼女は言った。「これでよかったんだわ。今、あの二人が隣に座っていたら、私どんなに辛かったか。彼らはもう安らかに眠っているのね」それから、そっと言い添えた。「オットー、オットー、私たちもそうしましょう」

彼は彼女の顔をじっと見た。その厳しく鋭い目は、彼女がそれまで見たことのない、馬鹿にしたような色を帯びていた。まるで、彼女が今言ったことも、これから起こることも、避けがたい死も、すべてがただの遊びだとでも言いたげなまなざしだった。まるで、そんなこと真面目に考える価値はない、とでも言いたげなまなざしだった。

やがて、彼はゆっくりと首を振った。「だめだアンナ、そんなことはしない。こそこそ逃げ出すようなことはしない。そんなことをしたら、まるで俺たちの有罪を認めるようなものだ。奴らの判決を肩代わりするような真似はしない。絶対に！」それから、彼の口調ががらりと変わった。「そんなことをするには遅すぎる。お前は手錠を掛けられていないのか？」

「掛けられてる」と彼女は答えた。「でも、この部屋の入り口で手錠を外されたわ」

「ほら見ろ」と彼は言った。「失敗するに決まってる」

アンナには黙っていたが、オットーは、拘置所から連行されてくる際、手錠と足かせで拘束されていた。アンナと同じように、彼も、法廷の入り口まで来たとき初めて拘束を解かれた。それは、国家の生け贄に逃げられないようにするための用心だった。

「分かったわ」と彼女は折れた。「でもオットー、私たち一緒に処刑されるのよね？」

「分からない」と彼ははぐらかした。嘘は吐きたくなかった。誰もが一人で死んでいかなければならないことを、彼は知っていた。

「でも、私たち、同時に処刑されるのよね?」

「もちろんだ、アンナ。きっとそうだ」

だが、彼は自分の言葉を信じてはいなかった。「今はそんなことは考えないほうがいい。気を確かに持つことだけを考えろ。罪を認めれば、すぐに済む。言い逃れをしたり、嘘を吐いたりしなければ、三十分でもう判決が下っているかもしれない」

「そうね、そうしましょう。でもオットー、そんなに早く済んでしまったら、私たちまたすぐに引き離されてしまう。もう二度と会えないかもしれない」

「きっと会える。処刑前にもう一度会えるよ、アンナ。最後にお別れを言うことが許されるそうだ。きっと会える、アンナ!」

「それならいいわ、オットー。それなら、そのときを楽しみにして待てるわね。それに今は私たち、一緒に座ってるわ」

彼らはそれから一分間しか一緒に座っていられなかった。ミスが露呈し、彼らは遠く離れたところに座らされた。振り返らなければ、彼らは互いの姿を見ることができなくなった。幸い、ミスに気づいたのはアンナの弁護士だった。この親切な、やつれた顔をした白髪の男を、裁判所はアンナの国選弁護士として選任していた。というのも、弁護士を雇うような無駄なことに使うカネはない、とオットー・クヴァンゲルが言い張ったからだった。ミスに気づいたのがこの弁護士だったために、ことはすべて穏便に運んだ。二人の警官にも、黙っていなければならない充分な理由があったので、法廷で許しがたいミスが起きたという事実が人民裁判所長官ファイスラーの耳に入ることはなかった。これが彼の耳に入っていたら、裁判はずっと長引いたことだろう。

62 公判——ファイスラー裁判長

人民裁判所長官(つまり、当時のドイツ最高位の裁判官)ファイスラー(数千人に死刑判決を下した、悪名高き人民裁判所長官ローラント・フライスラーがモデル)は、教養ある人物の風格を備えていた。職工長クヴァンゲルの用語を使えば、彼は「お上品な紳士」だった。彼は法服を上品に着こなしていたし、法帽は、他の大勢の裁判官がそれをただ意味もなく頭に載せていたのとは違い、彼の頭に威厳を与えていた。その目は怜悧だったが冷たかった。広く秀でた、形のよい額とは対照的に、口元は下品だった。厳格で無慈悲で、そのくせ肉感的な口元に、この男の本性――この世のあらゆる快楽を追い求め、そのツケを常に他人に回してきた好色漢――が現れていた。

彼の手は下品だった。節くれ立ったその長い指は、ハゲタカの鉤爪のようだった。格別意地の悪い質問をするときには、その指は、まるで獲物の肉に食い込んでいくかのように曲がるのだった。彼は落ち着いて客観的に話すことができなかった。彼の話し方は下品だった。彼は犠牲者を怒鳴りつけ、罵り、辛らつな皮肉を投げつけた。実に下品な、悪質な男だった。

起訴されて以来、オットー・クヴァンゲルは、公判について友人のライヒハルト博士と何度か話し合っていた。聡明なライヒハルト博士も、どのみち結果は変えられないのだから、最初からすべてを認めたほうがいい、隠し事をしたり嘘を吐いたりしないほうがいい、という意見だった。そうすれば相手は拍子抜けし、何時間も悪態を吐くことはできなくなる。審理はすぐに終わり、証人尋問もきっとおこなわれないだろう、と。

「起訴内容を認めるか」という裁判長の問いかけに被告人二人が一言「認めます」とだけ答えたときには、小さなどよめきが起きた。なぜなら、この「認めます」という返答によって、被告人自らが自分に死刑判決を下し、それ以上の審理を不要にしてしまったからだ。

ファイスラー裁判長も、前代未聞のこの返答に圧倒され、しばし呆気にとられた。

だが、すぐに彼は我に返った。彼はきちんと審理を進めたいと思った。この二人の被告人が追い詰められるところが見たいと思った。自分の舌鋒鋭い追及に彼らが身もだえするところを見たいと思った。「認めるか」という問いに対するこの「認めます」という返答には、誇りが表れていた。ファイスラー裁判長は、傍聴人たちの表情(ある者は唖然とした顔、ある者はむずかしい顔をしていた)からそれを感じ取り、被告からこの誇りを奪ってやらなければと思った。審理が終わるときには、こいつらは誇りも尊厳もはぎ取られているだろう。

ファイスラーは尋ねた。「認めますというその返答によって、自分に死刑を言い渡したことが分かっているのか？　自分で自分を、まっとうな人々から切り離したことが？　自分が死刑に値する、首をくくられて当然の、卑劣な犯罪者だということが分かっているのか？　はいかいいえで答えよ」

クヴァンゲルはゆっくりと答えた。「私は有罪です。起訴状に書かれていることを、私は確かにしました」

裁判長は語気鋭く言った。「はいかいいえで答えよ。被告人は卑劣な売国奴か、それとも違うのか。はいか？　いいえか？」

クヴァンゲルは、高いところに座っているお上品な紳士を鋭く見据えて、言った。「はい」

「何て奴だ」と裁判長は叫ぶと、後ろを向いて唾を吐いた。「何て奴だ。こんな奴が、自分はドイツ人だと言っているのか」

彼はクヴァンゲルを軽蔑しきった目で見ると、今度はアンナ・クヴァンゲルのほうを向いた。「それで、そっちの被告人、女の被告人はどうだ？」と彼は尋ねた。「お前も夫と同じように下劣な人間なのか？　お前も悪辣な売国奴なのか？　戦死した息子の名誉まで汚すのか？　はいか？　いいえか？」

やつれ顔の白髪の弁護士が慌てて立ち上がると言った。「裁判長、発言をお許し願います。被告人は……」

裁判長は語気鋭く弁護人の発言を遮った。「弁護人、あなたを処罰します」と彼は言った。「今後、求められてもいないのに発言した場合には、即刻処罰します。着席！」

裁判長は再びアンナ・クヴァンゲルのほうを向いて言った。「さあ、どうなんだ。その胸に最後に残った良心のかけらを思い出すのか、それとも、卑劣な売国奴だとすでに自白した夫と同じようになりたいのか。お前はこの非常時に祖国を裏切った売国奴なのか？　自分の息子を辱めるつもりなのか？　はいか？　いいえか？」

アンナ・クヴァンゲルはおずおずと夫のほうを見た。「その売国奴ではなく、私を見て答えよ。はいか？　いいえか？」

「はい」小さな、だが明瞭な声だった。

「声が小さい！　息子の名誉の戦死に泥を塗るのを恥と思わない母親がドイツにいると、みんなに聞かせてやれ」

「はい！」アンナ・クヴァンゲルは大声で言った。

「信じがたい！」とファイスラーは叫んだ。「今まで多くの悲しい事件や恐ろしい事件を取り扱ってきたが、こんな恥ずべき事件は初めてだ。絞首刑では生ぬるい。こんな獣《けだもの》は四つ裂きにすべきだ」

彼は、クヴァンゲル夫妻に対してというより傍聴人に対してしゃべっていた。彼は検察官の論告求刑を先取りしてしまった。だが、やがて彼は我に返ると（彼はきちんと審理を進めたいと思っていた）言った。「だが、裁判長としての重責を考えると、被告人の自白だけでこと足れりとするわけにはいかない。どんなに気が進まなかろうと、そんなことをしても何の見込みもないと思われようと、裁判長としての義務に従って、情状酌量の余地がないかどうか調べる必要がある」

こうしてそれは始まり、七時間にわたって続いた。

そう、聡明なライヒハルト博士もクヴァンゲルも思い違いをしていたのだ。ドイツ最高位の裁判長ともあろう者がこれほど底なしの、これほど卑劣な悪意を持って審理を進めるとは思ってもみなかったのだ。まるで、クヴァンゲル夫妻がファイスラー裁判長本人を侮辱したかのようだった。まるで、嫉妬深く執念深い小人物が、自分の名誉を傷つけた敵を死ぬまで痛めつけてやろうと狙っているかのようだった。まるで、クヴァンゲルがファイスラーの娘を誘惑でもしたかのようだった。それほどすべてが感情的で、客観性からおよそかけ離れていた。ライヒハルト博士もクヴァンゲルもとんでもない思い違いをしていたのだ。第三帝国を最も深く軽蔑している人間でさえ驚くほど、第三帝国は卑劣だった。第三帝国の卑劣さは、クヴァンゲルの想像をさえ超えていた。

たとえば、裁判長は、「被告人のまっとうな同僚らは、被告人が実にしみったれた金銭欲に取り付かれていたと証言している。被告人は週にいくら稼いでいたのか？」と質問した。

「最近は、四十マルク貰っていました」とクヴァンゲルは答えた。

「その四十マルクというのは、所得税や冬期貧民救済事業への寄付、健康保険料や労働戦線費が差し引かれたあとの金額だな？」

「差し引かれたあとの金額です」

「被告人のような老夫婦だけの世帯には結構な金額に思えるが？」

「それでどうにか暮らしていました」

「違う、どうにかじゃないだろう。もう嘘を吐いていた！　毎週貯金もしていたはずだ。そのとおりか？　それとも違うか？」

「そのとおりです。たいてい、いくらかは貯金していました」

「週平均いくら貯金できた？」

「はっきりとは申し上げられません。週によってまちまちでした」

裁判長は激昂した。「平均で、と言ったはずだ。平均でだ。平均でというのがどういうことか分からないのか？　それでよく職工長が務まったものだ。計算もできないとは！　素晴らしい！」

だが、ファイスラー裁判長は、それが素晴らしいことだとはまったく思っていないようだった。彼は被告人を憤然として睨みつけた。

「私は五十を超えています。二十五年間働いてきました。収入が多い年も少ない年もありました。失業していたこともあります。子どもが病気をしたこともあります。平均していくら、とは申し上げられません」

「そうか。言えないのか。どうして言えないか、私が言ってやろう。それは、言いたくないからだ。被告人のまっとうな同僚が辟易していたのは、被告人のそのしみったれた金銭欲だった。被告人は、いくら貯め込んだのか知られるのを恐れているのだ。さあ、いくら貯め込んだ？　それも言えないのか？」

クヴァンゲルは葛藤していた。裁判長は本当に彼の弱点を突いていたのだ。貯金が全部でいくらあるかはアンナでさえ知らなかった。だが、クヴァンゲルはついに腹をくくった。これも振り捨ててしまおう。この数週間で、本当にいろんなものを振り捨ててきた。これも振り捨ててしまおう。自分をこれまでの人生につなぎ止めていたものの中で最後に残ったそれを振り払うと、彼は言った。

「四千七百六十三マルク！」

「そうだ」と裁判長は言い、背もたれの高い裁判官席でふんぞり返った。「四千七百六十三マルク六十七プフェニヒだ！」彼は書類を見ながらこの数字を読み上げた。「こんな大金を稼がせてくれた国家に逆らって、恥ずかしいとは思わないのか。これほど自分の面倒を見てくれた共同体に逆らうのか？」彼の声が大きくなった。「被告人には感謝の念も名誉を尊ぶ心もない。被告人は社会の汚点だ。被告人のような人間は抹殺しなければならない！」

　まるで獲物の肉を引き裂いているかのように、ハゲタカの爪は閉じたり開いたりを繰り返していた。

「半分近くは、政権掌握（ヒトラーの）以前に貯めたカネだ」とクヴァンゲルは言った。

　傍聴席の誰かが笑い出したが、裁判長の憤怒のまなざしに射すくめられ、即座に笑いを引っ込めると気まずそうに咳払いした。

「静粛に！　静粛に！　それから被告人、無礼なことを言うと罰を受けることになる。死刑以外の罰を心配する必要はないと思ったら大間違いだ。それ以外にも罰を与えることはいくらでもできる」彼は鋭い目でクヴァンゲルを見据えた。「さて、被告人、何のために貯金していたのか言いなさい」

「老後のためです」

「何、老後のため？　それはまた涙ぐましい話だな。だが、それも嘘だ。少なくとも葉書を書くようになってからは、自分が長くは生きられないことを知っていたはずだ。自分の犯罪の結果について常にはっきりと意識していた、と被告人はすでに認めている。だが、にもかかわらず、被告人は倹約を続け、貯金し続けた。一体何のためだ」

「私は常に、自分は助かるだろうと考えていました」

「助かる？　助かるとはどういう意味だ。無罪判決を受けるという意味か？」

「違います。そんなことは考えたことがありません。捕まらないだろうと思ったのです」「それは考え違いだったな。だが、本当はそんなふうには考えていなかったはずだ。被告人は馬鹿のふりをしているが、実はそんな馬鹿ではない。そんな犯罪を何年もそのまま続けられるとは思っていなかったはずだ」

「何年も、と考えていたわけではありません」

「どういう意味だ」

「私は、千年帝国は長続きしないと思っています」鳥のような鋭い顔を裁判長に向け、クヴァンゲルは言った。

裁判長より下の席に座っている弁護人がびくっとした。

傍聴席から再び笑い声が上がり、それから、威嚇するような唸り声が聞こえた。

「この卑劣漢が！」と誰かが叫んだ。

クヴァンゲルの後ろに立っていた警官は制帽の位置を直し、もう片方の手をホルスターに伸ばした。

検察官は席から飛び上がると、一枚の紙を振りかざした。

アンナ・クヴァンゲルは夫に微笑みかけ、何度も頷いた。

彼女の後ろに立っていた警官が彼女の肩を摑み、乱暴に押さえつけた。

彼女はその痛みに耐え、一言も発しなかった。

陪席判事の一人が、ぽかんと口を開けてクヴァンゲルを見つめていた。

裁判長は椅子から飛び上がった。「この犯罪者めが！この大馬鹿者めが！この犯罪者めが！この場でよくもそんなことを……」

体面を考え、彼はそこで言葉を切った。

「とりあえず、被告人を退廷させる。係官、被告人を連行しなさい。適切な懲罰についてこれから決議する」

十五分後、審理は再開された。

被告人はまともに歩けなくなっているように見えた。誰もが、これは相当痛めつけられたなと思った。アンナ・クヴァンゲルもそう思い、心配した。

ファイスラー裁判長が懲罰を言い渡した。「被告人オットー・クヴァンゲルを四週間の暗室禁固に処する。食事はパンと水のみとし、二日おきに絶食させる。加えて」とファイスラー裁判長は説明のために補足した。「被告人からズボン吊りを没収した。報告によれば、被告人は休廷中に、ズボン吊りを用いて疑わしい行動に及んだという。自殺企図の疑いがある」

「用を足しに行こうとしただけです」

「被告人、静粛に。自殺企図の疑いがある。今後、被告人はズボン吊りなしで生活するものとする。その責任は被告人自身にある」

傍聴席からまた笑い声が起きたが、これに対して裁判長は今度はほとんど好意的なまなざしで応えた。彼自身、自分の冗談を面白がっていた。被告人は、ずり落ちそうになるズボンを必死で摑み、体をこわばらせて立っていた。

裁判長は薄笑いを浮かべた。「それでは、審理を続けよう」

63 公判——ピンシャー検事

人民裁判所長官ファイスラーが凶暴なブラッドハウンドのような男だったのに対して、検察官のほうは、キャンキャンとうるさく吠え立てる小さなピンシャー犬のような役割しか果たしていなかった。ピンシャー犬は、ブラッドハウンドが倒した獲物の足に噛みつこうとして（ブラッドハウンドが喉笛に噛みついているのに対して）待ち構えていた。公判中、検察官は何度かクヴァンゲル夫妻に吠えつこうとしたが、その都度、即座にブラッドハウンドの吠え声に圧倒されてしまった。それに、そもそも彼が吠えつくまでもなかった。最初から、裁判長が検察官の仕事を代行していたのだから。真相を究明するという裁判官の基本的な義務に、ファイスラーは最初から違反していた。彼の態度は、不偏不党のまさに対極だった。

だが、昼の休憩時に豪華な食事（ワインやシュナップスまで出た）を配給切符なしで食べたあと、ファイスラーは少し疲れを感じた。そんなに骨を折る必要がどこにある。被告人二人はもう死んだも同然だ。その上、午後は女の——しかも、取るに足らない労働者の女房だ——審理だった。ファイスラーにとって、（裁判官として見た場合には）女などどうでもよかった。女というのはみんな馬鹿で、女が役に立つことと言えば一つしかない。それ以外は、女は夫に言われたことをやっているだけだ。

そこでファイスラーは、ピンシャーが前面にしゃしゃり出てキャンキャン吠え出すのを寛大にも許した。目を半ば閉じて裁判官席にもたれ、ハゲタカの鉤爪で頭を支えて、注意深く耳を傾けているように見せかけながら、ファイスラーは昼食の消化に専念していた。ピンシャーは吠え立てた。「被告人は以前、婦人団の役職に就いていたそうだが？」

「そのとおりです」とアンナ・クヴァンゲルは答えた。

「なぜその役職を放棄した。そうするように夫から言われたのか？」

「いいえ」とアンナ・クヴァンゲルは答えた。

「それでは、夫から要求されたわけではないと？　まず夫が労働戦線の役職を下り、その二週間後に、妻が婦人団の役職を下りた。被告人オットー・クヴァンゲル、妻にそれを要求したことは？」

「私が労働戦線の役職を辞めたことを聞いて、妻は自発的に自分もそうしようと思ったのだと思います」

　クヴァンゲルは、立っているあいだズボンを摑んでいなければならなかった。

　それから彼は着席した。検察官がすでにまたアンナ・クヴァンゲルのほうを向いていたからだ。「それでは聞くが、役職から下りた理由は？」

「私が下りたわけではありません。私は追放されたのです」

　ピンシャーは吠えついた。「被告人、言葉に気をつけるように。調子に乗りすぎると、夫と同じように懲罰を受けることになるぞ。自分で役職を下りた、とたった今認めただろうが」

「そうは言っておりません。私は、夫がそうしろと言ったわけではありませんと言いました」

「嘘だ！　嘘だ！　判事各位と私に向かって嘘を吐くとはけしからん！」

　ピンシャーは激しく吠え立てたが、被告人は自分の陳述を変えなかった。

「速記録を見てください」

　速記録が読み上げられ、被告人の主張が正しいことが判明した。法廷内がざわついた。オットー・クヴァンゲルは、「よくやった」という目でアンナを見つめていた。恫喝に屈しなかった彼女を、彼は誇りに思った。

　ピンシャー検事は一瞬意気阻喪し、裁判長を盗み見た。ファイスラーはハゲタカの鉤爪で口元を隠してこっそり欠伸をしていた。検察官は意を決して路線を変え、新しい足跡を追うことにした。

「現在の夫と結婚したとき、被告人はすでにかなりの年齢だったということだが？」

「三十歳目前でした」

「それで、その前は？」

「質問の意味が分かりません」

「何も知らないふりはやめなさい。結婚前に他の男たちとどんな関係を持っていたのかと聞いているんだ。さっさと答えないか」

底なしに下品なこの質問に、アンナ・クヴァンゲルはまず赤くなり、それから青ざめた。彼女は助けを求めるように、やつれ顔の老弁護士のほうを見た。彼は立ち上がると言った。「本件と無関係な質問を却下するようお願いします」

検察官は言った。「私の質問は本件と無関係ではありません。先ほど、被告人アンナ・クヴァンゲルは夫の共犯者に過ぎないという意見が表明されました。私は、被告人が卑しい出自の、どんな犯罪でも犯しかねない品性下劣な人間であることを、これから証明したいと思います」

裁判長は退屈そうに宣言した。「この質問を本件に相応しいものと認めます」

ピンシャーは改めて吠えついた。「それでは、結婚するまでに、何人の男と関係を持った？」

すべての目がアンナ・クヴァンゲルに注がれていた。傍聴席の学生たちの中には、唇を舐めたり卑猥な声を上げたりする者もいた。

オットー・クヴァンゲルは心配そうにアンナのほうを見た。彼女にとってこれがどれほど傷つく質問か、彼には分かっていた。

だが、アンナ・クヴァンゲルは腹をくくった。さっきオットーが躊躇いをすべて振り捨てて預金額をぶちまけたように、彼女も、この恥知らずの男たちの前で恥知らずになってやる、と心を決めた。

検察官はこう質問していた。「それでは、結婚するまでに、何人の男と関係を持った？」これに対して、アンナ・クヴァンゲルは答えた。「八十七人です」

傍聴席で誰かがぷっと吹き出した。

裁判長は夢うつつの状態から目覚め、彼女を見やった。ずんぐりした体型で赤い頬をした、胸の大きいこの労働者階級の女に、興味をそそられたのだ。

オットー・クヴァンゲルの黒い目は一瞬輝いたが、すぐに彼は目蓋を閉じた。彼は誰とも目を合わさなかった。

検察官はすっかり混乱し、「は、八十七人だと？　どうしてまた八十七人なんだ？」

「分かりません」アンナ・クヴァンゲルは平然として言った。「それより多くはありません」

「なるほど」検察官は不機嫌に言った。「なるほど！」

検察官はひどく不機嫌だった。自分のせいで被告人が突然興味深い人物になってしまったからだ。それは彼が意図したところではなかった。法廷内のほとんどの人間と同じように彼も、彼女の発言は嘘だと確信していた。結婚前にこの女が関係を持った男は、ほんの二〜三人に過ぎなかっただろう。もしかしたら、一人もいなかったかもしれない。法廷を侮辱した罪でこの女に懲罰を科すこともできるかもしれない。だが、この女にその意図があったことをどうやって証明する？

やがて彼はついに決心すると、苦虫を噛みつぶしたような顔で言った。「被告人のその発言は途方もなく誇張されているものと確信する。八十七人もの男と実際に関係を持っていれば、その正確な数を覚えているはずがない。大勢、と表現したはずだ。だが、被告人の今の返答こそが、被告人の堕落した品性をまさに証明している。被告人は、自らの恥知らずな行動を自慢している。被告人は、娼婦であった過去を自慢している。そして、すべての娼婦と同じように、被告人は娼婦から売春仲介者となった。被告人は、実の息子に娼婦を仲介したのだ」

こうして、ピンシャーはアンナ・クヴァンゲルに噛みついた。

「違います！」とアンナ・クヴァンゲルは叫び、懇願するように両手を挙げた。「そんなことを言わないでください！　そんなことを私はしていません！」

「そんなことはしていない、か？」とピンシャーは吠え立てた。「それでは、息子のいわゆる婚約者を何度も家に泊めていたことをどう説明する？　そのとき息子は別の部屋で寝たとでも？　どうだ？　そのトルーデルという女はどこで寝ていた？　知っていると思うが、その女は死んだ。知っているな？　生きていれば、その女も、被告人の夫の共犯者として一緒に被告席に座っていたはずだ」

だが、トルーデルという名前は、アンナに新たな勇気を吹き込んだ。検察官に向かってではなく、法廷全体に向かって彼女は言った。「ええ、おかげさまでトルーデルはもうこの世にいません。おかげさまであの娘はこの最後の辱めを受けずに済みました」

「言葉を慎め。被告人に警告しておく」

「あの娘は、しっかりしたいい娘でした」

「妊娠五ヶ月のときに堕胎した。国に兵士を提供したくない、という理由でだ」

「あの娘は堕胎なんかしていません。流産を悲しんでいました」

「そう自白したんだぞ！」

「そんなこと、信じません」

検察官は喚き出した。「被告人が信じようが信じまいが、そんなことはどうでもいい。だが、被告人は言葉遣いに気をつけたほうがいい。さもないと、ひどい目に遭う。ヘアゲゼルの供述は、ラウプ警部が調書に取っている。警部は嘘など吐かない！」

ピンシャーは、脅すような目で法廷を睨め回した。

「被告人にもう一度聞く。息子はその女と肉体関係にあったのか、なかったのか」

「母親はそんなこと詮索しません。私は密偵ではありません」

「だが、監督義務があるだろう。自宅での息子の不道徳な交渉を黙認していたとすれば、売春斡旋罪だ。刑法でそう定められている」

「そんなことは知りません。私が知っていたのは、息子が戦争に行き、死ぬかもしれないということです。私たちのあいだでは、二人が婚約していて、あるいは婚約同然の関係で、しかも戦争中なら、そんなに堅いことを言わないのがふつうです」

「被告人、やっと白状したな。被告人は、不道徳な関係を知っていながら黙認した。そんなに堅いことを言わない、か。だが、刑法ではそれを売春斡旋罪と言う。そんなことを黙認する母親は、恥ずべき、見下げ果てた母親だ！」

「そうですか。それなら、お尋ねします」とアンナ・クヴァンゲルはしっかりした声で堂々と言った。「それならお尋ねしますが、ねえあたしを抱いて同盟（ドイツ少女団のこと。原語のBubi-drück-michは、Bund Deutscher Mädelと頭文字が同じ）がやっていることは、刑法では何と言うのでしょうか」

一斉に笑い声が上がった。

「それから、突撃隊が愛人たちとやっていることは……」

笑い声がぴたりと止んだ。

「それから、親衛隊はユダヤ人の少女を辱めてから撃ち殺すそうですが……」

一瞬、法廷内が凍り付いた。

だが、次の瞬間、法廷内は大混乱になった。法廷は怒号に包まれた。数人の傍聴人が手すりを乗り越え、被告人に襲いかかろうとした。

オットー・クヴァンゲルははじかれたように立ち上がった。駆け寄って妻を助けようとしたのだ。

警官が、そしてズボン吊りのないズボンが、彼の行く手を阻んだ。

裁判長は立ち上がって「静粛に！」と怒鳴ったが、無駄だった。

陪席判事たちは互いに大声でしゃべっていた。さっきまでぽかんと口を開けていた陪席判事は、拳骨を振り回していた。

ピンシャー検事はキャンキャンと吠えまくっていたが、誰にも一言も聞き取れなかった。

国家の最も神聖な感情が傷つけられたのだ。親衛隊が、総統お気に入りの部隊が、ゲルマン民族のエリートたちが侮辱されたのだ。

やがて、アンナ・クヴァンゲルがとうとう法廷から引きずり出されると、騒ぎは静まった。裁判官たちは審議のため、別室に引っ込んだ。

五分後、彼らは再び登場した。

「被告人アンナ・クヴァンゲルに、被告人に対する審理への参加を禁ずる。これより、被告人は手錠拘束状態に留め置かれる。追って通知があるまでのあいだ、暗室禁固に処する。食事はパンと水のみを、一日おきに支給するものとする」

こうして、審理は再開された。

64　公判――証人ウルリヒ・ヘフケ

証人ウルリヒ・ヘフケ――アンナ・クヴァンゲルの弟の、猫背の専門工――は、ここ数ヶ月大変な目に遭ってきた。クヴァンゲル夫妻が逮捕された直後、有能なラウプ警部は彼を妻とともに逮捕した。根拠のある疑いなど何一つなかったにもかかわらず、クヴァンゲルの親戚というだけの理由で逮捕したのだ。

その日以来、ウルリヒ・ヘフケは恐怖の日々を送ってきた。素朴で単純な精神を持ったこの穏やかな男、それまであらゆる争いごとを避けて生きてきた男が、ラウプ警部というサディストに逮捕され、痛めつけられ、怒鳴りつけられ、殴りつけられたのだ。彼は食事も与えられず、侮辱された。つまり、ありとあらゆる手段で責めさいなまれたのだ。

ヘフケの精神は完全に混乱してしまった。彼は、ラウプ警部が自分から何を聞き出したがっているのかを必死にくみ取り、自分にとってどんなに不利なことでも軽率に自白してしまった。その自白は、すぐに嘘だと証明できるほど矛盾だらけだった。

すると、まだ明らかになっていない新たな犯罪を聞き出すべく、ラウプ警部は彼を改めて責め上げるのだった。ラウプ警部は、当時の教義「誰でも何かやっている」に従って行動していた。根気よく探しさえすれば、何か見つかるというわけだった。

党員ではないが、敵国のラジオ放送をこっそり聞いたこともなく、敗北主義的な口コミを広めたこともなく、配給法に違反したこともないドイツ人もいるのだという事実を、ラウプはどうしても信じようとしなかった。ラウプはヘフケに、義兄に代わって葉書をノレンドルフ広場周辺に置いたのはお前だろうと言った。

そう言われたヘフケは、それを認めた。三日後、ラウプはヘフケに、彼には葉書を置くことが不可能だったことを証明して見せた。

ラウプ警部は今度はヘフケに、勤め先の光学機器工場の企業秘密を漏洩しただろうと言った。ヘフケは自白した。一週間苦労して捜査した結果、ラウプは、その工場には漏洩できるような秘密などまるで存在しないことを突き止めた。工場の人間は誰も、自分たちが製造しているものがどんな武器の部品なのか知らなかったのだ。

自白が嘘だったと分かるたびにヘフケは痛めつけられた。だが、彼は怖じ気づくばかりで賢くはならなかった。彼はやみくもに自白した。追及を逃れるためだけに、尋問から解放されるためだけに、どんな調書にも署名した。自分の死刑判決にでも署名しただろう。最初の一言を聞いただけで、彼はゼリーのようにぶるぶると震え出した。

ヘフケがクヴァンゲル夫妻の「犯罪」に関与したことを証明する調書は一つとしてなかったにもかかわらず、ラウプ警部は恥知らずにも、この哀れな男をクヴァンゲル夫妻とともに人民裁判所の未決囚拘置所へ送致した。念には念をとばかり、予審判事は、ヘフケから何か有罪の証拠を聞き出せないかと尋問した。ゲシュタポの留置場よりは未決囚拘置所のほうがいくらか手段に恵まれていたため、ウルリヒ・ヘフケはまず首つり自殺を図った。あともう少しのところで発見されて縄を切られ、彼は、今やすっかり耐えがたい場所となったこの世に連れ戻された。

それ以来、ウルリヒ・ヘフケはさらに耐えがたい条件下で生きなければならなくなった。彼の監房は、一晩中灯りが点いていた。数分おきに、見張りが扉越しに覗きに来た。さらに彼は手錠を掛けられ、ほとんど毎日取り調べを受けた。調書には彼の有罪を示すようなことは何一つ書かれていなかったにもかかわらず、予審判事も、彼が何か犯罪を隠していると確信していた。そうでなければ、なぜこの男は自殺を図ったというのか。無実の人間がそんなことをするはずがない！ ヘフケが愚かにもどんな嫌疑もとりあえず認めてしまうために、予審判事はその都度、面倒な事情聴取や捜査をおこなわされる羽目になった。そしてその都度、ヘフケは何もやっていなかったと分かった。

そんなわけで、ウルリヒ・ヘフケは公判の一週間前にようやく拘置所から釈放された。彼は、長身で黒髪のやつれた妻の元に帰った。妻はとうの昔に釈放されていた。妻は無言で夫を迎えた。ヘフケは仕事に出られないほど参っていた。彼はよく、部屋の片隅で何時間もひざまずき、快い裏声で静かに賛美歌を歌っていた。彼はほとんどしゃべらなくなり、夜は泣いてばかりいた。ヘフケ夫妻には貯えがあったので、妻は夫を仕事に駆り立てるようなことはしなかった。

釈放されてから三日後、ウルリヒ・ヘフケは早くも再び裁判所から呼び出しを受けた。証人として公判に出廷せよとの命令だった。自分が単に証人として召喚されたのだということを、彼の弱った頭はもう正しく理解できなかった。彼の動揺は刻々と大きくなり、彼はもうほとんど食事もできなくなり、賛美歌を歌う時間はますます長くなった。やっと終わったと思った苦しみがまた始まるのかという不安が、彼をどこまでも苦しめた。

公判前夜、彼は再び首つり自殺を図った。今度は妻が彼の命を救った。彼が息を吹き返すや否や、妻は夫を散々に殴り、夫の生き方を非難した。翌日、彼女は彼をしっかり抱きかかえて裁判所に連れて行き、証人控え室入り口でこう言って係官に引き渡した。「この人、頭がおかしいんです。しっかり見張っていてください」

そのとき、証人控え室にはかなりの人数が詰めていた（おもな証人として、クヴァンゲルの同僚、工場の役員たち、クヴァンゲルが葉書を置くところを目撃した二人の女と郵便上級事務官、婦人団役員の女二人などが召喚されていた）。つまり、アンナ・ヘフケがそう言ったとき、すでにかなりの数の証人が控え室に集まっていた。そこで、裁判所の係官だけでなく証人全員がこの小柄な男を熱心に見張ることとなった。この猫背の男をからかって退屈な待ち時間を潰そうとする者もいたが、ひどいからかい方をする人はいなかった。男の顔には、恐怖の色があまりにもありありと浮かんでいた。そんな男を苦しめるには、彼らはあまりにも心優しい人たちだった。

怯えきってはいたが、ヘフケはファイスラー裁判長の尋問をうまく切り抜けた。それは単に、彼があまりにも激しく震えながらあまりにも小さな声で話したので、ファイスラー裁判長がじきに退屈してしまったからだった。証人席に戻ったヘフケは、これでお役御免になりますようにと願いながら、他の証人たちのあいだで身を縮めていた。

だが、彼はそれから、ピンシャー検事が姉を尋問し、苦しめるのを目撃しなければならなかった。アンナに対して投げかけられた、恥知らずな質問を聞かなければならなかった。彼の心は怒りでいっぱいになった。彼は前に進み出て、大好きな姉のために証言したいと思った。姉がこれまでずっとまっとうな人生を送ってきたことを証言したいと思った。だが、恐怖心が彼を再び尻込みさせた。

不安と小心と時折高まる勇気とのあいだで激しく揺れ動きながら、彼は固唾を呑んで審理の経過を見守っていた。そしてついに、アンナ・クヴァンゲルがドイツ少女団と突撃隊と親衛隊を侮辱したあの瞬間がやってきた。彼は、それに続く大騒動を体験し、滑稽なほど小柄だったが故に自分自身も騒動に少々荷担した（よく見えるように、ベンチの上に立ち上がったのだ）。彼は、二人の警官がアンナを法廷から引きずり出すのを見た。

ファイスラー裁判長が法廷内の秩序をようやく回復し始めたとき、ヘフケはまだベンチの上に立っていた。周囲の証人たちは彼のことを忘れていた。彼らはまだ頭を寄せ合ってひそひそ話をしていた。

そのとき、ピンシャー検事がウルリヒ・ヘフケに気づいた。彼はその哀れな姿を訝しげに見ると呼びかけた。

「おい、そこのきみ！ 被告人の弟だったな。名前は？」

「ヘフケです。ウルリヒ・ヘフケ」検察官の助手が耳打ちした。

「証人ウルリヒ・ヘフケ、被告人は証人の姉だ。アンナ・クヴァンゲルの経歴について思うところを述べるよう要請する。被告人の経歴について、証人が知っていることは？」

すると、ウルリヒ・ヘフケは口を開いた。彼は相変わらずベンチの上に立っていた。そして、彼の目から初めて恐怖の色が消えた。彼は口を開くと、快い裏声で歌った。

いつわりの世に別れを告げん
罪と不正を　われは憎む
仕えし者に　むくいて主は
住まわせ給う　永遠の国に

誰もが唖然としてしまい、誰も彼の歌をやめさせようとはしなかった。この素朴な歌声を心地よく感じ、メロディーに合わせて思わず首を振る者さえいた。例の陪席判事はまたしても口をぽかんと開けていた。学生たちは手すりを握りしめ、固唾を呑んで見守っていた。やつれ顔の白髪の弁護人は首をかしげ、むずかしい顔で鼻をほじっていた。オットー・クヴァンゲルはその鋭い顔を義弟に向け、その冷たい心臓が初めて義弟のために高鳴るのを感じていた。奴らは彼をどうするつもりだろう。

苦しみ悩み　主はしりぞけ
み力をもて　われを強め
恵みのうちに　わがたましい
主はふところに　いだきたもう

彼が二番を歌っているあいだに、法廷内は再びざわつき始めた。裁判長は何かを耳打ちし、検察官は紙切れを見張りの警官に渡した。

だが、ヘフケは何も気に留めていなかった。彼の目は天井に向けられていた。彼は恍惚とした声で叫んだ。

「み元へ参ります！」

彼は両腕を上げ、ベンチから勢いよく跳び上がった。空を飛ぼうとしたのだ……

　そして、前列に座っていた証人たちの間にドサッと落下し（証人たちはぎょっとして脇に飛びすさった）、ベンチの下に転がった。

「この男を運び出せ！」またしても大混乱に陥った法廷に向かって、裁判長が居丈高に命令した。「この男には治療が必要だ！」

　ウルリヒ・ヘフケは法廷から連行された。

「見てのとおり、犯罪者と精神障害者の家系だ」と裁判長は断定した。「速やかに処分されることになるだろう」

　そう言うと、彼はオットー・クヴァンゲルを睨みつけた。クヴァンゲルは、両手でズボンを押さえながら、小柄な義弟が消えていったドアをまだ見つめていた。

　もちろん、小柄な猫背のウルリヒ・ヘフケの処分は速やかにおこなわれた。肉体的にも精神的にも、彼は生存不適格者だった。施設に短期間収容されたのち、彼は、偽りの世に本当に別れを告げることができる薬液を注射された。

65　公判――弁護人たち

　アンナ・クヴァンゲルの弁護人――裁判所から被告の弁護人に選任された、我を忘れると鼻をほじる癖のある、どう見てもユダヤ人にしか見えない（だが、彼がユダヤ人だと「立証」できるものは何一つなかった。彼の身分証には「純粋なアーリア人」と書かれていた）、白髪でやつれ顔の年配の男――が、最終弁論をおこなうために立ち上がった。

　依頼人不在のまま最終弁論をおこなわざるを得ないことは非常に遺憾であります、と彼は述べた。確かに、党の信頼厚い組織である突撃隊や親衛隊に対して依頼人が述べた侮辱の言葉は嘆かわしいものではありますが……

「あれは犯罪だ！」と検察官からヤジが飛んだ。

　そのとおりです。もちろん、私も検察官の意見に賛成です。あのような侮辱の言葉は犯罪です。とはいえ、依頼人の弟の件からも明らかなように、彼女に完全な責任能力があるとは思えません。裁判官の皆さんのご記憶にもまだ生々しいかと思われますが、さきほどのウルリヒ・ヘフケの件は、ヘフケ家が宗教的狂気の家系であることを証明しています。最終的な判断は医師の専門的な診断を待たなければなりませんが、私は、あれは統合失調症ではないかと考えます。統合失調症が遺伝病であることから考えて……

ここで、白髪の弁護人は、「裁判長、本題に入るよう、弁護人に警告することを求めます」という検察官の発言によって再び話の腰を折られた。

ファイスラー裁判長は、「本題に入りなさい」と弁護人に警告した。

弁護人は、私は本題を述べていますと反論した。いや、弁護人は本題から逸脱しています。本題は国家反逆罪であって、統合失調症だの精神障害だのではありません。

弁護人は再び反論した。依頼人の道徳的堕落を証明する権利が検察官にあるならば、私には、統合失調症について述べる権利があります。裁判所の判断をお願いします。

弁護人の申請を別室で協議するため、裁判官たちは退席した。やがて、ファイスラー裁判長から発表があった。

「予審においても本日の審理においても、アンナ・クヴァンゲルに精神障害があることを示す徴候はまったく認められない。被告人の弟ウルリヒ・ヘフケに関する専門家の鑑定がまだ提出されていないため、証拠として考慮の対象とすることはできない。ウルリヒ・ヘフケが姉を支援せんとする危険な詐病者である可能性も大である。本日の審理で明らかにされた国家反逆罪の犯罪事実に従って最終弁論をおこなうよう、弁護人に要請する」

ピンシャー検事は、勝ち誇った目でやつれ顔の弁護人を見た。

そして、その目を、弁護人の悲しげな目が見返した。

「依頼人の精神状態について詳しく述べることを裁判所から差し止められましたので」とアンナ・クヴァンゲルの弁護人は最終弁論を再開した。「依頼人に完全な責任能力が欠如していることを示していると思われる論点、すなわち、息子の戦死の報に接した際に夫を罵倒したことや、親衛隊中佐夫人に対する、常軌を逸した、ほとんど精神障害を推測させる態度などの論点をすべて省略し……」

ピンシャーが吠えついた。「異議あり。被告の弁護人は、裁判所の禁止命令をすり抜けようとしています。弁護人は、省略すると言いながら、その省略したはずの論点をかえって強調しようとしています。裁判所の判断を求めます」

裁判官たちは再び別室に引き取った。戻ってくると、ファイスラー裁判長は怒りも露わに、「裁判所決議違反のかどで、弁護人に五百マルクの罰金を科す。違反を繰り返した場合は、退室を命じるものとする」と言い渡した。

白髪の弁護人は一礼した。そのやつれた顔は、その五百マルクをどうやって工面しようかと思い悩んでいるように見えた。彼は改めて最終弁論を開始した。彼はまず、アンナ・クヴァンゲルの娘時代のこと、女中として働いていた頃のことから話し始め、それから、「冷酷な狂信者」である夫との結婚生活を語った。「彼女は、労働と心労と諦めと冷酷な夫への服従だけの人生を送ってきました。その夫が突然、国家に反逆する内容の葉書を書き始めました。これを思いついたのが妻ではなく夫であったことは、審理によって証明されています。依頼人は予審で正反対の内容の供述をおこなっていますが、それは間違った自己犠牲精神と見なすべきものであります」

弁護人は叫んだ。「夫の犯罪意志に対して、アンナ・クヴァンゲルはどうしたらよかったというのでしょう。彼女に何ができたでしょうか。それまでずっと、彼女は人に仕える人生を送ってきました。彼女は従うことしか知りませんでした。彼女は反対したことがありませんでした。彼女は夫の従属物でした。夫の言いなりだったのです」

検察官は耳をそばだてて聞いていた。

「裁判官各位！ かかる女による犯行の——いや、犯行の幇助、と言うべきでしょう——全責任が彼女自身にあるとは考えられません。主人の命令に従って他人の猟区で兎を捕まえた犬を罰することができないように、犯罪幇助の全責任を彼女に負わせることはできません。この理由からも、彼女は刑法第五十一条第二項の保護を受けられるものと考えます」

ここで再び検察官が異議を申し立てた。弁護人はまたしても裁判所の禁止事項に違反した、と彼は吠えかかった。

弁護人は抗弁した。

検察官はメモを読み上げた。「速記録によれば、弁護人は先ほどこう述べています。この理由からも、彼女は刑法第五十一条第二項の保護を受けられる、と。〈この理由からも〉という言葉は、明らかに、弁護人が主張しているヘフケ家の遺伝性精神病と関連があります。裁判所の判断を求めます」

ファイスラー裁判長は、「この理由からも」の「も」はどういう意味かと弁護人に尋ねた。

弁護人は、これから述べようと思っているさまざまな理由のうちの一つ、という意味ですと説明した。

検察官は、まだ述べていない事柄を論拠とするなどということはあり得ない、と叫んだ。引き合いに出せるのは既知の事柄だけだ。未知の事柄を引き合いに出せるはずがない。弁護人の返答は、見え透いた言い逃れ以外の何物でもない。

弁護人は、見え透いた言い逃れだとの非難に抗議した。ちなみに、これから述べるつもりの事柄を引き合いに出している例はいくらでもあります。これは、これから述べる内容に期待を抱かせるために用いられる、よく知られた修辞法であります。たとえば、マルクス・トゥリウス・キケロはその有名なフィリッピカ第三演説においてこう述べています……

アンナ・クヴァンゲルは忘れ去られていた。オットー・クヴァンゲルは、呆気にとられて弁護人と検察官の顔を交互に見比べていた。

激論が戦わされていた。ラテン語やギリシャ語の引用が飛び交っていた。

ついに裁判官たちは再び別室に引き取り、やがて戻ってくると、ファイスラー裁判長が、「裁判所決議に再度違反したことにより、弁護人に退室を命じる」と言い渡した。この通告を聞いて誰もが驚いた。小難しい論争が続いていたあいだに、大半の人間は論争のきっかけをすっかり忘れてしまっていたのだ。「アンナ・クヴァンゲルの国選弁護人は、偶然列席していた試補リューデッケに引き継がせるものとする」とファイスラー裁判長は発表した。

白髪の弁護人は一礼し、一段とやつれた顔で退室した。

「偶然列席していた」試補リューデッケが立ち上がり、

話し始めた。彼は経験も浅かったたし、それまでしっかり聞いてもいなかったたし、法廷の雰囲気に萎縮してもいた。その上、彼はそのとき恋愛に夢中で、理性的にものを考えられる状態ではなかった。彼は三分間話をし、「裁判官各位が反対意見をお持ちでなければ」と情状酌量を求めると（「反対意見をお持ちの場合は、私の願いは無視していただくようお願いいたします」）、真っ赤になってどぎまぎした様子で再び席に着いた。

次に、オットー・クヴァンゲルの弁護人に発言が許された。

彼は、金髪を誇り高くなびかせて立ち上がった。それまで彼は一度も発言せず、メモも取っていなかった。彼の前の机には何も載っていなかった。数時間に及ぶこれまでの審理のあいだ、彼はただひたすら、手入れの行き届いたピンク色の指先をそっとこすり合わせては仔細に眺めていた。

しかし、自分の発言の番になったので、彼は話し始めた。法服の胸をはだけ、片手をズボンのポケットに突っ込み、もう片方の手でわずかに身振りを加えながら。彼は自分の依頼人に我慢がならなかった。彼は依頼人を、信じられないほど頑迷で醜悪な、実に不愉快でむかつく奴だと思った。しかも、クヴァンゲルは残念ながら、弁護人のこの反感をいやが上にも強めるようなことばかりしていた。ライヒハルト博士に強くいさめられたにもかかわらず、弁護人への情報提供を一切拒否したのだ。弁護士なんか要らない、と。

弁護人シュタルク博士は話し始めた。鼻にかかった、間延びしたそのしゃべり方とは対照的に、彼の言葉はどぎつかった。

彼は言った。「今、この法廷に集まっている我々全員にとって、本件ほど、人間の底知れぬ邪悪さを見せつける事例は滅多にあるものではありません。反逆、売春、売春斡旋、堕胎、貪欲……そうです、依頼人が負っていない罪があるでしょうか、依頼人が犯していない犯罪があるでしょうか。裁判官各位、法廷に集まった皆さん、私にはこのような犯罪者を弁護することはできません。本件のような事例においては、私は弁護人の法服を脱ぎ、弁護人たる私自らが検察官とならざるを得ません。正義は峻烈に実行されるべし、と声を大にして申し上げます。私としては、格言を引用し、〈世界が滅びようとも正義はおこなわれるべし〉としか申し上げようがありません。人間の名に値しないこのような犯罪者には、情状酌量の余地はありません！」

こう述べると弁護人は一礼し、一同が驚く中、膝の上にズボンの折り目を丁寧につけながら着席した。彼は指先を仔細に眺め、そっとこすり合わせた。

ファイスラー裁判長はしばし面食らっていたが、やがて被告人に向かい、自分のために何か言っておくことはないかと尋ねた。「ただし、どうか短くまとめてもらいたい」

オットー・クヴァンゲルは、両手でズボンを摑んで立ち上がると言った。「自分のために言うことは何もありません。ただ、弁護人には弁護に対して心からお礼を言いたいと思います。三百代言とはどういうものか、やっとよく分かりました」

周囲が騒然となる中、クヴァンゲルは着席した。弁護人は爪の手入れを中断して立ち上がると、「今の発言に関して依頼人への懲罰は求めません。依頼人は、自分が救いがたい犯罪者であることを自ら改めて立証したに過ぎません」と投げやりに言った。

そのときだった。クヴァンゲルは笑い出した。逮捕以来初めて、いや、こんな事は絶えて久しくなかったと言えるほど久方ぶりに、彼は朗らかに屈託なく笑った。この犯罪者集団が自分を大真面目に犯罪者として断罪しようとしている滑稽さに、突然我慢できなくなったのだ。

裁判長は、被告人の不適切な笑い声を語気鋭く叱りつけた。「さらに厳しい懲罰を科してやる」と考えてから、彼は、すでにもう考えられる限りの懲罰を被告人に与えてしまったことに気づいた。あとは、法廷から閉め出すことくらいしか残っていなかった。被告人が二人ともいないところで判決を下したのでは効果が台無しになる。そこで、彼は寛大になることに決めた。

裁判官たちは、判決を協議するため退廷した。休廷となった。

芝居の幕間と同じように、大部分の人間がタバコを吸いに出て行った。

66　公判──判決

規則では、休廷中は被告人を所定の監房に連行しなければならないことになっていた。だが、法廷内はほぼ無人の状態になっていたし、両手で常時引っ張り上げていないとずり落ちてしまうズボンを穿いた囚人を連行していくつも通路や階段を越えていくのはかなり面倒だったので、クヴァンゲルの監視に当たっていた二人の警官は、この規定を無視しても構わないだろうと考えた。彼らは法廷内に残ることにし、クヴァンゲルから少し離れたところでおしゃべりしていた。

クヴァンゲルは両手で頭を支え、数分間、夢うつつの状態に陥っていた。七時間にわたる公判中、ずっと神経を張り詰めていたので彼は疲れ切っていた。さまざまな姿が、影のように彼の傍らを通り過ぎていった。鉤爪のような手を閉じたり開いたりしているファイスラー裁判長、鼻をほじっているやつれ顔の弁護人、空を飛ぼうとしている小柄な猫背のヘフケ、頬を紅潮させ、それまで彼が見たこともないような晴れやかな優越感をその目に浮かべて「八十七人」と答えるアンナ、その他にもさまざまな、その他にも……さまざまな……姿が……

両手にかかる頭の重みが次第に増してきた。彼は疲れていた。眠る必要があった。五分だけでも……

彼は片腕を机の上に置き、その上に突っ伏した。彼は安らかな寝息を立てていた。それはわずか五分間の熟睡、つかの間の忘却だった。

だが、彼は再び飛び起きた。法廷内の何かが、彼の眠りを妨げていた。彼は目を見開いて法廷内を見回し、傍聴席の柵のすぐ後ろに立っているフロム元判事に気づいた。元判事は彼に合図を送っているように見えた。クヴァンゲルは前から元判事の存在には気づいていた──彼は何一つ見落とさない注意力の持ち主だった──が、公判で手いっぱいで、ヤブロンスキ通りのこの元隣人にそれまでほとんど注意を払っていなかった。

その元判事が柵のすぐ後ろに立って彼に合図を送っていたのだ。

クヴァンゲルは二人の警官をちらっと見た。彼らは三歩ほど離れたところに立っていたが、どちらも彼のほうを見てはいなかったし、おしゃべりに夢中になっていた。「それで、俺はそいつの首根っこを摑まえて……」という声がクヴァンゲルの耳に入ってきた。

クヴァンゲルは立ち上がり、ズボンを両手でしっかり摑むと、法廷を横切って一歩一歩元判事に近づいていった。

柵のすぐ後ろに、元判事は下を向いて立っていた。まるで、近づいてくる囚人を見まいとしているかのようだった。クヴァンゲルがあと数歩のところまで彼に近づいたとき、元判事はくるっと後ろを向き、傍聴席を抜けて出口へと向かった。だが、彼が立ち去ったあとの柵には、糸巻きほどの大きさの白い小さな包みが残されていた。

クヴァンゲルは柵までたどり着くと、包みを摑んで(摑んだ感触は硬かった)まず手の中に隠し、それからズボンのポケットに滑り込ませた。振り返ってみると、二人の警官は彼がいないことにまだ気づいていなかった。そのとき、傍聴席のドアが閉まり、元判事の姿は消えていた。

クヴァンゲルは、自分の席へと戻り始めた。興奮のあまり、動悸がしてきた。この冒険がうまくいくとは思えなかった。それに、元判事はどうしてこんな危険を冒してまでこれを渡そうとしたのだろう。

席まであと数歩というところで、警官の一人が突然彼に気づいた。警官はぎょっとして飛び上がり、まるで、被告人がそこに本当に座っていないのを確かめようとするかのように、もぬけの空になっているクヴァンゲルの席のほうを慌てて見ると、パニックを起こしそうになりながら叫んだ。「そこで一体何をしているんだ」

もう一人の警官も慌てて振り向いてクヴァンゲルを見つめていた。二人とも、そこに突っ立ったままだった。驚きのあまり、囚人を連れ戻すことに考えが及ばなかったのだ。

「便所に行きたいんです」とクヴァンゲルは言った。

だが、ほっとした警官から「おい、勝手に歩き出すんじゃない。そういうときはちゃんと申し出るんだ」と文句を言われているあいだに、つまり、警官の文句がまだ終わらないうちに、クヴァンゲルは突然、アンナよりも楽をするわけにはいかないと思った。被告人が二人ともいない中で判決を下すことになったら、奴らの楽しみは台無しになることだろう。クヴァンゲルは判決に興味はなかった。どんな判決かはもう分かっていたから。それに、元判事が置いていった大事なものが一体何なのか、早く知りたかった。

二人の警官はクヴァンゲルに近づき、ズボンを上げている彼の腕を両側から摑んだ。

クヴァンゲルは警官たちを冷ややかな目で見ると、言った。「くたばれヒトラー！」

「何だと？」警官たちは呆気にとられて言った。彼らは耳を疑った。

クヴァンゲルは大声で立て続けに言った。「くたばれヒトラー！ くたばれゲーリング！ くたばれ、ゲッベルスのクソ野郎！ くたばれシュトライヒャー！」

そのとき拳骨が彼の顎に命中し、彼はこの祈りの言葉をそれ以上唱えられなくなった。意識を失ったクヴァンゲルを、二人の警官は法廷から引きずり出した。

こうして、ファイスラー裁判長は、弁護士を侮辱した件でクヴァンゲルを大目に見た甲斐もなく、被告人が二人ともいない中で判決を読み上げる羽目になった。クヴァンゲルの思ったとおりだった。被告人が二人ともいない中でおこなう判決言い渡しは、裁判長にとってほんの少しも楽しくなかった。せっかく、見事な罵詈雑言をちりばめた判決文をこしらえ上げたというのに。

ファイスラーがまだ判決文を読み上げているあいだに、クヴァンゲルは裁判所内の独房で目を覚ました。顎が痛かった。頭全体が痛かった。直前の出来事をどうにか思い出すと、彼は用心しながらポケットの中を探った。ありがたいことに、包みはまだそこにあった。

彼は、通路の見張りの足音に耳を澄ました。足音が止んだかと思うと、今度は、何かが擦れるような微かな音が扉から聞こえてきた。覗き窓の目隠しをずらす音だ。クヴァンゲルは横たわったまま目を閉じ、まだ意識が戻っていないふりをした。無限とも思われるほど長い時間ののち、擦れるような音が再び扉から聞こえ、ようやく見張りがまた足音を立て始めた。

覗き窓は閉じている。これから二〜三分は、見張りに覗かれる心配はない。

クヴァンゲルは素早くポケットに手を入れ、包みを取り出した。包みに掛けられていた糸を外し、包み紙を解くと、中から小さなアンプルが出てきた。アンプルを包んでいた紙切れには、「青酸。苦しまず速やかに死ねる。

口の中に隠すこと。奥さんにも渡す。この紙は破棄すること」というメモがタイプ打ちされていた。

クヴァンゲルは微笑んだ。ありがとう、判事さん。恩に着ます。彼は紙切れを唾液でどろどろになるまで嚙み砕き、飲み下した。

彼は、透明な液体が入ったアンプルを物珍しげに見つめた。苦しまず速やかに死ねる、と彼は心の中で言った。奴らが知ったらどう思うだろう。アンナにも渡してもらえる。彼はすべて考えてくれている。ありがとう、判事さん！

彼はアンプルを口に入れた。いろいろ試してみた結果、家具工場の多くの労働者たちが嗜んでいる嚙みタバコのように、歯茎とほっぺたの間に隠すのが一番だということが分かった。彼はほっぺたを触ってみた。膨らみはまったく感じられなかった。それに、いざ奴らに気づかれたら、取り上げられる前に口の中で嚙み砕いてしまえばいい。

クヴァンゲルは再び微笑んだ。今や彼は本当に自由の身だった。彼らはもはや、彼を支配するどんな力も持っていなかった。

67 死刑囚監房棟

今や、プレッツェンゼー刑務所死刑囚監房棟がオットー・クヴァンゲルの居住地だった。死刑囚監房棟の独房が、この世における彼の最後の住まいとなったのだ。

そう、彼は独房にいた。死刑囚に同房者はいなかった。ライヒハルト博士も、「犬」さえももういなかった。死刑囚の道連れは死のみ、と法律が定めているのだ。

死刑囚ばかりが収監されているその棟には、何十、あるいはもしかしたら何百という数の独房が並んでいた。見張りの足音が常に廊下を行き交い、常に錠や蝶番がガチャガチャと音を立て、中庭では犬が一晩中吠えていた。

だが、独房の中にいる幽霊たちは静かだった。独房の中は静まり返り、物音一つ聞こえなかった。死刑囚たちは沈黙していた。そこには、ヨーロッパ中からありとあらゆる男たちが集められていた。老いも若きも、ドイツ人も、フランス人も、オランダ人も、ベルギー人も、ノルウェー人も、善良な人間も、弱い人間も、邪悪な人間もいた。多血質から胆汁質、憂鬱質まで、ありとあらゆる性格の男たちがいた。だが、この建物の中ではそんな違いは消し去られてしまっていた。彼らはみんな沈黙していた。彼らはもはや自分自身の幽霊に過ぎなかった。夜、ごくたまに泣き声がクヴァンゲルの耳に入ってくることがあったが、すぐにまたしんと静まり返った。

　彼は今までずっと、静かな暮らしを愛してきた。この数ヶ月間、彼は自分の性格に反する生活を強いられてきた。片時も一人きりになれず、話すことが大嫌いなのに、意に反してしゃべることを強いられる毎日だった。それが今、人生の最後にもう一度、自分の性分に合った生活が戻ってきたのだ。沈黙と忍耐の生活が。ライヒハルト博士はいい人だったし、いろんなことを教えてくれたが、死が目前に迫った今は、ライヒハルト博士のいない生活のほうがさらに好ましかった。

　監房内で規則正しい生活を送ることを、彼はライヒハルト博士から受け継いだ。すべてが時間割どおりだった。念入りな手洗い、ライヒハルト博士から見よう見まねで覚えた徒手体操、午前と午後、一時間ずつおこなう散歩、独房の徹底的な掃除、食事、睡眠。死刑囚独房には本もあった。毎週、六冊の本が彼の独房に届けられた。だが、読書という点では彼は変わらなかった。彼は本には見向きもしなかった。この年になって今さら読書を始めるつもりはなかった。

　だが、もう一つ、彼がライヒハルト博士から受け継いだものがあった。散歩をしながら、彼は歌を口ずさんだ。彼は、学校で習った童謡や民謡を思い出した。大昔の記憶の中から、歌が次々と甦ってきた。何という記憶力だ、四十年経ってもまだこんなに歌を覚えているとは！　それから、詩も甦ってきた。「ポリュクラテスの指輪」、「人質」、「歓喜に寄す」、「魔王」。だが、「鐘の歌」は完全には思い出せなかった（ゲーテの「魔王」以外はすべてシラーの物語詩）。もしかしたら、全部を暗記したことはなかったのかもしれない。今となってはもう、どちらとも言えなかったが……

　静かな生活だった。だが、一日の中心はやはり労働だった。そう、彼はここでも働かなければならなかったのだ。彼は、一定量のエンドウ豆から虫食いのエンドウ豆や割れたエンドウ豆、雑草の種やカラスノエンドウの濃い灰色の種を選り分け、取り除く仕事を割り当てられていた。彼はこの仕事が好きだった。彼は何時間もせっせと選り分けた。

この仕事を割り当てられたのは幸運だった。この仕事のおかげで彼は空腹を満たすことができた。というのも、ライヒハルト博士のお相伴ができた時代は永久に過ぎ去ってしまったからだ。独房に運ばれてくるのは、水っぽいまずいスープと、ジャガイモでかさ増しした、消化が悪く胃にもたれる、湿気て粘つくパンだけだった。

だから、エンドウ豆が役に立った。エンドウ豆はきちんと目方を量って割り当てられていたので、あまりたくさん取り置くことはできなかったが、それでもいくらか空腹を満たす程度には取り置くことができた。彼は豆を水に浸けて柔らかくし、水を吸って膨らんだ豆をスープに入れて多少なりとも温め、よく噛んで食べた。こうして、彼は、「生きていくには少なすぎるが、餓死するには多すぎる」刑務所の食事を改善したのだった。

俺が豆を盗んでいることを看守たちは知っているだろう、と彼は思っていた。だが、彼らは何も言わなかった。彼らが何も言わなかったのは、死刑囚を憐れんだからではなかった。それは、死刑囚監房棟で毎日あまりにも多くの悲惨な状況を見たために神経が鈍くなり、無関心になっていたからに過ぎなかった。

彼らは何も言わなかった。死刑囚から何も言われたくなかったからだ。泣き言は聞きたくない、と彼らは思っていた。どのみち何も変えられないし、何も改善できはしないし、規則どおりにするしかないのだから、と。彼らは機械の歯車に過ぎなかった。鉄の歯車、鋼の歯車に過ぎなかった。鉄の歯車がもし柔らかくなったら、その歯車は交換されてしまう。交換されることを彼らは望んでいなかった。これからも歯車であり続けることを望んでいた。

だから、彼らは慰めを与えることはできなかったし、そんなことをするつもりもなかった。彼らは、その態度そのままの人間だった。つまり、無関心で冷淡で、思いやりなど一切なかった。

ファイスラー裁判長に命じられた暗室拘禁から解放され、この独房に移送されてきた当初、オットー・クヴァンゲルは、「明日か明後日には処刑されるんだろう」と思った。奴らは死刑をさっさと執行したがっていることだろう、望むところだ、と。

だがそのうち、刑の執行までに何週間、何ヶ月とかかる場合があること、あるいは一年かかるかもしれないことが分かってきた。もう一年も死を待っている死刑囚もいた。彼らは、今夜こそ執行人の助手に起こされることになるかもしれないと思いながら、毎晩床に就くのだった。毎晩、食事中であろうと、豆の選別中であろうと用便中であろうと、いつ何時扉が開き、「来い、時間だ」という声とともに手招きされるかも分からないのだ。

何ヶ月にもわたってこのように引き延ばされる死の恐怖には、底なしの残酷さがあった。こうした遅延を引き起こす理由は、恩赦の請願に対して決定が下るのを待たなければならないといった法律上の形式主義だけではなかった。こんなことを言う者もいた。死刑執行が多すぎて、死刑執行人が手いっぱいなんだ。死刑執行人がここで仕事をするのは月曜日と木曜日だけだ。他の曜日は地方へ行っている。ドイツ中で処刑がおこなわれているから、死刑執行人はよそでも仕事しているんだ、と。だがそれなら、同じ事件で死刑判決を受けた人たちのうち、一人がもう一人より七ヶ月も先に処刑されることがあるのはなぜだったのだろう。そう、それもこれも残酷さのなせる業、サディズムのなせる業だった。死刑囚監房では、囚人たちは殴られたり肉体的拷問を受けたりすることはなかった。その代わり、気がつかないうちに毒が独房に入り込んできた。彼らは、囚人たちを一瞬たりとも死の恐怖から解放すまいとしていた。

毎週、月曜日と木曜日に、死刑囚監房棟は騒がしくなった。前の晩から、幽霊たちは動き始めた。彼らは扉の傍にうずくまり、震えながら、廊下から聞こえてくる物音に聞き耳を立てた。まだ、廊下を行ったり来たりする見張りの足音が聞こえる。まだ夜中の二時だ。だがもうじき……もしかしたら今日かもしれない。彼らは願い、祈った。あと三日！　あと四日！　次の処刑日まででいいから！　そうしたら、喜んで受け入れるから！　今日だけは助けてくれ！　彼らは願い、祈り、哀願した。

時計が四時を打つ。足音、鍵がガチャガチャ鳴る音、何かぶつぶつ言う声。足音が近づいてくる。心臓が激しく打ち、体中に汗が噴き出す。突然、鍵が錠に差し込まれる音がする。落ち着け、落ち着け、開いたのは隣の独房の扉だ。いや、隣のそのまた隣だ！　まだ俺の番じゃなかった。「やめろ、やめろ、助けて！」と声にならない声がする。大勢の足音。静かになった。見張りの規則的な足音だけだ。静かだ。待つことに、不安に駆られながら待つことに、もう耐えられない……

　そして、果てしなく待ったあと、不安の深淵を味わったあと、耐えがたい、だが耐えるしかない待ち時間を過ごしたあと、またしても、ぶつぶつ言う声が、大勢の足音が、鍵がガチャガチャ鳴る音が近づいてくる。近づいてくる、どんどん近づいてくる。ああ神様、今日は許してください、あと三日だけ！　ガチャッ！　錠に鍵が差し込まれた！　俺の部屋か！　ああ、俺の部屋だ！　いや、隣の部屋だ。何かぶつぶつ言う声がする。そうか、隣の男を連れに来たんだ。隣の男を連れて行く。足音が遠ざかっていく……。

　時間がゆっくりと粉々になっていく。たった数分のわずかな時間がゆっくりと砕け、無数の小片になっていく。待って、待って、待つしかない。廊下から見張りの足音が聞こえる。ああ神様、今日は向こうの独房から順番に連れて行かれているぞ。次は俺の番だ。次は、俺の、番だ！　あと三時間で俺は死体になる。この体は死んでしまう。今はまだ俺を支えているこの足は、命のない棒になってしまう。この手は、今まで働き、撫で、愛撫し、罪を犯してきたこの手は、腐った肉塊になってしまう。あり得ない、だが本当なんだ！

　待って、待って、待った末に、突然、死刑囚は窓から朝日が差し込んでいることに気づく。起床時間を知らせるベルの音が聞こえる。朝が来たのだ。新しい就業日の朝が。今回も助かったのだ。あと三日（その日が木曜日なら、あと四日）、猶予がある。幸運が彼に微笑んだのだ。彼はほっと息を吐く。やっと呼吸が楽になった。もしかしたら、死刑にならずに済むかもしれない。もしかしたら、ドイツが大勝利を収め、それを祝って大赦があるかもしれない。もしかしたら、終身刑に減刑されるかもしれない！

　ほっと息を吐ける一時間！

　だが、すぐにもう不安が新たに始まり、それからの三日（あるいは四日）間を汚染する。今回、奴らは俺の部屋のすぐ隣まで来た。月曜日には、俺から始めるだろう。ああ、どうしたらいい？　俺はまだ……

　そして、繰り返されるのだ。週に二度、いや毎日、毎秒、この不安が！

　そして、これが何ヶ月も何ヶ月も続くのだ。死の不安が！

オットー・クヴァンゲルはときどき、自分はどうやってこれだけのことを知ったのだろうと不思議に思った。彼は誰とも話さなかったし、誰も彼に話しかけなかった。彼が聞く言葉といえば、看守の「来い！ 立て！ さっさと働け！」という命令だけだった。あとは、食事が配られる際に、「今日の処刑は七人」というような、囁くというよりは唇の動きだけで発せられる言葉を聞く程度だった。

だが、彼の感覚はどこまでも鋭敏になっていた。目で見ることのできないものも、感覚で察知できた。彼の耳は、廊下のどんな物音も聞き逃さなかった。見張りが交代するときの会話の断片も、悪態も、叫び声も。彼にはすべてが分かった。彼が知らないことは何もなかった。

夜間（死刑囚監房棟の夜は長かった。規則により、一日のうち十三時間が夜と定められていた。だが、死刑囚は消灯を許されていなかったので、暗くなることはなかった）、彼は時々窓によじ登り、外の空気に耳を澄ました。ひっきりなしに吠え続ける犬を連れて中庭を巡回している歩哨が「窓から顔が見えたら、必ず撃て」との命令を受けていることを彼は知っていたし、彼らが実際に発砲することもまれではなかった。それでも、彼は危険を冒して窓によじ登った。

スツールの上に立ち上がって、澄んだ夜の空気（この空気だけでも、危険を冒す甲斐があった）を吸い込んでから、彼は窓から窓へと伝わる囁き声に耳を傾けた。最初は、「またカールがいるぞ」とか「三百四十七番の女房が今日一日中、下に立ってた」などという、意味のない言葉しか聞こえなかった。だが、次第に、こうした言葉の意味が分かってきた。彼はやがて、隣の独房にいる男が、敵に寝返った防諜部の元スパイで、すでに二度、自殺未遂を起こしていることを知った。そして、後ろの独房にいるのは、発電所の発電機に過剰電流を流して破壊した労働者で、共産党員だった。そして、看守のブレネッケは、外から手を回して賄賂を渡せば（大金が必要だった。食料だともっとよかった）、紙や鉛筆を持ってきてくれたし、手紙を外へ持ち出してもくれた。そして……、そして……。情報は次々に入ってきた。死刑囚監房棟といえども話し、呼吸し、生きていたのだ。死刑囚監房棟にあっても、情報を伝え合いたいという、人間の抑えきれない欲求は消えてはいなかったのだ。

だが、命を（ときには）危険にさらしてまで聞き耳を立てていたとはいえ、感覚を総動員してどんな変化も見逃すまいとしていたとはいえ、オットー・クヴァンゲルは他の死刑囚たちの仲間ではなかった。ときどき彼らは、彼も夜の窓辺に立っていることに気づいた。誰かが彼に囁きかけた。「オットー、どんな具合だ？ 恩赦の請願はもう却下されたのか？」（彼らは彼のことを何でも知っていた）。だが、彼は一言も答えなかった。自分もそこで聞き耳を立てていることを、彼は決して認めなかった。同じ判決を受けてはいても、彼は彼らの仲間ではなかった。彼は他の死刑囚とはまったく違う人間だった。

彼を他の死刑囚とまったく違う人間にしていたものは、以前の意固地な性格ではなかった。以前、彼を他人から遠ざけていた、人付き合いの悪いその性格ではなかった。以前、彼を無口にさせていた、おしゃべりに対するあの嫌悪感ではなかった。それは、フロム元判事がくれた、あの小さなアンプルだった。

透明な青酸カリ溶液が入ったこのアンプルが、彼を自由にしたのだった。彼と苦しみを共にしている他の死刑囚たちは、刑場への道を歩くしかなかった。だが、彼には選択肢があった。望みさえすれば、いつでも死ねるのだ。彼は自由だった。死刑囚監房の中で、鉄格子と高い塀に囲まれ、鎖につながれて、彼オットー・クヴァンゲルは自由になった。元熟練家具職人、元職工長、元夫、元父親、元反逆者のオットー・クヴァンゲルは、自由になった。彼らがそうさせたのだ。彼らが彼を、それまでの人生でかつてなかったほどに自由にしたのだ。彼は、このアンプルの持ち主である彼は、死を恐れていなかった。死はいつも彼の傍らにいた。死は彼の道連れだった。彼オットー・クヴァンゲルは、月曜日と木曜日の夜中に目を覚ます必要はなかった。不安を抱えて扉の傍で聞き耳を立てる必要はなかった。彼は他の死刑囚たちの仲間ではなかった。彼らとは少し違っていた。彼は苦しまなくてもよかった。あらゆる苦しみを終わらせてくれるものを持っていたから。

彼が送っていたのは結構な暮らしだった。彼はその生活を愛していた。自分がこのアンプルを使うことになるかどうか、確信が持てないほどだった。最後の最後まで待ったほうがいいんじゃないだろうか。もしかしたら、アンナともう一度会えるんじゃないだろうか？ 最後の最後に奴らに恥をかかせてやったほうがいいんじゃないだろうか？

奴らに処刑をおこなわせてやろう。そのほうがいい、ずっといい！ 彼は、それがどんなものか知りたいと思った。奴らはそれを、どんなふうにやるのか。彼は、自分にはそれを知る権利と義務があると感じた。首に縄が巻かれるまで、首切り台に首を差し出すまで、すべてを知らなければ、と彼は思った。最後の最後の瞬間に、奴らに一泡吹かせてやることもできるのだ。

自分にはもう恐いものはない、自分は今ここで——もしかしたら、人生で初めてかもしれない——ありのままの自分自身でいられる、と彼は確信した。そして、その確信の中に、彼は安らぎと晴れやかさと心の平和を見いだしたのだった。ここ数週間、彼の初老の肉体はかつてないほど調子がよかった。プレッツェンゼーに来て以来、彼の厳しい、鳥のような目は、かつてないほど優しくなった。彼の精神は、かつてないほど自由に逍遙していた。

結構な暮らしだ、ここの暮らしは！

アンナも元気にしているといいんだが。だが、フロム元判事は約束を守る男だ。アンナも、どんな迫害も及ばないところにいるだろう。アンナも自由になっただろう。囚われの身のまま自由に……

68　恩赦の請願

それは、人民裁判所の決定によってオットー・クヴァンゲルが暗室禁固懲罰房に入れられてからほんの数日後のことだった。動物園の猿の檻を小さくしたような、鉄格子の小さな檻の中で、彼は凍えきっていた。すると扉が開き、光が差し込んできた。弁護人シュタルク博士が戸口に立ち、依頼人である彼を見ていた。

クヴァンゲルはゆっくりと起き上がり、振り返った。爪を念入りに手入れし、間延びした投げやりな話し方をする、めかし込んだこの紳士が、彼の元にもう一度姿を現したのだ。おそらくは、彼の苦しみを見物するために。

だが、そのときすでにクヴァンゲルは、口の中に青酸カリのアンプルを隠し持っていた。ぼろぼろの服を着て寒さに震え、焼け付くような空腹に苛まれながらも、この護符のおかげで彼は穏やかに、それどころか余裕綽々でこの「お上品な紳士」を見返した。

「それで?」とクヴァンゲルはついに尋ねた。

「判決文を持ってきた」と弁護士は言い、鞄から書類を取り出した。

だが、クヴァンゲルは受け取らなかった。「そんなものに興味はない」と彼は言った。「死刑だということは分かっている。女房もか?」

「かみさんもだ。それと、控訴はしない」

「結構」と彼は答えた。

「だが、恩赦の請願を出すことはできる」と弁護士は言った。

「総統宛てに?」

「そうだ、総統宛てにだ」

「そんなもの、願い下げだ」

「それじゃ、死にたいのか?」

クヴァンゲルは微笑んだ。

「恐くはないのか?」

クヴァンゲルは微笑んだ。

弁護士は依頼人の顔をじっと見た。初めて、依頼人に微かな興味を覚えたようだった。彼は言った。「それなら、私が代わりに恩赦の請願を提出する」

「自分が死刑判決を要求したくせにか」

「死刑判決には恩赦の請願を提出することになっているんだ。それが私の義務なんだよ」

「あんたの義務か。なるほどな。俺の弁護もあんたの義務だったようにか。あんたの恩赦の請願なんか何の効果もないと思う。だから、そんなもの出さなくていい」

「それでも提出する。たとえあんたの意志に反しても、だ」

「それなら、しょうがない」

クヴァンゲルは、板張りのベッドに再び腰を下ろした。彼は、弁護士が下らないおしゃべりをやめて出て行くのを待った。

だが、弁護士は出て行かなかった。長い沈黙を破って彼は尋ねた。「あんた、どうしてこんなことをしたんだ」

「こんなこと、とは?」クヴァンゲルは相手の顔も見ないで無関心に尋ねた。

「葉書を書いたことだ。あんなものを書いても何の役にも立たなかったし、こうして命を落とすことになった」

「それは俺が馬鹿だからだ。あれよりましなことを思いつかなかったからだ。もっとましな反応があると思ったからだ。だからだ！」

「それで、後悔してないのか？こんな馬鹿なことのために命を落とすのは残念じゃないのか？」

鋭い目が弁護士を見据えた。それは年老いた男の、誇りに満ちた、鷹のような厳しい目だった。「だが、俺は少なくともまともな人間でいられた」と彼は言った。「俺は共犯者にはならなかった」

弁護士は、そこに無言で座っている男を長い間見つめていた。やがて、彼は言った。「あんたのかみさんの弁護人が言ったことはやっぱり正しかったんだと今になって思う。あんたたち夫婦は、二人とも狂ってる」

「どんな犠牲を払ってでもまともな人間でいようとすることが狂ってると言うのか？」「葉書を書かなくても、まともな人間でいることはできたはずだ」

「それは、黙って同意したのと同じだ。そんなお上品な紳士になるために、あんたは何を売り渡したんだ？びしっと折り目のついたズボンを穿いて、爪にマニキュアを塗って、インチキの弁護をする、そんなお上品な紳士になるために、あんたは何を売り渡したんだ」

弁護士は黙っていた。

「ほら見ろ！」とクヴァンゲルは言った。「あんたはこれからも売り渡し続けるだろう。そして、いつか、あんたもそのために命を失うことになるかもしれない。俺と同じようにな。だが、あんたは、まともな人間でいようとしなかったせいで死ぬことになるんだ」

弁護士はやはり黙っていた。

クヴァンゲルは立ち上がって笑った。「ほら見ろ」と彼は笑った。「あんたにはよく分かってるんだ。鉄格子の中にいるほうがまともな人間で、外にいる自分はごろつきだってことが。犯罪者が自由の身で、まともな人間が死刑囚だってことが。あんたは法の代弁者《Rechtsanwalt》なんかじゃない（ドイツ語の弁護士Rechtsanwaltは、字義通りには「法の代弁者」という意味である。さらに、rechtsには、「法律の」のほかに「右に」という意味もある）。俺があんたのことを三百代言《Linksanwalt》と言ったのには、それなりの訳があるんだ（linksには「左に」の意味がある）。そのあんたが俺の代わりに恩赦の請願をすると言うのか。くだらん、さあもう出てってくれ！」

「あんたの代わりに恩赦の請願書を提出する」と弁護士

は言った。

クヴァンゲルは返事をしなかった。

「それじゃ、また」と弁護士は言った。

「もう会うこともない。俺の処刑に立ち会うなら話は別だが。心から招待するよ！」

弁護士は立ち去った。

彼は、狡猾で冷酷で邪悪な人間だった。それでも彼は、相手のほうが自分よりもまともな人間だと認められるだけの理性の持ち主だった。

弁護士は恩赦の請願書を書いた。総統の慈悲を願う根拠として、彼は犯人が精神障害者であることを強調した。だが、自分の依頼人が狂っていないことを彼はよく知っていた。

アンナ・クヴァンゲルのためにも恩赦の請願が総統本人に宛てて提出されたが、この請願書の発信源はベルリンではなく、ブランデンブルクの一寒村だった。そして、請願書の差出人の欄には「ヘフケ」と書かれていた。

アンナ・クヴァンゲルの両親の元に、嫁、つまり息子ウルリヒの妻から手紙が届いた。そこには悪い知らせばかりが書かれていた上に、その悪い知らせは、短く冷酷な文章で容赦なく書き綴られていた。ウルリヒは気が狂ってヴィッテナウの精神病院にいます。そうなったのは姉夫婦のせいです。オットーとアンナは死刑判決を受けました。祖国と総統を裏切ったからです。あなたたちの子どもはこんな人間です。ヘフケという名前は恥です！

一言もしゃべらず、顔を見合わすことさえできず、老夫婦はみすぼらしい狭い居間に座っていた。その恐ろしい手紙は、彼らが向かい合っているテーブルの上にあった。だが、それを見ることさえ、恐くてできなかった。

彼らは、大農場の小作として、冷酷な農場管理者の下でずっと這いつくばって生きてきた。生活はずっと苦しかった。苦労は多く、喜びは少ない人生だった。彼らの喜びは子どもたちだった。子どもたちは立派に育った。親よりは出世し、それほど苦労しなくて済む身分になった。ウルリヒは光学機器工場の専門工になり、アンナは熟練家具職人の妻になった。子どもたちはほとんど手紙も寄越さず、顔も見せなかったが、老夫婦はそんなことは何とも思っていなかった。巣立った雛はみんなそんなものだ、子どもたちが元気にしていることは分かってるから大丈夫、と。

その彼らを突然、この一撃が襲ったのだ。この残酷な一撃が襲ったのだ！　やがて、年老いた農夫は、その骨張った、干からびた手をテーブル越しに伸ばした。「母さん！」

すると突然、老婆の目から涙が溢れ出した。「ああ、父さん！　アンナが！ ウルリヒが！　あの子たちが総統を裏切っただなんて！　信じられない。信じられるもんですか！」

ショックのあまり何もできないまま、三日が過ぎた。家から出ることさえできなかった。この恥がもう周囲に知られているかもしれないと思うと、他人と顔を合わせることができなかったのだ。

四日目に、飼っているわずかばかりの鶏の世話を隣人に託し、彼らはベルリンへと出かけていった。風の吹きすさぶ道を歩いて行く彼らの姿――田舎の習慣に従って、夫が先に立ち、妻は一歩下がってついていった――は、道に迷った子どものようだった。突風、落ちてくる枯れ枝、彼らを掠めて走り去る自動車、罵声。何もかもが、身を守る術のない彼らを脅かした。

二日後、彼らは同じ道を戻ってきた。さらに小さくなり、さらに腰を屈め、さらに打ちひしがれて。

せっかくベルリンまで行ったのに、何の甲斐もなかった。嫁からは悪口雑言を浴びせられただけだった。息子ウルリヒには、「面会時間外」という理由で会わせてもらえなかった。アンナとその夫については、どこの刑務所に入れられているかもはっきりしなかった。子どもたちは見つからなかった。そして、総統は、親愛なる総統は、援助と慰めを与えてくれるはずだった総統は、（総統官邸は見つかったものの）ベルリンにいなかった。総統は総統大本営にいた。他人の息子たちを殺すのに忙しい彼には、自分の子どもたちを失いかけている親たちを助ける暇はなかった。

請願書を書いたらいい、と彼らは言われた。

請願書のことを、彼らは誰にも打ち明けられなかった。恥を恐れていたのだ。彼らは長年の党員だった。その彼らの娘が総統を裏切ったのだ。そんなことが知れたら、もうここでは生きていけない。だが、アンナを救うために彼らは生きなければならなかった。請願書の作成は誰にも手伝ってもらうわけにいかなかった。教師にも、村長にも、牧師にさえも。

何時間も相談し、考え、震える手で書き、苦労の末に彼らは請願書の文面を完成させた。彼らは完成した文面をもう一度書き写し、それを再度清書した。請願書は、「心より敬愛する我が総統へ」という呼びかけで始まっていた。

「絶望した母親が、総統の膝にすがってお願いいたします。どうか娘の命をお助けください。娘は総統に対して大罪を犯しました。でも、総統は偉大な方です。総統は、慈悲の心を娘にお示しくださるでしょう。総統は娘をお許しくださるでしょう……」

ヒトラーよ、神となった男ヒトラーよ、宇宙の主よ、全能にして万人に慈悲深く、すべてを許すヒトラーよ！ 荒れ狂う戦争が何百万もの人々を殺しているさなかにも、老夫婦は彼を信じていた。彼が自分たちの娘を首切り役人の手に引き渡そうとしているそのときに至っても、彼らは彼を信じていた。彼らは一片の疑いも抱いていなかった。悪いのは神である総統ではなく、むしろ娘のほうだった！

請願書を村から発送することは、恐くてできなかった。彼らは二人揃って郡庁所在地まで行き、そこで投函した。宛先の欄には、「心から敬愛する我らが総統ご本人の御許へ」と書かれていた。

それから彼らは家に帰り、自分たちの神の慈悲深さを信頼して待っていた。

総統は慈悲を示してくださる！

郵便局は、弁護士の偽りの請願書も老夫婦の必死の請願書も同じように受け付けて配達したが、配達先は総統本人ではなかった。総統にはそんな請願書を見る気はなかった。彼はそんなものには興味がなかった。彼が興味を持っていたのは戦争と破壊と殺人であって、殺人の回避ではなかった。請願書は総統官邸に配達され、そこで番号を振られて登録された上で、「帝国法務大臣へ転送」というスタンプを押された。死刑囚が党員である場合のみ（請願書からは、党員かどうかは分からなかった）、請願書は総統官邸に戻ってきた。

総統の慈悲には、党員用の慈悲と国民用の慈悲という二種類があったのだ。

帝国法務省に着くと、請願書は再び番号を振られて登録され、ここでもスタンプを押された。「判定のため刑務所管理者へ転送」と。

三度目の配達先でも請願書は番号を振られ、登録された。アンナ・クヴァンゲルとオットー・クヴァンゲルの請願書には、どちらも同じ短い文面が書き付けられた。「行状は所内規則どおり。恩赦を与えるべき理由を認めず。帝国法務省へ返送」

ここでも、慈悲は二種類に分かれていた。所内規則に背いた人間、及び単に規則に従っていただけの人間には、恩赦の見込みはなかった。一方、四人仲間に対するスパイ行為や裏切り、虐待という働きを示した者は、もしかしたら恩赦に与れるかもしれなかった。

法務省に返送されてきた請願書には、登録後、「却下」というスタンプが押された。若い女性事務員が、朝から晩まで元気よく、「あなたの恩赦の請願は却下されました」という文句をタイプライターで打っていた。日がな一日、来る日も来る日も、彼女は同じ文句をタイプライターで打っていた。却下されました……却下されました……却下されました……

ある日、刑務官がオットー・クヴァンゲルに知らせに来た。「恩赦の請願は却下された」

自分が恩赦の請願を提出したわけでもないクヴァンゲルは、何も言わなかった。それは、返事をするに値しないことだった。

だが、老夫婦の元に却下の知らせが郵便で届くと、「ヘフケ夫婦に帝国法務省から手紙が来た」という噂が村中に広がった。

老夫婦は頑なに黙っていた。不安に震えながら黙っていた。だが彼らが黙っていたところで、村長は真相を聞き出す方法を知っていた。そしてじきに、老夫婦の悲しみには恥辱が付け加えられた。

これが、恩赦の請願の結末だった。

69 アンナ・クヴァンゲルの最も困難な決断

アンナ・クヴァンゲルは夫よりも辛い毎日を送っていた。彼女は女だった。会話と共感、それに少しばかりの優しさを彼女は求めていた。それなのに、彼女は四六時中独りぼっちで、朝から晩まで、独房に袋詰めで届けられるこんがらがった荷造り紐を解きほぐし、心棒に巻き取る作業に追われていた。どんなに夫が無口で、優しい態度を示すことも稀だったとはいっても、今の彼女には、そのほんのちょっとの会話や優しさが天国のように思えた。それどころか、口のきけないオットーでも、一緒にいてくれれば彼女には天の恵みと思えたことだろう。

彼女はよく泣いた。長く過酷な暗室拘禁が、オットーとの再会によって再び燃え上がったわずかな力を彼女から奪い去っていた。公判のあいだ彼女をあれほど強く勇敢にした力はすでに消え去っていた。暗室拘禁中に彼女が耐えなければならなかった飢えと寒さはあまりにも過酷だった。それどころか、この殺風景な独房に移されてからも飢えと寒さは続いていた。夫とは違い、彼女は乏しい食事を生のエンドウ豆で補うことはできなかった。一日の時間割を決めて規則正しいリズムを独房生活に与えることによって、喜びに似たもの——労働後の一時間の散歩とか、体を洗ったときの爽快感とかいった——が味わえることを教えてくれる人は、彼女にはいなかった。

アンナ・クヴァンゲルも、夜、独房の窓から聞こえてくる物音に耳を澄ますようになった。だが、彼女は時々、ではなく毎晩窓辺に立った。そして、窓辺で囁き、語り合い、自分の身の上を物語り、何度も何度も繰り返しオットーのことを尋ねた。まあ、本当に誰も知らないの？オットーがどこにいるのか、オットーがどうしているのか。オットー・クヴァンゲル、そう、年配の職工長なの、でもまだ達者よ、見た目はこうこうこういう感じ、年は五十三歳、ねえ知ってるでしょ？

彼女は気づかなかった。あるいは気づこうとしなかった。自分の質問攻めと果てしない身の上話でみんなをうんざりさせていることに。誰もが自分の心配を抱えていたのだ。

「もういい加減に黙りなよ、七十六番。あんたがしゃべることは、もうみんな分かってるんだから」

こんなふうに言われることもあった。「ああ、またオットーの話ね。前から読んでも後ろから読んでもオットー（Otto）、違う？」

あるいは、ぴしゃりとこう言われることもあった。

「いい加減に黙らないと、密告してやるよ！　順番を待ってる人が他にもいるんだからね！」

真夜中になってようやくベッドに入っても、それからも長い間寝付けなかったので、翌朝、アンナはなかなかベッドから出られなかった。女看守は彼女を罵り、また懲罰房に入れてやるからと脅した。彼女の作業開始時間は大幅に遅れた。遅れを取り戻そうとしてしばらくは急いで作業するものの、すぐにまた、廊下で物音が聞こえたような気がして戸口で聞き耳を立ててしまうので、作業は一向に捗らなかった。三十分でも一時間でも、彼女はそうやって聞き耳を立てていた。穏やかで優しい、母性的な女性だった彼女は、暗室拘禁によってすっかり人が変わってしまい、誰もが彼女に腹を立てていた。いつも彼女に苦労させられていた看守たちは彼女に辛く当たったので、彼女は看守たちに食ってかかった。「私にくれる食事は一番まずくて量も一番少ないのに、くれる仕事の量は一番多いのね」と彼女は主張した。そんな口論の最中に興奮のあまり、ただもう意味もなく叫び出してしまったことがすでに何度かあった。

叫んでから、彼女は自分でもぎょっとして黙った。彼女は、この死刑囚独房に至るまでの自分の人生を思った。もう二度と帰ることはないだろうヤブロンスキ通りの我が家を思った。息子のオットーヒェンのことを思い、彼の成長を思い出した。言葉を話し始めた頃の愛らしい片言、小学生時代の出来事、不器用な優しさを込めて母親の顔へと伸びてくる、青白い小さな手。ああ、この愛らしい手は、母親の胎内で母親の血と肉から形作られたこの愛らしい手は、とうの昔に土に帰ってしまった。それは永遠に失われてしまった。彼女は、トルーデルと並んで同じベッドで眠った夜のことを思い出した。そんなとき、トルーデルの咲き誇るような若い体は彼女にぴったりと寄り添い、二人は何時間でも声を潜めて話し合ったものだった。隣のベッドで眠っている厳格な夫のこと、オットーヒェンのこと、若い二人の将来のこと。だが、そのトルーデルも永遠に失われてしまった。

それから、彼女はオットーとの共同作業を思い出した。二年以上にわたって二人でひそかに続けたあの戦いのことを。彼女は、二人で一緒に居間のテーブルに向かった日曜日のことを思い出した。彼女はソファーの隅に座って靴下を繕い、彼は筆記用具を前にして自分の椅子に座ったものだった。彼らは一緒に文章を考え、大きな成果を二人で夢見た。すべてが失われ、すべてが過ぎ去った！　独房に一人きり。間近に迫った、確実な死と向き合うだけの生活。オットーのことは何も分からない。彼の顔を二度と見られないかもしれない。独りぼっちで死ぬのね、お墓の中でも独りぼっちなのね……

彼女は何時間も独房の中を歩き回った。もう耐えられなかった。彼女は作業のことを忘れてしまった。荷造り紐は、もつれて結び目だらけの塊のまま床に転がっていた。彼女はイライラしてそれを蹴飛ばした。夕方、看守が独房を覗くと、作業は手つかずのままだった。看守は罵詈雑言を浴びせたが、彼女は聞く耳を持たなかった。

どうとでも好きにしたらいい、さっさと処刑したらいい。早いほうがいい！

「みんな、ちょっと聞いて」と看守は仲間たちに言った。「あの女はじきにおかしくなるよ。いつでも使えるように、拘束衣を用意しておかないと。あの女から目を離しちゃだめだ。あの女、真っ昼間にでも首を吊りかねない。ちょっと目を離した隙に首をくくられたら、あとで面倒なことになるのはこっちなんだからね！」

だが、看守は間違っていた。アンナ・クヴァンゲルは、首を吊ろうとは考えていなかった。彼女をこの世に引き止めていたもの、こんな悲惨な状態でも生きている価値はあると彼女に思わせたものは、オットーへの思いだった。このまま死ぬわけにはいかない。待っていよう。もしかしたら、オットーのことが何か分かるかも知れない。もしかしたら、死ぬ前にもう一度会うことだってできるかも知れない。

そして、こんな悲惨な生活が続いていたある日、幸運が彼女に微笑みかけたように見えた。突然、看守が独房のドアを開けてこう言ったのだ。「クヴァンゲル、来なさい。面会人だ」

面会？ 誰が面会に来るっていうの？ 面会に来る人なんかいるはずがない。オットーかしら。オットーに違いないわ。そうよ、オットーよ！

彼女はちらっと看守のほうを見た。面会に来たのは誰なのか聞きたいのは山々だったが、それがあいにく、いつも口論ばかりしている看守だったので聞くわけにもいかなかった。がたがた震えながら、彼女は看守についていった。何も見えなかった。どこへ行くのか、彼女には分からなかった。もうじき死ななければならないことも、彼女は忘れていた。分かっているのは、オットーのところへ行くのだということだけだった。世界中でたった一人しかいない人間のところへ……。

看守は囚人七十六番を警官に引き渡した。アンナが連れてこられたのは、鉄格子で二つに仕切られた部屋だった。鉄格子の向こう側に、男が一人立っていた。

その男を見たとき、アンナ・クヴァンゲルの喜びは消え失せた。それはオットーではなく、フロム元判事だった。小柄なフロム元判事は、小じわの寄ったその青い目で彼女を見つめながら言った。「クヴァンゲルさん、お会いしたいと思っていました」

警官は鉄格子の傍に寄って二人をじろじろ見ていたが、やがて退屈して向きを変え、窓際へ歩いて行った。

「早く！」元判事はそう囁くと、格子越しに何かを差し出した。

彼女は本能的にそれを摑んだ。

「早く隠しなさい！」彼は囁いた。

言われるままに、彼女はその小さな白い円筒状の包みを隠した。

オットーの手紙だわ、と彼女は思った。そう思うと、心臓が再び軽やかに打ち始めた。失望は癒された。

警官は再びこちらを向き、窓辺から二人のほうを見ていた。

アンナはようやく少し口がきけるようになった。彼女が口にしたのは、挨拶の言葉でも感謝の言葉でもなかった。彼女は、自分がこの世で唯一まだ興味を持っていることを尋ねた。「判事さん、オットーに会いましたか？」

元判事はその聡明な頭を左右に振った。「最近は会っていません」と彼は答えた。「でも、友人たちから聞いた話ではご主人は元気です。とても元気ですよ。ご主人は立派に持ちこたえています」

ちょっと考え、一瞬躊躇ってから、彼はこう付け加えた。「ご主人があなたによろしくと言っていたとのことです」

「ありがとうございます」と彼女は囁いた。「本当にありがとうございます」

元判事の言葉を聞いて、さまざまな思いが彼女の心の中を駆け巡った。オットーに会っていないのなら、彼はオットーの手紙も持っているはずがない。でも、彼は「友人たち」と言った。もしかしたら、その友人たちを通じて手紙を託されたのかもしれない。「ご主人は立派に持ちこたえています」という言葉に、彼女は喜びと誇りを感じた。そして、オットーの「よろしく」という言葉！　鉄と石の壁を越えて舞い込んできた春の息吹！　ああ、素敵、素敵、生きてるって素敵！

「でも、あなたは具合がよくないようですね、クヴァンゲルさん」と元判事は言った。

「そうですか？」と彼女はちょっと不思議そうに、上の空で尋ねた。「私は元気です。オットーにそう伝えてください。私がよろしくと言っていたと、忘れないで伝えてくださいね。だって判事さん、主人に会うんでしょう？」

「え、ええ……そう思います」と彼は躊躇いがちに答えた。この身だしなみのいい小柄な紳士は、几帳面過ぎる性格の持ち主だった。もうじき死ぬ運命のこの女に対してほんの小さな嘘を吐くことさえ、気が進まなかった。この面会許可を得るのに、どれほどの策略と陰謀を必要としたか、彼女には分かるまい。ありとあらゆるコネを総動員しなければならなかったことなど、彼女には分かるまい。世間にとって、アンナ・クヴァンゲルはすでに死人だ。死人に面会する方法などあるだろうか。

だが、オットー・クヴァンゲルにもう二度と会うことはない、とは彼には言えなかった。彼の現在の様子について何も知らない、とは言えなかった。彼から言付《ことづ》けを頼まれたとさっき言ったのは、この弱り切った女を少しでも勇気づけるための嘘だった、とは言えなかった。死を目前にした人に対しても、ときには嘘を吐かなければならないことがあるのだ。

「ああ！」急にすっかり元気になって彼女は言った。彼女の落ちくぼんだ青白い頬に、赤みが差してきた。「オットーに会ったら伝えてください。いつも彼のことを思っていると。死ぬ前にもう一度会えると信じてると」

年配の女がまるで恋する若い娘のように話しているのを聞いて、警官は一瞬面食らって彼女のほうを見た。古い麦わらほど赤々と燃えるからな、と内心思いながら、彼は再び窓際へ歩いて行った。

そんなことには何も気づかず、彼女は熱に浮かされたように話し続けた。「私は快適な一人部屋にいる、とオットーに伝えてください。私は元気です。いつも彼のことを思って幸せに過ごしています。壁も鉄格子も私たちを引き裂くことはできないと信じています。昼も夜も、私はいつでも彼の傍にいます。そう彼に伝えてください！」

彼女は嘘を吐いていた。ああ、どれほど嘘を吐いていたことか。オットーを少しでも安心させるためだけに。彼女は彼に安らぎを与えたかったのだ。ここへ来て以来、自分は一時たりとも味わったことのない安らぎを。

元判事は、窓辺からこっちをじっと見ている警官を盗み見ると、「さっき渡したものをなくしてはいけませんよ！」と囁いた。アンナ・クヴァンゲルがすっかり我を忘れているように見えたからだ。

「ええ、なくしません、判事さん」とアンナは答え、突然声を潜めて言った。「これ、何ですか？」

彼はさらに低い声で答えた。「毒です。ご主人も持っています」

彼女はうなずいた。

窓際の警官が振り返り、警告を発した。「小声で話してはならん。それが守れないなら、面会は即終了だ。ちなみに（と彼は時計を見た）、どっちみち面会時間はあと一分半で終わりだがな」

「分かりました」と彼女は言い、考え込んだ。「分かりました」。そのとき突然、彼女はそれをどんな言葉で伝えたらいいか思いついた。彼女は尋ねた。「オットーはすぐに——死出の旅に出るよりも前に——旅行に出かけると思いますか？」

彼女の顔には苦しそうな動揺の色がありありと浮かんでいた。鈍い警官もさすがに、これには何か言外の意味が込められているなと気づいた。一瞬、彼は介入しようとしたが、年配の女と顎髭の紳士を見て考え直した。面会許可証によれば、この紳士は判事だとのことだ。それならまあいいか、と警官は大目に見ることにし、再び窓の外に目を転じた。

「そうですね、何とも言えません」と元判事は用心深く答えた。「今では旅行もむずかしいですからね」それから声を落とし、素早く言った。「最後の最後まで待ちなさい。もしかしたら、その前にもう一度会えるかもしれない。いいですか？」

彼女はうなずき、もう一度うなずいた。

「そうですね」と彼女は大きな声で答えた。「それが一番いいですね」

二人は無言で向き合った。もう話すことはない、と彼らは突然感じた。終わったのだ。もう済んだのだ。

「もう行かないと」と元判事が言った。

「そうですね」と彼女も囁き返した。「もう時間ですね」

そのとき突然——警官はすでにこちらを向き、時計を手にして、催促するように二人を見ていた——、アンナは胸にこみ上げるものを感じた。彼女は体を鉄格子に押しつけ、顔を鉄格子に寄せて囁いた。「お願い、お願いです。もしかすると判事さんが、私がこの世で会える最後のまともな人間になるかもしれません。お願いです判事さん、私にキスして！　私、目を閉じます。オットーだと思うことにします……」

この男狂いが！と警官は思った。処刑を待つ身で、まだ男がほしいとはな！　しかもこんな婆さんが……

だが、元判事は穏やかな優しい声で言った。「心配しないで、心配しないで」

そして、彼の年老いた薄い唇が、彼女の乾いてひび割れた唇にそっと触れた。

「心配しないで。あなたは安らぎを手にしているんだから」

「ええ」と彼女は囁いた。「本当にありがとうございました、判事さん」

彼女は独房に戻された。床には、荷造り紐が散乱していた。イライラしてそれを部屋の隅へと蹴飛ばしながら、彼女は、最悪の状態だった頃のように独房の中を行ったり来たりした。彼女は紙切れの内容を読み、理解した。オットーも自分も武器を手に入れたのだ。この悲惨な生活にどうしても耐えきれなくなったときには、いつでもそれを放棄できるのだ。もう苦しめられなくていいのだ。面会で得た幸福感がまだ少し残っている今のうちに、終わりにすることもできるのだ。

彼女は歩き回り、自問自答し、笑い、泣いた。

扉の向こうでは、看守たちが聞き耳を立てていた。

「とうとう本当に頭がおかしくなってきたね。拘束衣の用意はいい？」

独房の中の女は、そんなことには何も気づかなかった。彼女は人生最大の戦いに直面していた。彼女は再び、老判事フロムの姿を目の当たりにしていた。厳粛な顔で、彼は言った。最後の最後まで待ちなさい。もしかしたら、その前にもう一度会えるかもしれない。

そして、それに対して彼女は「そうですね」と答えたのだった。もちろん、それが正しいことだとは分かっていた。待たなくては。辛抱しなければ。もしかしたら、まだ何ヶ月もかかるかもしれないのだから。でも、あと数週間だけだとしても、待つのは辛すぎる。彼女には分かっていた。私はまた絶望してしまうだろう。何時間も泣いてしまうだろう。誰もが辛く当たり、優しい言葉一つ掛けてはくれない。微笑みかけてもくれない。そんな毎日が耐えられなくなるだろう。ちょっと舌と歯で弄ぶだけでいいのだ。本気を出す必要もない。ちょっと試してみるだけで、できてしまうのだ。本当に簡単に。あまりにも簡単に。

問題はそこなのだ。いつか気持ちが弱くなったとき、それを実行に移してしまうだろう。そして、実行した瞬間、それから死ぬまでのほんの一瞬の間に、これまでの人生で感じたことがないほどの大きな後悔を感じるだろう。自分が臆病者で弱い人間だったがために、再会の希望を自ら奪ってしまったのだ、と。私が死んだことを彼は知らされるだろう。彼は知るだろう。私が彼を見捨てたこと、彼を裏切ったこと、臆病者だったことを。そして、彼は私を軽蔑するだろう。彼に認められることが、私にとって、この世でたった一つ大事なことなのに。

そうだ、この不吉なアンプルを今すぐ捨ててしまわなければ。明日の朝では遅すぎるかもしれない。明日の朝、どんな気持ちで目覚めるか分かったものじゃない。

だが、バケツまで歩いて行く途中で彼女は立ち止まった。

そして、再び歩き回り始めた。突然、自分がもうじき死ななければならないことを、そして、どんなふうに死ななければならないかを思い出したのだ。自分を待ち受けているのが絞首台ではなくギロチンだということを、彼女は窓辺の会話で他の囚人たちから聞いて知っていた。彼女らは、処刑の様子を彼女に事細かに話して聞かせた。あんたは台の上に腹ばいに寝かされてベルトで固定され、おが屑の入ったかごを覗き込む格好になる。数秒後には、そのおが屑の中に首が落ちることになるのさ。死刑執行人に首筋をむき出しにされると、まだ落ちてこないうちから、ギロチンの刃の冷たさをうなじに感じるんだよ。落ちてくる刃の唸り声がどんどん大きくなって、最後の審判のトランペットみたいに耳に轟いたかと思うと、あんたの体はもう、首の切り口から勢いよく血しぶきを上げながら痙攣する物体に過ぎなくなってる。だけど、かごの中に落ちた頭のほうは、ひょっとしたら、血を噴き上げる胴体のほうを見ているかもしれない。まだ目も見えているかもしれないし、感覚もあって、痛みを感じているかもしれないよ……

こんなふうに、彼女らは彼女に話して聞かせた。彼女はその光景を、何百回も思い浮かべ、何度も夢に見ていた。アンプルを一度噛むだけで、この恐怖から逃れられるのよ！　それなのに、自分からそれを放棄しろというの。この救済を諦めろと？　苦しまずに済む死に方と苦しまなければならない死に方を選べるのに、わざわざ苦しい死に方のほうを選ばなければならないの？　辛抱できずに早まって毒を飲んでしまうのが恐いという理由で、単にそれだけの理由で、わざわざ苦しい死に方のほうを選ばなければならないの？

彼女は首を振った。いいえ、私は辛抱してみせる。最後の最後まで待ってみせる。オットーにもう一度会いたい。オットーが葉書を置きに行くたびに襲われた不安に、私は耐えた。逮捕の恐怖にも耐えた。ラウプ警部の拷問にも持ちこたえた。トルーデルの死を、私は乗り越えた。あと数週間、待つことくらいできる。あと数ヶ月、待つことくらい！　今までどんなことにも耐えてきたんだから、これにも耐えてみせる。もちろん、毒は、最後の最後まで取っておかなければ。

彼女は歩き回り続けた。行ったり来たり、行ったり来たり。

だが、そう決心しても、心は軽くならなかった。新たな疑念が湧き起こってきた。彼女は改めてその疑念と格闘し、毒を今ここで即座に捨ててしまおうと再度決めたが、改めて思いとどまった。

そんなことをしているうちに日が暮れ、夜になった。看守が手つかずの荷造り紐を独房から回収し、「怠慢につき、マットレスを一週間没収し、食事はパンと水のみとする」と言い渡していった。だが、彼女はほとんど聞いていなかった。彼らがしゃべっていることなど、彼女にはまったくどうでもよかった。

夕飯は手つかずのまま、テーブルに放置されていた。彼女は相変わらず、独房を行ったり来たりしていた。疲労困憊し、もうはっきりとものを考えることもできなかった。答えは出そうになかった。そうすべき？　やめるべき？

彼女は舌で、口中の毒のアンプルを弄んでいた。はっきりそれと意識しないまま、はっきりとした意志もないままに、彼女はアンプルにそっと歯を当て、用心深く、ほんの少しそれを噛んでみた……

そして、慌てて口からアンプルを取り出した。そして再び歩き出し、もう一度試してみた。自分が何をしているのか、彼女にはもう分からなかった。そして、扉の向こうには、彼女のために拘束衣が用意されていた。

そして突然、彼女は、自分がマットレスをはぎ取られた固い板のベッドの上で、薄い毛布をかぶって寝ていることに気づいた。もう真夜中だった。寒さで全身が震えていた。眠ってしまったの？　アンプルはまだある？　もしかして、飲み込んでしまったの？　口の中に……アンプルがない！

彼女はぎょっとして飛び起き、ベッドに起き直った。そして、ほっとして微笑んだ。それは、彼女の手の中にあった。眠っていたあいだ、手に握っていたのだ。彼女は微笑んだ。助かった。これで、もう一つの、恐ろしいほうの死に方をしないで済む……

寒さに震えながら、彼女は考えていた。今日から毎日、この恐ろしい戦いが続くのね。強さと弱さ、勇気と臆病とのせめぎ合いが。この戦いの結末は一体どうなるのかしら……

すると、迷いと絶望の中から、優しい声が聞こえてきた。心配しないで、心配しないで。

突然、アンナ・クヴァンゲルは思った。今、決めてしまおう。今ならできるわ！

彼女は足音を忍ばせて扉に近寄り、廊下の物音に聞き耳を立てた。看守の足音が近づいてきた。彼女は反対側の壁際に寄り、覗き窓から監視されていると気づくと、ゆっくりと独房を行ったり来たりし始めた。心配しないで、心配しないで……

看守が行ってしまったことを確認して、彼女は窓によじ登った。どこかから声がした。「あんた、七十六番だね？　今日、面会者が来たんだって？」

彼女は答えなかった。もう二度と答えることはないだろう。彼女は片手で窓枠にしがみつき、アンプルを握ったほうの手を外に伸ばした。アンプルを石の壁に押しつけると、アンプルの細い首が折れる手応えを感じた。彼女は中身を中庭に捨てた。

床に下りると、彼女は指の臭いを嗅いだ。ビターアーモンドの臭いがした。彼女は手を洗い、ベッドに横たわった。死ぬほど疲れていた。重大な危険から脱したような気分だった。彼女はすぐに眠り込んだ。ぐっすりと夢も見ないで眠り、さわやかに目覚めた。

その晩以来、七十六番は模範囚になった。穏やかで明るく、勤勉で協力的な模範囚になった。

彼女は処刑のことをもうほとんど考えなくなった。彼女が考えていたのは、オットーに恥ずかしくない行動を取らなければということだけだった。それでもたまに暗い気持ちになると、彼女の耳にはフロム元判事の声が聞こえてきた。心配しないで、心配しないで。

彼女は心配しなかった。もう二度と。

彼女はそれを克服したのだった。

70　そのときが来ました、クヴァンゲルさん

まだ夜中だった。看守がオットー・クヴァンゲルの独房のドアを開けた。

クヴァンゲルは深い眠りから覚め、目を瞬《しばたた》いて、独房に入ってきた大きな黒い影を見た。次の瞬間、完全に目が覚めた。鼓動が速くなった。無言で戸口に立っているこの大きな影が何を意味するのか、分かったからだ。

「そのときが来たんですね、牧師さん」と彼は尋ねると、もう服に手を伸ばしていた。

「そのときが来ました、クヴァンゲルさん」と牧師は答え、「心の準備はできていますか」と尋ねた。

「いつでも準備はできている」とクヴァンゲルは答え、舌で、口の中のアンプルに触れた。

彼は着替え始めた。慌てず、落ち着いた手つきで。

一瞬、二人は無言のまま互いを観察し合った。牧師は、単純そうな、ひょっとしたら多少馬鹿かもしれないと思われる顔つきの、まだ若い頑健な男だった。

こんな男では仕方がない、とクヴァンゲルは思った。あの牧師さんとは全然違う。

牧師のほうも、この背の高い、節くれ立った手をした男を見つめていた。鋭い、鳥のようなその横顔が、彼には気に入らなかった。じろじろとこちらを見ている、その妙に丸い黒い目も、彼には気に入らなかった。真一文字に結んだ、血の気のないその薄い唇も、彼には気に入らなかった。だが、牧師は意を決して、できるだけ優し

い声で言った。「クヴァンゲルさん、この世界と和解できましたか？」

「この世界は和解できたのかな、牧師さん？」とクヴァンゲルは問いで返した。

「残念ながらまだです、クヴァンゲルさん。残念ながら」牧師は、感じてもいない苦悩の表情を浮かべようと努力しながら答えた。彼はこの問題を黙殺し、質問を続けた。「でも、神とは和解できましたね、クヴァンゲルさん？」

「俺は神など信じない」とクヴァンゲルは簡潔に答えた。

「何ですって？」

牧師は、この素っ気ない説明にぎょっとしたようだった。「そうですか」と彼は言葉を続けた。「人格神を信じていないと言うなら、あなたは汎神論者なんでしょうね、クヴァンゲルさん？」

「汎神論者？」

「簡単なことですよ……」牧師は、自分自身にもよく分かっていないことを説明しようとした。「世界霊魂、これは分かりますね？　万物は神なり、これも分かりますね？　あなたの霊魂、あなたの不死なる霊魂は、偉大なる世界霊魂のもとへと帰って行くんです、クヴァンゲルさん！」

「万物は神なり？」とクヴァンゲルは聞き返した。彼は着替えを終え、ベッドの前に立っていた。「ヒトラーも神なのか？　戦争の殺し合いは神なのか？　あんたは神か？　俺は神か？」

「あなたは私の話を誤解しています。多分、わざとでしょうが」と牧師はイライラして答えた。「でも、クヴァンゲルさん、私はあなたと宗教的な問題について議論するためにここに来たのではありません。あなたが死を受け入れられるよう心の準備を手助けしに来たのです。クヴァンゲルさん、あなたはこれから死ななければなりません。心の準備はできていますか？」

それには答えず、クヴァンゲルは尋ねた。「人民裁判所拘置所付きのローレンツ牧師とは知り合いだったかい？」

またしても意外な質問で話の腰を折られた牧師は、腹立たしげに答えた。「いいえ。でも、噂は聞いたことがあります。主は彼をちょうどいいときにお召しになった、と言って差し支えないでしょう。彼は聖職者の名を汚しました」

クヴァンゲルは牧師の顔をまじまじと見つめた。彼は言った。「あの人はとてもいい人だった。大勢の囚人があの人に感謝していると思う」

「そうでしょうとも」牧師は怒りも露わに叫んだ。「彼はあなた方の言いなりでしたからね！彼は弱い人間だったのです、クヴァンゲルさん。この戦時にあっては、神の僕は戦士であらねばなりません。安易に妥協する人間であってはならないのです！」彼はそこで我に返り、せかせかと時計を見ると言った。「クヴァンゲルさん、もうあと八分間しかありません。あなたと同じように、今日、最後のときを迎える人が何人かいます。その人たちにも霊的な慰めを与えに行かなければなりません。さあ、祈りましょう」

無骨で粗野な農民といった風貌の牧師はポケットから白い布を取り出すと、丁寧に広げた。

クヴァンゲルが尋ねた。「あんた、女の死刑囚にも霊的な慰めを与えているのか？」

その言葉に込められた微妙な嘲笑に、牧師は気づかなかった。真っ白な布を独房の床に広げながら、彼は無関心な様子で言った。「今日は女の死刑囚の処刑はおこなわれません」

「もしかして」とクヴァンゲルは執拗に質問を続けた。「最近、アンナ・クヴァンゲルという女のところへ行った記憶はないか？」

「アンナ・クヴァンゲル？奥さんですか？いいえ、それはありません。行ったことがあれば、覚えているはずです。人の名前を覚えるのは得意なのでね」

「牧師さん、お願いがあるんだが」

「さあ、早く言ってください、クヴァンゲルさん。もう時間がないんですからね！」

「お願いだ。いよいよのときが来たら、女房には、俺が先に処刑されたことは言わないでくれ。お願いだ、夫婦同時に処刑されると伝えてくれ」

「クヴァンゲルさん、それでは嘘を吐くことになります。神の僕として、私は八番目の戒めに背くことはできません」

「それじゃ牧師さん、あんたは絶対に嘘を吐かないのか？生まれてから今まで、一度も嘘を吐いたことがないのか？」

相手の嘲るような不躾なまなざしにどぎまぎしながら、牧師は言った。「私は常に微力を尽くして、神の戒めを守ろうと努力してきました」

「二人同時に死ぬという慰めを女房に与えるのを拒むのが、神の戒めなのか?」

「クヴァンゲルさん、隣人に偽証をしてはならないのです」

「まったく残念だ。本当に、あんたはあの親切な牧師さんとは違うな」

「何ですって?」と牧師は困惑と脅迫の相半ばする口調で叫んだ。

「ローレンツ牧師は、拘置所では〈親切な牧師さん〉でとおっていたんだ」とクヴァンゲルは説明した。

「結構だ」と牧師は怒って叫んだ。「あんたたちから奉られる名誉の呼び名などほしくはない! そんなもの、私に言わせれば不名誉の呼び名だ!」彼は気を取り直すと、白いハンカチの上にどさっと膝をついた。彼は、自分の隣の黒い床を指さして（ハンカチは彼の分しかなかった）言った。「あなたもひざまずきなさい、クヴァンゲルさん。祈りましょう」

「誰の前にひざまずけと言うんだ」とクヴァンゲルは冷ややかに尋ねた。「誰に向かって祈れと?」

「ああ」と牧師は怒って叫んだ。「いい加減にしなさい。もうどれだけ時間を無駄にしたと思っているんだ」ひざまずいた姿勢のまま、彼は、冷たい邪悪な顔をした男を見上げてつぶやいた。「とにかく、私は自分の義務を果たします。あなたのために祈ります」

彼は頭を垂れて手を組み、目を閉じた。それから顔を上げて目を見開くと、突然、びっくりするような大声で叫び始めた。「おお主なる神よ、全知にして全能、万人に慈悲深く万人に公正な神よ、善悪の裁き手よ! 一人の罪人が、み前の塵の中に伏しています。数々の罪業を犯したこの人間に慈悲の目を向け、彼の肉体と霊魂を生き返らせ、彼のすべての罪を恩寵によってお許しください……」

ひざまずいた牧師はさらに声を張り上げた。「彼の罪業の贖いとして、主の愛し子イエス・キリストの罪なき死をお受け取りください! 彼も同じその名において洗礼を受け、その同じ血で洗われ、清められました。ですから、肉体の苦しみから彼をお救いください! 彼の苦痛を早く終わらせ、良心の呵責から彼をお守りくださ い！　永遠の生命に与ることを彼にお許しください！」

牧師は突然声を落とし、秘密めいた囁き声になった。

「我らが主イエス・キリストの名において選ばれし者たちの集まりへと彼を導く、聖天使をお送りください」

牧師は再び大声になった。「アーメン！　アーメン！　アーメン！」

彼は立ち上がり、白いハンカチを念入りにたたむと、クヴァンゲルのほうを見もしないで尋ねた。「聞いても多分無駄でしょうが、聖餐式を受ける用意はありますか？」

「まるきり無駄だ、牧師さん」

牧師は躊躇いがちに手をクヴァンゲルに差し伸べた。

クヴァンゲルは首を振り、手を後ろに回した。

「それも無駄なことだ、牧師さん」クヴァンゲルは言った。

牧師は彼と目を合わせず、独房の出口へと向かった。そこで彼は振り返り、クヴァンゲルをちらっと見ると言った。「刑場へ向かうあなたへ、最後にこの言葉を贈ります。フィリピの信徒への手紙第一章第二十一節。わたしにとって、生きるとはキリストであり、死ぬことは利益なのです」

扉が閉まる音がして、彼は去って行った。

クヴァンゲルはほっと息を吐いた。

71　最期

牧師とほとんど入れ替わりに、薄い灰色の背広を着た、ずんぐりした小柄な男が独房に入ってきた。鋭く吟味するような、思慮深いまなざしをさっとクヴァンゲルの顔に投げかけると、男は彼に近づいてきて言った。「監獄医ブラント博士です」。彼はクヴァンゲルと握手を交わし、その手を握ったまま言った。「脈を測ってもよろしいかな」

「どうぞ！」とクヴァンゲルは言った。

医師はゆっくりと脈を数えた。それからクヴァンゲルの手を放すと、感心したように言った。「結構です。すばらしい。肝の据わった人だ」

半開きになっている扉をちらっと見て、医師は声を落として尋ねた。「何か私にできることはないかな。麻酔薬は？」

クヴァンゲルは首を振った。「ありがとうございます、先生。このままで大丈夫です」

彼は舌でアンプルに触っていた。彼は一瞬、医師にアンナへの伝言を頼もうかと考えた。いやだめだ、あの牧師がアンナに全部しゃべってしまうだろう……

「他に何か？」と医師は囁き声で尋ねた。クヴァンゲルの気持ちが揺れたのを即座に感じ取ったのだ。「手紙を託したいとか？」

「ここには筆記用具がないんです。ああ、いや、それもやめておきます。とにかく感謝します、先生。もう一度まともな人間に会えるとは！　やれやれ、ここも悪い奴ばかりじゃなかったんだ」

医師は暗い顔で頷くともう一度クヴァンゲルに手を差し伸べ、ちょっと考えてから早口で言った。「私に言えることは、その勇気を最後まで持っていてくださいということだけです」

そして、足早に独房を去って行った。

看守が一人、入ってきた。雑役囚が一人、ボウルと皿を持ってその後に付き従っている。ボウルの中では熱いコーヒーが湯気を立て、皿の上には、バターを塗ったパンが載っている。その横には、タバコが二本とマッチが二本。マッチを擦るための摩擦面も添えてあった。

「どうだ」と看守が言った。「太っ腹だろう。しかも、配給切符は要らないぞ！」

看守は笑った。雑役囚も儀礼的に笑った。この「冗談」は、もう何度も言い古されているようだった。

突然、思いがけない怒りに駆られて、クヴァンゲルは言った。「さっさと片付けろ！　お前らの餞別などいらん！」

「そんなにむきになって言わなくても、片付けてやるさ！」と看守は言った。「ちなみに、コーヒーはただの代用コーヒーだし、バターは実はマーガリンだ」

そして、クヴァンゲルは再び一人になった。彼は寝具を片付け、シーツを剝がして扉の脇に置き、寝台を二つに畳んで壁に寄せた。それから、彼は体を洗い始めた。

まだ洗っている最中に、二人の助手を連れた男が独房に入ってきた。

「体を洗う必要はないぞ」とその男はがなり立てた。

「これから最高級の髭剃りと散髪をしてやるからな！　お前たち、始めろ。少し急いでくれ、遅れているからな！」そして、謝るような調子でクヴァンゲルに言った。「あんたの前の男に随分と手間取ってな。中にはどうしても道理を弁えてくれない奴がいて、俺にはどうしてやることもできないってことを分かろうとしないんだ。何たって、俺はベルリンの死刑執行人なんだからな」

彼はクヴァンゲルに手を差し出した。

「さてと、俺は長引かせたり苦しませたりはしない。あんたがこっちを困らせなきゃ、こっちも困らせることはない。助手にはいつも言っているんだ。『いいかお前たち、道理を弁えずひっくり返って泣いたり喚いたりする奴がいたら、お前たちも道理を弁えなくていいぞ。摑めるところならどこでもいいから、ひっ摑んでやれ。タマを引きちぎったって構うものか』とな。だが、あんたみたいに思慮分別のある人間が相手のときは、『落ち着いてやれ！』ということになる」

そうやって彼がしゃべり続けているあいだに、助手がバリカンでクヴァンゲルの頭を丸刈りにし、髪の毛はすべて床に落ちた。もう一人の助手が石けんを泡立て、クヴァンゲルの髭を剃った。「よし」と死刑執行人は満足げに言った。「七分だ！　遅れを挽回したぞ。もうあと二〜三人、こんな物わかりのいい男に当たれば、きっちり時刻表どおりに終われる」。それから、クヴァンゲルに向かって言った。「すまないが、床を掃いておいてくれないかな。もちろんこれはあんたの義務じゃない。だが、俺たちには時間がないんだ。もうそろそろ所長と検事が来る頃なんでな。髪の毛はバケツに投げ込まないでくれよ。そこに新聞紙を敷くから、新聞紙にくるんで扉の横に置いといてくれ。これがちょっとした副収入になるんだ」

「俺の髪の毛をどうするんだ」とクヴァンゲルは好奇心を起こして尋ねた。

「かつら屋に売るのさ。かつらはいつだって需要がある。演劇用だけじゃなくて、そんな頭のためにもな。本当にありがとうよ。ハイル・ヒトラー！」

彼らも独房を出て行った。陽気な、と言ってもいいような男たちだった。彼らは熟練工だった。豚を潰すときでもふつうはあんなに落ち着いていられるものではない、というくらい平然としていた。だがクヴァンゲルは、この粗野で冷酷な男たちのほうがさっきの牧師よりはましだと思った。それどころか、彼は何の躊躇いもなく死刑執行人に握手の手を差し出したのだった。

死刑執行人に頼まれた独房の掃除をクヴァンゲルが終えたちょうどそのとき、また扉が開いた。数人の制服姿の看守とともに、二人の男が入ってきた。赤い口髭を蓄えた、青白い丸顔の太った男は、刑務所長だとまもなく判明した。もう一人は、クヴァンゲルとは旧知の仲の検察官、公判でキャンキャン吠えていたピンシャー犬だった。

看守二人がクヴァンゲルの肩を摑んで乱暴に壁に押しつけ、気をつけの姿勢を取らせると、彼の両側に立った。「オットー・クヴァンゲルです」と看守の一人が叫んだ。「ああそうだ！」とピンシャー犬が吠え始めた。「この顔には見覚えがある！」彼は刑務所長のほうを向いた。「私がこいつを死刑にしてやったんです」と彼は誇らしげに言った。「実に恥知らずな奴でして。法廷と私に向かって生意気な口を利こうとしたんです。だが、徹底的にやっつけてやった！」と彼は、今度はクヴァンゲルに向かって言った。「どうだ、思い知ったか！どんな気分だ？もうあんな生意気は言えまいが、え？」

クヴァンゲルの横に立っている看守の一人が彼の脇腹を小突き、「答えろ！」と小声で命令した。

「下らん。ほっといてくれ」クヴァンゲルはうんざりしたように言った。

「何だと？」検察官は怒りのあまり飛び跳ねた。「所長殿、この男に……」

「まあまあ」と所長は言った。「放っておきましょう。ほら、この男は落ち着いていています。そうだな？」

「もちろん！」とクヴァンゲルは答えた。「放っておいてくれればそれでいい。こっちもそっちに構う気はない」

「異議あり！要求します！」ピンシャーは叫んだ。

「何を要求するんです？」と所長は言った。「今になって何を要求するんです？処刑する以上のことはできやしません。この男はそれをよく知っているんです。だから、さっさと判決文を朗読してください！」

ピンシャーはようやく落ち着きを取り戻すと書類を広げ、聞き取りにくい声で早口に読み上げ始めた。ところどころ飛ばしたり、つっかえたりしたあげく、唐突に、「以上、申し渡す！」と締めくくった。

クヴァンゲルは答えなかった。

「この男を下へ連行しろ！」と赤髭の所長が命令すると、二人の看守が両側からクヴァンゲルの腕を摑んだ。

彼は腹立たしげにその手を振り払った。

看守はさらに力を込めてクヴァンゲルの腕を摑んだ。

「一人で歩かせてやれ！」と所長が命令した。「この男は面倒は起こさない」

彼らは廊下へ出た。そこには、制服、私服取り混ぜて、大勢の人間が待ち受けていた。突然、オットー・クヴァンゲルを中心とする行列ができあがった。先頭は看守たちだった。そのあとに牧師が続いた。白い襟のついた僧服に着替え、何やら祈りの言葉をつぶやいている。その後ろをクヴァンゲルが進んでいった。彼の周りを大勢の看守たちが取り囲んでいたが、明るい灰色の背広を着た小柄な医師が彼にぴったりと寄り添っていた。その後ろに刑務所長と検察官が続き、そのあとを大勢の私服姿と制服姿がついていった。私服姿の中には、カメラを手にしている者もいた。

行列は、暗い通路を抜け、滑りやすいリノリウムを張った鉄の階段を下りて、死刑囚監房棟の中を進んでいった。行列が通りかかると、独房の中から呻き声が聞こえてくるように思われた。胸の奥から吐き出された、抑えた呻き声が。突然、ある独房から「同志よ、ご機嫌よう！」と叫ぶ大声が聞こえてきた。

まったく機械的に、クヴァンゲルも大声で「ご機嫌よう、同志よ！」と答えた。そう答えてから初めて、これから死にに行く人間に「ご機嫌よう」とは馬鹿げてる、と気づいた。

扉が開き、行列は中庭に出た。そこには、まだ夜の闇が垂れ込めていた。クヴァンゲルは素早く左右を見た。彼の研ぎ澄まされた注意力は、何一つ見逃さなかった。独房の窓々に、青白い顔が並んでいるのが見えた。彼と同じように死を宣告され、まだ生きている死刑囚たちの青白い顔が。一頭のシェパードが激しく吠えながら行列に向かってきたが、歩哨に口笛で呼び戻され、唸りながら引き下がっていった。大勢の足に踏まれて、砂利がざくざくと音を立てた。昼間見れば多分、少し黄色みを帯びた砂利なのだろうが、電灯の下では白っぽい灰色に見える。塀の上に、葉を落とした木の輪郭が影絵のように見える。空気は凍えるほど冷たく、湿っぽい。クヴァンゲルは思った。十五分後には、もう寒いと感じることはないんだ。奇妙だ!

彼は舌でアンプルを探した。だが、まだ早すぎる……奇妙だ。何もかも、細かいところまではっきりと見えるし聞こえるのに、何もかもが現実とは思えない。こんな話を一度聞いたことがある。俺は独房のベッドの中で夢を見ているんだ。そうだ、俺がここを本当に歩いているなんてあり得ない。一緒に歩いている奴らも、無関心な顔、粗野な顔、物見高い顔、悲しげな顔といろいろだが、みんな本物の人間じゃない。砂利は本物の砂利じゃない。大勢の足音も、大勢の靴の下で砂利がざくざく鳴る音も、夢の中の音だ……

再び扉が開き、彼らは室内に入った。照明が明るすぎて、クヴァンゲルには最初何も見えなかった。突然、彼は、ひざまずいている牧師の前に引っ張り出された。

死刑執行人が二人の助手を連れて近づいてきて、クヴァンゲルに手を差し出した。

「それじゃ、悪く思わんでくれ」

「もちろんだ」とクヴァンゲルは答え、機械的に握手した。

死刑執行人に上着を脱がされ、シャツの襟を切り取られているあいだ、クヴァンゲルは後ろを振り返り、ここまで一緒に来た人たちを見ていた。照明に目がくらんで、彼には白い顔の連なりにしか見えなかった。どの顔も、彼のほうを向いていた。

これは夢だ、と彼は思った。心臓が激しく打ち始めた。観衆の中から一人、彼のほうに向かってくる人影があった。近くまで来たとき、クヴァンゲルにはそれが、明るい灰色の背広を着た親切な医師だと分かった。

「どうですか」と医師は弱々しい微笑みを浮かべて尋ねた。「大丈夫ですか?」

「大丈夫です!」とクヴァンゲルは後ろ手に縛られながら答えた。「今はちょっと動悸がしますが、五分もすれば収まるでしょう」

そう言うと、彼は微笑んだ。

「ちょっと待って。何か上げましょう」と医師は言うと、ポケットを探った。

「先生、どうぞご心配なく」とクヴァンゲルは答えた。

「もうちゃんと貰っています……」

そして、一瞬、彼は薄い唇のあいだから舌でアンプルを押し出して見せた。

「ああ、それなら」と医師は動揺した様子で言った。

クヴァンゲルは体の向きを変えさせられた。目の前に、細長い台が見えた。防水布のような、滑らかで光沢のない黒い覆いが掛けられている。ベルトと留め金が見えた。だが、特に彼の目を引いたのは刃だった。幅の広い刃だった。それはひどく高い位置にぶら下がって彼を脅しているように見えた。鈍く光りながら、刃は悪意を込めて彼を見下ろしていた。

クヴァンゲルは軽くため息を吐いた……

気づくと、彼の隣で、刑務所長が死刑執行人に話しかけていた。クヴァンゲルはじっと刃を見続けていた。彼は刑務所長の言葉を半分しか聞いていなかった。「この者オットー・クヴァンゲルを、ベルリン市の死刑執行人の手に委ねる。人民裁判所の確定判決により命じられたとおり、処刑はギロチンによって執行される……」

その声は耐えがたいほど大きく、照明は明るすぎた。

今だ、とクヴァンゲルは思った。今だ……

だが、彼はそうしなかった。ぞっとするような、苦痛に満ちた好奇心に駆られたのだ……

もうあと二〜三分だけ、と彼は思った。この台の上がどんな感じか、試してみなくては……

「それじゃ、行くぞ」と死刑執行人は促した。「面倒を起こさんでくれよ。あと二分の辛抱だ。ところで、髪の毛はちゃんとしてくれたか？」

「扉のところに置いてある」とクヴァンゲルは答えた。

その一瞬後には、クヴァンゲルは台の上に載せられていた。彼は両足が固定されるのを感じた。湾曲した鋼鉄の棒が背中に下りてきて、両肩が台に押しつけられた。

石灰の臭いがする。湿ったおが屑の臭いがする。消毒剤の臭いがする。だが、中でも特に臭うのは……他の臭いを圧倒しているのは、胸がむかつくようなこの臭いは……

血だ……とクヴァンゲルは思った。血の臭いだ……

死刑執行人が小さな声で囁くのが聞こえた。「今だ！」

それがどんなに小さな声だったとしても（そこまで小さな声は誰にも出せないほどだった）、クヴァンゲルにはその「今だ！」という囁きが聞こえた。

そして同時に、ブーンという音が聞こえてきた……

今だ！と彼も思った。そして、青酸カリのアンプルを噛み砕こうとしたそのとき……

そのとき、吐き気が襲ってきた。嘔吐物の奔流が口に溢れ、アンプルを押し流してしまった。

しまった、と彼は思った。長く待ちすぎた……

ブーンという音はゴーッという音になり、ゴーッという音は耳をつんざく叫び声に変わった。星々にまで、神の玉座にまで届くかと思われるほどけたたましい叫び声に……

そして、轟音とともに刃が彼の首筋に命中した。

クヴァンゲルの首はかごの中に落ちた。

一瞬、彼の体は微動だにせず横たわっていた。まるで、首のない体が、自分が受けた悪戯に戸惑っているかのようだった。と見る間に、彼の体は反り返り、革紐と鋼鉄の棒に拘束されながらものたうち回った。死刑執行人の助手たちは、体ごと覆い被さって彼を抑えつけようとした。

死者の両手の血管がみるみる膨れ上がり、それから、すべてがしぼんでいった。聞こえるのは血の音だけだった。吹き上がり、ほとばしり、流れ落ちる血の音だけだった。

刃が落ちてから三分後、青ざめた医師が少し震える声で、死刑囚の死を宣告した。

死体は片付けられた。

オットー・クヴァンゲルはもういなかった。

72 アンナ・クヴァンゲルの再会

数ヶ月が過ぎ去り、季節は何度か移り変わったが、アンナ・クヴァンゲルはまだ独房でオットー・クヴァンゲルとの再会の日を待っていた。

看守は時々アンナに（今では、アンナは彼女のお気に入りの囚人だった）、「あんたはきっともうすっかり忘れられてしまったんだと思うよ、クヴァンゲル」と言った。「そうね」と囚人七十六番は愛想よく答えた。「そうみたいね。私も主人も忘れられているみたい。オットーは元気にしてる？」

「元気よ！」と看守は即座に答えた。「よろしくってさ」

いつも作業に励んでいるこの善良な女に夫の死を知らせないでおくことに、看守たち全員が賛成していた。彼女たちは定期的にオットーからの言付《ことづ》けを伝えた。

そして今回、運命はアンナに味方した。「オットーは生きている」というアンナの確信が、余計なおしゃべりや仕事熱心な牧師のせいで打ち砕かれることはなかった。

ほとんど一日中、彼女は小さな手動編み機の前に座って靴下を編んでいた。兵士のための靴下を、彼女は来る日も来る日も編み続けた。

靴下を編みながら、時々彼女は低い声で歌を歌った。オットーと再会できるだけでなく、また一緒に末永く暮らせる日が来る、と彼女は確信するようになっていた。私たちは本当に忘れられてしまったか、それとも、内緒で減刑されたのよ。こんな状態はもう長くは続かない、そうしたら私たちは自由になれる。

看守たちが何も言わなくても、アンナ・クヴァンゲルは、戦況が芳しくないこと、ニュースが週を追って悪化の一途を辿っていることに気づいていた。食事の質や量の急激な低下、靴下の原料糸の不足、編み機が壊れると替えの部品が届くのに数週間もかかることなどから、物資全般がますます不足してきていることにも彼女は気づいていた。だが、クヴァンゲル夫妻にとっては、戦況の悪化は吉報だった。もうじき、私たちは自由になれる。

そう考えながら、彼女は靴下を編んでいた。彼女は夢を編んでいた。決して実現することのない希望を編んでいた。以前は決して抱いたことのなかった願望を、彼女は靴下に込めて編んでいた。彼女は、長年連れ添った夫とはまったく違うオットーを心に思い描いた。陽気で楽しく、優しいオットーを。彼女は、ほとんど若い娘のようだった。明るい未来が、春の日のように彼女に微笑みかけていた。ときには、これから子どもを持つことさえ夢見ていたのではないだろうか。ああ、子ども……！

苦しい葛藤の末に青酸カリを捨てて以来、彼女は自由になった。オットーと再会できるまで何があろうと耐え抜くと心に決めて以来、彼女は自由になった。自由になり、若返り、朗らかになった。彼女は自分自身を乗り越えたのだ。

彼女は自由になった。自由になり、恐怖を感じなくなった。

いよいよ激しさを増してきた空襲の夜も、彼女は恐怖を感じなかった。サイレンが鳴り響き、爆撃機が夜毎にその数を増してベルリン上空を飛び、爆弾が落ちて炸裂し、至るところが火の海になっても、彼女は恐怖を感じなかった。

そんな夜も、囚人たちは独房に閉じ込められたままだった。反乱を恐れ、誰も彼らを防空壕に入れてやろうとはしなかったのだ。囚人たちは恐怖に気も狂わんばかりになり、大声を出して暴れ、ここから出してくれと懇願した。だが、廊下には誰もいなかった。そこには誰も見張りに立っていなかった。誰も独房の扉を開けてはくれなかった。看守たちは全員、防空壕に避難していた。

アンナ・クヴァンゲルは恐怖を感じなかった。彼女の小さな編み機はカタカタと音を立て、編み目を一列また一列と増やしていった。うるさくてどうせ眠れないからと、彼女はそんなときには靴下を編むことにしていたのだ。靴下を編みながら、彼女は夢を見ていた。オットーと再会する夢を見ていた。そんなふうに彼女が夢を見ていたさなかのことだった。耳を聾する轟音とともに爆弾が落ち、刑務所のその辺りは瓦礫の山と化した。

アンナ・クヴァンゲルには、オットーとの再会の夢から目覚める時間はなかった。彼女はすでに彼の元にいたのだから。そこがどこであるにせよ、とにかく彼女はそこにいた。そこがどこであるにせよ。

73　少年

だが、死をもってこの物語を終えたくはない。この物語は生に捧げられているのだから。恥辱と涙、不幸と死を乗り越えて何度でも甦る、不屈の生に捧げられているのだから。

一九四六年、初夏――。

ブランデンブルクの農家から、もう若者と言ってもいいくらいの年頃の少年が出てきた。

そこへ中年の女がやってきた。「あらクーノ」と彼女は声を掛けた。「今日はどうするの?」

「街へ行ってくる」と少年は答えた。「新しい犂を取りに行く」

「それじゃあ」と彼女は言った。「ほかに買ってきてもらいたいものを書いて渡すわ。買えれば、の話だけど」

「モノさえあれば絶対手に入れてくるよ、母さん」と彼は笑いながら言った。「任せとけって」

二人は顔を見合わせて笑った。そして、彼女は夫のいる家の中に入っていった。年配の教師である夫はもうとっくに年金を貰える年齢になっていたが、相変わらず若い教師並みに子どもたちを教えていた。

少年は、一家の自慢の馬トニーを馬屋から引き出した。

三十分後、クーノ・ディーター・バルクハウゼンはベルリンに向かっていた。だが、彼の名字はもうバルクハウゼンではなかった。カール・クルーゲもマックス・クルーゲも戦死していたことが分かったとき、彼は正式にキーンシェーパー夫妻の養子になった。ちなみに、「ディーター」もそのとき名前から削除された。クーノ・キーンシェーパーは語呂のいい名前だったし、名前の長さとしてはそれで充分だった。

栗毛のトニーに引かせた荷馬車に乗って、日当たりのいい凸凹道をガタゴトと進んでいくあいだ、クーノは楽しそうに口笛を吹いていた。トニーにはのんびりさせてやろう、どうせ昼飯までには戻ってこられる。

クーノは左右の畑に目をやり、専門家の確かな目で作柄をチェックしていた。彼はここへ来てから大いに学び、(幸いなことに!)それとほとんど同じくらい大いに忘れた。オッティと暮らしていた半地下の家のことも、泥棒みたいなものだった十三歳のクーノ・ディーターのことも、彼はもうほとんど覚えていなかった。何もかも、もう消え失せていた。だが、エンジニアの夢も先延ばしにされていた。今の彼には差し当たって、村で畑を起こすときに(未成年ながら)トラクターの運転をさせてもらえればそれで充分だった。

そう、彼の一家――父親と母親と彼――はかなりの成功を収めたのだ。彼らはもう親戚の家に間借りしてはいなかった。前の年に土地の分配(ソ連占領軍政府による農地改革を指す)を受けて独立し、今ではトニーと雌牛一頭、豚一頭、羊二頭、鶏七羽を飼っていた。クーノは父親から種まきを、母親からは耕し方を教わり、刈ったり耕したりできるようになった。彼にとって、ここの生活は楽しかった。農場を大きくするんだ、大きくしてみせるとも!

彼は口笛を吹いた。

道ばたに、ぼろぼろの服を着て荒んだ顔をした、背の高いみすぼらしい男が現れた。それは哀れな避難民ではなかった。それは、落ちぶれ果てたごろつきだった。アル中とすぐに分かるしわがれ声で男は言った。「おい坊主、街まで乗せてってくれや！」

その声に、クーノ・キーンシェーパーはビクッとした。のんびりしているトニーを急かして駆け足させたいところだったが、もう遅かった。彼はうつむいて言った。「乗りな。違う、俺の隣じゃない。後ろに乗ってくれ」

「どうして隣じゃいけないんだ？」と男は挑発的に言った。「俺みたいなのと一緒だと恥ずかしいってか？」

「馬鹿！」クーノはわざと荒っぽく言った。「後ろのほうが、藁が敷いてあって柔らかいからじゃないか！」

男はぶつぶつ言いながら、言われたとおりに荷馬車の後ろに乗り込んだ。トニーは、自分から早足で走り始めた。

クーノは、父親を、もとい、バルクハウゼンを道ばたで拾って荷馬車に乗せる羽目になったショックからとりあえず立ち直った。よりにもよって、なぜこいつを乗せちまったんだろう！　だが待てよ、ひょっとしたらこれは偶然なんかじゃないのかもしれない。バルクハウゼンは待ち伏せしていたのかもしれない。自分が誰の荷馬車に乗っているか、ちゃんと知っているのかもしれない！

クーノは肩越しに男を盗み見た。

男は藁の上に寝そべり、クーノの視線に今気づいたように言った。「この辺に、ベルリンから来た坊主がいるはずなんだが、どこに住んでるか教えてくれないか？　十六歳くらいのはずなんだがな」

「ここら辺には、ベルリンからやってきた奴はいくらでもいるからなあ」とクーノは答えた。

「そりゃそうだ。だが、俺が探してるその坊主はちょっと違うんだ。奴は戦争中に疎開したわけじゃない。親から逃げ出したんだ。そういう坊主の話を聞いたことはないか？」

「ないね」とクーノは嘘を吐いた。しばらく間を置いてから、彼は尋ねた。「そいつの名前を知らないのかい？」

「知ってるとも。バルクハウゼンっていうんだ」

「この辺にはバルクハウゼンなんて奴はいない。いれば知ってるはずだ」

「そいつは変だな！」おかしくてたまらないといった風に男は言うと、少年の背中を拳骨で殴りつけた。「誓ってもいいぞ。バルクハウゼンならそこにいるぞってな！」

「それは違う！」とクーノは答えた。これで状況がはっきりしたので、気持ちはかえって落ち着いてきた。「俺の名前はキーンシェーパーだからな。クーノ・キーンシェーパーだ」

「そりゃまた驚きだ」と男はさも驚いたように言った。「俺が探している坊主もクーノってんだ。クーノ・ディーターってんだ」

「俺はクーノ・キーンシェーパーだ。ディーターなんてくっついちゃいない」と少年は言った。「それから言っとくが、もしバルクハウゼンって奴が俺の荷馬車に乗ってるって分かったら、そいつが馬車から降りるまで鞭でひっぱたいてやるぞ！」

「何てことを言うんだ。そんなことってあるか？」男はうろたえた。「息子が実の父親を馬車から鞭で追い出すってのか」

「バルクハウゼンを鞭で追い出したら」とクーノ・キーンシェーパーは容赦なく言った。「街の警察署へ行って、警官に言ってやるぞ。気をつけてください。働きもせず、盗みやたかりを繰り返している男がこの辺りにいます。前科者の犯罪者です。懲らしめてくださいってな！」

「そんなことしないよな、クーノ・ディーター」とバルクハウゼンは本気で驚いて叫んだ。「サツをけしかけるような真似はしないよな！やっとムショから出てきて、改心したっていうのに。俺は牧師から証明書をもらったんだ、本当に改心したんだ。二度と悪いことに手は出さない。誓うよ！だけど、お前が土地持ちになってそんないい暮らしをしているのなら、父さんをお前の家でちょっと休ませてくれるだろうと思ったんだ。体を壊してしまってな、クーノ・ディーター。胸をやられているんだ、ちょっと静養が必要なんだよ……」

「ちょっと休ませてくれ、か。その手は食わないぞ！」と少年は怒りも露わに言った。「一日でもあんたを家に入れたら最後、居座っちまって二度と追い出せなくなることは分かってるんだ。あんたを家に入れるのは、争いと不幸とたかりを家に招き入れるのと同じだ。だめだ、今すぐ降りてくれ。でないと本当に鞭でひっぱたくぞ！」

少年は馬車を止めると馬車から飛び降り、仁王立ちになって鞭を握りしめた。新しい家庭の平和を守るためなら何でもする覚悟だった。

永遠の負け犬バルクハウゼンは哀れっぽく言った。

「そんなことしないよな！　実の父親を殴ったりしないよな！」

「お前は俺の父親じゃない！　昔、自分でいつもそう言ってたじゃないか！　残念だったな！」

「あれはただの冗談だ、クーノ・ディーター。分かってくれよ！」

「俺には父親はいない！」少年は怒り狂って叫んだ。「母親ならいる。俺は一からやり直したんだ。昔の連中が何だかんだ言ってきたら、俺に構わなくなるまでぶん殴ってやる！　今の暮らしをお前なんかに台無しにされてたまるか！」

今にも殴りかからんばかりの形相で彼が鞭を振り上げたので、バルクハウゼンは本当に恐くなった。彼はこそこそと荷馬車から降りた。

「覚えてろ。ひどい目に遭わせてやる」と彼は捨て台詞を吐いた。

「やっぱりな！」とクーノ・キーンシェーパーが叫んだ。「たかりの次は脅しだ。いつもそうだった。だがな、はっきり言っておく。ここからまっすぐ警察に行って訴えてやる。うちに火をつけるとお前に脅されたってな！」

「そんなこと、俺は一言も言ってないぞ、クーノ・ディーター！」

「だけど、そう思ったろ？　そう顔に書いてあったさ！　それがお前のやり方だ。覚えとけ、一時間後には警察が来るぞ。だから、さっさとここから逃げるんだな！」

みすぼらしい姿が麦畑のあいだに消え去るまで、クーノ・キーンシェーパーは道に立ってずっと見張っていた。それから、栗毛のトニーの首を軽く叩くと、言った。「なあトニー、あんな奴にもう二度と暮らしを台無しにされるわけにはいかないよな？　俺たちは一からやり直したんだ。母さんが俺を川に突っ込んで泥をきれいさっぱり洗い流してくれたとき、俺は心に誓ったんだ。これからは自分できれいにするぞって。俺はそうしてみせる」

それから数日間、エヴァ・キーンシェーパーは、どうしてクーノは家から一歩も出ようとしないのかしらと何度か不思議に思った。ふだんは真っ先に畑仕事に出かける彼が、雌牛を牧草地に連れ出すことさえしようとしなくなったのだ。だが、母親は何も言わなかった。息子も何も言わなかった。そして、やがて夏もたけなわになりライ麦の収穫が始まると、少年は鎌を持って出かけていった。

人は、自分の播いたものを刈り取ることになる（ガラテヤの信徒への手紙第六章第七節）。その言葉のとおりだった。少年の播いたよき種は、見事に実を結んでいた。

訳者あとがき

『ベルリンに一人死す』（一九四六年。原題：Jeder stirbt für sich allein〈誰もが一人で死んでいく〉）は、ドイツの作家ハンス・ファラダ最後の作品である。彼は、まだ第二次大戦とナチス支配の記憶も生々しい、戦後の混乱まっただ中のベルリンでこの作品を書き、書き上げた直後に、まるでナチスドイツの犠牲者たちのあとを追うようにこの世を去った。彼には、戦後ドイツの復興を見届ける時間は残されていなかった。

作者自身が冒頭で述べているとおり、この作品は実際にあった事件を元にして書かれている。主人公クヴァンゲル夫妻のモデルとなったオットーとエリーゼのハンペル夫妻は、ドイツ軍のフランス侵攻の際にエリーゼの兄弟が戦死したのをきっかけに反ナチス抵抗運動を開始した。彼らが選んだ方法は、ナチスへの抵抗を呼びかける文章を葉書に書き、それを公共の建物内にこっそり置いていくというものだった。一九四〇年から二年以上にわたって、彼らは官憲の手を逃れて活動を続けた。ベルリン中から葉書が発見されたため、ゲシュタポは大がかりな地下組織の存在を疑っていたという。しかし、葉書はその大半が

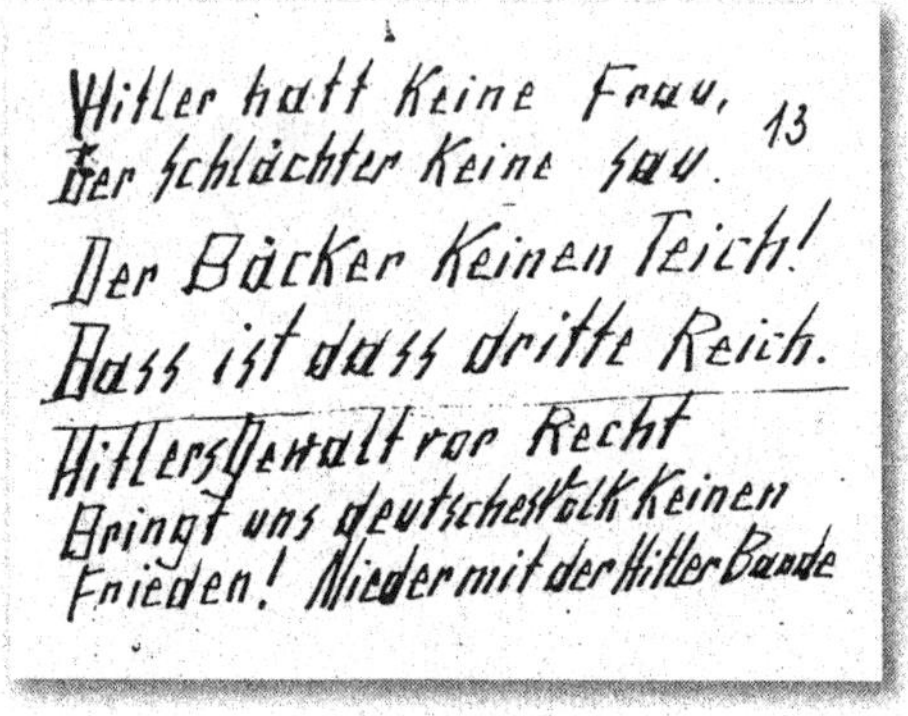

Hitler hatt Keine Frau, 13
Der schlächter Keine sau.
Der Bäcker Keinen Teich!
Dass ist dass dritte Reich.
Hitlers Gewalt vor Recht
Bringt uns deutsches Volk Keinen
Frieden! Nieder mit der Hitler Bande

「非道なヒトラー体制は我々に平和をもたらさない！」

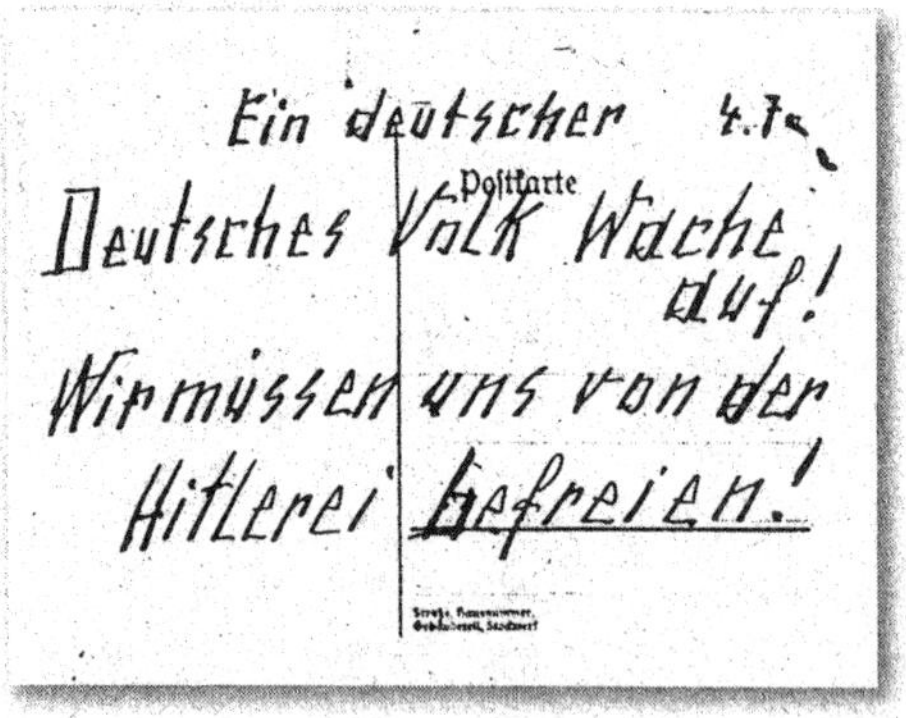

Ein deutscher 4.7.
Postkarte
Deutsches Volk Wache
auf!
Wir müssen uns von der
Hitlerei befreien!

「ドイツ国民よ、目覚めよ！」

ゲシュタポによって押収された、ハンペル夫妻の葉書

オットーとエリーゼのハンペル夫妻（逮捕時の写真）

発見者によって直ちに警察へ届け出られ、夫妻の呼びかけがベルリン市民に広がることはついになかった。二人は一九四二年に逮捕され、形だけの裁判ののち死刑判決を受け、一九四三年にギロチンで処刑された。

実話を下敷きにしているという事実が、まず第一にこの作品に重みを与えている。ヒトラー暗殺未遂事件の首謀者シュタウフェンベルク伯爵（映画「ワルキューレ」の主人公）のようなエリートでも、白バラ抵抗運動のショル兄妹（彼らの悲劇も、「白バラの祈り」として映画化されている）のようなインテリでもない、あらゆる意味で平凡な一般市民の中に、こんな絶望的とも言える勇気を持った人々がいたとは。その事実に、誰しも驚かずにはいられないだろう。

作者ハンス・ファラダは、ナチスが政権を掌握した一九三三年の時点ですでに、ドイツを代表する人気作家だった。そして、ナチスから「望ましくない作家」に分類されながらもその後もドイツに留まり、人気作家の地位を保ち続けた。戦後も、ファラダの作品は東西両ドイツで版を重ねた。『ベルリンに一人死す』も東西両ドイツでテレビドラマ化され、西独では映画化もされて広く親しまれてきた。

一方、ドイツ国外では、ファラダの作品は戦後長い間忘れ去られていた。日本では、元々紹介された作品が少ないだけでなく、ファラダの名がドイツ文学史の枠内で取り上げられることさえほとんどなかった。これは彼が人気作家だったことがむしろ災いしているのかもしれない。ファラダ自身、「自分は物書《シュリフトシュテラー》きであって、詩人《ディヒター》などではない」と公言していたという（ディヒターとは、格調高い「文学作品」を書く作家のことである）。また、ナチスドイツから亡命しなかったことも、彼の評価を「ナチスに抵抗しなかった作家」として不当に下げることにつながったものと思われる。

ところが、作者の死から五十年以上を経たのち、フランスのある出版社が『ベルリンに一人死す』の古い翻訳版を「再発見」したことから、英語でも新しい翻訳が刊行され欧米各国で一気にベストセラー入りを果たした。これをきっかけに、ドイツでもこの作品が改めて注目されることとなり、二〇一一年に初めて完全版が出版された。一九四七年の初版以来、この作品は、編集者によって一部が削除されたり書き換えられたりした形で出版されていた（英語版も従来版からの翻訳）のである。作者の死後発表されたため、この削除や書き換えはファラダ自身の与り知らぬところでおこなわれた。それが今回初めてオリジナルの形に復元されて出版されたのである。本書は、このオリジナル完全版の翻訳である。

ハンス・ファラダ（本名ルドルフ・ディッツェン）は、一八九三年にバルト海沿岸のグライフスヴァルトで生まれ、ベルリンとライプツィヒで成長した。父は法律家で、最高裁判事にまで出世した人物だった。父の扱う事件にルドルフが幼い頃から大いに興味を示したため、父は息子も法律家にしたいと願ったが、ルドルフの興味の対象は実は法律ではなく、事件の背景にある人間ドラマだった。早熟な子どもだった彼は父の期待に反して早くから文学を志し、当時の権威主義的な教育や両親に強く反発し、ギムナジウム時代からアルコールとニコチンを過度に摂取するようになった。つまり、相当な問題児だった。あげく十八歳の時、若気の至りとしか言いようのない理由で世をはかなみ、ピストルによる決闘と見せかけて親友と心中を図った（自殺よりは決闘で死ぬほうが、残された家族にとって世間体がよかろうとの考えからだった）。親友は「決闘」で死亡し、ルドルフは後追い自殺を図って重傷を負ったものの奇跡的に助かった。責任能力を問える精神状態ではなかったとして刑事訴追を免れ、精神病院に一年間入院させられた。

当然のことながらこの事件を理由にギムナジウムを退学させられ、従って大学進学の道も閉ざされて、以後、彼は従来のアルコールとニコチンに加えて、モルヒネ、コカイン、睡眠薬の依存症と闘いながら職を転々とすることになる。農場の会計係をしていたとき、薬物を買うためのカネほしさに雇い主の金庫に手を出し、横領罪で二度実刑判決を受け、服役（最初は三十歳の時に三ヶ月、二度目は三十二歳から二年半）までしている。望んでそうなったわけではないにしろ、このような多彩な人生経験（様々な職業、精神病院や刑務所での生活）は、のちの彼の作品に、他の作家にはない独特のリアリティを与えることになった。刑務所での体験を、彼はのちに『臭い飯を食ったことのある人間は』という自伝的作品にまとめている。

二十六歳で作家としてデビューしたとき、世間に再び決闘事件の記憶が呼び覚まされるのを憚った（父の社会的立場を考えても、それは当然だった）のか、彼は本名ではなく「ハンス・ファラダ」というペンネームを名乗ることにした。「ハンス」も「ファラダ」も、グリムのメールヒェンに登場する名前である。ハンスは、せっかく手にした金塊を次々に価値の低いものと交換して最後はすべてなくしてしまう「果報者ハンス」であり、ファラダは、「がちょう番のおんな」に登場する、人の言葉をしゃべる馬の名である（この馬は殺されてさらし首になってもしゃべり続け、がちょう番のおんなが実は本物のお姫様であることをみんなに知らせる役割を果たす）。人を食ったようなこのペンネームに込めた彼の思いは、「今まで馬鹿なことばかりしてきた」という自虐的なユーモアだったのだろうか、それとも、「死んでも世間に真実を告げ知らせるのだ」という強烈な自意識だったのだろうか。

二度目の服役を終えてから、彼は地方新聞の記者になり、そのとき取材した農民の暴動をもとに『農民、幹部ども、爆弾』（一九三一年）という作品を書き上げた。ナチスが台頭してきた不穏な時代を、この作品は見事に写し取っている。そして、次の作品『ピネベルク、明日はどうする!?』（一九三二年）がベストセラーとなり（倒産しかけていた版元の経営を見事に立ち直らせたほどの大ヒットだった）、ファラダはフリーの作家として独立することができた。この作品は国外でも評価され、ハリウッドで映画化までされている。

『ピネベルク、明日はどうする!?』は、大恐慌まっただ中のドイツで、一介の庶民が次々に降りかかる災難に悪戦苦闘しながら、それでも家庭の小さな幸せに慰めを見出そうとする姿をユーモアとペーソス豊かに描き出し、不況に苦しむ多くの人々の共感を呼んだ。人気作家の仲間入りを果たしたファラダだったが、順調な時期は長くは続かず、すぐに次の災難に見舞われることになった。ナチスの政権掌握（一九三三年）である。多くの知識人・文化人がナチスドイツから脱出する中、ファラダはドイツに残って創作活動を続ける道を選んだ。

非政治的態度によって身の安全を図りつつも、彼はナチスに屈服することなく創作活動を続けようとしたが、それが至難の業であることはすぐに判明した。彼はナチスによって「望ましくない作家」に分類され、一九三八年には、作品の結末部分の書き換えを命じられた。彼は「強制収容所への恐怖」から書き換えに応じ、その罪悪感に悩み続けた。その精神的葛藤から、彼は再び極度のアルコール及び薬物依存症に陥った。一九四四年、アルコールの影響下で彼は元妻（離婚後も、住宅難から同居していた）を銃で脅すという事件を起こし、精神病院に強制入院させられた（『ベルリンに一人死す』にも詳細に描かれているとおり、ナチス時代の精神病院は命の危険を伴う場所だった）。

戦後、彼は終戦直前に再婚した二番目の妻とともに、おもにベルリンのソ連占領地域で生活し、亡命先のモスクワから帰国した詩人で政治家のヨハネス・R・ベッヒャーと知り合った。「ドイツの民主的改新のための文化連盟」議長として戦後ドイツの文化の復興を目指していたベッヒャー（のちに東ドイツの文化相になった）は、積極的にファラダを援助した。ハンペル夫妻の調書や裁判記録をファラダに託し、事件の小説化を依頼したのもベッヒャーだった。この事件が、名もなき庶民の悲哀を描き続けてきたファラダの興味を引かずにはおかないことを彼は知っていた。

ファラダは当初、「私は今まで、みんなと一緒に大きな流れに流されてきた人間だ。だから、自分を実物以上に見せるつもりはない」としてその依頼を断ったという。だが、ベッヒャーのたっての願いで筆を執ると、彼は四週間足らずでこの長編を書き上げた。最初に依頼を受けてから実際に書き始めるまでに一年以上が経過しているから、その間に徐々に構想を練っていたのかもしれないが、まさに驚異的な、奇跡に近い筆の速さである。自分に残された時間がもう長くないことを悟っていたのでもあろうか。

戦後彼は、モルヒネ中毒の治療のために、やはり中毒者だった二度目の妻とともに入退院を繰り返していたが、薬物依存を克服することはついにできなかった。過度のアルコールと薬物によって長年ダメージを受け続けた彼の体力は、もはや限界に達していた。『ベルリンに一人死す』完成からわずか三ヶ月後の一九四七年二月五日、ハンス・ファラダはこの世を去った。五十三歳だった。

「それまでヒトラーの忠実な支持者だった平凡な労働者夫婦が、肉親の死をきっかけに、ナチスに対して絶望的な闘いを挑む。彼らは、反戦・反ナチス・サボタージュを呼びかけるメッセージを書いた葉書を公共の建物内にこっそり置くことによって、ベルリン市民に抵抗運動を広げようとする。彼らは三百枚近い数の葉書をベルリン中に撒き、反響を待ったが、ほとんどの葉書は発見者によって直ちに当局に届け出られ、彼らの活動は大勢に何の影響も及ぼさなかった。二年あまりのあいだ捜査の手をかわし続けたものの、結局二人は逮捕され、処刑される」という、この作品のごく大まかなストーリーは、実在のハンペル夫妻の事件を忠実になぞっている。ほぼそのまま、と言ってもいいかもしれない。大筋は事実に従いつつ、作者はこれに多彩なフィクション（ただし、多くの人物像や描写は作者自身の実体験や実際の見聞に基づいている）を重ね合わせていく。主人公夫妻にさまざまな登場人物が絡み合い、核となる事件に膨らみを持たせることによって、作品全体がより現実感を増していく。ストーリーテラー、ファラダの面目躍如である。

ハンペル夫妻をこのような絶望的な闘いに向かわせたものは何だったのだろう。全くの失敗に終わった彼らの抵抗運動に、どんな意味があったのだろう。実際の事件をほぼ忠実になぞりながら、ファラダが描き出そうとしたのはまさにそこだった。実在のハンペル夫妻がおそらく明確には意識していなかったであろう彼らの活動の意味を、ファラダは主人公の口からこう語らせている。メッセージを書いた葉書をこっそり置いてくる、という計画を夫オットー・クヴァンゲルから打ち明けられて、妻アンナは、「あんたがやろうとしていることはちょっと小さいんじゃないの？」と尋ねる。これはまさしく、後世の私たちの疑問でもある。これに対してオットーは、「大きかろうと小さかろうと、嗅ぎつけられたら最後、命はない」と答える。小さかろうと大きかろうと、命を賭けてやるからには同じだ。大事なのは、抵抗することだ、と。死刑判決を受けたのち、弁護士に「後悔してないのか？　こんな馬鹿なことのために命を落とすのは残念じゃないのか？」と問われたオットーは、「俺は少なくともまともな人間でいられた。俺は共犯者にはならなかった」と答える。

「静かな生活を望んでいるだけの単純な工員で、政治にはまったく無関係」なオットー・クヴァンゲルは、政治的信条のためではなく、「まっとうな人間」でいるために葉書を書いたのである。クヴァンゲル夫妻に限らず、この作品でナチスへの抵抗を試みるのはほとんど全員が、確固たる政治的信条を持たない平凡な人物ばかりである。彼らはただ単に、「まっとうな人間」でありたいという願いからナチスに抵抗し、迫害を受けるのである。政治的信条から行動しているのは共産主義者のグリゴライトとベビーだけだが、この二人の描かれ方は決して好意的とは言えない。彼らは「ドグマでしかない」と、恋のために運動から脱落したヘアゲゼルは言う。そして、読者の目には明らかに、運動に忠実な二人よりもノンポリで軟弱なヘアゲゼルのほうが好ましい人物に映る。

逮捕されたとき、オットー・クヴァンゲルは、「俺の罪は、……自分一人でやろうとしたことだ。一人では何もできないことがこれで分かった」と言い、恥じなければならないようなことは何もしていないが、「やり方が間違っていた」と自省する。同じく「まっとうな人間」でいようとして捕らえられた音楽家ライヒハルト博士はクヴァンゲルに、「『これこれのことをせよ、これこれの計画を実行に移せ』と私たちに言ってくれる男がいたら、そのほうがもちろん百倍もよかったでしょう。でも、もしそんな男がドイツにいたとしたら、一九三三年にナチスは政権を掌握してはいなかったでしょう。だから、私たちは一人一人別々に行動するしかなかった。そして、一人一人捕らえられ、誰もが一人で死んでいかなければなりません」と語る（原題の『誰もが一人で死んでいく』はこの言葉に由来する）。

だが、それでは「俺たちの抵抗が何の役に立った」のか、と問いかけるクヴァンゲルに対しては、ライヒハルト博士は、「自分のためになります。死の瞬間まで、自分はまっとうな人間として行動したのだと感じることができますからね」と答える。そしてさらに、「そして、ドイツ国民の役にも立ちます。聖書に書かれているとおり、彼らは正しき者ゆえに救われるだろうからです」と言い切る。この言葉こそ、ファラダがハンペル夫妻の事件に見出した意味であり、「内なる真実」だった。

一九四五年十二月、ファラダは講演会で、「（現在ドイツでは、倫理的価値の崩壊が蔓延しているとはいえ）、〈まっとうな人間であること〉という一粒の種は生き延びました。この種を守り、次の世に伝え、一粒の種からそれを畑全体に広げることが私たちの義務なのです」と述べている。この種の比喩は、『ベルリンに一人死す』にも二度ほど登場する。まず、クヴァンゲル夫妻の息子の婚約者トルーデルは、自分が所属している共産党支部についてオットー・クヴァンゲルに、「その中の一人が私に説明してくれたの。我々は雑草だらけの畑に落ちたよき種だ、と彼は言ったわ。よい種がなければ、畑は雑草に覆い尽くされてしまうだろう。だが、よい種は実を結んで増えていく」と説明している。

そして、更生した不良少年クーノが播いたライ麦のよき種が見事に実を結んだところで、この作品は幕を閉じる。

政治とは無縁の、名もなきドイツ市民の反ナチス抵抗運動を描いたこの作品は、初版の出版に際して、おもに「政治的配慮」という理由から、一部が削除された形で発表されることとなった。完全版と初版（及び従来版）との最も大きな違いは、第十七章の、アンナ・クヴァンゲルがナチス婦人団を脱退するくだりが初版ではそっくり削除されていることである（そもそも、アンナがナチス婦人団に加入していたこと自体が削除されている。これに関する言及はすべて削除されている。その他、アンナのほうが当初オットーよりもむしろ積極的にヒトラーを支持していたことを示すくだりはすべて削除されている）。そこには、ハンペル夫妻を反ナチス抵抗運動のシンボルとして理想化した姿で描いてほしいというベッヒャーらの意向が反映されていた。

また、自分たちが抵抗組織を立ち上げたことをオットー・クヴァンゲルに告白するトルーデルの言葉「私たち、工場内に共産党の秘密支部を立ち上げたの」は、従来版では「共産党の」が削除され、「秘密の抵抗組織を立ち上げたの」とされていた。おそらく、この組織のメンバー二人（グリゴライトとベビー）の非人間的態度（ナチス顔負けの冷酷さである）が削除の原因と思われる。モスクワ帰りの政治家の依頼で、しかもベルリンのソ連占領地域内で一九四六年にこの作品が書かれていることを考えると、抵抗組織のメンバーがこのように描写されていること（たとえ、「共産党の」という一語が削除されたとしても）自体むしろ驚きである。それは、ファラダ流のリアリズムの現れであると同時に、『ベルリンに一人死す』の登場人物の多くと同様に彼自身も政治と無縁の人物だったことを物語っている。

この作品を通じて、ファラダは、狂気と恐怖に支配された当時のベルリンをリアルかつ細密に描き出している。当時、狂気と恐怖が生活のありとあらゆる細部にまで浸透していたことを、この作品はぞっとするほど生々しく私たちに語りかけてくる。だが同時に、そのベルリンにもやはり血の通った庶民の生活があったことをも、この作品は教えてくれる。これはやはり、ナチスドイツに留まり、ナチスドイツの内部から人間観察を続けたハンス・ファラダにしか書けない物語だった。

二〇一四年十月

赤根 洋子

参考文献

Jenny Williams *More Lives than One—A Biography of Hans Fallada*

Almut Giesecke *Nachwort*（アウフバウ・オリジナル完全版のあとがき）

Geoff Wilkes *Afterword*（ペンギン・モダン・クラシックス版のあとがき）

池田浩士『ファシズムと文学——ヒトラーを支えた作家たち』

著者略歴

(Hans Fallada 1893-1947)

1893年生まれ．本名ルドルフ・ディッツェン．26歳で作家デビュー時，グリムのメールヒェンから取ったハンス・ファラダのペンネームを名乗る．横領罪で服役後，地方新聞の記者として取材した農民の暴動をもとにした『農民，幹部ども，爆弾』(1931年)，大恐慌と不況に見舞われるドイツ人を描く『ピネベルク，明日はどうする!?』(1932年) の作品で人気作家となる．ナチスによって「望ましくない作家」に分類され，精神的葛藤から極度のアルコール及び薬物依存症に陥った．戦後，ベルリンでこの長編を書き上げたが，その三ヶ月後に没した．本書『ベルリンに一人死す』は今世紀になってから改めて欧米で注目され，映画化もされている．

訳者略歴

赤根洋子〈あかね・ようこ〉翻訳家．訳書　デーゲン『フロイト先生のウソ』(文春文庫)，フィツェック『治療島』(柏書房)，ライバック『ヒトラーの秘密図書館』，ノートン『世にも奇妙な人体実験の歴史』，ベラスケス＝マノフ『寄生虫なき病』，ワインバーグ『科学の発見』(以上，文藝春秋)，ウォリス／パーマー編著『私たちが子どもだったころ，世界は戦争だった』(共訳，文藝春秋) ほか．

ハンス・ファラダ
ベルリンに一人死す
赤根洋子訳

2014年11月25日　第1刷発行
2017年 6 月15日　第2刷発行

発行所　株式会社 みすず書房
〒113-0033　東京都文京区本郷5丁目32-21
電話　03-3814-0131(営業)　03-3815-9181(編集)
http://www.msz.co.jp

本文印刷所　精文堂印刷
扉・表紙・カバー印刷所　リヒトプランニング
製本所　松岳社

Printed in Japan
ISBN 978-4-622-07703-9
[ベルリンにひとりしす]